कब तक पुकारूं

रांगेय राघव

AF519273

राजपाल

स्थापित 1912
100 वर्षों की श्रेष्ठ प्रकाशन परम्परा
राजपाल

ISBN : 9789350640357
संस्करण : 2017 © सुलोचना रांगेय राघव
KAB TAK PUKAROON (Novel) by Rangeya Raghav
मुद्रक: रेप्रो नॉलेजकास्ट लिमिटेड, ठाणे

राजपाल एण्ड सन्ज़

1590, मदरसा रोड, कश्मीरी गेट, दिल्ली-110006
फोन: 011-23869812, 23865483, 23867791
website : www.rajpalpublishing.com
e-mail : sales@rajpalpublishing.com
www.facebook.com/rajpalandsons

कब तक पुकारूं

प्रिय घनश्याम अस्थाना
को

भूमिका

नट कई तरह के होते हैं। इनमें करनट जरायमपेशा कहे जाते हैं। इनकी कोई नैतिकता नहीं होती। इनमें मर्द औरत को वेश्या बनाकर उसके द्वारा धन कमाते हैं। ज़्यादातर ये लोग चोरी आदि करते हैं और ढोल मंढ़ना, हिरन की खाल बेचना इनका काम है। इनकी औरतें डोमनियों की तरह नाचती हैं। डोम जरायमपेशा नहीं हैं, पर उनको भंगी का सा दर्जा दिया जाता है। ऊँची जातों के लोग अक्सर डोमनियों से नाजायज़ ताल्लुक रखते हैं, पर डोमनियाँ यह अपने पति को नहीं मालूम होने देतीं। करनटों में छूट है। वहाँ कोई बुराई 'सेक्स' के आधार पर नहीं मानी जाती। वे लोग हिन्दुओं के देवी-देवताओं को मानते हैं। साधारणतया नट मोर की ढलैया बनाते हैं; कस्तूरी, शहद, रोज के सींग, सांडा, और ऐसी दवादारू जो पौरुष को उत्तेजित कर सकें, बेचते हैं। नटों में छूआछूत चलती है, करनटों में नहीं। आपस में ही ब्याह-शादी कर लेते हैं। संपेरों की तरह इनमें भी शादी में ब्राह्मण नहीं बुलाया जाता। पहले कुछ भी रहा हो, पर अब सब ब्राह्मणों की इज़्ज़त करते हैं, उनको पूज्य मानते हैं। मुसीबत में उन्हें सीधा देते हैं, लेकिन वह सूखा माल होता है। अच्छे ब्राह्मण उनसे कुछ नहीं लेते। कुछ ब्राह्मण, जो नीचे समझे जाते हैं, उनसे ले लेते हैं, खासकर जो कुम्हारों के पुरोहित होते हैं और देवी की पूजा करते हैं।

करनट खानाबदोश होते हैं; पर उनमें बाकी नटों के से कला-करतब नहीं चलते। नटों की औरतें घूँघट भी खींचती हैं और खोलकर भी नाचती हैं। दस-दस घड़े सिर पर रख लेती हैं और फिर कमर हिलाती हैं। इनके मर्द बाँस पर चढ़कर तरह-तरह के खेल दिखाते हैं। करनटों में ये खेल नहीं चलते। करनट और बाकी नट भी डेरों में रहते हैं। पर इस गाँव में कुछ और बात है। यहाँ करनट भी खेल दिखाते हैं। किसी राजा के बारे में कहा जाता है, उसने पड़ोस के राज्य में चोरी कराते रहने को नटों को बस्ती बसा लेने का अधिकार दे दिया था, जो अभी तक है। अंग्रेज़ी राज्य बनने पर राज्याश्रय हट जाने से यह नटों की बस्ती हल्की रहती है। करनट इधर-उधर कमाने चले जाते हैं।

इन कौमों का कोई एक कायदा नहीं है। हर जगह इनके पेशे, पोशाक और रहन-सहन में थोड़ा-बहुत भेद होता जाता है। इनकी शादियाँ भी दूर-दूर नहीं होतीं। धोबियों में कायदा चलता है कि अगर एक घर में पूरब की लड़की आ जाएगी तो वह अपनी लड़की पश्चिम में देगा, पूरब में नहीं। चमार नीम और पेड़ों से अपना गोत्र यानी जन्म बताते हैं। यह टॉटेम जातियाँ हैं जो आर्यों के आने से भी पुरानी हैं। चमारों और भंगियों में पितृसत्तात्मक समाज का बड़ा प्रभाव है। एक-एक भंगी के सात तक बीवियाँ होती है। वह बैठकर हुक्का पीता रहता है। वे औरतें मैला साफ करती हैं, बड़े घरों में मवेशियों के कण्डे थापती हैं और एक आदमी जब सात औरतों में होता है तो इधर-उधर ऊँची जात वालों से वे स्त्रियाँ नाजायज़ सम्बन्ध जोड़ती हैं। इन सबमें बड़े भाई की बहू छोटे भाई की बीवी बन जाती है। औरतों को विधवा नहीं रखा जाता। यह यहाँ की ऊँची मानी जाने वाली जातियों का कायदा है कि स्त्री को वैधव्य मिलता है।

नट हिन्दू ही हैं। वे मुसलमानों के हाथ का नहीं खाते, पर करनटों में ऐसी कोई रुकावट नहीं है। वे गोश्त भी खाते हैं, शराब भी पीते हैं, खतरनाक भी होते हैं। बाकी नट करनटों को अपने से नीचा समझते हैं। करनट किसी के भी हाथ का खा-पी लेते हैं।

पुराने ज़माने में यहाँ के करनटों की हर लड़की जब जवान होती थी तो पहले उसे ठाकुरों के पास रात बितानी पड़ती थी। फिर वह करनटों की हो जाती थी।

नटों के जिजमान होते हैं। कुछ के बामन, कुछ के ठाकुर, कुछ के बनिये। जब उनकी औरतें करतब के नाच दिखाती हैं। तब वे सिर्फ अपने जिजमान से ही रुपये-पैसे लेती हैं। बाकी किसी जाति का आदमी या औरत उन्हें अगर पैसे दे भी, जो उनके लिए बहुत बड़ी चीज़ हैं, तो भी वे नहीं लेतीं। पर करनटों के जिजमान नहीं होते। पर इस गाँव के करनट नाचते हैं, खेल भी करते हैं। औरतें ज़्यादातर नाचती हैं। कोई-कोई लड़की कला भी दिखाती है, पर खेल का रिवाज इनमें कम है। ये लोग सबसे भीख माँगते हैं।

सुखराम करनट है।

ईसा से पहले जैसे यूनान में 'पेगन' जातियाँ थीं, जो असभ्य मानी जाती थीं, मुझे उन्हीं की याद आती है। इनकी औरतों में 'नैतिकता' नहीं होती। वे 'सेक्स' (यौन संबंध) में आज़ाद होती हैं। ये जातियाँ काफी पुरानी हैं। अभी सभ्यता से दूर हैं।

मैंने इनकी नैतिकता को समाज का आदर्श बनाकर प्रस्तुत नहीं किया है; बल्कि पाठकों को इसमें सेक्स को ऐसी जानकारी के रूप में हासिल करना चाहिए कि यह इनमें होता है। यह सारा खानाबदोश समाज घोर उत्पीड़ित है, शोषित है। न इनके ये सामाजिक नियम शाश्वत हैं, न हमारी नैतिकता के बन्धन ही शाश्वत हैं। हममें बहुत-सी छिपी हुई बुराइयाँ हैं। हमारे गाँवों में रोज़ अब भी यह सब हो रहा है। अब जरायमपेशा कानून बन गया है। कोई भी जाति बेवजह गिरफ्तार नहीं की जा सकती, ऐसा कहा जाता है। चार वर्षों से मैं उन लोगों से दूर हूँ; अतः कुछ कह नहीं सकता। मैंने जान-बूझकर स्थानों के नाम या तो दिए नहीं या बदल दिए हैं। यह इसलिए कि कुछ व्यक्तियों के नाम भी फिर लिखने पड़ते, जो ठीक नहीं था।

प्रेमचन्द के समय में राष्ट्रीय आन्दोलन विदेशी के विरुद्ध था, अतः उस समय राष्ट्रीयता का ही महत्त्व उनके उपन्यासों में मिलता है। प्रेमचन्द आदर्शवादी भी थे। गाँव की बहुत-सी असलियत भी वे इसीसे स्पष्ट नहीं लिख सके थे क्योंकि उस समय उनकी समस्या राष्ट्रीय आन्दोलन को बल देने की ही थी। किन्तु अब युग प्रेमचन्द से आगे है और केवल शोषण का आर्थिक पहलू ही देखना काफी नहीं है। शहरों में बैठने वाले आधुनिकता के नज़रिये से सब कुछ देख डालते हैं। पर असली भारत गाँव में है, जो अब भी मध्यकालीन विश्वासों से ग्रस्त है। वे विश्वास मध्यकालीन आर्थिक व्यवस्था से नियंत्रित हैं। मैंने उनको प्रकट करने का यत्न किया है। हो सकता है, कुछ विशेषताएँ राजस्थान की ही हैं। करनट की पत्तल मेहतर नहीं उठाते। न बेड़नी (बेड़िया) की पत्तल उठाते हैं, पर ठाकुर उसी बेड़नी के साथ एक प्याले में शराब पीता है। पूछने पर कहता है कि हम उनमें लीन हो जाते हैं, भला-बुरा काम करते हैं। सारी व्यवस्था अपने अन्धविश्वासों पर जमी हुई है। बड़े परिवारों वाले भारतीय जीवन में कबीला जातियों की भाँति संघभोज, संघनृत्य आदि नहीं हैं जो यूरोप में है। संस्कृति और साहित्य इन सबको लेकर चलते हैं।

प्रस्तुत उपन्यास का नाम मैंने पहले 'अधूरा किला' रखा था।

–रांगेय राघव

1

1949 ई. की बात है।

उन दिनों मैं गांव में रहता था। मैं अस्वस्थ रहा करता था। जिस स्थान पर मैं रहता था, वहां एक नीरवता छायी रहती और दिन में कभी-कभी गायें और भैंसें वहां पेड़ों की छाया में बैठकर जुगाली किया करतीं। सब अपने-अपने धन्धों में लगे रहते। पेड़ों की छाया घनी-घनी-सी जब पूस की ठण्डी हवाओं में कांपती, तब धूप बहुत ही अच्छी लगती। मेरे पांव का फोड़ा अब अच्छा होने लगा था। वह ऐसा भयानक था कि मैं शहर के लगभग सभी डाक्टरों को आज़मा चुका था। हकीम साहब के काढ़े, एलोपैथ की नुकीली सुइयां, होम्योपैथों के पानी के घोल जब उस पर व्यर्थ हो गए, तो मुझे एक आदमी ने राय दी और मैं यहां चला आया। दूर तक यहां झील झाईं मारती, हवा के थपेड़ों में ऐसी लहर मारती कि जैसे कोई झीनी चादर सरकती चली जा रही हो और अब वह उठ जाएगी, उठ जाएगी, पर ऐसा नहीं होता। मैं देर तक उसे देखा करता।

मेरा इलाजी एक और भी आश्चर्यजनक व्यक्ति था। वह गले में मालाएं पहनता, सिर पर साफा बांधे रहता और हाथों में कांच के कड़े पहनता। वह इतने पुराने युग का था और मैं अपने को नितान्त आधुनिक समझता था। मैं कभी इन गंवार इलाजों में भरोसा नहीं करता, पर ज़रूरत ही कुछ ऐसी पड़ गई कि मुझे झुकना पड़ गया। वह जंगल से रूखड़ी तोड़कर लाता, किसी को उसके बारे में नहीं बताता, पर मेरे सामने बैठकर जादू-सा करता। कभी उसमें फूंक मारता, कभी आंखें फाड़कर आसमान की तरफ देखता और कभी झूमर-सी मारता हुआ चटाचट आवाज़ करके अपनी अंगुलियां चटकाता। मैं सब समझता था कि ये सब इसके मध्यकालीन अंधविश्वास हैं। परन्तु वह एक दिन इस बात पर नाराज़ हो गया। उसने कहा कि वह किसी के भी सामने यह रूखड़ी खोलने की बात नहीं करता, पर क्योंकि मैं शहरी हूं, इसलिए उसने इसमें कोई डर महसूस नहीं किया। उसने मुस्कराकर कहा—"बाबू! तुम बिलिया और बैंगन के पत्ते का फरक नहीं जानते, फिर तुमसे क्या डर!"

उसके स्वर में वही व्यंग्य था जैसा हम शहरी लोगों में गांववालों के प्रति होता है।

मैं मुस्कराया। तब उसने चिढ़कर कहा—'बाबू भैया! तुम तो फिर भी अपने हो, मेरी इस रूखड़ी पर जब मन्तर डोला था तब साब अजंट थर्रा गया था।'

अब मेरे कान ज़रा खड़े हुए।

'सो कैसे?' मैंने पूछा। और आज पहली बार मैंने उसके मुख की ओर देखा। साफे, मूंछों और गांव की धूल ने उसको ढंक लिया था। उसका रंग तांबे की तरह तपा हुआ था। आंखों में एक चमक थी। अब वह लगभग चालीस बरस का हो गया था। उसकी सीधी लम्बी नाक बड़ी सुन्दर थी। वह एक घुटने तक की धोती और कुछ लम्बा-सा खुले गले का कोट पहने था। और मैंने कल्पना की कि एक दिन यह सुखराम नट चौड़ी हड्डियों

का गबरू जवान रहा होगा। उसकी आंखें बहुत सुन्दर रही होंगी, जिनके दोनों ओर अब गोल लकीरें खिंच गई थीं।

उस दिन वह चला गया।

सातवें दिन उसने पट्टी खोल दी और कहा—''आज बाबू भैया, मेरे संग घूमने चलो। तुम्हें अपनी दवाई का जादू दिखाऊंगा।'' मैं हैरान हो गया। मैंने सोचा—ज़रूर इन रूखड़ियों की वैज्ञानिक खोज होनी चाहिए। पर मुसीबत तो यह है कि वे लोग गुरु-परम्परा से पाई हुई इन चीज़ों की हवा तक नहीं देते। सदियों से जो काम हो चुका है, उसको ये लोग ईश्वरीय समझकर उसे सुलझाने के बजाय धार्मिक और दैवी बनाकर उलझाने में ही अपना गौरव समझते हैं।

आज हम लोग घूमने थोड़ी ही दूर गए। फुलवारी में बैठे रहे। उसके बीचोंबीच एक सफेद महल था। मैंने पूछा—''यह कब का बना है?''

सुखराम ने कहा—''जब इस राजा की अमलदारी शुरू हुई थी, तब पहले राजा ने इसे बनवाया था।''

महल सुन्दर था। जाड़े की शाम। डूबते सूरज की किरणें बेरों के सुगन्धित जंगल पर पड़कर अमलतासों और सेमल के पेड़ों पर फिसल रही थीं और फिर कच्चे दगरे की गाय-भैंसों के खुरों से उठी धूल पर आर-पार हो जाने का प्रयत्न कर रही थीं। चारों ओर ठंडक थी। दूर एक पेड़ के नीचे हनुमान जी थे, लाल सिन्दूर में लगे; और एक पहलवान नंगे बदन, अखाड़े की मिट्टी को मले हुए, लंगोट बांधे, दनादन बैठक लगा रहा था। एकमात्र कमरख के फलहीन पेड़ के सामने वह मुझे बड़ा अजीब-सा लग रहा था।

गांव की शाम की गन्दगी, परेशानी सब धीरे-धीरे उतरते अंधेरे में छिपती चली जा रही थी और चारों ओर लौटते पक्षियों का कलरव अंधेरे के पांवों के नीचे तिरता-तिरता दबा जा रहा था। मन्दिरों की झालरों और घण्टों की आवाज़ अब ऐसे सुनाई देती थी जैसे किसी ने तांता जोड़ दिया हो। और दूर बजती बैलों की घण्टियां और भी एक सूनापन भर-भर देती थीं।

सुखराम ने कहा—''कल और आगे चलेंगे।''

मैंने कहा—''वह क्या है?''

सुखराम ने कहा—''रोज़ तो देखते ही हो।''

मैंने कहा—''किला है। किसने बनवाया था?''

सुखराम ने उत्तर दिया—''उसी राजा के बेटे ने।''

मैंने कहा—''छोटा ही है।''

''रह गया है।''

मैंने पूछा—''क्या मतलब?''

''अधूरा किला है।''

''शायद राजा मर गया था?''

''हां, बाबू भैया। कहते हैं, राज्य के लिए उसकी भाभी ने उसे ज़हर दे दिया था। वह जानते हुए पी गया था।''

कहते हुए सुखराम की आंखों में पानी छलक आया। मैं समझा नहीं। मैंने कहा—''ऐसा क्यों हुआ सुखराम? और इसमें तुम्हें रोने की क्या ज़रूरत है?''

वह आंसू पोंछकर मुस्कराया। उसने कहा—''कुछ नहीं बाबू भैया! अब ज़माना बदल गया है। राजाओं के ही राज चले गए तो इन बातों से फायदा ही क्या है!''

"नहीं, नहीं सुखराम", मेरे भिखारी उपन्यासकार ने याचना की, "बताओ न! मैं तो परदेसी हूं। उस दिन तुम साहब के थर्राने की बात कहते-कहते रुक गए थे, आज तुम इस बात को भी छिपा रहे हो।"

परन्तु वह कुछ नहीं बोला। उसने बात बदलकर कहा—"क्यों, अब चल सकते हो न?"

"क्यों नहीं। कल और भी चलेंगे।"

"हां, अब क्या डर है?"

"सुखराम, वह क्या है?" मैंने एक ओर एक हाथ उठाकर कहा।

वह एक नीला पहाड़ था। उसपर एक गहरा सन्नाटा था। लगता था, आसमान से उतरता अंधेरा पहले वहां इकट्ठा हो गया है और अब हवा के झोंके उसी से उड़ा-उड़ाकर उसे इधर-उधर फैला रहे हैं। सुखराम ने कहा—"चलो बाबू भैया! चलो।"

उसने जैसे मेरी बांसुरी में से तरह-तरह के राग निकलते देखकर किसी भी राग को पकड़ने की जगह बांसुरी के रंध्र को ही उंगली से दबाकर बन्द कर दिया। मेरी सारी जिज्ञासा रुंधी हुई पड़ी रह गई।

तीसरे दिन जब हम लोग जंगल में पहुंचे तो सामने धुआं उठता हुआ दिखाई दिया। मैंने कहा—"यह क्या है?"

"यह हमारी बस्ती है।" सुखराम ने कहा।

मैंने देखा, छोटे-छोटे घर थे और अब सांझ उस जंगल से बस्ती को चारों ओर से घिराव डालकर दबाए ले रही थी। शायद ही दस घर हों। मैंने सोचा—यह संसार कितनी तरह का है? कहीं बम्बई की भीड़ है, कहीं आदमी ऐसे भी सन्नाटे में रहकर उम्र गुज़ार देता है? सामने एक बड़ा-सा कुआं था। मैं उसकी ओर बढ़ा, पर वहां पहुंचकर ठिठक गया। एक बच्ची, लगभग तेरह या चौदह वर्ष की, वहां पानी खींच रही थी—वह ऊंचा घाघरा और फरिया पहने थी। फरिया इस वक्त उसके कंधों के नीचे पड़ी थी। उसकी ओर मैंने देखा तो मुझे कुछ आश्चर्य हुआ। उसके नेत्र नीले, बाल सुनहले और रंग भभूका सफेद था। उसकी नाक कुछ आगे से उठी हुई थी और उसके गालों पर सुर्खी थी। वह मुस्कराई।

"कौन?" सुखराम ने कहा—"चंदा, अभी घर नहीं गई?"

"रोटी बनाकर धर आई हूं दादा (पिता), पानी का एक डोल लेने आई थी।"

मुझे अब मालूम हुआ कि वह सुखराम की बेटी थी। परन्तु कितना अजीब था। वह लड़की बिल्कुल अंग्रेज़ मालूम देती थी। उसकी आवाज़ में कितना तीखा पतलापन था कि मेरा विश्वास विचलित हो उठा।

सुखराम ने बीड़ी सुलगा ली और फिर ध्यान में डूब गया। मैं सोच नहीं सका। सामने पहाड़ के पैरों पर चांदी की बेड़ी-सी एक इमारत खड़ी थी। मैंने उसकी ओर इशारा करके पूछा—"सुखराम, वह क्या है?"

लड़की ने हंसकर कहा—"डाक-बंगला। पहले यहां सा'ब लोग आया करते थे। अब तो उनका राज ही चला गया।"

वह फिर हंसी और सुखराम की आंखों में एक छाया-सी डबडबा आई, कातर, परन्तु अनिंद्य, सुखावह नहीं, अपने-आप में पूर्ण।

उस दिन और बात नहीं हुई। मैं घर आ गया। जिनके घर ठहरा था, वे मित्र खाने के समय यह बताने में लगे रहे कि अब वे नई ज़िन्दगी शुरू करना चाहते थे। उनका दिल गांव से ऊब गया था। बड़ी देर तक वे गांव की निन्दा करते रहे, परन्तु उन्होंने सारांश यही निकाला कि गांव हर हालत में शहर से अच्छा होता है, अतः वे यहीं रहेंगे। मेरे पांव

की बात चली। फिर सुखराम की बात आई। मैंने उसकी लड़की के बारे में भी ज़िक्र किया। मेरे दोस्त ने हुक्का पास सरकाया और खाने की थाली में हाथ धोकर उसे एक ओर सरका दिया, जिसे उनकी पत्नी यानी मेरी भाभी ले गईं। दोस्त बड़े पसोपेश में पड़े हुए नज़र आते थे। मैंने कहा—"आखिर बात क्या है? लगती है वह अंग्रेज़-सी, परेशान आप हैं!"

"मैं न होऊंगा तो होगा और कौन?"

"क्यों? आपका उससे सम्बन्ध ही क्या?"

"बड़े कुंवर को जाके ढूंढ़ो इस वक्त।"

"आखिर मतलब क्या है आपका?"

"बेटा किसी पेड़ के नीचे होगा और 'चंदा-चंदा' कहकर आहें भर रहा होगा।"

मैं हंसा। बड़ा कुंवर पन्द्रह का, चंदा होगी तेरह या चौदह की। इनके प्रेम का इलाज मेरी राय में फकत दो-दो चांटे थे।

मैंने कहा—"आप भी...!"

भाभी ने कहा : 'मगर उसने तो अभी खाना भी नहीं खाया है? दस बज रहे हैं। पूस की ठंड है। मेरी तो दांती बज रही है। जन्म लिया था सूअर ने ठाकुर के घर, घूमा है तो नटनी के पीछे। मेरी तो उसने इज़्ज़त बिगाड़ दी।'

मेरे दोस्त हठात् उठ खड़े हुए। मैं जानता था, वे ठाकुर हैं जरूर, पर सीधे-सादे आदमी हैं। वे दो बार कांग्रेस के अहिंसा-आन्दोलनों में जेल भी हो आए थे। बोले : "तो उसे ढूंढ़ ही लाऊं?"

"कहां जाएंगे आप?" मैंने कहा।

रात तब बाहर गरज रही थी। दूर कहीं बघर्रे की गुर्राहट सुनाई दे रही थी, और चारों ओर अंधकार था।

"मुझे लालटेन नहीं, मेरी टॉर्च दे दो।" उन्होंने कहा, और कानों पर गुलूबन्द बांध लिया। मैं बड़े चक्कर में पड़ा। यह सब मेरे लिए ऐसा था जैसे किसी जासूसी उपन्यास का हिस्सा हो। मैं भी झट से तैयार हो गया।

जब भाई दरवाज़े पर आए तो मैं वहां हाथ में डण्डा लिए खड़ा था। भाभी की आंखें मुझे साथ जाते देखकर प्रसन्न दिखाई दीं। उनकी राय में चंदा को मार डालने में भी कोई हरज न था, क्योंकि वह उनके बेटे पर जादू कर रही थी, बड़े घर में आने के लिए। भाई साहब का मत और था। वे कहते थे कि साला आजकल की प्रेम की किताबें पढ़कर बावला हो गया है। नटनी से इश्क करके समझता है बड़ी तरक्की कर रहा है। बल्कि एक गरीब लड़की को फुसला रहा है। औरत में अकल होती ही कहां है?' और मैंने उनके तर्कों को सुना। मुझे मुस्कराहट भी आई। स्त्री अपने पुत्र को दोषहीन समझती है, क्योंकि वह उसके छलछिद्रों को नहीं समझती, अपनी स्त्री-जाति के मायावी रूप को जानती है और पुरुष को मूर्ख मानती है। और पुरुष अपने छलावे को जानता है, स्त्री को बेवकूफ समझता है, अतः अपने ही पुत्र को दोषी मानता है।

बाहर हवा काटे खा रही थी। दोस्त ने टॉर्च जलायी। जब हम जंगल में पहुंचे तो पुकार सुनाई दी—"चंदा! ओ चंदा!"

फिर सब शांत हो गया। वहीं आगे बढ़ने पर बड़ा कुंवर नरेश लौटता दिखाई दिया। बाप और बेटे की कोई बातचीत नहीं हुई। मेरे कारण तनातनी भी नहीं हुई। घर आकर नरेश ने अनमने होकर रोटी खाई। बाजरे की घी-चुपड़ी रोटी थी। मुझसे भाभी ने कहा था—"स्वाद में ज्यादा न खा जाना, पेट में गचक जाएगी।" पर उससे कह रही थीं—"क्यों रे? खाता क्यों नहीं? भूख नहीं है तुझे?"

मैं बाहर आ गया और मैंने अपना सिगरेट का पैकेट निकालकर एक सिगरेट सुलगायी।

दूसरे दिन मैं सुबह ही उठा और आज भाई साहब के साथ खेत पर चला गया। उनके पास पचास बीघा खेत था, उसमें कुएं की सिंचाई थी और इस वक्त गेहूं और जौ की फसलें झूमने के लिए तैयार हो गई थीं। पखेरू उड़ाने के लिए लड़के इधर-उधर पुकार रहे थे और पानी देने वाला जुआरा लेकर हारिया बरसात के ढांढौनों की सूखी पत्तियों के पास बैठा था। मैंने देखा, नरेश चुपचाप बैठा कुछ सोच रहा था। मैंने मन ही मन निश्चित किया कि इससे बात करूंगा। लिहाज़ा जब मेरे दोस्त चले गए तो मैं नरेश के पास जा बैठा।

मैंने कहा—"नरेश! तू क्या सोचा करता है?"

वह मेरी ओर देखने लगा। बोला कुछ नहीं।

मैंने ही कहा—"तू जानता है कि दुनिया के लोगों की तरह मैं कठोर-हृदय नहीं हूं। तू मेरी रचनाएं पढ़ चुका है जिनमें मैंने जाति-पांति के बन्धनों को तोड़ने की बातें लिखी हैं। मुझसे अपने दिल की बात कह दे।"

नरेश के कोमल मुख पर एक नया अवसाद घिर आया, जिसमें जीवन के नए विश्वासों का अम्बार लगा था, मानो वे जो फसलों में झूमती हुई हरी-हरी बालें थीं, कट-कटकर कनक बनकर ढेर-ढेर वसुंधरा पर मनुष्य के कल्याण-स्वप्न का प्रतीक बनकर सामने निखार लेकर उपस्थित हो गई थीं। मेरी अंतरात्मा उस भीगे खेत-सी विभोर हो उठी। यह आयु कितनी मादक, कितनी वितृष्ण होती है जब सारी दुनिया इसलिए फैली हुई पड़ी रहती है कि उस पर अपने ही चरणों के वैभव से चलना है। हिमगिरियों से भी ऊंचे अरमानों पर जब सूर्य अपनी देदीप्यमान किरणों को प्रतिक्षिप्त करता है तब मानो दिगंतों में नया आलोक विकीर्ण होकर अन्धकार के-से भविष्य की मोटी-मोटी पर्तों को फाड़कर भीतर तक चेतना फैला जाता है। मैं जानता हूं, इसी आयु पर पुरुष के भीतर पौरुष परिपक्व होता है और उधर चंदा की ही आयु पर बालिका स्त्री बनने लगती है। मानो तितली बनकर फूलों का मधु ले-लेकर उड़ जाने के पहले, यह किशोरावस्था वह अवस्था है जिसमें वह कीट रेशम अपने उदर के भीतर से बुनता है और संसार के लिए उगलता है। यह वह आयु है जिसे मनुष्य की शाश्वत कोमलता, रंगीन और स्वप्निल झिलमिल ने आज तक, मनु से लेकर आज तक, अपने काव्य-भवन में प्रवेश करने के पहले, देहलीज़ बनाकर लगा दिया है। सौंदर्य अपनी नई अंगड़ाई लेकर मानो बचपन की नींद को छोड़ना चाहता है। वे अनजान मिठास-भरे दिन, जो बाल्यावस्था में होंठों पर पंखुड़ियों की भांति फिसलते हैं, इस वय पर आकर मानो रसभरी फल की फांकों-सी छाया-माया भरकर नया रूप धारण कर लेते हैं और मैंने सोचा कि यह धरती ऐसे ही कितने-कितने युगों से मनुष्य की अमर चेतना का प्रवाह अपने भीतर, अपने कण-कण में धारण करती हुई, हर भोर की बेला में नये-नये कुड़कते कान्तारों में गुंजन-भरी, डाली-डाली पर मधुर-मधुर फूल खिलाती है।

मैंने स्नेह से नरेश की ओर देखा। किन्तु उसके कपोल आरक्त थे और वह धूप से पीले-पीले जगमगाते-से अधूरे किले की ओर एकटक देख रहा था।

मैंने फिर कुछ भी नहीं पूछा। आज मौन का प्रारम्भ कल अनवरत वाणी का स्रोत बन जाएगा, यही मैंने मन में सोच लिया।

किन्तु सांझ की बेला जब फिर घर लौटती गायों के सींगों के बीच से निकलकर नगरों पर लौटती हुई आ गई तब मैं और सुखराम धीरे-धीरे घूमते हुए जंगल की ओर चल पड़े। आज हम जिस ओर गए थे उधर झील लहरा रही थी। सांझ की पीली-पीली चादर झील

पर ऐसे गिर गई थी कि मुझे वह कोई भिक्षुणी-सी दिखाई दी। सुखराम आज पहले से अधिक चिन्तित था। आज हम दोनों एक स्थल पर जाकर बैठ गए। घनी झाड़ियों में हम घिरे हुए थे, वहां कुछ छोटे-छोटे देवालय थे। उनके पीछे कोई बाग था, जिसमें अब देखभाल न होने के कारण बड़े-बड़े इमली के पेड़ थे जिनपर कौओं की कांव-कांव सुनाई दे रही थी।

अचानक हमने सुना, झाड़ी के पीछे किसी ने कहा—"चंदा! तू सच कह, मेरी बात मानेगी?"

मैंने स्वर से पहचान लिया कि यह नरेश का स्वर था।

सुखराम गम्भीर था। उसमें मुझे एक भी विचलित भाव नहीं मिला।

चंदा की आवाज आई—"मैं सच कहती हूं, राजा! मुझे लगता है, मैं इस अधूरे किले की मालकिन हूं। पर न जाने क्यों, यहां मैं इतनी दूर रहती हूं!"

इसे सुनकर सुखराम जैसे थर्रा उठा और उसने कांपकर मेरा हाथ पकड़ लिया।

"मैं तुझे वहां ले जा सकता हूं।" नरेश का स्वर सुनाई दिया।

"तुम्हें डर नहीं लगेगा?"

"डरूंगा क्यों? लोग यह भी तो कहते हैं कि यहां बघेरा आता है और आज तक हम-तुम यहां आने से नहीं डरे, तो अब ही क्या डरने की बात हो सकती है!"

"तुम सचमुच बड़े बहादुर हो।"

"अच्छा, यह तो बता, तुझे किसने बताया कि यह किला तेरा है?"

चंदा हंसी। कहा—"कल मैंने दादा के बक्स में एक तस्वीर पाई थी। वह बिल्कुल मुझ-सी थी। उसे देखकर मैं कुछ भी समझ नहीं पाई। वह औरत बिल्कुल मेम-सी लगती थी और उसकी तस्वीर के पीछे एक और तस्वीर दबी छपी थी। वह किसी पुरानी ठकुरानी की तस्वीर थी। न जाने क्यों, मैंने जब से उसे देखा है, मेरे मन में चाह हो उठी कि मैं भी वैसी ही बन जाऊं।"

हठात् सुखराम का भर्राया स्वर उठा—"चंदा! चंदा हो!"

और फिर लगा, झाड़ियों के पीछे कोई भागा। जब हम वहां पहुंचे, कोई नहीं था। सन्नाटा छाया हुआ था। सुखराम अत्यन्त विचलित था। मैं समझा नहीं कि आखिर बात क्या थी। सुखराम अपने-आप बुड़बुड़ाया, "फिर आग लगेगी, फिर धुआं उठेगा।" और वह भयानकता से अधूरे किले की ओर देखकर ठठाकर हंसा। मेरे रोंगटे खड़े हो गए। वह विकराल लग रहा था। उसने मानो अधूरे किले से कहा—"तू गिरकर मिट्टी में मिल जा, अभागे! तूने इस धरती पर रहने वालों को कभी चैन से नहीं रहने दिया।"

मैंने पुकारा—"सुखराम!"

"सच कहता हूं।" सुखराम ने मेरे दोनों हाथ पकड़कर कहा—"मैं सच कहता हूं बाबू भैया! जिस दिन इसकी नींव खुदी थी, उस दिन इसमें नर-बलि दी गई थी, क्योंकि तब प्रेत को चौकीदार बना देने का कायदा था। जो ज़िंदे आदमी की हड्डियों पर खड़ा किया है, वह क्या कभी आदमी को चैन दे सकता है? इस किले में भाई भाई का नहीं रहा। इसी के लिए भाभी ने देवर को ज़हर दिया। इसी किले में देवर के मरने पर देवर की गर्भ वाली बहू रातोंरात भागकर जंगल में छिपी और ठकुरानी को एक जोगी ने जंगल में जापा कराया। फिर उसे वह नटों में छोड़ गया, क्योंकि नटों में कोई जान का खतरा नहीं था। जब बच्चा दो बरस का हो गया तो वह ठकुरानी नाचने वाली बनकर बदला लेने आई, और अभागिन कहां तो बदला लेने आई थी, कहां खुद शिकार हो गई। जेठ नहीं जानता था, पर अपने भाई की बहू पर आशिक हो गया। ठकुरानी की चाह पूरी होने को थी, वह उसका

खून कर देती, पर एक अफसोस रह गया कि वह एक दरबान की मुहब्बत में फंस गई। राजा को मालूम पड़ा तो उसने ठकुरानी को हीरों की, मोतियों की लड़ों की पोशाक भेजी। ठकुरानी ने उन्हें चक्की में धरकर, पीसकर चूरा करके राजा को भेज दिया और खुद दरबान के साथ भाग निकली, पर दरबान पकड़ा गया और ठकुरानी मार डाली गई। दरबान ने कैद से छूटकर बच्चे को पाला। वह बच्चा बड़ा हुआ तो नट बना।''

''फिर?'' मैंने कहा।

''फिर?'' सुखराम हिल उठा। उसकी आवाज़ कांप उठी। उसने कहा—''मैं उसी खानदान का आखिरी ठाकुर हूं बाबू भैया। जब नटों के यहां रहकर ठकुरानी एक बार पड़ोस के ठाकुरों के यहां गई तो उन्होंने कहा—तूने नटों का छुआ हुआ खाया है, अब हम तुझे वापस नहीं ले सकते। उस दिन उसने कहा था—तो किला मेरा है। इसे कैसे भी जीतना ही होगा। यही मेम ने कहा था, आज चंदा भी कह रही है।''

मैं आवेश में था। सुखराम की अन्तिम बात ने मुझे किसी अजीब कहानी की तरफ मोड़ दिया था। मैं अब उसे सुनना चाहता था और सुखराम ने मुझे सुनाया। मैं सुनता रहा—सुनता रहा। उसे सुनकर मैंने सोचा, इसे मैं अवश्य लिखूंगा। यह मनुष्य की विवशता की कितनी ज्वलंत गाथा है और कितनी आश्चर्यजनक है!

''नहीं-नहीं बाबू भैया,'' सुखराम ने कहा—''मैंने कभी किसी नट की बात को नहीं माना। मैं अब भी असली ठाकुर हूं।''

''तुमने बुरा किया सुखराम।'' मैंने कहा—''तुमने उनको अपना नहीं समझा, जिन्होंने तुम्हें आदमी बनाकर ज़िन्दा रहने का हक दिया। तुमने इंसान को इंसान से नफरत करने की बात को इतना बड़प्पन देकर अपने दिल के दूध को पिला-पिलाकर इस जहरीले सांप को पाला है, जो भीतर ही भीतर तुम्हें डस रहा है और तुम्हें बेहोश किए दे रहा है।''

सुखराम कुछ नहीं बोल सका। उसने आंखें फाड़कर देखा, मानो जो मैं कह रहा हूं वह उसने कभी नहीं सुना है।

मैंने कहा—''जंगल की रूखड़ी की टोह लेने वाला नहीं जानता कि इन्सानियत की रूखड़ी सबसे बड़ी है, सबसे ऊंची है।''

रात घिर आई थी। हम लौट आए। दूसरे ही दिन मैंने उसकी कहानी को लिखना प्रारम्भ कर दिया। यह सच है कि इस कथा की वर्णनात्मकता मेरी है परन्तु तथ्य उसी के दिए हुए हैं। जब मैं लिखता तब मैं अक्सर सोचता कि मैं इस अजीब-सी कहानी को क्यों लिख रहा हूं। तब मुझे महसूस हुआ कि रजवाड़ों की इस मध्यकालीन संस्कृति को अभी तक मशीन आकर बदल नहीं सकी है।

सुखराम रोज़ आता और हम घूमने जाते। धीरे-धीरे कहानी पूरी हो चली। मैंने उस चित्र को ज्यों का त्यों लिखा था। आज मेरे सामने चंदा की लाश पड़ी है और नरेश पागल-सा एक कोने में खड़ा हंस रहा है। पुलिस ने सुखराम के हाथों में हथकड़ी पहना दी है। चारों ओर सन्नाटा छा रहा है। मेरे दोस्त की आंखों में पानी है और उनकी पत्नी दोनों हाथों से सिर के बाल कभी-कभी नोच लेती है, फिर अपने हाथों को उठाकर अपने सीने से मार लेती है।

तुम! तुम नये साहित्य को पढ़ते हो। लो, इसे भी पढ़ो। जीवन उतना ही नहीं है जितना तुम समझते हो। रात भयानक आ गई है। आसमान में तूफान गरज रहा है। मैंने चंदा की लाश छू ली है। वह बच्ची कितनी खूबसूरत थी। और नरेश यों कहता है—''काका! आज इसे सो जाने दो। कल यह अपने-आप जाग उठेगी और तब यह मेरे पास आएगी।''

भाभी कहती हैं—"बेटा..."

उनका स्वर रुंध जाता है। अब वह रो रही हैं—"अभागिन! तू औरत बनकर जन्मी ही क्यों? स्त्री होकर तू कभी मनचाहा पा सकती है? कभी नहीं। यह दुनिया बड़ी निर्दयी है।"

"सुखराम!" मैं कहता हूं, "तूने इसकी हत्या की है?"

"हां," वह कहता है, "मैंने ठकुरानी का खून किया है, मैंने चंदा को नहीं मारा। वह मरकर भी मरी नहीं थी। उसकी आत्मा भटक रही थी। वह बार-बार आदमियों को भरम में डालती थी। मैंने उसे आज़ाद कर दिया है। एक दिन ठकुरानी ने चक्की में डालकर लाखों रुपयों के हीरे-जवाहरात पीसकर जुलमी के मुंह पर दे मारे थे। उसकी मुहब्बत का पागलपन उस पर सवार हो गया। वह मरकर भी ज़िन्दा रहती थी। वह अधूरे किले को छोड़ नहीं पा रही थी। चार पीढ़ी बीत गईं, पर उससे माया का जाल नहीं कटा। बाबू भैया, दौलत का जाल पिंजरा होता है। इसमें फंसकर आदमी तोते से भी गया-बीता हो जाता है कि द्वार खुल जाने पर भी उड़कर नहीं जाता।"

सुखराम को पुलिस ले गई। आकाश में झम-झमकर बिजली नाच रही है। हठात् नरेश चमकती बिजली के उजाले में हाथ उठाकर अधूरे किले की ओर देखकर कह रहा है—"चंदा! वह हँस रही है। आज वह बहुत दिन बाद अधूरे किले की मालकिन हो गई।"

और वह हँस रहा है, हँस रहा है, बाहर मानो तूफान उसकी हँसी बनकर उमड़ रहा है। विक्षोभ आज आकाश से लेकर पृथ्वी तक थरथराकर लरजता हुआ डोल उठा है।

और मैं सुखराम की कहानी सोच रहा हूं। मैं उसे निकाल रहा हूं। पर नरेश पागल हो गया है, नहीं, यह मेरी कहानी अधूरी है। यह कहानी चार पीढ़ियों तक फैली हुई है, जिसमें सामंतीय व्यवस्था का भूत पुकार रहा है, लहू से इसकी नीवें रंगी हुई हैं। इसमें एक बहुत सुनहरा छलावा है, जो आज की विषमताओं को कभी-कभी छल में लगाता है, परन्तु यह स्वयं किसी नरेश की भूली हुई-सी बात है।

मैं इसे फिर लिखूंगा, जिसमें सब कहानी आ जाए।

मेरे दोस्त की आंखें अब बरस नहीं रही हैं। भाभी खामोश हैं। आसमान चुप है, और नरेश नीरव है। बाहर वायु का संचरण शान्त है। सघन वनों का हाहाकार निःस्तब्ध हो गया है। अंधकार अपनी गतिहीन सत्ता में अवाक् हो गया-सा जहां-का-तहां जमकर बैठ गया है।

पर मैं जानता हूं यह सब क्षणिक है। हवा फिर चिल्ला सकती है, आसमान फिर दहाड़ सकता है। सघन वन फिर पुकार सकता है, यही अंधकार अपने अंगों को झकझोरता हुआ फिर गर्जन कर सकता है, दोस्त की आंखें फिर बरस सकती हैं, भाभी फिर कराह सकती हैं, और नरेश फिर वही विकराल हंसी हंस सकता है। विकराल! पन्द्रह बरस का लड़का और इस प्रकार उसकी चरमराती हुई कर्कश हंसी!

मैंने अपनी उमर गंवा दी है। मैंने कभी अपने लिए स्नेह नहीं मांगा, मैंने तुमसे कभी कुछ पाया नहीं, पर मेरे इस असम्बन्धित सम्बन्धी नरेश को तो देखो! कैसी फटी-फटी-सी आंखों से देख रहा है!

फिर अचानक आकाश जल उठा, उजाला हो गया, ऐसा कि बरसाती नदी का बहता पानी पत्तों के नीचे भागता हुआ दिखाई देने लगा और नरेश ने द्वार पर खड़े होकर कहा—"काका! कोई नहीं समझ सकता, बस, तुम समझ सकते हो। देखो! वही है न चंदा! आज कैसी ठकुरानी बनकर खड़ी है। सोलह सिंगार किए ठीक वैसे ही जैसी वह तस्वीर थी। आज वह सचमुच अधूरे किले की मालकिन हो गई है..."

2

जो तब सुखराम ने कहा था, वह लिखता हूं। इसमें अनुभूतियों की गहराइयों के वर्णन स्पष्ट ही मेरे हैं, सुखराम के नहीं। उसने कहा था :

मैं तब बारह बरस का हो गया था। अभी मेरा बोल लड़कियों का-सा था। मैं तो धीरे-धीरे जवानी की सड़क को देखने लगा था, क्योंकि बचपन की वह पगडण्डी जाकर उसमें मिल जाती थी।

मेरा बाप अपने झोंपड़े में बैठा शराब पी रहा था। उसकी लम्बी मूंछें थीं, और गिद्ध की-सी आंखें थीं। वह इतना सख्त दिखाई देता था कि मेरी मां के सिवाय सब उससे डरते थे। मां नटनी थी। अब वह लगभग पैंतीस वर्ष की थी।

मुझे वह सब बिल्कुल तो याद नहीं है, पर वह रात का वक्त था। चांदनी पहाड़ के ढालों पर से फिसलती हुई आकर मैदान में फैल गई थी। कांस के चिलकते पके पीले सफेद-से भुरभुरे पेड़ों पर पड़कर वह कितनी बेहोश-सी दिखाई देती थी कि मुझे और कुछ नहीं भाता था। बाप की कुछ बीड़ियां चुराकर ले जाता था और किसी जगह सन्नाटे में बैठकर रात की नीली-पीली परछाइयों को मैं चुपचाप देखा करता। आज भी मैं ऐसे ही चला गया था। मैंने एक पेड़ की तिरछी होकर फैल गई जड़ पर सिर रख लिया था और पड़ा हुआ था। घरों के पास लड़कों और लड़कियों के स्वर गीत गाते हुए उठते और एक मंजी हुई स्वर-साधना-सी बार-बार झपकती, कांपती, फरफराती हुई मुझे विभोर किए दे रही थी।

पूरा चांद निकला हुआ था। झील में उतर आया था बेईमान, चांदी की नाव बनकर, जिस पर किरनों की लड़कियां बैठकर आई थीं। पानी की लहरों पर आकर जैसे नाव डूब गई थी और वे लड़कियां लहरों पर बहने लगी थीं।

रेंमझा के पेड़ों के पतले-पतले पत्तों के पीछे से जब मैं देखता तो दूर तक फैला हुआ जंगल बड़ा ही खूबसूरत दिखाई देता।

इतने में मेरे बाप की भर्राई हुई पर मोटी आवाज़ सुनाई दी—''सुखराम! हो सुखराम!''

मैं दौड़कर गया। दादा (बाप) ने आवाज़ दी थी। मेरे बाप ने कहा : ''सुखराम! चल, तुझे जंगल में चलकर रूखड़ियां दिखा दूं। आज बहुत अच्छी पूरनमासी है, एक-एक चीज़ साफ दिखाई दे रही है। यह काम रात को चांदनी में ही हो सकता है।''

मैं समझ नहीं सका। पर मैंने कहा—''चलो दादा, चलें।''

मेरे अधेड़ उम्र के बाप ने मुझे सीने से लगा लिया और माथे को चूम लिया। उसके मुंह से शराब की बदबू आ रही थी। पर शराब वहां सब पीते थे। बचपन में मेरी मां मुझे नशा करके सुला देने को दो बूंद शराब पिला देती थी। मुझे शराब सूंघने की आदत थी। आज मैंने पिता में एक विह्वलता देखी थी, जैसे वह पुराना बरगद का पेड़ हिल उठा हो, जिसकी लटकती जटा फिर धरती में घुसकर एक नया बरगद बन गई हो। उस जटा के कंधे पर हाथ धरकर उसे सीने से लगाकर जैसे बरगद फिर असीम आकाश की ओर देखने लगता है, वैसे ही मेरे कंधों पर हाथ रखकर मुझे सीने से लगाए मेरा बाप आकाश की फैली हुई पीली और रुपहली विस्तृति को देखने में लगा हुआ था।

हम लोग झाड़ियों में से चल पड़े। अब गीत उठ रहा था :

''आज चांदनी है। आज मैं तेरे पास सोऊंगी, मुझे चंदा से डर लगता है।''

''ओ चंदा की-सी कामिनी, तू जिसमें से जन्मी है, तुझे उसी से डर क्यों लगता है बावरी।''

''ओ साजन, मुझे हंसुली बनवा दो, इस चंदा में इतना सोना-चांदी है, इन्हें जाकर

कटवा दो न? दरोगा क्या तुम्हें इसके गहने बनवाने पर भी पकड़ लेगा?''

''प्यारी, वह बड़ा निरदयी होता है। वह मेरा दुश्मन नहीं है, वह चंदा का रखवाला भी नहीं है, असल में उसकी आंख तेरे जोबन पर लगी है।''

हम लोग धीरे-धीरे बढ़ रहे थे। मेरा बाप इस समय बड़ा गम्भीर था। मैंने देखा, वह इस समय बड़ा गम्भीर दिखाई दे रहा था। उसके सिर पर साफा बंधा हुआ था। मैंने उसे भिट दबाकर लोमड़ पकड़ते देखा था, वह भागते रोज़ को घेर लेता था, वह तीन हाथ में कांटे फेंकती सेही को मार देता था, और बिज्जू–जैसे सख्त और खतरनाक जानवर को उसने सबके सामने अकेला मार डाला था। वह गांवों में घूमा करता। मेरी मां से वह बहुत प्रेम करता था। कभी हाथ उठाकर नहीं बोलता था। जब वह शराब पीकर पराये मर्दों के साथ मस्त होकर बकती थी, तब वह उसे कंधों पर धरकर ले आता था। मैंने अकेले में उसे उसके साथ बड़े प्यार की बातें करते देखा था।

जब हम लोग देवी की मढ़ैया के पास पहुंचे, मैंने देखा कि एक चिराग जल रहा है, दो-तीन आदमी बैठे हैं और मेरी मां बैठी है। वे सब शराब पी रहे हैं।

मेरा बाप उसे लेने को बढ़ा, पर हठात् रुक गया, क्योंकि मेरी मां के सामने बैठे हुए काले रंग के पुरुष इसीला ने कहा–''ठाकुर! तो वह तुझे भी ठकुरानी बना देना चाहता है?''

''हां!'' स्वर खींचकर मां ने कहा, जैसे वह हंसना चाहती थी, और भीतर ही भीतर घुटी जा रही थी।

इसीला ने कहा–''इसकी मां नटनी थी। फिर ठाकुर क्या इसे अपने में मिला लेंगे, जो यह ठाकुर बनना चाहता है?''

वे सब हंसे और उस हास्य में एक विद्रूप था, व्यंग्य था। मनका ने कुल्हड़ों में शराब भरी और फिर वे नया दौर खत्म करने में लग गए। अपने बाप को मैंने देखा। वह स्तब्ध खड़ा था, जैसे उसे काठ मार गया था। मैं उसको इस तरह गम्भीर देखकर उस समय डर गया। वह बिल्कुल पत्थर हो गया था। कब तक ऐसे ही वह खड़ा रहेगा, मैं सोच नहीं सका। तब मैंने धीरे से कहा–''दादा! चांद पहाड़ की सीध में आ गया है, चलो।''

वह चौंका और हम लोग चल पड़े। जंगल भयानक था। दूर हमारी बस्ती में अब भी गीत उठ रहा था, और मुझे यहां ऐसा सुनाई देता जैसे वह कहीं दूर स्वप्न की सी एक हल्की-सी लोरी थी, जो दूर-बहुत दूर गूंज रही थी। मेरे पिता ने मुझे जड़ियां-बूटियां खोज-खोजकर देनी शुरू कीं। वह मुझसे कहने लगा–''सुखराम! इन्हें पहचान लो। मैं सदा नहीं रहूंगा। यह विद्या मैंने नटों से सीखी है और इनके यहां का कायदा है कि बाप से बेटे को यह विद्या मिला करती है।''

मेरा मन हिल गया। मैंने कहा–''तो क्या हम इनमें से नहीं? क्या हम नट नहीं हैं?''

''नहीं बेटा।'' मेरे बाप ने आसमान की तरफ देखते हुए कहा–''हम इनकी तरह जरायमपेशा नहीं हैं। इनको हमेशा से बेवजह गिरफ्तार किया जाता है, पर हम वे नहीं हैं–तू और मैं ठाकुर हैं। ठाकुर!'' उसका स्वर कठोर हो उठा। उसमें अथाह तृष्णा थी, कुचले हुए सांप की तरह का फन पटकता हुआ अहंकार था, 'हम ठाकुर हैं।' उसने हठात् हाथ उठाकर कहा–''वह क्या है?''

''अधूरा किला!'' मैंने कहा।

''हम अधूरे किले के असली मालिक हैं। आज जो अंग्रेज़ों के गुलाम राजा यहां बैठे हुए रण्डियों में अपनी जिन्दगी गुज़ार रहे हैं, जो परजा के दुख-दरद नहीं देखते, वे बेईमानी से यहां आकर बैठे हुए हैं। हम इसके असली मालिक हैं।'' और फिर जैसे उसका गला रुंध गया। वह

आगे कुछ कह न सका। उसके सिर के काले बालों का आगे वाला गुच्छा, जिसमें चांदी के-से उलझाव आ गए थे, उसके तपे हुए रंग के माथे पर झूल आया, क्योंकि उसका साफा ढीला होकर पीछे गिरकर कंधों पर सांप-सा मुड़ेडी मारकर इकट्ठा हो गया था। उसकी घनी भौंहों के नीचे से उसकी अथाह आंखों को देखकर लगता था कि वे दो खाली दीपक हैं जिनमें अब किसी आग ने दो शिखाएं जला दी थीं, जिनका धुआं बाल बनकर ऊपर जम गया था। अलगाव की मजबूत ऊंचाई-सी वह नाक उसके रोम-रोम से अपना सम्मान मांग रही थी।

उस स्वर को सुनकर मुझे रोमांच हो आया। अधूरे किले के असली मालिक! मेरे शरीर में एक हलचल-सी हो गई। मेरा खून मेरे सिर की तरफ दौड़ने लगा। मुझे लगा, मेरी कनपटियां बहुत गर्म हो गई हैं। और मेरे सामने हकूमत का ख्वाब अब जीता-जागता खड़ा हो गया था, पत्थर की मोटी, ऊंची मज़बूत दीवारें धरती की धूल में से निकलकर बड़ी हो गई थीं, वैसी ही विशाल, जैसे सामने अधूरा किला खड़ा हुआ था।

मैंने फुसफुसाकर कहा—"दादा!"

"हां बेटा!" मेरे बाप ने फिर कहा—"एक दिन हम ही इसके मालिक थे।"

"तुमसे किसने कहा?"

"तेरे बाबा ने।"

"उनसे किसने कहा?"

"तेरे परबाबा ने।"

मैं खामोश होकर सोचने लगा। फिर कहा— "मुझे सब-कुछ बता दो।"

मेरा बाप चुप रहा; कुछ सोचता रहा। फिर उसने कहा—"तेरे परबाबा यानी मेरे बाबा इस किले के असली वारिस थे। पर हम ठाकुर हैं, हम नट नहीं हैं, समझा?"

मैंने कहा—"समझ गया, लेकिन तुमने मुझे इतने दिन क्यों नहीं बताया?"

मेरी आवाज़ अब तीखी हो गई थी। मेरे बाप ने ही कहा—"अभी तक तू काठ का टुकड़ा था, अगर मैं तुम्हें सुलगा भी देता, तो थोड़े-से पानी से तू बुझ गया होता। पर अब तू जंगल हो गया है। अब जो मैंने तुझमें आग लगाई है वह नहीं बुझेगी; क्योंकि जितनी हवा चलेगी उतनी ही आग फैलती जाएगी।"

वह मुझे स्नेह से देखने लगा। मैं अपना सिर पकड़कर बैठ गया।

पर उस वक्त हम लोगों का सपना टूट गया। मेरी मां सामने खड़ी थी। उसके हाथ में कटार थी, जो चांदनी में चमचमा रही थी। उसने मेरे पास आकर मुझे अपने सीने से लगा लिया और कहा—"नहीं, तू मेरा बेटा है; तू मेरा, मेरा बेटा है। तू इसका बेटा नहीं है, तू ठाकुर नहीं है।"

मेरा बाप आहत-सा पुकार उठा—"बेटा!"

"हां," शराब की गन्ध उड़ाती हुई मेरी मां ने कहा—"मेरे एक ही बेटा है, उसे मैं पागल नहीं बनने दूंगी। तुमने अपने-आपको जैसा पागल बना लिया है, वैसे मैं इसको नहीं होने दूंगी।"

"तब फिर तू मुझे छोड़ क्यों नहीं देती?"

"लाज नहीं आती यह कहते हुए तुझे?" मां ने कहा—"निरदयी! तेरे लिए मैंने क्या नहीं किया!"—मां की आवाज़ में व्यंग्य था, प्रेम की ज्वाला थी, दाह की तृष्णा थी, उलाहने की ममता थी। उसने कहा, "तू ठाकुर है! तू नटनी के पेट का जाया! तू अपने को ठाकुर कहता है! तूने झोंपड़े में रहकर महलों का सुपना देखा है। पर मेरा लाड़ला तेरे जैसा नहीं होगा।"

“बेला!” मेरा बाप पुकार उठा।

“मुझे डराता है?” मां ने कहा—“ठाकुर!”

मां ने दांत पीसे और आंखें निकालकर हाथ उठाकर कहा—“तू जिस पत्तल में खाता है, उसीमें सुराख करता है। तेरा बाप जब मरा था, तब तू छोटा ही था। मेरे बाप ने तुझे पाला था। कितने नट मुझे चाहते थे, पर मैंने तेरा ही हाथ पकड़ा। क्या मैं जानती थी कि तू मुझसे नफरत करता रहेगा! तूने मुझे कभी प्यार नहीं किया जालिम! तूने मेरे पेट से एक ठाकुर लेने के लिए, अपना सुपना पूरा करने के लिए मुझसे प्यार का स्वांग रचा था? तेरे लिए मैंने अपने-आपको मिटा दिया। दरोगा हरनाम मुझे अपनी रखैल बनाकर सारे आराम देने को कहता था, पर तेरे लिए मैंने उसे ठुकरा दिया। जब दरोगा करीमखां ने तुझे गिरफ्तार कर लिया था, तब मैंने जोबन का सौदा करके तुझे छुड़ाया था। जब अकाल पड़ा था, तब तेरे और तेरे बच्चे के लिए गांव में जाकर परायों के संग रातें काटकर कमाकर लाती थी, ताकि तुझे बचा सकूं। और मेरे नटों ने मुझसे कभी घिन नहीं की, पर तू मुझसे मन-ही-मन नफरत करता रहा।”

वह नशे में थी, अतः बकती जा रही थी। मेरे बाप ने दोनों हाथों से अपना मुंह छिपा लिया था। मां की कटार चमक रही थी। उसने फिर कहा—“नहीं सुक्खा! मेरे राजा बेटे! आज असली बात बताती हूं। तू इसका बेटा नहीं है, तू नट है, क्योंकि मैं बता नहीं सकती कि तू किसका बेटा है, जैसे कोई नटनी नहीं बता सकती।”

“नहीं!” मैंने चिल्लाकर कहा—“मैं इसीका बेटा हूं। मैं ठाकुर हूं! मैं ठाकुर हूं! क्यों दादा, मैं ठाकुर हूं न?”

मेरे बाप ने पागल की तरह दोनों हाथों से अपने बाल नोच लिये और कांपते स्वर में कहा—“तेरी मां सब ठीक कहती है बेटा, पर वह यह झूठ कहती है कि तू मेरा बेटा नहीं है। तू मेरा बेटा है। तू ठाकुर का बेटा है। तू किले का मालिक है...”

और इससे पहले कि वह बात खत्म करे, मैंने मां की तरफ हाथ उठाकर कहा “सुन! दादा क्या कह रहा है!”

“तू भी!” मां ने ऐसे आश्चर्य से कहा, जैसे वह विश्वास नहीं कर सकी। उसने फिर कहा—“सचमुच! मां की ममता भी तुझे नहीं। तू भी! सांप के सांप।” और जैसे वह पागल हो गई थी। वह हंसी, और उसने दादा से कहा—“तो ठाकुर! ले, अपने नये ठाकुर को संभाल। मैं चली।”

वह छेंड की तरफ भागने लगी। छेंड में बघेर डोलते थे। उधर पुराने जमाने के कुछ कुण्ड बने थे, जिनमें पहाड़ों का पानी आता था। बघेर वहीं पानी पीने आया करते थे। वह नहीं रुकी। मैं अवाक् देखता रहा। मेरा बाप एकदम चौंक उठा और उसके पीछे दौड़ा। वह चिल्ला रहा था—“...बेला...तुझे मेरी कसम! तुझे मेरी कसम! ठहर जा! तुझे तेरे बेटे की कसम!”

पर नहीं, वह नहीं रुकी। वह छेंड में घुस गई। फिर एक भयानक दर्दनाक चीख सुनाई दी और मैंने अपने बाप को दो बघेरों से लड़ते देखा। मैं दूर था; चिल्लाने लगा। बस्ती से लोग मशालें जलाकर भागते हुए आए; पर जब तक वे पहुंचे, मेरा बाप और मेरी मां दोनों चले जा चुके थे, मैं अकेला रह गया था।

उस समय मैं रोने लगा था। मुझे मेरी मां की सूरत याद आ रही थी। वह पति की उपेक्षा को प्रेम के सहारे सहती जा रही थी, परन्तु बेटे की घृणा को नहीं सह सकी। उसका हृदय नहीं सह सका। वह मर गई थी। परन्तु मेरा हृदय रो रहा था। मैं अब अनाथ हो गया था।

इसीला और मनका ने पास आकर पूछा—''क्या हुआ था?''

मैं कुछ नहीं कह सका। रोता रहा।

इसीला ने कहा—''लगता है, बात खुल गई।''

मनका ने सिर हिलाया। पूछा—''क्यों रे, तू कौन है?''

मैंने उत्तर नहीं दिया।

वे लोग चले गए। मैं वहीं बैठा रोता रहा। आज मेरे भीतर अनेक विचार कांप रहे थे। मैं ठाकुर था, मैं अधूरे किले का मालिक था, मैं अपने मां-बाप का हत्यारा था। मेरी समझ में नहीं आ रहा था कि मैं क्या करूं।

चांद डूब गया था। मैं अंधेरे की भीगती हुई उदासी में चुपचाप बैठा था। सहसा मेरे सिर पर किसी ने प्यार से हाथ फेरा। वह इसीला की बेटी प्यारी थी। नौ साल की। गोरी, बड़ी-बड़ी आंखों वाली। उसने कंजरियों की तरह सिर पर रूमाल बांध रखा था। वह नटों से अधिक कंजर बच्चों में खेलती और उसकी हर आदत भी कंजरों की-सी थी। पर वह अभी से करतब दिखा लेती थी। वह अपने को लड़के से कम नहीं समझती थी।

उसने कहा—''सुखराम!''

मैंने आंखें उठाकर देखा।

उसने फिर कहा—''रोता क्यों है?''

मैं उसके कंधे पर सिर धरकर सिसकने लगा। उसने फिर मेरे सिर पर हाथ फिराया।

इसीला ने पुकारा—''प्यारी!''

''नहीं आऊंगी।'' उसने कहा।

इसीला कुछ समझा नहीं। वह निकट आ गया। उसने उसका हाथ पकड़कर खींचा। प्यारी रोने लगी।

''नहीं जाऊंगी।''

''तो क्या करेगी आखिर?''

''मैं सुखराम के पास रहूंगी।''

बस्ती के लोगों में से कुछ ने सुना। वे हंस दिए। कहा—''बुला ले इसीला। सुखराम भी तो अपना ही है।''

इसीला ने मुझसे कहा ''सुन ले सुखराम! आज ही तय करता हूं। मेरी प्यारी तेरी है, पर अगर तूने उसे दुःख दिया या तूने अपने घमण्ड में उससे घिन की, तो जब तक मैं जीता रहूंगा, तब तक मेरी कटार तेरे लहू की प्यासी रहेगी और जब मैं मर जाऊंगा, तो इसीला नट का भूत तुझसे बदला लेगा।''

हम लोग लौट आए। मेरे झोंपड़े का सामान इसीला के झोंपड़े में आ गया। इसीला की प्यारी अकेली बेटी थी और घर में थी प्यारी की मां सौनो। और कोई नहीं। इसीला काला था, उसकी बेटी गोरी थी।

जब दादा का बक्स खुला तो उसमें एक तस्वीर निकली। मैंने देखा, वह कोई पुरानी ठकुरानी थी।

प्यारी ने आश्चर्य से पूछा—''दादा, यह कौन है?''

''कोई नहीं, रख दे उसे।'' इसीला ने डांटा। पर वह जिद्दी लड़की थी। मानी नहीं; अड़ गई। कहा—''बता दे दादा, कौन है? बता दे दादा!''

उसकी मां सौनो चरखा चला रही थी। इसीला ने लड़की को ज़िद करते देख चांटा जड़ दिया। प्यारी रोकर मां से लिपट गई। इसीला हुक्का गुड़गुड़ाने लगा।

"क्या देखता है?" इसीला ने मुझसे कहा—"जा, बाहर खेल।"

पर मैं नहीं हटा।

सौनो ने मुझे गोद में खींचकर कहा—"क्या बकता है तू?"

इसीला मुंह फेरकर बैठ गया—"बिगाड़ दे, सबको बिगाड़ दे।"

"बता दे न?" सौनो ने कहा "एक ही बेटी है, उसका भी सुख तुझसे देखा नहीं जाता?"

इसीला नरम पड़ा, और उसने बताया –

"यह तसवीर ही तो झगड़े की जड़ है सौनो। यह ठकुरानी है। तीन पीढ़ी पहले यह हुई थी। छिनाल थी, छिनाल! दरबान से फंस गई। यह अभागा उसी के बेटे के वंश में जन्मा है। उसने मेरी तरफ हाथ उठाकर कहा।

"तो सचमुच यह अूधरे किले की मालकिन थी?" सौनो ने पूछा।

"हां!" इसीला ने कहा।

सौनो ने अपनी बेटी का और फिर मेरा गाल प्यार से चूम लिया और कहा—"इसीला! आज मेरी बेटी का ब्याह तूने उससे पक्का किया है जो अधूरे किले के असली मालिकों के खानदान में से है!"

उसके नेत्र आनन्द से फट गए थे। उसने अपनी बेटी से कहा—"समझी प्यारी! तू अब नटनी नहीं है। ठाकुर की बहू है। तुझे ठकुरानी बनना पड़ेगा। वही इज्जत, वही परदा, वही ठाठ रख सकेगी? या तू भी कंजरों और नटनियों की तरह सिलियां बीनती फिरेगी?"

इसीला के नेत्रों में भयाक्रान्त छाया थी। वह ऐसा लग रहा था, जैसे चौंक उठा हो। उसने कहा—"सौनो, क्या बकती हो?"

"क्यों?" सौनो ने कहा—"तुम नहीं चाहते कि तुम्हारी बेटी इज़्ज़त से रहे? हम नट हैं। दुनिया में हमारी कोई इज़्ज़त नहीं। हमें जब चाहे पुलिस वाले पकड़ लेते हैं। राजा के अहलकार हमारी औरतों को ले जाते हैं। हम चोर समझे जाते हैं।"

इसीला ने चिलम औंधा दी। वह कुछ नहीं कह सका; केवल मेरी ओर देखा। मैं सिर झुकाए बैठा था। सौनो मेरे सिर पर प्यार से हाथ फेर रही थी। प्यारी उसकी गोद में सिर रखे लेटी थी। इसीला उठा। उसने प्यारी को अपनी तरफ खींच लिया और कहा—"नहीं सौनो! प्यारी मेरी बेटी है। जैसी तू नटनी है, ऐसी ही तेरी बेटी भी बने, यही मेरी इच्छा है; और कुछ नहीं। जो धरती पर खड़े नहीं होते और आसमान को छूने की कोशिश करते हैं, वे मुंह के बल गिर पड़ते हैं।"

पर मैं खड़ा हो गया था। मैंने प्यारी का हाथ पकड़कर अपनी तरफ खींच लिया और कहा—"प्यारी मेरी है। मैं ठाकुर हूं, वह मेरी ठकुरानी है।"

सौनो ठहाका लगाकर हंसी और उसने उठकर इसीला के हाथ पकड़कर कहा—"सुन ले इसीला! एक दिन तूने भी मेरे हाथ पकड़कर ऐसे ही कहा था।"

इसीला की आंखों में प्यार झांक रहा था। उसने आंखें तरेरकर कहा—"है तो तू ठाकुर ही।"

उसके स्वर में व्यंग्य भी था, आश्चर्य भी, स्नेह भी और अपरिचित उल्लास भी।

"जुहार ठाकुर जू!" सौनो ने झुककर सलाम किया।

"पर याद रख अभागे!" इसीला ने कहा—"तू नट है। तू बिरादरी में जाएगा, तो ठाकुर का कुत्ता भी तेरा मुंह नहीं चाटेगा। समझा!"

मुझे रुलाई आ गई। मेरी आंखों में आंसू छलक आए।

इसीला ने कहा—"कायर! रोता है! किसके मां-बाप नहीं मरते? अबे, मस्ती कर।

चल मेरे साथ। तुझे जंगल की जड़ी-बूटियों की पहचान करा दूं। इस बस्ती में दो ही जानकार थे, तेरा बाप और मैं। वह नहीं रहा तो चल, मैं तुझे सिखाऊंगा। यह ही एक ऐसी जानकारी है कि पुलिस वाले भी, काम पड़ते रहने से, जुल्म नहीं कर पाते।''

मैंने आंखें पोंछ ली। सौनो हंस दी और उसने प्यार से मेरा माथा चूम लिया। उसकी देखा-देखी प्यारी ने मेरा हाथ पकड़ लिया। मैं तीनों से घिरा तो हंसी मेरे होंठों पर फूट पड़ी।

3

सुखराम ने कहा था :

इसीला मेरी चतुराई पर प्रसन्न था। मैंने जल्दी ही जड़ी-बूटियों की पहचान कर ली।

उस वक्त मैं सोलह साल का था। प्यारी तेरह की थी। इन तीन वर्षों में वह लगातार कंजरों से मिलती-जुलती थी। मैं इधर सब काम सीख गया था। मैं बांस पर चढ़ जाता था, रस्सी पर चल लेता था, पतला-दुबला था; ठाकुर-बामनों में मेरी कला का नाम फैल गया था। इसीला को मुझपर नाज़ था। मैं पक्का नट हो गया था। परन्तु प्यारी का रंग दूसरा था। वह मुझे बहुत चाहती थी, पर वह कंजरों के डेरों में बराबर आती-जाती रहती थी।

रात हो गई थी। मैं जिस वक्त घर में घुसा, भीतर इसीला और सौनो में बातचीत हो रही थी

सौनो कह रही थी—''क्यों, तेरह की हो गई है। तेरह की मैं जवान थी। जब मैं तेरह की थी तब बताओ, पूरी औरत नहीं थी? मैं उठान थी, क्या प्यारी कम उठान है?''

इसीला ने कहा—तो क्या है! सुखराम भी तो जवान हो गया है।''

''पर मुझे उसमें जवानी की हड़कम्प ही नहीं दिखाई देती। वह शराब पीता है तो पीते में हिचक जाता है। किसी की लड़की के साथ एक दिन नहीं पाया गया। कौन-सा जवान है जो यह नहीं करता। वह गाली भी नहीं देता, जो मरदानगी की निशानी है; चोरी वह नहीं जानता, जुआ वह नहीं खेलता।''

इसीला के नेत्र वक्र हो गए। उसने कहा—''जानती है, वह मुझसे डरता है। वरना क्या नहीं कर सकता! वह समझता है, मैं उसे मार डालूंगा।''

''क्यों?''

''मैंने उससे शुरू में ही कह जो दिया था।''

''पर तुमने यह भी कह दिया था कि प्यारी को हाथ नहीं लगाना? अरे, वह आप ही मरद न बनेगा तो प्यारी का दिल उससे बंधेगा कैसे?''

''तू गन्दी बात करती है सौनो।'' इसीला ने कहा।

''आहा! जैसे तुम जानते ही नहीं। मेरी बेटी है तो क्या? औरत तो उसी की होकर रहेगी, जो मरद होगा। तुम्हारा सुखराम अगर कुछ नहीं कर सकता तो मेरी बेटी किसी और को कर ही लेगी।''

''चुप रह सौनो।'' इसीला ने कहा—''सरम कर। अभी वे बच्चे हैं।''

''बच्चे हैं!'' व्यंग्य से सौनो ने कहा—''बच्चे हैं?''

मैंने देखा, अन्धकार में मेरी बगल में इस समय कोई आ खड़ा हुआ था। वह प्यारी थी। उसने मुझे देखा और मेरे हाथ को पकड़ कर दबा दिया।

मैंने अनुभव किया। मैं मरद था और प्यारी मेरी औरत थी।

"तुझसे कहना बेकार है।" सौनो ने कहा—"तू बूढ़ा हो गया है।"

"तू अभी तक जवान बनी हुई है?"

"मैं कहती हूं, लड़की किसी के साथ भाग जाएगी।"

हठात् मैंने प्यारी को पकड़ लिया। कसकर पकड़ लिया। उस बंधन ने प्यारी को मेरे वक्ष पर लिटा दिया। मेरी धमनी में धड़कन होने लगी। मैंने अपने दिल की धक-धक को खुद ही सुना। मेरे हाथों में दर्द होने लगा था, पर प्यारी ने एक बार भी उतनी कठोर पकड़ पर भी उफ तक न की।

भीतर लम्बा और काला इसीला अब खड़ा था। उस पर दीपक की रोशनी पड़ रही थी। सौनो उसके सामने आ गई। उसने कर्कश स्वर में कहा—"तुम जानते हो, मैं यह सब क्यों कह रही हूं?"

"नहीं।"

"तो सुनो।" सौनो ने कहा—"मेरी बेटी ठाकुर की बहू बनी है, उसे ठकुरानी की तरह रहना होगा। मैं नहीं चाहती कि वह नटनी की तरह रहे।"

इसीला हंसा। कहा—"बेटी वैसी ही होगी, सौनो, जैसी मां होती है। मैं साफ देख रहा हूं कि सुखराम ठीक अपने बाप जैसा है। वह चुप रहता है। मुझे कभी-कभी डर हो जाता है कि कहीं यह अपने बाप को हमारा मालिक तो नहीं समझता। और रही ठाकुर बनने की बात। सौनो, ताल के बंधे पानी को बार-बार धूप में सूखकर बरसात में ही भरना ठीक रहता है, क्योंकि वह नदी की तरह बह नहीं पाता। तू अपनी जात भूल रही है। जाने किस-किससे तू सूजाक ले आई थी, मैंने ही उसका इलाज किया था। फिर मुझसे तू पारसा बन रही है?"

सौनो का मुंह लाल हो गया। उसने कहा—"मेरी कहते हो, पर बेटी की तरफ नहीं देखते कंजरों में पड़ी रहती है।"

मुझे धक्का लगा, मैंने प्यारी की आंखों में देखा। अंधेरे में भी मैं देख सका। वहां निर्मम शान्ति थी। उसके होंठों पर मुस्कराहट थी—निर्द्वन्द्व। कोई डर नहीं, संकोच नहीं। उसने मेरे मुंह के पास अपने होंठ रख दिए। उसकी सांस मेरी सांस से टकरा गई। मैंने सूंघा। वह शराब पिए हुए थी।

सौनो कह रही थी, "मैंने सुखराम को पाला है कि वह मेरी बेटी को दुनिया के जुलम से बचा सके। क्या बात है बड़ी जात की औरतों में, जो इज़्ज़त से रहती हैं। मेरी बेटी क्यों नहीं रह सकती! मैंने इसी आशा में उसे इतने लाड़ से पाल-पोसकर बड़ा किया है।"

उजाले की झपकती अवस्था उसके चेहरे पर पड़ रही थी। मैंने देखा, उसकी लम्बी बरौनियां अब तिरछी-सी दिखाई दे रही थीं। उसका ऊपर का होंठ कांप रहा था। उसके मुख पर एक गांभीर्य था। उसकी नुकीली ठोड़ी पर अब भी थोड़ा-सा मांस था जिसके कारण वह यौवन की झांई मारती थी। उसकी नाक के अब बाहरी हिस्से झुके हुए लगते थे, यद्यपि वह कुछ तेज़ी से सांस ले रही थी। मैंने उसकी जिज्ञासा में जीवन के सम्मान का एक सवाल देखा था। किन्तु इसीला चुप खड़ा था। वह कुछ सोच रहा था। उसने कुछ देर तक झोंपड़े में चहलकदमी की और फिर सिर उठाया।

प्यारी इस समय मेरे होंठों पर होंठ रख चुकी थी। शराब की दुर्गंध मेरे भीतर घुमड़ रही थी। जी घुमड़ रहा था। परन्तु मैं उसे अलग नहीं कर सका; बल्कि मेरी भुजाओं ने उसे पहले से भी अधिक कसकर पकड़ लिया था।

"तुमने", सौनो ने कहा—"सुखराम को किसी लायक नहीं छोड़ा। तुमने उसे ज़नाना

बना दिया। नहीं, ज़नाना नहीं, क्योंकि औरत किसी तरह मरद से कम जोश नहीं रखती, तुमने उसे हि...''

परन्तु इसीला ने बात काटकर कहा—''खबरदार सौनो!''

''अरे, रहने दो तुम! मैं जानती हूं। सुखराम की मां तुमसे फंसी हुई थी।''

हठात् इसीला के हाथ में छुरी चमक उठी। परन्तु सौनो नहीं डरी। उसने कहा—''डराते हो, नहीं कहूंगी!'' इस समय उसके मुख पर एक अजीब गौरव था। उसका मुख कठोर और गंभीर हो गया था। उसकी आंखों में से जैसे वासना का धुआं निकल रहा था, इसीलिए वे काली दिखाई दे रही थीं। उसने काफी देर बाद कहा—''इसीला! तू मेरी जवानी का यार है। मैंने तुझे सदा चाहा है। मैं तेरी आसिक रही हूं। जा, मैं तुझे फिर माफ करती हूं।''

परन्तु कहते हुए उसकी मुट्ठियां तन गईं और मैंने उसके शरीर में एक फरफरी दौड़ते देखी। वह दोनों पांवों को दूर-दूर जमाए ऐसे खड़ी थी जैसे धरती में से निकल पड़ी हो और उसकी दृष्टि में अब अकर्मक निराशा नहीं, सकर्मक प्रेम था। इसीला को उसका चेहरा कुछ लाल-सा दिखाई दिया, जैसे उसे अपने ऊपर लज्जा थी। उसने अपनी अंगुलियां चटकाईं, जिसका स्वर सुनकर प्यारी ने मुड़कर देखा और फिर शायद बेहोश हो गई। मैंने उसे गिरने नहीं दिया। मैं बैठा नहीं। उसे संभाले झोंपड़े के पीछे आ गया। इसीला का घोड़ा मुड़ा, और फिर हमें पहचान कर घास खाने लगा। उसका वह ऊंचा घोड़ा काले रंग का था और चमचमाया करता था। हमारा कुत्ता भूरा आकर पास बैठ गया, जैसे वह कुत्ता नहीं था, कोई शेर था। हमारी रक्षा के लिए धरती पर पूंछ फैलाकर बैठ गया। प्यारी मेरी गोद में सो रही थी।

इसीला का छुरा अब धरती पर पड़ा था। उसके फलक पर दीपक की रोशनी पड़कर जम गई थी, चमकने लगी थी। सौनो ने देखा और कहा—''मारोगे नहीं?''

इसीला ने हाथ फैला दिए। सौनो रो पड़ी और इसीला ने भी अपने आंसू पोंछ लिए। उनके बीच का विषाक्त वातावरण स्वच्छ हो गया था। अब कोई संदेह की बात नहीं थी। परन्तु भावों के बाह्य रूप उनके भीतरी रूप को सदैव ही ठीक-ठीक प्रतिबिम्बित कर देते हों, ऐसा कभी नहीं हुआ है।

''तू मुझे क्यों तंग करती है सौनो?''

''क्या कहती हूं मैं तुमसे?''

''कुछ नहीं, तू कुछ नहीं कहती।''

ये समझौते की शर्तें थीं, ठीक वैसी ही थीं जैसे और मौकों पर हुई थीं, पर आज के और उस समय के नज़रिए में ही भेद था। वह मान-मनावन रहा होगा। आज एक नए दृष्टिकोण के लिए संघर्ष हुआ था।

मैंने अनजाने ही प्यारी के सिर पर हाथ फेरा और मुझे ध्यान आया, रात कितनी बीत चुकी है।

सौनो कह रही थी—''परसों सिपाही आया था। वह प्यारी को देख गया है। तुमने क्या बेचा है आज?''

''तेरी काती रुई का बहुत अच्छा सूत था। मैंने खोर बनाने को डाल दिया है सब।''

''मेरे लिए घाघरा चाहिए।''

''ठाकुरों के जाकर मांग क्यों नहीं लाती?''

''जाऊंगी कल।''

''भैंस के पड़ा (पड़वा) हुआ है हरलाल के।''

वह हंसी। कहा—''उसने भी कितनी मनौतियां न मानीं, पर गाय देगी बछिया, भैंस देगी पड़ा। दो पैसे का फायदा नहीं होगा। सुखराम तो अच्छी कमाई कर लेता है।''

"अरी तू देख, वह कितना हुसियार निकलता है। और छोरों की तरह वह है ही नहीं। परसों मैं नगले गया था। चंदन मेहतर उसकी बड़ी तारीफ करता था।"

"कौन चंदन? वही जो हाण्डी चलाता है? मरघट जगाता है?"

"वही, वही।" इसीला ने कहा—"जरा जड़ी-बूटी का काम और पक्की तरह से सीख ले, तो शायद यह भी प्यारी को चांदी के गहनों से लाद देगा।"

"तेरी कसम, छोरी बड़ी जिद्दन है।" सौनो ने कहा, "शाम को मैं देख रही थी। दिन-भर मेहनत करके जो कमाई लाया था—झट उसके साफे में हाथ डाल के सब निकाल ली।"

"फिर?"

"फिर क्या! मैंने देखा, उसका मुंह नैक-सा निकल आया। वह सोच में पड़ गया।"

"अभी तक घर आया नहीं।"

"न लड़की आई है।"

"लड़की तो कहीं कंजरों में होगी।

"सुखराम रूठ तो नहीं गया?"

"भगवान जाने। पर मुझे लगे, वह प्यारी को चाहता बहुत है।"

"अरी, वही तो उसे इस घर में लाई थी।"

"सो तो है। तुम्हारी तो उसकी मां से मुहब्बत थी, उससे थोड़े ही थी।"

"फिर तू बकने लगी?" इसीला ने कहा। सौनो हँस दी। कहा—"अब क्यों बिगड़ते हो? जब मैंने चिढ़कर बीच में दूसरा कर लिया था, और आन गाँव जा बसी थी, तब क्यों मुकदमा करके मुझे ले आए थे?"

इसीला ने हुक्का सुलगाया और पीने लगा। फिर हठात् कहा—'कहीं सुखराम रूठकर तो नहीं चला गया?'

"मुझे तो नींद आ रही है। मैं तो सोती हूं।"

वह लेट गई खटोले पर और पांवों को घुटनों पर से मोड़कर सो गई।

मैं सोचने लगा—क्यों मैं इतना अजीब हूं? क्यों मैं उनका-सा नहीं हूं, जिनके बीच रहता हूं? मैं क्यों नहीं नाचता, मैं क्यों नहीं गाता? सोलह साल की उम्र तक मैं क्यों भूला रहा हूं। मेरी गोद में मेरी प्यारी सो रही है। वह मेरी बहू है। क्यों वह कंजरों में जाती है? मैं इसे छुरियों से गोदकर फेंक दूंगा, ससुरी अगर मुझे छोड़कर कहीं गई तो। कुतिया!

पर मुझे क्रोध अधिक देर तक नहीं आया। मैं उसको भूल गया। अचानक मेरी आंख पड़ी। किले की दीवार अब स्याह दिखाई दे रही थी, क्योंकि चंदा, कटीला-सा उसके ऊपर उठ आया था। वह देख-देखकर मुझे जादू-सा चढ़ने लगा। कैसे मैं इसका फिर से मालिक बन सकता हूं। जब मैं मालिक हो जाऊंगा, तब नटों को महल में बसा लूंगा। फिर नटनियां घूंघट करने लगेंगी, वे ऐसी नहीं रहेंगी। लोग नटों को जुहार करेंगे।

मेरा स्वप्न उतर गया। मुझे पसीना आ गया। यह मैं क्या सोच रहा था! नट और जुहार? ठाकुर तो मैं हूं। ये सब कमीन हैं। जरायमपेशा हैं, चोर हैं। ये सब वहां नहीं रहेंगे। और उस समय मैं पागल-सा हो गया। मैंने देखा, नीला पहाड़ मुझे बुला रहा था। बहुत दिन से सुनते आ रहे थे कि उसमें घने में जोगी रहते हैं, जिनके लिए कुछ भी सिद्ध कर लेना कठिन नहीं है।

अगर मैं सिद्ध कर लूं तो! तो क्या मैं राजा नहीं हो सकता! राजा! मैंने देखा था। वह बड़ी मोटर में चलता था। जरूर वह गुड़ से लगाकर रोज़ रोटी खाता होगा, तभी तो उसके गालों पर ऐसा गुलाबी रंग था। कानों में कैसे जवाहिर पहने थे। उसके आगे-पीछे कैसे अमले चलते थे। ये सिपाही जो हमें पकड़ते हैं, कैसे झुक-झुककर सलामी देते थे। क्या ठाठ थे।

मेरी तो आंखें चौधिया गई थीं। नटनियों ने राजा के स्वागत में गीत गाए थे, नाची थीं। राजा बाप होता है। भगवान का औतार होता है। राजा की बात ही और है!

और मैं राजा बनना चाहता हूं। अरे सुखराम! तू क्या सोच रहा है?

पर क्या अगर मैं धन कमा लाऊं, तो भी वैसा नहीं हो सकता? मैं नट क्यों बना रहूं? मैं नट जात का तो नहीं। मैं अहमदाबाद जाकर, कलकत्ता जाकर खेलकरतब क्यों न दिखाऊं? क्यों न खूब पैसे कमाऊं? मैं बड़ा आदमी क्यों न बनूं? मैं क्या खेल नहीं कर लेता? मनोहर दर्जी कहता था कि मैं बड़ा चतुर खिलाड़ी हूं।

भीकम नट के पास जैसे खेत-क्यार हैं, मैं भी वैसे ही जायदाद रखूंगा। मेरी प्यारी को सूप नहीं बनाने होंगे, घर बैठे खाएगी।

उस जोश में मैं पागल-सा हो उठा। प्यारी को होश आ गया था। मैंने उसकी आंखों में झांका और आज मैं उसकी आंखों में डूब गया।

प्यारी हंस दी। उसने कहा—"तू मेरा आदमी है।"

भोर हो गई थी। पहली किरन फूटी थी। प्यारी मेरी बगल में सो रही थी। मैं भी सो रहा था।

मेरी आंख खुली जब सौनो ने पुकारा—"ओ उठोगे नहीं? हाय दैया! कैसी सीरी रात थी, और दोनों खुले में सोए रहे। मरी ऐसी भी क्या लाज! तुम तो मर्द-बैय्यर हो। पराये थोड़े ही। कहीं मेरी बेटी को ठण्ड तो नहीं व्याप गई?"

उसने प्यारी को छुआ। मैं उठकर बैठ गया। शरम तो मुझे आ रही थी। मेरे सिरहाने का कुत्ता ही रात का गवाह था। उसने मुझे अपनी ओर देखते हुए देखकर प्यार से अपनी पूंछ हिलाई। घोड़ा अब मक्खियों को उड़ाने के लिए अपनी पूंछ हिलाता या कभी-कभी धरती को सुमों से खोद देता।

मैंने उठकर बीड़ी सुलगाई। हारों में किसान आने लगे थे, बस्ती के मैले बच्चे धूल में खेलने लगे थे। नटनियां गाम से बाहर के कुएं से पानी भरने घड़े लेकर आ-जा रही थीं। घरों से रोटी पकाने का धुआं उठने लगा था।

प्यारी लजाई-सी उठकर चली गई थी। मैं भी उठा। जब मैं हाथ-मुंह धोकर आकर खाट पर बैठा तो माथा ढँककर प्यारी रोटी ले आई। चुपड़ी हुई। उन पर लाल मिरच की चटनी थी। मैंने खाईं तो आज मुझे वे बड़ी स्वाद की लगीं।

मैंने कहा—"रोटी बड़ी अच्छी बनी हैं।"

सौनो ने कहा—"हां लाला! सब ऐसा ही कहते हैं।"

"क्या मतलब?" मैंने पूछा।

"अरे, रोज़ मैं बनाती थी तो कभी मुंह से तारीफ का एक बोल भी न कढ़ा, आज इसने बनाई तो कहता है—रोटी बड़ी अच्छी बनी हैं।"

मैं झेंप गया, पर सौनो ने जलन से नहीं कहा था, हंसकर कहा था। वह उसके मन की खुशी ज़ाहिर करने वाली बात थी। उसने मुझसे कहा—"सुखराम!"

मैंने कहा—"हां!"

"तू आज काम पर नहीं जाएगा?"

"नहीं, मुझे तो अंग-अंग में पीर सता रही है।"

"रात ओस में पड़ा था, धरती पर।"

मैं मुस्कराया। प्यारी भी। सौनो ने उसे डांटा—"हंसती है कि काम करती है! मैं तब से चूल्हे में लगी हूं, तुझसे पानी भी नहीं लाया जाता कुएं से? तेरे तो बाप ने तेरा सत्यानाश

करवाया है। अब ठहर दारी! जो इसी से तेरे हाड़ न नुचवा दूं। हराम की लगी है मुंह में। अंग झुकाए भी नहीं जाते तुझसे!"

प्यारी घड़ा लेकर चली गई।

4

मैं सोच रहा हूं। सुखराम यहां नहीं है।

सुखराम ने जो आगे कहा वह ठीक से नहीं कह सका। किन्तु मैंने मनुष्य के उस मूलरूप को पहचान लिया था। यह निस्संदेह एक आदिम उलझन में है। उसकी अभिव्यक्ति उसकी अनुकूलता में नहीं, उसकी उलझन में है। सुखराम का जीवन एक द्वन्द्व था। मैं आज ठाकुर के कमरे में बैठा देख रहा हूं। मेरी खिड़की से शीतऋतु की सुगन्धित बेलों की बहार घुसी आ रही है। चांद के टुकड़े पर उजाला छा गया है और झीनी-झीनी-सी फुहार जाने कैसे बरसती-बरसती हवा में भीगापन बन गई है। आज मैं अपने बाह्य संसार की अन्तःस्थ-गरिमा देखने के बजाय उस बाह्य का अपरिमित विस्तार देखना चाहता हूं।

चांद कितना सुन्दर है! जैसे, चंदा का मुख हो। वही श्वेत और लालिम छांह। यह मेरी बेटी का-सा मुंह है। कितना प्यारा है! और दूर कंजरों के गीत गूंज रहे हैं। मैं सोच रहा हूं—क्यों नहीं इन अभिशप्त आत्माओं के विषय में किसी ने आज तक अपनी वेदना उंडेल दी?

रूप का सागर मुझे जाड़े की रात में कुहराच्छादित जगती में उमड़ता हुआ दिखायी देता था। और सुखराम कहता था कि जाड़े में उसे बहुत कष्ट होता है। उसकी लस्ती से बहुत तकलीफ होती है क्योंकि उन लोगों के पास कपड़े नहीं होते।

इसलिए वे आग जलाकर चारों ओर बैठकर हाथ और शरीर तापते हैं। फिर उससे काम नहीं चलता तो पौरुष और स्त्रीत्व एक-दूसरे को तप्त करने का यत्न करते हैं। सब-कुछ घृणित! एक भयानक सूनापन मुझे इस विचार से ही खाए जा रहा है कि मनुष्य को यह सब सहन करना पड़ता है।

सुखराम की बात फिर याद आ गई है। वह कैसी छटपटाहट में पड़ गया है? वह भविष्य चाहता है। उसको एक ऐसी कल्पना ने मोहित कर लिया है कि अपनी अज्ञानता का आराम और चैन वह खो चुका है, परन्तु आगे बढ़ने का तरीका उसे ज्ञात नहीं है। वही झोंपड़ा है। वही दरिद्रता है और फिर रक्त और कुलवर्ग का लोहा उसकी कलाइयों को काटे खा रहा था। कैसा उन्माद है कि वह उठती आयु में संघर्षों में ही अपनी सत्ता को भटका रहा है।

प्यारी के नेत्रों में, यौवन में उसका जितना ही समर्पण होता है, वह उससे उतना ही अपने को दूर क्यों महसूस करता है? सौनो का हृदय जीवन के समस्त अपमानों का बदला चाहता है। पर किस तरह? केवल अपनों का ही अपमान करके?

उन लोगों की नैतिकता को सोचकर मैं घबरा नहीं रहा हूं, पर मेरे आलोचकों को हैरानी जरूर हो जाएगी। पर उन्होंने ज़िन्दगी को नहीं देखा। वे अपनी दृढ़ धारणाएं बनाए बैठे हैं। हर तरफ मुझे मकड़ी का सा जाला तना हुआ दिखाई दे रहा है। सबके बीच में अहंकार का मकड़ा बैठा हुआ ताना-बाना बुन रहा है।

अब कोई आवाज़ नहीं आ रही है। चारों ओर कुहरे का रुएंदार कम्बल ओढ़े अंधेरा सो रहा है। एक चांद ऐसा लगता है जैसे किसी गरीब की खिड़की में लटके टाट में से किसी फटी जगह से बिजली की हल्की-हल्की रोशनी दिखाई दे रही हो।

केवल दूर पर झील आज कुछ कह रही है। हवा का तर झोंका उसका सन्देश ला रहा है। कुत्तों और सियारों की कर्कश आवाज़ें मेरे कानों में उतर रही हैं, जैसे रात की अंधियारी पुकार रही है। यह सब मुझे अच्छा नहीं लग रहा है।

मुझे याद आ रहा है।

मुझे जिन्दगी में कुछ भी वह सब नहीं भाता जिसमें किसी प्रकार की अश्लीलता मुखर हो उठती है। पर यौन सम्बन्धों की अभिव्यक्ति को मैं जीवन का एक अंग मानता हूं। क्या सचमुच सुखराम भी इन्हीं आकृतियों में नहीं है जो मूलतः यौन मनोवृत्ति के चारों ओर घूमता है?

मुझे ऐसा नहीं लगता। ये नीच कहे जाने वाले भी मूलतः मनुष्य हैं और उनके भावों का स्थायित्व उनके मनुष्यत्व में है। शिकारगाहों में शेर को खदेड़ने का हांका और कोयल-संगीत की लहरियों को मापने के लिए एक माप-दण्ड तो नहीं हो सकता? यही तो जीवन का वैषम्य है। अचानक एक हल्की आहट हुई। मैं चौंक उठा हूं। एक छाया-सी बाहर चल रही है। कौन है यह?

मैं बैठा नहीं हूं। मैं देख रहा हूं। यह नरेश है।

इस आधी रात को यह चंदा के पास जा रहा है?

क्या सचमुच प्रेम में इतनी शक्ति है? आधुनिक विज्ञानवादी तो कहते हैं कि वासना केवल उच्च वर्गों का ही खिलवाड़ है। क्या यही सीमित दृष्टि अपने आप में पूर्ण है?

रेस में घोड़े दौड़ते हैं। वे मुझे अच्छे नहीं लगते। परन्तु उनकी जीत-हार की वह आवेश-भरी उन्मत्तता जो लोगों को व्यथित कर देती है, उसके प्रति मैं अवश्य काफी दिलचस्पी रखता आया हूं। वह क्या है जो मूलतः स्थिरमति मनुष्य को इतना चंचल कर देती है? क्या यह प्रेम वैसा ही नहीं है? इस प्रेम का अन्त क्या है? वासना और लय! नहीं, नहीं, मुझे अपनी सीमाओं पर स्वयं विक्षोभ हो रहा है।

नरेश की ही आयु है जब वीर्य परिपक्व होने लगता है और चंदा की आयु में लड़की मातृत्व के योग्य होने की अवस्था में रहती है। तब प्रकृति के ही कारण पारस्परिक मिलन की चाहना होती है। प्रेम का अंत संतान में है, न स्त्री में वह अन्त है, न पुरुष में ही। इसी अभिव्यक्ति का नाम मिलन है।

और यह मशीन का-सा मेरा विवेचन ही क्या मनुष्य के अध्ययन के लिए पूर्ण है? नहीं, मनुष्य इन सब छोटे चिन्तनों से बड़ा है। उसकी महत्त्वाकांक्षा बहुत बड़ी है। काश! सुखराम भी मेरे शब्दों में ही मनुष्य के जीवन के इस सार्थक महत्त्व को समझ पाता! उसके लिए यह उतना ही असम्भव है जितना नरेश के माता-पिता के लिए इसे समझना मुश्किल है।

नरेश अब सामने के पेड़ के नीचे खड़ा कुछ सोच रहा है। नीम का वह पेड़ शायद भीतर के गुद्दे तक ठंडा हो गया है। उसके नीचे खड़ा होना क्या सहज है? मैं तो सचमुच वहां ठहर नहीं सकता; और लोग कहते हैं कि मैं बड़ी लगन का आदमी हूं। पर वह पन्द्रह साल का छोटा-सा लड़का वहां निश्चल और पूर्ण धैर्य के साथ खड़ा हुआ है। वह शायद चंदा के पास जाना चाहता है। फिर? शायद जाते हुए डरता है, क्योंकि अंधेरा बहुत घना है।

मैं वर्ग-संघर्ष के वैज्ञानिक विश्लेषण से समझ नहीं पा रहा हूं कि यह क्यों उस नटनी से प्रेम करता है। इसलिए कि उससे कुछ वर्ग-स्वार्थ साधना करना चाहता है!

मैं अपने कुत्सित समाज-शास्त्र पर स्वयं ही जघन्यता का अनुभव करने लगा हूं। क्या मैं सचमुच चंदा और नरेश की इस कथा को लिखकर मनुष्य के विकास के रास्ते में रोड़े बिछा रहा हूं?

मैं बाहर आ गया हूं।

क्योंकि नरेश चला जा रहा है।

वह निःशस्त्र है। एकाकी है। सामने जीवन का अन्धकार है। बम्बई की-सी यह चिकनी कोलतार की सड़क नहीं है जिसपर बड़ी-बड़ी मोटरें फिसलती चली जाती हैं। कच्चा दगरा है। और नीरव! जनशून्य!

मैंने सोचा था, इसे डर लगेगा!

भय! जीवन के समस्त भय इस लगन के सामने क्यों ऐसे तिरोहित हो गए हैं? क्यों वे दिखाई नहीं देते?

नरेश! एक पतला-दुबला लड़का। सिर्फ एक कम्बल ओढ़े है। उसके मुख पर अब एक गाम्भीर्य आ गया है। वह बहुत लम्बा नहीं है, बल्कि पपीते के नए पेड़-सा कोमल है।

उसका रंग गेहुंआ है, जिसमें अभी एक ताज़गी है, जैसे कोई छपकर निकलने वाली साफ किताब, जिस पर उंगलियों के धब्बे नहीं पड़े होते। उसके मुलायम बालों को इस वक्त कम्बल ने छिपा लिया है और उसकी पेशानी पर सख्त धारियां पड़ गई हैं, जैसे सोचते-सोचते उसके मुंह पर चिन्ता की रस्सी ने बार-बार फिसलकर बचपन के नाजुक संगमरमर के ढांचे पर अपना निशान छोड़ दिया हो।

और उसकी आंखें मुझे याद आ रही हैं। कैसी मासूम और डबडबाई हुई हैं वे, जैसे घायल हिरन की हृदय को हिला देने वाली आंखें, जिनकी बरौनियों में फरियादें पर्त-की-पर्त जमकर काली पुतलियां बनती हैं और ज़िन्दगी अपनी सारी मायूसी लेकर टिमटिमाती हुई तारा बनकर चमका करती है।

भयानक सर्दी मुझे काटने लगी है। मैं चला जा रहा हूं, जैसे वह अगर हवा से उड़ता हुआ फूल है तो मैं जड़ से उखड़कर गिरने के लिए डगमगाने वाला पेड़ हूं।

हम लोग फुलवारी के दरवाज़े से घुसे। पुरानी इमारत में बसने वाले माली सो रहे हैं। उनके बैल भी सो गए हैं। रास्तों के दोनों तरफ सुनसान छाया हुआ है और सफेद महल अपने सारे भूतों के किस्सों को लेकर एकान्त खड़ा है। नरेश उसी में चला गया है निर्भय, प्रशान्त। मैं दूर खड़ा रहा हूं। मुझे लग रहा है, वहां कोई और भी है।

और फिर वे दोनों हँसे हैं। मैं जानता हूं, वह चंदा की हँसी है। संगमरमर के चबूतरे पर वह हँसी ठण्ड से सिकुड़कर धीरे-धीरे कुहरे में खो गई है। जहां बरसात में बैठकर भीगे हुए मोर पुरवैया में अपने पंख और पर फैलाकर सुखाते हैं, वहां अब उनके हास्य की आखिरी चाप सुनाई दे रही है।

मेरे भीतर भय हो रहा है। मैं क्या कर रहा हूं। लड़का मेरे सामने बिगड़ रहा है और मैं देख रहा हूं। मुझे गुस्सा आ रहा है। क्या ज़रूरत थी मुझे यहां आने की? और वह यहां प्रेम कर रहा है। मैं ठण्ड में अकड़ा जा रहा हूं।

मैं उसे बुलाकर डांट क्यों नहीं देता? पर मेरा स्वर रुंध गया है। क्या मैं उसे डांट नहीं पाता?

तभी कोई बड़बड़ाता हुआ आ रहा है। मैं उसकी आवाज़ सुन रहा हूं—"फिर चली आई? तू मुझे जीने नहीं देगी। न जाने कब तुझसे पीछा छूटेगा! सूअर की बच्ची! हराम की औलाद! जैसी मां वैसी बेटी। तेरी मां भी ऐसी ही भयानक थी।"

वह सुखराम है। मैं पेड़ की आड़ में खो गया हूं। मैं अंधेरे में हूं। वह मुझे देख नहीं सकता।

सुखराम चंदा को ढूंढ़ रहा है। वह सफेद महल में घूम आया है, किन्तु कहीं भी उसे चंदा का पता नहीं मिला है। सुखराम बड़बड़ाता हुआ लौट गया है और मैं खड़ा-खड़ा ऊब गया हूं।

अब रात आधी हो गई है और कहीं दूर उल्लू हंसता हुआ-सा बोल उठा है। जब मैं ऊब गया हूं तो खड़े रहने से लाभ ही क्या है! यही सोचकर मैं लौट पड़ा हूं। अब मेरे मन में घोर संशय है। क्या नरेश लौट आया है?

और मेरे आश्चर्य की सीमा नहीं है, क्योंकि नरेश मुझसे पहले ही से उसी पेड़ के नीचे घर के सामने खड़ा है।

उसने मुझे देखकर आश्चर्य से अचानक पूछा—''काका, कहां गए थे?''

मैंने मुस्कराकर कहा—''घूमने।''

और इससे पहले कि वह संभल सके, मैंने कहा—''और तू यहां क्यों खड़ा है?''

उसने उत्तर नहीं दिया। एक लम्बी सांस ली और फिर धीरे-धीरे भीतर चला गया।

जब मैं कमरे में पहुंचा, अंग-अंग ठिठुर चुके थे। मैं अपने शरीर को गर्म करने के लिए रज़ाई में घुसकर रक्त को तेज़ी से दौड़ाने के लिए जोर-जोर से मालिश-सी करने लगा।

कब जाने मैं गर्म हुआ, कब जाने नींद आ गई, मैं नहीं जान सका, परन्तु भोर तभी हुआ जब मेरे दोस्त की पत्नी ने सिरहाने आकर पुकारा—''लाला! बड़ी देर सोए हो आज, क्या बात है?''

मैं आंखें मलकर उठ बैठा। भाभी ने सामने चाय का गर्मागर्म प्याला रख दिया और स्नेह से मेरी ओर देखा।

मैंने कहा—''रात में देर तक पढ़ता रह गया। सुबह आंख खुली तो सोचा कि अभी से जागकर करूंगा भी क्या? इसलिए फिर जो दस मिनट के लिए सोया तो तुमने जगाया है।''

भाभी हंसीं। कहा—''सुबह का सोया फिर कभी जल्दी उठ जाता हो, ऐसा तो हमने कभी सुना नहीं।'' फिर बोली—''देखो, मैंने आज अपने मन की चाय बनाई है, इसमें इलायची और कुछ मसाले डाल दिए हैं। तुम्हारे भैया को यह बड़ी पसन्द है। सो मैंने सोचा कि जो भैया को अच्छी लगे तो लाला को क्यों न लगेगी!''

मैंने शैतानी से कहा—''यह भी भाभी, तुमने क्या कह दिया? यह कानून हर चीज़ पर लागू है?''

''अरे, तुम्हारी मसखरी की आदत नहीं गई अभी तक!'' भाभी ने भौं तरेरकर मुस्कराकर कहा—''चाय पियो, अभी दिमाग में सुपने का कोई टुकड़ा बचा रह गया है। गर्मी पहुंचते ही अकल साफ हो जाएगी।''

हम दोनों हंस दिए। उसी समय द्वार पर से नरेश निकला। उदास-सा, डरा हुआ-सा। मैंने और भाभी ने देखा और दोनों ने एक-दूसरे की ओर प्रश्न-भरी सांकेतिकता से काम लिया।

मैंने ही धीरे से कहा—''भाभी, हर्ज ही क्या है, लड़के का ब्याह उसी से कर दो न?''

''ठीक है'', भाभी ने मेरा पिया हुआ प्याला हाथ में वापस ले लिया और कहा, ''नटनी से छोरे का ब्याह कर दो और मुझे ज़हर की पुड़िया लाकर दे दो।''

वो पांव पटकती हुई चली गईं।

मैं सोच रहा हूं, स्त्री ही स्त्री की शत्रु होती है। वस्तुतः, यह चिन्तन ठीक नहीं है। स्त्री जाति आज तक संसार में एक बनकर नहीं रही है। प्रत्येक स्त्री का संसार में एक गुट होता है, वह उसका पिता, मां, पति या पुत्र आदि हैं। वह उनमें ही अपने सुख-दुःख सिरजती है और उनमें ही ज़िन्दा रहती है और मर जाती है। वह स्त्री जाति के सुःख-दुःख नहीं देखती; देखती है अपने परिवार के हित-अहित! स्त्री ही क्यों, पुरुष भी तो यही करता है। क्या पुरुष दूसरे पुरुष को सड़क पर भीख मांगते देखकर अपनी स्त्री का गहना उतारकर

उस भूखे को दे देता है? समाज में स्त्री-पुरुष यद्यपि द्वन्द्व बनकर रहते हैं, परन्तु मूलतः वे एक-दूसरे से अविच्छेद्य हैं, एक हैं; और उनके स्वार्थ एक-एक गुट में सीमित हो गए हैं।

भाभी की आंखों में एक अद्भुत मिश्रण है। मेरी दृष्टि में इनका जीवन विवशता का, ममता का प्रतीक है। वे सुन्दरी रही होंगी, क्योंकि अभी तक के दृष्टिकोण से मनुष्य रूप को यौवन के आधार पर ही आंकता आ रहा है। किन्तु मैं जानता हूं कि सौंदर्य प्रत्येक आयु की अपनी एक भिन्न सत्ता रखता है। भाभी को नरेश से स्नेह है किंतु उस स्नेह की मर्यादाएं समाज के नियमों से निर्मित हैं। जीवन का सौन्दर्य मनुष्य को अपनी सीमाओं की पूर्ति में श्रेयस्कर लगता है। उनकी पतली बरौनियों पर झुकती-सी लम्बी भौंहें, उनकी भारतीयता की लापरवाही में इस आयु को काटने की भावना में, मुझे और भी आकर्षक लगती हैं। उनके पति की आंखें यद्यपि उनकी-सी पानीदार नहीं हैं, फिर भी उनमें एक करुणा है, जो ठाकुर होने के कारण कुछ उनपर फबती नहीं हैं क्योंकि गांव में ठाकुर अभी तक हुकूमत कर रहा है। मैं उस अधिकार की व्यापकता को देखकर सिहर उठता हूं क्योंकि वह धर्म की आड़ लेकर इतिहास की शताब्दियों-रूपी पसलियों में भाला बनकर धंसा हुआ है। उसको देखकर चमार अभी तक मन में अभाव का अनुभव करता है। भाभी के लिए यह सब होता आया है और सब सहज तथा मान्य सत्य है, जिसपर उनके स्त्रीत्व की कोमलता ने अपने आकार ढूंढ़े हैं और अपनी प्यार-भरी सत्ता का रंग भरकर उसे आकर्षक बनाने की चेष्टा की है। भैया में मुझको और ही कुछ दिखाई देता है। वे कर्मठ व्यक्ति हैं और उनको युग के परिवर्तन का पूरा आभास है। उस स्वीकृति में नरेश अभी तक अपने नयेपन को लेकर कोई स्थान नहीं बना सका है।

भाभी जब नरेश की बात करती हैं तब उनका मुंह और ठोड़ी कठोर-सी हो जाती हैं, जैसे वे उसे चाहती तो हैं, पर उसकी हरकतों को पसन्द नहीं करतीं।

यह सत्य है कि हमारा प्रेम, हमारी समस्त कोमल भावनाएं, सब पर ही समाज के भीषण अंकुश हैं। हमने ही अपनी स्वतन्त्रता को मिटाया है ताकि हम अपनी स्वतन्त्रता को भोग सकें। यही तो समाज का नियम है, जिसको तोड़ने का अधिकार नहीं मिलता और उसके आधार इतने गहरे हैं कि उन्हें तोड़ना ही हमें पाप बनकर डराया करता है।

सब-कुछ बदल रहा है और बदलता चला जाएगा, परन्तु जीवन की यह रेखा सीधी कभी भी नहीं चल सकेगी, क्योंकि वह बिन्दु-बिन्दु के संघर्षों और द्वन्द्वों से ही आगे बढ़कर चित्र का रूप धारण करती है।

और वह चंदा जो अपने रूप में अप्रतिम है, उसे मनुष्यता का पूर्ण अधिकार नहीं है। उसका मुंह देखकर मुझे वीनस की याद हो आती है। वह कितनी सुन्दर है कि यदि यह मध्यकाल होता तो कोई भी राजा उसको अपनी रानी बना सकता था। किन्तु यह अधिकार केवल समर्थ को ही प्राप्त था, नरेश को नहीं।

मेरा मन छटपटा रहा है। हम क्यों इतने सीमित हैं कि अपनी चिरलघुता को ही अपनी व्यापक समष्टि स्वीकार कर चुके हैं।

चंदा के नेत्रों में आकाश की अनन्त नीलिमा है। उसके अधरों पर बिना रंगी मादक ऊष्मा का प्रतीक बनकर एक मुग्धकारिणी लालिमा सदैव मुस्कराया करती है। उसके शुभ्र वर्ण को देखकर मुझे उस दिन ऐसा लगा था जैसे वन की समस्त श्री मानवी का आकार धारण करके आ उपस्थित हुई थी।

और वह अनिन्द्य सौन्दर्य भी अपने गलत जगह होने के कारण अन्त में वेश्या का-सा

जीवन व्यतीत करने के लिए बाध्य है। कहते हैं, अम्बपाली इतनी सुन्दरी थी कि लिच्छविगण के राजा उसके लिए एक-दूसरे की हत्या करने पर उतारू हो गए थे। तब पुरुषकृत समाज ने स्त्री को संपत्ति की भांति बांट लिया था और कुल-गृहिणी का अधिकार उससे छीनकर उसे वेश्या बना दिया था।

इतने दिन बीत गए हैं, किन्तु अभी हम वहीं घूम-फिरकर अपने कुल की असमर्थताओं की निरन्तर घोषणाएं करते चले जा रहे हैं।

मेरा सिर झन्ना रहा है। मैं मुक्ति चाहता हूं, मुझे बन्धन मिलते हैं।

मैं जीवन में अमर प्रेम चाहता हूं क्योंकि मुझे घृणा की छलनियों में टपकती करुणा की बूंदें मिलती हैं। क्या यही मेरे जीवन का संतोष बन सकता है?

मैं अब अनुभव कर रहा हूं कि जब मेरा पांव पक रहा था तब मैं स्वस्थ था, किन्तु अब जब मेरा पांव ठीक हो गया है तब मैं सचमुच अस्वस्थ हो गया हूं; क्योंकि न चल पाने का कोई बहाना तो था, परन्तु अब पांव ठीक है, पर चलने की इजाज़त नहीं है।

धूप उतर आई है। भैया आ रहे हैं। उनके पैरों और सिर पर गांव की धूल छा रही है। और वे यह सब नहीं सोच रहे। वे कह रहे हैं, "जब फसल तैयार होगी तो सरकार अनाज बाहर ले जाने पर रोक लगा देगी और हमें मजबूरन कम कीमत पर बनियों को सब माल बेचना पड़ेगा। जब फसल बनियों के हाथ में चली जाएगी तब सरकार उसे बाहर भेजने की इजाज़त दे देगी और हमें उल्टे महंगा अनाज खरीदना पड़ेगा। तुर्रा यह कि पहले सरकार यहां की जनता के फायदे के नाम पर ऐसा करेगी, और फिर भारत की जनता के लाभ के हेतु नया कानून लागू करेगी..."

मैं चाहता हूं, इस विषमता को देखकर एक बार भयानकता से अट्टहास कर सकूं...

5

सुखराम ने कहा था –

दो साल बीत गए थे।

उसके बाद मेरी जिंदगी में एक नया रास्ता खुल गया। मैं रोज़ सवेरे निकल जाता। प्यारी मेरे साथ जाती। बस्ती का एक लड़का रामलाल हमारे साथ जाता। और इसीला खेल में आवाजें लगाता। हम लोग गांव-गांव घूमते; तरह-तरह के खेल दिखाते। रात को अपना तम्बू तानकर सो रहते। इसीला पैसे इकट्ठे करके गिनने लगता और फिर छिपाकर रखता। प्यारी रोटी बनाती। सौनो दिन भर एकान्त में ही रहती यानी हमारे साथ नहीं रहती। वह भीख मांग लाया करती थी। वह पीछे पड़ जाया करती थी और आदमी को उसे कुछ न कुछ देना ही पड़ता था। कभी वह सिरकी के खिलौने बनाती और बच्चों को बजा-बजाकर दिखाती और अनाज के बदले उन्हें बेच आती। वह बहुत अच्छा सूप बनाती थी। दो-चार करतब प्यारी भी जानती थी। वह लहंगा फिरा-फिराकर नाचती, दोनों हाथों से घूंघट आगे लम्बा-सा खींच लेती और मटक-मटककर चलती। लोग उसे देखकर खुश होते। पर वे उसका मुंह नहीं देख पाते।

एक दिन हम लोग गांव छहरन में खेल-तमाशे दिखा रहे थे। अचानक मेरा पांव फिसल गया और मैं गिरा, लेकिन मैंने फिर भी रस्सी पकड़ ली और ऊपर ही टंगा रह गया। चारों और घबराहट से हहर व्याप गई और उसी परेशानी में प्यारी का घूंघट भी उठ गया। नट के गिरने में अमूमन उसको गहरी चोट या मौत ही मिलती है। पर मैं होशियारी से अपनी

हार को भी जीत में बदल ले गया, क्योंकि रस्सी पकड़ दो दफे झूला और फिर मैंने पांवों से उसे पकड़ा और अंगूठों से रस्सी पकड़कर रस्सी के सहारे झूलने लगा।

"ओई साबास!" इसीला की भर्राती आवाज़ उठी—"देखिए हुजूर...यह नया खेल है..."

जब मैं नीचे आया तो प्यारी ने मुझे छुआ। कहा—"चोट-वोट तो नहीं आई?"

"नहीं।" मैंने कहा।

"फिर ऐसे क्या जानलेवा खेल दिखाने चला था?"

"तू क्या समझती है?" मैंने कहा।

वह चुप हो गई।

खेल खत्म करके हम लोग गांव के ज़मींदार साहब की हवेली पर पहुंचे। इसीला ने आगे बढ़कर सलाम किया और कहा—"दरबारजी! तुम्हारे गाम में पेट भरते हुए आए हैं। आज का आटा मिल जाए।"

दरबारजी यानी जमींदार पढ़े-लिखे आदमी लगते थे, क्योंकि उनके बाल अंग्रेज़ी फैशन के कटे हुए थे। उन्होंने अपने कारिन्दे से कुछ कहा। फिर मूढ़े पर बैठे दरोगाजी से बातें करने लगे।

यह हम जानते थे कि ज़मींदार हुकुम चलाता है, पर गांव के कायदे मानता है। वह हमारा बाप है, हम उसकी रिआया हैं। उसका काम है हमारा पेट भरना। पर सदा से उसके सामने सिर झुकाते ही आए हैं। पर दरोगा ने टेढ़ी नज़र से देखा।

बोला—"साले नट हैं?"

कारिन्दा ने कहा—"हां, हुजूर!"

इशारा हुआ। इसीला आगे गया। झुककर सलाम किया। दरोगा ने कहा, "क्यों बे, यहां तुम लोग चोरी-वोरी तो नहीं करते?"

"नहीं हुजूर! हम तो मेहनत करके पेट पालते हैं। और कमीन लोग हैं माई-बाप, दरबारजी से अपना हक-पानी मांगते हैं। हम चोरी क्यों करने लगे?"

दरोगा हंसा। उसकी नुकीली मूंछें देखकर मुझे डर लगने लगा था। प्यारी घूंघट में से देख रही थी। दरोगा की नज़रें बार-बार उस पर पड़ती थीं। प्यारी शायद यह ताड़ गई थी। उसके उठे हुए वक्ष पर दरोगा की नज़रों के सांप बार-बार फन मारते और फिर वह गडेड़ी मारते, अपना रोष दिखाते इसीला पर। मैं विक्षुब्ध था। मैं घुट रहा था। डर के मारे मेरा अजीब हाल था। लगता था, कोई मेरा गला घोंट रहा है।

जब हम लोग तम्बू में लौटकर आए, सौनो रोटी पका चुकी थी। उसे आज थाने पर भीख मांगते वक्त दो आने मिल गए थे और वह उसका आटा ले आई थी। रुपये का बीस सेर मिलता था। दो आने में ढाई सेर आया था। चार खाने वाले थे। वही आधा-आधा सेर का हिसाब हम लोगों के लिए काफी था। रोटियां उसने ईंटों के चूल्हे पर तवा रखके उस पर गरम-गरम रख छोड़ी थीं।

हम लोग मज़े-मज़े में खा रहे थे। बातें कर रहे थे। प्यारी ने घूंघट हटा दिया था। वह मेरे सामने बैठी हाथ पर रोटी रखकर चाब रही थी। इसी समय एक सिपाही आ गया। सौनों ने सशंक आंखों से देखा। इसीला कांप उठा। मैं चुपचाप खाता रहा और प्यारी ने घूंघट खींच लिया। हमारा भूरा सामने आ गया और दुम उठाकर गर्व से छाती फुलाकर खड़ा हो गया। इस वक्त हम आदमियों के मुकाबले में वह कुत्ता ही बहादुर दिखाई देता था।

सिपाही मोटा आदमी था। उसने इसीला को देखकर कहा—"इस गांव में कब से आया है?"

इसीला खड़ा हो गया। रोटी उसकी बेले में धरी रह गई। उसने कहा "हुजूर! ऐसे ही कमाते फिरते हैं।"

"दरोगाजी ने बुलाया है तुझे।"

"हुजूर, खता माफ हो। हमने क्या कसूर किया है?"

"इधर आ!"

इसीला चला गया। जब वह लौटा तो सिपाही जा चुका था। वह आकर फिर खाना खाने लगा। उसने सौनो की ओर देखा और प्यारी पर निगाह डालकर कुछ इशारा किया। सौनो समझ गई। उसने सिर हिलाया जैसे मैं जानती थी; और फिर वह भी रोटी हाथ पर रखकर खाने लगी।

रात हो गई थी। मैं लेटकर बीड़ी पी रहा था। मैंने सुना, प्यारी और सौनो की बातें हो रही थीं।

सौनो कह रही थी–"जानती है; सिपाही क्यों आया था?"

"जानती हूं।" प्यारी ने कहा–"दरोगा मुझे दिन में घूर रहा था। मरे की तबीयत आ गई है। पर सुखराम तो न मानेगा।"

"नहीं मानेगा? अरी, ये तो औरत के काम हैं। उसे बताने की ज़रूरत ही क्या है!"

"सो तो है, पर वह बुरा समझेगा न!"

"औरत का काम औरत का काम है। उसमें बुरा-भला क्या? कौन नहीं करती? नहीं तो मार-मार कर खाल उड़ा देगा दरोगा। और तेरे बाप और खसम दोनों को जेल भेज देगा। फिर कमेरा न रहेगा तो क्या करेगी? फिर भी तो पेट भरने को यही करना होगा?"

प्यारी चुप हो गई।

रात गाढ़ी होने लगी। प्यारी उठकर चलने लगी, पर उसे ताज्जुब हुआ जब मैंने उसके रास्ते को हाथ फैलाकर रोक लिया।

"तू कहां जा रही है?"

"कहीं नहीं।"

"झूठी कहीं की! तुझे शरम नहीं है?"

"मैं करूं भी क्या?"

"कोई ज़रूरत नहीं है जाने की।"

"फिर?"

"हम यहां से अभी भाग चलते हैं।"

"दूसरे गांव से पकड़वा मंगायेगा। रात ही रात में क्या रियासत से दूर हो जाओगे?"

मेरी आंखों के सामने अब मजबूरी आने लगी। तो क्या हम इतने निरीह और कमजोर हैं? और मुझे अब अधूरा किला याद आने लगा। मैं ठाकुर हूं, नट नहीं हूं। फिर मेरी बहू दरोगा के पास जा सकती है!

"तू नहीं जाएगी।" मैंने कहा।

"तो वह कोड़े मार-मारकर तेरी और मेरे बाप की चमड़ी उधेड़ देगा।"

"उधेड़ देने दे।"

"फिर भी पकड़वा मंगायेगा मुझे। अब इनाम भी देगा, तब ठोकर और देगा ऊपर से।"

पर मुझपर जोश छा रहा था। मैंने उसका हाथ पकड़ लिया और कहा–"तो तू मर क्यों नहीं जाती?"

प्यारी हंस दी। कहा–"इत्ती-सी बात के लिए मरना मुझे नहीं आता। औरत को तो

औरत का ही काम करना पड़ता है। इसमें ऐसी बात ही क्या है?"

"जानती है, तू ठाकुर की बहू है!" मैंने पूछा।

वह फिर मुस्कराई और बोली—"हां, रोज़ नाइन मुझे नहलाने आती है। चमारिन मेरे कण्डे थापती है। डोमनी मेरे आड़े नहीं आती। तेलिन मेरे पांव धोती है। कुंजड़िन मेरे द्वार साग बेचती है। सुनारिन मेरी नथ में कील ठोंकने आती है। बाजदारनी और गड़िवारिन..."

"रंडी!" मैंने फूत्कार किया। मैं क्रोध से भर गया था। परन्तु प्यारी की आंखों में आंसू आ गए। उसने जलती आंखों से कहा—"धिक रे राजा मरद! तेरी आंखों में शील नहीं रह गया है। औरत को बचाना तेरा काम है। तू अपने धरम-मरजाद की टेक निबाहता है तो फिर मुझे रोकना तेरा काम है। तू मुझे बचा! मैं और नटनियों-सी नहीं हूं। मैं क्या करूं? जोबन दिखाती नहीं, दिख जाता है, उसे क्या डिबिया में बन्द करके धर लूं? तुझे सरम नहीं। चिल्ला-चिल्लाकर जगत् को अपनी सुनाता है। पेट में रखके छिपाना नहीं भाता तुझे?"

मैंने सिर पकड़ लिया अपना और मुझे लगा, मेरा सिर फट जाएगा। मुझे क्रोध आ रहा था। मैंने उसका हाथ पकड़कर कहा—"अच्छा, तू तम्बू में जा। मैं आऊँ तो ही जाना।"

मैं चला। वह लौट गई। मुझे चारों ओर अंधेरा-ही-अंधेरा दिखाई देता था। उस बाबत मुझे गांधी महात्मा की याद आई। कुछ गांव के परचूनियों ने उनकी जै बोली थी, वे गिरफ्तार हो गए थे। सुना था, वे दीन-दुखियों के लिए लड़ते हैं। पर गांधी तक तो उस बाबत मैं पहुंच नहीं सकता था। मैं ज़मींदार साब की हवेली की ओर चल पड़ा। रात के अंधेरे में उनकी बाहरी पौरी में लालटेन जल रही थी। वहां दरबान और दो आदमी बातें कर रहे थे; हुक्का चल रहा था। मैं गया और सलाम करके बैठ गया।

"क्या है रे?" एक ने कहा—"आटा तो मिल गया था तुझे?"

"हां, महाराज।" मैंने कहा।

"फिर क्यों आया है?"

"महाराज...!" पर मेरा बोल अटक गया।

"कहता क्यों नहीं?"

मेरा कंठ रोष और अपमान से जकड़ गया। प्यारी की सूरत याद आती थी। वह मेरी थी। मैं उसे प्यार करता था। फिर किसी दूसरे को उस पर जुलम करने का अधिकार ही क्या था? वह औरत है, कमज़ोर है। यही क्या उसका पाप है और मैं मछली की तरह छटपटा रहा था। दरबान हंसा। उसने अपने यार से कहा—"इन कमीनों के दो जूता दो, अभी बोल देंगे। भलमनसाहत से कहो, कभी नहीं बोलेंगे।"

मुझे धुंधली-सी याद रह गई है कि फिर क्या हुआ। एक ही ठोस बात याद है कि वह मेरी तरफ कूदा और वे सबके सब टूटे, और 'द्दै जूता' के नारे के साथ मुझ पर जूते बरसने लगे। वे चमरौधे जूते, मेरी सूरत लहूलुहान हो गई। मुझे चक्कर आ गया। जब मुझे होश आया तो मैं थाने में पड़ा था और दरोगा से कारिंदा कह रहा था—साला चोरी करने आया था। बछिया खोल ही ली थी। पकड़ लिया गया। हुज़ूर, इसे ज़रा अच्छा सबक दे दें, ताकि इसे याद आ जाए कि यह है कौन, इसकी हैसियत क्या है। इसने पण्डित बचनधर को गाली दी है हुज़ूर! अभी तो महाराज का राज है, नटों का तो नहीं हो गया?

मैंने कहना चाहा कि यह सब झूठ है, ये सब बनावटी बातें हैं, मुझे दरबारजी तक पहुंचा दो, पर मैं बोल नहीं सका। मैं रोने लगा, सिपाही हंस पड़ा।

उन लोगों के चले जाने पर सिपाही ने कहा—"अब रोता क्यों है। मैंने तेरे घर खबर

भेज दी है। कोई आएगा न? दरोगाजी खुश हो जाएंगे, सवेरे तुझे सरकार से माफी दिला देंगे और तू छूट जाएगा। रोता क्यों है?''

मैं अंधेरे में पड़ा रहा। मुझे कुछ देर बाद प्यारी का बोल सुनाई दिया—''कहां है मेरा कमेरा?''

''भीतर चल!'' सिपाही ने कहा।

इसके बाद मुझे कुछ नहीं मालूम। मैं रात-भर पागल-सा बैठा रहा।

सुबह जब मुझे छोड़ा गया तो पांव उठते ही नहीं थे। मुझे महसूस हो रहा था कि मैं मर गया हूं। रास्ते में इसीला मिला। वह बहुत खुश था। मेरी आंखें जल उठीं। जब तम्बू में पहुंचे, तो देखा कि प्यारी चुप बैठी थी और सौनो कह रही थी—''तू अभी नादान है पागल! दुनिया है। इसमें सब ऐसी ही होती हैं। बड़े घरों की बहू देखकर तू महलों का सपना न देख। रात तेरे बाप ने तेरी वजह से कमाई की है। बौहरे चंदी के घर सेंध मार दी। मालूम था, दरोगा कुछ नहीं करेगा। और वहां बौहरे तो उगाही में आज गांव गया था, बौहरी अपने सिकलीगर यार के साथ सो रही थी। सब ऐसी ही हैं।''

प्यारी ने कहा—''क्या मिला रात?''

''चार लच्छे हैं चांदी के, दो हंसुलियां हैं पंसेरी।''

प्यारी ने फिर सिर झुका लिया। मुझ पर नज़र पड़ी तो बड़ी बेमुरव्वती से मुस्कराई। सौनो ने कहा—छूट आए लल्लू! आओ।''

मैं चुपचाप बैठ गया; पर मेरा सिर फटा जा रहा था।

''अरे लहू!'' प्यारी ने मेरा मुंह देखकर कहा—''तू देख रही है अम्मां।''

''हां री! जूते में कीलें रही होंगी।'' सौनो ने गौर से देखते हुए कहा—''अरी, तेरे बाप के तो ऐसे बीसों निशान पड़े हैं।''

पर किसी ने बगावत नहीं की। मैंने जहर का घूंट पिया।

''बड़े निरदयी हैं।'' प्यारी ने कहा और मेरे सामने गडुए में पानी लाकर धरा और अपनी फरिया के कोने से खून पोंछने लगी। मुझे पलकें झुकाए देखकर सौनो उठ गई। प्यारी ने कहा—''इतना सोच क्यों करते हो?''

मैंने कहना चाहा पर कुछ कह नहीं सका। मेरी आंखों की बात वह समझ गई थी। बोली—''मैं जानती हूं। तू मुझे बहुत चाहता है, बहुत—इतना, जितना कि कोई पराई लुगाई को आसनाई के बाबत चाहता है। पर मैं तेरे सामने हूं। तुझे नहीं छोडूंगी। मुझमें क्या कुछ बिगड़ गया है?'' वह कुछ देर रुकी और उसने उठकर मेरे लिए चिलम भरी और कहा—''पी ले।''

मैं पीने लगा।

उसने कहा—''तू बुरा क्यों मानता है? औरत के काम में औरत को सरम नहीं होती। मरद के काम से क्या मरद सरम करता है? मेरी-तेरी चाहना है। संग तो तेरे ही रहूंगी। पहले कंजरों में जाती थी; तब वहां क्या मैंने दूसरों से नाता जोड़के तुझे छोड़ दिया था?''

मुझे अब लगा कि मैं दुनिया में नहीं हूं, नहीं हूं।

''तू अपने को ठाकुर समझता है बावरे!'' वह हंस दी।

मैं दिन-भर लेटा रहा। कब सो गया पता नहीं। जब जागा तो रात थी। प्यारी मेरे पास लेटी थी। उसने मेरे कंधों को हाथों में कस रखा था। मैं उसकी बांहों में एक सुख पा रहा था। मेरा गुस्सा दूर हो चुका था। मैं मुस्करा दिया। मैंने उसके गालों पर हाथ फेरा। वह हंस दी।

बोली—''रोटी ले आऊं? पहले खा ले। जल्दी क्यों करता है?''

वह रोटी ले आई। जब मैं खा चुका तो उसने पानी लाकर रखा। मैंने पिया और तब वह मेरे पास लेट गई।

दूसरे दिन इसीला ने कहा—"चलो, नए गांव चलें। रास्ते में किसी जगह माल बेचेंगे। एक ठाकुर को मैं जानता हूं जो ऐसा माल आधे मोल पर खरीदता है।"

हमने तम्बू समेट लिया। घोड़े पर सामान लद गया। इसीला आगे-आगे चला। सौनो, मैं और प्यारी उसके पीछे और आखिर में भूरा चला आ रहा था।

6

सुखराम ने बताया —

मैं तब बाईस बरस का था; प्यारी उन्नीस की थी। सौनो पैंतीस बरस की उमर में एक बाईस साल के गबरू नट के साथ बैठ गई थी क्योंकि इसीला एक रात ठण्ड खाकर बुखार में बर्रा-बर्राकर मर गया था। मैंने वैदजी से गोलियां ले जाकर दी थीं, पर कुछ नहीं हुआ था। तब सौनो ने उसे गर्मी पहुंचाने को गर्मागर्म बाजरे की महेरी खिला दी थी, और वह मर गया था। हमने उसे फूंक दिया। सौनो रोई थी। फिर वह आंसू पोंछकर उठ बैठी थी। उसने कहा था—"अब मेरा संसार में कोई नहीं है।"

मैंने कहा था—"हम तो हैं।"

"तू तेरी लुगाई का है, मेरा नहीं।"

"मुंह में आग लगा दूंगी," प्यारी ने कहा था, "जो मेरे इसपे तेरी आंख लगी है, नहीं रहा जाता तो किसी को कर ले। बंजर धरती तक पै किसान हल चलाता है, फिर तू तो अभी जन-जनके ढेर लगा सकती है।"

"हां-हां।" सौनो ने कहा—"बेटी! तू इसे बांधके धर ले गांठ में। पर जब वही नहीं रहा, जिसकी ठसक पै मैं इत्ती बनती थी तो मेरा तो मान-मनावना ही धरा रह गया। अब तो मुझे कोई भी कुछ मनचाही कह जाए! अभी तो मुझमें जोर है लाड़ली! और जब नहीं रहेगा, किसी साठा-पाठा के घर जा रोटी ठोकूंगी। बेटी के घर रहकर अपनी इज्जत नहीं खोऊंगी।"

मैंने बीच-बचाव करने की कोशिश की। कहा—"अभी तो इसीला को मरे देर नहीं हुई, फिर अभी से झगड़ा क्यों करती हो?"

"तुम्हारी भी नीयत मुझे ठीक नहीं लगती।" फिर प्यारी ने कहा—"इसका कमेरा तो मर गया। अब यह तेरी कमाई पै जिएगी? थू है तेरे पर!"

"अरी जा, जा!" सौनो ने कहा—"तूने क्या मुझे बनिया-बामन समझा है कि जीते-जनम बैठी रहूंगी? मलूको गूजरी ने तो नाती रहते रोटी न तोड़ी, दब्बारी न सही, मौरसिंह गूजर के जा बैठी। दण्ड भर दिया। मेरा तो कोई दण्ड-धराऊ भी नहीं है। मौरसिंह का बाप लोटन गूजर तो खुश हो गया था। उसने कहा कि खरी गूजरी लाके बेटा तैने लौहरों का नाम ऊंचा कर दिया। ठठेरनी अलबेली के सात यार थे खसम के रहते। कोई कुछ कर लेता! वह मरा तो जा बैठी अमरू ठठेरे के घर। कम्पूरी नाइन तो बूढ़ी थी, जब उसे पैंसठ बरस के बैनी नाई ने अपने घर न बैठने पर चोरी लगा पुलिस में फंसा दिया था, तब भी अपने मन के

यार के घर बैठी। मनोहरा ले गया उसे। मेरा तो कोई नहीं। चली जाऊंगी रानी, कल ही चली जाऊंगी। नटनी का क्या? चाहे जिसके बैठ जाए!"

प्यारी प्रसन्न हो गई। मैंने एक नई बात देखी। प्यारी अब मुझपर हुकूमत जताती थी। वह एक तरह से मेरी रक्षक थी। पुलिस-प्यादे, राजा के चौकीदारों और जागीरी अमलों से वह मेरी रक्षा करती थी। और मैं उतना निरीह क्यों था? क्योकि मुझे शराब की लत लग गई थी। मैं करतब दिखाता था, पर शराब पीता था। तो अब वह बांस पर नाचती थी। उसकी जवानी की हुमक से ठट्ठ के ठट्ठ झूमते थे। जब मैं उसके पास जाता था तो वह कहती थी, "अभी नहीं, मैं अभी थकी हूं। अभी तो बौहरे का बेटा गया है।"

सौनो कहती—"कुछ दिन की बहार है लाड़ली। फिर मैंने क्या ये दिन देखे नहीं?"

सौनो और प्यारी की जलन और द्वेष दूर हो गए। सौनो ने इन्तज़ाम कर लिया। मैं और प्यारी अकेले रह गए। मैं चाहता था कि हम कहीं दूर जा बसें और नई रियासत में जाकर तमोली बन जाएं। पर प्यारी कहती थी—"तमोलिन की क्या बचत है मेरे निखट्टू! तू बनिया-बामन बन, ठाकुर बन, पर मैं तो नटिनी की नटिनी हूं।"

और वह ठुमका मारकर कमर हिलाती हुई नाचती। मैं हंस देता। मुझे वह बहुत प्यारी लगती थी।

प्यारी कहती—"देख! मैं भंगिन-चमारिन नहीं हूं जो मरद की गुलाम बनकर रहूं। मैं तो देखूंगी। पर मेरा मन तेरा है। जिस दिन मन तुझसे हट जाएगा, मैं तुझे छोड़कर चली जाऊंगी।"

मुझे बहुत गुस्सा आता। शराब मेरे सिर पर चढ़ जाती और उसे रस्से से मारता। नील पड़-पड़ जातीं। वह रोती। निरदयी कहती; पर फिर मुझसे लिपट जाती। कहती—"बैय्यर समझके मार ले निगोड़े! पर निपूते, तेरी लुगाई हूं, तभी न मारता है? मार ले। मैं क्या तेरी मार से डरती हूं।"

मैं कहता—"फिर तू मुझे छोड़ने की बात क्यों करती है?"

"तुझे जलाती हूं। तू चिढ़ता है। मारता है। तू मुझे मन से न चाहता होता, तो तू मुझे मारता क्यों? तेरा प्यार देखने को ही तो मेरा हिया तरसता है। जब कभी गाम जाती हूं तो मरद मुझे देखकर ठण्डी सांस भरते हैं, कोई रुपैया दिखाता है, कोई चवन्नी। बौहरे से मुफ्त अनाज ले आती हूं, पर तू मुझे अपना मन उंडेलकर नहीं दिखाता बेरहम!"

मैं उसके नील देखता और सहलाता। पीठ पर लम्बे-लम्बे दाग पड़े होते।

"चल, हम गाम लौट चलें अपने।" वह कहती। "वहां अपने पुराने साथी हैं।"

"नहीं।" मैं कहता—"तू फिर कंजरों की मांद में जाना चाहती है!"

"तेरी कसम! वह तो कोई बात नहीं, पर जहां बचपन बीता है, वह जगह याद आती है।"

"पर मैं 'वहां' नहीं जाना चाहता।"

वह आश्चर्य से पूछती—"क्यों?"

मैं उत्तर नहीं देता।

एक दिन वह अड़ गई। बोली—"जो तू नहीं बताएगा तो समझ ले तैंने गौ मारी।"

मैंने उसे मारा। पर उसे गुस्सा था। उसके हाथ पै जूता पड़ा। उसने खींचकर मारा। बोली—"कढ़ीखाया, मन का मेल न करे! मुझसे छिपाए! ले, मैं तेरी बांदी हूं जो चुपचाप सहे जाऊंगी! मैं तो चली जाऊंगी।"

मुझे आग लग गई।

कहा—"कहां जाएगी?"

"कहीं, जहां मन करेगा।"

"मुझे छोड़ जाएगी!"

"हां, तू मुझसे ज़द रखेगा तो तेरे पास क्यों रहूंगी?"

उसकी बात मेरे समझ में आ गई। मैंने कहा—"जी करता है, तुझे ढोंच के रख दूं।"

"आ तो मेरे पास।" पर वह खुद मेरे पास आ गई और मेरे सामने मुंह निकालकर बैठ गई जैसे मुझे थप्पड़ मारने को उकसा रही हो। मैंने उसकी ढिठाई देखकर मुंह पर चांटा मारा। उसने पलटकर खड़े होकर लात दी। कड़े की चोट से मेरा सिर फट गया; खून आ गया। वह हंस दी और पास बैठ गई।

"कैसा दरद होता है?" उसने कहा।

"बहुत।" मैंने कहा, और पास पड़ा गंडासा उठाया।

वह डरी नहीं। कहा—"दो टुकड़े कर दे। तेरे हाथ से मरूंगी तो मेरे मन की आग बुझ जाएगी।"

गंडासा मेरे हाथ से गिर गया। उसके प्यार ने जीत पाई थी। मैं उसे देखता रह गया। वह कितनी खूबसूरत थी! मुझे ऐसे घूरते देखकर उसने लाज से घूंघट काढ़कर कहा—"हाय, मुझे सरम आती है। कैसे देखता है, जैसे मैं कोई पराई लुगाई हूं।"

रात की अंधियारी में हम चुप बैठे थे। घोड़ा धरती खूंद रहा था। भूरा अब भी इधर-उधर घूम-घूमकर कभी-कभी भौंक लेता था। गांव में सन्नाटा था। बस्ती-बाहर भंगियों के घरों में अब सन्नाटा था। गांव के बाहर के घूरे पर कोई-कोई सूअर घूम रहा था और दूर पुरबिनी वाले बाबाजी के मन्दिर में दीया जल रहा था।

आसमान नीला था। तारे झलमल कर रहे थे। मैं लेट गया। वह मेरे पास आई। उसने अंगिया में हाथ डाला और पांच रुपये का नोट मेरे हाथ पर धर दिया।

"यह कहां से आया?" मैंने पूछा। इतनी बड़ी रकम! मैं चौकन्ना था।

"हां, तू समझता है मैं किसी काम की नहीं।" प्यारी ने कहा—"तू मुझसे अपनी बात छिपा, मैं अपनी छिपाऊंगी।"

मैंने कहा—"तुझसे क्या छिपाता हूं?"

"तू क्यों नहीं बताता कि हम गाम क्यों न लौट चलें? तू यों डरता है कि मैं किसी कंजर से नाता जोड़ लूंगी? यही न? पर नाता जोड़ना और बात है, मन की होके रहना और बात है।"

"नहीं, मैं इससे नहीं डरता।" मैंने कहा—"मैं अधूरे किले से डरता हूं।"

"क्यों? उसमें भूत बसते हैं इसलिए? पर मरकर तो सभी भूत बनते हैं। क्या रंक, क्या राजा। तू उसमें जाता ही क्यों है?"

"मैं नहीं जाता, मेरा मन जाता है।"

"क्यों?"

"मैं उसका असली मालिक हूं प्यारी।"

"तू रेसम के गदेलों पर सोना चाहता है? तू चाहता है, बांदियां तेरे पांव दबाएं? ला, मैं दबा दूं।"

वह मेरे पांव दबाने लगी।

"अरी, नहीं बावरी। उसे देखता हूं तो लगता है कि वह मुझे बुला रहा है।"

वह सोच में पड़ गई। उसने कहा—"रानी तो रोज मालपुए खाती होगी? गदेलों पर

लेटती होगी? बड़ा मजा आता होगा उसे!''

वह शायद कल्पना का सुख ले रही थी, पर फिर उसने ठण्डी सांस लेकर कहा—''इतना ही भाग लिखाकर लाई होती तो जाने क्या बात थी। पर मैं इस तरह तो तेरे लिए रहती हूं। रानी नहीं बन सकती तो सिपाही की तो बन सकती हूं।''

मैं कांप गया।

मैंने कहा—''क्या कहती है प्यारी! तेरे बिना मैं नहीं रह सकता, तू मुझे छोड़ने की बात कर रही है।''

''अरे नहीं?'' उसने हंसकर कहा—''तुझे मैं कैसे छोड़ सकती हूं! तू भी वहीं मेरे पास रहना।''

मैं अवाक् बैठ गया।

''सच कह।'' मैंने उसके कंधे पकड़कर कहा—''तुझे ये रुपये किसने दिए हैं?''

''रुस्तमखां ने।'' वह दूर आसमान की तरफ देखती हुई बोली। मैं अब उसके पास नहीं था। वह कुछ और सोच रही थी।

वह बोली—''तू महलों का सुपना देखता है। देख! तू कभी महलों का मालिक नहीं बन सकता। पर मैंने तुझे अपना माना है। अगर तुझे महलों में नहीं ले जा सकती तो अपने को बेचकर तुझे हुकूमत दूंगी। फिर तुझे पुलिसवाले डरा न सकेंगे। मुझे भी हर किसी की जूठन न खानी पड़ेगी, जो हम-तू ब्याह-बरातों में बटोरते हैं। मैं रुस्तमखां के यहां बैठ जाऊंगी। तू मेरे पास रहेगा। उसी ने रुपये दिए हैं। वह मुझसे इतना खुश हुआ कि उसने मुझसे आप ही कहा। वह कहता था कि तुझे जेल भिजवा देगा। फिर मज़े से मैं और वह रह सकेंगे। पर मैं तुझे जेल नहीं जाने दूंगी। इतने दिन से तुझसे कहती थी, यहां से चला चल, चला चल; पर तू नहीं माना। अब मैं क्या करूं? पर इस तरह मैं भी चैन पाऊंगी, तू भी मजे में रहेगा। मनिहारिन रामकली पुरानी सहेली है। अब वह उसे नहीं चाहता। उसने छोड़ दी है।''

उसकी बात जैसे मेरे लिए नहीं कही गई थी। वह जैसे ज़ोर-ज़ोर से बोल-बोलकर सोच रही थी। उसे मुझसे राय नहीं लेनी थी, वह मुझसे सलाह नहीं ले रही थी, पर मुझे सुना रही थी। फिर अपने-आप कहने लगी—''तब मैं दो-एक ठाकुर को पिटवाऊंगी, जिन्होंने मुझसे मतलब निकालकर दुअन्नी की जगह इकन्नी दी थी। गिरोही बामन के घर में आग लगवा दूंगी चुपचाप! हरामज़ादा मुझे छिनाल कहता था। सो भी अपना काम साधकर, पूरी गुड़ की भेली देने को कहकर मुकर गया था। हुकूमत करूंगी मैं, सबका सिर कुचलूंगी। रुस्तमखां इकबाल बहादुर तहसीलदार का मुंहलगा है। नायब पेसकार कामथ है। सबकी एक राय है। एक बार रुस्तमखां के पास पहुंच जाऊं तो पेसकार को भी मुट्ठी में कर लूंगी। तू देखता रहियो, भला!''

अब उसने मुझे मुड़कर देखा।

मैंने कहा—''प्यारी!''

''क्यों?''

''तू क्या कह रही है?''

''तुझे मेरी बात पसन्द नहीं आई?''

''नहीं।''

''क्यों आएगी भला!'' उसने चिढ़कर कहा—''तू तो चाहता है, मैं ऐसे ही जूतिया खाती डोलूं।''

"पर तू बेड़नी तो नहीं है?"

"नहीं हूं। कौन कह सकता है?"

"पर यह तू क्या करने वाली है?"

"अरे, तू मेरा सुख नहीं देख सकता!"

"तू इसे सुख कहती है?"

"क्यों, मेरे वहां रहते, फिर कोई नटों को बेवजह पकड़कर थाने में बन्द कर सकेगा?"

"तू क्या कर लेगी?"

"मेरा वह न छुड़ा देगा? कोई मेरा अकेली का फायदा ही थोड़ा है?"

"तो क्या तूने तय कर लिया है?"

"तय? और तू मेरे पास बैठा क्या कर रहा है?"

"तो क्या यह मैं कह रहा हूं?"

"बेवकूफ!" उसने कहा।

"अच्छा, चली जा!" मैंने कहा—"मैं भी चला जाऊंगा।"

"मुझे छोड़कर?"

"हां।"

"तुझे सरम नहीं। अपनी लुगाई को छोड़कर जाने की कहता है?"

"तू भी तो जा रही है?"

"पर मैं तो तेरे लिए जाती हूं।"

"चल परमेसुरी! मुझपे अहसान न कर।"

"ओहो!" उसने स्वर उठाकर कहा—"मुझे सौक है!"

मैं चुप रहा।

उसने कहा—"अरे, मैं समझती हूं।"

"क्या?" मैंने पूछा।

"तू मुझसे पीछा छुड़ाने की सोच रहा था। सो सारा दोष मुझ पर मढ़ने का तुझे रास्ता मिल गया।"

"पर मैं जाने से पहले तेरा खून कर जाऊंगा प्यारी! जानती है?"

"कर जा। रुस्तमखां तेरी सात पीढ़ियों के मरों को भी हथकड़ी डलवा देगा। फांसी होगी। भगवान से बच जाएगा, पर पुलिस से आज तक कोई नहीं बचा। वह मुझसे बहुत खुस हो गया है।"

"तूने उसे अपनी चमक-चौदस से मोह लिया होगा।"

"मैं तो जैसी हूं वैसी ही हूं।"

मुझे कोई राह दिखाई नहीं दे रही थी। उसने कहा—"वह मेरा पराया है। तू मेरा अपना है। तू न रहेगा तो मैं किसके सहारे जिऊंगी?"

उसने मुझे चिपटा लिया और रोने लगी। मैं मूरख-सा देखता रहा। समझ में नहीं आ रहा था क्या करूं। प्यारी मुझे बहुत प्यारी थी। मैं उसे छोड़ नहीं सकता था। मैं उसके बिना ज़िन्दा रहने की सोच भी नहीं पाता था। मैंने उसे छाती से लगाकर कहा—"मैं तुझे नहीं छोड़ सकता। मैं तुझे छोड़ नहीं सकता प्यारी! जब मेरा दुनिया में कोई नहीं था, तब तूने ही मुझे आसरा दिया था। तुझे छोड़कर मैं जी नहीं सकूंगा। मैं तेरी जूठन खाकर, ठोकर खाकर भी पड़ा रहूंगा, पर तेरा कुत्ता बनकर रहूंगा।"

प्यारी ने मुझे बांहों में बांध लिया और कहा—"मैं जानती हूं, यह जवानी सदा नहीं

रहेगी। जब यह चली जाएगी तो रुस्तमखां भी मुझे छोड़ देगा, दूध की मक्खी की तरह निकालकर फेंक देगा। तब मेरा एक तू ही तो है और मेरा कौन है!"

रात घनी हो गई थी। हवा के सर्राते झोंकों में एक नशीली छाया थी जो धीरे-धीरे अब रात पर घिर आई थी। झोंपड़े के बाहर भूरा अब कभी-कभी उगते चांद की तरफ देखकर रो लेता था, और कुछ नहीं। दूर के पहाड़ सुनसान पड़े थे। मेरे मन में अब हलचल थक गई थी। प्यारी सोने के लिए लेट गई थी। दिए की रोशनी में उसका गोरा रंग दमक रहा था। मैंने दिया बुझा दिया।

7

सुखराम ने कहा–

भोर हो गई। आज रात-भर प्यारी सो नहीं सकी थी। कई बार सोते में बड़बड़ा उठी थी। मैंने देखा था, वह बातें कर रही थी। कभी कहती–"तू मुझे छोड़कर चला जाएगा?"

मैंने उसे अपने हृदय से चिपका लिया, जैसे चिड़िया अपने बच्चे को अपने पंखों में छिपा लेती है। मैंने कहा–"नहीं जाऊंगा, तुझे छोड़कर मैं कहीं नहीं जाऊंगा।"

वह सुन नहीं सकी थी। पर उस समय उसकी अकुलाहट कम हो गई थी। रात की ठण्ड बढ़ती जा रही थी। मैं ऊंघने लग गया था। फिर से उसे मैंने कांपते पाया और मैंने उसके होंठों को फड़कते पाया। सचमुच मैंने अपने हाथों से उसके होंठों को दबा दिया। वह शान्त हो गई।

मैं सदा से ही उसके रूप को प्यार करता रहा था। मुझे बहुत जोश आता था, मैं उससे गुस्सा भी हो जाता था, पर उसे पास देखकर मैं जानवर का-सा बोदा हो जाता। मैं उसके बदन को देर तक हाथों से सहलाया करता था। वह ऐसे हंसती थी जैसे अपनी खूबसूरती की ताकत उसे मालूम है। उन दिनों मैं जवान था। मेरे बालों में तेल पड़ा रहता और मेरा कुर्ता महीन काले रंग का होता। मैं मूंछों में ताव देता और धोती की दुलांगी बांधता। कमर में कटार खोंसे रखता। मेरे एक हाथ में कड़ा पड़ा था, पतला लोहे का। गले में मैं दो-तीन तावीज पहनता। मैं ताकत-भरा था। मुझे उसकी चाहना थी, क्योंकि मेरी सारी आग जैसे उसे छूकर बुझ जाती थी। पर आज जबकि वह मेरे हाथों में पड़ी थी, आज मेरे साथ एक नई बात हुई। रोज़ जब वह ऐसी हालत में होती तो वह मेरी औरत हो जाती, पर आज मुझे वह बुखार नहीं था। आज मैंने देखा था कि वह औरत नहीं थी। उभरी छातियां, पतली कमर, उसकी भारी जांघें आज मुझे रोज़ की तरह बावला नहीं बना रही थीं। तब मैंने महसूस किया कि औरत सिर्फ इतनी ही नहीं है, वह देवी भी है।

मैं कह नहीं सकता कि वह सब मुझमें कैसा ख्याल था। पर इतना ही कह सकता हूं, आज यह गोगापन आग की तरह नहीं था। आज यह चांदनी की तरह हो गया था। मुझे उस सोती हुई औरत की बेहोशी में एक जागा हुआ नयापन मिला, वह था उसकी नींद में भी उसका जागी हुई की तरह हो जाना। जैसे वह आज नींद के पार भी मेरी थी। मुझे अपना बना लेना चाहती थी।

मैं समझ नहीं सका कि यह क्या था। पर मेरा दिल उमंग रहा था। आज देखा कि मैं सचमुच उसे प्यार करता हूं। वह मेरी है। मैं उसका हूं।

सुखराम चुप हो गया था। मैं सोच रहा हूं।

सुखराम की अभिव्यक्ति समाप्त हो गई थी। किन्तु मैंने अनुभव किया कि आज सुखराम क्या कहना चाहता था। वह था उसके पशु का उन्नयन। और प्रेम की असाधारण शक्ति ने उसके हृदय की अन्धकारमय गुहा में जीवन की ज्योति प्रज्वलित कर दी थी। आज तक वह नारी के रूप से आकृष्ट होकर, उससे पराजित होकर पशु की भांति केवल उसका भोग करके, अपनी वासना के लाल लोहे को उसकी जवानी के अथाह विलास में बुझा लिया करता था। किन्तु आज समस्त देह उसके लिए अपनी सीमाओं का त्याग कर गई थी। अरूप ने अचेतन के माध्यम से उसकी सीमित बुद्धि पर प्रहार किया। वह अंग-अंग सटाए रहा किन्तु आज वासना नहीं, जीवन की आधारभूत संवेदना ने अपना सिर उठाया और मानो इस अज्ञात गौरव से नितान्त अपरिचित होने के कारण सुखराम अपने-आपको समेट नहीं सका। वहां कलुषित वासना नहीं रही। यह वह नारी-देह थी जिसे अनेक पुरुषों ने गंदा कर दिया था और वह नटों का पतिव्रतहीन समाज इसे प्रकृति की आवश्यकता, समाज की विषमता समझकर सहता चला आ रहा था। वे संभोग को बुरा नहीं कहते थे। स्त्री कहती थी कि उसका काम पुरुष के सामने स्त्री कर रही है। उसमें कोई लज्जा नहीं थी। किन्तु सुखराम अपने को ठाकुर समझता था और उसी अहंकार ने उसमें एक विष बो दिया था। परन्तु उसका कमनीय सौन्दर्य उसको, उसके बीज को फूटकर जड़ों में बदलने नहीं देता था। प्यारी अपनी देह उसे दे चुकी थी और सुखराम ने इतना ही समझा भी था। किन्तु आज उस बर्बर ने एक नई बात देखी थी। उसने इस अंधेरी रात में, मसामूंद में रहने वाली स्त्री का अपराजित हृदय देखा था, जो केवल स्त्री का हृदय था, जो मूलतः भव्य है, करुण है, प्रेम से आप्लावित है। स्त्री का यह जीवन तभी सार्थक है और इसी की शक्ति की अपरिमित असीम वेदनात्मक ग्राह्यता से वह अपने को बनाए रह सकी है।

मैं अपनी कल्पना में देख रहा हूं कि प्यारी लेटी है और सुखराम उससे सटा लेटा है। उसके नेत्र मुंदे हैं। वह सो रही है। उसकी भीतरी वेदना, आसक्ति उसके होंठों पर थिरकते है और सुखराम उस सबको देख-देखकर विभोर हुआ जा रहा है। आज वासना छोटी चीज़ हो गई है। आज वासना से भी ऊपर हृदय जागा है, वह जो जागरण में यदि दीपक की भांति जल रहा था, तो नींद में बिजली की तरह कौंधियाकर अपनी एक झांई-सी मार जाता है। अनिंद्य थी वह बेला। आकाश में मानो सकल वायु मर्मर, वनांत की झूमती मरोर और अंधकार का अतलान्त गहन उच्छ्वास सब आज उसी महामोद के अस्पष्ट और छविमय प्रतीक थे, जो प्रतिकण में उच्चरित हो रहे थे। आज स्त्री का रूप अपने वास्तविक सौन्दर्य के कारण विजयी हो गया था; और सुखराम उसे समझ गया था। किन्तु कितना? जैसे समुद्र के किनारे खड़ा हुआ मनुष्य अपने पांवों को भिगो जाने वाली लहरमात्र की तरलता का, मर्मर का आभास पा सका हो। अभी उसने गहन गम्भीर सिन्धुराज का वह मध्य गम्भीर अन्तस्तल कहां देखा था जहां निस्पन्द किन्तु हाहाकारों की प्रतिक्रिया बनकर एक अटूट सर्जनवती शान्ति होती है।

वह प्रेम की अभिनव छाया है। प्यारी एक मशाल है। आज तक वह जैसे सुलगी नहीं थी। आज जल उठी है। उसमें से फरफराता उजाला निकल रहा है। प्यारी रहे न रहे, सुखराम उस आलोक से प्रदीप्त हो चुका है। वह ज्योति-परम्परा है। वह आज तक भी थी किन्तु मुखर नहीं हुई थी। तब उसे अनुभव हुआ था कि वे केवल शरीर के कारण ही एक-दूसरे से नहीं जुड़े हुए थे। उनकी समस्त अनुभूतियों ने अपना एकाकार और तादात्म्य कर लिया था। वही जीवन की पूर्ण तृप्ति का साधन था। यह समस्त पाप-पुण्य मनुष्यकृत है और

वह ही अपनी अनुभूतियों से इनमें यातना पाता है। इनमें ही शोषण ने अपना स्थान बना लिया है। किन्तु सुखराम की यह सुखावह तृप्ति आज ऊंची उठ रही है। उसमें दर्द जागा है।

और सुखराम ने कहा—

''वह नींद में चिल्ला उठी। उसका सारा बदन पसीने से तर-बतर हो उठा। मैं चौंक उठा। मुझे लगा वह पसीना उसे चिकना बनाकर मेरे हाथों में फिसलन पैदा करना चाहता है। वह मेरे हाथ से छूट जाएगी।'' मैंने चिल्लाकर कहा—''प्यारी! होश में आ। क्या हुआ तुझे?''

वह उठकर बैठ गई। उसने कहा—''मैंने एक डरावना सुपना देखा है। डरावना!'' वह कहकर कांप उठी।

मैंने कहा—''तूने क्या देखा है ऐसा?''

''मैं कह दूं!''

''क्यों? कहने में भी हरज है!''

''पर मुझे डर लगता है।''

''मैं तो तेरे पास हूं।''

''हां, तू मेरे पास है।'' उसने मुझे पकड़कर कहा—''अब नहीं सोऊंगी।''

''क्यों?''

''कहीं यही सुपना आगे शुरू हो गया तो?''

''ऐसा भी कहीं हुआ है पगली!''

वह क्षण-भर चुप रही। फिर कहा—''मुझे वे तुमसे छीने लिए जा रहे थे।''

''वे कौन थे?''

''मैं नहीं जानती। चारों तरफ सांप ही सांप थे।''

''सांप!!'' मैंने कहा—''मैं हनुमान जी पर दीपक चढ़ाऊंगा। महादेवजी पर बेलपत्तर चढ़ाऊंगा। पीर के मजार पर दीया चढ़ाऊंगा। ईदगाह की चीटियों को बूरा डालूंगा। तू कहेगी तो पण्डित को सीधा भी दे आऊंगा। भगवान कसम! ठाकुरजी के मन्दिर में जाकर प्रार्थना करूंगा। पर तूने ऐसा क्या देखा?''

''मैंने देखा कि मैं जंगल में जा रही हूं। तू मेरे पास नहीं है। वहां एक बड़ी सुन्दर मणि रखी है। उसमें से उजाला होता है। मैं उसको लेकर हाथ में उठा लेती हूं। तब मैं देखती हूं, एक बड़ा सांप मुझे देखकर फुफकारता हुआ भागा आ रहा है। मैं उस मणि को लेकर भागी जा रही हूं। चारों तरफ से सांप भागे आ रहे हैं। वे कह रहे हैं—''पकड़ लो इसे, जाने न पावे।''

मेरे कान खड़े हो गए। पूछा—''फिर?''

''फिर मैंने देखा कि तू बड़ी दूर पहाड़ पर खड़ा मुझे पुकार रहा है। तू मुझसे बहुत ऊंचा है, बहुत ऊंचा। मैं तुझ तक पहुंच नहीं सकती। मैं तुझे पुकारती हूं—सुखराम! हो, सुखराम! सुखराम! पर मुझे लगता है मेरा गला रुंध गया है। मैं पुकार नहीं सकती। मेरी आवाज बंध गई है और रात का अंधेरा अब टूट रहा है। सारा आसमान गुफा के काले-काले पत्थरों की तरह नीचे धसकता आ रहा है। चारों तरफ शोर हो रहा है। गूंज उठ रही है।''

''और फिर बहुत-से कंजर आते हैं। मेरा पहला दोस्त, जिसके साथ मैं पहली बार सोई थी, वह मेरे सामने आ गया है और मुझे बचाने को दोनों हाथ उठाए खड़ा है। मैं कहती हूं—नैकस! तू हट जा। तेरे सामने आ जाने से मेरा सुखराम मेरी आंखों से दूर हो गया है। तू दूर हट जा और। मैं उससे लड़ने लगी हूं।''

“तभी सांप और पास आ गए हैं, सांप...एक मुझे डसने को फन फैलाए खड़ा हो जाता है...।”

“तभी मेरी आंख खुल जाती है।”

प्यारी का सुपना भयानक था। पर मुझे हंसी आ गई।

कहा—“तो इतना क्यों डरती है? सुपना तो सुपना ही होता है।”

“लेकिन मैंने आजतक मीठे सुपने देखे हैं।”

“बावरी! रोज़ कोई मीठे सुपने नहीं देखता।”

“लेकिन सुपना कोई वैसे ही नहीं देखता। जब देवता नाराज होते हैं तभी ऐसे सुपने दीख पड़ते हैं।”

“मैं इतनी मनावनी तो कर चुका हूं।”

“तू सच मुझे बहुत चाहता है।” कहकर उसने मेरा हाथ दबा दिया। उसके कसकर बंधे हुए बाल, जो कानों के ऊपर बंटी हुई बालों की लड़ी में होकर पीछे उठी हुई चुटिया में खत्म होकर पीठ पर लटकते थे, इस समय ढीले हो गए। उसने उसी वक्त उन पर हाथ फेरा और कहा—“कल तू मेरी जुएं बीन देगा?”

मैंने कहा—“जरूर!”

यह प्यार की निशानी थी।

“और मैं तेरी बीन दूंगी।” उसने कहा।

फिर हम लोग लेट गए। आकाश की ओर देखकर उसने कहा—“कितने तारे चमक रहे हैं! ये सब आत्मा हैं सुखराम!”

“हां प्यारी! लोग ऐसा ही कहते हैं।”

“सब मरकर आखिर में ऐसी ही आत्मा बन जाते हैं। फिर एक दिन टूटकर धरती पर आ गिरते हैं।”

“इसीला यही कहता था।”

“वह जादू भी जानता था थोड़ा-सा। उसने मुझे बताया नहीं।”

“क्यों!”

“मैं नहीं जानती। उसी ने मुझसे कहा था कि तेरा बाप भी कुछ-कुछ जादू जानता था।”

“मेरा बाप!!” मैंने कहा—“मुझे उसकी धुंधली-सी याद रह गई है।”

“तब तू छोटा ही तो था।”

“तू ही कौन बड़ी थी!”

“हां, मैं भी छोटी थी।”

“तूने ही मुझे आसरा दिया था।”

उसने शरम से कहा—“चल हट! लुगाई भी कहीं मरद को आसरा देती है!”

मैंने उसकी लाज को समझा। वह मुझपर अहसान नहीं चाहती थी। उसने फिर कहा—“सुखराम! तू भी जादू सीख ले।”

“क्यों?”

“फिर तू चाहे जित्ते रुपये ला सकेगा।”

“तेरा बाप ही क्यों न ले आया?”

“उसे पूरी सिद्धि मिली ही कहां थी! वह तो थोड़ा-बहुत मंतर-जंतर जानता था। सिद्धि मिलना क्या कोई खेल होता है! गांव में इस बखत एक सयाना है। कहते हैं, बड़ा पहुंचा हुआ है। एक दिन मुझे मिला तो मुंह फेरकर बैठ गया और गाली देने लगा। बोला—हरामजादी! माया है।”

"माया है। सच मैं डर गई। गांव में उसका बड़ा मान है।"

मैं उसकी बातों से चकरा गया। वह मुझे एक नई दुनिया की तरफ ले जा रही थी और मुझे लगा, मैं आसमान में उड़ रहा हूं। मैं उड़ रहा हूं।

कोई कहता है—"सुखराम!"

मैं जवाब नहीं देता।

"तू कहां जा रहा है?"

मैं उड़ता रहता हूं। बोलता नहीं।

और फिर अचानक मैं अधूरे किले पर खड़ा हूं। वह मेरा है। सब मेरे सामने सिर झुकाए खड़े हैं।

पर वह सुपना भी नहीं था। एक खयाल-भर था। मैं प्यारी के बोल से चौंक उठा। उसने कहा—"तुम मेरे हो, मैं तुम्हारी हूं। बस यही एक बात मेरे दिल की है। बाकी सब बातें दुनियादारी की हैं। वह सब तो हैं ही। मेरा मन उन सबमें रमता नहीं। बोलो, तुम जलन से मुझे छोड़ तो नहीं जाओगे? तुम पराये मरद के साथ देखकर गुस्सा तो न होगे?"

"नहीं।" मैंने कहा। हालांकि मैं अपने ऊपर पूरा भरोसा नहीं करता था।

"और एक वादा लूंगी। दोगे?"

"कह तो सही।"

"तुम किसी दूसरी लुगाई से नाता न जोड़ोगे!"

"क्यों? और तू आजाद है!"

"मेरा क्या! मेरा तो रास्ता शुरू ही से ऐसा पड़ गया है। पर तुम पर किसी चुड़ैल की छांह भी नहीं पड़ी है। तुम मेरे हो, सिर्फ मेरे ही हो।"

मैंने कहा—"तू मुझसे यह क्यों कहलवाना चाहती है?"

"क्योंकि मैं चाहती हूं।" उसने कहा।

"अच्छा, मैं मानता हूं।"

मुझे खुद ताज्जुब हुआ। हम लोग शराब पीकर जब झूमते हुए लड़ते हैं तब औरतें डरती हैं। मुझे याद है, तब मैं छोटा था। एक बार हजारी नट ने कटारी उठाकर भरी बस्ती में चंदू की लुगाई को शराब पीकर पकड़ लिया था। चंदू और हजारी में रात बड़ी देर तक कटारें चलीं। लोगों ने कुछ नहीं कहा। देखते रहे, चंदू की लुगाई डरती रही। पर अचानक वह बीच में आ गई। उसके सीने में चन्दू की कटार गलती से धंस गई। हजारी ने चंदू की बोटी-बोटी काट दी और फिर सवेरे थाने चला गया। उसे फांसी लग गई थी। हजारी नामी चोर था। पुलिस के हाथ नहीं आता था। पर मुहब्बत का ऐसा दीवाना हुआ कि आप ही मौत के मुंह में चला गया। उसे तब बिल्कुल डर नहीं लगा।

मैं उठ बैठा। मैंने बीड़ी सुलगाई, कहा—"प्यारी।"

वह भी बैठ गई।

"तू भी पीएगी?"

"ला, पी लूं।"

वह और मैं दोनों बीड़ी पीते रहे।

अब मैंने कहा—"तू सिपाही के घर बैठेगी, तो यहां मेरे पास आया करेगी?"

"तूने क्या कहा?"

"क्यों?"

"फिर से कह तो!"

"तू यहां आया करेगी न?"

उसने मेरे बाल पकड़कर झिंझोड़ दिए, जैसे उसे रोष हो आया था।

मैंने कहा—"क्यों?"

"आऊंगी, किन्तु मेरे साथ चलेगा?"

"वह मुझे रोटी देगा?"

"मैं दूंगी तुझे। इसी सरत पर जाकर वहां रहूंगी। तू समझता है, पराये मरद के घर रहते हुए मुझे डर नहीं लगता!"

"तुझे काहे का डर लगता है?"

"मैं नहीं जानती। पर तू रहता है तो सांसत नहीं रहती।"

"अच्छा, मैं दिन-भर अपनी कमाई कर लिया करूंगा।"

उसके स्वर में तो रोष था, पर आंखों में खुशी थी जैसे उसे मेरी इज्जत की बात अच्छी लगी थी। वह मरद क्या जो लुगाई का खाकर रहे!

"हां, नहीं खाऊंगा।" मैंने कहा।

"तुम्हारी मरजी; मैं जोर नहीं देती। पर तुम्हारी इज्जत तो मैं करवाऊंगी ही।"

इसका अन्दाज़ हम दोनों में से किसी को न था। हम इतना ही जानते थे कि सिपाही में बड़ी ताकत होती है। वह राजा का आदमी होता है। वह सबसे घूंस लेता है। गांव के लोग उससे डरते हैं। वह बड़ी जातों में उठता-बैठता है। वह जिधर जाता है उधर ही नट दौड़कर छिप जाते हैं। हम तो यही देखते आ रहे थे कि चाहे जब, चाहे जिस नटनी-कंजरिया को पकड़ ले जाता है। हम सब उससे डरते थे क्योंकि वह थाने में पकड़ ले जाता था। वहां वह हमें चोर कह देता था। फिर हम लोग बेंतों से पिटते थे। कभी-कभी गुड़ के पानी के छींटे दे दिए जाते थे जिससे चींटे लग जाते थे और देह सूज जाती थी। फिर उसकी बात ही सच मानी जाती थी। हमें हमेशा गाली दी जाती थी। ज्यादा किसी ने सिर उठाया तो वह जेल की हवा खाता था। चक्की पीसते-पीसते उसकी धज्जियां उड़ जाती थीं। एक बार सिपाही से एक नटनी को कोई बीमारी लग गई थी। उसका इलाज बड़ी मुश्किल से हुआ था, सो भी किया था इसीला ने रूखड़ियों से।

न जाने कैसे इसी समय उसने पूछा—"सुखराम! तू तो रूखड़ियों के बारे में जानता है!"

"हां, हां।"

वह चुप हो रही।

मैंने कहा—"क्यों पूछती है?"

"अरे, मैं सबसे कह दूंगी तू बड़ा इलाजी है। फिर सब तेरी खुशामद किया करेंगे, ठोड़ी में हाथ डालते फिरेंगे।"

मैंने खुश होकर उसका सिर थपथपा दिया। फिर मैंने उठकर पानी पिया। उसने बैठे-बैठे कहा—"ला, मुझे पिला दे।"

"उठके पी ले।" मैंने कहा।

"पी लूंगी नासपीटे।" उसने मुस्कराकर कहा—"आज तू ही न मेरी जूती उठा दे!"

मैं खुश हुआ। मैंने उसे पानी पिलाया। फिर मैंने बीड़ी सुलगाई। वह मेरे पास आ बैठी। मैंने कहा—"प्यारी! आज की रात जागर में बीत गई।"

"अभी तो सूका[1] नहीं उगा।"

"तू मुझे एक गीत सुना दे।"

"कौन-सा?"

---

1. शुक्र तारा

"वही, जिसमें तू गाती है कि बिरहिन की आग सताए..."

"आज तो मैं तेरी बगल में हूं। तू क्यों सुनना चाहता है?"

"जानती है, आज की रात हमने कुछ नहीं किया।"

"मैं समझती हूं जिन रातों किया था, वे अपनी न थीं। आज तू मेरा है। उससे कोई मन नहीं मिल जाता है। प्रीत तो मन की होती है।"

"अच्छा, गाना गा दे।"

"तू मेरे संग ही गाना।"

उसने गाया—"ऐ रे, मैं आग में जली जा रही हूं, हाय मेरे बालम, तू कहां चला गया। पहाड़ के धौ सूख गए हैं। ऐसे मेरी चाहना भी सूख गई है। पर मेरा हिया देख, इसमें क्या है? तू पर्वत पै धूनी रमाए बैठा है। जोगी! आ मेरे मन की धूनी तो देख जा!"

मैंने मोटे स्वर में गाया—"तेरी धूनी मुझे जलाती है तो तन जलता है, यह धूनी जलती है तो तन गलता है। प्यारी! तेरे बिना मुझे जोग भी नहीं सुहाता।"

उसने कहा—"ओ जोगी! जब भसम रमाई है तो मन लगाके समाध लगा। अब पीछे न हट! नहीं तो सब लुगाइयां मुझसे कहेंगी कि अपने प्यारे को भेड़ा बना लाई। यह डायन जादूगरनी है।"

मैंने गाया—"प्यारी! दुनिया में कौन क्या है, कोई नहीं जानता। कोई किसी की जीभ नहीं पकड़ सकता। यह भसम नहीं है। तेरे गोरे अंगों की याद है। यह धुआं देख मुझे तेरे बालों की याद आती है। मैं तो जलकर मर जाऊंगा। कैसे करूं, यह मैंने कैसी बेड़ी अपने-आप अपने पांवों में डाल ली है।"

वह गाने लगी—"प्यारे! मैं जानती हूं, तुझे मुझसे प्रीत नहीं है। तुझे तो चमकती बिजलियों से सूनापन लग रहा है। तू जब मोरनी के पास मोर नाचता देखता है तो तेरी हूक उठती है। हिरनी के पीछे दौड़ता हिरन तेरा काम जगाता है। ओ काम के मतवाले! तू मुझे प्रीत का धोखा क्यों देता है। तू तो फिर ऐसे ही चला जाएगा जैसे ये सावन के मेघ चले जाएंगे, फिर जब सरद आएगी तब मैं और आसमान दो ही तो धरती पर आंसू गिराने को रह जाएंगे।"

मैंने गाया—"मुझसे कसम ले ले प्यारी! अब की शरद्-पून्यो मैं तुझे दूध से निहलाऊंगा और चुल्लू-चुल्लू वह दूध बिखरेगा तो चांदनी फैल जाएगी। तू मेरी कामिनी कैसी सुन्दर है, जैसे चंदा में से चीर के निकाली हो। मैं जोगी तो तेरे लिए बना हूं प्यारी! तू ही मेरी सब-कुछ है।"

सुर गूंजते गए। उसकी पतली आवाज़ और मेरी मोटी साथ-साथ गूंज उठीं—"आज प्रीत की रीत का निबाह हो गया। वह गोरी कैसी जिसका बलमा साथ न हो! तलवार सबको काटती है, पर म्यान को नहीं काटती। लौ काठ को भसम करती है, पर काठ लौ को झुकाती नहीं, उठाती ही रहती है। ओ प्रीत के दीवानो, यह बताओ, प्रीत में ढोला जलता है कि गोरी जलती है? कोई आज तक बता पाया है कि आग लकड़ी को पकड़ती है कि लकड़ी आग को पकड़ लेती है?"

हमारे गीतों ने सवेरा कर दिया

8

सुखराम ने कहा था —

रुस्तमखां का मकान पक्का भी था, कच्चा भी। वह गांव का पुराना बाशिन्दा था।

उसके पुरखे पुराने ज़माने से ही गांव में रहते थे। वह बड़ा नमाज पढ़नेवाला आदमी था। पर हमेशा अफसरों की नाक का बाल बनकर रहता था। उसको बनियों से पैसा निकलवाने के हुनर में कमाल हासिल था। रजवाड़े के ठाकुरों को झुककर सलाम करता, पर मामूली ठाकुरों के सामने खाट पर बैठता। बामनों में गरीब देखा तो पण्डितजी कहकर बन्दगी करता, पर अमीर को ससुरा पालागन करता था।

मुझे उसे देखते ही नफरत होती थी। वह लम्बा और चुस्त था। उसकी आंखों में चालाकी भरी रहती। वह देखते ही भांप जाता कि उसका आसामी कितने पानी में है। उसने एक बार फटे कपड़ों में आए रहमतअली रंगरेज़ को हर तरह से गिड़गिड़ाकर अपनी गरीबी को जताते देख ऐसी धौंस दी कि उस फटेहाल के पास से चालीस रुपये निकल आए। रुस्तमखां मूंछों पर ताव देता और उसको देखकर नटों के छक्के छूट जाते।

नट मौका पड़ता, भीख मांगते, या गांव के ठाकुरों के यहां शहद पहुंचाते। वे दवाइयां बनाते। मैं भी रूखड़ी वालों में मशहूर था। एक दिन मैंने एक पटवारी के नीले बिच्छू के काटे को झाड़-फूंक करके, रूखड़ी लगाकर उतारा था, तब से लोग मुझे जानने लगे थे।

आज जब प्यारी और मैं रुस्तमखां के दरवाजे की तरफ बढ़े तो मुझसे चला नहीं जाता था। मेरे पांव रुके जाते थे, भारी हो गए थे। प्यारी घाघरा पहने थी। वह गन्दा था। उसकी चोली भी फटी हुई थी। ओढ़नी में थेगलियां लग रही थीं। घूंघट काढ़े थी। मुझे लगा, मैं खुद अपनी दुनिया को लुटाने के लिए जा रहा हूं। पर प्यारी के सामने बोलने की मुझमें सकत नहीं थी।

मैं ठिठक गया। सामने चौतरे पर जाकर बैठ गया। वह किसी पुरानी धरमशाला का था। प्यारी धूल-भरे दगरे पर बैठ गई।

"रुक क्यों गए?" उसने पूछा।

"मुझसे नहीं चला जाता।"

"क्यों?"

"मन नहीं करता।"

"तो मुझे भी नहीं जाने दोगे?"

"तेरी मर्ज़ी। मेरे रोके से तू क्या रुकेगी?"

"अच्छा, तू ठहर। मैं आती हूं।"

वह चली गई। मैं बैठा-बैठा लेट गया और फिर सो गया। घंटा-भर सोया होऊंगा कि मुझे एक लड़के ने आकर जगाया। वह बीड़ी पी रहा था। उसने कहा—"क्यों रे! तू सुखराम नट है?"

"हां, क्या है?" मैंने रुखाई से कहा।

"अरे, तुझे जमादार ने बुलाया है। चला जा उड़के। कहा, फौरन भेज दे।"

वह चला गया। मैं धीरे-धीरे पहुंचा।

दरवाज़ा पक्का था। फिर कच्ची जमीन पड़ी थी। पीछे एक छोटी-सी हवेली का-सा घर था। एक तरफ छप्पर में घोड़ा बंधा था। दूसरी तरफ एक और छप्पर था, जिसमें रुस्तमखां मर्दाने का काम लेता था और पौरी की एक कोठरी की आड़ में बाईं तरफ बाहर ही से दरवाजे वाला एक कोठा था, जिसके आगे छप्पर पड़ा था। चौथे कोने के छप्पर में भैंस बंधी थी। कुछ दूर पर उसका पाड़ा खड़ा था।

मैं दरवाज़े पर रुक गया। पर गेहुंए रंग की डोमनी बैठी थी। उसने कहा—"चले आओ।"

मैं भीतर चला गया। वह बोली—"भाग खुल गए। सरकार भीतर हैं। बुलाया है।"

मैं भीतर चला गया। दुमंज़िला घर था।

ऊपर साफ घाघरा, साबुत चोली और नई ओढ़नी पहने प्यारी बैठी थी। उसके नीचे जाजम बिछी थी। मेरी तो उसे देखकर आंखें फट गईं। उसके होंठों पर पान की लाली थी। वह मुझे इतनी सुन्दर कभी नहीं लगी थी; और खाट पर रुस्तमखां लेटा था। मुझे देखकर बोला—"आ गया सुखराम? यह तो तेरी बड़ी याद करती थी। बैठ जा।"

मैं बन्दगी करके बैठ गया।

प्यारी ने सिर ढक लिया और मुझे विजय से देखा।

रुस्तमखां ने कहा—"औरत तो तेरी वफादार है। कहती है, सरकार, मैं तो तब रहूंगी, जब मेरा सुखराम भी यहीं रहेगा। मानती ही नहीं। मैंने कहा, अच्छी बात है। पर देख, अब यह तेरी मालकिन है। समझा! नीचे के कोठे में तू रहेगा। भैंस का जिम्मा तुझपर।"

मुझे लगा, मैं मुर्दा हो गया हूं! मैं प्यारी का नौकर हूं!!

मैंने कहा—"सरकार! गरीब आदमी हूं। मुझपर इतनी दया की है, यही बहुत है। भाग ने यह औरत मुझे दे दी थी। इतनी खूबसूरत थी कि इसे तुम जैसों के घर जन्म लेना था, जहां आराम पा सके। भगवान ने सुन ली है। ठिकाना लग ही गया है। मुझे हुक्म दें तो चला जाऊं। मैं दूसरी गृहस्थी बसा लूंगा।"

प्यारी ने होंठ काटे। कहा—"तू नहीं जाएगा। समझा!"

"तो क्या मैं तेरी चाकरी करूंगा हरामज़ादी!" मैंने गुस्से से कहा।

रुस्तमखां बैठ गया। उसने कहा—"अब मत कहियो कुछ कुत्ते! मार-मारकर खाल उधेड़वा दूंगा!"

"उधेड़वा दो सरकार!" मैंने कहा—"पर जीते-जी मुझसे यह न होगा।"

प्यारी उठी। उसने पास आकर कहा—"तो मैं यहां न रहूंगी सरकार! अपने कपड़े उतरवा लो। यह मुझे चैन से नहीं रहने देगा। रोज आऊंगी, चली जाऊंगी। तुम्हारा तो नुकसान नहीं होगा, पर यह मुझे सुखी नहीं देख सकता। यह तो जंगल में ही मुझे सुलाना चाहता है। तो यही सही।"

रुस्तमखां चक्कर में पड़ गया। प्यारी ने अपने पुराने कपड़ों को हाथ लगाया। मैंने कहा—"इन कपड़ों को मत छू प्यारी! तुझे सौगन्ध है मेरी। इन्हें छुए तो तू मेरी ल्हास छुए।"

प्यारी का बढ़ा हुआ हाथ रुक गया। उसकी आंखों में आंसू आ गए। कहा—"तू चाहता क्या है दईमारे?"

"मैं चाहता हूं..." मैंने कहा—"तू यहीं रह।"

"और तू नहीं रहेगा?"

"नौकर बनकर नहीं।"

"तो तू यहां सरकार के रहते मेरा खसम बनकर रहेगा? तुझे जरा भी शर्म नहीं! बड़े आदमियों की इज्जत का तुझे विचार ही नहीं। सरकार की इसमें नाक न कट जाएगी?"

रुस्तमखां ने बीड़ी सुलगाई। एक मुझे दी। मैंने भी सुलगा ली और धुआं छोड़कर आंखें मींचकर सोचने लगा। मैंने कहा—"तू ठीक कहती है। प्यारी! यह नहीं हो सकता। एक म्यान में दो तलवारें एक साथ नहीं रह सकतीं। जब हम कमीनों में ही जाहिरा यह नहीं हो सकता तो आप तो फिर बड़े आदमी हो। यहां वह कैसे हो सकता है?"

मैंने आंखें खोलीं।। रुस्तमखां खुश नज़र आया। उसकी शक्ल पर एक चालाकी उभर आई थी।

मैंने दोनों हाथ फैलाकर कहा—सरकार, आप न्याय करें। बताओ, मैं कैसे किसी को

मुंह दिखा सकूंगा! आप ऐसा करो हुजूर! मुझे चोरी लगाकर थाने में डाल दो। मैं जेल में दिन काट लूंगा।''

इस समय रुस्तमखां ने प्यारी की तरफ देखा, जिसका मुंह मेरी बात सुनकर सफेद पड़ गया था। रुस्तमखां ने सिर हिलाकर कहा—''नहीं, सुखराम, ऐसा कैसे हो सकता है! मैं बेइन्साफी नहीं कर सकता। बेईमानी तो मुझे छूकर नहीं गई। तूने कुछ किया नहीं, तो कैसे थाने में बन्द कर दूं तुझे।''

प्यारी मुझे देख नहीं रही थी, जैसे जला देना चाहती थी। उसकी आंखों में अंगारे भभक उठे थे। मैं उसको देख नहीं सकता था। मैंने उस तरफ से आंखें हटा लीं।

''सरकार!'' मैंने कहा—''आप मुझे दो दिन को थाने भेज दो। फिर रहम करके मेरी बोली लगवा दो। रोज़ हाज़िरी दे जाया करूंगा। आपकी भी रह जाएगी, प्यारी की भी रह जाएगी। सरकार, मुझ पर से भी बोझ उतर जाएगा।''

प्यारी खुश दिखाई दी। पर उस वक्त हम दोनों को नहीं सूझा कि क्या कर रहे हैं हम। मैं अपने को रुस्तमखां का बेपैसे का गुलाम बना रहा था। प्यारी ऐसे जाल में फंस रही थी जिससे निकलने का कोई रास्ता नहीं था। अगर प्यारी भागती तो मैं जिन्दगी-भर जेल में सड़ता; पर उस वक्त हममें कोई सूझ नहीं थी।

रुस्तमखां मुस्कराया। उसने सिर हिलाया जैसे मछली फंस गई। उसके भीतर से शायद यह डर मिट गया था कि अब मैं प्यारी को कुछ दिन को उसके यहां बिठाकर फिर चोरी करके भाग निकलूंगा।

उसने कहा—''अच्छा सुखराम! यह हो सकता है। तुझे दुनिया को दिखाने को पहले मेरी भैंस खोलनी होगी। फिर सब काम हो जाएगा।''

दूसरे दिन ही मैं उसकी भैंस हांक ले गया। गांव के बाहर मुझे गिरफ्तार किया गया। लोगों ने मुझसे हमदर्दी की कि बिचारे की कैसी आफत आई है। औरत बेवफा निकली और अब जेल की नौबत आ गई। टीड़ी के अनारचन्द बनिए के मैंने पांव पकड़े। वह कटऊ का घी बेचता था। उसने जाकर मेरी सिफारिश की तो रुस्तमखां ने बोली लगवा दी। मेरा रास्ता खुल गया। लोग मुझ पर तरस खाते, मैं मन ही मन उन पर हंसता। वे प्यारी को बेवफा कहते, मैं उसे और भी अच्छा समझता। दुपहर गया, रात तक वहीं रहता। प्यारी मुझे पौरी में बिठाकर अपने हाथ से अच्छे-अच्छे खाने खिलाती। वह खाना इतना अच्छा था कि मैं धीरे-धीरे सुख पाने लगा और भैंस का भी काम कर देता। पर अब मेरी एक भूख बढ़ गई।

देह से प्यारी मुझसे दूर हो चली थी। हमें पहले की-सी आजादी नहीं थी। हो भी नहीं सकती थी। प्यारी इतनी साफ रहती थी कि मैं उसके सामने अपने को गन्दा महसूस करने लगता। जब कभी वह मेरे सीने पर सिर रखती तो मुझे उसके बालों में से चमेली के तेल की खुशबू आती।

उसका गजब का निखार था। जितनी वह मुझसे दूर हुई जाती थी, उतना ही मेरा मन उसकी तरफ खिंचता जाता था। एक सबसे बड़ी चीज़ जो मुझे उसमें मिलती, वह थी उसकी शरम। वह अब लजाती थी। उसकी चाल में अब डर नहीं रहा था। हंसती थी तो पहले-सी हा-हा करके नहीं, वह दांत निकालकर हल्की आवाज करती।

उसकी नाक में बुल्लाक लटकने लगा था। मुझे उसे देखकर एक अजीब-सी बात लगती। प्यारी के बदन पर सोना आ गया था। उसकी दमक से वह अब कितनी अच्छी लगती थी। वह पान की पीक से रंगे होंठ और मिस्सी से काले पड़े मसूढ़ों से कितने बड़े घर की-सी औरत लगती थी, यह मैं अब समझ पाया था।

मैं दोपहर तक वहां पहुंच जाता। उस वक्त प्यारी घर में अकेली रहती थी। मैं शाम को चला जाता और अपने ही डेरे में सो रहता। मेरे पास कुछ और करनट आ बसे थे। हम सब घुल-मिल गए थे। ये लोग यहां सिर्फ चोरी करते थे। औरतें पराये मर्दों को फंसाती थीं। इन्हीं में एक कजरी थी। ठीक प्यारी के बराबर थी। उसका आदमी लोहपीटों की तरह काला था। उसे शराब इतनी ज्यादा पीने की आदत थी कि बयान नहीं; तिसपर अफीम भी चुराकर लाता था और शाम को पड़ा सवेरे उठता था। उसे जुए से मतलब था, और पैसे की ज़रूरत होती तो वह कजरी के सामने हाथ फैलाता। कजरी गौरी तो थी पर उसके गाल कुछ ज्यादा सूंते हुए थे। वह कमर के ऊपर हल्की और नीचे बहुत भारी थी। उसकी आंखें छोटी पर लम्बी थीं। नाक में बुल्लाक पहनती, आंखों में काजर पारती। बदन पर एक ढीली कुर्ती पहनती। उसको चलने में सदा ही ठुमकने की आदत पड़ गई थी। मैंने उसे कभी उदास नहीं देखा। हमेशा हंसती रहती थी।

अब प्यारी के पास जाने की कोशिश करता, तो वह बड़ी गंभीरता से पीछे हट जाती और मुझे अपना शरीर न छूने देती। मुझे धक्का लगता। मैं सोचता, क्या सचमुच प्यारी अब सिपाही के घर बैठकर मुझे छोटा आदमी समझने लगी है? क्यों वह मेरे पास नहीं आती? अपने हाथ से खाना परोसती, हंसती, पर उसके होंठों पर एक फीकापन रहता, मुस्कराती तो दर्द कोनों पर कांपने लगता। मैं देखता, वह मुझे एकटक बिना पलक झपकाए देखा करती।

पूछती—''वहीं सोता है?''

मैंने कहा—''वहां और भी लोग आ गए हैं।''

प्यारी पूछती रही। एक-एक बात पूछ ली। फिर कहा—''प्यारी के रहते कजरी से नाता न जोड़ना! मैं मर जाऊंगी।''

मैंने कहा—''पर मैं भी तो आदमी हूं। तू मुझे अकेले में भी छूने नहीं देती अपने को। तू सिपाही की हो गई है!''

प्यारी की आंखों में आंसू आ गए। मैं समझा नहीं। उसने उन्हें पोंछ लिया और कहा—''यह भाग की बात है सुखराम। तू इसे छोड़। मैं किसी की नहीं हूं। तेरी ही हूं—तेरी ही।''

मैं इस बात को समझ नहीं सका। पर बात मेरे भीतर खटक गई। मेरे पड़ोसी करनट खूब मस्त रहते, क्योंकि वे मेरे साथ थे, और रुस्तमखां की दया थी, उनसे कोई कुछ न कहता; बल्कि दरोगाजी को ज़रूरत पड़ती तो इनमें से किसी को बुला लेते और सिपाहियों के जरिये समझा-बुझाकर बनियों की चोरी करवा देते। माल बंट जाता। गांव बाहर चामड़ के पीछे जुए का भी एक अड्डा पुलिस ने बनवा दिया था, जिसकी नाल का तीन-चौथाई दरोगाजी के हाथ में जाता था। कहा जाता था, किसी राजा के यहां एक दरोगा खवास था। इस नाई से सरकार खुश हो गए। उन्होंने कहा—''मांग, क्या मांगता है?'' खवास ने कहा—''अन्नदाता! एक हवेली चाहिए। आपके द्वार से कुत्ते भी पेट भर के जाते हैं। फिर मैं तो आपका चरन-सेवक हूं।'' राजा ने कहा—''अच्छी बात है, हवेली बना ले। जा, तू भी पोल में घुस जा'' और उसे दरोगा बना दिया और वह सचमुच एक साल में बड़ी हवेली का मालिक बन गया। किसानों और कास्तकारों से खूब पैसे ऐंठता था। कितनों ही को उसने फौजदारी की मामूली बातों में थानों में सड़ाया। एक के खून निकल आया, पर उसने दूसरी तरफ के लोगों से रिश्वत लेकर रपट नहीं लिखी। कहा, डॉक्टरी मुआइना कराओ। अस्पताल गांव से सात मील था। वह अस्पताल चला। जेठ की चटकती धूप थी। राह में

बेहोश हो गया। जब साथ के डाक्टर के पास ले गया तो डाक्टर ने फीस मांगी। वे लोग न दे सके तो उसने लिखा, मामूली चोट लगी है। वह आदमी मर गया। दरोगा की हवेली के आगे का पच्चीस-पच्चीस गज स्थान पत्थर की पट्टियों से पक्का हो गया।

गांव छूटा था तब अधूरा किला दूर हो गया था। इसीला और सौनो का साथ छूटा तो प्यारी का सहारा था। अब प्यारी के बाद घोड़ा और भूरा बस दो पास रह गए थे।

रात हो गई थी। मैं अपने तम्बू में लेटा था। बाहर किसी की पगचाप सुनाई दी। देखा कजरी थी।

''क्या है कजरी?'' मैंने लेटे-लेटे कहा।

''लो, खा लो।'' उसने हाथ पर चार मोतीचूर के लड्डू रख दिए।

मैं अब खाने का लालची नहीं था।

''तू क्यों नहीं खाती?'' मैंने पूछा।

''मैं चार खा चुकी हूं।''

''इतने आ कहां से गए?''

''आज हम बड़े वाले गांव गए थे, वहां गूजरों का कोई त्यौहार था। बंट रहे थे। बैठ गए। मिल ही गए।'' उसने स्वर बदलकर कहा—''क्यों अच्छे हैं न?'' फिर उसने कहा—''खाए क्यों नहीं?''

मैंने उसके आदमी के लिए कहा—''कुर्री को दे दे न!''

''अरे, वह नसे में पड़ा है। मीठा खाएगा तो झगड़ा करेगा। सो गया है। अब तो सवेरे ही उठेगा। उस कम्बख्त का तो नाम भी न ले। तू खा ले।''

''कजरी! मेरा पेट भर गया है। जगह नहीं है।''

''तुझे मेरी कसम! तू उठके तो बैठ!'' कहकर वह मेरी खाट पर बैठ गई और उसने मुझे पकड़कर बिठाया, और मेरे कंधे छूकर उसने मेरे मजबूत सीने पर हाथ फेरा और फिर कहा—''तेरे लिए मैं रोज मिठाई लाया करूंगी। सफेदी भी करे तो अच्छे मकान पर। क्या टूटे खंडहर का सजाना!'' और उसने फिर अपना हाथ मेरे बाजुओं पर रखा और मेरा मांस दबाया। वह उस सख्त मांस को दबा न सकी तो उस पर उंगलियां गड़ा दीं और कहने लगी—''औरत का दुनिया में क्या भरोसा! तेरी लुगाई इतने पै भी तुझे छोड़ उस सिपाही के जा बैठी'' और उसने मेरी मोटी गठीली सख्त गर्दन पर उंगलियां फिराईं। मैंने लड्डू चखा। अच्छा था।

मैंने कहा—''ले, दो तू खा ले।''

''तू ही खा ले सब।''

''अरी, खा भी ले!'' मैंने कहा। उसने मेरी ओर मुंह खोल दिया। मैंने लड्डू बढ़ाए। मुझे ध्यान ही नहीं आया। जब मैंने उसके मुंह की तरफ हाथ न बढ़ाया तो वह खिसिया गई। उसने मुंह मोड़ लिया। मैंने सोचा, बिचारी खिलाने आई है, इतनी चाहना है तो मुझे इसकी बेइज्जती नहीं करनी चाहिए। मैंने उसका मुंह मोड़कर एक लड्डू उसके मुंह में धर दिया। मुंह भर गया। वह हंस दी और लड्डू भरे मुंह से उसने कहा ''है अच्छा?''

''क्यों नहीं।'' मैंने कहा।

दूसरा लड्डू भी खा चुकी। मैं उठने लगा।

''कहां जाते हो?'' उसने कहा।

''पानी पी लूं।''

"मैं लाती हूं। मेरे रहते तुम उठोगे?"

वह उठ भी गई। पानी ले आई। मैंने लोटे में मुंह लगाकर पी लिया। फिर उसने पिया और मैं लेटा तो बोली—"हुक्का भर लाऊं?"

मैंने कहा—"अरी, मेरे पास बीड़ी है।"

"अच्छा ठहरो, अभी आती हूं।" वह कहकर चली गई। दो मिनट में लौटकर आई तो हाथ में सिगरेट का पैकिट था।

बोली—"लो, यह पियो।"

एक पैसे की चार वाली सिगरेटें थीं।

मैंने कहा—"तू यह सब कहां से ले आती है?"

"हाट में मिली थी; मेले में। पान वाले ने दी थी। चार पैसे दिए थे मैंने पहले महीने।"

"फिर तूने पी नहीं?" मैंने पूछा।

"दो पी ली थीं। अकेले फिर सिगरेट पीने में मजा नहीं आया। सो कुर्री से छिपाके रख दी थीं। हम-तुम पिएंगे।"

वह मेरा कितना ख्याल रख रही थी! मुझे अचरज हुआ। हम दोनों ने एक-एक सिगरेट सुलगाई।

कजरी ने कहा—"सिगरेट पीने में खांसी नहीं आती मुझे। बीड़ी नहीं मिलती।"

"सिगरेट हल्की होती है।" मैंने कहा।

मैंने जमुहाई ली।

बोली—"तुझे नींद आ रही है?"

"नहीं।" मैंने कहा।

"नहीं क्यों? तू सो जा। मैं तेरे पांव दबा दूंगी।"

"क्या कहती है कजरी! कुर्री जानेगा तो?"

"क्या कर लेगा मेरा मर्दुआ वह? एक तो कमा के खिलाती हूं, फिर काहे की दब्बारी सहूंगी उसकी?"

"मारेगा तुझे।" मैंने कहा।

"पिट लूंगी, पीटा जाएगा, मैं भी मारूंगी। पर तू मुझे पिटते देखकर चुप रह जाएगा?"

मैंने कहा—"नहीं, तुझे बचाऊंगा।"

"बस?" उसने कहा—"यह नहीं कहा कि कुर्री को दौंच के धर दूंगा।"

"मैं डरता था। क्या जाने, तेरा आदमी है, बुरा मान जाती।"

उसने पलटकर कहा—"तभी तो तेरी लुगाई छोड़ गई तुझे। तू बोदा है।"

मैं चोट खा गया और सोचने लगा।

उसने कहा—"तो जाने दे। गम क्यों करता है! चली गई तो चली गई। बेवफा थी। तू दूसरी क्यों नहीं कर लेता?"

"नहीं कजरी! वह मुझसे बहुत मुहब्बत करती है।"

"इसमें क्या शक है!" कजरी ने कहा—"आप तेल से पांव धोती है, तू बालों में पानी डालता है। वह गद्दों पर सोती है, और तू..." उसने हंसकर कहा—"यहां भूरा के पास सोता है। दोनों ही तुम दो तरह के कुत्तों के पास सोते हो। यह वाला वफादार है, वह कटखना है।" उसने स्नेह से मेरे सिर पर हाथ फेरा और अपनी उंगलियों को मेरे बालों में बार-बार उलझाती रही।

"तुझे उसकी बहुत याद आती है?" उसने पूछा।

"बहुत।" मैंने कहा।

"अब तू उसे नहीं भूलेगा?"

"शायद नहीं।"

उसने एक लम्बी सांस ली।

"उसे गए कितने दिन हुए?"

"तीन महीने।"

"तब से तू अकेला रहता है?"

"हां।"

"जाता है वहां तो मिलती है?"

"हां रोज।"

"तभी तुझे उसने बांध रखा है। मैं समझ गई।" उसने सिर हिलाया। फिर कहा—"बड़ी जहरीली नागिन है कोई वह। दो घोड़ों पर चढ़ती है एक साथ, तुझ पर हुकम चला रही है, हाजरी लगवा दी है सुसरी ने।"

"गाली न दे उसे कजरी।" मैंने कहा और बीड़ी निकाली।

"कसम है..." उसने कहा—"यह पियो तुम।"

उसने सिगरेट मेरे सामने धर दी और कहा—"यह सब तुम्हीं पी लो।"

"पर तू तो बड़े चाव से अपने लिए लाई थी?"

"पर अब क्या तुम्हें पिलाने में मुझे चाव नहीं है?"

"तेरी मरजी।" मैंने सिगरेट सुलगा ली।

मेरे मुंह से धुआं निकलते देखकर उसने कहा—"तुम्हारे दिल से भी ऐसा धुआं निकलता होगा उसके चले जाने से?"

"क्यों?" मैंने पूछा।

"अरे, वह कितनी खराब निकली! तू यो यह समझता होगा कि दुनिया की हर औरत बेवफा होती है!"

"नहीं, मैं तो ऐसा नहीं सोचता।"

"नहीं सोचता न!" कजरी ने कहा।

"नहीं," मैंने कहा—"तू प्यारी को बुरा कहती है पर वह मुझे देखे बिना चैन नहीं लेती। देखने को बुलाती है मुझे।"

"बस, देखकर ही लौटा देती है?"

"हां।"

"देखकर? बस!"

"क्यों, तुझे विश्वास नहीं होता?"

"होता भी हो तो मैं कर नहीं सकती। करना नहीं चाहती।"

"क्यों?"

"फिर तुझे इच्छा नहीं होती? तू भी तो आदमी है!"

मैंने जवाब नहीं दिया। वह कहने लगी—"कुर्री बुरा है। काला है, गंदा है, कमज़ोर है। उसे छोड़ने की बात तो ठीक है। पर तू गोरा है, ताकतवर है और देखने में कितना अच्छा लगता है। मैंने ऐसा एक ठाकुर का कुंवर देखा था। देखा था तो ठगी-सी रह गई थी। तुझे भी कोई औरत छोड़ सकती है तो उसका दिल पत्थर है, पत्थर! तूने कहा नहीं?"

"नहीं।" मैंने कहा—"वह कहती है कि अगर मैं किसी और औरत से सम्बन्ध जोडूंगा तो वह मर जाएगी।"

"वाह!" कजरी ने कहा—"क्या कहने इस मुहब्बत के! मुझे तो तू ही उल्लू का पट्ठा दिखाई देता है।"

"क्यों?"

"क्योंकि तू इसे मानता है। तेरी जगह मैं होती तो उसके मुंह पर इतने जूते लगाती कि दारी की बत्तीसी झड़ जाती।"

"क्या कहती है कजरी!" मैंने चौंककर कहा।

"क्यों, क्या गलत कहती हूं?" उसने पूछा।

मैंने धीरज से कहा—"मरद में धीरज होता है, वह सह सकता है। औरत कमज़ोर होती है, वह सह नहीं सकती।"

"अरे चल, बड़ा धीरज वाला बनके मेरे सामने बातें बना रहा है!" कजरी ने बायें हाथ को हवा में झटका देकर कहा—"औरत कमज़ोर होती है! अरे, औरत का धीरज तू देखेगा? तेरे सात पीढ़ी के मरद पांव धो-धो के पी गए औरत के...समझा! ऐसे ही धीरज के होते तो औरत के जाए न होते। वह दरद चले तो मरद चकरघिन्नी हो जाए। समझा! तू उसका गुलाम है। बना रह। पर मुझसे हां में हां मत मिलवा। मैं नहीं हूं तेरी तरह बोदी कि अपनी उमर यों ही गंवा दूं।"

"तो तू चाहती क्या है कजरी?" मैंने कहा।

"तू अभी तक नहीं समझा?" कजरी ने कहा।

"नहीं, तूने कहा ही क्या?"

"तो तुझसे कहना ही बेकार है।" कजरी ने चिढ़कर कहा और बोली—"तुझे तो उसने कारा कम्मर बना दिया है सूरे! तुझपे अब कोई रंग नहीं चढ़ेगा। सो तड़प। मैं तो चली।"

पर मैंने उसको दुःख पहुंचाना ठीक नहीं समझा। मैंने कहा—"बैठ कजरी।"

वह बैठ गई। मैंने कहा—"कजरी!"

"क्या है?"

"तू कल हाट जाएगी?"

"चली जाऊंगी। तू भेजेगा?"

"हां देख, यह ले।" मैंने हाथ बढ़ाकर एक कुल्लड़ उठाया और उसमें से पांच आने निकाले और उसके हाथ पर रखकर कहा—"तू कल रबड़ी ले आना।"

उसने मेरी तरफ देखकर दांत पीसे और पांच चौका बीस ताम्बे के टुकड़े, पूरी कोड़ी मेरे मुंह पर फेंककर मारी। मेरी आंखें मिच गईं। पैसे अंधेरे में बिखर गए। मेरे मुंह पर चोट-सी लगी। मैंने हाथों से मुंह को दबा लिया।

"तू मुझे लड्डुओं के दाम दे रहा है। बेवफा के गुलाम!" उसने फुंकारा—"तू समझा है कि मैं भी तेरी चहेती की तरह हूं! तू उसके टुकड़ों पे पल के साहूकार हो गया, और मेरी जान को...?"

फिर मेरे हाथों के बीच में हाथ डालकर मेरा मुंह सहलाकर कहने लगी, "लगी तो नहीं तेरे?"

"नहीं।" मैंने मुस्कराकर कहा—"तुझे गुस्सा आ गया?"

"आएगा नहीं? इससे अच्छा तो तू मुझे खूब कूट लेता।"

"तब तू खुश रहती?" मैंने पूछा।

"क्यों नहीं? तेरा हाथ तो मेरी देह से लगता!" एक भीगी हुई लम्बी सांस लेकर उसने कहा। मुझे अब चाह हो रही थी कि मैं कजरी की उदासी दूर कर दूं। पर प्यारी

याद आ जाती थी। वह मेरे लिए इन्तजार करती है। पर वह मुझसे दूर हो गई है; दूर हो गई है। वह अब हममें से नहीं है। वह मुझे अपने-आपको छूने नहीं देती। वह मुझे अपने से अलग बिठाती है। बस खाना खिला देती है, जैसे कोई अपने कुत्ते को भरपेट खाना खिलाकर चाहता है कि वह उसके सामने दुम हिलाया करे। वह मुझे टुकड़े डालकर यह चाहती है कि मैं सानी के लालच में गैया की तरह लौटकर थान पर आ जाया करूं, पर मुझे हरिया नहीं बनने देना चाहती। वह अपनी ही सोचती है। मेरा उसे क्या ध्यान है?

बाहर भूरा गुर्रा रहा है। फिर चुप हो गया है। हवा फिर भी काट रही है। आसमान में तारे छा रहे हैं। सन्नाटा छाया हुआ है। दूर-दूर तक अंधेरा है। यह छोटा-सा डेरा, कजरी और मैं, और चारों तरफ के डेरों में और सोते हुए लोग।

कजरी ने कहा—''क्यों सुखराम, एक बात कहूं?''

मैंने कहा—''कह तो।''

''बता देगा न?''

''जरूर।''

''अच्छा बता, मैंने तुझे मारा तो तूने मुझे पलट के क्यों न मारा?''

''तूने गलत समझकर मारा था कजरी। मेरा मतलब वह न था। मैंने तुझे खुश देखा। वह तेरी खुशी मुझे अच्छी लगी थी। मैंने उसे फिर से देखने के लिए तरकीब सोची थी।''

वह जैसे इसे सह नहीं सकी। उसकी आंखों में पानी भर आया। उसने कहा—''तू मुझे खुश देखकर खुश होता है?''

मैं जवाब नहीं दे सका।

उसने आतुरता से कहा—''मुझे बता दे सुखराम!''

''होता हूं।'' मैंने कहा।

''तू बहुत अच्छा आदमी है।'' कजरी ने कहा—''आदमी अच्छे बहुत कम होते हैं। औरत मां बनकर कम से कम अपने बच्चे के लिए दुनिया में अच्छी हो जाती है पर मरद दुनिया में बहुत ही कम अच्छे होते हैं। तू भी अच्छा आदमी है। तभी तो प्यारी के जुलम सहता है। तू बड़ा भोला है।'' कजरी ने आजिजी से पूछा—''सुखराम! मैं तेरे पास आके रोज रात को यहां बैठ जाया करूं! तुझसे बातें कर जाया करूं? तुझे बुरा तो नहीं लगेगा?''

''नहीं,'' मैंने कहा। मुझे धक्का लगा।

कजरी ने कहा—''मेरा बुड्ढा बाबा भी बड़ा अच्छा आदमी था। वह मुझे कहानियां सुनाया करता था। तू कहानियां-किस्से सुनाना नहीं जानता?''

मुझे गुस्सा आ गया। मैंने उसका हाथ पकड़कर दबाया। उसने हंसकर कहा—''जोगी है तू—है न! पर मुहब्बत का मारा जोगी है। मेरे पास एक तोता है, वह भी बड़ी राम-राम करता था।''

मैं अब अपने को संभाल नहीं सका। मैंने उसका हाथ मरोड़-सा दिया। तारे ढल चुके थे।

उसने कहा—''तू चक्कू नहीं है, दरांत है। फल तुझपे आकर गिरे तब भले ही कट जाए, वैसे अपने-आप चक्कू की तरह तू फल काटना नहीं जानता।''

''तू बड़ी चंट है कजरी!'' मैंने कहा।

''चंट हूं! अरे, मुझे तो यह ताज्जुब होता था। ऐसा हो कैसे सकता है?''

मैंने देखा, वह बहुत खुश थी।

उसने कहा—"अब जाऊं। कुर्री को होश आता होगा।"

"तू डरती है?"

"डरती है मेरी जूती।" उसने कहा—"सच कह, न जाऊं?"

"चली जा। कल आएगी?"

"पैसे दे दे, रबड़ी ले आऊंगी कल।"

"अब अंधेरे में पैसे ढूंढ़ेगा कौन?"

"अच्छा फिकर न कर। मैं लाऊंगी तेरे लिए।"

"तू क्या खिलाना चाहती है मुझे?" मैंने पूछा।

"मैं क्या चाहती हूं! दुनिया में हर औरत मरद के लिए चूल्हा क्यों फूंकती है? खिलाती है, पिलाती है, पालती है। मरद कुत्ता होता है, सुखराम, खिलाने वाले हाथ को चाटता है।"

"चल कुतिया।" मैंने चिढ़कर कहा।

वह हंसी और खुश-खुश-सी "कल आऊंगी" कहकर चली गई।

9

सुखराम ने कहा था —

प्यारी की हुकूमत अब शुरू हुई। एक रात निरोती बामन के घर में चुपचाप आग लग गई और उसकी औरत को पुलिस ने हिरासत में ले लिया। उसके कोई बच्चा नहीं होता था। सनीचर का दिन था। आग लगी तो यह कहा गया कि इसने बस्ती को जला देने को आग लगाई थी। कहा जाता था, जो इस तरह सात सनीचर जगह-जगह आग लगाती है, उसके बच्चा हो जाता है। पर यह किसी को भी पुलिस ने कहने नहीं दिया कि टोटका दूसरों के घर पर ही उतरता है, अपने घर पर नहीं।

दूसरे हफ्ते खबर मिली कि दो ठाकुरों को हिरासत में ले लिया गया है। उन्होंने लगान नहीं दिया था। पता चला, सरकार ने उनकी जमीनें नीलामी पर चढ़ा दीं और वे सड़क के भिखारी हो गए।

तहसीलदार इकबाल बहादुर का इकबाल दूर-दूर तक फैलने लगा। जब मैं प्यारी के सामने बैठा तो वह खाट पर बैठी थी। वह पान खा रही थी।

उसने कहा—"तूने कुछ सुना?"

"क्या?" मैंने तलाश किया।

"निरोती के घर में आग लग गई और ठाकुरों को मैंने सड़क का भिखारी बना दिया।" वह डरावनी हंसी हंसी। उसमें बड़ा घमण्ड था, बड़ी झुलस थी, जिससे मैं जलने लगा।

मैंने कहा—"प्यारी! वे बाल-बच्चों वाले लोग हैं। अब क्या करेंगे? उनकी औरतें क्या करेंगी?"

"जो मैं करती थी। दुनिया में एक नहीं, कई सिपाही हैं। हुकुम उसका ही चलता है मेरे राजा, जो गद्दी पर बैठता है।"

मुझे कुछ अजीब-सा लगा। उसमें कितना जहर भर गया था! उसने मुझसे कहा—"तुझे तो किसी से बदला नहीं लेना है? बता दे मुझे। उसको भी बराबर करा दूंगी।"

"लेना है।" मैंने कहा।

"बता, कौन है?"

"बता दूंगा, पर बदला ले सकेगी?"

"तू कह तो!"

"मेरे दो दुश्मन हैं। एक वह बड़ा ज़मींदार, जिसने मुझे पिटवाया था, दूसरा वह दरोगा जिसका तबादला हो गया, जिसके पास तू गई थी, जब उसने मुझे थाने में बन्द कर दिया था।"

प्यारी का मुंह स्याह पड़ गया। उसने कहा—"तू मुझे चिढ़ा रहा है?"

मैंने कहा—"चिढ़ा नहीं रहा हूं। बता रहा हूं कि तू अभी हाथी तो क्या, घोड़े पर भी नहीं बैठी, गधे से खच्चर पे चढ़के ही तुझे इतना घमण्ड है? जो मुड्ड हैं उन पर तू हाथ उठा सकती है? बोल! कल तेरा यह शेरा रुस्तमखां पीपल के पेड़ से टंगा दिखाई देगा। चींटी मसल के पहाड़ की तरफ मत देख। प्यारी! तू अंधी हुई जा रही है।"

प्यारी ने सिर झुका लिया। मैंने कहा—"जुलम के पांव कच्चे होते हैं। जिस-जिसने अत्याचार किए हैं, वे कितने दिन रहे हैं? लोग कहते हैं, रावन मारा गया। उसने तीनों लोक जीत लिए थे। हिरनाकुस के सामने भगवान औतार लेकर आए थे। कोई अमर नहीं हो जाता। फिर तू काहे को पाप मोल ले रही है?"

प्यारी ने आंसू पोंछे। कहा—"तो मैं यहां तुझसे पूछ ही के तो आई थी।"

"मैंने क्या जाना था, तू यह सब करेगी!"

"मैंने तो तुझसे आने के पहले ही कह दिया था।"

"मैं समझा था, तू इज्जत चाहती है...गदेलों पै सोना चाहती है।"

"गदेले मुझे हराम हैं। पान खाती हूं तो पीक न थूककर लहू उगलूं, जो मैंने झूठ कहा हो। मेरा गदेला तो तू था। था नहीं, तू ही रहेगा भी।"

"फिर क्या था जो तुझे यहां खींच लाया?"

"तेरा आराम।"

"चल, चल!" मैंने कहा—"मुझे ही सींग दिखाए, और मेरी ही गैया।"

वह मेरी ओर अपलक होकर देखती रही। फिर उसने धीमे से कहा—"आज मुझे तेरा सुर बदला हुआ लगता है। बता सकता है, क्यों?"

"तू कितनी बदल गई है, यह भी तैने सोचा?"

"मैं बदल गई हूं! भला कह तो, मैं क्या बदल गई हूं?"

"तू कहती है, तू मेरी है।"

"हूं।"

"पर कभी मुझे छूने भी नहीं देती अपने को।"

"मेरा दिल तो तेरा है।"

"तू दिल ही तो नहीं है, मेरी लुगाई भी तो है!"

वह जवाब न दे सकी। मैंने गुस्से से कहा—"उसके लिए अब तू बड़े घरों की इज्जत रखने लगी है। रुस्तमखां जो है, वह सिपाही है। उसके साथ हुकूमत है। पर मेरे हाथ भी कटार है प्यारी! जानती है। ऐसे दस रुस्तमखां की बोटी-बोटी करके चील-कौओं को खिला सकता हूं। तू समझती है कि मैं तेरा नौकर हूं। तू मालकिन की हैसियत पा गई है। मैं कभी तेरा यह दुरंगा खेल नहीं सह सकता। मैं तुझे सूरत नहीं दिखाऊंगा। कजरी ठीक कहती थी..."

उसने काटकर पूछा—"क्या कहती थी वह?"

"वह यही कहती थी, तू पत्थर-दिल है जो मुझे छोड़ गई है।"

"उस दईमारी का मन आ गया होगा तुझपे। देखा, गोरा-चिट्टा है।, ताकतवर है और चाहिए ही क्या! और वह कहती थी—यही न कि मैं तेरे साथ हो लूंगी?"

मैं अचकचा गया। मैंने यह कहा—"यह तुझसे किसने कहा?"

वह मुस्कराई। कहा—मैं तेरी रग-रग जानती हूं बलमा! तू मुझसे उड़ कैसे सकेगा? तेरे पर तो मैंने पहले ही कतर दिए हैं। तू नहीं मानेगा तो मैं तुझे जेल में डलवा दूंगी। मैं यह नहीं सह सकती कि तुझपे किसी और औरत का साया पड़े।"

मैंने तड़पकर कहा—"चाहे मैं अकेला तड़पा करूं? आखिर मुझे यह महसूस कैसे हो कि तू मेरी लुगाई है? तू पत्थर है। तू डायन है। तू दूसरों के घरों में आग लगवा रही है। मैं तेरा खून करवा दूंगा।"

उसमें कोई परेशानी दिखाई नहीं दी। उसने धीरे से कहा—"कजरी के साथ तू रोज सोता है। फिर भी तेरी आग नहीं बुझती है?"

मैं हैरान रह गया।

पूछा—"तू यह कैसे जानती है?"

"जानती हूं, तूने मुझसे दगा की है।"

"कैसे?"

"मैंने जो किया तुझसे कहकर, तूने जो किया मुझसे छिपाकर।"

मैं ठिठका-सा रह गया। मैंने कहा—"पर मेरा मन उससे लगता नहीं। वह मुझे बहुत चाहती है, पर मेरी इच्छा नहीं बुझती। तू मुझसे दूर हो गई; मुझे यही अखरता है। मैं नहीं समझता था कि तू ऐसी बदल जाएगी। कजरी कहती थी कि औरत की चाल औरत ही समझती है। तू वैसे क्या यहां आ-जा नहीं सकती थी? तू आके यहां बसी है क्योंकि तुझे सिपाही ने मोह लिया था। उस पर आंच न आए, इसलिए तू मुझे यों बहकाकर आई है, ताकि मैं बदला न ले सकूं..."

प्यारी सुनती रही, सुनती रही। अचानक वह चिल्ला उठी—"चुप रह, नहीं तो अच्छा नहीं होगा। मैं तेरे सारे नटों के डेरों में आग लगवा दूंगी। मैं तेरी कजरी को जूतों से पिटवाऊंगी। मैं तुझे बाजार में घिसटवाऊंगी।"

मैं अचरज से देखता रह गया। प्यारी शेरनी की तरह मुझे घूर रही थी। उसने कांपते स्वर में कहा—"कजरी! मैं तेरी कजरी को तेरे हाथ से छीन लूंगी। तू ढाढ़ें मारकर उसकी याद में रोता रहेगा, बंधा रहेगा। तेरे सामने कजरी दूसरों की हो जाएगी, और जब तू तड़पेगा तब मैं हंसूंगी, क्योंकि तू मेरे तड़पने पर हंसा है। तूने मेरा भरोसा नहीं किया। तूने मेरी चाहत का भरोसा नहीं किया। मैंने अपना सब-कुछ तुझे समझा था। अब तू किसी और को दिल देकर मेरे पास आया है?"

उसकी आंखों में आंसू आ गए। वह रोने लगी। मैं हैरान था। यह क्या हो रहा था! मैं उसके पास चला गया। मैंने उसका मुंह अपने हाथों से उठाया। पर उसने फुफकारकर कहा—"मुझे छुए मत! मुझे छुए मत!"

मुझे झटका लगा। मैं उठ खड़ा हुआ। द्वार की ओर चला, पर वह दौड़कर पहले ही वहां आ खड़ी हुई। उसने हाथ फैला दिए और कहा—"जा रहा है?"

मैं नहीं बोला।

"चला जा!" उसने कहा—"मेरी ल्हास पर से कुचलकर चला जा! तू जा रहा है तो मैं भी आज अपने कलेजे में कटार भोंक लूंगी।"

मैं फिर भी खड़ा रहा।

"तूने सुना नहीं, मैं क्या कह रही हूं!"

"मैं सुनना नहीं चाहता।"

उसने मुझे घायल आंखों से देखा।

"अच्छा!" उसने कहा—"अब तुझे मुझसे इतनी घिन हो गई है?"

"चरित्तर न दिखा।" मैंने बदला चुकाया—"मुझे नहीं, तुझे मुझसे घिन हो गई है। तू मुझे छूने में भी नफरत करती है।"

"करती हूं।" उसने कहा—"करती हूं।"

"प्यारी!" मैंने पुकारकर पूछा।

"करती हूं।" उसने मुंह फेरकर कहा—"मैं तुझसे नहीं, अपने आपसे घिन करती हूं। दर्द मुझे मारे डालता है। मैं तड़पा करती हूं। तुझे बताना नहीं चाहती थी कि तुझे दुःख होगा। पर तू नहीं मानता। तेरे भले के लिए तुझसे दूर रहती थी। मैं तुझे ही नहीं तेरी इस सुन्दर देही को भी प्यार करती हूं। मेरा तो सब सत्यानास हो जाएगा। पर मैं तुझे बिगड़ते नहीं देख सकती। पर तू मुझपर भरोसा नहीं करता न? चला जा, मेरी ही गलती है। अगर मैं तुझे रोक भी लूंगी तो भी क्या तेरे काम आ सकती हूं? जा, तू कजरी के साथ ही बस, और यहां से कहीं दूर चला जा, ऐसी दूरी पर जा कि फिर तू मुझे ही भूल जाए, क्योंकि मैं अब बहुत नहीं जी सकूंगी।"

उसे चक्कर-सा आ गया। मैंने उसे पकड़कर पलंग पर लिटा दिया। पानी के छींटे दिए। वह होश में आई।

मैंने कांपते स्वर में कहा—"प्यारी!"

"हां, मेरे सुखराम!" प्यारी ने कहा—"मेरा एक काम करेगा?"

"क्या? तू कहेगी और मैं मना करूंगा?" मेरी आवाज में रोना भरा हुआ था मेरा दिल धक्-धक् कर रहा था। यह कैसी अजीब बात थी! प्यारी ने कहा—"तो कहूं, मना तो नहीं कर देगा?"

"तू एक बार कहके तो देख!" मैंने हिम्मत दिलाई।

"एक बार मुझे अपनी कजरी दिखा देगा?"

मैं चिल्लाया—"प्यारी!"

"चिल्लाए मत।" उसने उसी धीरज से कहा—"डर नहीं। मैं उसे तंग नहीं करूंगी। मैं उससे कुछ नहीं कहूंगी।"

मैंने सिर झुका लिया। कुछ देर सन्नाटा रहा। मैंने कहा—"नहीं प्यारी! मैं तुझे छोड़कर नहीं जाऊंगा। तू मेरा भरोसा कर। जो हो गया सो हो गया। मैं कजरी की तरफ मुड़कर भी नहीं देखूंगा।" और मैंने धीरे-धीरे कहा—"चल, हम और तू यहां से भाग चलें। हम इस रियासत में नहीं रहेंगे। गवरमण्ट में चले जाएंगे, वहां अंग्रेजों का राज है। वहां कोई नहीं पकड़ सकेगा हमें।"

"क्यों?" उसने कहा—"वहां क्या सिपाही नहीं हैं? पुलिस नहीं है?"

मेरी इच्छा हुई कि रो पड़ूं, और सचमुच मेरी आंखों में आंसू आ गए। प्यारी ने कहा—"ये आंसू मजबूरी के हैं या प्यार के, सुखराम? ये किसके हैं—तेरे या मेरे?"

"तेरे हैं प्यारी।" मैंने उसका हाथ पकड़कर कहा।

"तू मरद होकर रोता है बावरे!" उसने मेरे सिर पर हाथ फेरकर कहा—"तू ही हिम्मत हार जाएगा तो फिर मैं किसका सहारा लूंगी? मैं तो औरत जात ठहरी। मेरी भला हिम्मत ही कितनी!"

मेरा मन घुमड़ आया था। आज बहुत दिन में वह फिर मेरे पास आ गई थी। आज हम दोनों खेतों के बीच की डौर ढह गई थी और हम फिर एक हो गए थे। आज डांगर टूट गई थी और खेतों में ढाने से ढेर-ढेर पानी बहकर इकट्ठा हो रहा था। आज मेरा और

उसका प्यार उस गेहूं की तरह से निकल आया था, जो बैलों के खुरों से दांय में चिर-चिरकर ऊपर की जाली फाड़कर निकल आता है। अभी तक मैं बांस पर नाच रहा था और जान के खतरे में झूल रहा था, पर अब मैं उसके पास धरती पर उतर आया था, जहां कोई सांसत और जोखम नहीं दिखाई देती थी। आज के बूकरा के बरसाने पर तूरा अलग, गेहूं अलग हो गया था।

उसकी आंखों में उदासी दीख रही थी। और फिर उनमें एक प्यार था, प्यार जिसमें एक आस थी। वह मुझे इतनी भली लग रही थी।

''तू मुझे बदली समझता है?'' उसने पूछा।

मैंने उसको देखा। वह मुस्कराई। फिर उदास हो गई।

''बोलता नहीं?'' उसने फिर कहा।

''मैं कह नहीं सकता।''

''क्यों?''

''मेरी कुछ समझ में ही नहीं आता।''

''क्यों, अब भी मुझे नहीं समझता?''

मैंने देखा, उसको बहुत दुख था। उसने उठकर बैठते हुए कहा—''सुखराम!''

फिर वह चुपचाप कुछ सोचती रही। फिर कहा—तू जानता है, कसूर किसका है?''

मैंने जवाब नहीं दिया।

''मेरा, मेरा है। जानती हूं। तू क्या समझेगा भला!'' उसने कहा।

मुझे कजरी की याद हो आई जिसने कहा था कि मैं बोदा हूं। मैं अब भी तय नहीं कर सका था कि वह मेरा भला चाहती है या उसकी कोई चाल है।

''कजरी को ले आएगा न?'' उसने पूछा।

मैंने कहा—''तू उसे पिटवाएगी तो नहीं?''

''तू कैसा पास रहेगा?'' जान पर न खेल जाया जाएगा तुझसे, जो मुझसे पूछता है नामरद!'' उसने धिक्कारकर कहा।

मेरे मन पर चोट पड़ी। मुझे लगा, वह मुझपर ताना कस रही है। कहीं मेरे इसी पोचपन की वजह से तो वह मुझे छोड़ नहीं आई है? मुझे लगा, यह सब मेरे मारे है। मैंने उसका हाथ पकड़ लिया और खड़ा हो गया। वह मेरी तरफ देखने लगी। उसे ताज्जुब हुआ। मैंने कहा—''चल मेरे साथ।''

''कहां?''

''जहां मैं कहूं।''

वह खुश थी। कहा—''जो न चलूं तो?''

''क्या कहा?'' मेरी आवाज उठी और मैंने एक चांटा दिया। वह उस चांटे के जोर से भहराई-सी झूम गई। ''फिर पूछेगी?'' मैंने कहा।

वह बोली—''मरद तो यही होता है। तारे दिन में दिखाई दे गए। मजा आ गया।''

''और थोड़ा-सा मजा चखा दूं?'' मैंने पूछा।

''अब रहने दे।'' उसने कहा, ''छोड़ तो सही।''

''अब नहीं छोडूंगा। चल मेरे साथ। तू और कजरी दोनों संग रहोगी।''

''तेरे मुंह में आग लगा दूं कढ़ीखाए!'' उसने गुस्से से कहा—''मेरे रहते कजरी! कौन है वह हरामजादी!''

''चुप रह!'' मैंने कहा—''बोलेगी तो हलक में हाथ डालके जबान खींच लूंगा! बड़ी

आई सिपाई की रखैल! समझी रहियो। जब तक चुप था, तभी तक चुप था, मैं अपनी पर उतर आया तो कोई भी मुझे डर नहीं है, समझी! तू रहेगी कजरी के पास।''

''मेरी जूती रहेगी।'' उसने हाथ से एक गन्दा इशारा किया।

''नहीं चलेगी?''

''नहीं।''

''नहीं?''

''नहीं।''

मेरे हाथ उठे और दायें-बायें उसे चांटे लगाए। उसने सिर पकड़ लिया और बोली—''माफ कर मालिक! चलूंगी।''

मैंने हाथ रोक लिया। वह बोली—''अरे, तू इन दिनों में कैसे इतना मरद हो गया! मैं तुझे इतने दिन में आदमी न बना सकी, कजरी ने तुझे इतनी जल्दी कैसे ठाकुर से नट बना दिया? मुझे तो लगता है, उसने तुझ पर जादू कर दिया है। मैं चलूंगी। वह रंडी मुझे सौत बनाकर रखेगी कि बांदी!''

''वह रंडी है, तू कौन है? तू हजार मरद करती है, मैं दो लुगाई नहीं रख सकता?'' मैंने ताव से पूछा।

''नहीं, तू झूठ कहता है। मैंने एक किया, वह तू है। बाकी पैसे कमाने के लिए थे। उनको मैंने दिल नहीं दिया। पर तूने कजरी को दिल दे दिया है। तन बंट सकता है मेरे राजा, मन नहीं बंट सकता।''

वह सच कहती थी। मैं बैठ गया। वह अब खाट पर पांव फैलाकर रानी की तरह एक घुटना मोड़कर उसको दोनों हथेलियों में बांधकर बैठ गई। इसी वक्त बाहर रुस्तमखां ने खखारा। उस समय मुझे लगा, मैं डर गया हूं। मुझमें वह हिम्मत नहीं रही है, मैं मन ही मन कांप गया हूं। और तब मुझे उससे नफरत बढ़ी और मेरे भीतर यह ख्याल पैदा हुआ कि मैं सामने से इस रुस्तमखां का सामना नहीं कर सकता। वह राजा का आदमी है। पर मैं पीछे से उसकी पसलियों में, कटार उतारकर उसे मार सकता हूं।

प्यारी ने कहा—''अब तू जा। कल कजरी को ले आएगा न! बोल!''

मैंने कहा—''कजरी तेरी तरह हुकूमत की प्यासी नहीं है। जो मैं कहूंगा सो करेगी। कल जरूर ले आऊंगा। वह मुझे चाहती है।''

''तभी तक चाहती है जब तक तू रात में उसके पास रहता है। मेरी तरह रहती तो चाह लेती?''

''क्यों नहीं?'' मैंने कहा—''उसे भी एक सिपाही के बिठाके देखूंगा। वह भी तेरी जैसी जालिम बनती है या नहीं।''

कहकर मैंने जवाब का इन्तजार नहीं किया। नीचे उतरकर भैंस की सानी करने लगा। प्यारी नीचे आ गई। हुक्का भरकर रुस्तमखां के सामने रखा। रुस्तमखां ने पुकारा—''सुखराम!''

''हुजूर!'' मैंने बन्दगी की।

''बैठ जा।'' उसने हुक्के की निगाली मुंह में लगाकर कहा। मैं बैठ गया। वह कुछ देर हुक्का गुड़गुड़ाता रहा, फिर धुआं मुंह से निकाला और कहा—''एक काम कर सकेगा?''

''क्या सरकार?''

''तू कुछ दवा-दारू भी जानता है?''

''सरकार जानता-वानता क्या, ऐसे ही थोड़ा-बहुत कर लेता हूं।''

''इधर आके यह जख्म तो देख!''

उसके पास जाकर मैंने देखा। पिंडली का जख्म था।

''क्या है?'' उसने पूछा।

''सरकार!'' मेरे मुंह से निकला और मैंने प्यारी की तरफ देखा। प्यारी ने मुंह छिपा लिया।

''हां, हां,।'' रुस्तमखां ने कहा—''उसे भी हो गई है।''

मुझे लगा, मैं पागल हो जाऊंगा। मेरी फूल-सी नाजुक कली को यह कीड़ा लग गया! मैंने दोनों हाथों से सिर पीट लिया। रुस्तमखां मेरी तरफ ताज्जुब से देखता रहा।

''क्या हुआ सुखराम?''

''तुम!'' मैंने कहा ''तुमने यह क्या किया रुस्तमखां?''

मुझे खुद ताज्जुब हुआ कि मैं इतना निडर होकर उसका नाम किस तरह ले गया। पर मैं कहता गया—''अगर तुम्हें यह सब था तो तुमने मेरी इस चांदनी से भी साफ, मोम से भी नरम औरत को हाथ कैसे लगाया?''

''कौन जानता है, यह सब इसी की देन हो।'' उसने कहा।

मैंने कहा—''अबके कहा सो कहा, जो अब फिर कहा तो तेरे रुस्तम और खां को अलग-अलग कर दूंगा। समझा!''

मैं उठकर खड़ा हो गया। रुस्तमखां को डर लगा। उसने कहा—''बैठ, बैठ! सुखराम! जो हुआ सो हुआ। अब इसका कोई इलाज है?''

पर मेरा दिल रोने लगा था। मैंने प्यारी के पांव पकड़ लिए और कहा—''तू मानुष नहीं है। तू देवी है। तू मेरी देवी है।''

वह रो दी। खुशी से रो दी।

वह मेरे लिए, मुझसे दूर रहती थी। वह मुझे बचाना चाहती थी। वह कितनी अच्छी थी, यह मुझे अब मालूम हुआ था। मैं कहना चाहकर भी कह नहीं सकता था। रुस्तमखां ताज्जुब से देख रहा था। मैंने जब आंसू पोंछे, तब भी मेरा दिल अपने भीतर ही भीतर पिघला जा रहा था।

रुस्तमखां ने घायल की तरह कहा—''सुखराम! इसका इलाज कर दे। तू प्यारी को वापस ले जा। बीमारी ने मुझे बहुत तंग कर रखा है। अगर यह जाहिर हो गया तो मेरी नौकरी चली जाएगी। मैं राह का भिखारी हो जाऊंगा। मैंने लोगों पर बहुत जुल्म किए हैं। वे मुझसे चुन-चुनकर बदला लेंगे। पर तुझे मुझे बचाना ही होगा। यह सब मैंने तेरी प्यारी के लिए किया है। मैंने इसी के लिए ठाकुरों से दुश्मनी मोल ली है।''

और वह चुप हो गया। तो यह भी प्यारी के लिए यह सब कर रहा है!

''बहुत अच्छा।'' मैंने कहा—''मैं इलाज कर दूंगा। पर तुमको मेरी बतलाई राह पर चलना होगा। खान-पान पर रोक लगानी होगी। अलौनी चने की रोटी खानी होगी। घी-वी कुछ नहीं। मैं एक रसकपूर का नुस्खा जानता हूं। पर अलग रहना होगा।''

''मैं सब करूंगा।'' उसने घिघियाकर कहा—''पर इससे मुझे मुहब्बत हो गई है।''

मुहब्बत! रुस्तमखां को प्यारी से मुहब्बत!! तो इस जादूगरनी ने इस बेमुरव्वत बेईमान को भी अपना कुत्ता बना लिया है! मुझे उसकी ताकत पर अचरज हुआ।

मैंने मंजूर कर लिया कि इलाज करूंगा। जब बाहर आया तो प्यारी ने कहा—''कजरी को ले आना कल।''

मैंने सिर हिलाकर मंजूरी दी।

''वचन देके जा।''

"देता हूं।"

"और जो वह न आई तो?"

"खेंचकर तेरे पांव पर ला पटकूंगा।"

"यह मैं नहीं चाहती।"

"तो?" मैंने पूछा।

"वह मेरी दुसमन हो जाएगी।"

मैं सोच में पड़ गया।

उसने कहा—"प्यार से ले अइयो।"

"कोशिश करूंगा।"

"सुन तो..." उसने रोका।

"क्या है?"

"अब मुझ पर गुस्सा तो नहीं है?"

"नहीं! मैं तुझे दूर होते देखकर कुछ और समझता था। मैं खुद भूल गया था।"

उसने कहा—"तूने यह नहीं सोचा कि मैं तुझे नहीं, तेरे तन को भी चाहती हूं। तू तो तेरा तन ही है न! फिर उससे दूर रहने को अपना मन कितना न मारना पड़ता था!"

मेरा मन फिर भर आया।

"मैं अच्छी हो जाऊंगी?"

"हो जाएगी जरूर। फिर मेरे साथ चली चलेगी न?"

"जरूर, चली चलूंगी। तू कहेगा तो कजरी की बांदी बनकर रह लूंगी। उसने तब तुझे सुख दिया है जब मैं न दे सकी।"

उसके दिल में कितना फैलाव था, यह मुझे महसूस हुआ।

"एक बार मैं फिर से तेरी होना चाहती हूं, बलमा।"

"पर यह तुझे छोड़ देगा?"

"तू कल 'सरत' रखना कि दवा तभी करूंगा। सड़ रहा है, चुपचाप मान जाएगा।"

इस विचार से मुझे बहुत सन्तोष मिला। प्यारी मुझे फिर मिल जाएगी। मैंने उसे देखा। वह एकटक भरी आंखों से मुझे देख रही थी। ऐसा लगता था, वह आंखों से बोल रही है। कितनी चमक रही थीं वे आंखें!

धूपो चमारिन, जो भीतर घुसी आ रही थी, उसने देखा तो औरत औरत को झट से पकड़ गई। देखकर मुस्करा दी। प्यारी का ध्यान न गया। मैं समझ गया। चला आया।

10

सुखराम ने कहा था –

जिस वक्त मैं डेरे पर पहुंचा—नाच हो रहा था। कुर्री शराब के नशे में झूम रहा था और गोली शराब में धुत्त उसके साथ थी। कुर्री कजरी से कह रहा था—"निकल जा, मेरे पास मत आ। गोली मेरी है। तू मेरी कोई नहीं।"

कजरी हंस रही थी। उसने कहा, " गोली कानी है।"

"होने दे, तुझे क्या?" उसने कहा—"आज से तेरा-मेरा रिस्ता-नाता गया। गोली शराब पीती है, तू मनहूस है। तू क्या जाने!"

कजरी हंसती रही।

एक ने कहा—"क्यों री, तुझे गम नहीं?"

कजरी ने कहा—"बन्दर से पीछा छूटा। हंसूं कि रोऊं?

कुर्री ने कहा—"साली बंदरिया है।"

कजरी फिर हंस दी।

एक ने पूछा—"अब तू क्या करेगी?"

कजरी ने कहा—"मुझे तो ऐसा मिलेगा, जैसा तुममें से किसी के पास नहीं है।"

"भला कौन है वह?"

"सुखराम!"

किसी ने कहा—"वह रहा।"

सबने मुझे घेर लिया। कुर्री ने कहा—"यह भी गधा है। वह भी गधी है। कर दो दोनों का ब्याह। मेरा गोली से कर दो।"

गीत शुरू हो गए। नटों का बुड्ढा पुरोहित आया। उसने हम लोगों का ब्याह कर दिया। गोश्त की गंध व्याप गई। नाच चलते रहे। शराब कुल्हड़ों में उंड़ेली जाने लगी। चुहल हुई।

रात के ग्यारह बजे थे। कजरी मेरे डेरे पर आ गई। मैं सोच रहा था—यह क्या हुआ? कजरी तो मेरी हो गई। आज उसने बकस में से निकालकर रेशमी चोली पहनी थी। वह बड़ी अच्छी लग रही थी। दिए का तेल खत्म हो गया था, वह बुझ गया।

मैं सोच रहा था। कजरी ने पूछा—"क्या सोच रहा है तू?"

"प्यारी के बारे में सोच रहा था।"

कजरी को जैसे आग लग गई। कहा—"हूं, तो मुझे क्यों ले आया?"

"क्यों, तू तो मुझे चाहती थी न?"

"प्यारी को तो नहीं चाहती मैं?"

मैंने कहा—"पर प्यारी तुझे चाहती है।"

उसे विश्वास नहीं हुआ।

"चल, रहने दे।" उसने कहा।

"सच कहता हूं।"

वह हिली नहीं। कहा—"क्या कहती थी?"

"वही, कहती थी, कजरी को बसा ले।"

"अच्छा ही हुआ। सो अब वह वहीं रम गई?"

"नहीं, वह लौट आएगी।"

कजरी पे पहाड़ फटा—"कहां?"

"तेरे पास।"

कजरी रोने लगी।

"क्यों, रोती क्यों है?"

"रोऊं नहीं? इतने दिन में मन की चाह पूरी हुई, साथ ही आग भी लग गई।"

"पर वह तो तेरी बांदी बनकर रहने को तैयार है।"

कजरी ने आंखें पोंछ लीं। मैं पास बैठ गया।

कजरी ने कहा—"यह नहीं हो सकता।"

"क्यों?"

"वह बड़ी चालाक औरत है।"

"क्यों?"

"क्यों ही क्यों पूछे जाएगा कि इस मगज से भी काम लेगा!"

"तू ज़्यादा समझदार बनती है तो समझती क्यों नहीं?"

"वह जान गई कि तू मुझे चाहता है, सो कहीं उसे छोड़ न दे, इसलिए उसने मान लिया।"

"मान तो लिया न!"

"पर वह अच्छी बनकर फिर तुझे लुभाएगी। मैं थोड़े ही दिनों में बुरी बना दी जाऊंगी और तुझे मुझसे घिन हो जाएगी। रोज मुझसे तेरी गैरहाजिरी में लड़ेगी। मेरी गैरहाजिरी में तेरी भली बनकर तेरे कान भरेगी। तू कच्ची मत का आदमी, तेरी नाव आंधी और पानी दोनों के वार कैसे सहेगी? थोड़े दिन में ही वह मुझे पिटवाने लगेगी।"

"अरी, तू तो ऐसे कहती है, जैसे मेरी तुझसे प्रीत नहीं।"

मैंने उसे पास खींच लिया। उसने कहा—"सुखराम! कभी भी सुख नहीं मिलता, गरीबों को सुख नहीं मिलता—यह झूठ है। औरत को कभी चैन नहीं मिलता, क्योंकि औरत ही औरत की जड़ काटती है।"

"तू तो बावरी है।" मैंने कहा।

बाहर भूरा की हल्की गुरगुराहट सुनाई दी। फिर कुछ नहीं।

कजरी ने कहा—"आज हम एक हुए हैं।"

मैंने कहा—"प्यारी बड़ी अच्छी है। वह मुझे बहुत चाहती है। उसे बीमारी हो गई है सिपाही से। उसने मुझे बचा लिया।"

"समझी", कजरी ने कहा—"कि क्यों वह मेरी बांदी बनकर रहना चाहती है। अगर वह यह न कहे तो तू उसे छोड़ न देगा?" वह हंसी।

"मैं उसका इलाज करूंगा। मैं इलाजी भी हूं, कजरी।"

"तब तो साफ ही हो गई! उसे तुझसे इलाज भी तो करवाना है।"

कजरी की बात से मेरा मन कांप उठा। उसने मेरे माथे पर झूलते बालों को छूकर कहा—"समझा या नहीं? औरत की चाल को औरत ही पकड़ सकती है। सुखराम! तू नहीं समझ सकता।"

मैं सोच में पड़ गया।

सुखराम चुप हो गया था। मैं सोचने लगा।

सुखराम की उस उलझन की घड़ियां निस्संदेह कठिन थीं। मैं कल्पना कर रहा हूं कि उस समय वह घात-प्रतिघातों में किस प्रकार व्याकुल हो गया होगा। एक ओर वह त्यागमयी स्त्री थी, दूसरी ओर यह आसक्तिभरी नारी थी, जिसने एक के समस्त गुणों को क्षण-भर में ही अवगुण कहकर प्रमाणित कर दिया था। किन्तु आसक्ति किसमें नहीं थी? जिस प्रकार एक ही फानूस के भीतर भिन्न प्रकार के रंग दिखाई देते हैं, इस जीवन में एक ही समय भिन्न कोणों से आलोक को ग्रहण करने से भिन्न प्रकार की सृष्टि की जाती है और वह ममता का उज्ज्वल रूप अब फिर अपनी परिसीमाओं में बन्द हो गया था। उस समय रात थी। अंधकार था। सुखराम के हृदय में अशान्ति थी जैसे बहुत ऊंचे कगार की जड़ में बार-बार पानी आकर टकरा रहा हो, बिखर जाता हो, फिर टकराता हो, फिर बिखर जाता हो। वह अपनी अशिक्षित अवस्था में अपने मन का विश्लेषण नहीं कर सकता। उसकी आंखों में चिन्ता अपने उफान को जला चुकी है, उसकी आर्द्रता किनारे की सूखी पपड़ियों में आकर केन्द्रित हो गई है। वह उद्गारों की असीम उत्तेजना से कांपकर फिर चुप रह गया है जैसे विशाल पर्वत पर वृक्षों ने झकझोर लेकर अन्तिम अवसाद में मौन ग्रहण कर लिया हो।

कजरी आज यौवन की अबाध उच्छृंखलता लेकर आई थी। परन्तु उसका वह खौलता पानी बर्फ की तरह जम गया है। अब वह भाप बनकर उड़ नहीं सकती, अपने ढक्कन को अपने धक्के से उड़ा नहीं सकती, अब वह ऐसा ताप चाहती है जो धीरे-धीरे उसे पिघलाकर बहा दे और सुखराम को प्यारी की स्मृति हो आती है। वह प्रतीक्षा कर रही है। वह कमान से छूटे हुए तीर की तरह है जो किसी भी निशाने पर जमा नहीं, परन्तु हवा में घूमता रहा, उसकी तेज़ी से उसी में आग लग गई। सुखराम उस आग को बुझाकर उस तीर को फिर तरकस में रख लेना चाहता है, पर अब तरकस के बाकी तीर उसे नहीं चाहते। क्यों? अपने लिए? या इसलिए कि यह तीर अब हार चुका है, उसने लक्ष्यवेध नहीं किया है?

सुखराम मेरी भाषा को नहीं समझता। वह मेरी अभिव्यक्ति को नहीं जानता क्योंकि मैं उसके फूल-से जीवन की पंखुरी को खुर्दबीन के नीचे रखकर उसे बड़ा करके देखना चाहता हूँ। वह मरीज़ है, तड़पना जानता है; मैं डॉक्टर हूं, मैं उसकी तड़पन का कारण जानता हूं, और नहीं जानता तो जानना चाहता हूं।

जीवन के द्वंद्वों ने ही सारी सत्ता को संभाल रखा है और कजरी, प्यारी और सुखराम, त्रिकोण बना रहे हैं। क्या वे अपनी वास्तविकता को झुठला रहे हैं? क्या कजरी स्वार्थ से भरी है? मुझे नहीं लगता। तभी सुखराम भी उससे क्रुद्ध नहीं है।

रात को जलते हुए नक्षत्र जैसे कवि को प्रभात में घास पर चमकते नीहारों की तरह गले हुए, पानी हुए-से दिखाई देते हैं, वैसे ही मुझे ये सारे द्वन्द्व एक और ठोस वास्तविकता की ओर बढ़ते हुए दिखाई देते हैं। और इस समस्त व्यवधान को एक ही सूत्र में बांध रखा है। वह है आकर्षण। उसी की भिन्न रूप की अभिव्यक्ति प्रेम, ममता, वासना, प्रजनन और जीवन है। यह आकर्षण दोनों ओर से शक्ति को निहित रखता है और वही उसके द्वन्द्व का मूल है। इस द्वन्द्व की प्रेरणा वासना है और वासना कर्म की चेतना है जो अलगाव नहीं चाहती, सायुज्य चाहती है।

अथाह पिपासा वाली प्यारी की वे आंखें सुखराम को याद आ रही हैं। वह उन आंखों की गरिमा को नहीं समझ सकती, उसके लिए तो यह गूंगे का गुड़ है। किन्तु मैं समझता हूं कि प्यारी ने उसे देखा होगा तो वह उसे कैसा लगा होगा।

वे नेत्र नहीं रहे थे। वह समुद्रों की अन्तिम रोर थी, जिसने क्षितिज पर उठते हुए अरुण का अभिनन्दन किया था। वह वनांतों की झूम नहीं थी। महकते हुए वसंत को आज कानन ने दोनों हाथ खोलकर उतर आने का आवाहन दिया था। वह महागिरियों का अभिमान नहीं था, हिमशृंगों का किरणों के ताप से पिघलने के पहले, रस बनने के पहले का जीवन-संचरण था।

समस्त नारी जैसे दो पुतलियों की ताराओं में आकर इकट्ठी हो गई थी और पुरुष ने देखा था। एक अव्यक्त भाव की अभिव्यक्ति जब भौतिक शरीर के द्वारा अवाक् रहकर हुई थी कि आ मुझे देख, मैं तुझपर न्यौछावर हूं, मैं अब मैं नहीं हूं बल्कि तू है, तब उसने इतनी विशाल परिक्रमा खींच दी थी कि धरती से आकाश तक फैले हुए सुखराम की सत्ता के विचार, उन दो छोटी-छोटी ताराओं में रम गए थे, जैसे वहीं जीवन के समस्त आलोक, रस, आनन्द और चरमतृप्ति की पराकाष्ठाएं पहुंच गई हों। कितना उद्वेग था, ''जैसे महानिनाद करते ज्वालामुखी की भूकम्प-भरी हलचल। पर आज वह हिलकर खड़ा हुआ ज्वालामुखी जहां का तहां स्तब्ध हो गया था। कितना हाहाकार था! जैसे समुद्र का स्तम्भ बनकर आकाश तक उड़ने का प्रयत्न। परन्तु जैसे वह स्तम्भीकृत समुद्र स्फटिक और नीलमणि जैसा पारदर्शी और मौन हो गया था। फिर जैसे दूर-दूर तक फैली हुई अन्धकारमयी गुहाओं में पवन का

कलकल करता एक झोंका आया था। बगरते फूलों का हास, चमकती बिजलियों की उमंग, सब उन बरौनियों में आकर स्थिर हो गए थे। वहां प्यारी ने चलते वक्त सुखराम को देखा था। सुखराम यदि मेरी भाषा में इतना स्पष्टरूपेण समझ जाता, यदि इतनी स्पष्टता से प्यारी उसे समझा पाती, तो उनका जीवन कुछ और हो जाता। परन्तु वे दोनों ऐसे थे जैसे पहाड़ के ही सामने वे पुकार उठे थे। लौटकर आती हुई प्रतिध्वनि को सुनकर दोनों ही चमत्कृत हो गए थे और उन्होंने उस घटना को दिव्य समझकर प्रणत होकर नमस्कार किया था।

कितनी विवशताओं के बीच में प्यारी का प्यार उमड़ा था। कण-कण में वह बंधी हुई है, और सच तो यह है कि यदि वह इतनी बद्ध न होती तो उसके सारे प्रेम को आंखों में एकत्र होने की आवश्यकता क्या थी? और सुखराम ने उसकी सत्ता के महिमन्त गौरव को छुआ था जो अणु से भी छोटा परन्तु महत् से भी महामहिमामय था। जीवन के पशुत्व को यदि सघनांधकारी मेघराशि माना जाए, जो परस्पर टकरा-टकराकर गरजती है, तो यह ताप कभी-कभी उसमें विद्युत बनकर चमकता है और एक अभूतपूर्व आलोक पलक मारते में झपककर अदृश्य हो जाता है।

प्यारी देख रही है। सुखराम उसके नेत्रों को देख रहा है। धूपो चमारिन खड़ी मुस्करा रही है। सुखराम धूपो को देखता है। प्यारी नहीं देखती। क्यों? क्योंकि प्यारी को आवेश नहीं है, वह स्थिर है। वह आंधी बिखर जाने के लिए नहीं उठी है, वह निरन्तर घुमड़कर आकाश में ही स्थिर हो गई है; और स्थिर ही बनी रहना चाहती है। वह संकोचों से परे है। आज वह दर्पण की भांति स्वच्छ हो गई है। जिसमें कोई भी अपना रूप देख सकता है, पर वह स्वयं अपने को नहीं देख सकती। ममता ने हाथ उठा दिए हैं, पर वह आज इतनी तृप्त हो गई है, इतनी गौरवान्वित हो गई है कि अब वह बोल नहीं सकती। संगीत की सबसे मीठी लहरियां उसकी पुतलियां हैं, जिसमें वे अनन्त स्वर बह रहे हैं और फैल रहे हैं, परन्तु उनकी मूल ऋतंभरा लयमयी झूम उसकी अपनी हो चुकी है, जिसे वह चाहे बांट दे, किन्तु यह शाश्वत है, अक्षर रहेगी और कल्पान्तों तक उस श्वास को ढूंढ़ा करेगी जो बार-बार उसे किसी तपःपूत बलिदानी बांसुरी के रन्ध्रों में भरकर फिर निराकार से साकार बना सके।

परन्तु यह मेरा तर्क है; सुखराम का नहीं। मैं धूल को उड़ते देखकर उसकी उस शक्ति को भी देखना चाहता हूं जिसने जमे हुए कणों को बिखर जाने की गति दी है। मेरे आलोचक उद्भ्रान्त हो उठेंगे क्योंकि उन्होंने कभी गहराई से नहीं देखा। उन्होंने गति देखी है, किन्तु गति के प्रतिक्षण के उस सौन्दर्य को नहीं देखा जो गति की गत्यात्मकता के प्राण हैं। वे अन्त को देखते हैं, उस माध्यम को नहीं देखना चाहते, जो अबूझ और अस्पष्ट रहकर भी इन भौतिकों का ही चेतन रूप से गुणात्मक परिवर्तन है। यदि हम इसे नहीं देखते तो जड़वाद की हड्डियों की उंगलियों को ही हम सुन्दर कहने लगेंगे, उन पर चढ़े मांस और रक्त तथा त्वचा की मधुरिमा को नहीं देख सकेंगे, उनके स्पर्श की स्निग्धता को नहीं जान सकेंगे और उनके ताप के माध्यम से समस्त सत्ता की महाप्राण ऊर्जस्वित परितृप्ति को नहीं समझ सकेंगे, उस तृप्ति के आनन्द का आभास भी अनुभव नहीं कर सकेंगे।

आंखों में सारी सृष्टि अपना विकास प्रतिबिम्बित करती है और जब वह उसमें रम जाती है तो अन्तस् फिर उनमें से आलोक विकीर्ण करने लगता है। वह आलोक ही प्रेम है, जीवन की अनन्त मर्यादा है। वह अपने भौतिक रूप में वैसा ही है जैसे सूर्य का आकर्षण है, जिसने पृथ्वी को अपनी ओर खींच रखा है, परन्तु पृथ्वी भी अपनी धुरी पर घूमकर, उससे टकराकर विनष्ट नहीं हो गई है। वह वैसे ही है जैसे करोड़ों तारों और ग्रहों का विशाल स्वर्गंगा का महाविराट् अपरिमेय चक्र लय गति से घूमता चला जा रहा है, घूमता चला जा

रहा है, पर वे सब तारे अपनी-अपनी गतियों का ह्रास नहीं कर लेते, जीवित रहते हैं। और भौतिक के दूसरे रूप में अर्थात् चेतन रूप में यह महासृष्टि का उल्लास है, निरन्तर बढ़ते रहने का चिह्न है, जैसे प्रभात की किरण से मतवाला होकर सहस्रदल कमल अपने मांसल दलों को खोल देता है, जैसे उस समय भ्रमर गुंजार करता हुआ मंडराता है, जैसे प्रभात का शीतल समीर उसके स्वर्णिम पराग को जल पर बिखेर देता है, जैसे प्रत्येक अमरता क्षणिकता में अपनी अमरता को निरन्तर प्राप्त करती चली जाती है।

प्यारी के नेत्रों में अभय है। वह संगमरमर की तरह खड़ी है। यदि वह अब सुन्दर न रहे और कुरूप हो जाए, तो भी वह बुरी नहीं लगेगी। वह जंगली औरत यदि अब सुसंस्कृत होकर अपने भावों को छिपाने योग्य भी हो जाए तो भी इस बूंद की अपराजित, अशोष्य, अजड़ित, अक्षय तरलता को विनष्ट नहीं कर सकेगी। वह प्यार की आंख है।

और तब सुखराम ने कहा था—

''कजरी की बात ने मुझमें शक पैदा कर दिया। मैं बार-बार प्यारी की उन आंखों को याद करता, फिर कजरी की बात को सोचता। मैं अजीब दुविधा में फंस गया था। मेरी समझ में नहीं आ रहा था कि क्या करूं। अन्त में मैंने कहा—''तू कल चलेगी?''

''कहां?'' उसने पूछा।

''मेरे साथ।''

''पर कहां?''

''प्यारी के पास।''

''क्यों?''

''वह तुझे देखना चाहती है।''

''क्यों?''

''कहती थी, जब वह सुख न दे सकी, तो उस बखत जिसने मुझे सुख दिया है, वह बहुत अच्छी ही होगी। उसे मैं देखूंगी।''

कजरी ने कहा—''बड़ी नागिन है; देखना चाहती है पहले कि मैं अच्छी हूं कि वह अच्छी है। लड़ाई शुरू करने के पहले ताकत भांपना चाहती है। तुमने क्या कहा?''

मैंने कहा—''ले आऊंगा।''

''क्या कहा! ले आऊंगा!!'' कजरी ने अचरज से कहा—''मैं जाऊंगी?''

''क्यों?'' मैंने पूछा।

''वही क्यों नहीं आ जाती? मैं तो नहीं चाहती, वही न देखना चाहती है मुझे! कुआं प्यासे के पास जाएगा कि प्यासा कुएं के पास?''

बात ठीक थी पर मैं क्या करता। कहा—''तू जाके छोटी हो जाएगी?''

''छोटी तो मेरी नानी भी न होगी, क्योंकि मैं अपने को बड़ा नहीं समझती; तभी तो उसने मुझे बुलवाया है। नट की लुगाई का क्या! आ जाएगी यहां! नट ले आएगा। वह ठहरी सिपाही की रखैल। वह कैसे आएगी यहां!''

कजरी की चोट से मेरा मन तड़प गया।

मैंने कहा—''तू तो बात का बतंगड़ कर रही है।''

कजरी ने कहा—''पर मैं और बात सोचती हूं।''

''क्या?'' मैंने पूछा।

"वह यह कि तूने उसकी हुकूमत के आगे सिर झुकाया है। तू उसे अपनी मालकिन समझता है। तू उसका नौकर है। मैं नटनी हूं। कैसी भी होऊं, किसी की चाकर नहीं हूं। मुझसे जो काम कराएगा, वह तलवार के बल पर करा सकता है। मैं मन से सिर नहीं झुका सकती।"

"नहीं, मैं प्यार के मारे राजी हो गया था।" मैंने कहा।

"तब!" उसने कहा—"तू तो मुझसे ज्यादा प्यार करता है? तभी तो तू मुझसे उसके हुक्म पर चलने को कहता है। ऐसी ही बांदी बनेगी वह मेरी?"

कजरी ज़हर-भरी हंसी हंस दी; मैं कुछ जवाब न दे सका। मुझे गुस्सा आ गया था। मैंने उसके कंधे पकड़कर कहा—"मैं कुछ सुनना नहीं चाहता। तू चलेगी।"

"नहीं चलूंगी।"

"तू मेरी बात नहीं मानेगी?"

"हज़ार मानूंगी। तेरी लुगाई बनी हूं; अपनी मर्जी से। तू कहे तो भूखी रहूं, प्यासी रहूं। तू सोता रह, मैं तेरे पांव दबाऊं। तू कहे कांटों पर चल लूं, जलती आग में हाथ दे दूं। पर तू मेरे लिए यह सब नहीं कहता। तू कहता है, मैं तुझे प्यार करूं और तू अपना दिल कहीं और लगा दे! तू कहे कि मैं सौत को भी प्यार करूं, सो मुझसे नहीं होगा।"

मैंने उसे मारा। पर वह प्यारी की भांति नहीं दबी। उसने पिटकर कहा—"यह तो तेरा हक है। तू मुझे सचमुच चाहता है। तभी तो तेरा कहना मैं नहीं मानती तो तुझे गुस्सा आता है। तू किसी पेड़ से कहे और वह न माने तो क्या तुझे गुस्सा आएगा? तू क्या उसे मारेगा? मुझे और मार! तेरा हाथ लगता है तो मेरी जलन मिटती है। इतना मार कि मेरी ल्हास तेरे पांव पर लोट जाए। फिर तू मेरी बोटी-बोटी काट के चील-कौओं को खिला दीजो। मैं सदा तेरी ही रहूंगी। पर तू कहे कि मैं चलूं, सो मेरी जूती जाए। मैं न जाऊंगी। मेरे-तेरे ब्यौहार हैं। मेरा-तेरा संसार है। वह निगोड़ी छिनाल बीच में कौन है? मैं उसे कभी नहीं सह सकूंगी। तू मेरा मरद है। तुझे मैं दिल दे चुकी हूं। तू उसे ले आ। मैं कुछ नहीं कहूंगी। तू मुझे नहीं चाहेगा तो जान दे दूंगी। उफ नहीं करूंगी। पर तू चाहे कि उसे भी मैं प्यार करूं, सो तू ऐसे समझ कि मैं तेरे भूरा का पांव तो चाट सकती हूं, पर उस नागिन के मुंह पै भी न थूकूंगी!"

मैंने अपने बाल नोंच लिए और सिर पर हाथ धरकर बैठ गया। मैंने कहा—"कजरी! तू क्यों आई? मैं अकेला रह गया था तो मैं सुखी था। तू आ गई। तूने मुझे अपने संग से लुभा लिया। तू मुझसे नहीं छूटती। प्यारी मुझे भूलती नहीं। मैं क्या करूं?"

उसने कहा—"कुछ भी हो। भले ही तेरी नकेल प्यारी की पूंछ में बंधी हो, पर मेरी नकेल तो तेरी पूंछ में बंधी है। तू कहे तो अभी चली जाऊं?"

वह उठ खड़ी हुई। मैंने उसका हाथ पकड़ लिया। कहा—"तू ऐसी पत्थर है? मैं ही जान दे दूंगा।"

तब वह मेरे पास बैठ गई और उसने कहा—"तू समझता है मैं डरती हूं? चल, मैं भी साथ चलती हूं। एक-दूसरे के गलबांही डाले पहाड़ पर से हम-तुम कूद पड़ें। फिर कोई भी हमें कभी छुड़ा न सकेगा। अगले जनम में भी तू मेरा और मैं तेरी हो जाऊंगी। जनम-जनम तक फिर दोनों ऐसे ही साथ बने रहेंगे।"

सोचते-सोचते मेरा सिर फटने लगा; और अचानक मुझे याद आया—अधूरा किला। मैं उसका मालिक हूं। मैं ठाकुर हूं। मैंने कहा—"औरत! तू मेरे पांव की जूती है। कजरी और प्यारी, दोनों मेरी हैं। कजरी कहे कि मन की करेगी सो नहीं होगा। प्यारी भी मेरी

होगी। मैं उसका इलाज करके ले आऊंगा। समझी? दोनों, काले मूड़ों की तुम दोनों पास रहोगी। अब कोई करनटों के पास नहीं रहेगा। मैं तुम दोनों को साथ लेकर विदेश चला जाऊंगा। आपस में लड़ोगी तो मार-मारकर खाल उड़ा दूंगा। जो मैं कहूंगा सो चलेगा। वहां तुम दोनों जने-जने की नहीं, सिरफ मेरी होगी।''

कजरी मेरी बात समझी नहीं। उसने कहा—''फिर?''

''मुझे अगर तू तनिक भी चाहती है...'' मैंने कहा—''तो तू कल प्यारी के पास चलेगी। वह बीमार है। उसने मुझे बीमारी से बचाया है। वह बुरी नहीं है। समझी? और तेरे चलकर जाने से तो तेरे पांव की मेंहदी छूट जाएगी न...सो मैं प्यारी से तेरे पांव में महावर रचवा दूंगा। फिर तो तुझे गुस्सा नहीं है? चलेगी?''

कजरी जवाब न दे सकी।

उसने कुछ देर बाद पूछा—''वह तेरे कहने से मेरे पांव में महावर लगा देगी? वह तेरी इतनी मानती है?''

''हां, वह मानती है। अगर वह नहीं मानेगी तो कल मैं उससे नाता ही तोड़ दूंगा।''

''तो मैं भी चलूंगी।'' कजरी ने कहा—''वह अगर हाथ-भर तेरा कहना मानती है, तो मुझे देखियो, डेढ़ हाथ तेरी कहन पर चलूंगी। तू कहे तो तलवार पर गर्दन धर दूं। यह बनैनी-बामनी मत समझ लीजो तू मुझे। दिल का सौदा है, देख लीजो। नटनी हूं। असल नटनी! नटनी की नटनी! करनटनी!''

मैंने उसे बांहों में भर लिया। सच, उस समय वह मुझे इतनी अच्छी मालूम हुई जितनी कभी नहीं लगी थी।

मैंने कहा—''एक बात है!''

''क्या?''

''उसके पास अच्छे कपड़े हैं। वह साबुन से नहाती है। चमेली का तेल डालती है। उसके पास सोने का गहना है। तेरे पास क्या है? तुझे छोटा-छोटा नहीं लगेगा उसके सामने?''

''क्यों?'' कजरी ने कहा—''जो वह कमा सकती है, सो मैं कमा सकती हूं। भाग की बात है। उसे ग्राहक पहले मिल गया; मुझे भी मिल सकता है। पर हां, अगर तू उसे यह सब देता और फिर मुझे न देता, तो तेरे सामने ही उसका सीना फाड़कर मुंह लगा के उसका लहू पी जाती।

''डायन!'' मैंने कहा—''चुड़ैल!!''

हम दोनों हंस दिए। वह अब खुश थी। बताने लगी कि उसने चुड़ैल देखी तो नहीं, पर जरख पर एक औरत की हंसी जरूर सुनी है। जरख की चलते बखत की चटपट से उसने अन्दाज़ किया कि वह जरख ही होगा। पर घर की तरफ जा रही थी। वहां कोई सिद्ध साधु ठहरा हुआ था और भी जाने क्या-क्या उसने सुनाया।

वह सो गई। मैं पड़ा-पड़ा सोचता रहा...सोचता रहा। सिद्धियों की बातों से अब मेरा मन बहुत खिंचता था। मैं सोचता रहा। कहा जाता था कि चुड़ैल नंगी होकर अमावस की रात की अंधियारी में जरख पर बैठकर मरघट जाया करती है। मेरा मन कहता था कि मैं भी सिद्धि करूं। कहते हैं मरघट जागता है तो भूत-प्रेत जिन्दा होकर दिखाई देते हैं, नाचते हैं। न जाने क्यों इस सबकी सोचकर आंखें मींचता तो एक चीज़ मेरे सामने आकर खड़ी हो जाती और वह था—अधूरा किला!

11

तब सुखराम ने कहा था –

सुबह मैं देर तक सोया रहा। कजरी ने मुझे जगाया। मैं उठ बैठा। हल्की धूप निकल आई थी। मैंने अपनी आंखें मींड़ लीं।

तब मैं उठा और बाहर चला गया। झील में जाकर नहाया। वहां से नंगे बदन लौटा। मेरी धोती गीली थी। मैंने अंगोछा पहन लिया और धोती निचोड़कर सूखने डाल दी। फिर बीड़ी सुलगाई। बैठ गया।

बूढ़ी रामा का नाती बीमार था। वह मुझे दिखाई दी।

मैंने पुकारा–"कैसा है अब?"

"मोतीझारा और ठण्ड दोनों का बुखार है; बचेगा नहीं।" बूढ़ी की आंखों में आंसू आ गए। उसने कहा–"रात-भर आग जलाए रहे, फिर भी बर्राता रहा।"

"तूने किसी को दिखाया?"

"किसे दिखाऊं? बैद के पास ले गई थी। उसने दवाई दी थी। कुछ हुआ नहीं। सयाने ने कल झाड़ा था। तावीज दिया है। बांध चुकी हूं।"

"फिर भी कुछ नहीं हुआ?"

"अरे!" बगल के डेरे से अधेड़ उम्र की रूपो ने निकलकर कहा–"मैंने कहा था, खिरनी वाले बाबा की धूनी की राख मल दे; ले आ। पर इसने सुना ही नहीं।"

"वहां गई तो थी।" बुढ़िया ने कहा।

"फिर?"

"बाबा पत्थर मारने लगा।"

"नहीं, मुझे तो वह मुट्ठी भरके दे देता!" रूपो ने कहा। उसकी आंखों के नीचे गड्ढ़े पड़ गए थे। उसने कहा–"अरे, वह बड़ा महात्मा है। पहुंचा हुआ है। उसने तेरा इम्तिहान लिया था। तू कामयाब नहीं हुई। मैं तो कहती हूं, चुटकी-भर ले आ। बुखार छूमंतर हो जाएगा।

"क्यों," बूढ़े पंचू ने हुक्का पीते हुए कहा–"सुखराम! तू भी तो कुछ जानकार है!"

मैंने कहा–"काका! यह सब मैं नहीं जानता। मैं तो सूंता-सांती, फोड़ा-जखम, अदीठ की बात जानता हूं। थोड़ा-बहुत बुखार का हाल बता सकता हूं, पर उतना नहीं। और कौन किसका इलाज करता है, काका! सब अपनी तकदीर का खाते हैं, सब अपनी किस्मत का पाते हैं।"

"बड़ा समझदार लड़का है।" काका पंचू ने कहा और ढेर सारा धुआं उगलकर खूब खखारकर थूका और सांस फिर से आ जुड़ने पर कहा–"इसकी अम्मी कहां है?"

"अरे वह तो..." रूपो ने कहा–"तीन दिन तीन रात जागी। फिर रहा न गया तो बोली–मरने दे हरामी को, दूसरा जन लूंगी। इसके पीछे क्या मर जाऊंगी?"

"चिढ़कर कहा होगा।" पंचू ने कहा–"कल मैंने उसे पीर के मजार पर दीया धरते देखा था।"

"अब है कहां वह?"

"पड़ी होगी किसी के पास। कुतिया से अब भी न रहा गया।" रामा ने कहा। बूढ़ी गुस्सा हो गई थी।

उसी समय देखा–सामने से वह चली आ रही थी–रामा के बेटे की बहू। वह चल रही थी पर थकी इतनी थी, चार रात की जगार, कि लगता था कि सोते-साते चल रही

है। वह आई। उसने अठन्नी रामा की हथेली पर धर दी और कहा—"एक ही मिल सका। इसका बाप कहां है?"

"पता नहीं, कहीं जुआ खेल रहा होगा।"

"कुछ खाने को है?"

"कुछ नहीं है। मैं दिन-भर की भूखी हूं। तू कहां रही रात?"

"मैंने मजार पर मनौती मानी थी। मुझे बखत न मिला। एक अठन्नी कमा सकी। फिर मजार पर चली गई। मुझे नींद आ रही है।"

"तू भूखी सोएगी?" बूढ़ी ने पूछा—"जा, मटके में चने धरे हैं; चबा ले। मैं तो दांत के बिना खा न सकी। जब रहा न गया तो थोड़े कूटकर पानी के साथ फांक लिए थे। अधार बन ही गया। बेटा देखा है अपना?"

"क्या है। सूहर मर जाए तो भला।" रामा की बहू ने कहा और रोने लगी। फिर जैसे वह थक गई थी। वहीं बैठ गई और सो गई।

मैं देखता रहा। उठकर भीतर डेरे में गया।

कजरी आज नहाई थी। उसका तमाम मैल धुल गया था। आंखों में काजर लगाया। बालों पर काठ की कंघी कर ली थी। बैठी थी। पैसे गिन रही थी।

"क्या कह रही है?" मैंने पूछा—"तेरे पास कुछ पैसे हैं?"

"हैं तो, बीस आने हैं। क्या करेगा तू?"

"मुझे दे दे।"

"क्यों? करेगा क्या? नहीं तो मुझसे पूछ, मैं क्या करूंगी?"

"क्या करेगी तू?"

"कपड़े लाऊंगी।"

"कपड़े?"

"हां, अच्छे-अच्छे।"

"क्यों?"

"मैं चलूंगी न तेरे साथ!"

"प्यारी के पास?"

वह मुस्कराई।

"पर वहां कपड़ों की क्या ज़रूरत है?"

"तूने ही तो रात कहा था।"

वह हंसी। "देख", उसने कहा—"कैसी मजे की बात होगी। प्यारी को तो मिले सिपाही से। मैं पहन के जाऊंगी तो समझेगी कि तैने बनवाए हैं मेरे लिए। कैसी कुढ़ेगी मन में! मैं आप से किसी ढंग से कह दूंगी कि मैंने तो मना किया था, पर सुखराम न माना।"

मैं हैरत में रह गया।

"तू मिलने चलेगी कि लड़ने?"

"मिलने।"

"पर यह तो लड़ाई का ढंग है।"

"अच्छा छोड़। तू पैसे क्यों मांग रहा था?"

"अब जाने भी दे।"

"क्यों?"

"कुल बीस आने तेरे पास हैं। बड़ी हविस है। अभी तो तुझे ही और पैसे चाहिए।" मैंने कहा।

“पांच रुपये और हो जाएं, मेरा काम हो जाएगा।”
“पर उनके मिलने में तो देर लगेगी।”
“तो क्या हो गया! तीन दिन तेरी प्यारी ठहर नहीं सकती!”
“पूछेगी तो आज ही। कह दूंगा, कपड़े बनवाती है कजरी।”
“ऐसा तू सांचाधारी हो गया कि एक बार मेरी लाज रखने को झूठ कह देने में ही तेरी बत्तीसी झड़ जाएगी?”
“अच्छा, कह दूंगा, बीमार हो गई है।”
“बीमार पड़े मेरी सौत! मैं काहे को पड़ूं? सो डाल ही दी है भगमान ने!”
“तो क्या कहूंगा मैं?”
“कुछ कह दीजो। यों कहियो कि प्यारी, तेरे से पांव में महावर लगवाने कजरी आ रही थी, पर मन बदल गया। बोली—फिर चलेंगे। सो तीन-चार दिन लगेंगे उसे लाने में।”
“यह कह दूंगा तो मेरी बात छोटी पड़ जाएगी।”
“सो तो है।” कजरी ने कहा—“कह दीजो, पांव में कांटा लग गया है।”
“यह ठीक है।” मैंने कहा।
“तू ही सोच...” उसने कहा—“वह मेरे पांव में महावर लगाएगी तो मैं ये कपड़े पहन के बैठूंगी उसके सामने! हंसेगी नहीं वह मन में! तेरी तो दो हैं। तू एक को अच्छी, दूसरी को ऐसी देख सकेगा?”
“पर पैसे कहां से लाएगी?”
“तुझसे न मागूंगी! पर तूने बताया नहीं!”
“क्या?”
“तू पैसे क्यों मांग रहा था?”
“जाने दे अब।” मैंने कहा।
“तुझे मेरी कसम!” कजरी ने कहा—“तू सब पैसे ले ले, पर मेरा जी न दुखा। मुझसे अलगाव न रख।”
“मैं ला दूंगा तेरे लिए सब कजरी।” मैंने कहा—“इस बखत एक रुपया दे दे।”
“ले।” उसने मेरे हाथ पर सोलह आने धर दिए।
“तूने पूछा नहीं, मैं इसका क्या करूंगा?”
“कुछ भी कर; तू मालक है।”
मैंने उसे प्यार से देखा। वह लजा गई।
मैंने कहा—“मैं इसलिए जा रहा हूं कि रामा का नाती बहुत बीमार है। उसकी मां और दादी भूखी हैं, कुछ खा लेंगी। फिर बच्चे की दवाई-दारू आ जाएगी।”
और मैंने ताज्जुब से देखा कि कजरी ने मेरे पांव पकड़ लिए और कहा—“तुझ-सा मरद मुझे मिला, मेरे भाग। तुझे छोड़ के प्यारी गई, पर तुझे छोड़ न सकी, उसका कारण अब समझ में आया। तू बड़ा अच्छा है। तू बड़ा नरमदिल है, सुखराम। लोग एक-एक पैसे के लिए दांती काटते हैं और तू इतना सीधा है! तू कितना अच्छा है सुखराम!”
मैंने उसे उठाया और कहा—“कजरी! यह दुनिया बड़ी जालिम है। मैं इतने दिन में एक बात समझा हूं कि गरीब की सबसे बड़ी मुसीबत है। तू तन क्यों बेचती है, जानती है?”
“न बेचूं तो जिऊं कैसे?” कजरी ने कहा—“बचपन में ही आदत पड़ गई। तब मज़ा भी आता था सो बह गई, पर अब उसमें मन नहीं भरता। मैं चाहती हूं कोई मुझे अपनी कहे।”
“अच्छा, कजरी! तू घर बैठ। मैं फिर कला-करतब दिखाकर मेले से कमाई करके आज लाता हूं। जुए के दो हाथ बैठ गए तो जरतारी उढ़ा दूंगा तुझे। तू मेरे रहते क्यों दुख

उठाती है? तू बैठ। मैं तेरा सिंगार अपने हाथ से करूंगा और तब ही प्यारी के पास चलेंगे।''

''यह नहीं सुखराम।'' कजरी ने कहा—''मैं मेले में जाऊंगी। नाचूंगी, गाऊंगी, जो मिल जाएगा, ले आऊंगी। वह नहीं करूंगी।''

मैंने स्नेह से उसे सीने से लगा लिया। कजरी की आंखों में आंसू आ गए। बोली—''मरद तो वही है जो लुगाई को बचाके रखे। पर कुर्री भी एक था। तू इतना अच्छा क्यों है सुखराम! तुझ-सा कहीं मैंने करनट नहीं देखा।''

''करनट!'' मैंने कहा—''मैं करनट नहीं हूं।''

कजरी को धक्का लगा। पूछा—''तो क्या तू हममें से नहीं है? कोई पराया है? हमारी बिरादरी का नहीं है?''

''सब हूं। मेरी मां करनटनी थी। पर मेरा बाप ठाकुर था।''

''अरे, उससे क्या हुआ?'' कजरी ने कहा—''ऐसी तो कई नटनियों की औलाद हैं। जो नटनी का जाया है सो नट है।''

मैंने कहा—''नहीं कजरी मेरे साथ आ।'' मैंने उसका हाथ पकड़ लिया और चल पड़ा। बाहर आकर मैंने सीधा रास्ता पकड़ा। रास्ते में मंगू मिला। मैंने कहा—''ओ मंगू, ले यह सोलह आने। इसे बूढ़ी रामा को दे दे। बिचारी का नाती बीमार है।''

मंगू के हाथ पर जब पैसे पड़े तो आंखें कुछ चमकीं। मैंने कहा—''दे दीजो, नहीं तो अच्छा न होगा।''

मंगू ने अपने मज़बूत कंधों की तरफ देखकर कहा—''अरे, क्या बातें करता है सुखराम! पर तेरा कुछ हरज है अगर मैं अपने नाम से दे दूं?''

''सो कैसे हो सकता है?'' कजरी ने कहा—''मुंहजले की बात तो देखो!''

मैंने कहा—''उससे क्या फायदा है तुझे?''

मंगू झेंपा, बोला—''मेरी लुगाई मर गई है, तू जानता है। रामा का बेटा बहू को तंग करता है। जरा कुछ लेकर देता रहूंगा तो वह मुझे मान जाएगी।''

कजरी ने कहा—''अरे सांड के सांड! तू ऐसे लोगों से मांग-मांगकर लुगाई लाएगा।''

मंगू ने उसे देखा, फिर मेरी तरफ भिखारी की-सी आंखें उठाईं।

मैंने कहा—''अच्छा मंगू, दे दे। अपनी तरफ से दे दे। तेरा घर बस जाए तो अच्छा ही है। पर मैंने ये पैसे कजरी से लिए हैं, सो तू चुका देना। बचन दे।''

''मैं बचन देता हूं।'' उसने कहा।

''और ये सब रामा के बच्चे के लिए दे देगा!''

''हां।''

मंगू चला गया। कजरी मुझे देखने लगी।

''क्या देखती है!''

''तू कोई महातमा है?'' कजरी ने पूछा।

''महातमा होता तो लोग मेरे पांव न पूजते?''

''आज मैं तुझे पूजूंगी।'' कहकर उसने दोनों कानों पर हाथ रखकर अंगुलियां चटकाकर मेरी बलैया लीं।

मैंने कहा—''चल!''

''कहां?''

''चल, जहां मैं कहूं।''

कजरी चली। मैं लम्बे डग भरकर चला। पथरीला रास्ता था। एक कोस चलकर हांफने लगी। अगले आधे कोस पर संग रखने को भाग-भागकर चलने लगी।

नीचे नीले पत्थर बड़े-बड़े ढोकों से फैल गए थे जो पैरों को सख्त लगते थे। कजरी बैठ गई। ''क्यों?'' मैंने कहा।

''जरा सुस्ता लेने दे मुझे। कहां चल रहा है?'' उसने कहा।

''तू चल तो सही।'' मैंने उसका हाथ पकड़कर उठा लिया। मेरे मजबूत पंजे में एक झटके-से उठ गई।

''अच्छा, चलो।'' उसने कहा—''तू तो मरद है। बड़ी तेज चलता है। मुझसे तेरे साथ नहीं चला जाता।'' वह अब भागने लगी। पर आधा कोस और चले, अब पहाड़ का तला आ गया था। हम ऊपर चढ़ने लगे। सामने पहाड़ का सिरा दिखाई दे रहा था। हम उस सीधी चढ़ाई पर चढ़ते रहे। कजरी थक गई। बोली—''दइया री! घुटने टूट गए। कैसी चढ़न है! तू बहुत जल्दी चलता है। मैं नहीं चल सकती।'' सिरा आया तो बैठ गई। बोली—''मैं समझती थी, पहाड़ इत्ता ही होगा। तेरी सौं, मैं कभी इसपै नहीं चढ़ी थी। पर यहां तो अन्त ही नहीं लगता।''

मैंने कहा—''पहाड़ ढलुआं होता है। नीचे से देखने की गोलाई से ऊपर छोर नहीं दिखता। जहां नजर पहुंचती है, वहां ढाल की गोलाई आती है।''

''अब कितना और है?''

''चल तो सही!'' मैंने कहा। कमर पर हाथ देकर उठाया।

फिर चढ़ने लगे। पर अगली चढ़ाई...यह और भी कठिन थी। कजरी मेरे सहारे से चढ़ती गई, पर बुरी तरह हांफ गई और टांगें लम्बी करके पत्थरों पर ही लेट गई।

बोली—''दइया रे, फाड है कि आफत है!'' उसने हांफते हुए कहा।

''थक गई?'' मैंने कहा और इधर-उधर देखा। अभी पेड़ों की हरियाली आड़ में आती थी। सो मेरा काम पूरा नहीं हुआ था।

वह बैठ गई। घुटनों के नीचे पांव की हड्डियों को दबाती रही। बोली—''यहीं मार है, लहू इकट्ठा हो गया। दरद होता है।''

मैंने बैठकर बीड़ी सुलगाई।

''तू नहीं थका?'' उसने कहा।

''मुझे पुरानी आदत है पहाड़ पर चढ़ने की।'' मैंने धुआं उगलकर कहा।

हवा वहां तेज थी। कुछ ठंडी भी थी। कजरी ने कहा—''कैसा लगता है सब। नीचे देख। खेत कैसे रंगीन हरे-हरे हैं। चौका-चौका-से। कैसे छोटे-छोटे से हैं। नीचे से सब कित्ता बड़ा-बड़ा लगता है। यहां से देख सुखराम! वे बैल देख! पैर चल रहे हैं। ऐसा लग रहा है जैसे बैल न हों, कुत्तों से भी छोटे हों।''

''अब चलती है कि बात बनाती है?''

''तेरी सौं, मुझसे नहीं चला जाएगा।''

''अरी, तू तो जवान है!''

''ना, ना! मैं तो बूढ़ी हूं। अब तू जा। कहां जा रहा है?''

''बस, तीन चढ़ान और हैं।''

''तीन!'' वह फिर लेट गई।

''अच्छा!'' मैंने कहा—''तू मेरे कन्धे पर चढ़ जा।''

''अरे नहीं!'' उसने लजाकर कहा—''कोई देखेगा तो क्या कहेगा?''

''क्या यहां की बात नीचे से दिखाई देती है? एकदम छोटी। जैसे यहां से वहां की। देख, ये धौ के पेड़ नीचे से कितने छोटे-से लगते हैं! ऊपर हमसे बड़े हैं।''

मेरे समझाने से वह मान गई। मैंने उसे कन्धों पर बिठा लिया। दोनों तरफ उसने टांगें लटका लीं और मेरा सिर पकड़ लिया। मैं धीरे-धीरे चढ़ने लगा। वह मेरी ताकत पर ताज्जुब करने लगी।

जब वह चढ़ाई खत्म हुई तो मैंने कहा—"उतर बकरी।"

वह उतर गई; हंस दी। फिर उसने गले से एक तावीज उतारा और मेरे हाथ पर बांधने लगी।

"यह क्यों?" मैंने कहा।

"यह मुझे मेरी अम्मां ने दिया था मरते बखत।"

मैंने देखा।

वह कहती रही—"उसने कहा था—तेरा बच्चा हो तो उसके बांध दीजो, तेरी भी नजर न लगेगी उसे। तुझमें बड़ी ताकत है। मैंने तभी बांधा है तेरे। कहीं तुझे नजर न लग जाए मेरी।"

"तो मैं तेरा बच्चा हूं?" मैंने कहा।

ढोकों की छाया आ रही थी। कजरी एक के नीचे बैठ गई और बोली—"बच्चा भी तो अच्छा लगता है। जब मेरे बच्चा हो जाएगा तो तेरे हाथ से उतारके उसके गले में बांध दूंगी।"

"अच्छा, अब चल!"

"कन्धे पे न बैठूंगी, मुझे डर लगता है। तू झुकता है तो मुझे लगता है मैं गिरूंगी और मेरे दांत टूट जाएंगे। तेरी कसम, जान गले में आ अटकती है।"

"गिरेगी कैसे?" मैंने कहा—"मैं ऐसे ही थोड़े पांव धरता हूं। पांव का जोर देने से पहले देख लेता हूं कि पत्थर में मुझे संभालने का दम है कि नहीं; कहीं खिसक तो नहीं जाएगा।"

"न, मैं न चढूंगी।"

"अच्छा, तू मेरी पीठ पर चढ़ जा।"

वह मना करने लगी, पर मैं न माना। मैंने उसे मशक की तरह पीठ पर उठा लिया और धीरे-धीरे चढ़ने लगा। अबकी बार मैं दोनों चढ़ान एक ही बार में चढ़ गया। कजरी मिनमिनाती रही—"ओ, तू तो आदमी नहीं है। कैसे सर-सर चढ़े जा रहा है। कहीं फिसल न जाइयो। हाय, ऐसे लटकाए जा रहा है मुझे! मेरे बदन में दरद होता है।"

पर मैंने उसे पहाड़ की चोटी पर पहुंचकर पत्थर पर एकदम छोड़ दिया। वह धप् से गिरी और चिल्लाई—"हाय मार डाला कढ़ीखाए ने। कुहनी फूट गई मेरी मैया!"

मैं बैठ गया। मैं थक-सा गया था। मैंने कहा—"कजरी!"

मैंने धीरे-धीरे हांफनी भरी और कहा—"तू पूरी ढाई मन की ल्हास है। तेरी कसम! गधे पर लाद दी जाए, तो गधा रेंक के मर जाए। मेरी मैं ही जानता हूं। दिखती तो ऐसी फूल-सी है, पर आंख की ओट करके उठाओ तो भूतनी-सी टांगें फैला देती है। पूरी ढुबाई है, पूरी।"

कजरी की आंखों में हंसी थी; चिढ़न भी थी। बोली—अरे, रहने दे! उठाया कहां मुझे! पांव तो पहाड़ पर छिलते-घिसटते आए हैं। फिर भी मुझमें बोझ था, अच्छी कही। अपनी न कहेगा, पूरे लाला का-सा गट्ठर है।"

मैंने कहा—"और लो। इतनी भारी तो तब थी जब पांव धरती पे घिसटते थे भूतनी के। जो कहीं सारा बोझ मुझपै आ गया होता तो मेरे बाप और बाबा से भी नहीं उठती!"

हम दोनों हंस दिए।

दुपहर हो गई थी। चरवाहे दूर कहीं पहाड़ पर पुकार रहे थे। सामने के पहाड़ पर

कई जगह गायें धौरी-धौरी-सी दिखाई दे रही थीं। एक पेड़ के नीचे कुछ लड़के बैठे थे। कोई बांसुरी बजा रहा था।

"मेरे पैरों में बड़ा दरद हो रहा है।" कजरी ने कहा।

मैं पास बैठ गया। उसके पांव गोद में रखकर दबाने लगा।

"अरे, क्या करता है?" कजरी ने शर्मा के उठाते हुए कहा—"तू नहीं थका?"

"अब थकान दूर हो गई है।"

"मेरी आंखें फूट जाएं।" उसने कहा—"जो तुझे मेरी नज़र लगे।"

उसने मेरे पांव छुए, फिर कहा—"मरद में बड़ा दम होता है—क्यों?"

मैं मुस्कराया।

उसने फिर कहा—"तभी तो उसका हुकम चलता है।"

"मैं तुझपर हुकम चलाता हूं! तभी तो तेरे पांव दबा रहा था। ऐसी गुलामी तेरी किसी ने की है?"

"सो तो है।" उसने कहा—"तू बड़ा घुन्ना है।"

"क्यों भला?"

"भीतरी मार मारता है।"

"क्या नुकसान किया है मैंने तेरा?"

"अरे, और क्या नुकसान करेगा तू? ऐसे उठाके लाया है बेदरदी से कि अंग-अंग ढीले हो गए हैं।"

मैंने हंसकर उसे देखा।

उसने कहा—"मेरा बाप मेरी अम्मां से कहता था—मरद वही है जो औरत को दबाके रखता है। रोटी दे दो और बोटी दे दो। इनकी भूख मत रखो, पर फिर मीठे न बोलो, नहीं तो सिर पर चढ़ जाती है। औरत और आग बराबर हैं। सुलगते ही बुझा दो, नहीं तो ऊपर तक चाटती हुई, जलाती हुई चढ़ती चली जाएगी। तू मुझे क्यों नहीं दबाके रखता?"

मैंने कहा—"तेरी अम्मां कटखनी होगी। मेरी कुतिया तो पालक है। अपने आप बंधे बिना ही मेरे डेरे के द्वार पे बैठकर भौंकती है, तो मुझे जरूरत क्या! जब सीधी उंगली घी निकले तो उंगलियां टेढ़ी क्यों करूं!"

कजरी ने कहा—"यों कहेगा? यों कह कि मेरा बाप धोबी था, पत्थर पे पछांट के धोता था, और तू धोबी का गधा है जो लादी लाद के चलता है!"

हम दोनों हंसे। मैंने कहा—"अच्छी बात है।"

"क्या अच्छी बात है?"

"इसीला कहा करता था कि लातों के देव बातों से सीधे नहीं होते।"

"सो?"

"मुझे जब लात का देव मिला है तो बातों से काम नहीं लूंगा।"

"मुझे मारेगा? तूने मारा तो था।"

"झूठी! कब मारा था?"

"बातों की मार मारी थी। यह चोट तो बदन पै लगती है, पर मन की चोट कसक के रह जाती है।"

"तू बड़ी बातूनी है। हमेशा कतरनी-सी चलती है जीभ तेरी। तेरी यह जीभ ही काटूंगा।"

"मुझे धक्का न दे दे यहां से, नासपीटे। तेरे हिये में सीरक पहुंच जाएगी। बता, मुझे क्यों लाया यहां?"

मैंने देखा—दूर वह धूप में सुर्ख-सा चमक रहा था।

"क्या देख रहा है?" वह मेरे पास आकर मेरी एकटक नजर को देखकर बोली।

"वही, जिसे दिखाने को तुझे यहां लाया हूं।"

"क्या है वह?"

"अधूरा किला।"

"अरे, तुझपै पत्थर पड़ें।" कजरी ने कहा—"कमबख्त ने इसे दिखाने को मेरी हड्डियां ढीली कर दी हैं? नीचे ही कह देता, मैंने क्या देखा नहीं था पहले? मैं सारी रियासत में घूमी हूं। इसे दिखाने को ही तैने मुझे यह सरग दिखाया है? तू पागल तो नहीं है?"

"हां कजरी!" मैंने कहा—"यह अधूरा किला मुझे पागल कर देता है।"

"मैं नहीं करती?"

"नहीं। तू मुझे भाती है, यह मुझमें कंप जगाता है।"

"चला गया होगा इसमें! कहते हैं, भूत रहते हैं। मेरा बाप कहता था, वह इसके नीचे चला गया था। वहां अंधेरा ही अंधेरा था। उसके खरच पूरे ही नहीं पड़ते थे। उसने जगह-जगह पुरानी इमारत खुदाई थी कि कहीं धन निकले। बड़े-बड़े सियाने उसकी नौकरी में थे। किसी ने कहा, इसके नीचे कई तहखाने हैं जिनमें बड़ी दौलत भरी पड़ी है। पर भीतर घुसते लोग डरते थे। मजूर डर गए, मुकर गए। राजा ने कहा—"गोली लगवा दूंगा।" वे बोले, "तू मार ले! गोली से मरना भला, भूतों से कौन मरे!"

"फिर?" मैंने कहा।

"मेरा बाप तब अधेड़ था। मेरी अम्मां से बोला कि जाता हूं। जो एक-आध भी माल हाथ पड़ गया तो पौ बारह हैं, नहीं तो फिर नहीं सही।" अम्मां ने कहा – "और जो तू मर गया तो..." मेरे बाप ने कहा—"मरना एक दिन है ही। आज ही सही।" वह न माना। भीतर उतर गया और लोग भी उतरे। उसने लौटकर बताया, "भीतर बड़े तिवारे-तिवारे-से थे। पूरा महल-सा था। अंधेरा-अंधेरा। घुप्प अंधेरा, हवा गूंजती थी।"

मैं सुनता रहा। कजरी कहती गई—"कुछ भी नहीं मिला। योंही घूम-घाम के लौट आए। छोर ही नहीं मिला। वहां पुरानी कचहरी में अभी तक पहले राजा के लिए हुक्का भरकर धरते हैं। सवेरे ऐसे मिलता है जैसे पिया हुआ हो।"

कजरी के नेत्र आश्चर्य से फैल गए। उसने फिर कहा—"एक नाई का छोरा एक बार जाने कैसे घुसकर खजाने तक पहुंच गया। कहता था, वहां हीरे-जवाहरातों की ढेरियां लग रही हैं। बड़े-बड़े लोहे के जिरह-बख्तर टंगे हैं। कमानीदार बन्दूकें धरी हैं। सोना तो यों ही पड़ा है कि उससे उठाए ईंट न उठीं। इतनी भारी-भारी थीं वे सोने की ईंटें!"

मैंने कजरी के हाथ पकड़ लिये। उसने मुझे देखा। मेरी आंखें फटी हुई थीं। मैंने कहा—"कजरी!"

वह डर गई। कहा—"क्या है रे?"

"वह सब मेरा है।"

"तेरा है?" कजरी ने कहा और बोली—"तेरा क्यों, मेरे बाप का भी होगा!"

मैं नहीं समझा कि वह मजाक कर रही है।

मैंने कहा—"तू जानती है कजरी! तू जानती है! वह मेरे बाप का भी था।"

"तेरे बाप का भी होगा!" कजरी ने कहा। अब मुझे महसूस हुआ कि वह मुझे ताना मार रही थी।

"सच कहता हूं कजरी! मैं इसी किले के असली मालिकों के ठाकुर खानदान में से हूं। मैं ही इस किले का असली मालिक हूं। मेरा बाप, मेरा बाबा, मेरा परबाबा और उसकी

मां, बस यही इसे नहीं भोग सके। पहले हमारे पुरखे इसमें राज करते थे। भाग ने हमें इससे दूर कर दिया।''

जब मैं कह चुका तो कजरी ठठाकर हंस पड़ी। उसका हास्य पहाड़ पर झनकारता हुआ फैल गया। मेरा मन सिकुड़ गया। मुझे चोट पहुंची।

मैंने कहा—''तुझे विश्वास नहीं होता?''

''नहीं।'' कजरी ने कहा। फिर गाने लगी—

जब कभी भैंस के सींग पर ऊंट नाचा!

और उसने पलटकर गाया—

''जब कभी ऊंट के सिर पर भैंस नाची!'

''कजरी!'' मैं गुस्से से चिल्लाया।

''क्या हुआ?'' कजरी ने कहा—''महाराज! तेरी बांदी तेरे सामने है। हुकम दे। मच्छर की आंख निकाल के सामने हाजिर करूं।''

मुझे चोट लगी।

उसने कहा—''अरे मेरे गंगुआ तेली, तू तो राजा भोज बन बैठा।'' वह हंसती गई। उसने फिर कहा—''तू मेरा राजा, मैं तेरी रानी। तू है लंगड़ा, मैं हूं कानी।''

वह तो गा रही थी। फिर उसने उठकर ठुमका मारकर कहा—

मेरी सौत के बिछिया बजें आधी रात,
ऐरी आग लगिय मेरे जोबन गात।

और अन्तिम स्वर खींचकर वह बेहूदे इशारे करके मटकने लगी। मुझे इतना गुस्सा आया कि मैंने उसकी तरफ से मुंह फेर लिया। पर उसने कूल्हे नचाना शुरू किया और गाया—

मैं तो चढ़ी हूं पहार बलम मोहे
हरौ हरौ दीसै सकल संसार...
बलम मोहे...

मेरी आंखों में आंसू आ गए। कजरी रुक गई। पास आई।

उसने पूछा—''अरे, तू रोया है?''

मुझे चुप देखकर उसने कहा—''क्यों, क्या हुआ?''

''कुछ नहीं।'' मैंने आंसू पोंछ लिए।

उसका मन भर आया। उसने मेरे हाथ पकड़ लिये।

''क्या यह सब सच है जो तूने कहा?''

''सच है कजरी।''

''खा मेरी कसम''

''तेरी कसम।''

तब उसकी आंखों में डर दिखाई दिया। उसने कहा—''तो तू राजा है?''

''हां कजरी! राजा नहीं हूं। उस बंस से हूं।''

वह कुछ कह सकने में असमर्थ हो गई। चुपचाप बैठी रही, भौचक। मैंने ठकुरानी का किस्सा सुनाया, सब बताया। फिर भी वह घुटनों में सिर दिए बैठी रही। केवल आंखें उसने मेरी सूरत पर गड़ा रखी थीं।

मैं चुप हो गया। पूछा—''क्या सोच रही है?''

"यही कि तू राजा है।"

"तो?"

"अगर तू राजा हो गया, क्योंकि भाग विचित्र है, तो तू मुझे भूल जाएगा!"

"क्यों?"

"तब ठकुरानियां तेरी सेज सजाएंगी। तब तू कहेगा, नटनी हरजाई मेरी कौन है?"

"पर मैं तो तेरे साथ हूं न!"

"लोग कहते हैं, संग का पाप लुगाई को लगता है, लोग को नहीं। सब जात यही कहती हैं।"

मैं हंसा। कहा—"मैं क्या राजा हो गया हूं जो ऐसा भय खा रही है?"

"भाग की कौन जानता है! वह दूसरे पहाड़ पे तुझे छतरी दीखती है?"

"हां-हां।"

"किसकी है?"

"किसी साधु की होगी।"

"नहीं, वह नटनी की छतरी है।"

"नटनी की?" मैंने पूछा।

"हां, एक नटनी ने इस पहाड़ से उस पहाड़ तक रस्सी बांधी थी। राजा ने कहा था, जो तू इस पर चले तो आधा राज तुझे दे दूं।"

"फिर क्या हुआ?"

"नटनी सरत बांध चली।"

"चली गई?" मैंने पूछा।

"आधे पहुंची।" कजरी ने कहा—"सो राजा डर गया। झट इसारा किया। राजा के आदमियों ने रस्सी काट दी। नीचे गिरी सो नटनी फट्ट मर गई। उसी की याद में छतरी बना दी है।"

"राजा बचन पलट गया?"

"पर वह राजा था। कहीं तू भी पलट गया तो?"

"चल उल्लू की पट्ठी, तू तो शेखचिल्लिन है।"

"जैसा मरद है वैसी ही लुगाई है।" कजरी ने कहा—"क्यों?"

"कोई एक कोस तो होगा इस पहाड़ से वह पहाड़। इत्ती लम्बी रस्सी कहां से आई होगी?"

"अरे वा रे।" उसने कहा—"तू तो अकल का बड़ा मट्ठा है। कल झोपड़े में रहके राजा का सन्तखण्ड कुआं देखकर कहेगा कि यह कैसे बनाया गया होगा। ओ दारी। एक कोरिन ने कहा था, लगता है महल के बीच में कुआं ऊपर से उतारा होगा। वह हंसी—"भला बता, राजा के लिए कुछ मुस्किल है?"

मैं जवाब न दे सका। कजरी ने कहा—"सुखराम!"

"क्या है?" मैंने पूछा।

"राजा के पास धन होता है?"

"हां, बहुत।"

"तो मेरे साथ चल।"

"कहां?"

"जहां मैं कहूं।"

"बता भी!"

"तूने मुझे बताया था?"

"पर तू मूरख है। तुझमें अकल नहीं है। पहले बता दे।"

"हां, मैं मूरख ही सही। चल, वहीं चलें। हम किले के नीचे घुसेंगे। सायद हमें वह खजाना मिल जाए।"

मेरी आंखें चौड़ गईं। मैं सोचने लगा। क्या यह हो सकता है? कौन जानता है भगवान ने ही कजरी के मुंह से यह सुझा दिया हो! वरना मेरे मगज में यह क्यों आया नहीं? मैंने हनुमानजी को सोने का हार बोल दिया। कैलावारी मैया के लिए नगों की छतरी बोल दी। घाटे वाले भैरों को सवा मन चून की मनौती की। मन हल्का हो गया। लगा, बस अब मैं राजा हुआ। वह फौज बनाऊंगा। फतह करूंगा। मैंने कहा—"कजरी! तुझे और प्यारी को पीली कर दूंगा।"

"तो तू प्यारी को ले आ।" कजरी ने कहा।

मुझे याद आया। कहा—"तू उसे नहीं सह सकती?"

"क्यों नहीं सह सकती! तू तो कहता था, वह मेरी बांदी बनेगी। फिर उसे मेरे बराबर क्यों कहता है?"

मैं हंस दिया। मैंने कहा—"चल, भूख लग रही है।"

"रोटी भी नहीं खाने दी तैने। तैयार छोड़ आई थी।"

"जल्दी चल।"

हम पहाड़ से नीचे उतरने लगे। वह फिसलने लगी तो मैंने उसका हाथ पकड़ लिया।

"धीरे उतर लाली।" मैंने कहा—"संभल के पैर धर। कहीं कोई पत्थर सरक गया तो वह पीछे पहुंचेगा, तू पहले पहुंच जाएगी।"

पर हम लोगों को उससे आधी देर भी न लगी उतरने में, जितनी चढ़ने में लगी थी।

हम सीधे डेरे पहुंचे।

पहुंचते ही सुना, रामा की मां और बहू रो रही है। बच्चा मर चुका है। हम दोनों को बुरा लगा। वह बच्चा बड़ा ऊधमी था, खूब खेलता था। जब किलकारी मारकर मोटे कुत्ते भूरा पर बैठ जाता था तब कितना अच्छा लगता था! भूरा उसे काटता न था। वह भी उससे ऐसा ही रहता था जैसे जानता हो कि यह तो बच्चा है। इस वक्त दूर खड़ा हवा में सिर उठाए कभी-कभी रोने लगता था।

मैं आगे बढ़ा। मंगू मिला।

"क्या हाल है?" मैंने पूछा।

"मर गया बिचारा।"

रामा की मां ने कहा—"मंगू बिचारे ने चार आने दिए। इस बखत एक वही काम आया।"

मैंने कहा—"मंगू, तूने चार आने दिए। मैंने तुझे रुपया दिया था?"

मंगू सकपका गया। रामा की मां और बहू बच्चे की लाश के पास बैठी थीं। चौंक उठीं।

मंगू ने कहा—"तूने मुझे उधार दिए थे। जब मुझे चुकाने ही हैं तो तू कौन मुझे खर्च का रास्ता बताने वाला! मैं जैसे मर्जी होगी खरच करूंगा।"

मैंने कहा—"मंगू, तू इतना कमीना है!"

कजरी ने कहा—"अरे, बनबिलाव-सी डाढ़ें क्या चमकाता है! तू इस बच्चे से न निभा

सका, तू इसकी अम्मां से क्या निभाएगा? यह तो इसी का बच्चा है।''

रामा की बीवी खड़ी हुई। उसने कहा—''अरे कलमुंहे! तेरा यह रंग था।'' उसने चवन्नी फेंककर मंगू पर मारी—''ले जा।''

मंगू ने पैसे उठा लिए और चलने लगा। उस वक्त मुझे बहुत ही गुस्सा आ गया। मैंने उसका कन्धा पकड़कर कहा—''कहां चला कमीने? लेके चल दिया सोलह आने, जैसे तेरे बाप की कमाई है! तेरे लिए दिए थे?''

मंगू को अपनी ताकत पर नाज था। उसने कंधा झटके से छुड़ाकर कहा—''मेरे बाप की नहीं,'' और कजरी की तरफ इशारा करके कहा—''तेरी अम्मां की कमाई है?''

कजरी झपटी और उसने उसका मुंह नोंच लिया। उसने कजरी को हाथ मारा। कजरी गिरी कि मैंने बफरकर हमला किया। मंगू और मैं धड़ से धरती पर आ गिरे। हम दोनों की कुश्ती हो रही थी। कभी वह मेरे बाल पकड़ता, कभी मैं उसे दे मारता। रामा की मां और बहू चिल्लाने लगी। नटों की भीड़ इकट्ठी हो गई। हम दोनों को ही तेज गुस्सा था।

कजरी मेरी ताकत जानती थी। वह आराम से खड़ी गाली दे रही थी—''हरामी को देखो सब लोग। इसने मुझे मारा। पर ठहरे रहो! अभी मेरा मरद इसकी चटनी करके धर देगा।''

मंगू की मां ने कजरी को हाथ नचाके टोका। कहा—''अरी, क्या सिपाही के जा बैठी सौत का डर दिखाती है?''

''चल खुस हो!'' कजरी ने दांत निपोरकर बन्दर-सा मुंह बनाया।

मैं ज्यादा न देख सका। मंगू ने मेरे पांव में काट खाया। मुझे दर्द हुआ। तब मैंने उसे हाथों पर उठा लिया और धम्-से धरती पर दे मारा। मंगू चिल्लाकर बेहोश हो गया। मंगू की मां उससे चिपट गई।

कजरी ने मेरे फटे कुर्ते को देखा और मुझसे चिपट गई। जगह-जगह लगी मिट्टी साफ करके झाड़ने लगी। मैं कजरी को लेकर डेरे में आ गया। मैंने देखा, पांव में उसके चार दांत गड़े थे। खून निकल आया था। कजरी ने उसे धोया और मैंने बाहर पास के पेड़ों में से एक रूखड़ी निकाल के उसपै निचौड़ी और आके रोटी खाने बैठ गया। मैं और कजरी खाने लगे।

मुझे नींद आ रही थी। मैं सो गया। कजरी द्वार पर बैठकर अपने बाल खोलकर काढ़ने लगी।

जब मैं जागा तब पांव में दर्द था थोड़ा-थोड़ा।

''कटखना।'' मैंने कहा।

''दर्द है अभी?'' उसने पूछा।

''पूरे गचका दिए उसने।''

''कुत्ता है, मेरी उसे फाड़ खाने की इच्छा हुई थी पर तूने कमाल किया।''

''क्यों?''

''अब कहूंगी तो समझेगा, तेरी खुसामद करती हूं।''

''क्यों?''

''अरे, चल बोदे! क्यों से तो मुझे जूड़ी चढ़ती है।''

''कुछ कहेगी भी कि नहीं?''

''तूने जो उठाके हवा में घुमाया तो मैं डर गई। अम्मां री! ऐसा हाथ नहीं देखा था। सबकी आंखें फट गईं। इस मंगू ने तो सबके दांतों में उंगली चबवा दी थी। हरामी,

जूआ होता है न, उसकी नाल पुलस को पहुंचाता है, सो अपने को दरोगा का बच्चा समझने लगा है।''

''इसे मैं ठीक कर दूंगा।'

''मुझे डर लग रहा है।''

''क्यों?''

''वह बड़ा खूनी है।''

''मैं ही इसका खून कर दूंगा।''

''तू खून भी कर सकता है?'' वह हंसी।

मैंने कहा—''तुझे विश्वास नहीं होता?''

''तेरी कसम, ऐसे नहीं होता, जैसे कोई कहे कि एक मरद ने बच्चा जना था।''

''अच्छी बात है। एक दिन तेरा ही खून करूंगा सुसरी। तू बड़ी मस्ता गई है।''

मैंने उसकी पीठ पर कस के धौल जमाई।

कजरी की आंखों में आंसू आ गए। इतनी जोर से लगी। बोली ''हत्यारे! मुझे मार डाला। हाय गई, मेरी कमर टूटी।''

मैंने हंसकर उसकी पीठ सहलाई। बोली—''क्या तूने मुझे कमजोर समझा है!''

मैं हंसा। उसने कटार निकाल ली। कहा—''ले कटार हाथ में। फिर दिखाऊं तुझे अपने हाथ।''

''तेरे लिए जिस दिन कटार उठाने की ज़रूरत पड़ेगी, मेरा जीना बेफजूल है।''

''अच्छा रे, तुझे हैंकार है, तो ले संभाल।''

उसने छुरा फेंका। मैं उछलकर बच गया। अगर वह मेरे लगा होता तो पसली काट गया होता।

''देखा!'' कजरी ने कहा—''आदमी से बंदर की तरह उछल-कूद तो पहले ही हाथ में करने लगा।''

मैंने उसको उठाकर मंगू की तरह ऊपर घुमाया। बोली—''अरे परमेसुरे! माफ कर। छोड़ दे, तेरे पांव पड़ूं। कैसी मर्दानगी दिखा रहा है अपनी लुगाई पर। कोई सुनेगा तो हंसेगा। तेरी कसम! मर जाऊंगी। दया कर। मैं तेरी गैया हूं।''

मैंने उतारकर नीचे रख दिया तो बोली—''बैल नहीं तो कहीं का!''

''फिर चटकी?'' मैंने कहा।

''तू हाथ चला, तेरे हाथ हैं; मेरे जीभ है, मैं जीभ तो चलाऊंगी ही।''

मैं हंस दिया। वह भी।

उसने कहा—''यह मंगू रात को तुझ पर जरूर कभी हमला करेगा।''

''टुकड़े कर दूंगा।''

''अरे, अंधेरे में कहीं पीछे से कटार घुसेड़ दे तो?''

''मैं लड्डू हाथ में भरके तो नहीं चलता!''

''मैं तेरे पांव पड़ती हूं। मेरी बात तो सुन ले।''

''अच्छा कह।''

''इसे तू जेल करा दे। पहले दो बार हो आया है। एक जरा-सी रपट में जाएगा, सांसत मिट जाएगी।''

''नहीं।'' मैंने कहा।

''तू नहीं जाएगा, तो मैं तेरे लिए प्यारी के पांव पकड़ूंगी। सौत मेरी आप बन्द करा देगी।''

मुझे लगा मैं पागल हो जाऊंगा। मैंने उसे हाथों में उठा लिया। कहा—"कजरी, तुझे मेरा इतना ख्याल आता है! तू मेरे लिए प्यारी के पांव छूने के लिए तैयार है?"

"सच कहती हूं।" उसने कहा—"यह बातें छोड़, अकल की बात कर। थाने में खबर कर दे।"

मैंने कहा—"नहीं कजरी! मंगू भी हममें से है। गलती कौन नहीं करता! मर्दों का खेल था। दो-दो हाथ हो गए। बात निबट गई। मुझे उससे कोई बैर थोड़े ही है। मंगू को असल में लुगाई चाहिए। उसका कोई इन्तजाम करना चाहिए।"

और अचानक डेरे के दरवाजे पर मंगू दिखा। शायद वह आड़ में खड़ा था। उसके हाथ में कटार थी। उसने वहीं फेंक दी और दौड़कर मेरे पांव पकड़ लिये।

मैंने उसे सीने से लगा लिया और कहा—"मंगू! मैं और तू इतने मजबूत हैं कि पहाड़ हैं। पर जब हम-तुम लड़ते हैं, तो हम दोनों कमज़ोर हो जाते हैं।"

कजरी ने दांतों-तले उंगली दबा ली। सब नट द्वार पर आ गए थे। उन्होंने कहा—"मंगू ने माफी मांग ली?"

मैंने बाहर आकर कहा—"वह क्या मुझे मारने आया था?"

उन्होंने कहा—"हां! वह आखिरी फैसला करने आया था।"

मैंने कहा—"सुनती है। कजरी! वह मर्द है। सामने आया था फिर से। तू बेकार की बात करती थी। मैंने नहीं माना।"

भीड़ चुप थी।

मैंने मंगू को सीने से लगाकर कहा—"यह मेरा यार है। हम लोग आपस में एक दूसरे के दुश्मन नहीं हैं।"

मंगू ने कहा—"मैं फैसला करने आया था, पर सुखराम शेर है। मैं इसकी बात पे रीझ गया हूं। सुखराम मरद है।"

भीड़ चली गई। मंगू भी चला गया। मैं और कजरी रह गए। मैं खाट पर लेट गया। वह घड़ा लेकर गई। लौटी तो पानी के साथ एक बटेर ले आई।

उसे भुनने को रख दिया और बोली—"रस्ते में वह खरहा पड़ा। पर सिर पर घड़ा धरा था, नहीं तो मार लाती। बड़ा अच्छा था। खाल बिक जाती। मांस मिल जाता। चलो सुखराम! तुम भी कहना कि लुगाई भी बड़ी मस्तानी होती है। बटेर को मारा निसाना। बस, वहीं औंधी हो गई।"

उसने पंख-पर समेटे और चोंच के साथ बाहर फेंक आई।

जब बटेर पक गई तो मिर्च और नमक रखकर चाकू से काटकर पास ले आई।

मैंने खाई। बड़ी अच्छी थी।

"कैसी है?" उसने पूछा।

मैंने चिढ़ाने को कहा—"ठीक ही है।"

"ठीक ही है! अच्छी नहीं है?"

"हां, अच्छी ही है।"

"तो इस फूटे-से ढोल से अब बोल भी नहीं कढ़ता?"

"जैसी तू, वैसा मैं!"

"क्यों?"

"तू मन की बात क्या सहज कहती है?"

"कैसे!"

"कब चलेगी अब?"

"कहां?"

"प्यारी के पांव पड़ने।"

कजरी चिढ़ी नहीं; मुस्कराई।

बोली—"तू बड़ा वो है!"

"क्या है?" मैंने पूछा।

"चुप्प!" उसने कहा—"सारी बात पंचों की सिर-आंखों पे, परनाला यहीं बहेगा। तू राजा है। तू गरजने वाला नहीं, तू बरसने वाला है। मेरा गला सूख गया, पर तूने नहीं सुनी एक भी। अपनी ही टेक निभाई है। लूंगी मैं भी, बदला लिए बिना नहीं छोड़ूंगी। तू मेरे पांव पकड़ न घिघियाए तो मेरी जात नहीं।"

"तू कहे, अभी घिघियाने लगूं!"

"आज तो माफ कर। मेरे पांव वैसे ही टूट रहे हैं और मत मारियो मुझे। अरे, सांझ हो आई। लकड़ी बीन लाऊं जंगल से। रोटी बनानी है। कहीं ठीक बखत से रोटी नहीं हुई तो दईमारा फिर मारेगा मुझे।"

"कह ले, कह ले!" मैंने कहा—"आज तक मारा नहीं है तुझे। किसी दिन बताऊंगा।"

कजरी हंसती हुई दांत पीसती भाग गई।

12

और सुखराम ने कहा था—

मैंने सवेरे के बखत अपना सामान इकट्ठा किया और कजरी को साथ लेकर दो और लड़कों को लेकर मेले की तरफ चल दिया। मेला उसी गांव में था जहां बाहर की तरफ हमारी बस्ती बसी हुई थी।

मैंने खेल दिखाना शुरू किया। खेल खूब जमा। और कजरी के नाच ने तो समां बांध दिया। जब वह कमर हिलाने लगी तो देखने वालों के मुंह से आहें निकल पड़ीं। वह जिधर देखती, उधर लोगों की मंडली झुक पड़ती। जब वह जाटनियों की तरफ नाची तो जाटनियों में कानाफूसी और हंसी होने लगी। कजरी ने उन्हें गंदे इशारे किए। वे हंस दीं।

एक जाटनी ने मुंह में फरिया देकर कहा—"रंडी कैसी चमको है!"

कजरी ने पलटकर कहा—"मैं चमको, तू चौदिस।"

और दूसरी कड़ी इतनी गंदी थी कि जाटनियों में झेंप पड़ गई। मरद चिल्लाने लगे। गांवों के छैलाओं ने कजरी को रुपये दिखाए। कजरी ने घूंघट काढ़ लिया और वह उधर चली गई। हाथ फैलाकर गाने लगी। उसने वह गीत गाए कि छैला शर्मा गए और रुपये उनके हाथों से कजरी निकाल लाई और मुझे दे दिए।

हमने खेल के बाद घूम-घूमकर चंदिया-पकौड़ियां खाईं। कजरी ने कहा—"नुकती ले दे मुझे।"

हमने नुकती खाई। आज वह खुश थी। पास आकर कान में कहा—"कित्ते पैसे हैं?"

"कजरी, चौदह रुपये हैं।"

"सच?"

"तेरी सौगंध।"

"मुझे लगै, भगवान् ने सुन ली।"
"चल, कपड़े खरीद ले।"
"तू चुन लीजो मेरे लिए।"
"तू अपनी पसन्द के देख लीजो।"
एक-एक रुपया मैंने छोरों को खाने को दिया। वे सामान लेकर डेरे चले गए।
मैंने कजरी के लिए कपड़े की दूकान पर कहा—"बौहरे! फरिया दिखाओ।"
"लेओ। आओ!" बनिये ने कहा।
उसने हरा, पीला और काला रंग सामने रखा।
"कौन-सा लेगी?"
"मैं क्या जानूं।"
बनिये ने कहा—"तीनों रंग फबेंगे। चाहे जौन-सा ले लो।"
मैंने कहा—"पीला दे दे।"
छींट का लहंगा लिया, रेशम की चोली।
शाम हो गई थी। मेला पतला गया था। हम मैदान के बाहर आए तो सामने नज़र पड़ी। अधूरा किला खड़ा था।
मैं और कजरी उसको देखकर ठिठक गए।
"कजरी!"
"क्या है?"
"चलेगी?"
"तेरे संग तो मैं जम के भी यहां चली जाऊंगी।"
हम दोनों उतरते अंधेरे में किले की तरफ चल दिए। किला टूटा हुआ था। एक ओर अधूरा था, सो उसकी मरम्मत नहीं हुई थी। मैं और कजरी फुलवाड़ी में होकर गुजरे और बिल्कुल सुनसान में आ गए, जहां गुंजान झाड़ियां थीं, पर हमारे पास रोशनी नहीं थी।
कजरी ने कहा—"चल, अभी बाजार होगा।"
हम लौटे। कपड़े लिए, डंडा पेड़ से काटा। तेल खरीदा। पलीता बनाया और दियासलाई लेकर हम फिर वहीं पहुंचे। झील बराबर में लहरा रही थी।
मैंने कहा—"कजरी, तू यहां ठहर, मैं भीतर देख के आता हूं।"
"नहीं, मैं नहीं रहूंगी यहां।"
"क्यों?"
"मुझे डर लगता है।"
वहां ऐसा भयावना सन्नाटा था कि मुझे भी दहशत-सी चढ़ गई। पर उस वक्त मुझे बुखार-सा था। मैंने एक हाथ में कटार ले ली, दूसरे में जलती मशाल। फिर मैंने कहा—"कजरी!"
"क्या है?"
"तू मशाल पकड़ ले।"
उसने मशाल पकड़ी। मैंने उसकी कमर में बायां हाथ डाल दिया। उसका डर कम हुआ। बोली—"यहां एक बावरी है। उसमें तहखाने का रास्ता है। मेरे बाप ने बताया था।"
हमने कुछ ही देर में एक शिवाले के पीछे की बावरी को ढूंढ़ निकाला, जो घनी इमलियों के नीचे पड़ी थी। बावरी क्या थी, चौखाना कुआं था। एक तरफ से उसमें पैर चल सकती थी। दूसरी तरफ सीढ़ियां उतरती थीं। मशाल की फरफराहट में हमने देखा कि सामने के बायें तरफ छोटी-छोटी सी तिदरियां बनी थीं।
कजरी ने कहा—"यहां बावरी का मेला जुड़ता है।"

"मैं देख चुका हूं।" मैंने कहा।

"पर मेरा बाप जितना जानता था, उतना तू नहीं जानता।"

"क्या कहता था वह?"

"कहता था, यहां जिन्न आते हैं पून्यो के पून्यो।"

मुझे चैन आया। आज दौज थी।

"पास ही बड़े महाराज की समाध है।" कजरी ने कहा—"वे यहीं रात को आते हैं। तेरे तो पुरखा हैं। तुझे थोड़े ही तंग करेंगे।"

"हां, कजरी, वे तो मुझे रास्ता बताएंगे।"

उस वक्त अंधेरे में कजरी ने मशाल जंगल की तरफ करके कहा—"यहां बघेर आता है।"

उसका चेहरा सफेद पड़ गया था। मैंने उसे सीने से लगाकर अपना मुंह उसके माथे पर रगड़ा। उसे ढांढस बंधा। तभी बावरी में लगा, कोई छुन-छुनकर बिछिया बजी और हम चौंक उठे। तभी अंधेरे में कोई भारी आवाज़ से हंसा। कजरी ने कहा—"कोई इसमें है जरूर। कहते हैं, एक गूजरी इस बावरी में सास से तंग आके डूब मरी थी। वह यहीं रहती है।" वह कांप रही थी।

मैंने कहा—"डर नहीं कजरी। हमारे पास आग है। कोई आसेब पास नहीं आ सकता। ला, मुझे दे मशाल, कहीं तू डर से छोड़ न दे।"

मैंने मशाल हाथ में ले ली। कजरी ने मेरी कमर पकड़कर दोनों हाथों से मुझे जकड़ लिया। फिर मैं आगे बढ़ा। कजरी मेरे साथ खिसकी।

"तू डरती है?" मैंने कहा।

कजरी दूसरी तरफ देख रही थी। वह बोली—"देख, देख! गूजरी, गूजरी!"

उसका बदन पसीने से तर-बतर हो गया। अंधेरे में सामने एक खम्भे की आड़ में दो पीली-पीली आंखें चमक रही थीं।"

कजरी ने कांपती आवाज़ में कहा—"ओझल हो जा परमेसुरी। तुझे गंगा निहलाऊंगी।" लेकिन आंखें चमकती रहीं और एक बिल्ली निकल आई। कजरी ने कहा—"देखता है, बिल्ली बन के आई है। चली गई।"

उसने एक लम्बी सांस ली।

मैं सीढ़ियां उतरने लगा। अन्त में हमने साफ देखा कि पानी चमक रहा है। उसी समय कोई बड़ी जोर से चिल्लाया, जैसे बच्चा रोया हो और वहां कोई बड़ा-सा पखेरू उड़ता हुआ दिखाई दिया। उसके फड़फड़ाते पंखों की चपेट से वहां की हवा हिल-हिल उठी। वह पखेरू नीचे को घहराया। कजरी के मुंह से चीख निकल गई।

जब वह सुस्थिर हुई तो हम आगे बढ़े। पर कजरी मुझसे चिपट गई। उसके दिल की धड़कन से हिलते सीने के कारण मैंने उसकी धड़कन को साफ सुना। अब जंगल से तेंदुओं और कुत्तों की और गांव से पुकारों की चोट-फेंट होने लगी थी। उससे सारी हवा डरावनी होने लगी थी। मैंने कजरी को आंखें भरकर देखा और कहा—"अगर तू डरेगी तो काम कैसे चलेगा?"

"मैं जानकर तो नहीं डरती।"

"तेरा बाप शेर था कजरी। तू उसकी बेटी होकर गोबर कर रही है। तुझसे गरजा नहीं जाता?"

कहीं दूर बघेर की गुर्राहट सुनाई दे रही थी। कजरी कांपने लगी। मैंने कहा—"दूर है। झील पे पानी चाटने आया होगा कुत्ता।"

और मुझे उस वक्त अपने बाप की याद हो आई, जिसने दो बघेरों से लड़ते हुए

जान गंवा दी थी। मुझे बघेर से घिन हुई। इच्छा हुई कि एक बार उससे लड़ूं। मुझे फड़कन हुई। कजरी को ढाढ़स हुआ। फिर हम एक अंधेरे छोटे दरवाजे के सामने पहुंचे। मैंने मशाल झुकाकर देखा। कमरे में जाले लगे हुए थे। उसकी हवा गन्दी थी। मैं नीचे उतरा। कजरी मुझसे ऐसे लिपट गई कि कोई अनजान आदमी दूर से देखता तो समझता कि मैं चार पांव का जिनावर हूं। सच तो यों है कि वह जितना डरती थी, मुझे उतनी ही हिम्मत बढ़ती थी। वह औरत थी। मैं उसे चाहता था। और मैंने महसूस किया कि मैं असल में उसकी वजह से डटा हुआ था, वरना कभी का भाग गया होता।

हमारे कमरे में घुसते ही कई पटादीवलियों ने घुमड़कर चक्कर मारे और छुन-छुन करती बाहर निकल गईं। कजरी ने कहा—“मेरा दम घुट रहा है।”

हम अगली कोठरी में घुसे। उसकी धरती खुद गई थी। मैंने देखा, वह कोठरी तीनों तरफ से बन्द थी।

“बाहर चलो।” कजरी ने कहा—“यह रास्ता नहीं है।”

मैं नहीं हटा। मशाल की पूरी चमक में मैंने देखा कि धरती में एक सीढ़ी उतरती है।

मैंने कहा—“कजरी!”

“क्या है?”

“देखती है?”

“सीढ़ी है।”

“चल, उतरकर देखें।”

“नहीं, लौट चलो। हमें राजा नहीं होना है। हम नट ही अच्छे हैं।”

“चुप रह! मेरे साथ मेरे पुरखों का देवता है। तू मेरे साथ है।”

“पर मैं नटनी हूं, वे मुझसे गुस्सा होंगे। तू ठाकुर है!”

“तूने सुना नहीं, गंगा का पानी, सूरज की धूप और औरत की कोई जात नहीं है। यह तीनों सबके लिए समान हैं। ठाकुर के लिए धरती और औरत एक-सी। जिसे पांव के नीचे दबा लिया सो अपनी, अपनी जात की।”

मैं सीढ़ी उतरने लगा। बड़ी तंग जगह थी। मेरे पीछे कजरी थी। जब हम काफी उतर गए तो एक चौड़ा दासा पड़ा। कजरी बुरी तरह से चिल्लाई। उसकी घिग्घी बंध गई। मैंने देखा तो थर्रा गया। मेरे सामने हड्डी का ढांचा खड़ा था।

मैंने न जाने कैसे कहा—“तू कौन है?”

कोई जवाब नहीं मिला। कजरी मेरी इन्सानी आवाज को सुनकर कुछ हिम्मत पा सकी। मैंने मशाल के उजाले में देखा। वह ठठरी किसी रस्सी से टंगी थी। तो यह किसी को फांसी पर लटकाया गया है। ठठरी टंगी थी। मैंने कहा—“कजरी! यह भूत नहीं है। हड्डी का ढांचा है।” मैंने उसमें कटार मारी। हड्डियां चटचटाईं और कटार पार हो गई। तो यह बहुत पुराना है!

मैंने कहा—“न जाने कब से टंगा है।”

“न जाने तू कहां आ गया है!” कजरी ने कहा—“मेरा बाप इस रास्ते की कभी नहीं कहता था।”

यह सुनकर मुझे बड़ी खुशी हुई। मैंने मुड़कर कजरी को कटार वाले हाथ से कसकर उसका मुंह चूम लिया। कजरी में जान आई।

मैंने कहा—कजरी! तेरा बाप क्या पा सका था! कुछ नहीं। हम शायद ठीक रास्ते पर आ गए हैं।”

"सो तो ठीक है।" कजरी ने कहा—"पर खजाने पर बाबा बैठता है। बली मांगेगा तो?"

"तो अपनी बलि दे दूंगा कजरी। अगर मेरा पुरखा मेरा खून चाहेगा तो मैं दे दूंगा।"

कजरी ने कहा—"भली कही। तू अपनी बलि दे दीजो, मैं डर के मारे मर जाऊंगी। इससे तो भली यही है कि तू मेरी बलि दे दीजो न! तू राजा हो जाए तो मेरे लिए इससे बढ़कर और क्या होगा!"

उस वक्त मेरे मुंह से निकला—"नहीं कजरी! मुझे नहीं चाहिए यह हुकूमत। मुझे राजा नहीं बनना। मुझे तू चाहिए!"

कजरी का डर अब दूर हो गया। उसने अब लाज छोड़कर पहली बार मेरा मुंह ऐसे चूम लिया जैसे मैं औरत होऊं और वो मरद हो।

"मैं तुझे इतनी अच्छी लगती हूं?" उसने कहा।

"बहुत अच्छी। तू मुझे प्यारी से भी बहुत अच्छी लगती है।"

कजरी में बिजली-सी दौड़ गई। उसने कहा—"सच?"

"सच कजरी।"

"तो खड़ा क्यों है। गिरा दे इसे, आगे बढ़।"

मुझे अपने ऊपर जो ताज्जुब हुआ था कि कब कजरी मुझे प्यारी से अच्छी लग गई थी, वह डूब गया और नया ताज्जुब हुआ उसकी हिम्मत देखकर। प्यारी मुझे प्यार करती थी पर अपने हैंकार से मुझपर हावी थी। कजरी सिर्फ मेरी थी और कुछ नहीं। मैं दोनों के दिल का फर्क देख रहा था।

मैंने कटार से रस्सी काट दी। ठठरी गिर गई। हम आगे बढ़े। आगे एक लम्बा दालान-सा था। ऊपर से बूंदें गिर रही थीं। सीलन थी।

मैंने कहा—"कजरी, ऊपर झील लगती है।"

"पानी ऊपर चल रहा है।"

"आवाज सुनाई देती है न?"

"हां।"

हम बायें मुड़े। एक बड़ी कोठरी थी।

घुसने ही लगा, किसी ने नाक के सामने बन्दूक उठा दी।

मैं पीछे हट गया। मैंने कजरी को हटा दिया।

मशाल झुकाई। देखा एक ऊंची टिकटी पर बन्दूक धरी है। हम कमरे में घुसे। लगा, चारों तरफ आदमी खड़े थे। कजरी किच्चा उठी—"अरी दैया!"

उसकी आवाज गूंज उठी और लगा कि सारा किला हुंकार उठा—अरी दैया! अरी दैया!!

कजरी थरथरा गई। मैंने पास जाकर देखा।

वहां कई पुराने जमाने के कपड़े दीवारों पर टंगे थे। लम्बे-लम्बे। मैंने एक को छुआ तो वह राख-सा गिर गया।

"सब गल चुके हैं कजरी।" मैंने कहा।

उसने भी छुए। दो और गिर गए।

हम अगले कमरे में गए। वहां हथियार ही हथियार थे। मैंने एक तलवार उठा ली। कजरी ने कटार अपने हाथ में ले ली। हम दोनों की हिम्मत अब पहले से बढ़ गई थी।

हम जहां भीतर पहुंचे वहां औरतों के कपड़े टंगे थे। कजरी उन्हें आंख फाड़कर देखने लगी। खूबसूरत चोलियां टंगी थीं। लहंगे टंगे थे। फरियां थीं। कमर के पटुए थे। कजरी ने छुए तो वही हाल। राख-से झड़-झड़कर गिर गए। जितना ही वह छूती, उतनी ही उनकी

राख-सी बनती जाती। कजरी में जोश आ गया था। वह कुछ पा लेना चाहती थी। मेरी नंगी तलवार और उसकी कटार चमक रही थी। धीरे-धीरे वे सब कपड़े धरती पर गिर गए। वह जर्जर कपड़ों का ढेर था। कजरी के हाथ कुछ भी नहीं लगा था। उसे गुस्सा-सा आ गया था।

"जाने कब के हैं!" उसने कहा।

हम आगे बढ़े। एक बड़ा कमरा था। उसमें एक आला था, उसकी दूसरी तरफ लगता था, कोई धक्के मार रहा है। कजरी कांप गई। मैं भी डर गया। लगा, वह सब अब ढह जाएगा और हम वहीं चूर हो जाएंगे, दफन हो जाएंगे। हम भाग चले। ऊपर एक जीना चढ़ता है। हम वहां दौड़कर पहुंच गए। हम दोनों हांफ रहे थे। कजरी ने कहा—"वह कौन था उधर?"

"लगता था, नगाड़ा-सा बजा रहा है कोई।"

"उधर कुछ है जरूर।"

"पर उधर जाएंगे कैसे?"

"कोई तो रास्ता निकलेगा ही।"

"यहां से तो बाहर निकलना भी कठिन हो जाएगा कजरी।"

"चलो, लौट चलें।" कजरी ने कहा।

"पर कोई दौलत बाहर नहीं रखता कजरी। अब तो हम खजाने के पास ही आ गए हैं।" अचानक कोई हंसा। डर के मारे हम लोगों के रोंगटे खड़े हो गए। हम भागे। सामने उजाला-सा था। वहां पहुंचकर देखा, एक छत थी खुली हुई, जिसके चारों ओर घनी घास उग रही थी। वहां से हमें देखकर एक उल्लू उड़ गया। जान में जान आई।

"यही था।" कजरी ने कहा।

"यह कई तरह से बोलता है।"

"चलो, सुखराम! अब निकल चलें। मेरी तो भीतर घुसने की फिर हिम्मत नहीं होती।"

"पर यहां से जाएंगे कैसे?"

"यह तो झील है इधर।" कजरी ने झांका।

उस समय दूर फुलवाड़ी की तरफ हो-हल्ला हो रहा था। एक भीड़ भागी आ रही थी। वे बहुत बुरी तरह से चिल्ला रहे थे। कजरी ने कहा—"कौन हैं?"

"पता नहीं।"

मैंने देखा। भीड़ दूर झील के किनारे आ रही थी।

"कजरी, भाग चलें। लगता है, किसी ने हमला किया है। तू औरत है।"

"ये आदमी नहीं हैं मूरख! मुझे लगता है आसेब हैं। अभी आ जाएंगे।"

मैंने कहा—"कजरी! तू मेरी कमर में अपनी कमर बांध ले।" उसने फरिया उतारी। मैंने धोती उतारी। लंगोट पहने रहा। कजरी से कहा—"लहंगा उतार ले और फरिया कांछ ले लांग लगा के।"

कजरी तैयार हो गई।

मैंने कहा—"नए कपड़े इस लहंगे की झूल में दबाके बांध दे।"

उसने बांध लिए। मैंने कहा—"इसे अपने सिर पे बांध ले।"

और फिर मैंने धोती से उसे अपनी कमर में बांध लिया। उसके बाद मैंने घुमाकर मशाल झील पर फेंक दी। वह गिरी और भक से बुझ गई। अंधेरा छा गया। जब आंख ठहरी तो देखा, तारे पानी में झलमला रहे थे। हमारे हाथ का हथियार जा चुका था। मैंने कहा—"कजरी, तू कटार फेंक दे।"

और मैंने तलवार को दांतों से पकड़ा और दोनों हाथ नीचे करके झील में कूदने को हुआ।

कजरी ने कहा—"मैया, पार लगा दे।"

उस आवाज से मुझमें ताकत भर गई। मैंने गोता लगाया और फिर हम पानी में थे।

जब मैंने बाहर सिर निकाला तो पता चला कि कजरी तैरना जानती है। वह भी सांस रोक गई थी। वह मेरी पीठ पर ऐसी जमी थी जैसे फूल चिपक-चिपक गया हो। वह पांव चला रही थी हम कुछ ही देर में सरकंडों के खेत में निकले।

किनारे आकर मैंने और कजरी ने कपड़े सूखने डाल दिए। सब भीग गए थे। कजरी ने कहा—"तुझसे क्या लाभ!"

दो घंटे बीत गए, पर जाड़े की रात थी। दांत बजने लगे। हम गीले कपड़े पहने डेरे लौट चले।

हवा ठंडी थी। काटे खाती थी। कजरी के दांत बजने लगे। हम दोनों भागने लगे। सामने से एक कुत्ता भौंकता हुआ बढ़ा। मैंने उसके मुंह में तलवार घुसेड़ दी। वह उसकी पूंछ की तरफ निकल गई। फिर हम जान तोड़कर भागे।

सूका उगा नहीं था। जब डेरे पर पहुंचे, कपड़े उतार सूखने डाल दिए और हम दोनों खोर ओढ़कर आग जलाकर बैठ गए। मुझे लौट आया देखकर भूरा मेरे पास आ गया। मैंने उसे चिपकाया और उसकी पीठ पर हाथ फेरा। उसकी शक्ल से लग रहा था जैसे उसे बड़ी फिकर हो रही थी। मैंने कहा—"अरे!"

जाकर देखा, घोड़ा चुप खड़ा था। मैं पास गया तो उसने मुंह फेर लिया। मैंने प्यार से उसका मुंह थपथपाया। कान के पास प्यार से चूमा। तब वह हल्के से हिनहिनाया। मैंने कहा—"छोड़ गुस्सा। मुझे देर हो गई। माफ कर। तू भूखा है न?"

घास लाकर सामने डाली।

कजरी कंडे सुलगा रही थी।

"क्या बात है?" मैंने पूछा।

"अरे, मैं मरी जा रही हूं भूख से। यह दो सकरकन्दी भून लूं।"

सकरकन्दी जल्दी भुन गईं। हमने छीलीं। खाईं। पानी पिया फिर हम दोनों ठण्ड से चिपटकर सो रहे। हमारी खोर काफी न थी। हम दोनों की गर्मी ही एक-दूसरे को ताप दे रही थी। मैंने काम न चलते देखकर खटिया पे गाढ़े के नीचे खूब पुआल डाल ली और कहा—"अब तो ईख के पत्ते लाने होंगे। नहीं तो इस जाड़े में मर ही जाएंगे।"

"सर्दी अभी इतनी नहीं है।" कजरी ने कहा—"पानी की ठंड है। ताप ले और।"

"इतना तो ताप चुका।"

कजरी ने उठकर आग तेज की। एक ओर कजरी, एक ओर मैं। वह गाढ़े में लिपटी, मैं खोर में लिपटा, दोनों सो गए। कुत्ता डेरे के द्वार पर बैठा रहा। हम खुले में आग के सहारे पड़े थे। डेरे में आग जल नहीं सकती थी। सवेरे जब आंख खुली तो धूप निकली ही थी। शायद दो घंटे ही सोए होंगे, पर थकान उतर गई थी। बड़ी गहरी नींद आई थी।

13

और सुखराम ने कहा था—

जिस बखत मैं प्यारी के यहां पहुंचा एक अजीब बात थी। आज वहां हल्ला हो रहा

था। रुस्तमखां बैठा था। उसके दो मुंहलगे गांव के लुच्चों ने धूपो चमारिन को पकड़ रखा था और जूते लगा रहे थे। प्यारी बघेरनी की तरह बफर रही थी। लोग तमाशा देख रहे थे। धूपो गाली दे रही थी। मुझे देखकर लुगाइयों ने कहा—"आ गया नटनी का घरवाला। अब तो ठसक दिखाएगी?"

मेरी समझ में नहीं आया। मैंने रुस्तमखां को सलाम किया। उसने कहा—"आ गया सुखराम! देखो इस हरामजादी को!"

धूपो की तरफ इशारा था। मैंने कहा—"क्या बात है?"

धूपो चिल्लाई—"तेरी नटनी की धौंस मैं सहूंगी? मुझसे ढेड़ कहेगी? सो मैंने इसका बाप उधेड़ा है?"

मेरे पांव के नीचे से धरती निकल गई। बांके और चक्खन उसे जुतिया रहे थे। मुझे बड़ा बुरा लगा। मैंने कहा—"छोड़ दो उसे।"

और बीच में खड़ा होकर मैंने धूपो को ढक लिया।

"ओ हो ठाकुर!" प्यारी ने कहा—"तू न्याव करने आया है? हट जा बीच से!"

मैं चिल्लाया—"प्यारी, तू अंधी हो गई है! औरत पर हाथ उठवाती है! और वह भी एक गरीब पर!"

"मुझे बचा ले बीरन!" धूपो ने मेरे पांव पकड़ते हुए कहा।

बांके बढ़ा। मैंने उसका हाथ पकड़ लिया। उसने छुड़ाने का जतन किया तो मैंने उसको झटका दिया। वह "हाय माड्डाला" कहकर बैठ गया। लोग-लुगाई बड़ी जोर से हंसे। रुस्तमखां कांपते पांवों से उठ खड़ा हुआ। मैंने झपटकर उसका हाथ पकड़ लिया और कहा—"सरकार, क्या करते हैं! मैं दवा लाया हूं। कल दिन-भर जंगलों में ढूंढ़ता फिरा। भीतर चलिए।"

प्यारी ने घूरा। मैंने कहा—"भीतर चल!!"

मेरी कड़क सुनकर वह भन्नाकर भीतर चली गई। मेरे साथ रुस्तमखां भीतर गया। मैंने कहा—"लेट जाइए, मालिक, लेट जाइए।"

वह खाट पर लेट गया।

मैंने कहा—हुजूर को बुखार है और हुजूर बाहर बैठे थे! यह कैसी बात! जान है तो जहान है सरकार!"

"मैं तो लेटा था सुखराम। प्यारी का कुछ उस चमारिन से झगड़ा हो गया था। उसकी वजह से मुझे जाना पड़ गया।" उसने कमजोर आवाज में कहा।

"मैं तो सरकार, आंखें देखकर ताड़ गया था कि सरकार की हालत अच्छी नहीं है। प्यारी गुस्सा हो गई थी हुजूर?"

"हां, उसकी उस चमारिन से कहा-सुनी हो गई थी।"

"कुछ बात भी पता चली, सरकार?"

मेरी खुशामद और बुखार की कमजोरी ने उसे शान्त कर दिया था। बाहर भीड़ छंट गई थी। धूपो चली गई थी। बांके चला था। चक्खन छप्पर पर बैठा था, बीड़ी पी रहा था। मैंने गोली खिलाई और रुस्तमखां के पांव पर रूखड़ी रखके पट्टी बांधी। परहेज बताया और कहा—"सरकार, अब आप अगर परहेज कर गए तो आपकी जवानी लौटेगी। और हुमसती जवानी। प्यारी को भी दे दूं दवा? हुक्म है?"

"हां-हां।" रुस्तमखां ने कहा—"ऊपर चला जा।"

मैं ऊपर गया। प्यारी तमतमाई खाट पर बैठी थी। मैंने सामने बैठकर कहा—"बन्दगीहुजूर!"

उसका होंठ फड़क उठा, जैसे वह रो देगी। फिर वह चिल्लाई—"चला जा यहां से।"

"चला जाऊंगा।" मैंने कहा।

"अभी चला जा।" उसने कहा।

"अभी नहीं जा सकता। सरकार के पट्टी बांधने आया हूं। घंटे-भर तक उसका असर देख लूं। फिर चला जाऊंगा।"

प्यारी अचरज से देखती रही। मैंने कहा—"सरकार कहते थे, यहां कोई और भी बीमार है। कौन है? गोली खा लेने से फायदा हो जाएगा। परहेज में गुस्सा न करना भी है। सब ठीक हो जाएगा। हूं!"

"मैं नहीं खाती।" उसने कहा।

"खा भी ले अब!" मैंने कहा—"पहले गोली खा के पानी पी ले, फिर मैं सब सुन लूंगा। तेरी तो सहने को ही पैदा हुआ हूं!"

मैंने गोली निकाली। उसके पास गया। उसने मुंह न खोला तो पहले मैंने पानी का लोटा लिया। उसे खाट पे गिरा के मैंने मुंह भींच के गोली डाली और पानी डाला। उसने गोली उगलने की कोशिश की तो मैंने एक ठोंसा दिया। गोली गले के नीचे उतर गई। फिर मैं अपनी जगह आ बैठा।

प्यारी की आंखों में आंसू आ गए। रोते हुए कहा—"तूने मेरी नाक कटवा दी।"

"सो कैसे?"

"धूपो को तैने बचाया। तैने उसे सह दी।"

"बिल्कुल गलत।" मैंने कहा—"दो लुच्चे उसे जूते मार रहे थे। मैंने छुड़वा दिया।"

"तुझे खबर है, क्या बात थी?"

"जो बात थी सो मैंने देख ली। तुझे गुस्सा आ गया था, तूने पिटवा दिया। तुझे हुकूमत चढ़ी हुई है। आदमी-सा-आदमी तुझे नहीं सूझता। पुरबिनी वाले बाबा कहा करते हैं कि नीच सिर पे चढ़ा तो धूल डालता है। बरसाती नदी की तरह बहता है। बिजली की तरह धड़कता है। गिरता है। सूरज सदा एक-सा ताप देता है।"

"तो मैं नीच हूं?"

मैंने कहा—"प्यारी, तू है क्या आखिर? नटिनी ही न? और सो भी करनटनी। हरजाई! अपने मरद के रहते, दूसरे के घर पर रखैल बनकर बैठी है। सो तेरी नाक कहां? भगवान ने हमें नीच बनाया है, सो हम भोग रहे हैं। अब सूअर यों कहे कि नहा-धो के मैं गैया हो गया, सो कभी हुआ है?"

"और वह धूपो ढेड़नी ऊंच है?" उसने पूछा।

"मरजाद रखती है। पत नहीं बेची उसने।"

"उनकी बिरादरी का नेम और है, हमारी का और है।" प्यारी ने कहा—"इससे क्या है? मैं कैसे नीच हो गई?"

"यों कि तूने हुकूमत पाके जुलम किया। उसका कसूर क्या था?"

"मुझे जवाब देती थी।"

"कैसे?"

"मैंने कहा—तू बाहर का आंगन लीपा कर, सो बोली, सरकार कहेंगे तो सब करूंगी, पर नटिनी की नहीं सुनूंगी।"

प्यारी ने मेरी तरफ ऐसे आंखें निकालकर देखा, जैसे कह रही हो कि अब क्या कहता है।

मैंने कहा—"तो तैने क्या कहा?"

"अरे, तू कोई पेसकार है जो मुझसे पूछ रहा है ऐसे? मैंने कहा—जवाब न दे निगोड़ी ढेड़! इतने जूते लगवाऊंगी कि चांद गंजी हो जाएगी। बस, बकने लगी। मैंने पिटवाया सुसरी को।"

“बुरा किया।” मैंने कहा।

“क्यों बुरा किया?”

“तू नहीं लीप सकती आंगन?” मैंने पूछा।

“तेरे डेरे लीपूंगी। यहां नहीं लीप सकती।”

मैं हंसा। मेरी हंसी से प्यारी को चोट लगी। कहा—“तुझे मुझपै अब हंसी आती है। कल कहां था?”

“कल कजरी के साथ था।”

प्यारी की एकदम से सूरत उतर गई।

उसने संभलकर कहा—“तू तो उसे लानेवाला था न!”

“परसों आएगी वह।”

“क्यों?”

“आ ही नहीं रही थी।”

“तू तो बचन दे गया था?”

“बचन अभी टूटा तो नहीं? परसों आएगी वह।’ मैंने दुहराया।

रुस्तमखां ऊपर आया। पलंग पर लेट गया। उसने कहा—“तूने सुना सुखराम?”

“क्या सरकार?”

“परसों अधूरे किले पर जिन्नात आए।”

मेरे कान खड़े हुए। पूछा—“कब?”

“अरे, बाज़ार में बड़ी चर्चा है। मालियों का कहना है कि कल आधी रात पीछे, मशाल की रोशनी किले पर दिखाई दी। माली फुलवाड़ी में इकट्ठे हुए। फिर मशालें जलने लगीं। लोग कहते हैं, सैकड़ों मशालें जल उठीं और उजाला हो गया। एक आदमी दिखाई दिया। फिर लोगों को देखकर जिन्नों ने मशालें फेंकना शुरू किया। एक फेंकी तो लोग भागे। एक न टिका। सुना है तूने?”

“नहीं मालिक, मैंने नहीं सुना। हमारे डेरों में तो यह खबर नहीं पहुंची। बड़े अचरज की बात है!”

मेरे दिमाग में उसी बखत ख्याल आया—तो ये जिन्न, भूत, आसेब, क्या ये सब झूठ बात हैं! पर मैं इतनी जल्दी तय न कर सका।

रुस्तमखां ने कहा—“सुबह लोगों ने देखा कि बड़े ज़मींदार साहब के कुत्ते के मुंह से पूंछ तक एक तलवार भुंकी हुई है। तूने देखा है न सुखराम! कितने जबर्दस्त किस्म का कुत्ता है! सरकार इसे बम्बई से खरीदकर लाए थे। नस्ल का अंग्रेज़ी था। उसने कितने ही आदमियों को फाड़ दिया था। बड़ा खतरनाक कुत्ता था। ज़मींदार साहब का था तभी कोई न बोलता था। मुंह में किसी ने एक ही हाथ में पूंछ तक तलवार निकाल दी। वह काम आदमी का नहीं लगता सुखराम। तूने तो उस कुत्ते को देखा था?”

“देखा था सरकार! वह बड़ा कटखना था। एक दिन मेरे पीछे भी लग लिया था।” मैंने झूठ ही कहा था।

“और” रुस्तमखां ने मुझे देखकर कहा—“अभी तो ताज्जुब की बात अब हो रही है।”

“सो क्या?” मैंने पूछा।

“तलवार अब की न थी। देखकर लगता था, कोई दो सौ बरस की है।”

मेरी ऊपर की सांस ऊपर और नीचे की नीचे रह गई।

“दो सौ बरस!” मेरे मुंह से निकला।

“हां, हां, उस पर खुदा हुआ था मूठ पर—महाराजा जितेन्दर सिंह! और वे भी कोई तभी के राजा थे। कहते हैं, उन्होंने इस किले को बनवाया था।”

मेरा सिर चक्कर खाने लगा था। पर मैं संभलने की कोशिश कर रहा था। मैंने बीड़ी सुलगाई। कुछ देर में मैं ठीक हो गया।

मैंने कहा—“प्यारी, तो मैं परसों आऊंगा। ये गोलियां ले। एक-एक गोली सवेरे दोनों खाकर पानी पीना। यह रूखड़ी है। इसे ज्यों का त्यों जखम पे बांधना इनके। ज्यादा खिंचे तो थोड़ा पानी का भभका देना, नींम का झौंरा डाल के। ज्यादा सिंकाई न करना। और दोनों जने अलग रहना। और परहेज में स्वाद के लिए भी नमक न खाना, नहीं तो कभी न जाएगी। इसे पालना मत। यह ऐसी आग है जो सात पीढ़ी तक जलती है। बच्चे बिना नाक के-से पैदा होते हैं। सरकार, इसे बैद लोग फिरंग रोग कहते हैं। यह साहब लोगों के साथ यहां आया था। पहले हमारे यहां नहीं था।”

मैं उठ खड़ा हुआ। प्यारी का जी घुट रहा था। वह मुझसे बहुत-कुछ कहना चाहती थी, मेरे बारे में, कजरी के बारे में, धूपो के बारे में, बीमारी-हारी, और न जाने क्या-क्या। पर रुस्तमखां आ गया था। अब हम क्या बात कर सकते थे! सो प्यारी घुट गई थी। मैं तमाम बातें किले की कहना चाहता था, पर अब कैसे कह सकता था! अब मेरी चाहना थी कि जल्दी से कजरी के पास पहुंचूं और उससे सब कह दूं।

मैंने कहा—“सरकार! यह दवा इक्कीस दिन की है। मैं परसों तक की दे चला हूं। बाकी साथ ले आऊंगा तीन दिन की। गोलियां ताजी रहनी चाहिए।”

तब रुस्तमखां पलटा। बोला—“अरे सुखराम, सुन तो!”

“क्या है सरकार?”

“देख, होशियारी से जाना।”

“क्यों सरकार?”

“वह बांके बड़ा बदमाश है, कहीं हमला न करे तुझपर।”

“सरकार के रहते हुए?”

“क्या बताऊं सुखराम! वह बड़ा कुत्ता है। यह नहीं सोचता कि उसे कभी खुदा के सामने भी जाना पड़ेगा। मुझे तो बड़ा डर लगता है।”

“सरकार बीमार हैं, ज्यादा न सोचें।” मैंने कहा—“फिर तुम्हारा भी डर छूट जाएगा।”

प्यारी मेरी बात समझ गई। मुस्करा दी।

“उसकी”, रुस्तमखां ने कहा—“असल में धूपो पर आंख है। उसने उसे एक बार छेड़ा भी था। सो वह गंडासा लेकर खड़ी हो गई थी। तब से वह बदला लेना चाहता था।”

मैंने प्यारी की तरफ देखा। वह नीचे देखने लगी। मैंने कहा—सरकार! आप हुकम दें तो लाके आपके सामने उसे पटकूं?”

“अरे नहीं सुखराम! वह बड़ा काइयां है। तू उससे अलग ही अलग भुगत लीजो। मेरा नाम न लीजियो।”

“तो तू आज मत जाना।” प्यारी ने कहा। वह डरी हुई थी।

“पहले की और बात है प्यारी।” मैंने कहा—“यहीं खाता था। पर अब वह छूट गया। अब कजरी बैठी होगी।”

“अरे, तो तूने कर ली?” रुस्तमखां ने ऐसे कहा जैसे टंटा कटा।

“सरकार, हम लोगों में क्या करना, क्या न करना? पेट भरने को, उमर काटने को सहारा ढूंढ़ते हैं। किया-नहीं किया बराबर है। हममें तो रोज करते हैं, रोज नहीं करते। आप लोगों में इसकी इतनी बात है।”

''एक जून तू यहीं खाया कर।'' प्यारी ने कहा।

''खा लूंगा प्यारी। सरकार का दिया ही खाता हूं। अब ये बीमारी है तो इनपै बोझ क्यों बनूं?''

रुस्तमखां चुप था। प्यारी को भी चुप होना पड़ा। पर मैं उसके चेहरे को पहचान गया कि वह लहू का घूंट पीके चुप रह गई है। उसे ऐसा लग रहा था जैसे मैं उसके हाथ से निकल जा चुका हूं। तभी मैंने आज उससे उखड़ी-उखड़ी बातें की हैं। कहां तो मैं इस सरत पर रुस्तमखां का इलाज करने वाला था कि प्यारी को मांग लूंगा, कहां मैंने आज इस बारे में बात भी न की। पर मैं असल में डर रहा था। मुझे यही ताज्जुब था कि यह मेरी की हुई बेइज्जती पी कैसे गया। मैं जानता था। बांके उसके पास जूए के अड्डों से नाल लाता था। वह गांव का छैला था। जात का अहीर था, पर बनियों पर डोरे डाले रहता था, बनिये रुस्तममखां के डर से चुप रहते थे। कुछ या बहुत करके अपनी बदनामी से डरते थे, सो चुप रह जाते थे। धूपो ने फटकारा होगा साले को, और मैं यह भी समझ गया कि रुस्तमखां काम निकालने को चुप था। अगर काम न होता तो मुझे जूते लगवा देता।

मुझे प्यारी पर गुस्सा आ रहा था, पर मैं चुप रह गया। उसकी वजह से भी मैंने प्यारी को नहीं मांगा।

''सरकार'', मैंने कहा—''हुकम हो तो अरज करूं।''

''क्या है सुखराम! कह दिया कर न!'' रुस्तमखां ने आंख मींचकर कहा।

मैंने कहा—''सरकार, रुपये की जरूरत थी। दवा बड़ी महंगी है हुजूर।''

उसने एक रुपया प्यारी को दिया और कहा—''दे दे इसे।''

वह लेट गया। मैंने प्यारी को इशारा किया। मैं नीचे आ गया। वह पीछे-पीछे आ गई। बाहर के छप्पर में चक्खन बैठा ही था।

प्यारी ने धीरे से रुपया दे दिया। मैंने कहा—''रुपया तू ही रख। तुझे नीचे बुलाने को मैंने बहाना किया था।''

''तो अब ले जा न!'' उसने कहा।

मैंने ले लिया। मैंने धीरे से कहा—''परसों यहां कजरी आएगी। पर उसकी एक सरत है।''

''क्या?''

''तुझे उसके पांवों में महावर लगानी होगी।''

''तूने मान लिया है?'' उसने मुंह फाड़कर पूछा, जैसे उस पर बिजली गिरी हो।

''हां।'' मैंने कहा।

उसने गुस्से से होंठ चबाया और पटाक से मेरे मुंह पर चांटा मारा। चक्खन ने देखा तो उठकर बैठ गया। बोला—''क्या बात है?''

''कुछ नहीं,'' प्यारी ने कहा, और मुझसे बोली—''अच्छी बात है जालम! जला ले मुझे तू! तेरे लिए उस हरामजादी के महावर भी रच दूंगी।''

वह पीछे हट गई और फूट-फूटकर रो उठी। मैंने बढ़कर उसे दिलासा देना चाहा, पर चक्खन ने पूछा—''क्या बात है सुखराम?''

''कुछ नहीं भइया, रूठ गई है।'' मैंने कहा।

''क्यों?''

''मैंने दूसरी कर ली है।''

''यह बात है!'' चक्खन फिट लेट गया और उसने आंखें बन्द कर लीं। चक्खन गड़रिया

था। गायें रखता था। थोड़ा लुच्चा था, थोड़ा व्यापारी था। डरपोक अव्वल दर्जे का था।

मैंने धीरे से कहा—"रो-रो के हिया हलकान मत कर प्यारी। मेरी बात तो सुन ले!"

उसने मुड़कर देखा, जैसे पूछ रही हो।

मैंने कहा—"वह तुझसे डरती है। मैंने यह कहा है कि तेरी तरफ से उसका डर मिटा दूं। तू तो उस दिन उसकी बांदी बनने को तैयार थी!"

उसने जवाब नहीं दिया। ऐसे देखा, जैसे मैं उसपर बड़ा भारी अत्याचार कर रहा होऊं।

"तो मैं चलूं?" मैंने कहा।

"जा।" उसने कहा—"परसों ले आइयो। मैं भी तो देखूं, तेरी उस रानी को जरा।"

मैं बाहर आ गया। चक्खन के मुंह पर मक्खियां उसके होंठों के कोनों पर जमा हुए थूक पर भिनभिना रही थीं और उसके मुंह में घुसकर घबराकर बाहर निकल आती थीं। मैंने जाना, वह सोया हुआ था।

पल-भर मैंने सोचा और फिर आम दगरे पर लौट चला। फिर ख्याल आया, लौटा और प्यारी को बुलाकर एक लट्ठ मांगा।

"क्या करेगा?" उसने डरकर पूछा।

"खून।" मैंने कहा—"ला, जल्दी निकाल।"

वह ले आई। मैंने कंधे पर धरा और तब मुड़कर देखा। प्यारी ने कहा – "अरे, कोई ऐसी-वैसी बात मत कर दीजो तू। मैंने जाने कैसे-कैसे संभाल के तुझे ठीक रखा था। मरा रोक हटते ही नट हो गया।",

"तू क्यों डरती है?" मैंने कहा।

"डरूं नहीं। औरों के भी तो हाथ हैं।"

"दांत भी हैं।" कहकर मैंने मंगू के दांत के निशान दिखाए। प्यारी ने उंगली काट ली।

मैं चल पड़ा।

14

और सुखराम सोचता हुआ लौट चला।

आज वह नई दुविधा में पड़ गया था। उसे अपने ऊपर आश्चर्य हो रहा था। क्या वह सचमुच इतना बदल गया था कि आज कजरी के असर से वह प्यारी को अजीब-अजीब-सा लगने लगा था। क्यों वह कल तक इतना दबा हुआ था और अब उसके मन पर से वह तमाम अधिकार की वंचित अवस्था ऐसे ढुल गई थी जैसे बहुत बड़ी बाढ़ घिरी हो, जिसमें से पर्वत का शिखर फिर ठोस बनकर निकल आया हो, जिस पर चंदोए की भांति आकाश चक्कर काट रहा हो। वह समस्त जल, जो कल तक सबको डुबा रहा था, आज उसी पर्वत के चरण पर मर्मर-मर्मर कर रहा था।

प्यारी आई थी। लहंगा छींट का। उसके ऊपर उसके गोरे-गोरे हाथ उसकी सुरमई चोली की बांहों में से निकले हुए थे। सिर पर हरी फरिया थी। होंठ के ऊपर बुलाक हिल रहा था। फिर भी क्यों सुखराम उसे देखकर भी आज नहीं देख सका था। वह मन में से झांकनेवाला कौन था जो कल तक आंख बन्द कर लेने पर भी उस छोटे तन को विराट बनाकर भी मन में समा देता था? प्यारी की अधिकारहीनता आज बार-बार लौटने लगी थी, धूलि में, धूलि में। उसकी आंखों में स्नेह था। स्नेह जो चिरंतन जीवन की शाश्वत शक्ति

है, जिसकी मादकता से ही दिगन्तों में उज्ज्वल ज्योति विकीर्ण हो रही है, वही उसकी पुतलियों में आज फिर दोनों बांहें खोलकर सदा की भांति प्रतीक्षा करता हुआ खड़ा था। किन्तु यह आवाहन रुककर क्यों गया था?

आज उलाहना ही दहलीज़ था, जिस पर मान रूपी चरण धर वह उन्मादिनी अपने प्राणों का आक्रोश अपने ही भीतर रोके खड़ी हुई थी। भीतर से गूंज उठती थी, किन्तु बाहर आते-आते वह दृष्टि-सी स्निग्ध हो जाती। तीर दिखाई नहीं देता था, पर उसकी अनी न जाने कैसे हृदय में गंस रही थी—भीतर, बहुत। उसे खींचकर निकालता था परन्तु विवशता कैसी विचित्र थी कि सुखराम जितना ही उसे खींचने का प्रयत्न करता, लहू तो दिल को भर रहा था उफन-उफनकर फैलता हुआ, पर लोहे की गांस निकलने का नाम नहीं लेती थी।

प्यारी हिरनी बनकर अब देख रही थी। शिकारी ने बीन बजाकर मोह लिया था। पर जब वक्त आया तो उसने हिरनी को मारा नहीं, छोड़ दिया। तन्मयता के बाद तड़प नहीं मिली।

वह अपना न्याय नहीं दे पा रही थी। वह पराये की रखैल थी। उसने ही तो सुखराम को निरीह जानकर छोड़ दिया था। क्या वह उसी ज़िन्दगी में अपने संकुचित दायरों के भीतर सुखी नहीं रह सकती थी? तृष्णा का चोर जो उसके भीतर ही भीतर था, आज उसकी प्रेम की दीवार में सेंध लगाकर अन्त में उसकी विश्वास रूपी गठरी पर ही हाथ डाल रहा था। और अब वह 'चोर-चोर' पुकारकर दूसरों की सहायता लेने की भी अधिकारिणी नहीं रह गई थी।

कजरी के आ जाने से उसमें द्वेष भड़का था। क्यों? क्या बिगड़ गया था प्यारी का? वह तन बांट सकती है पर मन नहीं बांट सकती। पर क्या मन सचमुच ही तन से बिल्कुल अलग होता है? क्या तन की भूख भी मन की स्वीकृति को नहीं आत्मसात् कर लेती? तन से ही तो मन का आवेश प्रकट होता है।

किन्तु प्यारी यह नहीं जानती। वह तो सुखराम को जानती है। बाप मरा तब नैक न रोई, मां को उसने अलग कर दिया। अब तक अपने में भूखी थी, अपने ही केन्द्र के चारों ओर उसने अपनी सत्ता की परिधि खींच रखी थी, किन्तु अब वह रेखा जो चारों ओर से अपने भीतर ही बन्द थी, अचानक सुखराम ने उसे एक ओर से खींचकर लम्बा कर दिया था और वह खिंचती ही चली जा रही थी, उसका जब अन्त ही दिखाई नहीं दे रहा था।

वह कह उठी थी कि सुखराम ने कजरी के लिए उसका अपमान किया था। कहते समय कितनी घुमड़ थी! उसको देखकर सुखराम को लगा था, जैसे पुरवैया के थपेड़ों से बादल झूमकर चमक रहे हों और बिजलियां पांवों पर लरज गई हों। वह आकाश का-सा अथाह दाह था, क्योंकि दुख पाकर धरती के रस ने मरोर भरी थी।

और सुखराम ने मान लिया। उसने सिर झुका लिया था। क्या वह सचमुच अपराधी था? क्या उसने उससे विश्वासघात किया था? क्यों नहीं कह सका वह कि उसकी अपनी भी एक सत्ता थी, जो असंख्य मनुष्यों के बीच में उसकी अपनी ही थी। जिस प्रकार प्यारी का संसार उसको अपना केन्द्र नहीं समझता, वैसे ही सुखराम की दुनिया भी अपना केन्द्र उसे नहीं, केवल सुखराम को समझती है। परन्तु उसमें संकोच आ गया। वह नहीं कह सका।

पर कजरी ठीक ही तो कहती है। उसका मन आ गया । वह अपने मरद को छोड़ आई और जब छोड़ा तो बात को दो टूक कर आई। अब उसके पीछे कोई उलझन नहीं, कोई ऐसी वफा नहीं, जो वह किसी दूसरे के पास धरोहर बनाकर रख आई हो। उसे न

किसी से मांगना है, न किसी का दिया चुकाना है। अपने ही समर्पण में उसकी विजय का गौरव निहित है, क्योंकि उसने अपने को दिया है, दिया है केवल अपने लिए सुखराम को लेकर।

यह आग सुखराम ने लगाई है। उसने दो पत्थरों को टकरा दिया है और आग की छिटकती चिनगी ने सुखराम को ही रुई बनाकर पकड़ लिया है।

परन्तु मन नहीं भरता। वह कौन-सी पुकार है जो निरभ्र दाह से पीड़ित आकाश को अपनी कुहू-कुहू से विदारित कर देती है, वह गरज से मेघों की प्रिय-प्रिय छाया में कान्तारों को प्रतिध्वनित कर देती है? सुखराम नहीं जानता। वह भला करे भी तो क्या? नहीं, यह आग उसकी अपनी लगाई हुई है। उसने क्या अनजाने ही प्यारी से बदला लिया है? क्या उसने प्यारी को बताया है कि प्रेम क्या है? वह जो अपने को मिटा देना है और जिसमें अपने किए की शक्ति का अनुभव ऐसा है कि अपमान नहीं ढो सकता। उसे ग्लानि नहीं सता सकती, उसे अधिकारों की याचना नहीं करनी पड़ती। उसे बैल की तरह जुआ ढोकर सानी के लिए रंभाना नहीं पड़ता। उसके तो तितली के-से पंखों में फूलों का पराग अपने-आप चिपक जाता है।

कजरी आएगी। उसे घमंड होगा, पर मन में वह पानी-पानी होगी कि मुझे मेरा मरद दूसरी के पास लाया है। क्यों लाया है? इसलिए कि वह अभी तक पहली को भूल नहीं सका है। गोया कजरी अब प्यारी की बांदी है। पर आना उसे पड़ेगा, क्योंकि सुखराम चाहता है। चाहता है कि इसके लिए कजरी प्यारी के पास जाए। कितना विक्षोभ भरेगा उसके मन में! अपनी ही सौत के सामने जाकर उसे सिर झुकाना पड़ेगा। परन्तु इसमें क्या है? उसके बाद क्या होगा?

प्यारी महावर रचाएगी। कजरी खाट पर बैठेगी। उसके नंगे पांवों को प्यारी पहले धोएगी और महावर रचाएगी। कैसा अजीब लगेगा वो सब! कैसे बैठी रहेगी कजरी? क्या उसमें इतना अहंकार है कि फिर भी पांव न हटाएगी?

तलवार पर तलवार बजेगी और सुखराम बैठा उनकी झनझनाहट को सुनता रहेगा? उस समय वह केवल दर्शक बनकर क्या रह सकेगा? प्यारी के हाथों का जब कजरी के पांवों से स्पर्श होगा तब सुखराम क्या करेगा?

सुखराम सोच नहीं पाया कि उसने यह क्या कर दिया।

प्यारी पर यह आघात कब होगा? कैसे सहेगी वह? और वह भी अब जब वह सिपाही के बैठी है! सिपाही एक दिन वैभव का पुतला-सा दिखाई दिया था। पर प्यारी उस वैभव से हार क्यों गई? आज वह उसका ही प्रायश्चित्त करेगी?

किसलिए?

सुखराम के लिए।

वह उसका कौन है?

उसका प्रेमी है।

प्यारी उसका कहना न करे तो?

सुखराम उसका नहीं होगा।

क्या सुखराम का प्यार आज शर्त पर ज़िन्दा रहना चाहता है?

क्यों नहीं!

पर पहले तो ऐसा नहीं था।

उस समय प्यारी पर भी बंधन न थे।

पर प्यारी के बंधन तो सुखराम की रज़ामन्दी से हैं।

हुआ करें, पर वे उसे पराया बनाए हुए हैं।

पर सुखराम ने कजरी को करके क्या दगा न की है?

नहीं।

क्योंकि वह मरद है?

मरद होने से ही क्या वह यह हक पा जाता है?

नहीं, उसने अपने अभावों को भरा है।

प्यारी का अपमान कराने के लिए?

नहीं, प्यारी को ज़रूरत ही क्या है कि वह सुखराम की हर चीज़ में, हर बात में अपना हाथ डालना चाहती है?

वह उसे अपना समझती है।

जहां अपनापन है, वहां अपमान कहां है?

पर कजरी सामान नहीं है, उसके भीतर भी स्त्री है।

तो क्या हुआ यदि एक स्वायत्त सत्ता दूसरी स्वायत्त सत्ता से अपना मूल्यांकन करने की तृष्णा रखती है?

पर सुखराम ने इसे माना कैसे कि प्यारी कजरी के पांव में महावर रचेगी?

ठीक ऐसे ही जैसे उसने प्यारी के द्वार पर कजरी को ला खड़ा करने की बात मान ली थी।

बजमारी ने मोह लिया है। मेरा सांवरिया सलोना क्या जानता था।

न जानता हो, सो बच्चा नहीं। पर जाने क्यों, कुछ कहता नहीं था।

कोठरी के द्वार बन्द थे। प्यारी ताला खोल आई थी।

कजरी ने पटों को खोल दिया।

प्यारी ने बन्द द्वार को देखकर भीतर की दौलत का अन्दाज़ किया था।

पर कजरी ने उस दौलत को हाथों में उठाया था और ढेर-ढेर हीरे-मोती की लड़ियों से अपने अंग-अंग को सजाया था।

प्यारी को क्रोध आने लगा। उसे अपने हाल पर गुस्सा आने लगा। वह कजरी के सामने ऐसे झुका दी जाएगी! पर कजरी का इसमें दोष ही क्या है! अगर वह खुद उसकी जगह होती तो क्या वह चली जाती कहीं? अजी, जाती उसकी जूती। जूती नहीं, हवा के चलते झोंकों पर उसकी जूती की धूल भी नहीं जाती। पर कजरी तो आने को मान गई। सुखराम ने डांटा होगा।

रुस्तमखां पड़ा है। उसका जोश कहां है! वह कितनी तकलीफ पा रहा है! अपनी गलाज़त अब सड़ने लगी है। भगवान ने भी कितनी अच्छी तरकीब निकाली है। पराई औरतों से छेड़ा करो, तो सड़ा-सड़ा के मारता है। न होता सुखराम, तो सुसरा कुत्ते की मौत मरता। प्यारी तो दो लात देके चली जाती।

प्यारी क्यों आई? इसी गन्दे कुत्ते को बड़ा आदमी समझ बैठी थी वह एक दिन, क्योंकि सिपहिया कड़ी-कड़ी आवाज में बोलता था, क्योंकि यह मनचाहे ढंग से नटों को गिरफ्तार कर लेता था। प्यारी ने सोचा था कि वह इसकी आग को अपने भीतर बुझाकर सारी बिरादरी का सिर उठा देगी? क्या सिर्फ इतनी ही-सी बात थी? नहीं!

क्या यह हवस थी? क्या प्यारी सुखराम के ऊपर इसे सलूक समझकर आई थी?

प्यारी का मन उबकाई लेने लगा। यह कितना बुरा है! सुखराम कितना खूबसूरत है! कितना खूबसूरत है!

प्यारी ने एक लम्बी सांस ली।

किसलिए?

क्योंकि आज वे सुनहली रातें फिर उसके सामने घूम गई थीं, जब वह तम्बू के सामने खुले मैदान में अपने प्यारे के पास सोती थी। किसी रानी से कम थी वह! आज़ादी और चीज़ है। यहां उसका मन ही नहीं भरता। कितना सुख था तब! न कजरी थी, न झंझटें ही सताती थीं। रात को सोते थे, सुबह उठते थे। सुबह भी अपनी थी, रात भी अपनी थी?

सुखराम ने तब मान क्यों लिया था?

क्योंकि वह प्यारी का मन नहीं दुखाना चाहता था?

नहीं।

फिर?

क्योंकि सुखराम अपने को घटिया समझता था। वह अपने को दीन समझता था। उसकी सिपाही के सामने सिर उठाने की भी हिम्मत न थी। अब यह फर्क क्यों था?

और तब तो वह ऐसी हुकूमत से नहीं बोलता था? वह आता था। चुपचाप सिर झुका लेता था। यही रुस्तमखां, जो उसके सामने शेर की तरह डोलता था, आज उसके सामने गीदड़ बन गया।

तो असल शेर तो सुखराम ही था।

प्यारी गलती कर गई। जिस नाव पर जा रही थी, उसे छोटा समझकर उसने नाव को जहाज़ पर चढ़कर संग बांध लेना चाहा। पर जहाज़ के चूहों ने जहाज़ में सूराख कर दिया। जहाज़ डूबने लगा तो प्यारी फिर अपनी नाव पर चढ़कर किनारे की तरफ लौटना चाहती है, पर अब नाव भी उसके इशारे पर नहीं है।

उसकी हिम्मत कि उसने सिपाही का हाथ पकड़ लिया!

और वह भी सबके सामने?

निडर!

कैसा खड़ा था सीना तानकर, जैसे उसे भय ही नहीं।

प्यारी ने तो उसका वह रूप देखा ही नहीं था।

वह एक क्षण था जब प्यारी को गुस्सा भी आया था, गर्व भी हुआ था। किसका क्रोध था, किसका सन्तोष था!

अपना अपमान होने पर भी उसे लगा था, उसी की एक प्रतिहिंसा का रूप जागृत होकर आ खड़ा हुआ था।

सुखराम को हो क्या गया है?

वह एकदम मरद कैसे हो गया ऐसा? आज वह डरता क्यों नहीं?

कल तक वह प्यारी के इशारे पर चलता था।

आज उसे फटकारता है।

यह परिवर्तन उसमें कजरी ने भर दिया है।

कैसी होगी वह कजरी?

प्यारी चली क्यों न जाए?

देख आए जाकर एक बार।

दारी बड़ी मलूक होगी!

और बड़ी जवान होगी!

प्यारी को अपने ऊपर दुख हुआ।

अब सचमुच उसमें वह बात कहां?

मरद का क्या? उसे तो कुत्ता वही बना सकती है जिसकी जवानी में हुमस हो। सच, शेर की तरह गरजता डोलेगा, पर उसके सामने हुकम के लिए पूंछ हिलाता खड़ा रहेगा।

कैसी अजीब बात है!

और जवानी सदा तो नहीं रहती।

फिर उसका घमंड क्या करना!

पर सब लुगाइयां करती हैं।

प्यारी जब भरी जवान थी तब दुनिया क्या उसे बड़ी मक्खी का शहद-भर छत्ता समझ अपने होंठों पर जीभ न फेरती थी? मजाल थी, कोई सामने से टकरा जाए आकर। और वही रुस्तमखां अंधेरे में चोर की तरह कम्बल ओढ़कर आया। प्यारी का डंक भटक गया। शहद से हाथ धो बैठी। अब तो मोम के मोल भी नहीं बिक सकती।

पर प्यारी चली कैसे जाए?

मेरी बेइज़्ज़ती करेगी वह।

पूछेगी—"कौन हो?"

क्या कहेगी प्यारी?

तेरी सौत हूं?

सौत!!

प्यारी का सिर झन्ना गया। क्यों स्त्री एक और स्त्री को नहीं सह सकती? मरद क्यों दूसरे मरद को नहीं सह सकता?

कमीनों में परख नहीं होती।

बड़ी जात वाले तो इसी पर सबको आंकते हैं।

उनके यहां तो पतबरता की इज्जत है।

और सच तो, नटनी और कुतिया में फरक ही क्या है?

पर मरद को दोष क्यों नहीं लगता? भगवान ने ही तो मरद को मरद और औरत को औरत बनाया है। अपने-आप तो कोई बनके दिखा दे।

औरत ही औरत को दोष लगाती है।

प्यारी समझ नहीं सकी।

उसने उठकर पानी पिया। थोड़ी सुस्थिर हुई। उसने आंखें मींड़ लीं और अंगड़ाई ली। मुंह पर हाथ रखकर लेट गई। वह सोचना नहीं चाहती, पर विचार बार-बार आ जाता है। वह तो असल में थक गई थी। बहुत थक गई थी। क्यों? क्योंकि वह चलना नहीं चाहती?

बेइज्जती करेगी। क्यों?

मेरा सामरिया उसका जो है। उसी की बात की ज्यादा कदर है। तभी तो वह ऐंठेगी। पर ऐसा क्यों होता है? क्या जवानी और तन ही सब प्यार की जड़ है? ठीक ही तो है। मरद भी तो लुगाई के आने पर मां का कहना नहीं मानता। दूध पिला-पिला के दिन-रात एक करके पालती है अम्मां, पला-पलाया लेकर मौज उड़ाती है बहू, और फिर उसे भी अन्त में एक दिन मां बनके यही अन्त देखना पड़ता है।

रुपया मेरे हाथ था तो मैं खरीदती थी, उसके हाथ है तो वह खरीदेगी। पर रुपया है किसका? रुपया खरीदता है, प्यारी और कजरी नहीं। टके का भाव टका नहीं जानता, सौदागर जानता है। यहां टका सौदागर का मोल-तोल करता है। उल्टी रीत है।

प्यारी फिर सोचती है। क्या प्यारी उस धन की मोहताज होकर धनी हो गई है या

यह भी उसकी एक दूसरे तरह की सदा से चली आती हुई मजबूरी में ही भूखी-प्यासी गरीबी ही है?

कजरी क्या वैसी ही मजबूर नहीं है।

है।

फिर घमण्ड किसका?

जगत का न्याय यही है!

मजबूरी ही न्याय की स्वतन्त्रता है।

पर उस मजबूरी में भी वह मालकिन है।

और प्यारी?

कुछ नहीं?

क्यों?

क्योंकि वह तो तराजू पे चढ़ चुकी।

कजरी नहीं चढ़ी सो जीत गई।

प्यारी गुलाम है। वह भी गुलाम है, जो अपने मन की नहीं कर सकता। बंधन उसे जकड़ लेते हैं और वह छटपटाता है।

पहले भी क्या वह मन की कर पाती थी? कितनी मुसीबतें नहीं थीं तब? चारों तरफ से बरसती थीं।

पर सब-कुछ रहते हुए भी उसमें कचोट नहीं थी। किसी का हाहाकार नहीं था। सब अपना था, अपना था, पराया उसमें कुछ भी नहीं था, न उसके होने की कोई गुंजाइश ही थी।

प्यारी ऐसी जगह रहती है जहां उसका मन नहीं मिलता। वह रुस्तमखां से नफरत करती है। उसी ने उसके जवानी के फूल को ज़हर से बुझा दिया है। ऐसा ज़हर कि अगर इसे सुखराम सूंघ ले तो उसका भेजा तक सड़ जाए। तभी तो उसने छूने नहीं दिया अपना तन। कैसा-कैसा रिसाता था सुखराम उस बखत! उसी बखत प्यारी ने सुखराम से कह क्यों न दिया? तभी वह गलत समझा और कजरी का उस पर दांव चल गया। वरना उसकी क्या मजाल थी जो उसे फुसला लेती। पर मौका चुक गया। जब चिड़ियां खेत चुग गईं, तब पछताने से लाभ ही क्या है?

प्यारी जी नहीं रही है, दिन काट रही है।

वह जीना चाहती नहीं।

भगवान अभी क्यों नहीं उठा लेता? ऐसे ही आंखें मुंद जाएं तो क्या नुकसान है? प्यारी को चैन पड़ जाएगा। सारी झंझट ही उठ जाएगी। कोई परेशानी नहीं रहेगी।

प्यारी आंखें मींचे पड़ी है। वह भगवान से प्रार्थना कर रही है—मुझे उठा ले। अपने पास बुला ले। दुख दे-देकर, मुझे जिला-जिलाकर न मार। मेरा पाप क्या है? पराये मर्दों के संग सोई हूं तो तूने मेरी जात ऐसी बनाई क्यों जिसे कोई हक नहीं। तूने मुझे औरत बनाया क्यों? तभी तो आज यह बीमारी भोग रही हूं।

रुस्तमखां कह रहा है—"अल्लाह, मेरे गुनाहों को माफ कर। मैंने जो कुछ किया है, वह सब मेरी नापाक ज़िन्दगी की लम्बी-काली फेहरिस्त है।"

प्यारी सुन रही है। उस स्वर में एक व्याकुलता है, जैसे कोई तड़पते हुए नरक में से घुट-घुटकर बोल रहा है। आज यन्त्रणा फूट-फूटकर मवाद की तरह निकल रही है।

क्या वह दयनीय नहीं है! क्या वह इस लायक नहीं कि कोई उसे उठाकर पानी पिला

दे! पर क्यों? क्या उसने कभी प्यासे को दो बूंद पानी भी नहीं पिलाया है? प्यारी सोचती है—भगवान! तूने कैसा दण्ड दिया है? थोड़ा-सा पाप किया था प्यारी ने कि वह इसके साथ आके रही थी, सो भगवान ने उसका भी संग ही दण्ड दे दिया। वह अपने सुखराम को छोड़ आई थी। उसका नतीजा क्या उसे भोगना नहीं पड़ेगा?

प्यारी करवट बदल रही है। रुस्तमखां फिर बड़बड़ाता है—"ऐ खुदा! तूने मुझे किस कदर तकलीफ दी है। यह क्या तू नहीं जानता? क्या मैं इसी लायक हूं। आह!"

फिर वह सर्द आह निकलती है और प्यारी के कानों के पास आकर मच्छर की तरह भिनभिनाने लगती है। प्यारी उसे नहीं सह सकती। वह उसे आराम नहीं करने देती।

प्यारी की देही तप रही है, पर वह नहीं महसूस करती। वह चादर ओढ़े है और ओढ़कर लेटे रहना कितना अच्छा लग रहा है। चुपचाप, शान्त। हाथ-पैर डुलाना भी अच्छा नहीं लगता। वह बीमार है। पर वह रुस्तमखां का दुख देखकर खुश हो रही है। उसे लग रहा है कि उसका पाप घट रहा है।

रुस्तमखां भर्राए गले से कह रहा है—"परवरदिगार! तू रहमदिल है। मैंने सब गुनाह किए हैं, मैं मानता हूं। कोई ऐसा नहीं है जिसे मैंने अपना नापाक दिल लगाकर नहीं किया हो। फिर भी तेरा हाथ सबको पनाह देता है। मैंने रोज तेरे सामने घुटने टेके हैं, सजदा किया है।"

प्यारी को लग रहा है, वह बहुत दीन हो गई है। उसके हाथ-पांव अब सुन्न-से हो गए हैं।

वह क्यों नहीं भगवान को पुकार रही है?

रुस्तमखां जैसे पापी के मुंह से भगवान का नाम सुन-सुनकर प्यारी को लाज आ रही है। वह किस मुंह से भगवान से प्रार्थना करे! वह तो अपने को पापिन समझती है।

क्यों?

क्योंकि उसने सुखराम को छोड़ दिया था। प्यारी अपनी आंखें मींचकर अपने हाथों और पांवों को समेटकर छाती और पेट से लगा रही है। सारा शरीर गर्म है। गरम-गरम भभक में एक चैन है।

और रुस्तमखां हल्के-हल्के स्वर में कुछ गा रहा है—गा रहा है धीरे-धीरे। वह कुछ प्रार्थना कर रहा है। दुख भी कितनी अजीब वस्तु है! इनमें इन्सान सिर्फ इन्सान रह जाता है। सुख में इन्सान के फर्क शुरू होते हैं। वह धनी-गरीब बनता है, तन्दुरुस्त रहने पर दूसरों पर जुल्म करता है, पर दुख में बच्चे की तरह हो जाता है।

गाना उसके कोठे से निकलकर आता है और प्यारी को लगता है कि वह गाना बहुत दूर-दूर तक चलता जा रहा है। वह करुण पुकार उसके मन को सान्त्वना दे रही है। मरहम-सा लगाती हुई, सारी जलन को मिटाती हुई।

प्यारी को वह अच्छा लग रहा है। वह चादर से मुंह भी ढक लेती है और फिर गर्म-गर्म सांसें चादर के भीतर ही भीतर भरती हैं और सब-कुछ गर्म हो जाता है। बिल्कुल भभकता हुआ।

प्यारी खुश होती है। वह कितनी शान्त है। अब भी उसके अंगों में जलन है, पर धीरे-धीरे कम होती जा रही है। सुखराम की दवा ने फायदा किया है। वह कहता था, दवा के असर से भी बुखार आ सकता है। अगर बुखार तेज हो तो समझना चाहिए शर्तिया फायदा होगा।

तो क्या वह अच्छी हो जाएगी? वह फिर स्वस्थ हो जाएगी, तब तो वह सिपाही को

छोड़ देगी और सुखराम के पास ही चली जाएगी। तब वह कितना सुख पाएगी? आनन्द फैल जाएगा।

वह सोच रही है, सुखराम से वह क्यों बंधी है? उसे यहीं क्या दुख है जो वहां जाकर सब ही सुख हो जाएगा? यहां कम से कम उसकी हुकूमत तो है। वहां क्या है? वहां मरद पुलिस की बाट जोहते हैं, औरतें भूखे बच्चों के लिए पराये मरदों की! और फिर! दुख ही दुख।

पर वहां सुखराम है और इसीलिए वह वहां जाना चाहती है। सुखराम के पास वह रहना चाहती है।

यह उनके मन की बात नहीं है। दुनिया में बहुत-बहुत लोग होते हैं। सब तो सबको नहीं चाहने लगते? यह क्या है जो सूप में फटके हुए दाने की तरह से अपने को भी जाने वाले के ही पास रखता है! पास रहना? पर पास रहने वाले सभी तो पसन्द नहीं आ जाते? फिर जब मन रमता है तो क्यों? और किसी एक की ही चाहना क्यों हो आती है जो मन पर लकीर खींच जाती है?

उसे उसके साथ बिताई हुई रातें याद आ रही हैं। एक-एक करके वे अनेक हैं। वे अंधेरी रातें, जब तारों को देखते-देखते बीत गई। वे रातें, जब चांदनी में प्यारी उसको देख-देखकर मुस्कुराती रही। वे बरसाती रातें जब हिचकोले खाता आसमान तम्बू के बाहर घहराया करता था, और वे रातें जब आग जलाकर दोनों उसके दोनों ओर आग तापते रहते थे। वे सब रातें कितनी अनबूझ थीं! तब जैसे दुनिया में कुछ था ही नहीं। मन को सांसत ही नहीं थी। नींद पलकों के पंख दबाया करती और सपने बरौनियों के बिछौनों पर करवटें बदलते थे।

वह पहली रात कैसी थी!

प्यारी का दिल धड़क रहा है। वह रात! वह शराब पीकर आई थी। भीतर इसीला और सौनो बात कर रहे थे। बाहर सुखराम उसे गोद में लिए बैठा था और ठंडी-ठंडी ओस गिर रही थी। उस दिन लगता था कि रात सदा ऐसी ही बनी रहेगी। तन का सम्बन्ध तो उसने और भी किया था, पर उस दिन उसके रोम-रोम में एक भीगी सिहरन थरथरा उठी थी। वह क्या थी? पर उस दिन उसके रोम-रोम में एक भीगी सिहरन थरथरा उठी थी। वह क्या थी? वही तो सुखराम से उसकी प्रीत थी। सुखराम बचपन का प्यारा दोस्त था और अब वह उसका मरद है।

प्यारी करवट बदल रही है। विचार टकरा रहे हैं।

दुनिया में सब होता है। पर जब तक मन का मीत नहीं मिलता तब तक लोग कहते हैं, इसने दुनिया में कुछ देखा ही नहीं। लोग को लुगाई और लुगाई को लोग न मिले तो सब लोग यही कहा करते हैं कि अभी दुनिया की जानकारी हासिल नहीं की और लोग आदमी का विश्वास भी तभी करते हैं जब वह अपने को अकेला नहीं कहता।

दूर कहीं घंटे बज रहे हैं। शायद किसी मन्दिर में भोग लग रहा होगा। भगवान अब आराम करेंगे, क्योंकि सुबह से शायद वे काम करते-करते थक जाते हैं।

प्यारी का मन विश्रांत हो उठा था। अब थकान बढ़ गई थी। उसने उठकर खाट पर पांव समेट लिए और दोनों हथेलियों पर सिर रखकर कुछ देर बैठी रही। आज वह चुप ही बनी रहना चाहती है।

और दुपहर की गहराई बाहर सुनसान रास्तों पर अब छाया के टुकड़े की तरह तिनके-पत्तों की छाया में जाकर बैठ गई थी। कोई चिड़िया कहीं अकेली बोल उठती थी। फिर घर्र-घर्र

करके मानो वह उस सन्नाटे को तोड़ देने का यत्न करती थी और फिर चुप हो जाती थी।

सुखराम अपने जोश में चला गया है। वह जाकर कजरी से अब कहेगा। क्या कहेगा?

प्यारी मान गई है।

सुखराम में इतनी अक्ल कहां जो वह यह सब सोच सके? प्यारी सोचती है कि यह सब कजरी की चाल है। सुखराम ने तो उससे चलने की जिद्द की होगी। कजरी ने अपनी हेठी समझकर पहले मना किया होगा, बाद में सुखराम की जिद्द देखकर सरत लगा दी होगी।

सौत बड़ी चालाक लगती है। मैं भी देखूंगी, उसमें ऐसा कितना पानी है।

पर प्यारी फिर लेट गई। मन को सन्तोष मिल रहा है। वह यह सोचकर निहाल हुई जा रही है कि सुखराम को उसका इतना ध्यान है। कौन नहीं जानता कि दुनिया में जब मरद दूसरी लुगाई ले आता है तब पहली को मुड़कर भी नहीं देखता? सुखराम तो ऐसा नहीं है।

उसने फिर चादर ओढ़ ली। अब वह और कुछ सोचना नहीं चाहती। पड़ी है तो तरह-तरह की सोच-भरी यातना आ घेरती है। पर यादों से ज्यादा प्यारा उसके पास सहारा ही क्या है?

कोई नहीं।

प्यारी को याद आ रहा है।

निरदयी ने ले चलने की एक बात तक नहीं की।

कजरी जो बस गई है मन में।

रुस्तमखां कराह रहा है।

प्यारी सुनती है तो वह चौंक उठती है। उसे ऐसे लग रहा था, जैसे वह घर में अकेली है। उसकी आवाज़ सुनकर उसे झटका लगा, जैसे क्या यह अभी तक ज़िन्दा है!

क्या वह इस खूसट से बंधी रहेगी?

प्यारी को ग्लानि हो रही है। उसे लग रहा है कि वह बंधी हुई तोती की तरह पिंजरे में फरफरा रही है, बार-बार चोंच मारती है, पर लोहे की तारों से चोंच टकराकर रह जाती है और नतीजा कोई नहीं निकलता।

रुस्तमखां कहता है—"प्यारी!"

वह नहीं बोलती।

वह फिर कहता है—"प्यारी! सो गई?"

वह नहीं बोलती।

फिर बड़बड़ाता है—"सचमुच सो गई।"

"क्या है?" प्यारी औंघ में जवाब देती है—"पुकारा था क्या?"

"हां!"

"क्यों?"

"पूछता था, सो गई?"

"सोई नहीं थी।"

"मैंने दो बार पुकारा था।"

"झपकी आ गई होगी।"

रुस्तमखां चुप हो गया है।

प्यारी पूछती है—"क्या काम है?"

"कुछ नहीं।"

"वाह!" प्यारी कहती है—"ऐसे भी कोई बुलाता होगा! मैं समझी, जाने क्या हुआ।"
रुस्तमखां कहता है—"तू तो परेशान नहीं है?"
"नहीं।"
"एक बात पूछूं प्यारी?"
"पूछो।"
"अगर मैं मर गया तो?"
"तो?" प्यारी पूछती है।
"तो तू क्या करेगी?"
वह भाग जाएगी। वह यही कहना चाहती है—वह कहती है—"नहीं, तुम मरोगे नहीं। अभी और जिओगे।"
"अल्लाह तेरी उम्र बढ़ाए प्यारी!" रुस्तमखां कहता है।
"फिर उमर बढ़ाकर क्या करूंगी? औरत तो तब तक जिये, जब तक जवानी रहे, वरना फिर कौन पूछता है?"
रुस्तमखां चुप हो गया है। वह तर्क नहीं करना चाहता। प्यारी फिर कल्पना कर रही है कि वह फिर तारों-भरे आसमान के नीचे सोएगी। कोई उसके बालों की लटों को धीरे-धीरे सुलझाता होगा। वह हंस देगी! लाज-भरी।
रुस्तमखां काटता है—"प्यारी! सुखराम की दवा अच्छी ही-सी लगती है।"
वह उत्तर नहीं देती। वह दूसरी कल्पना कर रही है। उस समय उसके पास लेटा हुआ कोई गबरू जवान होगा और उसकी कैसी विवशता है कि जब वह सुख की कल्पना करती है तब वह कल्पना पुरुषहीन नहीं होती। क्योंकि समाज की विषमता से व्याकुल हुई भी इस स्त्री का हृदय अप्राकृतिक विकृतियों से ग्रस्त नहीं है। वह कुछ बढ़ी-चढ़ी बातें नहीं समझती, किन्तु वह मानवी है, केवल मानवी है। वह उसी अधिकार को चाहती है, जो जीवन की सहज पुकार है और उसे कौन नहीं रोकना चाहता? सब उसे काटना चाहते हैं।
फिर वह गबरू जवान धीरे-धीरे सुखराम बन गया है।
उपचेतन के भीतर से जब भाव का तादात्म्य पूर्व-संचित स्मृतियों से होता है। तब मस्तिष्क में चित्र को बदलते क्या देर लगती है। एक-एक बदलाव आता है और फिर अपनी नई छवियों को धारण करके सब-कुछ को अपने में सराबोर कर देता है।
सुखराम!
वही गोरा युवक! जिसकी आंखें सजीली हैं। जिसकी देही से देही सटाकर बैठने से लगता है, जैसे फूल के पास तितली बैठती है। प्यारी को तो इतना ज्ञात है कि उसे सुख होता है। कितनी अनबूझ भावना है वह सुख की! वह क्या उसे समझा सकती है? बस, इतना लगता है कि उसके बाद कुछ और बाकी नहीं रह जाता।
रुस्तमखां कराहता है।
प्यारी कहती है—"फिर क्या हुआ?"
"बड़ा दरद है।"
"मेरे भी तो है।"
"पानी!"
"प्यास लग रही है?"
"हां प्यारी।"
प्यारी को झुंझलाहट आती है। उसे भी तो बुखार है। कह दे, आप ही उठकर पी ले। पर वह कह नहीं पाती।

वह उठती है। उसका जोड़-जोड़ दुख रहा है। अभी बुखार है और अब सिर में झनझनाहट हो रही है। पड़ी थी तो शान्ति थी। उस बखत कुछ भी चाहना नहीं थी। पर उठती है तो लहू फैल-फैल जाता है। वह खाट पकड़ कर सिर थाम लेती है। फिर आंख खोलकर देखती है। सब-कुछ घूम रहा है। आंखों के सामने पतंगे-से उड़ रहे हैं।

उसके पांव लड़खड़ा रहे हैं।

वह पानी भरकर गिलास ले जाती है।

"लो, पी लो।"

"ला।" रुस्तमखां घिघियाता है। प्यारी गिलास देती है। रुस्तमखां कुहनियां टेककर उठता है। उसका चेहरा दर्द से भयानक-सा हो गया है। पर प्यारी को उससे हमदर्दी नहीं होती। उसे वह ऐसा लगता है जैसा कोई बड़ा झबरा कुत्ता था, जिसने मीठा खाया, खाज हो गई और उसके एक-एक करके तमाम बाल झड़ गए, अब वह मैली घृणित खाल से मढ़ा हुआ दुबला-पतला कुत्ता, जो कल तक दांत दिखाता था, केवल पूंछ हिला रहा है।

रुस्तमखां पानी पीकर लेट गया है।

प्यारी गिलास वहीं रखकर अपने कोठे में आकर लेट गई है।

कितनी थकान है। इस तनिक-से उठने के कारण उसे चक्कर आ रहा है।

प्यारी रो रही है।

क्यों?

वह नहीं जानती।

केवल इतनी अनुभूति है कि वह किसी बड़े अभाव के गड्ढे में गिरी पुकार रही है। वह घुमड़न जब होंठों पर आती है, तो आंखों में आंसू फिर-फिर भर-भर आते हैं। कितनी लाचारी है! जिन आंखों से प्रेम की अरूप बौछार-सी होती थी, उन आंखों से दिल हुमक-हुमककर, पिघल-पिघलकर निकल रहा है। मन करता है, वह रोती ही रहे, रोती ही रहे। क्या है जिसके लिए मुस्कराहट होंठों पर आएगी, और फिर वह लौटे हुए मुसाफिर-सी मुस्कराहट रहेगी भी तो क्या अपनी यातना के पानी में फीकी न पड़ जाएगी?

रुस्तमखां कह रहा है—"प्यारी!"

वह सिसकना रोकती है।

"तू रो रही है?"

"नहीं।"

वह आंसू पोंछ लेती है और फिर उन लाल-लाल आंखों से देखती है। अब भी नीचे का होंठ फड़क रहा है, जिसे दांतों से वह रोके-सी हुई है, जैसे मन अभी हल्का नहीं हुआ है, उसे रोने की भी इजाज़त नहीं है, जैसे बरसता-बरसता पानी रुक गया हो, और उमस घिर आई हो। अभी गगन में कितने बादल छटपटा रहे हैं, किन्तु धरती की हवा का तापक्रम बढ़ गया है, जिसे छूकर वे मेघ ऊपर ही उठे हुए टंगे-से रह गए हैं।

"क्यों रोती है?" रुस्तमखां पूछता है।

वह कहती है—"दरद होता है।"

"रो नहीं, सब ठीक हो जाएगा।"

कितनी सान्त्वना है! कितनी संवेदना है! पर क्या उसमें यह आत्मीयता तब भी होती जब रुस्तमखां बीमार न होता? यह तो जैसे एक भिखारी ने दूसरे भिखारी से कहा था कि भगवान तुझे भी भीख दे।

रुस्तमखां ने गिड़गिड़ाती आवाज़ में कहा—"ऐ खुदा! यह नीच कौम की औरत है,

मगर तूने ही तो इसे नीच बनाया है। यह मेरी वजह से तकलीफ झेल रही है। इसे निजात दे। इसे आराम दे। इसका अपना तो कोई भी कुसूर नहीं है।"

और वह रो रहा है। उसने कहा—"मालिक! यह औरत कितनी अच्छी है, जो भारी तकलीफ झेल रही है और मुझसे कुछ भी नहीं कहती, चुपचाप दुख झेल रही है।"

उसकी प्रार्थना का स्वर फिर रोने लगता है।

प्यारी को ताज्जुब होता है। क्या सचमुच यह जानवर भी आदमी है?

किन्तु वेदना के झटकों में जागी हुई इन्सानियत क्या फिर परिस्थितियों के बदलते ही बदल नहीं जाएगी? प्यारी सोचती है कि बीमारी ने इसे कितना कमज़ोर कर दिया है, पर अगर यह ठीक हो गया, तो क्या फिर भी ऐसा ही भला आदमी बना रहेगा?

उसे विश्वास नहीं होता। वह उसका रोना सुन रही है और ज्यों-ज्यों वह दुआ करता है, उसे खुशामद-सी लगती है।

वह उठती है। खाट पर बैठकर कहती है—"सुनते हो!"

"क्या है प्यारी?" वह चुप हो गया है।

"तुम क्यों रोते हो?"

"मैं गुनहगार हूं।"

वह सह नहीं सकती। वह एकदम उठती है और सिर पकड़कर चुपचाप बगल के कोठे में जाके लेट जाती है।

यहां कोनों में अंधेरा छा रहा है और जंगल से आयी हल्की रोशनी से अपना पंजा लड़ा रहा है। प्यारी को यहां सान्त्वना मिलती है। वह ओढ़कर फिर चैन पा रही है।

प्यारी सोचती है।

क्यों दिन नहीं कटता?

अगर वह तम्बू पर होती तो सुखराम उसके पास बैठा रहता और प्यारी को कोई बेचैनी नहीं होती। मन तब तृप्त-सा होता। ऐसा क्यों होता है? वह जो अच्छा लगने का भाव है, जो मन की सूनी गलियों को भर देता है, वह आखिर है क्या? दिल का क्या पहले भी ख़्याल किया था कभी?

पहले तो पता नहीं चलता था, ऐसे कट जाता था जैसे पतंग की डोर, और अब ऐसा दरिघ होता जाता है जैसे खुलती चकलिया, जिसका न कोई आदि है, न अन्त।

प्यारी को वे बचपन के दिन याद आते हैं। इसीला आज पहली बार उसे याद आया है। सौनो की मुहब्बत आज जाग उठी है। वह सब कहां गया? आह! तब कैसे हिरनी-सी कुलांचे मारती थी। सेमल के लाल-लाल फूल उठाकर जब अपने बालों में लगाती थी और घाघरा उठाकर नाचा करती थी। जब सौना बाजरे की रोटी और गुड़ देती थी तब वह भूरा के साथ बैठकर खाया करती थी। एक दिन घोड़े की नंगी पीठ पर बैठ गई थी। चरता घोड़ा भाग चला था उस दिन वह गिर गई थी। पर वे दिन अब कहां हैं?

और भी तो नटनियां हैं।

उनकी तो उसने कभी चिन्ता नहीं की।

और वे नटनियां सहज सुखी हैं। प्यारी थोड़ा-थोड़ा क्यों सोचने लगी है? वे तो आपस में लड़ती हैं, खाती हैं, बच्चे जनती हैं और दिल्लगी करती हैं। यहां आकर प्यारी को क्या ज़रूरत थी बदला लेने की?

उसने लोगों को दुश्मन क्यों बना लिया? लोटे के थोड़े-से दूध में अंगीठी पर धरते ही उफान आ गया होता। मगर कढ़ाव, तो क्या इतनी जल्दी उसमें दूध उफन जाता? जिसकी

जिन्दगी का अरमान बनाया था, जब वही धूल में बिखर गया है, तो क्या करे यह मन? यह तो बिखरे अरमानों को समेट रखने के मोह में तमाम धूल ही इकट्ठी किए ले आ रहा है, और धूल में मिले अरमान आज धूल नहीं लग रहे हैं।

हुकूमत की गुलामी बन गई है। हाथ उठाए थे कि प्यार का आलिंगन बांध ले, पर हुआ क्या है? वे उठे हाथ फंदों में फंसे रह गए हैं, बंधन में, आक्रोश की पराजय में...

जब वह कंजरों में जाती थी, तब वह खाने-पीने की शौकीन थी। कितनी ही बार उसने चोरी करती कंजरियों का साथ भी दिया है। उसे वह कंजरिया याद आई जो उसके बचपन के खत्म होने के बखत जवान थी और जिसने दिल्लगी में ही उसे ऐसी बहुत-सी बातें बता दी थीं, जिन्हें सुनकर उसे उस बखत ताज्जुब होता था। वह ताज्जुब ही आगे चलकर उसे एक दिन सुख देने लगा था।

और वह पहला दोस्त उसे याद आया जिसके साथ पहली बार उसने शराब पी थी। तब वे दोनों नशे में झूम गए थे। इतना ही याद था और कुछ नहीं और जो कुछ शेष था, उसे वह भूल चुकी थी और उसे वह याद रखती भी कैसे?

पर वह उसके पास रहता था। प्यारी ने ही उसे छोड़ दिया था। वह तो उसे चाहता था।

अगर वह उसके पास चली जाए तो?

क्या कहेगी जाकर?

मैं अकेली हूं।

पूछेगा, सुखराम कहां है? क्या उसने तुझे छोड़ दिया? तू तो मुझे उस दिन छोड़ गई थी न?

अब वह उसे क्या याद रख सकेगा! कितनी शराब पीता होगा? दिन-रात जुआ खेलता होगा। हंसते-हंसते छुरा भोंक देना तो उसका सहज खेल था। वह कैसी गलगलाती आवाज़ में हंसता था। झूठ तो ऐसा बोलता था कि बयान नहीं और जहां सिपाही देखा, कुत्ते की-सी दुम हिलाता था। मक्कारी उसमें कूट-कूटकर भरी थी। वह उसके पास जाएगी?

जाने उसके पास कौन होगी! और जो होगी वह न जाने कैसी खंखा लड़ाका होगी! पर प्यारी को वह घृणित जीवन भी अच्छा लग रहा है। तब वह ऐसी घिरी हुई तो न थी। उसे बीमारी तो न थी। वह तब तड़पती न थी और तब वह मस्त रहती थी। खाती थी, शराब पीकर नाचती थी, और उसके हर काम का एक मकसद होता था आनन्द लूटना। वह लुटने वाली भी अपने को लुटेरा समझती थी, मस्ती उसके सामने झूमती थी। वह जैसे तब बेहोश थी, बेहोश, मदहोश...

प्यारी का मन घुमड़ रहा है।

सुखराम उसे छोड़ गया है। जिसे उसने प्यार किया है वह पराई के पास चला गया है। वह सुख जो एक दिन प्यारी पाती थी, आज कजरी के हिस्से में चला गया है...

क्यों?

क्योंकि वह सिपाही के पास आ गई है...

और रुस्तमखां दुआ कर रहा है—"अल्लाह! रहम कर..."

रहम!! रहम!!!

किसपर? इस कुत्ते पर!!

हे भगवान! कभी नहीं। कभी नहीं।

और जीवन-पर्यन्त सुख की खोज करने वाली मानवी तृष्णा का दाह प्यारी को छटपटाहट से भर रहा है। कहां है वह अन्तस् की तृप्ति, जो ऐसे विभोर हो जाती थी कि होंठों तक

भरी हुई प्याली की तरह प्यारी छलका करती थी, और रूप के फेनों में तरह-तरह की रंगीन छायाएं अपने असंख्य रूप लेकर चमका करती थीं।

वह सब अब कहां है? वह सब कहां चला गया है!!

आज वह सूनी पड़ी है!! अकेली पड़ी है!!!

अकेली! बेआसरा, बेसहारा, बेबुनियाद!! केवल अकेली!!!

प्यारी ने खाट की पाटी पर सिर दे मारा।

15

सुखराम की तबीयत कर रही थी कि वह लौट जाए। जब से वह चला आया है, उसे बराबर यह विचार आ रहा था कि उसने ठीक नहीं किया। उसने प्यारी से आकर ढंग से बात नहीं की थी। बात के जोश में कुछ भी रहा हो, पर अब अनुभव हो रहा था कि बहुत कसर रह गई थी। प्यारी से उसने ऐसी बेमनी बात कभी नहीं की थी। उसके मन का अपना चोर ही उसे डरा रहा था। उसकी इच्छा हुई वह लौट जाए और उसके पास जाकर बैठे। प्यारी बीमार है। क्यों न वह प्यारी को ढाढ़स दे?

उसे सहलाए। क्या उसका दुःख इससे हल्का नहीं हो जाएगा? उसने उससे यह तो कहा ही नहीं कि उसे ले जाएगा या नहीं? क्या वह जान-बूझकर इस विषय पर चुप हो गया था? क्या सचमुच उसे प्यारी अब अच्छी नहीं लगती? इस विचार पर सुखराम मन ही मन कांप उठा। प्यारी उसे अब प्रिय नहीं—यह कैसे हो सकता है?

आज उसे बड़ी चोट पहुंची होगी। उसकी आत्मा ने दुःख से यह अनुभव किया होगा कि अब कजरी ने सुखराम के मन में उसकी जगह को घेर लिया है और सुखराम ने सोचा कि अगर प्यारी रुस्तमखां के पास ही रह जाए तो क्या हरज है? वह खर्चा चलाएगा ही, और सुखराम दोनों की बीमारी को तो अच्छा कर ही देगा। न एक म्यान में दो तलवारें रहेंगी, न झंझट ही होगा। किसलिए यह इतनी चिन्ता ग्रस रही है? पर अब दिमाग में प्यारी की तस्वीर बड़ी होने लगी। फैलने लगी...

उसने सोचा होगा, कैसा बेदरद है। पहले कितने वादे किया करता था। कहां गया वह प्यार! अरे, यही सुखराम प्यारी के इशारों पर नाचता था। क्यों! और उसे विचार पीछे खींच ले गए। वह दिन याद आया जब सुखराम बाप और मां के मरने पर रोया था और इसी प्यारी ने उसे दुनिया में आसरा दिया था। उस दिन से वह आज तक यही समझती रही है कि वह सुखराम की मददगार है।

अब वह कजरी और प्यारी का मुकाबला करने लगा।

कजरी उसे अपना मालिक समझती है, मरद समझती है।

प्यारी उसे अपना मालिक और मरद शायद कुछ ही क्षण में मानती है, वैसे वह समझती है, वही उसकी रक्षिका है। सुखराम में जैसे अकल नहीं है। जो कुछ संभाल रखा है, वह प्यारी ने ही।

दोनों अच्छी हैं, पर एक-दूसरी से कितनी दूर हैं।

सुखराम ने बीड़ी जलाई। धुआं उगला और फिर कश खींचकर उसे सीने में भर लिया, जैसे वह अपना ध्यान दूसरी ओर लगाना चाहता था, सोचने से बात में गांठ पड़ती थी।

वह उस उलझन को ढीले डोरे की ही तरह पड़ा रहने देना चाहता है, ताकि उसे वह भ्रम बना ही रहे कि जब चाहे, उसे सुलझा लेगा, चाहे सुलझा सके या नहीं।

फिर कजरी की वे प्रतीक्षा-भरी आंखें पीठ की ओर से बुलाने लगीं। और अब ध्यान में कजरी की वे उत्साह-भरी आंखें सामने से हेरने लगीं, जिनमें विश्वास का अखण्ड राज्य था कि ऐसी है कौन जो सुखराम को मेरे पास आने से रोक लेगी।

स्त्री के ये दो रूप सुखराम को एक तड़प दे गए और वह इन दो का केन्द्र है। दोनों का अपना है। क्या वह सचमुच किसी एक का भी है? या दोनों को छल रहा है? कहीं ऐसा ही तो नहीं है कि प्यारी से वह असल में ऊब गया है और कजरी की तरफ खिंचता जा रहा है। लेकिन ऐसा क्यों हुआ? उसका पुरुष अब धीरे-धीरे अहं को प्राप्त करता जा रहा था।

उसे दोनों ही दो धारों-सी लगीं। दोनों तेज, चमचमाती। लहू की प्यासी, पानीदार!

उसने रुस्तमखां के बारे में सोचा। पड़ा-पड़ा खाट पर खांसता रहता है न? क्या वह सदा ही ऐसा था? क्या आज भी वह भला बन गया है? नहीं। उसका मतलब है, इसलिए दबा हुआ है। कितना कमीना आदमी है!

और फिर विचार आया, इस दुनिया में पुलिस क्यों रखी जाती है? वह दुनिया कितनी अच्छी होगी, जिसमें पुलिस नहीं होगी।

और पुलिस बड़े आदमियों की ही मदद क्यों करती है? चोरों-लफंगों से बचाने के लिए। आदमी चोर और लफंगा क्यों हो जाता है? क्योंकि वह नीच होता है। पर आदमी को नीच कौन बनाता है? उसकी जात!

"मैं भी तो नीचों में ही हूं।" सुखराम ने फिर सोचा।

अगर पुलिस-फौज न हो तो क्या दुनिया में नीचों का ही राज हो जाए? क्या हम नीचों में इतना दम है? और तब सुखराम ने नटों की तुलना की, गांव के बनिये-बामनों के सामने रख-रखकर तोला। ठाकुर जरूर नटों का मुकाबला कर सकते हैं। पर ऊंच जातों के दिल बड़े होते हैं। उनमें अकल है। हम लोग गंवार हैं, पढ़े-लिखे नहीं हैं। उजड्ड हैं। खूनी हैं।

तभी हमें दबाने को लोहे की ज़रूरत है।

क्या हम इतने खतरनाक हैं कि हमें दबाने को इतनी बड़ी फौज की ज़रूरत है?

पर विचार जीवन की यथार्थ विषमताओं में जनमा था। आया, चला गया, क्योंकि सुखराम के पीछे शिक्षा नहीं थी, समाज के विकास की वैज्ञानिक व्याख्या नहीं थी। अब वह उसी सामन्तीय संसार के ढांचे में सोचने लगा—"अगर मैं दरोगा बन जाऊं तो एक-एक साले को खोद के गड़वा दूं!"

"पर मैं दरोगा कैसे बन सकता हूं?"

"दरोगा तो पढ़ा होता है!!"

और फिर भाग्य भी तो है! तकदीर क्या मामूली बात होती है! चलते-चलते सुखराम रुक गया। दरोगाजी को बैठे पाया। वह सलाम करके खड़ा हो गया। सामने चन्दी बनिया बैठा था।

दरोगाजी ने कहा—"हां भई, पढ़।"

बनिये ने पढ़ा—"हजूर, राई तोला-भर, जीरा तोला-भर और हल्दी छटांक-भर," और इसी तरह उसने समाप्त किया—"हजूर, तारीख 17 और चार आने की बुरी बत्तु।"

दरोगाजी ने कहा—"और पढ़।"

बनिये ने फिर पढ़ा और सारे हिसाब के अन्त में चार आने की बुरी बत्तु फिर गिना दी।

दरोगाजी ने सिपाही से कह दिया था कि रोज़ मोदी से परचून और पसारठ का सामान ले आया करे, और सिपाही महीने के अन्त में बनिये को लाकर हिसाब पढ़वा देता था। पहला महीना आज बीत गया था। जब आठ दिन का हिसाब बनिया पढ़ गया तो दरोगाजी चौंके। बोले—"यह चार आने की रोज़ बुरी बत्तु क्या है कम्बख्त!"

सिपाही ने कहा, "हुजूर, मैं आपको तकलीफ न देकर रोज़ इस बनिये से ही चार आने मांग ले जाता था।

दरोगाजी ने कहा—"मगर यह है क्या?"

दरोगाजी कड़के—"अबे, बताता क्यों नहीं?"

बनिये ने जोर से थूका, जैसे घिन लग आई हो और कांपकर कहा—"बुरी बत्तु (वस्तु) हुजूर गोत्त (गोश्त)।"

एक ठहाका लगा। दरोगाजी ने कहा—"लगा साले को जूते। हम जो खाते हैं, साला उसे थूककर बुरी बत्तु कहता है!"

बनिया घिघियाने लगा।

सुखराम जब चला तो उसे नये विचार आने लगे।

बड़े लोग इतना लड़ते नहीं। क्यों? हम एक-दूसरे के छुरा घुसेड़ देते हैं! वे लोग डरते हैं। क्या वे डरपोक हैं? हां! पर मालिक तो वे ही हैं। हुकूमत तो उनके ही हाथ में है। सुखराम तो उनके सामने कुछ भी नहीं है। ज़िन्दगी-भर उसे यों ही रहना है।

सुखराम फिर आगे नहीं सोच सका। उसे केवल अपने तम्बू के पास होने वाले नटों के झगड़े एक-एक करके याद आने लगे। वे लोग चोरी के माल के पीछे लड़ते हैं, औरतों के पीछे लड़ते हैं। सुखराम उनकी तरह क्यों नहीं है? क्योंकि वह कभी उनमें मिलकर एक नहीं हो सकता।

यह तो ठीक नहीं है। आपस में लड़ना क्या अच्छी बात है? और फिर कितनी जरा-जरा-सी चीजों के पीछे होती है यह लड़ाई।

नट ही तो हैं साले!

नट! और सुखराम का ठाकुर जाग उठा। सचमुच वह क्यों बह गया है? वह क्यों आज तक इनसे दूर नहीं हो सका है? वह क्यों इन्हीं के बीच में फंसा पड़ा है! उसने तो इस तरह की कोई चोरी भी नहीं की। वह ठाकुर जो है। वह ठाकुर जो है!

"फिर हमें क्यों गिरफ्तार किया जाता है?" वह बुड़बुड़ाया।

किन्तु उसे किसी ने भी उत्तर नहीं दिया।

उसने फिर कहा—हम जरायमपेशा हैं। हमारी कोई इज्जत नहीं है। कोई आसरा नहीं है, कोई हमारा मददगार नहीं है। अगर है तो भगवान् होगा, मगर भगवान् आदमी के बीच बोलता नहीं। मान लो, अगर यह मान लिया जाए कि उसने रुस्तमखां को बीमारी दे दी है, तो क्या यह जुलम खत्म हो गए? नहीं। और प्यारी को किसलिए भगवान् ने इतना दण्ड दिया है? वह तो इतनी बुरी न थी। लेकिन क्या सिपाही के बैठ के उसने हुकूमत का नशा नहीं किया?

हमारे पास ज़मीन नहीं, कुछ नहीं।

आसमान के नीचे सोते हैं, धरती हमारी माता है।

हम घास की तरह पैदा होते हैं। रौंदे जाते हैं।

हमारी औरतों को पुलिस के सिपाही दूब समझकर चर लाते हैं और फिर हमारे पास क्या है?

कुछ नहीं।

घूम-फिरकर सुखराम जहां से चलता, वहीं आ जाता। वह जीवन के कठोर सत्यों को परख तो लेता था, लेकिन मुक्ति की राह नहीं जानता था और जानता भी कैसे? उसका चिन्तन छटपटाने लगता। अपनी ही सीमाओं पर विद्रूप करने लगता। वह फिर सोचने लगा।

बांके कितना नीच है!

और सुखराम को बांके पर गुस्सा आने लगा। उसकी हिम्मत न पड़ी कि अकड़ता। मैं आज उसे दिखा न देता अपना हाथ। वह साला कायर है। उसके बारे में सुखराम को घृणा से उबकाई आने लगी। कमीना! अपने को बड़ा आदमी समझता है। होगा अपने घर का। सुखराम क्यों दबेगा उससे? वह हाथ देता तो थूथड़ा लटक जाता।

सांड बना डोलता है। अपने को तीसमारखां समझता है। उसने सोचा होगा कि यह भी दब जाएगा यों ही। आंखें किस तरह निकाल—निकालकर घूरा था उसने!

और प्यारी ने उसका सहारा लिया था!

क्या प्यारी इतनी गिर गई है?

कमीने का संग होगा तो क्या अन्धी नहीं हो जाएगी? उस गरीबिनी को पिटवा रही थी।

सुखराम को अफसोस हुआ। उसने बांके की जरा ठुकाई क्यों न उड़ा दी उसी बखत? ठीक हो जाता हरामजादा!

पर बांके अकेला ही तो नहीं है। वह तो रुस्तमखां के बल पर ऐंठता है। रुस्तमखां का पिट्ठू है वह और रुस्तमखां के पीछे सारी सरकार है। सुखराम डर गया।

अब वह चमरवारे में आ गया था।

चमरवारा गांव के बाहर के हिस्से में था। इसके बाद फिर भंगियों के सूअर डोलते ही दिखाई देते हैं। वहां भंगियों की बस्ती थी। चमार ढेड़ कहलाते थे, पर भंगियों से उतनी ही नफरत करते थे, जितनी ऊंची जात वाले चमारों से। चमार ज्यादातर दिन में घरों के बाहर काम पर थे। उनमें से कई तो खेतों पर काम करने जाते थे।

उनके घर छोटे-छोटे थे, घिरावदार थे, छप्पर उनके घरों पर काले पड़ गए थे और देखकर ही अन्दाज होता था कि यह हिस्सा कितना दरिद्र था। कच्चे दगरों पर मोटे-मोटे पेट के नंगे बच्चे धूल में खेल रहे थे। चमारिनें मोटे कपड़े का रंग-उड़ा लहंगा पहनतीं और उनके माथे पर फरिया होती।

जब सुखराम वहां पहुंचा, उसने देखा, सन्नाटा छा रहा था। राह पर कुत्ते सो रहे थे। शायद वे इन्सान की दुनिया की रात-भर हिफाजत कर चुके थे। गांव के कुत्ते भी इन्सानों की जात की तरह जाति-भेद मानते हैं, तभी वे किसी दूसरे मुहल्ले के कुत्ते को नहीं आने देते।

छोटे-से मन्दिर के पास अन्धा बूढ़ा एक चमार एक छोटे-से खटोले पर पड़ा था। उसकी देही झुर्रियों से भर रही थी और काली चमड़ी सिकुड़ी हुई थी। उसके गले में मोटे-मोटे गुरिये थे। वह एक मैली-सी धोती कांचे हुए था और खाट के पाये के सहारे उसका नारियल रखा था। नीम की हल्की छाया में वह ऊंघ गया था।

दुपहर का सन्नाटा नीम के पत्तों से खेल रहा था और घरों के निकले हुए ओटों पर फैलता हुआ कोठों में घुस जाता। दीवारों पर बने सोना सरवन कुमारों के अतिरिक्त कहीं-कहीं गेरू का हाथी भी बना हुआ था और पीपल के चार पत्तों का पेड़ भी चित्रित था।

कहीं-कहीं बिटौरे भी चित्रों में सजे हुए थे। उनके कंडों को कोई चुरा न ले जाए, इसलिए उन पर चित्र बना दिए गए थे। कहीं-कहीं कांटेदार बाड़ें भी लगाकर कूड़ा डालने की जगह बना दी गई थी, जिसकी शायद कभी भी सफाई नहीं होती थी और इसलिए ऊंची जात वाले चमरवारे का नाम गन्दी जगह के लिए प्रयुक्त किया करते थे। दरवाज़ों की छोटी-छोटी ऊंचाइयों में से घरों के भीतरी भाग दिखाई देते। वह लिपी हुई कच्ची धरती और दीवारों की नुमाइश थी। इन्सान की सारी ज़िन्दगी उन्हीं घरों में बीत रही थी और रहने वाले उनसे बाहर निकलने की कल्पना भी नहीं करते थे। वे उसे ही शाश्वत सत्य समझते थे।

एक बंगला बीचोंबीच बना था। गांव में बड़ी पंचायत जुड़ती थी और दूर-दूर से आकर चमार उसके मैचे को बाहर निकालकर उस पर पंचों को विराजमान कर देते और सामने बैठ जाते, फिर हुक्का चलता। चमारिनें घूंघट काढ़कर पीछे खड़ी रहतीं या बैठ जातीं और पंचायत में फुसफुसाकर एक-दूसरी से बातें करतीं। पंचायत समाप्त होने पर ज़ोर-ज़ोर से गाली देकर आपस में लड़तीं। उस समय गाली का भेद कोई नहीं कर पाता। वे मर्दों की-सी गालियां देतीं। बच्चे उस समय हो-हुल्लड़ करते और लाचार बूढ़े जो पड़े रहते, पड़ी जगह से शरम और हया की दुहाई देकर उन सबको रोकने का कोलाहल उठाते और परम्परा यों ही लड़खड़ाती हुई हल्ला बन जाती। शाम को जब मरद लौट आते, तब वे अपनी-अपनी बीवियों से मार-पीट करते या उनसे लाड़-दुलार करते। फिर दिन में औरतें एक-दूसरे की निन्दा करके चुगली करने को आ इकट्ठी होतीं। सुखराम जब वहां पहुंचा तो राह में उसको देखकर बाहर बैठी औरतों में बातें चल पड़ीं। जवान औरतों ने घूंघट खींच लिए, पर बेटियों ने ऐसा नहीं किया। वे तो गांव की छोरियां ठहरीं।

"ठहरो देवर!" एक पैंतालीस साल की औरत ने टोका।

"क्या है?" सुखराम ने पूछा।

"नैक यहां आओ।"

सुखराम नहीं बढ़ा।

उसने कहा—"डरो मत।"

"इसीसे बच गई आज!" दूसरी ने कहा।

औरतें सुखराम को घूरने लगीं। उनकी आदत होती है कि वे पराये मरद के सामने जबरदस्ती शरमाने लगती हैं, चाहे वह उनमें दिलचस्पी ले या नहीं लें।

"क्या बात है?" सुखराम ने पूछा।

पर उसको जवाब नहीं दिया गया। वे आपस में ही बातें करती रहीं। एक ने कहा—"सिपाही अकड़ गया था?"

"अकड़ा तो बांके था।"

"यह कौन था जो बीच में बोला?"

"अरी, गरीब गरीब का साथ न देगा?"

"दिये, कौन बिना मतलब किसी का साथ देता है?"

सुखराम ऊबा। उसने कहा—"अरी, गैल छोड़ो!"

"ठहर जा!" आवाज़ आई। मुड़कर देखा। उसके पीछे कुछ दूर पर खड़ी धूपो थी।

"कौन, धूपो!" उसने कहा।

"हां रे, डर क्यों गया?"

"डरूंगा क्यों?"

औरतों को दिलचस्पी आई। उन्हें लगा, कोई रहस्य खुलने वाला है। धूपो ठहरी विधवा। कौन जाने, क्या बात हो!

धूपो ने कहा—"सुनौ बहिनियो! आज इस सुखराम करनट ने मेरी रच्छा की।"

"तौ ये करनट है?" एक ने हिकारत से कहा।

"हां है।" धूपो ने कहा। उसके स्वर में स्नेह और विश्वास ने ताना-बाना बुनकर एक नया वस्त्र तैयार किया था। उसकी आंखों में प्रगाढ़ ममता थी।

वह पास आ गई।

सुखराम ने कहा—"तेरे लगी तो नहीं?"

"क्यों न लगेगी सुखराम?" उसने पूछा।

सुखराम इसका उत्तर नहीं दे सका।

धूपो ने कहा—"एक बात पूछूं?"

"पूछ।" सुखराम ने शंकित स्वर में कहा।

बोली—"तेरी लुगाई है वह?"

"कौन!" एक और औरत ने पूछा।

"वह प्यारी।",

"हाय, किसकी प्यारी?" लुगाइयों ने ठट्ठा किया।

"पहले इसकी थी, अब सिपाही की है।"

"दईमारी हरजाई है।"

"तुझे लाज नहीं आती?" धूपो ने सुखराम की आंख में झांका।

सुखराम उसका उत्तर नहीं दे सका। परम्परा यह कहती थी कि स्त्री पुरुष की सम्पत्ति है।

एक स्त्री ने कहा—"दबती न होगी इससे!"

और फिर वे सब घूंघटों से बाहर हंसी। एक ने कहा—"जिसके जूते में बल नहीं। उसकी लुगाई ऊपरचट्ट न होगी तो किसकी होगी?"

"पर यह कुछ नहीं बोलता!"

"बोलेगा क्या? जगत-जहान में जानी बात है!"

"नटों की इज्जत नहीं होती?"

"अरी, नटनी की इज्जत की बात भली चलाई। रंडी की इज्जत क्या है?"

"तभी तो ये लोग नीच हैं।"

सुखराम ने कहा—"कौन नीच है, कौन ऊंच है, यह कौन नहीं जानता? मेरी राय में तो जनम से आदमी नीच नहीं होता, करम से होता है। सब बराबर हैं। एक जगह से जनम लेते हैं, मरकर एक ठौर जाते हैं।"

"हाय मैया?" धूपो ने गाल पर हाथ बजाए—"यह तो पंडित हो गया। अरे, नटवा तो बड़े ज्ञान की हांक रहा है। मतलब की कह। लुगाई पराये के बिठाके कथा बांचने आया है!"

एक ठहाका लगा। सुखराम ने खिसियाकर कहा—"मैंने तो इसलिए कहा था कि दुनिया तुम्हें भी नीच समझती है। तुम सब नीच हो।"

"नीच नहीं हैं हम करनट। नीच जात हैं। बस! सो तो भगवान् ने बनाया है। करमफल से जनम मिलता है और अपने-आप पुन्न से मानुस-जनम बढ़ता है। ऊंची जात मिलती है।" एक पचपन साल की औरत ने कहा, जिसके कंधे पर उसकी नवासी चढ़ी हुई थी। नवासी की नाक बह रही थी और मैल उसकी आंखों के सूखने पर गालों पर जम गया था।

सुखराम सोचने लगा।

धूपो ने डांटा—"काहे छेड़ती हो दारियो! एक तो तुम्हारा भला करे, उस पे तुम उसे खरी-खोटी सुनाओ!"

"तौ तू उसे घर ले जाके रोटी खिला दे न!"

"चटनी मुझसे ले जइयो।" दूसरी ने हंसके कहा।

"अरी, तेरी तो चटनी बनाऊंगी मैं।" धूपो ने मुस्करा के कहा—"खबरदार, जो कुछ भी कहा! भला मानुस है।"

"हां जी, लुगाई नहीं मानती तो क्या करे?"

धूपो ने कहा—"और तू किसी के संग हो ले तो तेरा ही वह क्या करेगा?"

"कुछ नहीं।" एक और ने कहा—"अब तू रांड हुई, तैने 'एक' का संग न किया, तो तेरा किसी ने क्या कर लिया?"

उसने "एक" पर जोर दिया। धूपो झेंपी, खिसियाई और चुप हो रही। फिर कहा—"मेरा क्या है? ढलती उमिर है।

"बांके से तौ पूछ दारी!" किसी ने छेड़ा।

एक आगे बढ़ आई और सुखराम से बोली—"जीजा! एक बात पूछूं?"

"पूछ।"

"तैने धूपो को बचाया, कहीं तेरी नीयत तो नहीं बिगड़ी इस पै?"

सुखराम ने गम्भीरता से कहा—"धूपो मेरी बहन है। जहान की साच्छी लुगाई की है तो धरम से, कह के। छिनाला मैंने, कोई कहे, कभी किया हो! हम नीच जात हैं। हजार पाप करते हैं, करने पड़ते हैं, और हमसे कराए जाते हैं। पर ऐसा नहीं किया।"

"बड़ा धरमात्मा है।" एक ने कहा।

"धरम की बात मार, तभी तो लुगाई वहां बिठा दी है।"

औरतें हंस पड़ीं।

सुखराम इस चोट से आहत हो गया, परन्तु वह कुछ कह नहीं सका। बात पक्की थी। यह बात और थी कि नटों के नेम ही और थे।

"इतने दिन में बीरन मिला, तो करनट!" एक स्त्री ने व्यंग्य किया।

"भाग की बात है।"

"धूपो का छप्पर अब फटा।"

"अब तो तू खुस है?"

धूपो ने कहा—"सहज नहीं छोडूंगी दारियो। कह लो। पर यह मेरा बीरन है। जो बचाए सो बीरन। कोई जात हो, उससे क्या!"

"घर ले जाके मुंह मीठा नहीं कराएगी बीरन का?"

"मुंह नोंच लूंगी तेरा!" धूपो ने पलटकर कहा—"समझ रखियो। हंसी-छेड़ की और बात है। ऐसा बदला लूंगी जो याद करेगी। तुझे और प्यारी को एक धार पे मारूंगी।"

सुखराम ने कहा—"तू माफ करना नहीं जानती?"

"क्यों?" धूपो ने कहा।

"प्यारी ने तेरा क्या बिगाड़ा है?"

"दैया! उसी ने तो मुझे पिटवाया है।"

"मैं समझा दूंगा उसे।"

स्त्रियां हंस पड़ीं। कहा—"अभी तेरा समझाना-बुझाना चल रहा है जीजा?"

"अब जीजा क्यों कहती है? धूपो तो यहां की बहू है। बहू का भैया तो साला लगेगा न?"

वे फिर हंसीं।

"प्यारी पे मुझे रोष नहीं।" सुखराम ने कहा।

"क्यों?" धूपो ने पूछा।

"वह बेवकूफ है।"

"कैसे मूरख है? बच्ची है?"

"तभी तो दो-दो बन्दर नचा रही है।" किसी ने कहा।

"और्तबानी की अकल ही कितनी?" एक अधेड़ स्त्री ने कहा—"तू ठीक कहता है भइया। ठीक कहता है।"

सुखराम ने याचना की दृष्टि से देखा, जैसे उसके घायल हृदय को इससे आश्रय मिला हो। इस समय स्त्रियों ने व्यंग्य नहीं किया। अधेड़ स्त्री को काटना सहज न था। वह झगड़ालू भी थी और बुलन्द आवाज पीहर से लेकर ही आई थी। उसने फिर कहा—"बैयर की हैसियत उसकी सेज से होती है। वह वहां सोती है। सो उसका दोष इसे क्यों देती हो? न सब लोग भले होते हैं, न सब लुगाइयां। जिसका जैसा करम वैसा आचरन। फल सब भोगते हैं।"

इस बात में शताब्दियों को भुला देने वाला अंधकार था। किसी ने उसे काटा नहीं। हवा में गम्भीरता व्यापने लगी थी।

सुखराम ने धूपो से कहा—"सच कह बहन! तैने प्यारी को क्षमा कर दिया न? तो फिर तुझे किस पे गुस्सा है?"

"बता दूं?"

"हां, बता दे।"

"पर फायदा?"

"मैं तेरी मदद करूंगा।"

"बांके पर!"

"पर..."

"क्यों डर गया?"

"नहीं। सोचता हूं, उसके पीछे सिपाही हैं।"

धूपो ने रास-मण्डलियों में खेल देखे थे। बोली—"भगवान ने दरोपती की लाज बचाई थी। बीरन बने थे। याद है! भगवान् ने दूसरी बार रावण की लंका जलाई थी।"

"पर वे भगवान् जो थे।"

धूपो के नेत्र जलने लगे। बोली—"दईमारा, मुझे वह दुनिया में मरद बिना अकेली जानता है!"

"तो कर ले न किसी को।" एक स्त्री ने राय दी।

"अरी, जा।" धूपो ने कहा—"जूंओं के डर से क्या लहंगा छोड़ा जाए है?"

"अच्छी बात है", सुखराम ने कहा—"तू कहेगी तो यही होगा। मैं उसकी खाल बेचने आऊंगा किसी दिन।"

"मैं उधेडूंगी उस मरी हत्या को।" धूपो ने कहा और घिन से थूक दिया।

औरतें हंस दीं।

इस समय बूढ़ा गिल्लन हाट से आ गया था। उसे देखकर बहुएं सटकीं। उसने कहा—"क्या बात हुई?"

"कुछ नहीं।" घूंघट काढ़ के धूपो ने कहा।

सुखराम ने कहा—"आज बांके ने धूपो पर हाथ उठाया था।"

"कहां?"

सुखराम ने बताया। तभी जवान खचेरा आ गया।

"अरे, तुम अन्धे हो!" बूढ़े ने कहा—"किससे टकरा रहे हो? अब तो जमाना बदल गया है। जब हम छोटे थे तो इतनी बेगार देते थे!! अब तो तुम लोग सिर उठाते हो। कहीं कुछ होने को है?"

खचेरा ने कहा—"वा दादा! होने को क्यों नहीं है? काम करेंगे तो दाम न लेंगे?"

"बेटा, तुम्हें जनम से ही भगवान् ने नीच बनाया है।"

"काहे से नीच हैं? बुरा काम करते हैं कुछ?"

"भंगी काहे से नीच हैं?"

"मैला उठाते हैं।"

"तुम मुर्दे की खाल नहीं खींचते?"

"हम खींचते हैं, ठीक है। जो हम न खींचें तो बामन, ठाकुर हमारे चमड़े के चरस से पानी कैसे पिएं, दुनिया जूते कैसे पहने?"

"जो भंगी मैला न उठाए तो कोई सड़ांध से बच सकेगा?" बूढ़े ने तर्क दिया। खचेरा उत्तर न दे सका। बोला—"वो और बात है।"

"सो कैसे?" बूढ़े ने कहा। उसकी मिचिमिची-सी आंखों में एक बुझती हुई उम्र की लपट थी जिसे बरौनियों की काली-काली राख ने ढक-सा लिया था। उसका सिर घुटा हुआ था। वह कुछ झुक गया था। उसने कहा—"अब दुनिया पहले-सी सुखी नहीं रही। आदमियों की नीयत फिर गई है। सबके मन में आग सी जला करती है। अब बिरादरी में पैसा पुजता है, पहले सब एक थे। अब तुम बड़ों को मूरख कहते हो, पहले हम उनकी इज्जत करते थे।"

खचेरा ने कहा—"पर दादा! हम इत्ता काम करते हैं, और वे हमारी औरतों को छेड़ते हैं। हम बेगार दे लेंगे, पर बैयर पर जुलम नहीं सहेंगे।"

"अरे, तो कोई इज्जत थोड़े ही लेता था। बड़े आदमी सदा से छोटों को पिटवाते रहे हैं। लाला! तेरा बाबा तो मशहूर था। जब बड़े जमींदार के पास जाता था तो अंटी में रुपये लगाकर ले जाता था। भेज (लगान) मांगने पर कभी आपसे नहीं देता था। कहता था, "जूते लगवा दो, ले लो, नहीं तो मेरी फसल आगे खड़ी न होगी। जमींदार के पांव पकड़के घिघियाता था, मेरा सगुन मत बिगाड़ों महाराज! जमींदार तब जूता उसके सिर से छुआ देते, और वह हंसी-खुशी रुपये गिन देता। इसी से तब धरती सोना उगलती थी। राजा का हक था। राजा लेता था। जूते के जोर से लेता था। हम अपने-आप नहीं देते थे। कहते थे, पहले साबित कर कि तू राजा है। वह कर दे तो पाने का हकदार होता था। अब वह सब कहां है?"

राजाराम ने हां में हां मिलाई। बोला—"तब जो बड़े आदमी थे, वे अब हैं ही कहां! अरे, मेरे बचपन में ही जमींदार के घर में सवा सौ जवान थे। खाते-पीते थे, मस्त थे, आठ आना महीना मिलता था। इशारे पे जान देते थे। अब जमींदार ही खाने के भूखे हुए। कुल तीस नौकर हैं। तब नगाड़े बजाके भोर कराते थे, अब कहा हैं वे ठाठ! पहले गद्दी होती थी तो सात गांव के लोग भेंट लाते थे, अब कहां है वह बात!"

राजाराम कोई साठ-एक बरस का था, पर पाठा था।

सुखराम चल पड़ा। मन में तरह-तरह के विचार उठ रहे थे। पुरानी दुनिया कुछ और थी। नई दुनिया कुछ और है। सब-कुछ क्यों बदलता जा रहा है? अब अगर सब बदल जाएगा और राजा न रहेंगे तो सुखराम अधूरे किले का मालिक कैसे बनेगा? कहते हैं? गोरमेण्ट में राजा नहीं है, हाकिम का राज चलता है।

थोड़ी ही दूर गया था कि उसके पास से एक लड़का भाग चला।

''अरे, क्या हुआ?'' सुखराम ने पूछा।

उसने कोई उत्तर नहीं दिया, बल्कि वह दोनों हाथों से अपना मुंह भी छिपाए हुए था। सुखराम का माथा ठनका। यह क्यों भागा ऐसे? कहां जा रहा है! उसने रुककर बीड़ी सुलगाई। सामने हनुमानजी की छोटी मूरत एक दीवार के आले में थी। उसे सिर झुकाया।

मोड़ पर पहुंचते ही सामने बांके मिला। उसको देख सुखराम समझ गया। वह लड़का इसे ही खबर देने भागा था। इधर गांव का भाग विरल रूप से ही बसा हुआ था। सुखराम ने बीड़ी फेंक दी और भौंटें उठाकर बांके की ओर देखा। बांके शेर की तरह खड़ा था। उसके हाथ में लम्बा लट्ठ था। सुखराम ने देखा, वह मुस्कराया। बांके जल उठा।

उसने लट्ठ उठाकर कहा—''तो तू पहले ही से लट्ठ लेके तैयार हो के आया है?''

''कौन नहीं जानता कि डरपोक आदमी हमेशा नजर बचाके हमला करता है।'' सुखराम ने कहा—''गांव में कुत्ते हैं, सियार हैं, बैल हैं, इनको ठीक करने को सब हाथ में लट्ठ पकड़ते हैं।''

''तो मैं कुत्ता हूं?'' बांके ने खिसियाकर कहा।

सुखराम ने कहा—''मैंने नहीं कहा।''

''तो अब कह ले।''

बांके आगे बढ़ा।

''बांके, सम्भल जा!'' सुखराम ने लट्ठ सम्भालकर कहा—''तेरी खैर नहीं होगी। जानता रह।''

फिर लट्ठ पर लट्ठ पड़े।

बांके ने कहा—''आज जाएगा कहां?''

''जाऊंगा नहीं बेटा, भेजूंगा तुझे यमलोक।'' सुखराम ने पलटकर कहा।

बांके दबा और पीछे हटा। उसने पलटकर देखा। सुखराम का लट्ठ कंधे पर पड़ते-पड़ते बचा। एक आदमी बढ़ा।

''घेर लो!'' बांके चिल्लाया।

हरहराकर उसके लठैत यार कूद आए। सुखराम अब बचाव के पैंतरे बदलने लगा। वह तेजी से कूद जाता।

सुखराम ने कहा—''तू कायरों की लड़ाई लड़ता है। तुम एक-एक करके क्यों नहीं आ जाते!''

बांके ने कहा—''राजा क्यों फौज बनाते हैं?''

''अरे, तू राजा हो गया कुत्ते!''

''संभल, देख!''

बांके ने लट्ठ घुमाया। सुखराम ने उसके साथी को आगे कर दिया। साथी गिरा। सुखराम हंसा। उस समय एक मालिन उधर से गुजर रही थी। उसने देखा तो चिल्लाई—''अरे, बचाओ, बचाओ! हत्यारों ने एक को घेर लिया है! बचाओ, बचाओ! मारे डाले रहे हैं!''

उसकी पुकार सुनकर कुछ औरतें आ गईं।

बांके ने कहा—''ले!''

लट्ठ पर लट्ठ बजा। सुखराम ने उसे लात दी। बांके गिरा। तभी चार लट्ठ बीच में बढ़े। सुखराम ने उनको लाठी पर रोक लिया। औरतों में खुशी की लहर दौड़ गई। मालिन चिल्लाई—''वाह, वाह! कैसा मारा है!''

बांके के नेत्र अपमान से क्रूर और विकृत हो गए। वह उठ खड़ा हुआ। मालिन चिल्लाई—"अरे, रहने दे। पहले धूल तो झाड़ ले।" औरतें हंस दीं। उसने फिर हमला किया, पर सुखराम ने वह ज़ोर का हाथ मारा कि बांके की लाठी टूट गई। उसके माथे से पसीना बह आया। बांके पीछे हटा। पर सुखराम के सामने फिर सात लठैत आ गए। बांके गुस्से में दांतों के नीचे का होंठ काट चुका था। लहू आ गया था। सातों ने सुखराम को घेर लिया था। सुखराम पसीने में तर था। उसमें गजब की फुर्ती थी। वह बाघ की तरह उछलता था। और दो के पेट में लात मारते हुए उछल के जो उसने तीसरे के सिर को लाठी की चोट से फाड़ा, तो औरतों की टकटकी बंधी रह गई। एक तो सुखराम नट, चाहे जैसा लचक जाए, फिर उसकी ओर स्त्रियों की सहानुभूति, और बांके पर क्रोध, वह क्यों न इतनी हिम्मत कर जाता! तीन के गिरते ही जो चार थे कमर के नीचे मारने की कोशिश करने लगे। तब सुखराम ने वेग से लाठी घुमाई और एक की लाठी पांव से दबाकर दूसरे की पहुंची तोड़ दी। वह गिरा। दो बचे।

मालिन चिल्लाई—"अरे वा! क्या मरद बच्चा है! बलिहारी जाऊं। नौन-मिर्च उतारूं। हाय-हाय, कैसा मरद है! दईमारे पांचों के ठट्ठ फाड़ के पापड़े बेल दिए।"

बांके चिल्लाया—"जाने न पाए! घेर लो!" एक गिरे हुए का लट्ठ उसने उठा लिया और गरजने लगा—"खबरदार, जो चला गया!"

मालिन ने छाती पीटकर कहा—"अरे कायर! एक को घेर लिया सबने! फिर भी सेर को सवा सेर मिला है।"

सुखराम ने लट्ठ घुमा के दिया तो बांके की कमर पर पड़ा। अर्राकर बैठ गया। औरतें चिल्लाईं—"और बोल!"

पर अब गिरे हुए लठैत उठ खड़े हुए थे। अब सुखराम फिर बचाव पर आ गया। नीचे गिरा हुआ आदमी चुपचाप चला गया था। इस समय वह लौटा तो उसके साथ पांच लट्ठबन्द और थे। सुखराम ने देखा तो उसकी हिम्मत टूटने लगी। तभी एक औरत चिल्लाई—"हाय, कढ़ीखायों को नेंक सरम नहीं। मरे पुरखों की फौज भी बुला ली होती!"

मालिन गाली देने लगी—"अरे, अपनी अम्मां के सारे यारों को ले आया! एकाध तो छोड़ आते!"

"सबका सराध एक संग ही कराओगे?"

पर वे चिंतित थीं। इतने आदमियों के सामने आखिर सुखराम कब तक टिक सकता था! परन्तु स्त्रियों के आश्वासन ने उसमें अपूर्व बल भर दिया था। वह बराबर लड़ता जा रहा था। यहां तक कि बांके की आंखें फट गईं। औरतों ने इशारा किया और एक लड़का भागा।

बांके ने इशारा किया। तीन लठैत पीछे ही सुखराम की पीठ की तरफ जाने लगे। एक औरत चिल्लाई—"अरे नाहर! तेरे पीछे गीदड़ चले।"

सुखराम चकरघिन्नी की तरह टूटा और उन तीनों को पीछे भागना पड़ा। बांके अब जन-सहानुभूति खो चुका था। वह चिल्लाने लगा "धिक्कार है! तुम इतने लोग भी एक को नहीं घेर सके! एक चोट तक नहीं खाई उसने!"

सुखराम ने हंसकर कहा—"बस बेटा, रो दिया?"

थोड़ी ही देर हुई, चमार आने लगे। हो-हल्ला होने लगा। बांके चकराया। सुखराम ने झपटकर हाथ मारा। बांके का लट्ठ उड़ गया, उसके हाथ से छूट गया। वह चिल्लाया – "छोड़ दे! तेरी गौ हूं, तेरी गौ हूं।"

तभी चमार पास आ गए। मालिन चिल्लाई—"आ गए। सुखराम के आदमी आ गए।

सुखराम के साथी आ गए।''

चौंककर सुखराम ने उस ओर देखा। उसका ध्यान बंट गया। बांके ने खिसियाकर इशारा किया। उसके साथी भागने की फिकर में थे। तभी उन्होंने मौका देखा और वे चुपचाप झपटे। इससे पहले कि सुखराम संभल सके, उसके कन्धों और सिर पर एकदम सात लट्ठ पड़े।

सुखराम गिर गया। बांके और उसके साथी भागने लगे, पर चमार पास आ गए थे, लट्ठों पर लट्ठ बजे। अब बांके के साथियों की हिम्मत टूट गई थी। वे घबरा रहे थे, पर नजात नहीं थी। चमारों के साथ धूपो थी।

मालिन चिल्लाई—''अरे, कायर भागे!''

धूपो चिल्लाई—''घेर लो, घेर लो। मेरे बीरन को मारा है, उसने मुझे बचाया। मेरी लाज तुम्हारी लाज है।''

चमार चिल्लाए—''घेर लो!''

कोलाहल बढ़ने लगा।

चमारों ने घेर लिया। अब लठैतों को घेर लिया गया और भीड़ के भिंचाव के कारण लठैत भिच्ची में आ गए और उन्हें लट्ठ चलाने तक की गुंजाइश नहीं रही।

धूपो चिल्ला रही थी—मेरे बीरन को मारा है। दुहाई है! दुहाई है!''

चमारों को बांके पर क्रोध था ही। उन्होंने उन सबको खूब मारा। बांके को तो सबने मिलकर पंचायती माल बना लिया। जो देखे सो दे और कसके धुनना शुरू किया। बांके घिघियाया और चिल्लाया। उसके साथी तो पिट-पिटकर लहू-लुहान होकर भाग गए, पर बांके को नहीं जाने दिया गया। धूपो आ गई। बोली—''भरो इसके मुंह में मट्टी।''

चुनांचे बांके के मुंह में मिट्टी भर दी गई और धूपों ने उसके मुंह पर ठोकर दी—''बोल, उठाएगा हाथ?''

एक चमार ने कहा—''अरे, तोड़ दे साले के हाथ!''

बांके के हाथों को खचेरा ने उमेठ दिया। वह दर्द से चिल्ला उठा।

''पकड़ पांय इसके और कह—मैया, माफ कर!'' खचेरा चिल्लाया।

बांके नहीं बढ़ा तब एक ने कसके पीठ में लात दी। दूसरे ने जो लात दी तो आंख के पास लगी। वह लुढ़का और चमारों ने उसे धूपो के पांवों पर डाल दिया। वह दर्द से बेहोश-सा हो गया।

तब सबका क्रोध कुछ कम हुआ।

मालिन चिल्लाई—''अरी, उसे तो देखो!''

धूपो ने देखा, सुखराम के सिर से लहू की धाराएं बह रही थीं। बुक्का फाड़ के रो उठी—''बीरन...''

गिल्ला ने डांटा—''क्यों रोती है, जीते को रो रही है?''

बुढ़िया सुग्गो आई। वह मशहूर थी कि कहीं मिर्चमुंड बांध जाए तो सुग्गो जब अनटोके अपने बाल खोल खेत में टोटका करे तो सारी खुल जाए। उसने कहा – ''मरा नहीं है।''

''बच जाएगा न?''

''ज़रूर!''

''खाट लाओ, खाट!''

दौड़कर एक खाट लाई गई। उसपै उसे लिटाया। जब वे चले तो पचास चमार लट्ठबन्द आगे बढ़ आए।

बांके को होश आया। वह सरकने लगा। किसी का उस पर ध्यान न था। वह उठा

और भाग गया। मालिन चिल्लाई—"अरे, सांप जी गया! फिर काटेगा।"

"अब के जला देंगे। काट के तो देखे।" खचेरा ने कहा।

खचेरा मूर्ख था। पर नया खून था। उसे गांव के चतुर-चौकस चौधरी लोग हमेशा भढ़ी पर चढ़ाकर मुकदमों में फंसवा देते थे और उसे बिरादरी के लोगों तथा अन्य लोगों से लड़वा के उससे खूब पैसे खाते थे। पर वह सब-कुछ होने पर भी आदमी बुरा न था।

एक आदमी ने कहा—"अरे, रुको। जब तक पहुंचोगे, सारा लहू निकल जाएगा। पहले पट्टी तो बांध दो।"

"रेशम जला के बांध दो!"

किसी नई बहू ने अपनी फरिया दे दी। अभी नई थी। चमारों ने कहा—"पंचायत दे देगी इसे।"

वह मुस्कराई। कहा—"अरे देखो, जैसी मैं बहू, वैसी जेठी (धूपो) बहू। जैसे उसकी इज्जत, वैसे मेरी इज्जत। मेरा कमेरा ला देगा मुझे।"

उसका पति, जो क्षणिक स्वार्थ में डावांडोल हो गया था, बोला—"हां, हां! जला दो इसे।"

फरिया जली। रेशम ने जलते में बदबू दी।

"असली नहीं है।" एक ने कहा।

"असली रेशम हमारे घर आता है?" उसके पति ने कहा—"यह तो इसका हट था, सो मैंने कैसे न कैसे करके ला दी।"

राख बुझा के घावों पर लगाई गई। खून का तेज़ी से निकलना बन्द हो गया।

"रुक गया!"

खुशी की लहर दौड़ गई।

"अब इसे इसके घर पहुंचा दो। वहां इसके अपने लोग होंगे।"

"चलो, उठाओ।"

खाट उठा ली गई। पचासों लट्ठ अब खाट के संग-संग आगे-पीछे चले।

औरतों की कांय-कांय होने लगी। मालिन अब नायिका हो गई और उसने जो सुखराम के कमालों का वर्णन प्रारम्भ किया तो औरतों की छातियां हुमकने लगीं। दिल उमंगने लगा। मर्दों की आंखों में कुछ-कुछ ईर्ष्या के भाव व्यक्त हो गए, पर उनका हृदय अभिभूत था। वे मानते थे कि इतने आदमियों को झेल जाना मामूली बात कदापि नहीं थी। मालिन तो फर्राटे से बयान कर रही थी।

खबर दौड़ी। मंगू आया। वह बाज़ार में था। उसके साथ चार आदमी थे।

"कौन सुखराम?" मंगू ने पूछा।

"हां, सुनते हैं, घायल हो गया।"

"किसने किया?"

पर उत्तर मिलने के पहले ही वह भाग चला। रास्ते में चमारों से जा मिला। रोका और उसने कहा—"लौट जाओ भइया। मैं ले जाऊंगा।"

"कौन मंगू!" एक ने कहा।

"अरे, आ गए इसके बिरादरी के नातेदार।"

"चलो, छुट्टी हुई।"

"संभाल के ले जाना।"

"तुम फिकर न करो।"

"बड़ा खून निकल गया है।"

“कोई बात नहीं।”

चमार लौट गए। चलते वक्त खचेरा ने कहा—नाहर है बड़ा यह!”

“मैं जानता हूं!” मंगू ने कहा—“नटों की नाक है।”

“कभी किसी की चोरी न की इसने।” दूसरे ने कहा।

“सोना है सोना!” एक ने कहा।

उनकी आंखों में पानी आ गया था। उन्होंने आंखें फेर लीं। खचेरा चला गया था।

मंगू और उसके साथियों ने खाट उठा ली।

“कहीं मर न जाए यह।”

“कौन थे वे लोग।”

“अब तो राम-सहारा है।”

“अरे, वह तो आखिर है ही!”

सुखराम बेहोश पड़ा था। नट बतराने लगे—“कहीं बांके के आदमी फिर न टूट पड़ें?”

मंगू ने कहा—“अब के तो एक था, अब तो चार हैं।”

“मरते दम तक लड़ेंगे।”

“पर वह तो खूब पिटा है।”

“कहते हैं, उसकी आंख फूट गई।”

“खून से खाट की बान तक लीक आ गई थी।”

“अरे?” मंगू ने कहा।

“क्या हुआ?”

“लहू बन्द नहीं हुआ।”

“मालिन कहती तो थी कि चूक गया। इसका ध्यान बंट गया, इसने किसी को वैसे हाथ थोड़े ही धरने दिया था।

“शेर है, तभी तो मैंने इसके सामने सिर झुकाया था।” मंगू ने कहा—“इसका दिल भी बहुत बड़ा है। रामा की बहू इसकी बदौलत मेरी हुई, नहीं तो मेरी तो दुनिया ही सूनी हो गई थी।”

जब वे पहुंचे तब कजरी बैठी लहंगा सी रही थी।

वह आज मगन थी—नया कपड़ा देखकर हरसा रही थी। इतने दिन बाद नये कपड़े पहनने की नौबत आई थी और यह उसके कमेरे ने खरीद के दिए थे।

स्त्री को जब पति प्रेम से कुछ खरीदकर देता है तब वह बहुत प्रसन्न होती है। वह वस्तु अपनी कीमत के कारण नहीं, उसके पीछे होने वाले प्रेमी-हृदय, सौहार्द के कारण अत्यन्त प्रिय हो जाती है। वह उस रक्षक की सौगात नहीं होती, स्त्री का उस पर हक होता है। और अपने अधिकार की पूर्ति देखकर किसे आनन्द नहीं होता? जैसे बच्चा बिना हिचकिचाए अपने मां-बाप से जिद करके चीजें लेता है, तब क्या वह नहीं जानता कि वह अपनों से ही अपना अधिकार मनवा सकता है? बाहर वालों से तो वह जिद नहीं करता। पति और पत्नी का सम्बन्ध अपने शारीरिक सम्बन्ध के कारण इतना प्रिय नहीं होता, एक-दूसरे पर बलिहार जाने वाली भावना की शक्ति के कारण वह जितना पवित्र और महान हो जाता है! उस में सब तरह के दुःख झेल जाने की अदम्य क्षमता होती है।

वह सोच ही रही थी।

प्यारी करेगी क्या?

उसका पिया अब कजरी को नये कपड़े दे!! हाय दारी! सुखराम को देख के रोएगी। थूथड़ा नोंच लूंगी उसका।

और कजरी प्रसन्न हो उठी। एक तो अपने घोड़े की तेज दौड़ अकेले में देखना और दूसरे उसी घोड़े को दूसरे घोड़े के आगे निकल जाते देखना, दोनों में कितना भेद है? एक में आत्मसन्तोष है, दूसरे में स्पर्धा का अहंकार भी तो है।

इस समय वह गृहिणी का गर्व लिए बैठी है। पाप की कमाई नहीं, उसके पति की कमाई है। इसमें कितना गौरव है! स्त्री इसमें अपनी मर्यादा समझती है।

कजरी सोचती है—जब सुखराम लौटेगा तो छिपा देगी यह सब। अभी से नहीं दिखाएगी उसे। जान ही लेगा तो चौंकेगा कैसे!

और कजरी कल्पना कर रही है। सुखराम कहेगा—चल, प्यारी से मिल आएं। वह थोड़ा मना तो करेगी। फिर मान जाएगी और फिर वह नए कपड़े पहनेगी। सुखराम अपनी भरी-भरी आंखों से देखेगा। हाय दारी! कैसे खड़ी रहेगी वह बन-ठन के उसके सामने। लाज न आएगी उसे, मरी! घूंघट कर लेगी तुरन्त।

और सुखराम कहेगा—कजरी! तू तो बड़ी अच्छी लग रही है।

कजरी कहेगी—हाय चलो, तुम्हें सरम नहीं। वहां जेठी पूछेगी, तुम्हें अबेर क्यों हुई, तो कह दूंगी, तेरा खसम मुझे छेड़ता था, कैसे आती मैं जल्दी!

कजरी हंसी। अकेले में भी वह प्रसन्नता से खिलखिला पड़ी। तब मजा आ जाएगा। प्यारी सफेद पड़ जाएगी। होगी तो दारी मलूक ही। नहीं तो ये बलमा ऐसे भोले न थे, जो अभी तक चिपके पड़े रहते। पर खूब जलेगी। जलै, मेरी जूती से! मुझे डर किसका? मैं क्यों न पहनूंगी ये नए कपड़े। कपड़ों की खातिर मैंने किसी खसम को तो न छेड़ा। अब वह भी कैसा?

और उसने आंख मूंदकर कल्पना की। सुखराम!! पुरुष! पराक्रम! परन्तु उसके सामने झुका हुआ। जैसे एक शेर उसके पास आकर पालतू हो गया हो। वह विभोर हो उठी।

तभी कोलाहल सुनाई दिया।

16

मंगू और उसके साथियों ने खाट उतार दी।

मंगू ने पुकारा—"कजरी!"

"अरे, कौन है?" कजरी ने पूछा।

"बाहर आ ज़रा।" उसके गले से भर्राया स्वर निकला।

"वहीं से कह न, मैं कपड़े सी रही हूं।"

मंगू ने अत्यन्त दुःख से कहा—"बेला बीती जा रही है। जल्दी बाहर आ।"

कजरी बाहर आई। सब चुप खड़े थे।

कजरी ने देखा।

खाट के आगे वे लोग खड़े थे। वह एकदम खाट देख न सकी।

"अरे, बोलते क्यों नहीं?" कजरी ने कहा और आश्चर्य हुआ। मंगू ने अपने साथियों की तरफ देखा। उन सबने सिर झुका लिए।

"अरे, चुप क्यों हो?" कजरी झल्लाई—"मरों के मुंह किसी ने सी दिए हैं, कि जीभ

ऐंठ गई है जो बोल भी नहीं कढ़ता। ऐसे चुप खड़े हैं जैसे बाप फूंक के आए हैं।''

वह समझी नहीं थी। तब मंगू ने इशारा किया पीछे की ओर। वह बढ़ी। खाट पर कोई चादर से ढका पड़ा था। चादर खून से भीग रही थी। कजरी के मन में आशंका जाग उठी। कौन है यह!! वही तो नहीं!!!

वरना ये लोग इसे क्यों लाते?

उसने चादर हटा दी। सुखराम अब भी बेहोश था। अब वह उतना पीला नज़र नहीं आ रहा था, जितना रेशम जलाके भरने के पहले दीखता था। कजरी की आंखें फट गईं। उसने उसके होंठों पर हाथ फेरा, फिर आंखें छुईं। मरा नहीं था। सांस चल रही थी।

''किसने किया यह?'' उसने कठोर स्वर से पूछा।

मंगू आगे आया। कहा—''घबराती क्यों है?''

पर उसने नहीं सुना। कहा—''मैं क्या पूछती हूं!''

''सब बताता हूं। सब बताता हूं!''

एक नट ने कहा—''बताबा-बतूवी फिर हो लेगी। नैकस, तू जा के चंदन को ले आ। तुरन्त पट्टी बंधनी चाहिए, वरना ठीक नहीं होगा।''

''ठीक बात है।'' दूसरे ने कहा—''लुगाई फिर रोने लगेगी। उसमें मौके की अक्ल कहां!''

नैकस भाग चला। तब मंगू ने बताया —

''बांके और उसके आदमियों ने!'' कजरी ने कहा।

''हां।'' साथ के दूसरे नट ने कहा।

''तू सच कहता है?''

''अरी, क्यों मूरख बनती है।''

''तुमने बचाया नहीं?''

''मैं बाजार में था।''

कजरी ने होंठ काटा—''बांके'' उसके मुंह से निकला। उसकी आंखों से जैसे चिनगारियां निकल रही थीं।

''बांके के साथ कई लोग थे।'' साथ के नट ने कहा।

''बांके!'' कजरी ने फिर दुहराया।

''अरे, बांके-बांके बके जा रही है।'' मंगू ने कहा—''कुछ इसे भी तो देख!''

कजरी चौंकी। उसने सुखराम का मुंह कांपते हाथ से छुआ; जैसे वह डर रही थी। वह ऐसी स्तब्ध थी जैसे उस पर वज्र गिर गया हो।

मंगू ने कहा—''जरा अपना हाथ तो देख अब!''

कजरी को तब ज्ञान हुआ। उसने हाथ खोलकर देखा। फिर मंगू की तरफ देख कर दयनीय स्वर में कहा—''इसका कित्ता खून बह गया है!''

और तब वह रोई। उसका वह हृदय-विदारक करुण क्रन्दन हाहाकार करता हुआ सबके हृदय को हिलाने लगा। यह रोदन आत्मा की गहराइयों में छिपे सौन्दर्य का तप-तपकर, गल-गलकर गिरने वाला रूप था। इसमें सांसारिक जीवन के आकर्षण की अखण्ड शक्ति थी, वही जो जीवन की स्वाभाविक मुक्ति है। मंगू उसके रुदन से कांप उठा। आज वह उस क्षण कितनी असहाय बन गई थी! उसकी हिचकी आज उखड़ रही थी, वह कितना प्यार उंडेले दे रही थी, मुक्त, दोनों हाथ खोलकर अपने सर्वस्व पर अपनी सत्ता का अहं मिटा रही थी। अथाह वेदना आज सुहाग का मोह बनकर मानवीय आदर्शों की बेल को

अपने जीवन के अमरत्व से सींच रही थी। उस आंसू, उस रुदन, उस हाहाकार में मनुष्य के हृदय के सारे पर्दों को फाड़ जाने वाली शक्ति थी। वह ऐसे रोई, जैसे अपनी कल्पना का महल ढहते देखकर कोई चीत्कार कर उठा हो। वह आवाज़ ऐसे पुकारने लगी जैसे घोंसलों पर बिजली गिरते देखकर शून्य में फड़फड़ाते पक्षी ने आहत रोर उठाई हो।

मंगू की आंख भीग गई। कहा—"रो नहीं कजरी!"

कजरी ने कहा—"रोऊं नहीं मंगू!!"

"रो ले री, रो ले।" रामा की बहू ने कहा। सब नट आ गए थे। चर्चा चल पड़ी थी।

"हम बांके को देख लेंगे।" एक ने कहा।

तभी चंदन मेहतर आ गया। वह सुन आया था। उसके आने पर कजरी उठकर खड़ी हो गई। उसने कातर दृष्टि से चंदन को देखा और उसके पांव पकड़ के कहा—"तू मेरा बाप है चंदन! अपनी बेटी का सुहाग बचा दे!" वह रो पड़ी।

चंदन ने कहा—"अरी, मरी क्यों जाती है! अभी देख तो लूं ज़रा।"

रामा की बहू ने कजरी को हटा लिया। कजरी उसके कंधे पर सिर धरे खड़ी रही। चंदन ने देखा। नब्ज़ देखी। कहा—"कोई डर नहीं है। ज़रूर बच जाएगा।" उसके कहने की देर थी कि कजरी ने चंदन का पांव छू लिया। तम्बू में दौड़ गई। जो पैसे थे इकट्ठे किए, फिर उनमें से दो रुपये निकाल लाई और कहा—"तू मेरा बाप है। मैं तुझे क्या दूंगी। जो तू देगा उसका मोल सात-सात जनम तेरी नौकरानी रहके चुकाऊं तो न चुके। यह ले ले काका, फिर मेरा कमेरा ठीक हो जाएगा, तो तेरे घर मिठाई भेजूंगी।"

"कोई बात नहीं बेटी।" चंदन ने कहा—"अब तू परे हट। मुझे दवा बांधने दे।"

चंदन अपना काम करने लगा। कजरी दूसरे वस्त्र लाई। सुखराम को तम्बू में साफ खाट पर लिटाया गया। धोकर वह खाट चमरवारे में पहुंचा दी गई।

चंदन चला गया। धीरे-धीरे सब भीड़ छंट गई। सुखराम कुलबुलाया। रामा की बहू ने पानी पिलाया। वह आंखें मूंदकर सो रहा।

कजरी की सांस लौटी।

"कित्ते थे?" उसने पूछा।

"कई थे।" मंगू ने कहा।

"आज तू न होता तो मैं तो मर ही गई थी, मंगू।" उसने उसके पांव छूकर कहा। वह नहीं बता सकती थी कि सुखराम के लिए वह कितनों के पैर छू सकती थी।

"अरे, क्या करती है!" मंगू ने कहा—"तेरा मरद ही है यह, या मेरा भी कुछ है? मेरा उस्ताद है।"

मंगू ने बीड़ी सुलगाकर कहा—"कजरी! यह नाहर है।"

"अरे नहीं।" कजरी ने दांत निकाल दिए। उसका सुख छिपा नहीं।

रामा की बहू ने कहा—"अब रपट तो करा दो थाने में।"

"क्या होगा?" मंगू ने कहा। उसके स्वर में एक व्यथा तो थी, परन्तु उसमें लापरवाही बहुत थी, जैसे यह बेकार की बात है।

"अरे, क्या चुपचाप रह जाएगा?" वह चौंकी।

"दरोगा बांके की ओर है। जानती है न?" मंगू ने पूछा।

कजरी ने कहा—"दइया! यह तो घायल है।"

मंगू ने कहा—"वही लुगाइयों वाली बात! बांके घायल नहीं है?"

"सो तो है।" रामा की बहू, यानी अब मंगू की बहू ने कहा।

मंगू ने कहा—"वह जरूर थाने गया होगा। रुस्तमखां तो ठेठ उसी का आदमी है। उसी के बल पर तो वह अकड़ता है।" उसकी बात ने कजरी की अग्नि को और भी भड़का दिया था। मंगू ने कहा, "अस्पताल ले जाते तो डाक्टर रिश्वत मांगता। जब तक उससे रुपयों की तय होती, तब तक तो इसका दम निकल जाता और तुमने तो इसका खून भी बन्द करवा दिया।"

"तेरी जीभ जल जाए फूटे मुंह के।" कजरी ने काटा।

रामा की बहू ने कहा—"और यही क्या जरूरी था कि वह फिर भी ठीक ही लिखता। वह तो रिश्वत मांगता। बुधुआ की क्या तुम्हें याद नहीं है?"

"याद क्यों नहीं है?" मंगू ने कहा—"वे गरीबों की बातें नहीं है।"

"तो कोई रास्ता नहीं?" कजरी ने कहा।

"अभी तो नहीं है।"

"तब?"

"मामला ठंडा पड़ जाने दे।"

"फिर?"

"अरी, फिर मैं भी नटनी का जाया हूं।" कहकर मंगू हंसा। रामा की बहू ने कजरी के सिर पर हाथ फेरा और कहा—"घबराती क्यों है? तू सोचती होगी, तू अकेली ही है? क्यों? इसका बदला लेना चाहिए न? जरा इसे ठीक हो जाने दे। पहला मुकाम तो ये है। फिर मंगू और सुखराम दो हैं। दो! समझी! और मैं और तू दो हैं।"

"अरे बांके कित्ता-सा है!" मंगू ने इशारा किया कि वह उसे यों ही छुरा भोंक देगा।

"अरी, बड़ी जालम है ये भी।" रामा की बहू की आवाज़ में गर्व था—"ठहरी रह।"

"मैं नहीं ठहरूंगी।" कजरी ने कहा।

"तो क्या करेगी?" मंगू चौंका—"थाने जाएगी?"

कजरी ने कहा—"मंगू, तू एक काम करेगा!"

"काम फिर करूंगा। पहले यह बता। थाने गई तो दरोगा पिटवाएगा, बन्द कर देगा और फिर तू लुगाई। सहज न छूटेगी और फिर इसकी देख-भाल कौन करेगा?"

"अरे, मेरी तो सुनता नहीं!"

"सुन ले न!" रामा की बहू ने कहा।

"क्या? कह!" मंगू बोला।

"मैं जाती हूं।"

"कहां?"

"अभी नहीं बताऊंगी।"

"और तू न लौटी तो तुझे ढूंढ़ेंगे कहां?"

"मैं आप आ जाऊंगी।" कजरी उठ खड़ी हुई। उसने एक कटार आंचल में छिपा ली। वह बिल्कुल शान्त थी। उसने तम्बू के द्वार पर आकर कहा—"ओ बहन! तू जइयो नहीं। इसको देख। मैं आती हूं।"

"पर कहां जाती है?" मंगू ने टोका।

"टोक नहीं, मैं ऐसी जगह जाती हूं जहां मुझे डर नहीं।"

"तू जानती है?" रामा की बहू ने पूछा।

"मुझे भरोसा है।" उसके स्वर में विश्वास था।

"तेरी मर्जी।" मंगू ने सिर हिलाया और हथेली घुमा दी।

कजरी चली। कहां जा रही है? पर उसे वहां पहचानता ही कौन है? कोई नहीं। ऐसी अनजानी कितनी ही लुगाइयां उस गैल चलती हैं। मुंह ढक लेगी, और क्या।

शाम आने लगी थी। गाएं लौट चुकी थीं। दगरों की धूल अब धीरे-धीरे शान्त होने लगी थी। मन्दिरों में झालर और घंटे बजने लगे थे। फुलवाड़ी अंधेरे को पहले हरियाली में बसा रही थी। और उससे बह-बहकर छायाएं काली-काली-सी नीचे उतरी आ रही थीं। वह सफेद महल के पीछे दगरे से उतर आई।

और फिर वह अन्त में रुस्तमखां के द्वार पर ठहर गई।

पहले डर लगा। फिर जी कड़ा किया और भीतर घुस गई।

प्यारी उस समय बाहर आई थी और लौटकर भीतर जा रही थी। अब उसका बुखार उतर चुका था। वह शान्त थी।

उसने देखा कि धुंधलके में एक औरत भीतर आई है। समझी नहीं। यह कौन हो सकती है? क्या रुस्तमखां ने कोई नया इन्तज़ाम अभी से कर लिया है? उसे विक्षोभ हुआ। आगन्तुका और निकट आ गई थी।

दोनों ने एक-दूसरी को देखा।

नटनी!!

प्यारी का माथा ठनका।

पूछा—"तू कौन है?"

कजरी ने कहा—"तू प्यारी है न?"

"हां, क्यों?"

"मैं कजरी हूं।"

"कजरी!!!" प्यारी के मुंह से निकल ही तो गया—"तू यहां?"

"हां, क्यों? डर गई?"

"डरूंगी और तुझसे?" उसने घृणा से कहा।

"मुझसे क्यों डरेगी भला? तू बड़ी आदमिन है।"

"अच्छा, मुंह मत लग।" प्यारी ने कहा—"काम क्या है, ये बता।"

"बता दूंगी रानी।" कजरी ने कहा—"नैक हिया कड़ा कर ले।"

"क्यों?"

"बात तेरी मरजी से हुई है न?"

"मैं समझी नहीं।"

"और कजरी को क्रोध आ रहा था। वह इतनी दूर से आई है और यह औरत उसे डांट रही है! उसका विक्षोभ उसके भीतर उफनने लगा। प्यारी ने देखा—कजरी सुन्दर थी और कजरी ने देखा—प्यारी आकर्षक थी। दोनों और घृणा घुमड़ रही थी। परन्तु कजरी का हृदय पानी-भरा बादल था। प्यारी सुलगते काठ-सी धुआं दे रही थी। दोनों की पैनी दृष्टियां टकराईं और उससे जो आग निकली वह साकार रूप बनकर सुखराम की याद बन गई। यह केन्द्र ढूंढ़कर अतल समुद्र में डूब गई।

"जैसी सुनती थी, वैसी ही है।" कजरी ने कहा।

"क्या सुनती थी तू?"

"जो वे कहते थे।" कजरी ने कहा।

"कौन?"

"तेरा खसम!" कजरी ने कहा।

"और तेरा कौन है वह?"

"अरे, कोई हो, तुझे मतलब!"

प्यारी को गुस्सा आया—"कहती क्यों नहीं? क्यों आई है?"

"आई हूं कि तेरी प्यास बुझ गई?"

"क्या मतलब?"

"ओहो, बनती तो यों है जैसे जानती नहीं। मैंने सब सुन लिया। तूने पिटवाया था न धूपो को? उसने रोका था। उसका तूने ऐसा बदला लिया!"

"कैसा बदला, कजरी? धर्म की सौगन्ध, मुझे बता दे।" उसका स्वर थर्रा गया था।

"बांके ने सुखराम को घायल कर दिया।" कजरी ने कहा—"बांके ने कई आदमियों को लेकर उस पर हमला किया। वह खूब लड़ा, पर बिचारा अकेला था। इन्होंने धोखे से मार दिया और अब वह बेहोस पड़ा है, तब से। कहां जाऊं, क्या करूं?" कजरी रो पड़ी। प्यारी के दांतों ने उसके नीचे के होंठ पर गड़कर खून निकाल दिया। वह बड़ी मुश्किल से अपने को रोक सकी।

"क्या कहा?" उसने फिर पूछा।

"मैं सच कहती हूं।" कजरी ने कहा।

"फिर लहू रुका कि नहीं?"

"रुक गया। अब तो पट्टी बंधवा दी है मैंने।" कजरी ने आर्द्र स्वर में कहा।

"बहुत लहू बहा है?" प्यारी ने कांपते कंठ से पूछा।

कजरी ने हाथ फैलाकर भयातुर होकर कहा—"सेरों बह गया है अलल-अलल। इतना लहू बहा है कि कह नहीं सकती।"

प्यारी स्तब्ध खड़ी रही।

कजरी कहती रही—"पहले तो मैं डर गई।"

प्यारी ने नहीं सुना।

कजरी कहती गई—"मुझे लगा, सब उजड़ गया, पर नहीं, नहीं, भगवान ने सुन ली।"

कजरी रोई। उसकी हिचकी बन्द नहीं होती थी। दुख अब फिर इकट्ठा हो गया। एक सुननेवाला मिला तो सब उगल गई। पूछा—"तूने ऐसा क्यों किया, प्यारी! तेरा खसम ही तो था! गुस्सा था तो मुझे कत्ल कर देती। वह तो बिचारा बड़ा भोला-भाला आदमी है। उससे भी तूने बैर कर लिया!"

प्यारी द्वार की देहली पर सिर फोड़ने लगी। कजरी समझी नहीं। भट-भट, भट करके सिर लगा, वह चौखट काठ की थी। एकदम फटकर सिर से खून नहीं निकला।

कजरी घबराई। उसने उसे पकड़ लिया। प्यारी फिर अपना सिर पटकने को छूटने का प्रयत्न करने लगी।

"क्या करती है?" कजरी ने कहा।

"मुझे मर जाने दे।" प्यारी ने कहा—"तू मुझे जालम समझती है। अगर वह यही सोच लेगा तो मैं जीकर भी क्या करूंगी इस दुनिया में? मुझे तू मर जाने दे। अगर मेरे मरने से वह जी उठे तो मैं सुहागन हो जाऊंगी कजरी, मुझे छोड़ दे।" उसने रोते हुए करुण कण्ठ से कहा—"छोड़ दे, मैं पापन हूं।"

कजरी ने नहीं माना।

उसने कहा—"तू बैठ!"

प्यारी बैठ गई। दोनों हाथों में सिर पकड़ लिया और सोचने लगी। उसने धीरे-धीरे कहा—''अच्छा! लेकिन उसने तो कुछ नहीं कहा?''

''नहीं।'' कजरी ने कहा।

''मैं क्या करूं?'' प्यारी ने अपने-आप से कहा। वह जैसे बहुत ज्यादा थक गई थी और वह सोच में पड़ी हुई भूली-सी दूर देखती रही। हठात् उसमें एक विश्वास-सा जागा। उसने सिर उठाया। कजरी चौंकी। उसके मुख पर एक चमक आ गई थी। कजरी के कन्धे पर हाथ धरकर प्यारी ने उसी तरह आकाश की ओर देखते हुए कहा—''तू जा कजरी।''

कजरी ने सुना, विश्वास न हुआ।

''जा! कुछ नहीं किया तूने! रंडी!'' घृणा और क्रोध से विकृत मुख से कजरी ने कहा। उसको लगा जैसे प्यारी की आत्मा मर चुकी है जो सब कुछ सुनकर भी उस सबको पी गई है! यह प्रेम करती है अपने सुखराम से? यही है इसका प्रेम! यही है इसका उसके लिए दर्द! कितनी बेवफा औरत है!

प्यारी ने उसके मुख पर पटाक से चांटा मारा। उसका हाथ जैसे अनजाने ही उठ गया था। वह सह नहीं सकी थी। इसकी यह मजाल कि मुझसे यह ऐसे शब्द कह जाए! इसका इतना साहस कैसे हुआ? जानती नहीं कि प्यारी कौन है?

कजरी ने उसका मुंह नोच लिया। दोनों को ही अपनी-अपनी जगह गुस्सा था और प्यारी के मन में क्रोध था कि यही है वह जिसने सुखराम को छीन लिया है। यही है वह जिसने मेरे बाग को उजाड़ दिया है और कजरी को लग रहा था, प्यारी कमीनी औरत है जिसमें हया और गैरत नहीं, जो एक पतित स्त्री है, जिसकी भावनाओं की भी हत्या हो चुकी है, जो इस योग्य ही नहीं कि उससे किसी प्रकार की भी बात की जा सके।

दोनों में मार-पीट बढ़ गई। कजरी इस समय प्यारी से निश्चय ही अधिक स्वस्थ थी। उसने प्यारी को दबा लिया, मगर प्यारी खिसियाई हुई थी। उसने उसके बाल पकड़कर खींचे। कजरी की आंखों में पानी आ गया। प्यारी का मुख क्रोध से तमतमा रहा था। इस शोरगुल की आवाज़ भीतर भी पहुंच गई, जिसे सुनकर रुस्तमखां निकला।

रुस्तमखां कजरी को नहीं पहचानता था। पहले तो वह समझ नहीं सका। पर प्यारी को कमजोर पड़ते देखकर वह भर्राई हुई आवाज में आगे बढ़कर चिल्ला उठा—''पकड़ो इस हरामज़ादी को!''

उसकी आवाज सुनकर कजरी कांप उठी। प्यारी में ताकत-सी आ गई। परन्तु उसने झपटकर कजरी को अपने दायें हाथ से पकड़कर अपनी शरण में लेते हुए कहा—''खबरदार!''

रुस्तमखां चौंका। कजरी और भी अधिक।

''हाथ न लगाना इसे!'' प्यारी ने कहा।

''यह कौन है?'' रुस्तमखां ने पूछा।

''कोई हो, तुम्हें मतलब?'' प्यारी ने हांफते हुए कहा।

कुछ लोग आ गए थे।

रुस्तमखां के मन में क्रोध था। बोला—''बेवकूफ! तू तो इससे पिट रही थी।''

''मेरी मरजी। मैं पिट लूंगी। पर लुगाइयों के बीच तुम क्यों बोलते हो?''

सब ठिठक गए।

तो फिर रुस्तमखां ने कहा—''धूपो के वक्त यह क्यों नहीं कहा था?''

''वह भी मेरी मरजी।'' प्यारी ने कहा—''वह चमरिया थी, यह मेरी बिरादरी की है। नटिनी है। इसकी मेरी बात घर की है।''

रुस्तमखां इसका जवाब नहीं दे सका। ग्रामीण तर्क में और नागरिक तर्क में भेद होता है। लोग बोले—"ठीक कहती है।"

कजरी समझी नहीं।

रुस्तमखां भीतर चला गया। लोग दूर हो चले। फिर भी दो-एक आदमी खड़े रहे और अब आपस में बातें करने लगे।

एक ने पूछा—"ये कौन?"

"क्यों? तू क्या करैगा जानके?"

पूछने वाला चकराया। दूसरे लोग हंस दिए। कजरी इस समय मुस्करा दी।

"क्या लोग हैं!" प्यारी ने कहा—"चल री उधर।"

कजरी ने कहा—"जाने दो, माफ करो।"

दोनों हंस दीं। लोग झेंपे। अजीब बात हो रही थी। यह तो दोनों दूध-पानी-सीघुल-मिल गईं।

कोने में लाके प्यारी ने कहा—"तू जा। मैं बांके से बदला लूंगी।"

"क्या करेगी?"

"जो कर सकूंगी।"

"मुझे भरोसा नहीं होता।"

"मेरी सकत पर कि नीयत पर?"

"सकत पर।"

"अभी तूने देखा ही क्या है?"

कजरी ने कहा—"तू जेठी है। मैं तेरे पांव छूती हूं।"

प्यारी प्रसन्न हुई। कहा—"तू छोटी है। तू मुझसे लड़ेगी तो क्या मैं अपना घर लुटा दूंगी?"

"मेरे हाथ टूटें, तुझ पे उठे। मेरी आंखें फूटें जिन्होंने डाह की। अब समझी, तूने उसे कैसा लट्टू कर रखा है अपने पर। दारी, तू बड़ी वो है। मैं तेरी क्या बराबरी करूंगी।" कजरी ने मगन होकर कहा। उसके स्वर में ममता थी।

प्यारी ने कजरी को छाती से लगा लिया। दोनों एक-दूसरे की ओर देखती रहीं। उन नयनों में कितनी गहराई थी, कितना प्रसार था! जैसे दोनों हाथ फैलाकर आकाश धरती पर झुककर टिक गया हो और धरती घूमती हुई आकाश की ओर उठी आ रही हो। कजरी का हाथ पकड़कर प्यारी ने स्नेह से कहा—"तू अब जा। वह अकेला होगा। उसके पास रहियो। उसे अच्छा कर दीजो। भला! देख, ठीक से देख-भाल करियो, नहीं तो मार-मार के खाल उधेड़ लूंगी।"

कजरी ने स्नेह की बात को समझ लिया। परन्तु उसे यह अधिकार सहज ही स्वीकार नहीं हुआ। इसका मतलब तो था कि कजरी का अपना कुछ नहीं। वह तो देख-भाल करने के लिए है और प्यारी ही स्वामिनी है। उसके मन ने यह स्वीकार नहीं किया। उसने तिनककर उसको घूरकर उत्तर दिया—"अरी नहीं, तू ऐसी देख-भाल वाली थी तो चली न आती छोड़ के!"

प्यारी समझ गई कि चोट ठीक बैठी।

उसने कहा—"सो क्या हुआ?"

कजरी ने कहा—"तुझे फिकर ही होती तो उसका संग-साथ छोड़ देती तू! कभी नहीं लाड़ो।"

"मैं ही न आती तो डाइन, तू उसे छू लेती!" प्यारी ने फिर उसे तोला।

कजरी इसका उत्तर सहज ही नहीं दे सकी। यह तो सच था। अभी भी तो सुखराम के मन में गांस थी। उसे कजरी क्या उसके भीतर से निकालकर दूर करने में समर्थ हो सकी थी? उसने एक पराजित-से, पर उद्धत स्वर में ही जवाब दिया – "भाग किसने देखा है?"

प्यारी को अपने बल का अनुमान हुआ।

उसने कहा–"भाग की बात ही है जो तू आ गई।"

"तू तो भाग से ऊपर है?"

"हूं तो नहीं, पर अब डावांडोल हूं।"

"तो मेरा भाग देख जल रही है?"

"अरी, बड़ी भाग वाली है तू!" प्यारी ने कहा।

फिर दोनों का वैमनस्य जाग उठा और जिस तरह मन में मिठास आई थी, वहां अब खटास आ गई। पर वह अब बाह्य थी क्योंकि गहराई में वह नहीं रही थी।

कजरी ने व्यंग्य किया–"देख, मेरा मरद कैसा है, और ये तेरा कैसा है!"

अब प्यारी आहत हुई। उसने पानी-पानी होकर कहा "यह मेरा मरद नहीं है। मेरा बन्दर है।"

"अरी जा।" कजरी ने चुटकी ली–"तू इसकी बन्दरिया बनके नहीं रह रही है?"

प्यारी की आंखों में आंसू आ गए। यह सचमुच उसके मन के घाव को बेदरदी से लोहे की कील से कुरेद दिया गया था। तो यह वह तेल में भीगी हुई रुई की बाती थी, जिसमें आग बनकर कजरी लग गई और सुखराम के मन के दीये में नया ही उजाला हो गया। वह और कोई उत्तर नहीं दे सकी।

"रोती क्यों है?" कजरी ने पूछा।

"रोती तो नहीं।" प्यारी ने आहत स्वर से कहा–"छोटी है, छोड़े देती हूं।"

उसके स्वर में ममता थी या ईर्ष्या, या अधिकार या उपेक्षा, या क्या था, कजरी नहीं समझ सकी। पर आंसू निर्बलता के प्रतीक थे। स्त्री के जिन आंसुओं से पुरुष पिघलता है, स्त्री उनमें विजय प्राप्त करती है। वह खुद जिस हथियार को तलवार की तरह आंखों की म्यान से निकालकर गालों पर चमकाती है, वह क्या उसके दांव-पेंच नहीं जानती? कजरी को सुख हुआ। कहा–"नहीं तो सूली लगवा देती?"

"मैं कहती हूं तू जा!" प्यारी ने मुंह छिपा लिया।

कजरी मुस्कराई। कहा–"जाती हूं। रोके भेजेगी? और वह आएगा तो उससे मेरी चुगली करेगी? उससे मुझे पिटवाएगी तू?"

प्यारी हंस दी। कहा–"तू बड़ी चंट है।" फिर कहा–"अरे, अंधेरी घिरी आ रही है। तू अब जल्दी जा।"

"जाती हूं।" कजरी ने कहा–"रास्ते में किसी ने छेड़ा तो?"

"तू डरती है?"

"क्यों नहीं डरूंगी? एक तू ही जवान है? कहीं किसी सिपाही की मुझपर आंख पड़ गई तो?"

प्यारी फिर चोट खा गई। कहा–"परमेसुरी, अब तू जा। डरती भी है, और जाना भी चाहती है। मैं क्या करूं?"

"अपने लिए नहीं डरती, जेठी! फिर उसके पास कौन रहेगा?"

"मैं जाऊं?" प्यारी ने उलाहना दिया।

"और जाके बीमारी दे आऊं?" कजरी ने कहा।

प्यारी का मन छार-छार हो गया। वह क्या करे? सच ही तो कहती है। अब वह क्या इस योग्य रही है? नहीं। सुखराम को वह अपनी-जैसी अवस्था में पहुंचा दे!

कजरी की विजय हो गई थी। अब उसने उसका हाथ पकड़कर कहा—"जेठी!"

प्यारी ने हाथ छुड़ा लिया। कजरी मुस्कुराई। कहा—"जेठी! तुझे मैं ले जाऊंगी। तेरे संग बड़ी जोर की रहेगी। उसे भी अच्छा कर दूंगी और तू भी अच्छी हो जाएगी। अरी, क्यों घबराती है? समझ ले, दो बहनें हैं हम-तुम, सौत हो गईं तो क्या हुआ? तू लड़की है, मैं भी लड़की हूं।"

"तेरी डाह तुझे अंधा बना रही है।" प्यारी ने कहा—"मैं फिर सुन लूंगी। इस बखत उसके पास जाना जरूरी है। तू जानती है मैं नहीं जा सकती, फिर तू क्यों बखत बरबाद कर रही है?"

"कोई डर नहीं है।" कजरी ने कहा—"वह ठीक हो जाएगा अब, पर बांके की बात याद है न?"

"याद है। उसे तू क्या याद दिलाएगी?" प्यारी ने गर्व से कहा।

कजरी ने उसकी आंखों को देखा। अब उनमें एक चमक थी। उसे देखकर कजरी मन ही मन डर भी गई, पर बोली नहीं। देखकर झुक गई। और कजरी बाहर निकली।

प्यारी भीतर चली गई। अब कजरी का मन उछल रहा था। देख ली सौत! है तो पानीदार, पर कुछ फिकर नहीं है। अज्ञात का भय कितना भयानक होता है! पहले उसके मन में कितना अधिक डर था, अब वह क्यों नहीं है?

रास्ते में चमरवारे में पहुंची तो सुना वे औरतें खड़ी आपस में बतला रही थीं। कभी वे सब एक साथ बातें करने लगती थीं, तब कांय-कांय के अतिरिक्त कुछ भी सुनाई नहीं देता था। पर बीच-बीच में सुखराम का नाम सुनाई देता था। कजरी को कौतूहल हुआ। रुककर सुनने लगी। जाने क्या बात हो रही है! एक तो स्त्री जाति ही दूसरे की बात सुनने की शौकीन होती है, फिर गांव की स्त्री को तो इसके बिना चैन नहीं आता। लड़कपन में मर्द भी इसी आदत का शिकार होता है, पर फिर उसकी आयु के साथ उसका अहं बढ़ता जाता है और वह दूसरों के बारे में इतनी सुनने की आवश्यकता का अनुभव नहीं करता, जितनी अपने बारे में। कजरी ने देखा, औरतों में बड़ी हलचल थी।

एक ने कहा—"ऐ भटू! इत्ते लोगों ने खड़े-खड़े घेरा उसे, मगर मजाल कि लाठी देह पे लगने दी हो। यों फिरकनी-सा बन गया बीच मैदान में। देखने को लगता कि अब दो टूक हो जाएगा, पर वह लचक मारता कि आंखें संग काढ़ के ले जाता, मैं तो हैरान-सी रह गई। दैया रे दैया!"

दूसरी ने कहा—"अरी! परके लाठी चली तो दोनों ओर के ज्वान योंई भहरा-भहरा के गिरे। सौगंध है, वैसी लड़ाई देखके तो घिन हो गई। आज तो कोई बांके को देखता। होय, कैसी-कैसी दांती भींच-भींच के खिसियाया, पर एक न चली।"

उसने अश्लीलता से हाथों से इंगित किया, जिसे देखकर औरतें ज़ोर से हंस पड़ीं।

तीसरी बोली, "और फिर, आदमी भला है। अपना मतलब नहीं था।"

दूसरी ने कहा—"हाय राम! गाम की बहू की इज्जत की बात ठहरी। ईमान का मानुस कैसे चुप रह जाता?"

"अरी! नहीं होते सब ऐसे", तीसरी ने कहा—"अपने खेत छोड़ के दूसरे का भले जिनावर चर जाए, लोग कहैगा, भई हम काहू की आत्मा न दुखाएं अपने जान, कुछ भी हो।"

पहली ने काटा—"वह बीर है भाएली! बीर है!"

"बेसक।" दूसरी ने कहा।

तीसरी ने कहा—"मुझसे मालिन बोली थी।"

"वह तो वहीं थी।"

"हां, उसने सब देखा।"

"बजमारी ऐन मौके पर जाने कहां से आंखें ठंडी करके चली गई। मैं तो देख ही नहीं पाई।" यह कोई और थी और उसके स्वर में सच्चा अफसोस-सा था।

कजरी की छाती फूल गई। जी किया रो पड़े। पर अपने को रोका। फिर भी हंसी होंठों पर थिरकने लगी। अब मन तो मानता ही नहीं। अपने को रोके तो कैसे! आखिर रोक न सकी। आगे बढ़कर पूछ ही तो बैठी—"किसकी बात करती हो?"

औरतें चौंकीं।

"अरे, कोई नटिनी है।" एक ने कहा।

"तुझे क्या?" दूजी ने पूछा।

"बता दो भैना।" तीसरी ने कहा।

"अरी, सुखराम को जानै है?" एक ने पूछा।

"न जानैगी ये?" एक और ने कहा—"वह तो इसीकी बिरादरी का है।"

"तुझे क्या लगी मचको?" किसी ने पूछा।

"हाय, वह मेरा मरद है।" कजरी ने लाज से मुंह ढक लिया।

"ऐंऽऽ!!" स्त्रियों में दुःख की लहर दौड़ गई।

"बड़ा घायल हुआ है वह।"

"जानूं मैं।" कजरी ने कहा—"कोई डर नहीं है। बच जाएगा।"

"तुझे कर लिया है उसने?" एक बोली।

कजरी ने कहा—"नहीं, मैंने कर लिया है उसे।"

"वह तो एक ही बात है" और स्त्रियां ठठाकर हंस पड़ीं। वे कजरी के उस गौरव के अनुभव की ओर ध्यान नहीं दे सकीं, जो कर्त्तृत्व को अपने हाथ में लेकर उसकी प्रशंसा चाहता था। कजरी कहना चाहती थी कि वह उसका अपना चुनाव था।

कजरी को बेसुधी-सी छा गई थी।

"वह बड़ा मरद है।" उसने विभोर स्वर में कहा।

"हाय दैया!" एक औरत ने कहा—"क्या कह रही है! तुझे लाज नहीं आती? कहीं ऐसी बात कही जाती होगी?"

वह क्या कह रही थी, और हठात् उसका क्या अर्थ लगाया गया, वह स्पष्ट नहीं समझी। परन्तु औरतों ने फिर अट्टहास किया। तब कजरी की समझ में आया और वह घूंघट खींचकर हंसते हुए बोली—"हाय बेसरम! क्या बकती हो? मैं क्या कह रही थी?"

औरतों की चुहल शुरू हो गई थी। वे बकने लगीं और गांव की परम्परा के अनुसार असाहित्यिक शब्दों का प्रचार भी हुआ और कजरी को उसमें आनन्द आया।

"तेरे बड़े भाग नटिनी।" एक ने कहा—"तैने भर पाया।"

"हां जीजी। मुझे अब कोई हिर्स नहीं।"

औरतों में ईर्ष्या पैदा हुई। एक स्त्री कहती है कि पूर्ण तृप्त है, यह क्या कुढ़ने की बात नहीं है? जात की नीच, रहने को घर नहीं, पर मन इतना बड़ा है?

पर कजरी को इस समय यह सब नहीं व्याप रहा। इस समय वह इन छोटे दायरों के ऊपर है। वहां तक ये सब लोग पहुंच ही नहीं सकते।

और प्रेम के अभिन्न गौरव की आस्था उसके मन में अब अपना विकास करने लगी। अपना प्रभुत्व व्याप्त करने लगी। उसके स्पर्श में एक अद्भुत चेतना जाग रही थी।

कजरी लौटी तो पांव उड़ रहे थे।

जब डेरे पहुंची तो अंधेरा-सा था। रामा की बहू वहां नहीं थी। हृदय धक-से रह गया। बिल्कुल सन्नाटा छा रहा था। क्या हुआ? रुक गई। भीतर घुसने की हिम्मत नहीं पड़ी। पर कब तक रुकी रहती। आखिर साहस करके घुसी। उसकी हल्की पगचाप सुनकर खाट पर कोई हिला और अंधेरे में कजरी ने सुना। कोई धीमे पर दृढ़ स्वर से पूछ रहा है—

"कौन?"

कजरी ठिठक गई। वह सुखराम का स्वर था। वह तो होश में आ गया था! एक मुर्दा जिन्दगी फिर करवट बदलकर उठी तो उसे देख सारा जहान खुशनुमा बनकर अब अंगड़ाइयां लेने लगा। कजरी का हृदय आनन्द से स्तब्ध हो गया।

"मैं हूं।" उसने कहा।

उसकी आवाज़ धीमी और सहिष्णु थी। वह अपनी सत्ता का अस्तित्व जैसे दुहरा रही थी। वह अपनी प्रेम की परिधि फिर जैसे उसके चारों ओर खींच रही थी।

सुखराम ने धीमे से कहा—"आ गई!" फिर कहा—"आ जा, यहां आ जा मेरी कजरी!"

वह रो पड़ी। उसने उसके पांव पकड़ लिए। सुखराम उसके सिर पर बायां हाथ फेरने लगा।

"रो नहीं कजरी।"

"नहीं रोऊंगी।"

"आज मैं बच गया।"

"छिः, क्या कहता है!"

"सच कह, तू डरती न थी?"

"डरती तो थी।"

"कि कहीं मर न जाए?"

उसने सुखराम के मुंह पर हाथ रख दिया।

"तू मुझे रुलाता है।"

"औरत का दिल बड़ा नरम होता है। तेरा भी है।"

"सबके लिए नहीं, पर तेरे लिए मुझे जाने क्या हो जाता है, मैं समझ ही नहीं पाती।"

"क्या हो जाता है तुझे?"

"तू ठीक हो जाएगा।" कजरी ने कहा—"बलमा!..."

उसने संकोच छोड़कर पुकारा। उस शब्द का गीलापन सुखराम को छू गया। वह समझा, पर उसे सिर्फ उसकी अव्यक्त-सी अनुभूति हुई। वह यह नहीं समझा कि वह आत्मा से आत्मा ने बात की थी। उसमें केवल एक हुमक-सी व्यापी और सत्ता का उन्माद बनकर वह हंसी और उसे कुछ अजीब-अजीब-सा लगा।

सुखराम ने अपने क्षीण स्वर से उसको आश्वासन देते हुए हाथ फिराकर कहा—"हां कजरी! तू है तो मैं नहीं मरूंगा।"

कजरी को ऐसा लग रहा है जैसे उसने बात नहीं की है, एक बड़ा भारी सत्य कहा है, ऐसे जैसे पत्थर पर लकीर खींच दी है। मनुष्य ऐसी प्रतिज्ञा करता है, परन्तु वह नहीं

जानता कि उसका अभी इस बात पर अधिकार नहीं हुआ है, परन्तु समवेदना संबल चाहती है और संबल-प्राप्ति आत्मविश्वास की चरमोन्नति है।

उसके सीने पे सिर रख के कजरी ने कहा—"तेरे बिना मैं कैसे जिऊंगी!" और उसने ऊपर हाथ उठाकर कहा—"हे भगवान्! जात में नीच बनाया, मैंने कुछ नहीं माना। मेरे करम का फल था। मैंने पाप किया है, उसका बुरे से बुरा दंड भोग लूंगी, पर एक भीख मांगती हूं। मेरी अर्थी उठे तो भी मेरा सुहाग बना रहे। मैं इसके पीछे दुनिया में बची न रह जाऊं।"

"क्या कहती है कजरी?"

सुखराम ने बात बदली—"तुझे कैसे मालूम हुआ सब?"

"मंगू ने कहा था।"

"उसकी बहू यहीं बैठी थी।"

"मैं छोड़ गई थी उसे। वह कब गई?"

"पता नहीं। मैं सो गया था।"

"तुझे नज़र नहीं लग गई होगी?" कजरी ने कहा।

"सो कैसे?" सुखराम ने पूछा।

"लुगाइयों का बस चले तो तुझे खा जाएं।"

सुखराम झेंपा। कहा—"क्या बकती है!"

"अरे, बकती हूं? दारी ऐसी छाती फुला-फुला के तेरे गुन गा रही हैं।" कजरी ने कहा।

"कहां?"

"क्यों, लगा न सुनने? मैं तो पहले ही डर रही थी।"

"ऐसा हाथ दूंगा सुसरी के। कहती है आप, और टोकती है आप।"

"क्यों न कहूंगी! पराई औरतें तुझमें दिलचस्पी लें तो मैं सुनूंगी नहीं? पर तू कैसे उनकी ओर से बोलेगा?"

"मैं किसकी तरफ बोला हूं री?"

"तेरा क्या है? तू पहले प्यारी का था, अब मेरा हो गया। अब कोई और आएगी तो उसका हो जाएगा?"

"तू ऐसा कहती है?" सुखराम ने कहा—"प्यारी तो तेरे नाम को कोस-कोस के पानी पीती होगी। वह नहीं बुरा मानती होती तेरे आने से?"

"क्यों? मैंने उसे क्या दुख दे दिया है?"

"नई आने वाली तेरे बारे में यही कहेगी।"

"कौन आने वाली है?" कजरी ने चौंककर पूछा।

"कोई हो।"

"दारी आके तो देखे डेरे में। नलियां न हिला दूं!"

"और प्यारी जो तेरे से यही करे तो?"

"करके तो देखे।"

"तो चित्त भी तेरी, पट्ट भी तेरी। और वह भी तब, जब सूत न पौनी, कोरी से लठालठी।"

दोनों हंस दिए।

मन हल्के हो गए।

"बांके का खून पीऊंगी मैं।" कजरी ने कहा।

"पी लीजो, पानी पिला दे पहले।"

कजरी झेंपी। इतनी सस्ती टाली गई थी।

कहा—"तुझे मेरा विश्वास नहीं। तुझसे पिट लेती हूं तो तू समझता है, मैं सबसे दब जाऊंगी? बोदी हूं?"

"तू दबी है मुझसे? मुझे दबा रखा है तूने उल्टा।"

"क्या बकते हो?" कजरी ने लजाके हाथ नचाके कहा—"इत्ता लम्बा-चौड़ा आदमी है, और मुझे दोष देता है!"

सुखराम हंस दिया। कजरी उठी और रोटी ले आई। कहा—"भूख तो लगी होगी!"

17

रात हो गई थी गहरी और गहरी। हवा चलने लगी थी, जो दूर तक के झुरमुटों में मटरगश्ती करती। पेड़ उसकी ठण्डी पकड़ से बचने के लिए फहराते और पत्ते इधर-उधर छिपने का यत्न करते। दूर आसमान में तारे हल्के-हल्के-से झिलमिला रहे थे। गीदड़ों की हुआं-हुआं कर्कश स्वर से गूंजती। फिर भूरा भौंकता, फिर कभी घोड़ा सुमों से धरती को रूंदता और फिर वही काली निस्तब्धता ऐसे द्वार में गिरने लगती जैसे वह डेरा नहीं, एक स्याही की बड़ी दवात थी।

सुखराम ने कहा—"कजरी!"

कजरी लेटी हुई कुछ सोच रही थी। आवाज़ सुनते ही चौंककर उठ बैठी। पूछा—"क्या है? पानी लाऊं?"

"नहीं, मेरे पास आ!"

उस आवाहन का सामीप्य कजरी के तार-तार को छू गया और उस निकटता की भावना ने उसकी नींद को दूर भगा दिया। उसे लगा, वह उससे दूर रहकर कुछ भूल कर उठी थी।

कजरी पास आ गई। कहा—"मैं तो यहीं थी। सोचा, शायद तू सो गया है, इससे जग न जाए कहीं।"

वह यह प्रमाणित करना चाहती थी कि नहीं वह दूर नहीं थी। वह उससे दूर हो ही नहीं सकती। फिर पूछा—"क्यों बुलाया था?"

"ऐसे ही!"

कितना स्नेह था उन शब्दों में!

"अब चैन है?" कजरी ने पूछा।

"हां, पहले से अच्छा हूं।"

बाहर आहट हुई। कजरी बाहर गई। सुखराम ने सुना, बाहर दो व्यक्ति बातें कर रहे थे। वह उनकी बात नहीं सुन सका क्योंकि स्वर दबे हुए थे।

पूछा—"कौन है?"

"आई!" कजरी ने कहा।

सुखराम ने धीरज धारण किया।

रामा की बहू आई थी। कजरी उसे देखकर रिसाई। उसने उससे उचाट-भरे स्वर में पूछा—"कैसे आई? तू छोड़ के कहां चली गई थी?"

"अरी, मैं बैठे-बैठे उकता गई। सोचा, कुछ मतलब का काम ही कर लाऊं।"

"क्या कर लाई?"

रामा की बहू ने हाथ बढ़ाया। कजरी ने गौर से देखा। रामा की बहू दबे स्वर में बोली—"यह तीतर लाई हूं।"

"तीतर! रात को!!"

"हां।"

"कहां से?"

"जंगल से!"

"इस रात में जंगल गई थी!!!"

"खिला दे। खून बढ़ैगा!"

कजरी का मन गद्‌गद हो उठा। उसने दोनों हाथों से उसके गाल छुए, जैसे स्नेह टपका पड़ रहा था। वह इस अंधेरी में जंगल में से तीतर मारकर लाई है, यह क्या सहज काम है! हृदय घायल था ही, अब तो पानी-पानी हो गया। स्नेह की शक्ति की तो कोई सीमा ही नहीं है।

"हलुआ मिल जाता तो अच्छा होता।" रामा की बहू ने कहा—"पर हमारे घर कहां होगा। सो ही मैंने सोचा था। वह उस वक्त सो रहा था, तो मैं चली गई थी।"

"अरी, तू क्यों बताती है ऐसे?" कजरी ने झेंपकर कहा—"मैं क्या कोई यों थोड़े पूछती थी!"

"अच्छा देख! भून के दीजो।"

कजरी की आंखों में नमी आ गई।

रामा की बहू चली गई। कजरी ने भीतर आकर भून के खिलाया। गद्‌गद स्वर से उस समय रामा की बहू के गुन गाए। सुखराम भी कृतज्ञ हुआ।

कजरी सोचने लगी।

"क्या सोच रही है?" सुखराम ने पूछा।

"कुछ नहीं।"

"सच बता, तुझे मेरी कसम।"

"सोच रही थी, तेरे लिए हलुआ कहां से लाऊं?"

"चिन्ता न कर। कल मुझे जंगल में ले चलियो। मैं आप अपना इलाज कर लूंगा।"

"कल तू चल लेगा?"

"अरी, कल तक तो काफी बल आ जाएगा मुझमें।"

"हाय, मुझे आग लग जाए।" कजरी ने कहा। "कहीं तुझे मेरी ही नज़र नहीं लग जाए।"

"अगर तेरी ही नज़र मुझे न लगेगी कजरी, तो फिर देखैगा कौन?"

"अरे, तुझे देखने वाले तो पचासों हैं, पर मुझे तेरे बिना कौन देखैगा?"

बात मुड़ गई।

"बांके का मैं खून करूंगा।" सुखराम ने कहा।

"फांसी लग जाएगी।"

"तो क्या चुप बैठा रहूं?"

"तू चला जाएगा तो मेरा क्या होगा?"

सुखराम चिन्ता में पड़ गया। क्या उसे इस प्रेम ने बांध नहीं दिया था? मनुष्य का मूलभूत सुख क्या है? भूख, प्यास, यौन तृष्णा को मिटाना। परन्तु इन्हीं को समाज की व्यवस्था जकड़ती है। यह मूलाधार एक-से रहते हैं, इनके बाह्य बदलते हैं। परन्तु सुखराम यह कैसे

समझे? और सचमुच यदि मनुष्य इनको ही छोड़ दे तो जीवन में आनन्द ही क्या है? आनन्द!! और जो समस्त बन्धन हैं! इन भूखों को मिटाने के लिए आदमी अपने को समाज से अलग तो नहीं कर लेता? इन्हीं के लिए समाज है। अतः जो मूलाधार है, वही उसका बाह्य भी है।

कजरी ने कहा—"तू अकेला तो नहीं है?"

"पर कजरी, यों तो वह पीस खाएगा।"

"उसका भी परबन्ध करेंगे।"

"सो कैसे?"

"जैसे मंगू ने कहा था।"

"थोड़े दिन बाद..."

"क्या?"

वह बात पूरी न कर सकी। सुखराम ने कहा—"नहीं, नहीं, कजरी! पुलिस सबको पकड़ ले जाएगी। कौन नहीं जानता, अब मेरी-उसकी दुश्मनी है? फिर तेरी बेइज्जती करेंगे!"

"मेरी कौन-सी इज्जत है जो! दुनिया मुझे मानती ही क्या है? मैं वैसे पापन हूं मेरे बलमा! तेरी भलमनसाहत ही है कि तू मुझे भी इज्जत देता है!"

"मजबूर की मजबूरी से फायदा उठाकर उन्होंने तुझपर जुल्म किया है कजरी। पाप मन से होता है। मन से तो तूने पाप नहीं किया।"

कजरी ने कहा—"नहीं सुखराम, पाप पाप है। औरत का पाप कोई माफ नहीं करता। नहीं तो यह रीत क्यों बनती!"

"ठीक कहती है।" सुखराम ने कहा—"पर कहीं कुछ ठीक नहीं है जरूर। मेरा मन बार-बार यही कहता है।"

दोनों चुप हो गए। वह मौन नहीं था, वह एक संघर्ष था, जिसकी अभिव्यक्ति अपने अज्ञान के कारण अवरुद्ध हो गई थी। सुखराम इस गुत्थी को सुलझाना चाहता था। जिधर बढ़ता था उधर ही संस्कारों के बंधन मकड़ी की तरह घेरकर जाला बुनने लगते थे।

"मैं गई थी।" कजरी ने कहा और सुखराम की ओर घूरकर देखा, जैसे वह उस पर होने वाली प्रतिक्रिया को देख रही थी। सुखराम समझा नहीं। उसने जिज्ञासा से देखा और वह कुछ चौंका भी, क्योंकि कजरी ने बात को रहस्यमय ढंग से शुरू किया था। उसके मन में कुछ आशंकाएं जाग खड़ी हुईं। उसने धीरे से कहा—"कहां?"

कजरी के मुख पर एक शरारत थी, जैसे उसे परख रही है और जैसे डाली पर लगा फूल आप-से-आप खिल जाए कि भौंरा चक्कर में पड़ जाए, कजरी ने वैसे ही, हठात् हंसकर सुखराम की ओर से मुंह फेरकर एक मस्त स्वर में कहा—"रुस्तमखां की चहेती के पास।"

सुखराम को लगा, जैसे वह धरती पर नहीं है। पुकारा—"कजरी?"

"क्यों पुकारते हो, तुम्हारे पास ही तो बैठी हूं?" उसने फिर मुस्कान को रोककर कहा।

"तू गई थी?" सुखराम ने दोहराया।

वह उसे अपनी भरी-भरी आंखों से देखती रही, जैसे आंखें नहीं थीं, जाल थीं, जिन्होंने सुखराम को चारों ओर से फांस लिया था और अब जाल खिंचने लगा था। सुखराम विह्वल-सा पड़ा था।

उसे विश्वास न हुआ।

पूछा—"कब गई थी?"

"जब तू बेहोश पड़ा था।"

"तभी रामा की बहू को छोड़ गई थी?"

"हां।"

"सच?" सुखराम ने कहा और फिर अपनी आंखें फाड़कर वह उसकी ओर घूरता रहा, ऐसे देखता रहा जैसे कजरी के भीतर से, बाहर वह आर-पार देख सकता था। मानो उसके भीतरी भावों को भी वह ऐसे देख पा रहा था, जैसे उसके अंगों को। मानो भाव भी साकार बन गए थे, और वे सब उसके अपने थे।

"कजरी!" सुखराम ने भर्राए स्वर से कहा। कजरी ने देखा, उसका ग्लपित कंठ शब्दों को उगलने में असमर्थ-सा हो गया। वह स्नेह ऐसा था जैसे हरसिंगार ने अपनी गरिमा न झेल सकने के कारण अपनी डालियों से फूल बरसा दिए हों।

वह रो दिया।

कजरी आगे आई।

कहा—"रोता क्यों है?"

सुखराम ने उसका हाथ पकड़ लिया और अवाक् देखता रहा और फिर धीमे से बुरबुराया-सा बोला—"तू गई थी?"

उन दोनों शब्दों का अर्थ था एक व्यक्तित्व, एक स्नेह की पराकाष्ठा की अभिव्यक्ति, एक अतीत का भास्वर अनुभव, और तीनों में जो समर्पण था, वह एकमात्र भाव बना। वह भाव था विजय, उन्निद्र, जीवन्त...जागरित—

"हां, तू नहीं मानता? उससे पूछ लीजो।" कजरी ने कहा।

सुखराम को इससे अधिक क्या गवाही मिल सकती थी! उसका सिर कजरी की महानता के सामने झुक गया।

"क्या सोच रहा है?" कजरी ने टोका।

"कुछ नहीं।"

"मुझे बता दे।"

"कैसे मिली वह?"

"क्यों, तुझे चैन नहीं आ रहा है?" वह मुस्कराई।

"कजरी, मेरी अच्छी कजरी!" सुखराम ने कहा—"मुझे बता दे।" और उसने प्रार्थना-भरी दृष्टि से देखा।

कजरी ने सब सुनाया। उसने जो समझा था, सब कह सुनाया—"मैं गई थी। वह चौंकी। पहले अकड़ी। मैंने भी खूब सुनाई। मैंने कहा, तूने पिटवाया है उसे। सौत सिर फोड़ने लगी। मैंने कहा, बदला ले। बोली, क्या करूं। मैंने डांटा तो मुझसे लड़ी। उसका वह आ गया मुआ। पर सौत ने बचाया। फिर मैं चली आई।"

कजरी के सुनाने में सुखराम क्या समझा, क्या नहीं, पर वह खुश हुआ। उसे यह सान्निध्य, यह आपसी वैमनस्य का अन्त अच्छा लग रहा था। कहा—"तो वह व्याकुल हुई थी?"

कजरी के छुरी-सी लगी।

बोली, "हुई थी।"

"रोई होगी?"

"पुक्का फाड़ के।"

"फिर तूने मनाया होगा?"

"मेरी फरिया तो उसके आंसू पोंछने में इतनी गीली हो गई कि वहीं निचोड़ के सुखा दी, दूसरी उससे मांग के पहन आई हूं।"

सुखराम शिथिल हो गया।

"तू हंसी करती है कजरी! इस बखत भी हंसी करती है?"

"इस बखत तो हंसी करूंगी ही। अब तो तू ठीक हो रहा है।"

"तू गुस्सा हो गई है?"

"मैं गुस्सा क्यों होऊंगी? तुझे मुझसे क्या? यह तो न पूछा कि तू गई, तेरी इज्जत तो नहीं बिगड़ी वहां, सौत ने डांटा तो नहीं, तुझे डर न लगा होगा वहां सो कुछ नहीं, मर्दुआ पूछता है, वह कैसी थी? रोती थी तो आंख से ढुलके आंसू का कमल बनता था या नहीं?"

सुखराम ने देखा, दीवार थी, और वहीं थी।

"बुरा न मान कजरी।" कजरी से उसने याचना के स्वर में कहा।

"अरे, बड़ा भोला है तू, मैं जानती हूं। घूम-फिर के उसे लाने के लिए, मेरे मुंह से कहाना चाहता है तू? सौत बड़ी अच्छी है!!"

सुखराम ने व्यंग्य को समझकर भी तरह दे दी और कहा—"तेरी निभ जाएगी उससे?"

"मेरी तो तुझसे निभेगी।" कजरी ने कहा—"तेरे पास एक घोड़ा है, भूरा कुत्ता है। वह भी रह लेगी। मेरा क्या है? कुत्ते को रोटी और घोड़े को घास डालती हूं, उसे भी दो कौर डाल दूंगी।"

सुखराम उसके परिवर्तन को समझ गया। बोला—"अरी, तू भी उसी के स्वर में बजने लगी! मैं उसकी असलियत जानना चाहता था। अब तू जो कहती है, उससे मेरा भरम दूर हो गया। जब उसने तेरा ही दिल हिला दिया, तो सचमुच ही वह बड़ी व्याकुल होगी।"

कजरी का मन किया, उसके मुंह पर चांटा मार दे। पर वहां पट्टी बंधी थी। रोने लगी।

सुखराम ने कहा—"अरी, क्यों रोती है उसके लिए?"

कजरी का मन घायल हो गया। आज उसने सुखराम का यह नया रूप देखा था। छलिया सब समझ रहा है, पर बात कैसी बना रहा है, जैसे बड़ा भोला है!

"तू बड़ी पत्थर है वैसे।" सुखराम ने अपने-आपसे कहा—"तू समझती होगी, मैं कुछ समझ नहीं रहा हूं और जाने-अनजाने ही तेरी तरफ सब-कुछ धकेल रहा हूं। अरी, मैं सब समझता हूं कि वह रोने-धोने किसके हैं। प्यारी की ओर जाएगी, बतराएगी, पर तुझे तो एक बात है। मैं कुछ न कहूं। और फिर मेरे लिए लौनी जाने कैसे हो जाती है। हे बिधना! तिरिया चरत्तर को कौन समझे! भला कोई बात है! जिस ऊंट के नकेल डली होती है, वह भी राह के पेड़ों के पत्तों को खाता-चबाता जाता है, पर बेटा सुखराम, तुम्हें वह भी हक नहीं। चले जाओ सीधे। खबरदार, जो कहीं इधर-उधर देखा, नहीं तो लाड़ी रोने बैठेगी।"

कजरी हंस दी।

वह सब दूर हो गया। वह जैसे कुछ हुआ ही नहीं था। अब रात और घनी हो गई थी, हवा चल रही थी। ऐसा लगता था जैसे कोई बड़ा मज़बूत लम्बा-चौड़ा आदमी बहुत कसे कपड़े पहने अंगों को हिलाते में हांफ-सा रहा हो।

"दरद होता है?" कजरी ने पूछा।

"सिर में नहीं है।"

"चंदन है अच्छा हकीम?"

"रूखड़ी जानता है वह।"

"और कंधे में पीर है?"

"थोड़ी-थोड़ी।"

"तुम सोओगे नहीं?"

"अभी संझा बाद तो जगा हूं।"

"पर तुम्हें ज़्यादा बात नहीं करनी चाहिए। लोग कहते हैं।" कजरी ने कहा, जैसे उसे स्वयं इस बात पर विश्वास नहीं था। उसने स्वर को बदलकर व्यंग्य से कहा—"दईमारे पांच थे।"

"कितने ही थे।"

"तुझे खबर न थी?"

"मुझे शक तो हुआ था, लाठी ले ली थी।"

"फिर?"

"सबने हमला किया।"

"तुझे शक ही हुआ था तो तू उस बखत न जाता! कौन तेरी नाक कटी जाती थी!"

"तू क्या समझे, यह मर्दों की बात है।"

"अरे नहीं, तू बड़ा मरद है। ऊंट पहाड़ के नीचे आया नहीं...।"

"एक-एक करके आ जाते सामने।" सुखराम ने बिना सुने कहा।

"अच्छा, तू दो-चार को मार डालता, फिर?"

अब सुखराम उत्तर न दे सका। उसे यह बात अच्छी नहीं लगी। उसने विषयान्तर किया। पर कजरी अप्रभावित रही।

सुखराम ने उस दिन प्यारी की और रुस्तमखां की बातें सुनाईं। कजरी ने सब सुना, और कहा—"एक बात का वादा करेगा?"

"क्या?"

"तू करे तो कहूं।"

"पहले सुन तो लूं।"

"अच्छा, तो तू अब मेरी पहले सुनके तब बचन भरैगा? तुझे मुझ पर इतना भी विश्वास नहीं? मुझे कुछ नहीं कहना है!"

सुखराम ने कहा—"कजरी! हम गरीब कमीन हैं। हम लोग कर भी क्या सकते हैं? सब-कुछ हमसे अलग है। मैं यह सब क्यों सोचता हूं, तू जानती है?"

"नहीं।"

"मैं अधूरे किले का मालिक हूं।"

कजरी ने दूसरी बात को टाल दिया और कहा—"तू होगा कमीन, मैं तो नहीं हूं।"

"नहीं कजरी, नहीं कहने से तो काम नहीं चल जाता! तू थोड़ा गांव की ओर देख। किसान होता है? गरीब है, भूखा है, पर उसे भी बौहरा उधार देता है, उसकी भी इज्जत है। हम सबसे गए-बीते, कुत्तों से भी बदतर हैं। हम नट क्यों हैं कजरी?"

"क्योंकि हमने नटनी के पेट से जनम लिया है?"

"हमने ऊंची जातों में जनम क्यों न लिया?"

"यह तो भाग की बात है।"

"मानुस देह पाई है हमने, तो फिर हम पर इतने जुलम क्यों होते हैं?"

कजरी ने कहा—"जुलम किस पर नहीं होता? पुलिस पर, बौहरे पर, जमींदार पर! बाकी किसे चैन है? और जो जुलम करता है, वह कहता है, पेट के लिए करता हूं, बीवी-बच्चों के हेत करता हूं। सुखराम, दुनिया में पेट जुलम कराता है और जहां दो दाने इसमें पड़े तो देही गरमा जाती है, फिर तो उड़ने की सूझती है। जो कुछ है, ऐसा ही देखती आई

हूं। पहले भी ऐसा ही था। आगे भी ऐसा ही रहेगा। पता नहीं, यह सब क्यों होता है? पर क्यों भी हो, रहना है तो रहेंगे ही। मरद सब-कुछ कर सकता है, औरत तो नहीं कर सकती? तू अच्छा हो जा। हम परदेस चले चलेंगे। मुझे एक नया जूता चाहिए, यह वाला तो अच्छा नहीं है। मुझे कुर्री मिला था! देख के हंसता था। कहता था—कजरी, मेरे बखत ऐसी जूती नहीं पहनी तूने, अब कैसे पहनती है? मैंने कहा, तू तो बेसरम था, अब मैं वैसी नहीं रही। वह कहने लगा—भगवान् ने सांप-बिच्छू-बघेर को जिसमें बसेरा दिया है, ऐसे हम जंगल हैं, उसी की लकड़ी तू कुल्हाड़ी का बेंट बनेगी?—मैं चली आई।''

कजरी उठी और मटके में से ढूंढ़कर कुछ लाई। उसने कुछ निकालकर कहा—''ले।''

''क्या है?''

''सिगरेट है।''

''तू लाई है?''

''हां, आज दुपहर ले आई मैं।''

दोनों पीने लगे।

सुखराम ने कहा—''तूने पहली रात पिलाई थी।''

कजरी शरमा गई। कहा—''हाय, तुझे सब याद है! मैंने कहा न था, तू तोता है, सब तुझे याद हो गया।''

मन हल्के हो गए।

''तू सो जा।'' कजरी ने कहा।

और फिर सुखराम सो गया। कजरी उसे एकटक देखती रही। वह अब दूसरी सिगरेट पी रही थी। आज सिगरेट पीने में मज़ा आ रहा था। वह ज़ोर से कश खींचती और ढेर-ढेर धुआं उगल देती। सुखराम की आंखें बन्द थीं। भूरा डेरे के द्वार पर आकर बैठ गया था। वह जागरित था। कजरी पाटी के ऊपर हाथ धरे बैठी थी। घोड़ा शान्त खड़ा था, सो गया था। उसकी कोई हलचल सुनाई नहीं दे रही थी। अंधेरा आवाज़ करता था, डेरे पर भर्र-भर्र करता था और फिर हवा भागने लगती थी।

सवेरे आंख खुली। सुखराम ने देखा, उजाला-सा हो गया था। पास के पेड़ पर चिड़ियां चहचहा रही थीं। समस्त वसुंधरा पर आलोक का मंथर जागरण एक नवीन स्फुरण भर रहा था। अब भूरा द्वार पर ही सो रहा था। घोड़े की खूंद प्रारम्भ हो गई थी क्योंकि मक्खियां जग चुकी थीं, जिन्हें वह पूंछ से उड़ाता था। सुखराम की चेतना लौटी और उसने मुड़कर देखा। देखा तो आंखें टंगी रह गईं।

खाट की पाटी पर सिर धरे वह सो गई थी। कजरी वहीं उठंग गई थी। सुखराम ने जगाया नहीं। उसे लगा, वह थक गई थी और वहीं झपकी ले गई थी। पर अधिक समय नहीं लगा। जैसे बगल में मां अपने बच्चे को लेकर सोते में भी बच्चे की एक मामूली लम्बी सांस सुनकर ही जाग उठती है और एक बार चारों ओर देख लेती है, उसी प्रकार उस समय कजरी अपने-आप ही जाग उठी और उसने आंखें खोल दीं। सुखराम को लगा जैसे कजरी की आंखें नहीं खुलीं, सूरजमुखी खुल गया था।

''तू सोई नहीं कजरी?''

कजरी ने एक अंगड़ाई ली और सशब्द मुख से ढेर-ढेर हवा छोड़ते हुए कुत्ते की तरह अंग-अंग को कुलबुलाया, आंखें मींड़ीं और फिर सिर ढंककर बैठी रही और फिर जैसे उसे याद-सा आया, उसने सुखराम की ओर देखकर पूर्ण विश्वास दिलाने वाले स्वर में सिर हिलाकर मुस्कराते हुए कहा—''क्यों, क्या हुआ? मैं तो सो गई थी, खूब सोई।''

वह फिर हंस दी। सुखराम को लगा, वह दबा नहीं था, उठ गया था। वह खाट पर पड़ा था, पर कजरी के रात के जागरण में वह नींद के पर्दों के पार उतर गया था। वहां, जहां केवल चेतना का अधिकार है, तन्मयता का ओज है।

कजरी मुस्करा रही थी। कितनी अतंद्र थी वह। निश्छल और मादक, पुलकित। उसकी पलकें भारी थीं। वह फिर भी स्फुरित थी। क्योंकि इकाई की सार्थकता उसके निजत्व में बिन्दु बनकर उसकी अपनी आत्मस्वीकृति में नहीं है, वह है उसके सिंधुत्व में, उसकी लय में, उसके महापद्‌म की-सी संख्या बनने में, जहां नील और शंख के व्यापकत्व के परे, दल इतने असीम हो जाते हैं कि उनका कहीं अंत ही नहीं होता। वे चाहे जितने बन सकते हैं, उनका सौन्दर्य कभी भी समाप्त नहीं होता, क्योंकि वे कितने भी क्यों न बन जाएं, उनकी पुनरावृत्ति उनकी कोमलता का प्रसार ही होती है।

''मैं बड़ा सुखी हूं कजरी।'' सुखराम ने विभोर स्वर में कहा। अब वह कुछ कहना नहीं चाहता। मनुष्य की यह सन्तृप्ति उनकी वेदना के कटकर गिरने पर होती है। एक उसका समाज-पक्ष है, एक व्यक्ति-पक्ष है। सुखराम का व्यक्ति इस समय समाज की समस्त विषमता में भी सम्बल का अभिमान कर रहा है।

''क्यों?'' कजरी पूछती रही।

क्यों का अर्थ है कि मैं जानती हूं, तू मेरी ही बात मुझे फिर सुना दे क्योंकि मैं लहर हूं, तू किनारा है। मुझे वह बता कि जब मैं तेरे पास आती हूं, तब तू मुझे चाहता है या नहीं?

सुखराम ने गम्भीर स्वर से कहा—''मैं क्या कहूं, मैं नहीं जानता, कुछ नहीं जानता। मुझे तू मिली है। बस और कुछ नहीं।''

अभिलाषा का अन्त अपनी पूर्णता में नहीं है, वह तो आदान-प्रदान से आता है। यह संसार मूलतः यातना नहीं है, दुःख नहीं है। यह तो एक बड़ी सुन्दर रचना है, जो दिन-दिन निखार लाती चली जा रही है। जैसे शैशव से यौवन तक सुन्दरता का विकास होता है, यह सब वैसा ही है। इसमें यातना बनाई है मनुष्य की विषमता ने। इस संसार में प्रकृति जो दुःख लाती है, वह बार-बार सुख की पूर्णता को विकसित करने के लिए। किन्तु मनुष्य ने इस तरह अपने को बंधन में बांध लिया है कि वह प्रकृति के संहार को अभी तक अपने मनोरम चित्र के अनुकूल बनाने का समय ही नहीं पा सका है। यहां मां बेटे पर जीवन वारकर उसे मनुष्य बनाती है। वह स्नेह किसने तोड़ने की शपथ खाई और कौन उसमें सफल हो सका, यह सारा संसार अपने आधार-रूप में प्रेम है, आकर्षण है, नवीन सृजन है। उसी के न होने पर यहां अभावात्मकता की अनुभूति जागरित होती है।

कजरी ने कहा—''मैं रात कहते-कहते भूल गई थी। वचन दे कि तू लड़ाई, मार-काट नहीं करेगा। सच, मुझे वह सब भाता नहीं।''

''मैं जानकर तो कुछ नहीं करता।''

''मैं जानती हूं। पर उनसे बचकर रहें तो कैसा हो?''

''उनसे बचकर कोई रह सका है?

कजरी चिन्ता में पड़ गई। कुछ देर बाद उठकर वह जंगल चली गई। सुखराम उठकर बैठ गया। अभी तक जोड़-जोड़ दुखता था। पर कल का-सा नहीं है। उठकर चला। अरे, वह तो चल लेता है! तब क्या डर है? दूर कजरी आती हुई लगी। जल्दी से खाट पर आ लेटा। वह देखेगी कि चल रहा है तो ताना कसेगी कि चल दिया क्या! बुरा मानेगी। बीमारी

और अशक्ति में मनुष्य चाहता है, कोई उसकी सेवा किया करे। उससे सहानुभूति दिखाया करे।

कजरी डेरे में घुसी तो उसके हाथ में हिरनी का छोटा-सा बच्चा था।

"बड़ी मुसकिल से पकड़कर लाई हूं।" कजरी ने कहा।

"अरे, यह तो ज़िन्दा है!" सुखराम ने कहा। वह उठ बैठा। अचानक द्वार पर देखा। हिरनी खड़ी थी। निर्भय भी थी, अपने लिए। शंकित थी, अपने छौने के लिए। उसकी आंखें बड़ी-बड़ी, निर्मल, गहरी और अटूट वेदना की अनुरक्ति का उनमें उजागर सम्मोहन! कितनी याचना है उसमें! वह जैसे पशु नहीं है; ममता का मानवीय रूप उन आंखों में जीवन्त है, वह सृष्टि के मूल आकर्षण का प्रतीक बनकर भाषा के परे अभिव्यक्त हो रहा है। हृदय तक पहुंचने वाली अव्यक्त ध्वनि जैसे गहन अतलांत में से अखण्ड होकर उठ रही है। वह निर्धूमि गरिमा साधनाओं की युगान्तव्यापी समाधि का अन्तिम जयलाभ है, जो आज समस्त यातनाओं का तपःपूत स्वरूप है। वह दोनों हाथ खोलकर पुकार उठने वाली तन्मयता है जो पूछ रही है कि संसार में यह अपहरण की निठुरता किसलिए सृजन की चेतना पर कुठाराघात करती चली आ रही है? दूर-दूर तक महकते हुए कुसुमों के पराग पर उड़ने वाले भौंरों की लोलुपता को देखकर जैसे वसन्तश्री अपनी अनिन्द्य महिमा में नतशिर होकर पूछ उठी है कि तुम क्यों आज अपनी सत्ता की विषमता को भूल नहीं जाते? हृदय का उद्वेग अदम्य समर्पण हो गया है, बलिदान की गाथा आज जैसे जौहर की लपटों से सुहागिनों के मंगलगीत वापस मांग रही हो, और समस्त व्यवधानों के परे जननी अपनी ममता के लिए महाकाल के सामने ऐसे देख उठी, जैसे एक दिन सावित्री ने सत्यवान् को ले जाते हुए महिषारोही यम को रोक दिया था।

"छोड़ दे इसे कजरी।" सुखराम ने दीन स्वर से कहा। वह उस हिरनी की आंखों की तरफ देखने में असमर्थ हो गया था। कितनी भीगी हुई करुणा थी उनमें! कितना अजस्र उफान-भरा स्नेह था उन पुतलियों में! जिनमें से उसका मन आर-पार दीख रहा था।

"क्यों?" कजरी ने कहा। वह चौंक उठी थी—"बड़ी मुश्किल से तो पकड़ाई में आया है। इसकी खाल बेच दूंगी और बड़ा अच्छा रहेगा यह तेरे लिए।"

"देख, इसकी मां आई है!" सुखराम ने उसकी बात न सुनते हुए कहा। कजरी ने मुड़कर देखा। हिरनी खड़ी थी। उस समय हिरनी ने कजरी की आंखों में देखा। स्त्री, शाश्वत जननी को, दूसरी शाश्वत जननी, महामाता ने देखा।

कजरी ने बच्चा छोड़ दिया। बच्चा डरा हुआ-सा था। वह बढ़ा और मां के पास चला गया। फिर उसने शरीर फरफराया, जैसे दासता के स्पर्शों को हवा में बहाए दे रहा हो। हिरनी ने अपने बच्चे को सूंघा। वह सकुशल था। हिरनी को विश्वास हो गया। बच्चा फिर जैसे सशक्त हो गया। सुखराम चुप देखता रहा। कजरी को बड़ा अच्छा लगा—वह मां-बेटे का मिलन कितना सन्तोषी था, कितना पूर्ण था! ऐसे ही अनेक खण्डों-पूर्णों की पुनरावृत्ति से एक पूर्ण बनता है, जो अपने भीतर समस्त सुख को आत्मसात् कर लेने की चरम सामर्थ्य रखता है।

हिरनी बढ़ आई। बच्चा उसके साथ था। अब जैसे दोनों को कोई डर नहीं था। कजरी समझ नहीं सकी। सुखराम अवाक् था। अब यह भाग क्यों नहीं जाती? अब तो इसे पकड़कर नहीं रखा है। वह बड़ी-बड़ी काली आंखों से देखती हिरनी एक-एक पग धरती पास आ रही है। उसके नेत्रों में विश्वास के नक्षत्र जग उठे हैं, जैसे अंधेरे आकाश में तूफान के पथ-प्रदर्शक काले मेघों को फाड़कर निकल आए हों।

उसने कजरी का हाथ चाटा। कृतज्ञता! यह वाणी के क्षुद्र बन्धनों में नहीं पड़ी है। यह चेतना का चेतना से वार्तालाप है। सृष्टि की आत्मा का संवेदन है। अब भय कैसा! अब जैसे दोनों एक-दूसरे के पास आ गए हैं, इतने पास कि दोनों के व्यवधान दूर हो गए हैं। अज्ञान, ईर्ष्या और हिंसा का ही भय था, वह स्नेह के द्वारा ऐसे दूर हो गया है, जैसे अंधेरे घर में किसी ने अपने हृदय में स्नेह के बल पर आग लगाकर उजाला कर दिया हो।

कजरी रो पड़ी और ये आंसू कितनी करुणा और आनन्द का सम्मिश्रण लिये हुए हैं। दोनों ओर की तन्मयता एक हो गई! राग से रागिनी मिलकर झूमने लगी है, यह अमर संगीत के प्रवहमान मुखरित आनन्द का प्रारम्भ है, कजरी की आंखों से बहते हुए आंसू कितने हर्षों के कल्पों को अपने भीतर समाए हुए हैं और हिरनी कितनी तन्मय, मुग्ध, अपने-आपको भूली हुई खड़ी है। सुखराम देख रहा है, उसे लग रहा है जैसे यह दुनिया कोई और है, जिसमें सुख ही सुख है, प्रेम ही प्रेम है, यह सब कितना अच्छा है, कितना कोमल है और इसमें कितनी अधिक शक्ति है!

सुखराम ने कहा—"देखती है। दया से दुनिया मिलती है। जिनावर है।"

वह और कुछ कह नहीं सका। कजरी ने मुड़कर उसकी ओर देखा और आंखें पोंछ लीं। वह मुस्करा दी।

कहा—"बिचारी!"

हिरनी चली गई थी।

आज एक नई बात हो गई थी। सुखराम कजरी और हिरनी की आंखों के बारे में सोच रहा था।

कजरी चिन्ता में पड़ गई थी। सुखराम ने देखा, हिरनी धीरे-धीरे जंगल के छोर पर पहुंच गई थी और कुलांचें मारकर भीतर पेड़ों में छिप गई थी। पर कजरी चुप बैठी रही।

"क्या हुआ?" सुखराम ने पूछा।

"एक बात सोचती हूं!" कजरी ने कहा।

"क्या भला?"

"तू तो बनिया की-सी बात करता है?"

सुखराम हंसा। उसके हास्य में व्यंग्य था।

"क्यों!" कजरी ने पूछा।

"तू मुझसे पूछती है कजरी", सुखराम ने हाथ हिलाकर व्यंग्य से कहा—"बनिया पानी छानकर पीता है बावरी, पर लहू अनछाणा पीता है।"

दोनों हँसे। उनकी आवाज़ सुनकर घोड़ा हिनहिनाया।

"घास डाल आई?"

"अरे, मैं तो भूल ही आई।"

"देख, बुला रहा है।"

"तू ऐसी दया की बात करता है। हम फिर खाएंगे क्या?"

"तूने भी तो दया की थी।"

"क्या करूं! उसकी आंखें देख मैं डर गई। जैसे कह रही थी कि तू क्या मां न बनेगी?"

"सब भगवान् देखैगा बावरी।" सुखराम ने कहा।

कजरी ने पूछा—"भगवान् यही देखैगा कि बांके और उसके साथियों को भी देखैगा!"

"उनको मैं जो देखूंगा।"

"तुझे कसम है मेरी, जो फिर गया।"

सुखराम हँसा। कजरी चिढ़ी हुई-सी चली गई।

लौटी तो बटेर मार लाई।

आग सुलगाकर भूना।

इस समय दया किसी को नहीं थी। न ऐसा कोई सवाल उठ रहा था, न कोई शंका ही थी।

कजरी कह रही थी—"रामा की बहू मंगू के साथ बाजार गई है। मुझसे मिलकर ही नहीं गई। सारे डेरों में खामोसी है।"

"क्यों?"

"आज मेला है न पहाड़ी पर।"

"हम चलते तो कमा लाते।"

"जरा सकल तो देख ले सीसे में!"

"मैंने क्या ये कहा कि अभी चली चल!"

कजरी नौन ले आई।

कहा—"खा ले।"

सुखराम ने खाया। पूछा—"तू नहीं खाएगी?"

"पहले तू खा ले!"

सुखराम ने खाकर कहा—"बड़ी स्वाद है।"

और हाथ पकड़कर कजरी को बिठा लिया और कहा—"तू भी खा ले। तुझे सौगन्ध है।"

दोनों ने खाया। पानी पिया। फिर सन्तोष से आंखें नचाईं और दोनों ने तृप्ति के अन्तिम प्रदर्शन के रूप में उंगलियां चाटीं और फिर उपसंहारस्वरूप दोनों ने डकार ली। दोनों हँसे।

इसी समय बाहर खड़-खड़ हुई।

"अरे, कौन है?" सुखराम ने कहा।

"मैं हूं उस्ताद। मजा आ गया।" बाहर से आवाज़ आई। कजरी ने कहा—"वही है।"

मंगू आया। बोला—"बाजार में बड़ा शोर है।"

"क्यों?"

"ऐसी खबर उड़ रही है कि..."

कजरी ने चिढ़कर कहा—"अच्छा पहले भौंक ले, फिर बता दीजो।"

मंगू बोला—"लुगाई में अकल नहीं होती, सुखराम! तूने इसे बहुत सिर चढ़ा रखा है। मैं होता तो जूती के नीचे दबाके रखता।"

कजरी ने कहा—"निकल यहां से, चल!"

"क्या हुआ?" मंगू ने हंसकर कहा—"सुन तो काली मैया।"

सब हंस दिए।

"क्या, हुआ क्या?" कजरी ने पूछा।

"मजा आ गया।" मंगू ने कहा—"बांके मारा गया।"

"मारा गया!!" दोनों चौंके।

"पता नहीं चला अभी?" मंगू ने कहा—"किसने मारा, यह नहीं पता।"

"तो क्या खून कर दिया?" सुखराम ने कहा।

"अजी नहीं। वह क्या सहज मरेगा?"

"तो झगड़ा हुआ होगा?"

"मरा तो पहले ही था।"

"वह लड़ा भी क्या होगा? क्या कहते हैं लोग?"

"बांके को किसी ने छुरी गोद दी।"

कजरी ने सुना तो आंखें फट गईं और आश्चर्य से मिला हुआ कौतूहल अब जाग उठा। पूछा—"फिर?"

"फिर कुछ नहीं मालूम।"

"तूने पूछा नहीं?"

"पूछता किससे?"

"पुलिस में सनसनी होगी?"

"मुझे लगी नहीं।"

"बांके का पुलिस से जाहिर रिश्ता क्या? वह तो रुस्तमखां का आदमी है! वह खुद बीमार पड़ा है।" सुखराम ने कहा।

मंगू ने पूछा—"कैसी तबीयत है?"

"ठीक है।"

"शाबास उस्ताद! मैं होता तो कभी का सुरग चला गया होता!"

कजरी खिल-खिल हंसी।

"क्यों?" मंगू चिढ़ा।

"तू और सुरग जाएगा?" कजरी ने हाथ उठाकर कहा।

"तू तो जायगी!" उसने व्यंग्य किया।

पर कजरी हारी नहीं। कहा—"जहां यह (सुखराम) जायगा, वहीं मैं जाऊंगी।"

"ओक्खो!" मंगू ने कहा—"देखा उस्ताद! कैसी पंडाइन की-सी बतरा रही है। नटिनी ठहरी, सुरग जाएगी!"

"क्यों?" सुखराम ने कहा—"अजामिल सुरग गया था, ब्याध गया था, तो कजरी क्यों नहीं जा सकती?"

"देखो उस्ताद! फिर तुम लुगाई की तरफ से बोलने लगे। जादू ही ऐसा होता।"

"तभी तो", कजरी ने कहा—"सवेरे-सवेरे बाजार गया ले के उसे! रात जूती लगाई होगी उसने, यह ला दे, वो ला दे। पूछ, मैं कभी इससे कुछ कहती हूं?"

सुखराम ने कहा—"अब बता दूं कजरी!"

"अरे, चुप रह तू!" कजरी ने कहा—"अब उधर मिल गया!"

यों दिल्लगी होती रही। जब मंगू चला गया तो कजरी ने कहा—"तूने सुना?"

"क्या?"

"बांके को किसी ने गोद दिया।"

"हां।"

"समझा कुछ?"

"नहीं तो!"

"गधा कहीं का! यह काम मेरी सौत का है!"

"तुझे कैसे मालूम?"

"मैं नटिनी हूं। नटिनी की जात मुझसे पहचानी न जाएगी?"

"यह हो सकता है!" सुखराम ने अविश्वास से कहा। उसे जैसे छोर पकड़ने में देर

लगी। फिर वह रुका और कहा—"तो वह मुझे चाहती है कजरी?"

"अरे, तो अहसान करती है कुछ? मरद अच्छा हो तो लुगाई की चाकरी देखके भी अचरज करता होगा?"

"तेरी कसम, तुम दोनों लड़ोगी तो बहुत।"

"अच्छा!!" कजरी ने कहा—"मैं ही तो लड़ाका हूं!"

"वह क्या कम है तुझसे?"

"दारी क्या ठहरेगी मेरे सामने।"

"यही तो कहता हूं मैं भी।"

कजरी रूठी।

"क्या बात हुई?" सुखराम ने कहा।

"मेरे तो करम फूटे।"

"क्यों?"

"तेरी तो मुझे थाह ही नहीं मिली।"

"लड़ती रहना, मुझे तो चुप रहने में लाभ है।"

"अरे, जा।" कजरी ने कहा—"धिक तुझे! तू बैठकर लड्डू खाएगा जो तुझसे दो भी न दबेंगी!"

"मेरे बाबा के पांच थीं।"

18

बांके गुस्से से भरा हुआ था। आज उसका अभिमान चूर-चूर हो गया था। आज तक कभी ऐसा नहीं हुआ था। लोग उससे दबते थे। वह भयानक आदमी समझा जाता था। उससे एक बार रूपा दरजी अकड़ा था तो उसने उसकी टांगें तुड़वा दी थीं। बाद में मुकदमा चला। बांके साफ बच गया। उसकी उस्तादी से उस पर जुर्म साबित करने वाले गवाह ही डर के कारण जो कहना चाहते थे, उससे उल्टी बात कह गए थे। उसका प्रभाव था, क्योंकि वह पुलिस के पालतू लोगों में था, जिसके ज़रिये पुलिस के पच्चीस काम चलते थे। बांके उन आदमियों में था जो जूते के बल पर दबते हैं। वह अपनी कमज़ोरी का बदला दूसरे की कमज़ोरियों से चुकाता था। वह खून-कमीन था। इस समय की पिटाई ने उसकी हरामज़दगी के सांप को फुफकारों से भर दिया।

वह सीधा रुस्तमखां के पास पहुंचा। उसे और कहां जाने की सूझती। सीधा तर्क था। उसकी राय में सुखराम का सम्बन्ध प्यारी से था। और प्यारी के लिए रुस्तमखां ज़िम्मेदार था। और यह उसकी राय में रुस्तमखां की ज़्यादती की हद थी कि उसकी ऐयाशी के नतीजे में वह एक करनट और चमारों से पिटे, सारा गांव उसके मुंह पर थूके। जिसके नाम से सब लोग, बड़े कहलाने वाले, रास्ता काट जाएं, उसे इन नीचों से मुंह की खानी पड़े! उसका मन कर रहा था कि किसी तरह वह सुखराम को कुचलकर रख दे। एक-एक चमार की खाल उधेड़वाकर, चमारियों से जिना करे और उनके घरों में आग लगवाकर तूफान चलाए।

रुस्तमखां लेटा था। उस समय उसने आंखें बन्द कर रखी थीं और शिथिलकाय पड़ा-पड़ा वह कुछ सोच रहा था। बीमारी में मनुष्य का हृदय दृढ़ नहीं होता। वह तरह-तरह की कल्पनाएं किया करता है। और भय उसमें बढ़ जाता है क्योंकि रोग उससे लड़ता है और उसकी सारी

शक्ति रोग से लड़ते-लड़ते ही समाप्त हो जाती है बाकी वह भविष्य के सुख के विषय में लगा देता है।

बुखार उतर गया था। इससे उसको सुकून था, मगर सुस्ती और भी ज़्यादा थी। और सारे दर्दों के इस समय शान्त हो जाने से उसमें एक उदासी की जगह, एक विश्रान्ति की भावना थी। वह चादर ओढ़कर चुपचाप लेटा था। चारों तरफ सन्नाटा था। शाम आ रही थी। दीया तक नहीं जला था। अभी-अभी वह भीतर आया था, क्योंकि प्यारी से मिलकर कोई चली गई थी। वह जाने कौन औरत थी। कमज़ोरी व्याप रही थी। अतः वह अपने अपमान पर अधिक ध्यान नहीं दे पा रहा था।

प्यारी ने दीया जलाया। उसे फिर कमज़ोरी लग रही थी। वह कोठे में जाकर पड़ रही। एकदम ठंड-सी लगने लगी। पहले तो लगा, अब दम ही कलेजे में आकर इकट्ठा हो गया है, धीरे-धीरे उसकी हालत सुधरने लगी।

रात हो गई थी। अब अंधेरा कोठों के भीतर से निकलकर आंगन में आ गया और न जाने कहां से अब बाहर भी ढेर-ढेर इकट्ठा हो गया था। प्यारी के हाथ का पौरी में रखा दीपक उस सारे अंधेरे को टिमटिमाकर देख लेता और अपने भीतर से निकलती रोशनी की हल्की चादर को फैलाता-सा, समेटता-सा खुद कांपने लगता। बाहर के रास्ते पर अब लोगों की चहल-पहल कम होती जाती थी।

प्यारी को अभी हरारत थी। नीचे आवाज़ गूंजी।

"बांके!"

"उस्ताद!!" और फिर फफकने की आवाज़ गूंजी।

"अबे, क्या हुआ?"

फिर कोई रो उठा।

प्यारी ने सुना तो आ गई।

बांके उसे देखकर रोना भूल गया। उसे अपने ऊपर लज्जा हुई। एक औरत के सामने रोना उसे मंजूर नहीं था।

"क्या हुआ?" प्यारी ने पूछा।

"कुछ नहीं" रुस्तमखां ने उसे टालने को कहा। पर बांके के लिए यह विष हो गया। उसने चिढ़कर कहा—"कुछ नहीं! मैं इत्ता कह गया और तुम्हारे मुंह से निकला है, कुछ नहीं!!"

"रो साले! औरत के सामने रो!" रुस्तमखां ने कहा।

प्यारी मुस्कराई। कहा—"बता, मुझे तू। क्या बात हुई?"

बांके ने कहा—"तेरा वह है न?"

"मेरा कौन है?"

"खसम तेरा।"

प्यारी व्यंग्य से रुस्तमखां की ओर देखकर हंस दी।

रुस्तमखां के आग लग गई। डांट के बोला—"ठीक से बोल बांके!"

"अब तुम भी फिर गए मुझसे उस्ताद!" बांके ने घृणा से मुख विकृत करके कहा, जैसे इससे बड़ा विश्वासघात कोई और नहीं हो सकता।

"क्यों भला!" प्यारी ने कहा—"तू जुए की नाल लाए, रूपोली कोरिन पे तैने फन्दा डाला तो गंडासे की चोट मार गई जालिम। तू सात दिन कराहता रहा। समरत अहीर की भैंस लेके दूध पी-पी के तूने लौटाने की बात की, तो याद है न, तेरे मुंह में धूल भर दी थी उसने! गोरखी माली की बहन पे तैने हाथ उठाया था तो वो जूते खाए कि तू लोटन

कबूतर हो गया था। पिट के आया है मिट्टी का शेर!''

''मैं तेरा कतल कर दूंगा!'' बांके ने फूत्कार किया।

प्यारी हंसी। कहा—''कतल कर दूंगा! अभी दो-चार करके आ रहा है न!''

''मालूम है, सुखराम को मैंने किनारे लगा दिया?''

उस समय रुस्तमखां समझा, यह रोएगी। पर वह हंसी और कहा—''उसे किनारे लगा आया तो यहां आके क्यों मंझधार में डूब गया? तू तो कमीना कुत्ता है, कुतिया का जाया!''

''देखो उस्ताद!'' बांके चिल्लाया।

रुस्तमखां ने कहा—''साले, अब क्यों घिघियाता है? मैंने पहले ही कहा था, भौंके मत। तब तो साला भेड़िया बन गया था गीदड़! औरत से शेखी बघारता है और वहां से साला रोके भागा है। और फिर जब तू मार ही आया तो यहां क्यों रोया आकर? क्या तेरा यहां कोई बाप मर गया था?''

''कौन जाने!'' प्यारी ने मुस्कराकर कहा।

''तू कहां था?'' रुस्तमखां ने कहा।

''मैं...मैं...'' बांके अटका।

''अब फिर मर गई नानी।'' प्यारी ने कहा।

''तू क्यों...'' बांके ने कहा।

''अब मैं नहीं बोलूंगी कबूतरी के।'' प्यारी ने कहा—''कुछ कहेगा कि यों ही गुटरगूं करता रहेगा।''

रुस्तमखां ठठाकर हंसा।

प्यारी ने कहा—''अच्छा, तू जा रहा था, फिर...''

''फिर?'' रुस्तमखां ने कहा।

''फिर सबने घेरा, उस्ताद!'' बांके ने कहा—''पकड़ के साले को मारा!''

''तू अकेला था?''

''नहीं, हम कई थे।''

''वह अकेला था?''

''हां, उस्ताद।''

''फिर?''

''मारा उसे।''

''फिर रोता क्यों है?''

प्यारी ने कहा—''सांड है तो क्या, है तो गौ का पूत।''

''चमारों ने दगा की, वरना उसकी तरफ से क्या डर था? उसे तो हम मार ही चुके थे। उन्होंने घेर लिया। वे लट्ठबंद थे, और कई थे। धूपो ने मेरे मुंह में मिट्टी भरवा दी।''

उसकी आंखों से चिनगारियां निकलने लगीं। प्यारी तभी मुस्करा दी। पर इस समय वे दोनों नहीं देख सके।

''बड़ी हिम्मत हुई है उनकी!'' रुस्तमखां ने कहा।

उसके स्वर में आशंका थी। पर वह जैसे सोच नहीं पा रहा था।

प्यारी ने पूछा—''धूपो के इशारे पर वे लोग थे?''

बांके ने कहा—''धूपो ने सुखराम को बीरन कहा और उसका बदला लेने को लोगों को उकसाया।''

प्यारी को धूपो पर गुस्सा था। पर अब वह बांके को देखकर गल गया था। इस

समय धूपो के प्रति उसमें स्नेह जाग उठा। वैसा ही जैसे अपनी ननद को मुसीबत में देखकर अच्छे हृदय की स्त्री में उत्पन्न होता है। वह कल्पना करने लगी—सुखराम को उसने बीरन कहा। आखिर क्यों? क्योंकि सुखराम ने उसे अपना जरूर कहा होगा! देखने की बात जो है कि सुखराम ने धूपो को बांके से पिटते हुए छुड़ाया था।

बांके ने सुखराम का खून बहाया था! यह प्यारी के भीतर भरने लगा। कजरी से की हुई बातें अब याद आने लगीं। उसने कहा था कि प्यारी को बदला लेना है। पर वह बदला कैसे ले सकेगी? इसने सुखराम के ऊपर हमला किया था। उस तरफ तो जैसे इसका ध्यान ही नहीं, न रुस्तमखां ने इस बात पर ध्यान दिया कि यह भी बुरा था।

क्या यह इसे छोड़ देगी?

क्या वह बांके को छोड़ देगी?

नहीं!!

शब्द फिर टकराया—नहीं, नहीं!

प्रतिशोध लेना होगा। आंखों में चित्र दौड़ने लगे। दूर से कल्पना दिखाने लगी। सुखराम बेहोश था, वह आगे की बात तो नहीं जानती थी। कजरी की बात याद थी कि खतरा नहीं है। वही एक संबल था। वही तो उसको ढाढ़स दिए हुए था और उसी के बल पर अब तक वह बांके को छेड़ती रही है। सुखराम का खून बह गया है। वह जंगल में निराश्रित एक स्त्री के सहारे पड़ा है और यहां ये भेड़िये फिर खूनी साज़िश कर रहे हैं! क्या यह इन्सानियत है? नहीं, नहीं...

प्यारी को चक्कर-सा आ गया। किवाड़ पकड़ लिया, पर उसने शीघ्र ही अपने को संभाल लिया। इस बीच में वे लोग अपनी बातों में लगे रहे, अतः उसके मन की बात को वे लोग समझ नहीं सके। रुस्तमखां ने मुड़कर कहा—"अरी, तू सो क्यों नहीं जाती जाकर, थक जाएगी।"

"चली जाऊंगी।" उसने कहा।

"तू अब चाहता क्या है?" रुस्तमखां ने पूछा।

बांके ने सिर पकड़ लिया। फिर पूछा, "यह मुझे ही बताना पड़ेगा?"

"नहीं तो अब मुझे इलहाम होगा?"

"कह ही दूं।"

"तू कहे तो पहले शीरनी बंटवा दूं।"

"छेड़ लो उस्ताद! वक्त की बात है।"

"अबे, कौन-सा वक्त तेरा था जो हमारा न था। अलबत्ता यह बता कि जो हमारा वक्त था, वह क्यों हमेशा तेरा बनके रहा था?"

"मैं बहस नहीं करता, सुखराम को हथकड़ी डलवा दो।"

रुस्तमखां ने प्यारी की तरफ देखा। वह देखना उसकी चाल थी। वह खुद इस समय इस विचार से सहमत नहीं था, क्योंकि सुखराम उसका इलाज कर रहा था और सुखराम की मृत्यु का अर्थ था अन्ततोगत्वा उसकी अपनी मृत्यु, और वह भी तड़प-तड़पकर। इस समय उसे पहले के मुकाबले में चैन भी था।

प्यारी ने कहा—"मुझे क्या देखते हो?"

"तू बता। यह क्या कहता है?"

"यह कहता है, तुम सुनते हो।"

"पर मैं तुझसे पूछता हूं।"

"मैं तो रोकती नहीं, पर न्याय की बात करो।"

"वह क्या?"

प्यारी ने बांके की ओर देखा और पूछा—"तूने हमला किया था?"

"किया था।" बांके ने कहा।

"फिर?"

बांके कह नहीं सका।

प्यारी ने ही पूछा—"तू अकेला नहीं था न?"

"नहीं।"

"तूने तो अपना ज़ोर उस पर अजमा लिया।"

"हां।"

"फिर?"

बांके दूसरी बार इस "फिर" का उत्तर नहीं दे सका।

प्यारी ने पूछा—"सुखराम घायल हुआ?"

"हुआ।" बांके ने कहा।

"फिर क्यों उससे बदला चाहता है?"

"मैं भी तो घायल हुआ हूं।"

"तो तू क्या जानता नहीं है कि तू पहाड़ से टकरा रहा है?"

"मैंने उसे बता दिया आज।"

"तो अब तेरी चूड़ी क्यों खनक रही है जो घिग्घी बांध के हिमायती के पास आकर दुम हिला रहा है?"

प्यारी का तर्क ठीक था। गांव में बहस इसे ही कहते हैं। पर बांके भी गांव वाला था। उसने उसी परम्परा में अपनी बात को ही बेमतलब की सही, पर बार-बार कहकर उसी पर अड़े रहने की टेक सीखी थी, वह कह उठा—

"पर सुखराम ने तो मुझे मारा!"

"बराबर की हो गई।" रुस्तमखां ने फैसला दिया।

"सो कैसे उस्ताद?" बांके ने पूछा।

बात बिल्कुल साफ थी। पर बांके की राय में बराबर की बात तब होती, जब उसकी मूंछ ऊपर ही उठी रह आती।

प्यारी को और कुछ तो सूझा नहीं। उसे तो केवल अपने सुखराम की रक्षा का ध्यान था। सो उसने उसे बहुमत से भिड़ाकर अटका देने में ही कल्याण समझा। कहा—"चमारों ने अड़ंगा डाला। उनसे बदला ले।"

"बस!" बांके ने कहा।

"और इनसे पूछ।" प्यारी ने कहा।

रुस्तमखां तैयार नहीं था। उसने बात टालने को ही कहा—"अरे, तेरी आंख में भी चोट आई है?"

बांके ने आंख पर हाथ रखा। इतनी सूजी थी कि बन्द हो गई थी। बायां हाथ दरद कर रहा था। अंग-अंग में अब दरद महसूस हुआ। अब तक वह जोश में था, अतः क्रोध ने उसे पागल बना दिया था। पर एक बात ने उसे वस्तुस्थिति का परिचय करा दिया। और जितनी ही उसने अशक्ति अनुभव की, उतनी ही उसकी खीझ भी बढ़ती गई।

उसने कहा—"तो बोलो उस्ताद!"

रुस्तमखां कुछ कहना चाहकर भी जल्दी कुछ सोच नहीं पाया। उसे सोचते देखकर बांके को गुस्सा आया।

क्षण-भर रुक रुस्तमखां ने कहा—"ठीक है। प्यारी ठीक ही कहती है। तू ऐसा ही कर।"

बांके ने कहा—"तो उस्ताद! तुम्हारे लिए मैंने इतने करम किए—उनका बदला यह मिला! मैंने तुम्हारे लिए नजीरखां की बेवा बहिन को फंसाया, तुम्हारी खातिर मैंने उसका महल गिरवाया, तुम्हारे वास्ते मैंने उसके बच्चे को ठिकाने लगाया!"

प्यारी ने आंखें फाड़कर पापों को सुना। रुस्तमखां का चेहरा सफेद पड़ गया। पर बांके आवेश में कहे जा रहा था—"तुम्हारे हुकम पर मैंने चरनसिंह ठाकुर के घर में सेंघ लगाई, तुम्हारी बात का मोल समझकर मैंने जूए के अड्डे से रुपया वसूला, तुम्हारी एक निगाह के लिए कलार भीकम की तिजौरी को तोड़ा।"

बांके आवेश में था। उसने फिर कहा—"जिसने तुम्हारे लिए गोला गूजर के घर में कमल चौधरी की भैंस बांधकर उसकी चोरी की झूठी गवाही दी और उसकी हवालात में जाकर उसके बदन पर बूरे का पानी छिड़का और चींटियों से उसे कटवाया, जिसने रात-रात-भर इस बात की चौकीदारी में गुज़ार दी कि तुम पराई औरतों के संग छिनाला कर सको, जिसने तुम्हारे लिए मनसुखलाल किसान के भरे खलिहान में आग दी और जिसके बच्चे तड़फ-तड़फकर भीख मांगते फिरे, जिसने चमारों की हाट में तुम्हारे लिए लूट मचवा दी, क्योंकि चमारी ने तुम्हें रिश्वत देने से इन्कार कर दिया था, तुम उसी को आज यह थोथा जवाब दे रहे हो!"

रुस्तम गुस्से से कांप रहा था। प्यारी यह आश्चर्य से देख रही थी और रुस्तमखां चिल्लाया—"खबरदार जो बोला। साले बड़ा सिंहजी बनता है। हलक में हाथ डालकर ज़बान खिंचवा लूंगा कमीने कुत्ते! ज़रा-सी तपिश पाते ही भाफ की तरह भड़क उट्ठा! हरामज़ादा सूअर का बच्चा! आज तक तैने जो बदमाशियां की हैं उनसे तेरी हिफाज़त की! मैंने, कि तेरी अम्मा के किसी यार ने! अहसानफरामोश! नाली के गन्दे कीड़े! मैं न होता तो तू जेल में चक्की पीस-पीसकर दुहरा हो गया होता। आज जो हाथ उठा-उठाकर तू मेरे सामने बोल सका है, इन हाथों में पटसन बंटते-बंटते गड्ढे पड़ गए होते!"

वह अपनी आवाज़ चढ़ाकर उसे दबा चुका था। इसका दूसरा ध्येय था, प्यारी पर अपनी शराफत की झिल्ली चढ़ाना। पर प्यारी का मन घृणा से तिक्त, महातिक्त हो चुका था। इस समय उसने बहुत ही चतुराई से कहा—"क्यों इस दोगले के मुंह लगते हो? यह क्या है जो इसे तुमने कुत्ते की पूंछ की तरह नहीं समझा! बीमार हो, आराम करो। यह तो असल में तुम्हारा दुश्मन है। चाहता है, तुम बीमारी में ही काम करो और फिर पड़ रहो, ताकि इसका मुझ पर दांव चल जाए। मैं कहती थी, जाने दो, जाने दो। आज कहती हूं, इससे कह दो, मुझे अगर इसने बुरी नीयत से कभी अकेले में देखा, तो अच्छा न होगा।"

रुस्तमखां पागल-सा उठ खड़ा हुआ।

उसने कहा—"क्यों बे! ये बात है? तूने सोचा कि यह तो बीमार है ही। और सुखराम जेल में पहुंच जाए, फिर प्यारी मेरी है?"

उसने एक लात बांके के घायल हाथ में दी, बांके चिल्लाकर गिर गया। वह रोने लगा। प्यारी ने रुस्तमखां को पकड़ा और कहा—"मैं कहती हूं, तुम क्या करते हो? यह इस लायक नहीं कि तुम इसे पांव से भी छुओ। हरामी तुम्हारा ही नमक खाता है, तुम्हारे ही ऊपर बुरी आंख रखता है।"

रुस्तमखां ने कहा—"प्यारी, तू जा! सो जा।"

"तुम तो सो जाओ।"

"मैं भी सोऊंगा।"

प्यारी ऊपर आ गई। कुछ देर बाद उसे लगा, नीचे धीरे-धीरे बातें हो रही थीं। उसे आश्चर्य हुआ। यह क्या? आखिर रहा न गया। खिड़की से मुंडेर पर उतरी और धीरे-धीरे वहां पहुंची और ऊपर से सुनने लगी। उसे यह देखकर परम विस्मय हुआ कि दोनों जघन्य अब मित्रों की तरह बातें कर रहे हैं।

कान लगाकर सुना।

रुस्तमखां कह रहा था—"अबे, मैं उसकी बात से फौरन समझ गया था। तिरिया चरित्तर दिखा रही थी। हरामज़ादी अब पारसाई पर उतरी थी।"

प्यारी ने दृढ़ता से पत्थर पकड़ा। वह इस कदर चौंक गई थी।

बांके ने कहा। "उस्ताद!" और फिर गद्गद होकर कहा—"उस्ताद!"

रुस्तमखां ने कहा—"पर तू भी उल्लू का पट्ठा है।"

"क्यों?"

"पहले मान जा, बहस न कर!"

"अच्छा उस्ताद, मानता हूं। मैं उल्लू का पट्ठा, मेरा बाप भी उल्लू का पट्ठा था।"

रुस्तमखां ने कहा—"उसके सामने तू वह सब क्यों बक गया?"

"गलती हो गई उस्ताद।" उसने एक कान पकड़ा, फिर दूसरा हाथ भी कान की तरफ बढ़ाया, पर दर्द के मारे कराहकर रह गया, और हाथ को सहलाने लगा। उसके मुख पर नई आशा दिखाई दे रही थी।

प्यारी ने फिर सुना।

"ताजा मामला है। चुप हो जा।" रुस्तमखां ने कहा। फिर वह सोच में पड़ गया। बांके ने अत्यन्त उत्सुकता से पूछा—"फिर क्या करूं उस्ताद?"

रुस्तमखां ने कठोर स्वर से हाथ का इशारा करते हुए घृणा से कहा—"समझा? फिर किसी दिन सुखराम पर हाथ साफ कर लीजियो। कानों-कान खबर भी न होगी।"

प्यारी के रोंगटे खड़े हो गए। पसीना चुचा गया। क्या आदमी इतना कमीना भी हो सकता है? क्या वह इतनी गहराई तक भी गिर सकता है?

"समझा?" रुस्तमखां ने कहा।

"हां, उस्ताद।

"देख! आजकल वह मेरा इलाज कर रहा है।"

"कर तो रहा है।"

"ज़रूर फायदा करेगी वह दवा, आदमी इस मामले में तो जानकार है। उसने वादा किया है, और मुझे लगता है मैं अच्छा भी हो जाऊंगा। मगर उसका मुझे डर नहीं है। मुझे तो इसका खुटका है—यह छिनाल भी तो उसे भूली नहीं है।"

"तुमने सिर चढ़ा रखी है।" बांके ने कहा। और कुछ रुककर उसने फिर कहा—"उस्ताद, अब तो यह भी बीमार है?"

"है तो।"

"फिर इसे निकालो। मैं कोई नई ला दूंगा।"

"अबे, इसी की बदौलत तो वह मेरा इलाज कर रहा है!"

प्यारी चुपचाप खड़ी रही। गिरती तो संभव है सिर फट जाता, क्योंकि नीचे पत्थर की पट्टियां बिछी थीं। उसने नीचे देखा। इच्छा हुई, इस घृणित संसार में जीने से लाभ ही

क्या? मर क्यों न जाए? पर नहीं, ये लोग भयानक हैं। बांके अभी तक कमीनी बातों का जाल बुन रहा है। उसे तो जीना ही होगा।

रुस्तमखां ने कहा—''उस धूपो के पीछे पड़ा है। वह दो बच्चों की मां है।''

प्यारी के कान खड़े हुए।

बांके ने कहा—''बात ही ऐसी है उस्ताद।''

''बेकार परेशान है तू।''

''उस्ताद, रहा नहीं जाता मुझसे। औरत ना कर दे, यह सुनना मेरी ताकत के बाहर है।''

उसके स्वर में घृणित वासना ऐसे बोल रही थी, जैसे बिच्छू अपना डंक मार रहा था। रुस्तमखां ने बड़ी भलमनसाहत से समझाते हुए उससे नर्म आवाज़ में कहा—''पर उसमें कुछ हो भी तो।''

बांके की हंसी सुनाई दी और फिर उसने गुंडेपन से एक आंख से देखते हुए कहा—''उस्ताद, उसमें ना तो है। न-न करती को कुचलके, बाद में उसे देखके हंसने में बड़ा मजा आता है।''

उस वाक्य को सुनकर प्यारी के रोम-रोम में आग लग गई और उसे ऐसा लगा जैसे वह जली जा रही थी। वह उस विकराल कुरूपता की पराकाष्ठा को देखकर डरी नहीं। उसने दांत पीसे और पत्थर पर ही उसकी मुट्ठियां तन गईं और पेशी-पेशी घृणा से कठोर-सी हो चली। उसकी आंखों में खून छलक आया, खून! उसकी इच्छा हुई कि वह बांके को काट-काटकर फेंक दे।

रुस्तमखां ने कहा—''तो साली को कभी जंगल में घेर लीजो। आजकल अरहर खड़ी है।''

प्यारी ने इसे भी सुना और उसने मन-ही-मन कहा—''एक दिन तुझे भी देख लूंगी। मैं भी नटिनी हूं।''

तभी रुस्तमखां ने कहा—''तू घर न जाना।''

''क्यों।''

''अबे, खतरा है।''

''फिर क्या करूं?''

''बाहर का दरवाज़ा बन्द कर ले और छप्पर में सो जा—वहां।''

बांके ने कहा—''उस्ताद!''

''क्या है बे?''

''मरा जा रहा हूं।''

''बहुत चोट आई है?''

''तुम्हारे पांव पकड़ता हूं।''

''क्यों आखिर?''

''एक अद्धा मिल जाता।''

''थोड़ी-सी बची रखी है उस आले में। जा, ले ले।''

फिर लगा, अब वे अलग होंगे। प्यारी उसी रास्ते से अपने कोठे में लेट रही। रुस्तमखां भीतर कंबल लेने आया तो वह उसे सोती हुई मिली। उसने निश्चय करने को धीरे से पुकारा—''प्यारी!''

वह न बोली।

''सो गई।'' वह बुरबुराया और उसने ज़ोर से आवाज़ दी। प्यारी जैसे हड़बड़ाकर उठी।

''कुण्डा चढ़ा ले।'' उसने कहा।

रुस्तमखां बगल के कोठे में चला और प्यारी ने कुण्डा चढ़ा लिया। कुछ देर बाद उसने खिड़की से देखा। बाहर छप्पर में बांके खाट पर बैठा पी रहा था और अपने जख्मों पर शराब मल रहा था और कभी-कभी कराह उठता था।

प्यारी उसे खड़ी-खड़ी देखती रही। अपमान का गुबार उठने लगा और फिर सुखराम के शरीर से टपकता हुआ लहू उसकी आंखों के सामने समुद्र की तरह हिलोरे लेने लगा प्यारी को लगा, सारी दुनिया उस लहू से भीगकर लाल हो गई है। कजरी कह रही है—प्यारी, बदला ले। तेरे सामने मौका है! उसे चूक न जा।

सुखराम घायल लेटा है!! वह बदला नहीं ले सकता, न उस पर कोई शक कर सकता है। कजरी बैठी है पास!!! उसके ऊपर किसी की आंख नहीं जा सकती!!! और वह दूर!!! वह खुद सुखराम से दूर है!!

हृदय हाहाकार कर उठा।

दूर है!! दूर है!!! क्यों? रुस्तमखां की वजह से। इसी कमीने की वजह से। वह तो रोक नहीं सकता!! वह चली जाएगी! वह सुखराम के पास ही जाएगी! पर क्या ऐसे ही चली जाएगी? नहीं!! वह बदला लेगी!! और इस कमीने आदमी को सदा के लिए मिटा देगी जो पाप का भरा हुआ घड़ा है!! प्यारी इसमें से आती दुर्गन्ध को सूंघती है तो उसका भेजा सड़ने लगता है!!! वह उसे सह नहीं सकती!!

प्यारी की रगों में लहू तेजी से दौड़ने लगा। कनपटियां गर्म हो गईं। वह आज इसे मिटा देगी!!

कल सवेरे इसकी लाश पर सब थूकेंगे! कौन जान सकेगा कि यह काम उसने किया है!! वह सिपाही के पास है!! उस पर कौन शक करेगा!!

आधी रात हो गई थी। प्यारी खिड़की से उतरी। उसने धीरे से एक पांव निकाला। फिर दूसरा। फिर मुंडेर पर खड़ी हो गई। उसके मुंह में दांत भिंचे हुए थे। उसने कुछ दूर मुंडेर का सहारा लिया और आगे बढ़ी। फिर वह जब कोने पर आ गई तो दीवार छोड़ दी और झुककर उसने सामने छप्पर पकड़ा और उस पर धीमे से पांव जमा लिया। अब एक दम गिरने का तो भय नहीं था। वह धीरे से आहट लेती रही। बांके सो रहा था। सामने का द्वार बंद था। रुस्तमखां भीतर था। प्यारी छप्पर से झूलकर नीचे उतर गई। अंधेरे में खड़ी रही। जब उसे विश्वास हो गया कि कोई नहीं देख रहा है, तब दीवार के सहारे-सहारे आगे बढ़ी। वह नितान्त दृढ़ थी। यह नहीं कि उसमें किसी प्रकार का भी भय हो।

उसने आंचल में हाथ डाला और कुछ चीज़ बाहर निकाली और अब उसके हाथ में कटार थी। वह एक बार बांके की ओर देखती, फिर अपनी कटार की ओर।

उसने सांस रोक ली और चारों ओर देखा। कुछ नहीं। आकाश में धुंधले तारे टिमटिमा रहे थे। अंधेरी लौट-लौटकर काली हो गई थी और एक डरावनापन छा रहा था।

बांके सो ही रहा था। वह थक गया था। इस समय उसे सामने देखकर प्यारी को लगा कि जीवन की बहुत बड़ी कुरूपता उसी के हाथों समाप्त हो जाएगी। बांके ने करवट ली। वह डर गई। हृदय धड़क उठा। वह एकदम दीवार से सट गई।

वह दो क्षण-चुपचाप खड़ी रही। आहट लेती रही। कोई आवाज़ नहीं आई तब वह निश्चिन्त हुई। फिर उसमें साहस भर आया। फिर उसकी घृणा उसे उत्तेजित करने लगी। वह अब केवल एक ध्यान की ओर केन्द्रित होती जा रही थी, जैसे उसके शरीर का रोम-रोम प्रतिहिंसा की मूर्तिमान ज्वाला बन गया था।

फिर वह झपटी। अब वह क्रोध और आवेश से भर रही थी। उसने कटार वाला

हाथ ऊपर उठा लिया और झटपट उस पर वार किया। मुट्ठे तक छुरा उसके हाथ में घुस गया। वह चिल्लाया लेकिन प्यारी ने उसके मुंह पर हाथ धरकर जोर से दबा दिया और इससे पहले कि अंधेरे में वह पहचाने या उठे, उसने उसकी आंख पर अपना घुटना मारा और छुरा खींचकर निकाला और कसके एक हाथ मारा और बांके अन्धा हो गया और फेन-सा उसके मुंह से निकल गया। अब वह चिल्लाया नहीं। उसमें मुड़ने का भी दम न था। प्यारी ने फिर छुरा गड़ाकर बाहर खींच निकाला, और फिर तीसरा हाथ मारा।

पर तीनों वार दर्द वाले कंधे में लगे। वह अंधेरे में यह नहीं जान सकी। वह यही समझी कि काम हो गया है। अतएव उसने छुरा उसीके कपड़े में पोंछ दिया। पर वह मूंठ तक भीगा था। रक्त टपकना बन्द हो गया तो छुरा उठा लिया। पहले ही वार में बांके नींद में चिल्लाकर बेहोश हो गया था। अतः वह उसे पहचान ही नहीं सका। बांके की सांस फंसी-फंसी सी चल रही थीं। उसने देखा कि वह दम तोड़ रहा था और प्यारी को फिर वहां भय-सा लगा।

प्यारी भागी। दीवार के सहारे आ गई और फिर इधर-उधर देखकर छप्पर पर चढ़ी। फिर कोठे की खिड़की में आई और भीतर उतर आई। आते ही पहला काम यह किया कि छुरा पोंछा और उधर जहां लकड़ियां, कण्डे और कूड़ा पड़ा रहता था, उनके भीतरी भाग में उस कपड़े को फेंक दिया।

और ओढ़कर सो रही।

बाहर रुस्तमखां का स्वर सुनाई दिया—"अरे, कौन है!"

कोई नहीं बोला।

फिर पुकारा—"यहां कौन बोल रहा था अभी?"

प्यारी ने सांस रोक ली।

"कोई नहीं है।" रुस्तमखां ने कहा—"दरवाजा बन्द है। साला नींद में भी लड़ रहा है।"

दरवाज़ा बन्द होने की आवाज़ आई।

प्यारी उठी। उसने खिड़की से देखा। खाट पर बांके पड़ा था, यहां से साफ दिखाई दे रहा था। उसमें तनिक भी यह भाव नहीं था कि उसने मनुष्य की हत्या की थी। उसे तो यही लग रहा था कि उसने किसी बड़े क्रूर, विकराल, जघन्य, बर्बर पशु की हत्या की है, जिसे मार डालने में किसी भी प्रकार का दोष नहीं था।

फिर वह सोचते-सोचते खाट पर लेट गई। आज शरीर फूल का सा था। अब वह बीमार नहीं लग रही थी। उसने इतने दिन में जैसे अपने पापों का प्रायश्चित कर लिया था। कजरी के साथ पली हुई उस खानाबदोश करनटनी को आज बहुत दिन बाद ऐसा लगा कि वह स्वतन्त्र हो गई है। उसे कोई डर नहीं है।

उसे स्वयं इस पर ताज्जुब हो रहा था कि उसने इस सफाई से कटार चलाई कैसे। आज जाने कितने समय बाद ऐसी नौबत आई थी। आखिरी बार जब उसने कटार चलाई थी तो भी वह कई बरस की बात है। तब इसीला जिन्दा था। मनको हंस दी थी। कुछ नहीं, एक गुड़ की भेली के पीछे किसी नटिनी से लड़ाई हो गई थी। वह उसे चुरा-कर खा गई थी। उस दिन बड़ी मुश्किल से बीच-बचाव हुआ था। सुखराम ने सुना था तो पूछा था, कहीं लगी तो नहीं। बस और कुछ नहीं। सच तो यह है कि वह पहले था ही सीधा। प्यारी इस बात को सोचने लगी कि कजरी के साथ उसकी कैसे पटेगी।

अच्छा, बांके तो मर गया!

अब!!

सवेरे रुस्तमखां को पता चलेगा तो चौंकेगा! कहीं मुझे न पकड़े!

सो कैसे पकड़ेगा? मैं संग न फंसा दूंगी। मैं तो ऊपर सो रही हूं। कुण्डी भीतर से बन्द थी। मैं बीमार भी हूं।

न जाने और भी ऐसे ही वह क्या-क्या सोचती रही कि उसे नींद आ गई और आज कैसे वह घोड़े बेचकर सोने वाले सौदागर की तरह सो गई थी! उसे एक सपना तक नहीं आया।

रात का अंधियारा अब उसकी खिड़की पर हवा के झोंकों के साथ आ रहा था। सुनसान पर कुत्ते भौंकते थे और सनसनाती हवा दूर-दूर तक कांपती हुई-सी फैली जाती थी।

रुस्तमखां भी सो रहा था। उसकी नींद टूटी थी और बुखार के बाद की कमजोरी ने उसे ऐसा गिराया कि वह बहुत गहरी नींद में बेहोश-सा लेट गया। चारों ओर प्रशान्त अंधकार था। और कुछ नहीं। नितान्त नीरवता के साम्राज्य में एक शब्द भी सुनाई नहीं देता था।

दो घंटे बाद शायद बांके को होश आया। दर्द के मारे वह मरा जा रहा था। गला सूख गया था। हलक में से आवाज़ नहीं निकल रही थी। कुछ देर पड़ा रहा। जब प्यास बहुत तेज हो गई तो वह रुक नहीं सका। अपने साबुत हाथ का बड़ी मुश्किल से सहारा लेकर वह लड़खड़ाकर उठा, हालांकि इतने में ही उसका प्राण आकर कण्ठ में एकत्र हो गया, क्योंकि पुरानी चोट पर नई चोट ने गजब ढा दिया था। वह चला। उसे लगा। वह चक्कर खाकर गिर पड़ेगा। बड़ी ही मुश्किल से धीरे-धीरे घिसटता हुआ किसी तरह आगे बढ़ा और उसने द्वार खटखटाया।

रुस्तमखां सो रहा था और बांके के लिए मुसीबत थी कि हाथ ठीक से नहीं उठते थे।

भर्राए स्वर में पुकारा—"उस्ताद! उस्ताद!!"

उस आवाज़ के कीड़े दरवाज़ों की संधों में घुस गए और रुस्तमख़ां के कानों में ऐसे जा घुसे, जैसे वे उनके लिए बने हुए पुराने बिल थे।

रुस्तमखां जाग गया। उसे डर लगा। यह कैसी आवाज़ है, आज तक इसे सुना नहीं। वह कांप गया।

"कौन है?" उसने पूछा।

बांके ने अपने भर्राए स्वर से कहा—"खोलो दरवाजा, तुम्हारा बांके हूं। मैं हूं बांके।"

बांके का स्वर दूसरा था। रुस्तमखां कमज़ोर था ही। उसे विश्वास नहीं हुआ। अतः उसने टालने के लिए लेटे ही लेटे उसके घाव पर नमक छिड़का—"क्या है बे? सोता क्यों नहीं?"

बांके के आग लग गई। एक तो पीड़ा और फिर यह विचार कि उठकर दरवाज़ा खोलने में कष्ट होगा, इसलिए टाल रहा है। उसने चिढ़कर कहा—"मरा जा रहा हूं उस्ताद! कोई छिपके मार गया मुझे तो।"

"कौन मार गया?"

"अब यह मैं क्या जानूं? कोई तुम्हारा ही आदमी रहा होगा।"

"क्या बकता है?" रुस्तम ने डांटा—"मेरा आदमी! होश में है कि साले लात दूं बाहर आकर? बहुत शराब पी गया लगता है। सो जा! जा!"

"बकता हूं, या दम निकला जा रहा है—" बांके धम से वहीं बैठ गया और कहने लगा—"दो लात तुम भी दे लो", वह रो रहा था—"मैं तो मरूंगा ही, यहीं जान दे दूंगा। तुम्हारे ही दरवाज़े से मेरी ल्हास निकलेगी।"

रुस्तमखां डर गया। उसे लगा, सचमुच कुछ गड़बड़ हो गई। लाचार बुरा मानता हुआ

उठा। अभी तक उसके हृदय में बांके के रोदन से तनिक भी संवेदना पैदा नहीं हुई थी। और नींद बिगड़ने का उसे बड़ा मलाल था। आखिर लालटेन लेकर निकला।

बांके ने उसके पांव पकड़ लिए और रोया–"मुझे क्यों मरवा दिया तुमने? मैंने तुम्हारा क्या बिगाड़ा था? बदला लेना था तो अभी! तुमने इस कदर जुलम किया है मालिक!"

"क्या है बे?" रुस्तमखां चौंककर हट गया। फिर कुछ रुककर बात समझ कर, रोशनी कन्धे के पास ले जाकर गौर से देखा। बांके भयभीत-सा खड़ा हो चुका था। उसका शरीर कभी-कभी डर से कांप उठता था।

बांके के कंधे पर गहरे निशान थे।

"अबे, ये तो तीन निशान हैं?" रुस्तमखां ने कहा।

बांके रोया।

"रोता क्यों है? मर्द होकर रोता है?"

"उस्ताद, इस मर्दानगी से औरत होना अच्छा था।"

"पर हर बार कटार बेदरदी से खींची गई है और उसमें जख्म काफी चौड़े हो गए हैं।"

"उस्ताद, तुमने मुझे इसीके लिए रोका था!"

"अबे, क्या बकता है यह?" रुस्तमखां ने चौंककर कहा।

"फिर कौन आया था?"

"ज़रूर कोई आया है।"

रुस्तमखां आंगन में ढूंढ़ आया।

"कौन है उस्ताद?

"कोई नहीं।"

"दरवाज़ा भी बन्द है। कोई आता भी कहां से?"

"यही तो मैं भी सोचता हूं।"

"उस्ताद, तुम सोचते रहना। अब तो तुम्हारे यहां की खाटें भी कटारें भोंकने लगीं। मरवा दिया तुमने।" वह फिर कायरों की तरह रोने लगा। वह सचमुच उस जालिम से डर गया था।

सुबह देखा, प्यारी की तरफ के छप्पर में कुछ भी नहीं था। जहां से वह जल्दी में चढ़ी थी, फूंस खिंच आया था।

"इसका मतलब है, हमलावर इधर से आया था!" रुस्तमखां ने कहा।

उस तरफ चमरवारा था।

बांके ने दूसरे हाथ से मूंछों पर हाथ फेरा और कहा–"ज़रा हाथ ठीक हो ले तो एक-एक को..."

वह गुस्से के मारे कह नहीं सका।

प्यारी आज उठी तो देह हल्की थी। उसका मन प्रसन्न था। जैसे ताज़ी-ताज़ी बाड़ी को खा जाने वाली सेही को मारकर किसान को आनन्द आता है। और दूसरे दिन वह अपनी सब्जियों को देखता है कि सेही की अनुपस्थिति में उसकी सब्ज़ी कितनी बढ़ गई है, उसी प्रकार प्यारी ने आंगन में खिड़की से देखा।

वहां कोई नहीं था। उसे आश्चर्य हुआ। हो सकता है रुस्तमखां भीतर ले आया हो। पर मरे को उठाने से फायदा ही क्या!

उसने मुंह धोया और नीचे उतर आई। देखा, कोठे में बांके बेठा था। रुस्तमखां गम्भीर था। दोनों को चुप देखकर प्यारी ने कहा–"क्या हुआ?"

“देख!”

प्यारी ने देखा। बाल-बाल बच गया था। वह चौंकी। कहा—“हाय, किसी बड़े निर्दई की लाग है?”

“कोई चमरवारे का आदमी था।” बांके ने कहा—“देख, वह छप्पर...”

प्यारी अब कांप उठी। वह समझ गई कि निर्दोषों पर वज्र गिरेगा।

19

गोली खतम होने को आ गई और रुस्तमखां की तन्दुरुस्ती पहले से कहीं अच्छी हो गई थी।

उसने कहा—“तू कैसी है?”

प्यारी ने कहा—“अच्छी हूं। तुम कैसे हो?”

“फायदा तो मुझे भी है।”

“फिर और क्यों नहीं मंगवाते किसी को भेजकर?”

“भेजूं किसे?”

प्यारी ने कहा—“अरे, इतने आते-जाते हैं। किसी से कह दो। हुकुम टाल थोड़े ही सकता है।”

“पर मैं सोचता हूं, वह भी तो घायल है।”

“तो क्या हुआ!” प्यारी ने कहा—“गोली बनाने में क्या लगता है! मैं वहां थी, तब तो यों ही बना-बनाके बांटा करता था लोगों को। मैं देखती न थी तब?”

रुस्तमखां ने कहा—“तब ठीक है, मैं देखता हूं।”

“तुम समझते नहीं, इस इलाज में लगातार दवा पहुंचने का ही गुन है!”

“सो तो मैं जानता हूं।”

“अरे, खाक जानते हो। अभी कहते थे, आदमी नहीं है।”

प्यारी की मीठी-मीठी बातों से रुस्तमखां चक्कर में आ गया। वह समझ न सका।

चक्खन आ गया था।

“क्यों चक्खन,” प्यारी ने कहा—“जमादार की तन्दुरुस्ती कैसी है?”

“बहुत अच्छी है।” चक्खन ने तारीफ में कहा।

प्यारी ने आंख से इशारा किया और बोली—“लो देखो, मैं न कहती थी चक्खन! तुम्हारे जमादार दवाई नहीं खाते।”

“तुम्हें मेरे सिर की कसम है जमादार!” चक्खन वफादार ने कहा। मुंह-ज़बानी हमदर्दी में वे गांव में सबको हराते थे।

“तू चला जा चक्खन!” प्यारी ने दयनीय स्वर में कहा। अब वह अपनी दवा चाहती थी। जीवन के प्रति एक नया विश्वास आ गया था। सुखराम से मिलने का यही रास्ता रह गया था।

“कौन मैं?” चक्खन चौंका। उसे अब लगा कि वह गलती कर गया है। पर अब मौका हाथ से निकल चुका था।

“क्या, तू डरता है?” प्यारी ने कहा।

“चला जाऊंगा। पर कहीं मारेगा तो नहीं?”

"मारेगा?" प्यारी ने आश्चर्य से पूछा। जैसे चक्खन-जैसा वीर और ऐसी ओछी बात कहे। भला प्यारी इसे कैसे मान ले! वह तो ऐसा सोच भी नहीं पाती।

"कम्बख्त में राक्षस का बल है।" चक्खन को अपनी जान की पड़ी थी। उसे इसके ताज्जुब से क्या लेना-देना था। वह अब अपने आगे-पीछे की सोच रहा था। सच तो यह था कि वह ऐसे ही काम को काम कहता था जिसमें कुछ लाभ होता दीखता था। परोपकार को वह सबसे बड़ी मूर्खता कहा करता था।

"तू भी तो यादौं छत्री है। चक्खन!" प्यारी ने कहा और उसकी ओर गहरी दृष्टि से देखा जिसमें हिराकत भरी थी। चक्खन वह दृष्टि सह नहीं सका। वह दृष्टि नहीं थी, चुनौती थी।

एक तो अहीर क्षत्री बन गया? फिर औरत की बात! मरद हजार कहे तो बन्दर भगाने न जाय। औरत का मौका आए तो चीते तक के सामने अड़ जाए! एक ही चोट काफी रही। चक्खन खड़ा हो गया। बोला–"मैं जाता हूं।"

जब वह सुखराम के डेरे पर पहुंचा तो सुखराम सो रहा था।

"क्यों, सुखराम यहीं रहता है?"

"हां।" कजरी ने पूछा–"तुम कौन हो?"

"मैं चक्खन हूं।"

"चक्खन हूं!" कजरी ने कहा, "तहसीलदार हो, दरोगा हो, लाट साहब हो कि नाम से ही मैं समझ जाऊंगी? क्या काम करते हो, बताओ!"

"अरी, मैं रुस्तमखां का भेजा हुआ हूं।" चक्खन ने झेंप और खिसियाकर कहा।

"कौन रुस्तमखां?" वह जानबूझकर बनी।

"वही सिपाही, जिसकी आजकल सुखराम की बहू रखैल है।" उसने व्यंग्य किया।

"अरे, तो!" कजरी ने कहा–"पहले क्यों न कहा, कि तू मेरी सौत का नौकर है!"

"ऐ-ऐ, होश से बोल!" चक्खन ने कहा–"नौकर होगा कोई और! मैं तो दवा लेने आया हूं।"

"कैसी दवा?"

"रुस्तमखां ने मंगाई है।"

कजरी ने हाथ उठाकर डेरे के भीतर इशारा किया और कहा–"वह सो रहा है।"

"कौन?"

"सुखराम?"

"अरी, तो वह जागेगा नहीं?"

"देर में सोया है।"

"अरी, चल-चल, जगा दे उसे! क्या ज़माना आ गया है!" चक्खन ने कहा–"तू कौन है?"

"मैंने कहा तो," कजरी ने कहा–"तेरी मालकिन की सौत हूं।"

कजरी उसके पास चली गई।

"देख, फिर तूने वही कहा," चक्खन बोला–"तुझमें बिल्कुल तमीज नहीं। कैसे बोलती है!"

"अच्छा, तो तू उसका काम क्यों करता है?"

"वह मेरा दोस्त है!"

"कौन दोस्त है? रुस्तमखां! वह तो सिपाही है। उसकी-तेरी क्या दोस्ती? तू क्या काम करता है?"

"मैं यादौं छत्री हूं।"

"ठाकुर!!" कजरी ने कहा—"बड़े भाग!"

अब चक्खन का साहस बढ़ा। उसने हाथ उठाकर कहा—"भीतर जाकर उसे जगा दे?"

"तेरे बाप की नौकर हूं जो...!" कजरी ने कहा।

"बाप रे, बड़ी लड़ाका औरत है!"

"औरत होगी तेरी लुगाई! समझा? मुझसे और न कहियो।"

चक्खन सकते की-सी हालत में पड़ गया। कजरी ने कहा—"क्यों रे! इधर-उधर का काम करता डोलता है, रुपया-धेला महीना में तुझे वहां मिल ही जाता होगा? अरे, कौन किसी से बिना पैसे बात करता है, सब टुकड़ों के मुहताज होते हैं।"

"बोलती कैसे है?"

चक्खन ने कहा और बैठ भी गया। परन्तु इसमें उसे घोर अपमान लग रहा था। गांव वाले सुनेंगे तो कहेंगे कि नट के द्वार पर बैठा रहा। इतना भी दबदबा नहीं रहा कि नट हुकुम पर काम करते और कजरी सामने अभी टेढ़ी खीर बनकर खड़ी थी।

वह ज़ोर से बोला—"मैं कहता हूं..."

"चिल्लावै मत, जग जाएगा। बड़ी देर से सोया है।" कजरी ने और ज़ोर से कहा। चक्खन कायर आदमी, दब गया।

थोड़ी देर और बैठा रहा। कजरी डेरे में गई तो उसे ढाढ़स हुआ कि अब यह उसे जगा देगी। विचार आया कि बिना ज़ोर-ज़बर के नीचों से काम निकलता ही नहीं। जब तक चुप बैठा था सुनती ही नहीं थी, अब डांटा तो गई भीतर। पर कजरी बाहर आ गई।

"तो मैं क्या बैठा रहूंगा?" उसने कहा।

कजरी भीतर फिर चली गई। भीतर उसने डेरे के कोने में पड़ी घास इकट्ठी की और पीछे की तरफ से जाकर घोड़े को डाल दी। घोड़े पर हाथ फेरा और जब घोड़ा खाने लगा तो फिर सामने आ गई। चक्खन का बांध अब टूट गया। कजरी को देखकर कहा—"तो क्या यहीं समाध लगा दूं?"

"चला जा। मैंने कब बैठने को कहा?" कजरी ने उत्तर दिया और फिर भूरा की कठौती धोने लगी। भूरा ने कहीं दूर से अपना इन्तज़ाम होते देखा तो तुरन्त आ गया। मोटा और मज़बूत कुत्ता देखकर चक्खन ज़रा सोच में पड़ गया। कुत्ता आया और उसने चक्खन की बगल में खड़े होकर देखा और जैसे आगन्तुक का स्वागत किया, उसकी पीठ की तरफ सूंघा। चक्खन को लगा कि अब काटा। कुछ पीछे मुड़ने की खातिर बहाने के लिए चक्खन ने पीठ खुजाई और कंधे के पीछे झांका। कुछ नहीं था। चेतना लौटी।

"मैं जगा लूं?" चक्खन ने उठते हुए कहा। वह उठा तो इसलिए था कि कुत्ते के बवाल से बचे। परन्तु कजरी समझ गई। मन-ही-मन मुस्कराई। समझ गई, बड़ा भारी पोच है। परन्तु बोली कुछ नहीं। कुत्ता और पास आया। चक्खन ज़रा और आगे बढ़ा। खीझकर बोला—"तू तो कुछ सुनती ही नहीं।"

"तू समझा होगा, अकेली हूं? तेरे-जैसों के लिए तो मैं ही बहुत हूं।" कजरी ने उत्तर दिया।

"भूरा!" कजरी ने आवाज़ दी।

कुत्ता गुर्राया। उसके गले से भारी आवाज़ निकली। चक्खन बैठ गया।

कजरी ने कहा—"आ बेटा!"

भूरा पास आया। उसने रोटी के टुकड़ों को खाना प्रारम्भ किया। मोटे और बड़े कुत्ते

को काम में लगा देखकर चक्खन को चैन आया। खा-पीकर कुत्ता फिर मटरगश्ती पर निकल गया।

चक्खन बैठा ऊब गया।

अब वह बुरबुराया—"मैं पहले ही कहता था। पर वह मानती ही न थी। मुझे ही भेज दिया। सवेरे-सवेरे काम का बखत! और यह मुसीबत!!"

असल में किस्सा यह था कि चक्खन अपने ढोर रात को खोल देता और वे ठाठ से खेतों को चरते। अगर कोई किसान उसके हर्‌या ढोर को किसी तरह पकड़ भी लेता और कांजीहौस छोड़ भी आता तो चक्खन रुस्तमखां की सिफारिश ले जाता और ढोर-मुंशी उसके जानवर छोड़ देता। आज सवेरे अपने दो ढोरों को छुड़वाने की सिफारिश करवाने आया था। वर्ना खामखाह एक रुपया ठुकता। इसलिए वह इतना चलने को भी तैयार हो गया था। अव्वल तो बेगार। और फिर काम भी मान ही लिया, तो नई मुसीबत।

कजरी ने आग में घी डाला।

पूछा—"सवेरे-सवेरे निकला होगा।"

"और क्या?" उसने कुढ़कर कहा—"हमने कभी तहसीलदार का भी इन्तज़ार नहीं किया।"

"अरे भूखा होय तो रोटी दूं।" कजरी ने कहा।

"अरे चल नटिनी! तेरे हाथ का खाऊंगा मैं?"

"क्यों, यहां कौन देखता है?" कजरी ने कहा। "मेरे संग तो लाला—बनिया, बामन, ठाकुर सब खा चुके हैं।"

"सच?" चक्खन ने कहा—"कौन-कौन?"

"क्यों, तू क्यों जानना चाहता है?"

"अरे नहीं। ऐसे ही।" चक्खन ने कहा—"मुझे क्या? पर बुरी बात है। वहां धरम की बात करते हैं, यहां सब खा-पी जाते हैं।" उसने सिर हिलाया।

कजरी मुस्कराई। कहा—"तू ही डरता है।"

"सो कैसे?"

"मैं कहती हूं, अभी गरम-गरम ठोंकी हैं..."

"नहीं-नहीं, राम-राम", चक्खन ने कहा—"वह तो बखत का फेर है। नहीं तो नटिनी की इतनी हिम्मत!"

"हिम्मत की न पूछ।" कजरी ने कहा—"यह तो मन की बात है। अब मन ही तो है। तुझी पे आ गया। तभी तो उसको जगाती नहीं।"

चक्खन की आंखें फट गईं। कहा—"क्या कहती है?"

"मैं कहूं," कजरी ने लाज से घूंघट-सा करके कहा—"मेरे संग उधर जंगल में चलेगा न?"

"क्यों नहीं!" चक्खन हंसा।

"इसमें धरम नहीं जाता तेरा?" कजरी ने मुंह खोला।

"अरी, ये और बात है।" चक्खन ने कहा।

"क्यों?" कजरी कुढ़ी।

चक्खन ने कहा—"धरम तो करम के ऊपर होता है।" और उसने विजय की दृष्टि से उसकी ओर देखा, जैसे स्त्री को पराजित करने में देर ही कितनी लगती है। परन्तु कजरी ने कहा—"तेरी भैन-बेटी ने ही तुझे यह धरम सिखाया होगा?"

चोट मर्म पर पड़ी। चक्खन तिलमिला गया। कजरी मुस्कराई। चक्खन जवाब न दे

सका। वह सकते की-सी हालत में पड़ गया था। कहे तो क्या कहे! पर अब बैठना भी असम्भव था। इतनी करारी चोट पड़ी थी कि उसकी अन्तरात्मा तक को झकझोर डाला गया था। उसकी जघन्यता इतनी नग्न थी कि वह उसे देखकर स्वयं ही लज्जित हो उठा था। उधर स्वार्थ था। दोनों ढोर उसकी ओर देख रहे थे। फिर सिपाही का क्या ठीक! कहीं बिगड़ गया तो!! एक ले-दे के सहारा है, वह भी टूट जाएगा। इसी कशमकश में उसके कुछ क्षण बीत गए। तब वह अन्त में निराश होकर चिल्लाया—''मैं जा रहा हूं। समझी! कह दीजो अपने खसम से कि मैं नहीं रुकता।''

''चला जा, चिल्लावै मत!'' कजरी ने कहा—''वह तेरे बाप का नौकर नहीं है।'',

''देख, तू ठीक से बोल, नहीं तो...।''

''नहीं तो, तू मुझे सूली दे देगा न?'' कजरी ने कहा—''फिर तो चिल्ला के देख!''

सुखराम की नींद खुली। उसने सुना, कोई चिल्ला रहा था—''हरामजादी! नटिनी! तू समझती है, मैं तुझसे डर जाऊंगा?''

''गाली मत दीजो मैं कहती हूं।'' कजरी का स्वर सुनाई दिया। वह स्वर कठोर था।

सुखराम उठा। बाहर एक आदमी खड़ा है। मुंह देखा। चक्खन था। सुखराम को हंसी आ गई। चक्खन गुस्से में है और मुंह चला रहा है और देखा, कजरी हाथ में जूता लिये खड़ी है।

''अब के दे गाली!'' कजरी ने कहा।

''तू ही तो बकती थी।''

''मैं कब बकी, बोल...''

चक्खन चिल्लाया—''मैं कहता हूं...''

''मैं कहती हूं पुकारै मत!'' कजरी ने कहा—''वह सो रहा है। अच्छा नहीं होगा। कह दीजो अपने सिपाही से, जेल में डाल दे। सह लेंगे सब! समझा! हमारे पास जमीन-जैजात नहीं कि डर जाएं। जान है तो जहान है। यहां हैं तो यहां हैं, नहीं तो कहीं और हैं। धरती अपनी नहीं, घर नहीं, पर नींद अपनी है, समझा! उसे हमसे कोई नहीं छीन सकता। गोली लेनी है तो पड़ा रह। नहीं लेनी है, हम खबर भेज देंगे कि गोली क्यों नहीं मंगाते। कोई आदमी क्यों नहीं भेजा आज तक!''

''और मैं जो आया हूं!!'' चक्खन ने पूछा।

''अरे कौन है?'' सुखराम ने कहा।

वह बाहर आया तो कजरी मुंह पर घूंघट डाल भीतर चली गई। चक्खन को लगा कि अब पिटा। उसने सुना तो था कि वह घायल हो चुका था। पर भय की तो सीमा नहीं होती। उसके पौरुष की अभूत गाथाएं सुनकर उसका दिल पहले ही कमज़ोर हो चुका था। अब कहीं नींद टूटने से तो बाहर नहीं निकला है? फिर भी जी कड़ा करके खड़ा रहा और कहा—''मैं हूं चक्खन!''

''कैसे आए भाई?''

चैन पड़ा। जान में जान आई। बोला—''यह तुम्हारी औरत...''

वह कह नहीं पाया था कि कजरी फिर बाहर टूटी—''फिर तूने मुझे औरत कहा?''

''देखो सुखराम! देखो...'' चक्खन गिड़गिड़ाया।

सुखराम ने डांटा—''कजरी!''

कजरी भीतर चली गई।

कुछ देर बाद जब सुखराम भीतर आया तो उसने देखा, कजरी खाट पर पड़ी पड़ी हंस रही थी।

"अरी, क्या बात है आज? क्यों हंस रही है?" उसने पूछा।

"हंसूंगी नहीं?" उसने धीरे से कहा, "बड़ी देर से मैंने इससे बक-बक की है।"

"क्यों भला?"

"कहता था, जगा दे!"

"तूने जगा क्यों न दिया?"

"सो क्यों जगा देती!" कजरी ने हंसकर कहा—"ऐसा-ऐसा खिसियाया है कि कह नहीं सकती।"

"तू बड़ी मक्कार हो गई है!"

"तेरी कसम! तैने बना दी है।"

"मैंने? यह भी मेरा कसूर है?"

"बिल्कुल! जब से तेरा संग हुआ है, मुझे डर नहीं लगता। चाहे जिससे अकड़ जाने की इच्छा होती है।"

जब सुखराम ने फेंटा सिर पर धरा, तो वह चौंकी।

"क्या बात है?" उसने पूछा।

"अरी, वह आया है न?"

"तो तू जंगल जा रहा है दवाई लेने?"

"हां। न जाऊं?"

कजरी ने उत्तर नहीं दिया। उसके मुख का आह्लाद ऐसे हट गया, जैसे किसी पत्थर तोड़ने वाले की सख्त उंगलियों ने गुलाब की पंखुड़ी को मसलकर फेंक दिया हो। उसकी आंखों में विषाद की गहरी छाया उतर आई और फिर उसमें एक तरलता कांप उठी। सुखराम ने देखा, वह रो रही थी।

"क्यों रोती है?" उसने पूछा।

कजरी ने मुंह छिपा लिया। अभी वह जिस खाट पर पड़ी-पड़ी अकेली हंस रही थी, वहीं वह पड़ी-पड़ी रो रही थी। अचानक ही आकाश में निकला हुआ इन्द्रधनुष ढक गया और काले-काले बादल घुमड़ आए। सुखराम को आश्चर्य हुआ। फिर पूछा।

परन्तु कजरी ने उत्तर नहीं दिया। उसके मन में कचोट थी। वह स्वतन्त्रता की भावना खो गई। उसे महसूस हुआ कि वह निरीह थी। उसका संबल ही निरीह था। क्यों? क्या वह डरती है? डरे क्यों नहीं? स्त्री और बच्चा अपने को एकदम आज़ाद समझ सकते हैं? पर वह तो ज़िम्मेदारी नहीं भूल सकता। अगर वह भी बड़े लोगों को जवाब दे उठे, तो उसे तो कोई दया करके छोड़ नहीं देगा।

किन्तु यही तो वह सब नहीं था जिसने उसे रुलाया था। न जाने कहां एक छोटी-सी ईर्ष्या की अनी थी जो हृदय के भीतर गड़ी हुई कसमसा रही थी। उसी के कारण तो जा रहा है, अन्यथा वह जाता ही क्यों? पर क्यों न जाए वह? जाता है तो जाए, अपनी भी उसे चिन्ता नहीं। वह अपने से ऊपर रखता है उसे? यानी मैं तो कुछ हूं ही नहीं।

सौत का यह प्रभुत्व उसकी आत्मा को झकझोर उठा। उसको लगा, वह निराधार है। उसका अपना कोई नहीं है। कोई नहीं है। सब होने वाले झूठे हैं।

"चला जा, लौट के न अइयो!" कजरी ने कहा। उसके स्वर में असीम यातना थी। सुखराम ने सुना तो उसके दिल पर धक से चोट हुई। यह क्या हुआ? वह देख ही रहा

था कि उसमें कितना परिवर्तन कितना शीघ्र आया था। क्या वह स्वयं उसके लिए जिम्मेदार नहीं है! उसी के कारण तो यह सब हुआ है। उसका मन भीतर ही भीतर व्याकुल हो उठा।

"क्या कहती है कजरी?" उसने अचकचाकर पूछा।

"क्या कहती हूं? तू नहीं समझता?" कजरी ने प्रतिवाद किया—"मैं क्या अपने लिए कहती हूं? आखिर मुझे अपना कोई ख्याल नहीं?" कजरी की बात में कितनी सच्चाई थी! सुखराम इसका अन्दाज़ा नहीं लगा सका। कजरी ने ही फिर कहा—"मैं अपने स्वारथ की बात ही कहती होऊं, सो बात नहीं है। तू ही क्यों नहीं सोचता, क्या तू इस लायक है कि इस हालत में जंगल जाकर अपना काम अपने-आप कर आए?"

"कल भी तो गया था!" उसने कहा।

"तू गया था। पर साथ में मंगू था, बहू थी, मैं थी। तू अकेला तो न था!"

कजरी की बात ठीक थी। सुखराम कुछ देर को चुप हो रहा। बाहर चक्खन घबरा रहा था। सुखराम ने धीरे से कहा, "कजरी! मैं क्यों जाता हूं, जानती है?"

कजरी ने मुंह फेर लिया। वह मान था। युगों से पति-पत्नी के प्रेम का एक आनन्द बनकर यह झूठा युद्ध रहा है, जिसमें जान-बूझकर लड़ा जाता है, और फिर अपने मुंह से कहने को, बार-बार उसकी बात को दुहराने के लिए जैसे स्वांग रचा जाता है। बुरा मानना हो मान जाओ, अपनी बला से—यह भाव उसमें नहीं रहता। उसमें यह है कि तुमने ऐसी बात कही ही क्यों जो मुझे अच्छी नहीं लगी! परन्तु यह मान नहीं था।

कजरी ने देखा, सुखराम कुछ और कहना चाहता है।

सुखराम ने कहा—"वह बीमार है!"

बस! और कुछ नहीं। कजरी की कल्पना ठीक निकली। उसी के लिए जा रहा है यह। यह उसके सामने अपने को कुछ नहीं गिनता, यानी मुझे कुछ नहीं गिनता। मेरी सत्ता क्या है? उसके सिलसिले में ही कजरी की अहमियत है, बीच में से कहीं से शुरू होती है, बीच में ही कहीं जाकर खतम हो जाती है। प्यारी ही आदि है, वही अन्त है, सुखराम उसका एक माध्यम है।

"प्यारी बीमार है।" कजरी ने कहा, "जानती हूं, तुझे उसकी बड़ी फिकर है। पर जितना ध्यान तुझे उसका है, उससे थोड़ा भी अगर..."

वह कह न सकी। रो पड़ी। अपने लिए वह अपने-आप कैसे कहे, जब उसका कमेरा ही उस पर ध्यान नहीं देता!

सुखराम पास आ गया। कहा—"कजरी!"

"क्या है!!"

"मुझे तेरा क्या ध्यान नहीं?"

कजरी चुप हो गई है।

"मुझे उसका इलाज करना है।"

"तो कर।"

"तू नाराज है?"

"क्यों होऊंगी? यह तो अच्छा ही है। कल को अगर मैं बीमार पड़ गई, तो मन से भले ही नहीं, पर दिखावे को तू यह सब मेरे लिए भी करेगा ही।"

"क्यों, क्या तुझे मुझ पर भरोसा नहीं?"

"नहीं।" कजरी ने कहा।

सुखराम देखता रहा।

कजरी ने कहा—"चल। मैं चलती हूं तेरे साथ।"
"कहां?"
"जंगल में।"
"क्यों, चक्खन है तो सही।"
"अरे, यह पहले ही भाग जाएगा।"
फिर कजरी ने कहा—"चक्खनसींग।"
चक्खन ने कहा—"क्या है?"
"जंगल चल रहे हो? मैं चलूंगी भला।"
चक्खन झेंपा। डरा भी। बोला—"मैंने क्या कहा है सो!"
"तो क्या मैं कुछ कहती हूं?"
बाहर आ गए। तीनों चले।
कजरी ने कहा—"क्यों चक्खन! इसे लौटा दूं?"
चक्खन कांप गया। सुखराम ने गूढ़ दृष्टि से उसे देखा। वह घबराया। बोला – "मैं यहीं बैठा रहता हूं। तुम लोग लौट आओ।"
"क्यों?" कजरी ने कहा—"तू क्यों नहीं चलता?"
"मैं यहीं ठीक हूं।"
"अरे, चल भी।" कजरी ने कहा—"यह बड़ा भयानक है। अभी चाहे तो यहीं कतल कर दे।"
"राम-राम!" चक्खन ने कहा—"हाय! हाय! मर गया!"
और बैठ गया।
"अरे, क्या हुआ?" सुखराम ने कहा।
"भइया," चक्खन ने कहा—"मुझसे चला नहीं जाता, बड़ी ज़ोर की मोच आ गई है। हाय, घर तक कैसे पहुंचूंगा?"
कजरी ने कहा—"अरे, यह तो मामूली-सी बात है। कह तो, कहां दर्द है!"
उसने झूठे में ही कहा—"यहां।"
कजरी ने कसके उसके टखने में लात दी। चक्खन लोट गया। सुखराम की हंसी फूटी। पर वह दाब गया। कहा—"अब तो मोच ठीक हो गई होगी?"
"अभी दरद है।" चक्खन ने कहा।
"तो कजरी, फिर से उतार।"
"नहीं परमेसुरी!" चक्खन ने घिघियाकर कहा—"अब उतरी ही समझ।"
"क्यों चक्खनसींग", कजरी ने कहा—"धर्म कहां से कहां तक होता है?"
"चोटी से एड़ी तक।" चक्खन ने कहा।
"चल उठ।" कजरी ने कहा—"अब मत छेड़ियो किसी को। कोई नहीं मारे डालता है तुझे। जल्दी चल।"
सुखराम पूरी बात तो नहीं समझा। पूछा—"क्या, बात क्या है?"
"कुछ नहीं। ऐसे ही।" चक्खन ने कहा और दयनीय दृष्टि से कजरी को देखा।
कजरी ने कहा—"जंगल आ गया। जल्दी दवाई ले ले। फिर चल।"
धूप बढ़ गई थी।
जंगल से लौटे तो सुखराम ने कहा—"कजरी!"
"क्या है?"

"इसे पीस दे पहले। गोली बना दूं।"

"ला! दोनों दे दे।"

कजरी ने रूखड़ी ली और कहा—"चक्खन, एक काम करेगा?"

उसकी मीठी आवाज़ सुनकर चक्खन बोला—"कहके तो देख!"

"देख! मेरा हाथ घिरा है।" कजरी ने कहा—"जरा घोड़े के आगे घास सरका आ।"

चक्खन फिर मारा गया। लाचार गया। लौटा तो कजरी ने कहा—"चक्खन, तू बड़ा अच्छा आदमी है। मैं ही मूरख हूं जो तुझ-जैसे भले आदमी को मैंने इतनी खरी-खोटी सुनाई।"

"अरे, क्या कहती है?" चक्खन ने कहा।

"तू मुझे माफ कर दे चक्खन! नहीं तो मुझे मन में गांस गड़ती रहेगी। तुझसे मैंने काम और करा लिया! तुझे बुरा लगा होगा?"

"बिल्कुल नहीं।" चक्खन ने कहा—"तू कैसी बात करती है! काम तो तूने बताया ही नहीं।"

"अच्छा, तो एक डोल पानी खींच ला न कुएं से।"

चक्खन चला गया। फिर मन में खिजलाया। सुसरी ने फिर काम पर लगा दिया। पानी लाकर रखा तो कहा—"ले, बस!"

"अरे, तू तो बुरा मानता है।"

चक्खन रूठा हुआ था। बोला नहीं।

"मैं तो जानती थी।"

"क्या?"

"तू गुस्सा है। तूने मुझे अभी तक माफ नहीं किया।"

चक्खन ने कहा—"अब तुझे कैसे समझाऊं?"

कजरी ने रूखड़ी पीस के सुखराम के लगा दी।

"यह क्या?" चक्खन ने कहा—"तूने वह वाली नहीं पीसी?"

"हाय, कैसा आदमी है!" कजरी ने कहा—"जरा खबर नहीं। इत्ता चलके आया है, उसका मुझे ख्याल ही नहीं।"

"पर वह क्यों नहीं पीसी?"

"अरे, तू बढ़-बढ़कर बोला है फिर! ऐसा ही बड़ा खैरखाह है तो तू ही न पीस ले। धरी है सामने। मुझे तो बहुत काम है। काम हम करें, वाहवाही तू लूटे!"

वह भीतर चली गई। लाचार चक्खन ने रूखड़ी पीसी। सुखराम मुस्कराता रहा और वहीं बैठकर हुक्का पीता रहा।

भीतर से कजरी निकली। चक्खन पीस चुका था।

"बड़ी देर हो गई!" कजरी ने कहा।

चक्खन ने देखा और कहा—"हाय, मैं तो मर गया!"

चक्खन की व्याकुलता देखकर सुखराम ने गोली बनाना प्रारम्भ कर दिया और जल्दी ही बना दीं। जब चक्खन चलने लगा तो कजरी ने टोका—"सुनौ ठाकुर साब!"

"क्या है?"

"रोटी तो खाते जाओ।"

चक्खन भाग चला। सुखराम ने डांटा—"क्या बकती है?" वह हंसकर भीतर चली गई और कुछ देर में ही रोटी ले आई।

कजरी सोचने लगी।

"क्या सोचती है?" सुखराम ने पूछा।

"कुछ भी नहीं।"

"तुझे कसम है, बता दे।"

"सोचती हूं, तू प्यारी के लिए इस हाल में भी गया था।"

"नहीं जाना चाहिए था?"

कजरी ने उत्तर नहीं दिया।

"यों सोच," सुखराम ने कहा—"कि मैं बैद बनके गया था। सबको चंगा करना धरम है कजरी।"

"मुझे धरमात्माओं से डर लगता है।"

सुखराम हंसा।

कजरी ने नकल की—"ह ह ह..."

सुखराम खिसिया गया। पूछा—"क्यों हंसती है?"

"हंसती हूं कि रोती हूं। अकल के मट्ठे! अगर तुझे कुछ हो गया तो मैं कहां जाऊंगी, क्या करूंगी? प्यारी मुझे रोटी दे देगी! तू तो उसके पीछे डोल, मैं तेरे पीछे-पीछे डोलूं। तैने मुझे अच्छा बेवकूफ बना रखा है। साबास रे छैला! भला मैंने तुझे चुना।"

"तू क्यों डरती है कजरी!" सुखराम ने कहा—"मैं जानता हूं।"

"क्या जानता है? तेरे लिए मैंने किया ही क्या है जो तू उसका जोर मानेगा।"

"वाह! ये तू क्या कहती है! तैने मेरे लिए क्या न किया?"

"क्या किया है, बतइयो।"

"कुर्री को छोड़ा कि नहीं!"

वह हंसी, फिर लज्जा से उसका मुख आरक्त हुआ और फिर वह फूटकर रो पड़ी। यह उसका अपमान हुआ था।

"अरे, मैंने तो दिल्लगी की थी।" सुखराम ने कहा।

कजरी नहीं बोली। पर आंसू पोंछ लिए।

फिर उसने कहा—"अच्छा, तुझे अपने पर घमण्ड हो गया है!"

"कैसा?"

"तू समझता है कि तू ही है सब कुछ! बड़ा मलूक बनता है? अकल के मट्ठे! तेरी मलूकाई भी तब तक है, जब तक मैं आंख की अंधी हूं। समझ रख। मैं चली जाऊंगी तो जानता है क्या होगा?"

"क्या होगा?"

"जो मेरे आने के पहले हुआ था। प्यारी-जैसी लुगाई ही तेरे लिए ठीक है, जो नकेल भी डाले रहे, और उल्लू भी बनाए।"

सुखराम ने हाथ उठाकर कहा—"दया कर परमेसुरी। दया कर। मैं हार गया। अब रोटी तो खा लेने दे।"

वह मुंह फेरकर बैठ गई। खा-पीकर सुखराम उठा तो खाट पर लेट गया। वह आई और पांव पकड़कर बैठ गई।

"क्या बात है?" सुखराम ने कहा और पांव खींच लिया। कजरी फिर रोने लगी। सुखराम ने कहा—"आखिर रोती क्यों है?"

वह रोती रही। बोली नहीं। फिर उसने घिग्घी बांध कर कहा—"मन करता है, तुझे छुरियों से गोद-गोद के मारूं।"

सुखराम ने उसका सिर अपनी छाती में छिपा लिया।

20

फागुन आ गया। नई ऊष्मा पुलकित हो उठी। चारों तरफ एक नवीन जीवन का संचार हो गया। रुंधे हुए पर्वतों पर अब पत्थर तक अपनी सूनी परिधियों पर नये-नये स्पंदनों से विभोर हो उठे और मैंदानों पर उनकी वासना का ताप छा गया। फगुनौटी झकोरे ले-लेकर चलने लगी। लहर खिंच गई। पीपल पर लाल-लाल पत्तियां निकल आई। पांवों के पास से हवा ने उसके सूखे पत्तों को दूर-दूर उड़ा दिया और नया पेड़ ऐसा हिल-हिलकर चमचमाने लगा कि खिरनी लजा गई। उसने कहा कि देखो, मुआ कैसा इतरा रहा है, कल तक नंगा-नंगा रो रहा था। और हाय, ऐसे ही फागुन भी बीत ही गया।

चैताई की आने वाली बहार भी कैसी जादूगरनी है कि एक बार अपने गर्म-गर्म सांस छुला दिए कि बूढ़े-बूढ़े से पेड़ों पर भी जवानी फूट पड़ी, और अपने नर्म-नर्म पत्तों को हिला-हिलाकर कसमसाने लगे। और अब कौए नहीं, पत्तों के रंग में रंग मिलाकर खेलने वाले तोते उनमें बैठते, फिर पांत बांधकर टांय-टांय कर उड़ जाते, और उसी हरियाली में जाकर खो जाते, लय-से हो जाते।

पीली कम्मर का भौंरा नटों के छोरे पकड़ते फिरते। भौंरा जाड़े-भर पेड़ों के कोटरों में छिपा रहता। अब जो निकलता तो गुन-गुन गुंजार करता, फूलों की प्यालियों से नया-नया रस लेता और परागों में लोटकर विहार करता और फिर अपने गीतों में प्रिया की पगध्वनि को गुंजरित कर उठता।

मधुमक्खियां निकल आई थीं। फिर नया कहना सुना रही थीं। बज़-बज़ करतीं, एक-दूसरे के पीछे भागतीं, और किसी बहुत बड़े पेड़ की डाली पर बड़ा-सा छत्ता तैयार करने में लग जातीं। उनके आसपास से तितलियां उड़ जातीं और पंख फरफराकर इशारे कर जातीं।

रात को ढोल बजते। गांववाले मिल-जुलकर गीत गाते। कड़ी टूटने के पहले ही हे-हे करके फिर गीत की लय पकड़ लेते और उनका गीत गहरे पानी पर तैरती भारी नाव की तरह छपक-छपक करता और बहने लगता। फसलें तैयार खड़ी थीं। सरसों के खेत हंस रहे थे। जौ के रेशमी खेतों में अब पकन शुरू हो गई थी। गेहूं कांधों तक आता था और अरहर के ऊंचे-ऊंचे खेतों में एक सुनहली छाया धीरे-धीरे शाम को उतरती, रात के अंधेरे में डूब जाती। ढेर-ढेर कांस के किनारे रखे पूले अब मैले पड़ गए थे।

हवा प्यारी-प्यारी चलती और अंगों को एक नई तड़प दे जाती, जैसे वह एक कसौटी थी जिस पर घिस-घिसकर जवानी में वासना का निखार आता। नये-नये फूलों की गंधों पर बेल की नई गन्ध कांपती और फलहीन बेरों के पेड़ों में फरफराती। और फिर फुलवारी में अजीब-अजीब समां खिलता।

गांवों में काम बढ़ गया था। खेती का इन्तज़ाम था। अब गर्मी बढ़ी है। अब फसल पकेगी। रखवाली का काम बढ़ गया है। चोरों की बाढ़ आ रही है। उधर देव उठने से कहीं ब्याह रचे जा रहे थे, कहीं सुहागिनें रात-रात गाती थीं, और अब जो क्वांरे लड़के डगर पर चलते तो उनके कांधे उमंग से भर उठते थे। और आंखों का ज्वार छोरियों के कानों पर जाकर टकरा रहा था। जंगल बगर गए, बाग हुमक उठे, मानुस की तो बात ही क्या!

बांके तन्दुरुस्त हो गया था। रुस्तमखां और प्यारी भी ठीक हो गए थे। एक नया जीवन ही मिला था, जिसकी उन्हें आशा भी नहीं थी।

प्यारी अब नई हुमस में थी। उधर नीम पर निंबौली आती थीं, इधर प्यारी को सुखराम की याद आती। आसमान में बादल आते और सफेद-सफेद-से चिलककर झूमा करते। ठंठी-ठंडी हवा मन को सांत्वना देती।

उसकी चाह थी अब सुखराम आए। वह उसे देखे। कैसी लगती है वह! उसमें क्या बिगड़ा है? कुछ नहीं। बिल्कुल ठीक ही है। और क्या वह अब भी अच्छा नहीं हुआ होगा? अब न आने का तो उसने बहाना बना रखा है। जान-बूझकर नहीं आता। कजरी ने नहीं आने दिया होगा? पर वह सचमुच नहीं आया था। और बसन्त के फूलते ढाक उसे जब छत से दिखाई देते, तो लगता कि सारी धरती घायल हो गई है, सुलग रही है। रात को ढेर-ढेर तारे देखती है तो अच्छा नहीं लगता। हवा हिये में लगती है, तो सूना-सूना लगने लगता है। क्या है जो चैन नहीं आता! उधर मोगरा महकता तो सांस को बांध लेता, रात की रानी की गन्ध आती तो बिस्तर पर बैठ जाती और फिर गुलाब की पंखुड़ियों को सवेरे देखती तो उनपर पड़ी ओस की बूंद को चमकती हुई पाकर, उसकी बड़ी-बड़ी आंखों में आंसू छलक आते। सारी हरियाली उसे घुमड़ते हुए धुएं-सी लगती। जी करता, सब तोड़ दे, सब गिरा दे और चली जाए। तितलियों की तरह भागती फिरे। छोंकर तक में रंग बदल गए, क्या इस जीवन में रंग नहीं बदलेगा! और मोरों की तरफ देखती तो भरे-भरे रंगीन पंख यों सतरंगिनी बिछा देते कि पहाड़ी की-सी शाम शायद याद आती, उनकी नीली गर्दन जब दबती तो श्यामल वसुंधरा की स्फुरित उमंग नाचने लगती, पर सब कुछ काटे खाता। वह नहीं आया और नए-नए नींबू निकल आए, बबूल तक फूट आए, और आक तक में कंपकंपी आने लगी, पर प्यारी का मन वैसा ही रह गया। पीले-पीले कपड़े पहनकर कनेर के पास खेलती जवान औरतों की ठिठोलियां भी मन्द पड़ गईं। चूड़ियों की झनक भी रोज़ की बात हो गई और ठुमकते अंगों की बेताबी भी अपनी बेकली को छोड़ चली, गीत गुंजार बनकर डूब चले, पर वह नहीं ही आया।

चक्खन दवा ले आता। उसे ही प्यारी और रुस्तमखां खा लिया करते। उधर अभी सुखराम के पांव में चलने में कुछ दरद बाकी था। चक्खन प्यारी को बताता था, कजरी खूब मालिश करती है। सुखराम कहता है—"ज़ोर से मल।" "और कित्ती जोर से मलूं, दैया रे! घोड़े का खरैरा ले आऊं?" वह कहती।"

प्यारी सुनती तो मन मसोसकर रह जाती। उनकी वह रस-भरी बातें उसके दिल को दरार दे जातीं। वह उसे बहुत-बहुत चेष्टा करके भरने की कोशिश करती। उसे कजरी से इतनी जलन न थी। दुख था अपने दूर होने का, अपने अभाव का। वह देखती। पीपल की ऊंची-से-ऊंची फुनगी पर लंगूर चढ़ जाता और चुन-चुनकर कोंपलें खाता। इतनी ऊंचाई पर भी चढ़कर वह गिरता नहीं। पर जब प्यारी का मन वहां चढ़ता तो वह भहराकर गिर पड़ता।

सबसे बड़ी विषमता थी तन और मन की। मन अब तन से डावांडोल हो उठता, पर परिस्थिति के बंधन थे। वह ऐसी थी जैसे फूल के खिलने पर किसी ने कह दिया था कि झूम मत। वह फूल कैसे कहे कि मैं अपने-आप नहीं झूमता, मुझे कोयल की मदभरी पुकार कंपा देती है।

वह दिन-दिन-भर बैठी सोचती रहती। रुस्तमखां से जैसे उसे अब कोई सम्बन्ध ही न था। वह उससे घृणा करती। अब वह सारा दोष सुखराम पर ही रखती थी। क्यों वह आकर मुझे नहीं ले जाता? रुस्तमखां अब फिर शराब की हल्की चुस्कियां लेने लगा था।

जब वह थाने से आता तो प्यारी बीमार बन जाती। बांके अक्सर उसके पास आता और दोनों आपस में बातें किया करते।

उस दिन रुस्तमखां और बांके में बातें हो रही थीं। प्यारी को कौतूहल हुआ। छिपकर सुनने लगी।

"क्यों उस्ताद, अब तो बिल्कुल ठीक हो गए हो।"

"मुझे तो ऐसा लगता है।"

"तुम्हारी ये ठीक हो गई?"

रुस्तमखां ने कहा—"हो ही गई लगती है सुसरी।"

"क्यों, कैसे उखड़े-उखड़े बोल रहे हो?"

"औरत है बेवफा।"

"मैंने पहले ही कहा था। नटिनी है। नटिनी का क्या भरोसा! तुम भी बसा बैठे।" बांके ने कहा—"अब भगा दो न।"

"नहीं, अभी उसमें दम है बांके। पहले वह बात तय कर।"

"मैं तैयार हूं।"

रुस्तमखां ने इशारा किया और कहा—"अभी ठहर जा ज़रा।"

"क्यों?"

"अच्छा, तू धूपो से शुरू कर।" रुस्तमखां ने कहा—"पर एक बात है। किसी को पता नहीं चले।"

"नहीं, इसका तो मैं ध्यान रखूंगा।"

"और मुझे तेरी एक बात पसन्द नहीं।"

"क्या?"

"पहले देख ज़रा, वह भीतर यहीं है कि ऊपर है? मुझे उससे डर लगता है।" आफत आएगी ही। पर प्यारी करे भी तो क्या? सुखराम तो आता नहीं। और आए भी तो उसे प्यारी क्यों बताएगी? फिर किसी झंझट में फंसना पड़ेगा। दुनिया में सैंकड़ों लोग हैं, सैंकड़ों लुगाइयां हैं। सबका ठेका थोड़े ही ले लिया है।

दुपहर का समय था। धूप अब बैठने लायक नहीं रही थी। प्यारी अपने कोठे में बैठी थी। नीचे चक्खन था। कुछ आवाज़ सुनाई दी—"अरे, ठीक हो गई?"

"हां भइया। अब कोई बात नहीं है।"

प्यारी को कौतूहल हुआ। खिड़की के पास जाकर खड़ी हुई। रुस्तमखां जा रहा था। प्यारी ने देखा—सुखराम आया था।

रुस्तमखां चलने लगा।

"ठीक हो गए?" सुखराम ने कहा।

"हां, बिल्कुल।"

"नहीं, कसर रह गई अभी।" सुखराम ने सिर हिलाकर कहा।

"अच्छा, फिर बात करूंगा," उसने जाते हुए कहा। वह चिन्ताग्रस्त था।

पीछे कजरी थी।

तब तो सचमुच ले आया है। अब कौतूहल तो था नहीं, मिल तो पहले ही चुकी थी। पर उन दोनों की जोड़ी खूब फबती थी। कजरी बड़ी अच्छी लग रही थी। कपड़े नए थे। सुखराम की तन्दुरुस्ती अब पहले से भी अच्छी लग रही थी। जाने क्यों, प्यारी को लगने लगा कि वह खुद अच्छी नहीं है और वह रसहीनता की भावना पर विजय नहीं पा सकी। उसे एक प्रकार की निराशा हुई और चोट से भाव रिक्त हो गए।

मन को धक्का लगा। उसे लगा, वह कमज़ोर हो गई।

बीमार बनकर लेट गई।

कजरी और सुखराम ऊपर आए।

"कौन है?" प्यारी ने कहा।

"अरी, मैं हूं।" सुखराम ने कहा।

"कौन? तू?" प्यारी ने बैठकर कहा—"अच्छा! मैं तो समझी थी, तू यहां है ही नहीं।"

"क्यों?"

"कभी आया ही नहीं।"

"जानती नहीं तू, मैं चोट खा गया था।"

"खबर तो पड़ी थी। पर इतने दिन लग गए तुझे?"

अभी तक उसने जान-बूझकर कजरी पर ध्यान नहीं दिया था। कजरी ने इस पर चिन्ता नहीं की थी। वह इधर-उधर देखकर कोठे का मुआइना करने में लगी थी। सुखराम ने, और प्यारी ने दोनों ने ही इस चीज़ को देखा। उसके भोलेपन पर सुखराम मुस्कराया। प्यारी उस मुस्कराहट को देखकर खीझ उठी और उसने सुखराम की ओर घायल दृष्टि से देखा, 'जैसे तू मुझे यों सता रहा है!' परन्तु सुखराम ने उस ओर से आंख हटा ली और कहा—"कजरी!"

कजरी चौंकी। कहा—"क्या है?"

"क्या देख रही है?"

"कुछ नहीं।" कजरी ने झेंपकर कहा।

"देख, यह तेरी जेठी है।"

"पांव लागूं!" कजरी ने व्यंग्य से कहा और प्यारी के पांवों को ठकुरानियों की नकल पर घुटने तक सहलाया, ऊपर से नीचे, तीन-चार बार। प्यारी का चेहरा झेंप से सुर्ख हो गया। पर क्या करती, कहा—"भाग बढ़ें। सुहाग रहे। दूधों नहाए, पूतों फले।"

फिर प्यारी ने सुखराम से कहा, "बैठ!"

सुखराम धरती पर बैठ गया। कजरी खड़ी रही।

"यह है तेरी कजरी?" प्यारी ने कहा।

"क्यों कैसी है?"

"अच्छी है।" प्यारी ने कहा।

कजरी ने हंसकर माथा ढांक लिया।

सुखराम ने कहा—"देखा तूने?"

कजरी ने मुंह फेर लिया। वह प्रसन्न थी। बोली—"क्या कहता है तू! मुझे लाज आती है।"

प्यारी ने भौं चढ़ाईं, माथे पर बल पड़ गए और उसने सुखराम की ओर सिर हिलाया। पर सुखराम विचलित नहीं हुआ। बोला—"बैठ जा कजरी। खड़ी ही रहेगी?"

"अरे, मैं तो भूल ही गई थी कहना।" प्यारी ने कहा।

"मैं तो बिना कहे ही बैठ जाऊंगी जी।" कजरी ने कहा। उसमें जैसे कोई शंका नहीं थी। निश्चिन्त थी। मस्त थी। ऐसा लगता था जैसे सारे फाल्गुन-चैत उसी में आकर इकट्ठे हो गए थे।

"आ मेरी सौत, यहां बैठ।" प्यारी ने खाट पर बैठने का इशारा किया।

परन्तु कजरी सुखराम के पास बैठ गई। उसने प्यारी की बात को सुनकर भी जैसे उस पर ध्यान देने की आवश्यकता नहीं समझी। वह तो अपने मन की करेगी। उसकी प्रत्येक

अंग-भंगिमा से प्रकट होता था कि वह प्यारी की उपस्थिति से बिल्कुल प्रभावित नहीं है। उसका यह व्यवहार प्यारी को अच्छा नहीं लगा।

"क्यों, वहां क्यों बैठी तू?" प्यारी ने आर्त्तस्वर से कहा। उसके शब्दों में आतुरता तो थी, परन्तु उससे भी अधिक था अपमान के अनुभव का प्रकटीकरण, कि तूने मेरी हुक्मउदूली किस कारण की है, और वह भी मेरे ही घर में! मेरे ही सामने!!

"मेरी जगह इसी के पास है।" कजरी ने दांत निकालकर कहा।

"ठीक बात है।" प्यारी ने कहा। सिर हिलाया। जैसे कहना चाहकर भी कह नहीं रही है। वह मन की घुटन उस समय सुखराम से छिपी नहीं रही। प्यारी की दृष्टि में वह बड़ी थी, उससे उच्च थी, परन्तु कजरी ने वनफूल की भांति सिलमा-सितारों की उपेक्षा कर दी थी।

"अरी, तू बड़ी बातूनी है।" प्यारी ने हंसकर कहा। वह जैसे बात को मज़ाक में टाल देने की चेष्टा करने लगी। सुखराम में सोचा, चलो, यह अच्छा हुआ, वरना दोनों अपनी-अपनी जगह पत्थर हैं। परन्तु कजरी को चैन नहीं आया। उसने अपने सिर का कपड़ा ठीक किया और पांवों के बिछियों को कुछ ठीक करने के बहाने दिखाते हुए उससे कहा—"गरीब आदमी हैं। तुम ठहरीं मालकन। हम यहीं ठीक हैं। खाट पर बैठूंगी तो सोभा थोड़े ही लगेगी। डेरे पर भी धरती ही है, सो यहां आकर आदत क्यों बिगाड़ू? ये बचन दे कि वहां भी बिठाए रहेगा तो बैठ जाऊं। नहीं तो फायदा ही क्या? अपना मन ही छोटा होगा।"

प्यारी चिढ़ी। कहा—"वहीं बैठ। तेरी मरजी! मैं क्या करूं? तुझे मुझपर भरोसा ही नहीं,"

"भरोसा नहीं होता तो उस दिन कैसे चली आती? तुमने कहा सो मैं मान नहीं गई थी?"

सुखराम ने बीड़ी जलाई। उसने धुआं छोड़ा और अब उसे उन दोनों की बातचीत में मज़ा आया। उसने सोचा कि पहले हो लेने दो। आखीर में देखी जाएगी। सो ऐसा बैठ गया जैसे बड़े भारी सोच में डूब गया था। उसके मन में दोनों को जांचने की जिज्ञासा जागरित हो गई थी।

प्यारी ने कहा—"सुखराम! छोटी के भाग सदा बड़े।"

"जेठी के भाग किससे कम हैं?" कजरी ने कहा।

"मेरा क्या है! हूं, नहीं हूं।"

"न होके तो यहां तक ले आई।"

"क्यों आना अच्छा नहीं लगता?"

"अच्छा नहीं लगता तो बिना बुलाए अकेली क्यों आती पहले?"

"वह और बात थी।"

"वह भी उसी की बात थी, जिसकी बात आज है।"

प्यारी ने सुखराम की ओर देखा और व्यंग्य से उससे कहा—"देख रही हूं सब! कैसे कपड़े हैं, मुझे तो तैने नहीं बनवाए।"

तूने कभी मांगे थे?" कजरी ने कहा।

प्यारी फंस गई। उसने सुखराम की तरफ देखा, पर उसने ढेर सारा धुआं मुंह के सामने उगल लिया था। उसका मुंह दिखा नहीं। कजरी को प्रसन्नता थी। जो उसने सोचा था, वही हुआ। प्यारी ने चोट की—"मांग के पहने तो क्या पहने!"

यह प्रमाणित हुआ कि कजरी ने मांग के पहने हैं। कजरी कुछ क्षुब्ध हुई। कहा—"अपनों

से मांगना नहीं होता। जो मांगने में हिचक जाए, समझो, उसने पराया ही समझा है।''

प्यारी तिलमिला गई। तभी कजरी ने कहा—''हम तो ऐसे कपड़े कभी-कभी पहनते हैं बीबी! तुम तो नित पहनती हो!''

''उससे क्या?'' प्यारी ने कहा—''बात तो बनाने की थी।''

''तो क्या जिसने भी बनवा दिए, वही क्या बड़ा वो हो जाता है?''

कजरी ने रुस्तमखां की ओर इंगित किया था। प्यारी समझ गई और हिल उठी। वह दोनों ओर से हार गई थी। उसकी इच्छा थी कि सुखराम बीच में बोले। पर वह तो बिल्कुल चुप बैठा था, जैसे है ही नहीं। यह उसे बहुत खटका, उसे लगा वह कजरी की तरफ है, न बोलकर उसका साथ दे रहा है। मेरे सामने लाकर बिठा दी है, यों तो मुझपर अहसान कर दिया और रही बात संग की, सो वह छोटी की ही ओर है। परन्तु उसने उधर से दृष्टि हटा ली और कहा—''क्या हो जाता है, सो तो मैं नहीं जानती, पर इसमें भाव तो बना ही रहता है।''

''भाव की कहती हो, मैंने भाव-तोल की बात तो नहीं की जेठी।''

प्यारी को गुस्सा आया, पर पी गई। कहा—''करती भी तो उससे लाभ क्या होता! वह तो समरथ के काम हैं, हर किसी के नहीं।''

कजरी ने टक्कर दी—''तभी तो मैं ऐसी गैल नहीं चलती जहां अपने गधे की लादी अपने-आप ढोनी पड़े।''

''और वह भी'', प्यारी ने पैंतरा बदला—''जब अपनी जगह गधा ही ले ले।''

कजरी को लगा, हार जाएगी। उसने कहा—''ऐसा तो छोड़ के ही चलती हूं, मानुस की खोज सहज नहीं होती जेठी।''

बात पलट गई। सुखराम ने देखा वह भी अड़ी हुई थी। वह आज तक इस तरह की जली-कटी सुन नहीं सका था। उसे बड़ा आनन्द आ रहा था, जैसे दोनों हाथों में दो फुलझड़ियां जलाकर कोई बालक निकलती चिनगियों को देखकर प्रसन्नता से देखता रह जाता है!

प्यारी हिल उठी। कहा—''जिसे खोज के मानुस समझा है, क्या जाने वह मानुस न हो।''

''अब यह तो तुम ही बता सकती हो! मैं ऐसा क्या जानूं!'' कजरी का तैयार उत्तर था। प्यारी आर्त्त हो उठी। उसने फिर सुखराम की ओर देखा, पर वह इस समय गर्दन झुकाए सिर खुजा रहा था। उसे सुखराम पर बड़ा गुस्सा आ रहा था। पर कजरी ने उसकी आंखों को ताड़ लिया था। कहा—''जेठी! बादल का क्या भरोसा! वह तो हवा के होके रहे हैं।''

''तो हवा भी किसकी होके रही है छोटी! आई, बह गई। टिक के नहीं रहती।'' प्यारी ने कहा।

''यही तो मैं कहती थी कि दगा दे जाती है। बड़ा सहारा लो, फिर दूसरे की बगिया में जा के झूमती है।

प्यारी छटपटा उठी। कजरी ने और चोट दी—''हवा तो उतनी ही अपनी जो सांस में चली जाए।''

''चली जाए तो भली। पर हमने तो सबको सांस छोड़ते ही देखा।''

कजरी ने हंसकर कहा—''छोड़के फिर खींची तो क्या न आई?''

प्यारी को न सूझा। वह उठी और बोली—''मैं अभी आती हूं।''

कजरी ने कहा—''कहां जाती हो? बैठो। इतने दिन में तो आई हूं। फिर भी ऊब

गई। कहो तो चली जाऊं?" और यह कहकर सचमुच वह उठी।

"क्या करती है?" प्यारी ने हाथ पकड़कर कहा—"तू जाए तो तुझे मेरी कसम।" कजरी बैठ गई। प्यारी भी बैठ गई। तब मुस्कराकर प्यारी ने कहा—"भूल ही गई थी। तेरे महावर लगा दूं, यही सोचकर उठी थी।"

अब कजरी ने सुखराम की ओर देखा। उसे शरम आई। पर सुखराम ने उससे भी आंख बचा ली। प्यारी ने भी यह देख लिया। कहा—"क्यों, अब जाऊं"

"राम-राम, क्या कहती हो!" कजरी ने पराजित होकर कहा।

प्यारी ने छेड़ा—"लाज आती है?"

कजरी ने कहा—"तुम जब छेड़ती ही हो तो मैं क्या करूं। मैंने क्या ऐसा कहा था?"

प्यारी को आनन्द आया। उसने व्यंग्य से उसे बेधने के लिए फिर कहा—"क्यों तेरे मरद ने कहा था मुझसे तो, मैं क्या अपने-आप जान गई थी!"

कजरी इस बात से बहुत झेंपी। परन्तु उसने अपने-आपको संभाल लिया और कहा—"तुम कहती हो तो मान लेती हूं। पर एक बात पूछती हूं। मेरे मरद से तुम्हें क्या?"

प्यारी इस उत्तर के लिए तत्पर नहीं थी। उसे इस प्रश्न में अपने समस्त अधिकारों को छीना जाते हुए देखकर एक चुनौती-सी लगी और वह आत्मरक्षार्थ अपनी समस्त लज्जा छोड़कर एकदम भभकती हुई-सी कह उठी—"वह मेरा भी तो है!"

क्षण-भर के लिए सुखराम और कजरी के नेत्र मिले। प्यारी ने इसे देख लिया। लाज से पानी-पानी हो गई। अपनी ही सौत से उसे आज यह क्या कहना पड़ गया था?

"फिर अपना कहती क्यों नहीं?" कजरी ने मुस्कराकर कहा।

प्यारी का मन अब भी हल्का नहीं हुआ। उसे लगा जैसे कजरी उस पर दया कर रही थी। उसे यह स्वीकृत नहीं हुआ। उसने बात बनाने को कहा—"कहीं तुझे बुरा न लगे।"

कजरी हंसी। उसके स्वर में बड़प्पन था, बल्कि उसने अभिमान तक को छू लिया था। उसका यह रूप देखकर स्वयं सुखराम तक चौंक उठा।

"भली कही", कजरी ने कहा—"मेरे बुरे का ही तुझे बड़ा ध्यान है न?"

"क्यों, तू मेरी छोटी नहीं है?"

कजरी इस अचानक के स्नेह की टक्कर को झेल नहीं सकी। आखिर प्यारी ने अपने बड़प्पन से उसे पराजित कर दिया और कजरी चाहकर भी इसका उत्तर नहीं दे सकी।

सुखराम हंसा। कहा—"बस यों ही चलती रहेगी या इसका कभी अन्त भी होगा?"

"मैं तो कुछ नहीं कहती।" कजरी ने कहा—"तू भी उसकी ही ओर बोलने लगा?"

"मैं तो चुप बैठा हूं।"

प्यारी हंसी। कहा—"कुछ भी हो कजरी, हक तो मेरा ही पहला है। तू तो पिछांही खेती है।"

"गधा भी पिछाड़ी ही चलता है।" कजरी ने मुस्कराकर कहा।

"सो तो चलता ही रहा है बैठा-बैठा।" प्यारी ने सुखराम को देखकर कहा।

"बांसुरी के दो छेदों से कभी एक-सा सुर नहीं निकलता।" सुखराम ने कहा।

"अच्छा तो तू सांस फूंक के मज़ा ले रहा था अब तक?" कजरी ने कहा।

"मैं समझी थी, तुझे ये समझा-बुझा के आया है।" प्यारी ने कहा।

"ये मुझे क्या समझाएगा", कजरी ने कहा—"तुम्हें ही भर गया होगा पहले।"

"अरे बाप रे?" सुखराम ने कहा—"दोनों मिल गईं। अब मैं बुरा फंसा।" दोनों लजा गईं।

"तुम बीमार हो?" कजरी ने कहा।

"हां!" प्यारी ने उत्तर दिया।

"क्या हुआ है?"

"ऐसे ही।" उसने उपेक्षा से कहा।

"बड़े आदमियों की तो तबीयत खराब ही रहती है। यहां घूमना-फिरना तो होता नहीं होगा?"

"कुछ नहीं।"

"फिर बताओ, हाथ-पांव न चलेंगे तो रोटी पचेगी कैसे? जिस रोटी को निगलने को दांत कटाकट करने पड़ते हैं, वो क्या वैसे ही हजम हो सकती है!"

"यह तौ भाग की बात है। मुझसे आराम से क्या और लोग नहीं रहते?"

"तौ उन्हें बचपन की वैसी ही आदत होती है। अब हम हैं, पर पत्थरतोड़ा की बराबरी तो नहीं होती, जो जेठ की दुपहर में पहाड़ पर बैठकर धूप में पत्थर कूटा करती है।"

प्यारी सोचने लगी। कजरी सच कहती थी। उसने कहा—"मैं भी यही सोचती हूं?"

"फिर सोचकर क्या करती हो?"

प्यारी ने सुखराम की ओर देखा।

कजरी ने कहा—"तुम्हारी वो बीमारी तो गई?"

प्यारी का चेहरा सफेद पड़ गया। लाज से आंखें नीची हो गईं। उसने हाथों में मुंह छिपा लिया पर फिर भी रो ही पड़ी। इतनी लज्जा उसे कभी नहीं आई थी। यह ग्लानि थी। सौत के मुंह से एक दिन यह सवाल भी सुनना पड़ेगा, यह उसे भी उम्मीद नहीं थी। परन्तु उसने आंखें पोंछ लीं और सिर उठाकर कहा—"नटिनी हूं न? आई, चली गई।"

"तुम तो ऐसे कहती हो", कजरी ने सांत्वना दी—"जैसे यह नटिनी को ही होती है। अरे, मुझे हो जाती तो क्या ये मुझे छोड़ देता?"

सुखराम ने कहा—"अरे, यह तो होता ही है। इन्सान है, हारी-बीमारी लगी ही रहती है, इसके लिए रोना-धोना क्या?"

प्यारी का मन हल्का हो गया। मुस्कराई।

कजरी ने कहा —"तूने समझा होगा, मैंने बुरी नीयत से कही थी।"

"समझी तो यही थी।"

"अब तो नहीं सोचती।"

"नहीं।" प्यारी ने ममता से उसकी ओर देखा। कजरी को वह दृष्टि अच्छी लगी।

"पहले तो तू बीमार नहीं रहती थी।" सुखराम ने कहा।

"तब वह तेरे पास थी। तू मान लेता था न तब!" कजरी ने कहा—"अब कौन है उसका? बिचारी तेरे लिए तड़प-तड़पकर रह जाती है।"

प्यारी ने कहा—"मुझसे बात कर तू। उसे क्यों बीच में लाती है? वह क्या कुछ कह रहा है? आपसे बनती नहीं तो उसे खदेड़ती है। मुझसे अपनी जलन मिटा ले छोटी। वह तो बिचारा चुप बैठा है। कहे देती हूं, खबरदार, उससे कुछ न कहियो।"

कजरी ने उसका व्यंग्य भी देखा और स्नेह भी देखा। उसे लगा, वह आपसी झगड़ा है जो ऊपर तक नहीं जा सकता। परन्तु उसे यह समाधिकार बुरा लगा।

"क्यों न कहूंगी? मेरा वह है। तू नहीं।" उसने हठात् कहा।

यह आकस्मिक परिवर्तन था। बल्कि कजरी भी जल्दी में कह गई थी। वह भी यह कहना नहीं चाहती थी। परन्तु तीर हाथ से निकल चुका था। अब वह कर भी क्या सकती थी। अधजल गगरी कभी-न-कभी छलककर बाहर भी जा गिरती है।

प्यारी को चोट पड़ी। गुस्सा आया—कहे, निकल जा यहां से! परन्तु वह कह नहीं सकी। अपमान पी गई। पूछा—"तू मेरी कोई नहीं?"

"हूं क्यों नहीं?" कजरी ने झेंपकर कहा।

"ये तेरा ही है?" प्यारी ने पूछा।

"तेरा भी तो है।" कजरी को कहना पड़ा।

"फिर अभी तो तू कहती थी कि तू मेरी कोई नहीं है? कैसे कढ़ा तेरे मुँह से यह बोल? मैं जवाब मांगती हूं।"

"धरती उसकी जो जोते, वैसे राजा लगान वसूल करता है बन्दूक के जोर पे। सो तू कर ले। मैं क्या रोकती हूं!"

फिर दोनों ने एक-दूसरी की ओर देखा। उस दृष्टि में एक रहस्यमय आदान-प्रदान हुआ।

सुखराम ने कहा—"बस?"

"और क्या?" प्यारी ने कहा—"अच्छी है। मुझे पसन्द आई।"

"तुझे कैसी लगी?" सुखराम ने कजरी से पूछा।

कजरी ने कहा—"तुझे क्या? सीधे बाएं हाथ से कभी पंजा लड़ा है! दोनों के अंगूठे एक ही ओर झुकते हैं।"

प्यारी चुप हो गई। मुस्करा दी।

सुखराम ने कहा—"सच कह प्यारी, बीमार है?"

"नहीं।"

"तू मुझसे छिपाती तो नहीं!"

"नहीं।"

वह मुस्कराती रही। पूछा—"बिसवास नहीं हुआ क्या?"

"हो गया। फिर क्यों पड़ी है?"

"देखती थी, तुम दोनों पूछते हो या नहीं।"

कजरी ने कहा—"चलो, रहने दो।"

सुखराम ने हंसकर कहा—"कजरी पूछती है, अच्छा है।"

दोनों हंस दीं।

चलने की बात हुई। कजरी ने उठकर कहा—"तो अब हम जाएं?"

सुखराम भी उठ खड़ा हुआ। परन्तु प्यारी उठी। उसने कजरी का हाथ पकड़ लिया और जिद करके कहा—"कहां जा रही है अभी से तू? ये कौन है जो तुझे ले जाए? कुछ खाके नहीं जाएगी? मैं वैसे न जाने दूंगी!"

"मैं नहीं खाऊंगी!" कजरी ने कहा।

"क्यों नहीं खाएगी तू?"

"मैं अपना खाऊंगी, कै अपने मरद का।"

"मैं तेरी कोई नहीं?"

"तू तो है, ला, अपना खिला। ये तो तू पराए का ही खिलाएगी।"

"पराया सही, पर है मेरी कमाई! और तू अपना खाने की कहती है, सो तू ही कहां से ले आती?"

कजरी ने कहा—"अच्छा, अच्छा छोड़। हाथ है कि लोहा है। बड़ा जोर है तुझमें जेठी।"

"जोर है? अब तो मुझमें बल ही नहीं रहा।"

"किसी दिन लड़ के देख लेना।" सुखराम ने कहा।

"अरे, तू कुछ ले आ न," प्यारी ने कहा—"कुछ मीठा मुंह करा दूं इसका।"

"तू न जइयो।" कजरी ने कहा।

प्यारी ने कहा—"मैं कहती हूं, जा। उसका मुंह क्या देखता है!"

सुखराम ने कहा—"जाता हूं कलमूंडियो, लड़ती क्यों हो?"

सुखराम चला गया।

दोनों बैठ गईं। बाहर दुपहर का सन्नाटा छा रहा था। कभी-कभी दूर बाज़ार का कलरव-सा हल्के स्वरों से हवा पर मचल जाता और अपनी उत्सुकता के कारण कोनों के अंधेरे से अठखेली करने लगता। कोठे में साधारण सामान था। कजरी उसे देखती। वह उससे प्रभावित नहीं हुई थी। वह सोच रही थी कि इस सबमें ऐसा क्या सुख है जो प्यारी ने यहां आकर रहना पसन्द किया? उसने सोचा शायद वह अभी इस सबका सुख समझती नहीं है। क्योंकि वह कभी ऐसी जगह रही नहीं है, क्या जाने इसी से यह सब अभिरुचि के अनुकूल-सा प्रतीत नहीं होता। उसके अपने झोंपड़े में इसकी तुलना में अधिक स्वतन्त्रता है परन्तु उसे ऐसा लगा जैसे यहां बैठी है तो लगता है वह घर में बैठी है। वहां बैठी है तो लगता है, घर उसके चारों ओर खड़ा है। पहली अवस्था में मनुष्य परिस्थितियों से दबा हुआ है, दूसरी अवस्था में वह उनका स्वामी है। यह सब छोड़ने में मनुष्य अटक सकता है, वह सब छोड़ने में रुकने का सवाल ही नहीं उठता। इस सबको बनाने के लिए पैसा चाहिए, उस सबको बनाने के लिए मेहनत चाहिए और यही दोनों का भेद है। यह अवस्था कर्ज़ा चुकवाती है, वह अवस्था अपना कर्ज़ा उतार देती है।

प्यारी उसे कनखियों से देख लेती थी और सोचने लगती थी। सुखराम के जाने के बाद यह सन्नाटा छा गया है। प्यारी फिर से बात शुरू करना चाहती है। पर क्या कहे वह? यह वह सोच नहीं पा रही है। अभी तक तो कटाछनी चली। पर अब कजरी से उसे ऐसा कुछ भी कहना ठीक नहीं है, जिससे कजरी को बुरा लगे। वह उसके रूप को देख रही है। अच्छी है और फिर उससे जो उसका सम्बन्ध जुड़ा है वह कितना विचित्र है! पर उससे प्यारी को घृणा क्यों नहीं होती? वह स्वयं इसे सोच नहीं पा रही है। है तो यह सौत ही और सौत तो आटे की भी अच्छी नहीं होती। फिर भी हृदय कैसा आकर्षण अनुभव करता है!

प्यारी ने कजरी की ओर घूरकर देखा और जैसे उसने बात करने का मसाला ढूंढ़ लिया। कजरी प्रस्तुत हो गई और उत्सुकता से देखने लगी।

"तू उसे आने नहीं देती?" प्यारी ने कहा।

"मैं क्यों रोकूंगी उसे?" कजरी ने कहा।

"फिर वह क्यों नहीं आता?"

"उसका मन न करता होगा।"

"यह कैसे हो सकता है? वह तो तुझे यहां ले आया। ज़रूर तू मुझसे झूठ कहती है।"

"आप पूछ लीजो उससे।" कजरी ने फिर कहा। प्यारी को सन्देह हुआ। उस निश्चयात्मकता में उसके प्रेम के आधार हिल गए। परन्तु उसे फिर भी संशय बना ही रहा। उसने सोचा, क्या यह हो सकता है? क्या उसे कजरी चिढ़ाने के लिए ही तो यह नहीं कहती?

"तू मुझे यह जताती है कि वह तुझे ज्यादा चाहता है?" प्यारी ने कहा। परन्तु उसके स्वर में करुण याचना थी जिसे वह किसी भी प्रकार छिपा नहीं पाई थी। सचमुच उसके मर्म पर आघात हुआ था। क्या सुखराम ही यहां नहीं आना चाहता? फिर आया ही क्यों है? मुझे जलाने?

कजरी विजयनी की तरह हंसी।

प्यारी सोच रही थी। तभी वह कभी मुझे संग ले जाने की बात नहीं करता। यों आता है, उठता-बैठता है तो क्या? पर फिर उसने इलाज जो किया है, उससे क्या है? वह तो बहुतों का इलाज करता है। नहीं नहीं, पर वह मुझे चाहता है। कहा – "कजरी, तूने पहले क्यों नहीं बताया?"

"क्यों? मैं क्यों बोलती?" उसने पूछा।

"मैं भूल में थी कजरी।" प्यारी ने दूर देखते हुए कहा।

"कैसी भूल जेठी।"

"जेठी न कह, प्यारी कह। मैं तेरी कोई नहीं हूं, यह तू जानती है। फिर मुझे क्यों सताती है?"

"मैंने क्या कह दिया है ऐसा?" कजरी ने कहा।

"कुछ तो नहीं।" प्यारी ने आंखें पोंछीं।

"तू आप पाले के बाहर आके छू गई और चीं बोले तो मैं क्या करूं?" कजरी ने कहा–"तुझे अक्ल नहीं! मूरख, रोने बैठ गई। अरे, मैं तो दिल्लगी करती थी। अगर वह न आना चाहता, तो मुझे लाता? एक बात पूछूं प्यारी?"

"पूछ।" उसने लजाकर कहा।

"तू उसे बहुत मानती है! है न?"

प्यारी ने लाज से सिर झुका लिया और मुंह फेरकर धीरे से कहा–"कजरी! अब मैं समझ गई। तूने बातों से ही उसे छकाया है।"

"किसे?"

"सुखराम को।"

"वह तो बड़ा भोला है!!"

"उसमें अकल ही कहां है!"

"उसने मुझे छकाया, मैं छक गई जेठी। वह तो ऐसा चतुर है कि मैं कह नहीं सकती।"

दोनों बैठ गईं। दो दृष्टिकोण अब पास आ गए थे।

"मैं तो उसे नचाती थी पहले।" प्यारी ने कहा।

कजरी ने कहा–"अब नचा के देखियो! कैसा चालाक हो गया है।"

"सच!" प्यारी ने कहा। उसे विश्वास नहीं हुआ।

"तूने देखा नहीं, कैसा हमें लड़ाके हंस रहा था?"

"अरे दैया! तू ठीक कहती है। अरे! मैं आई।"

प्यारी उठी। चूड़ियां लाई।

"यह क्या है।"

"तेरे लिए ली थीं।" प्यारी ने कहा–"ला, मुझे हाथ दे।"

कजरी के मुख पर संकोच आया।

"क्यों सकुचाती है?" प्यारी ने पूछा।

"थोड़ा डर लगता है।"

"क्यों?"

"यह अच्छी जो हैं।"

"तो क्या तेरे लिए बुरी वाली लेती! कैसे तेरे गोरे-गोरे-से तो हाथ हैं। दुनिया में छोटी की ही कदर होती है। मेरी तो तब तक है जब तक तेरी सेवा कर सकूं। मैं तो तेरी चाकरी करूंगी।"

"हाय जेठी! मैं तो तेरी बांदी हूं। तू क्या कहती है। मुझे लाज आती है।"

चूड़ियां पहनाईं। देखीं। कजरी ने भी देखीं और हाथ आंचल में छिपाने लगी।

"क्यों छिपाती है?"

"वह आता होगा न!"

"तो?"

"देखेगा।"

"तो क्या कर लेगा? वह कहेगा तो लौटा दूंगी।"

"नहीं, तुम समझी नहीं।" उसने झेंपकर कहा।

प्यारी हंसी। कजरी ने प्यार से देखा।

"तुझे मुझसे घिन नहीं?" प्यारी ने कहा।

"नहीं!" कजरी ने कहा।

"क्यों?"

"क्या जानूं!"

"अब लगी बड़ी भोली बनने।"

"सच, मैं नहीं जानती जेठी।"

"पर तू नहीं जानना चाहती कि तू मुझे कैसी लगती है?"

"नहीं।"

"क्यों?" अप्रतिभ होकर प्यारी ने पूछा।

"मैं जानती जो हूं।"

"क्या?"

"तुम मुझे चाहती हो।"

"तुझे कैसे मालूम?"

"तुम मुझे मीठा खिलाने को मंगाती हो। चूड़ी पहनाती हो। फिर भी मुझे डर रहने की कोई गुंजाइस है?"

उसकी बात में सरलता थी। प्यारी प्रसन्न हुई। और कहा—"और जो ये कहूं कि यह सब दिखावा है, तो तू क्या करेगी?"

कजरी ने कहा—"तुम झूठ कहती हो।"

'क्यों? कोई सौत को चाहती होगी?'

"चाहती क्यों नहीं?" कजरी ने कहा, पर वह सकते की-सी हालत में पड़ गई। कजरी को अस्थिर जानकर प्यारी ने उसका हाथ पकड़कर कहा—"कैसी अच्छी लगती है तू!"

"तुमसे तो अच्छी नहीं हूं।"

प्यारी हंसी। कहा—"अच्छा!"

दोनों हंस दीं। बहुत-सा स्नेह आया, बैठ ही गया। चारों आंखों में बिछा, मन में उतरा, रग-रग में पुलक हुई। बड़ी शान्ति फैली और फिर विश्वास खेलने लगा, घुटनों पर चलते बालक की तरह, आनन्ददायी, सुखदायी...

"तू मुझे चाहती है कजरी?"

"बहुत तो नहीं, पर चाहती हूं।"

"तू मुझे यहां से ले चलेगी?"

"तुझे तो वह ले जाएगा कि मैं?"

"क्यों? तू चाहे तो वह छोड़ देगा?"

"मैं ऐसा चाहूं तो मुझे मौत आए।"

"तू अच्छी है, कजरी! बड़ी भोली है।"

"लगी बनाने मुझे। मैं भोली हूं तो तू कौन है?"

"मैं तेरी जेठी हूं।"

"तुझे मैं जरूर ले चलूंगी।"

दोनों गले मिलीं।

कजरी ने कहा—"हाय, उससे न कहियो।"

"क्या?"

"कि हम-तुम मिल गई हैं अब।"

"तू कहेगी तो मैं कहूंगी।"

सुखराम ने कलाकन्द लाकर धर दिया और कहा—"अच्छा भई, यह भी अजीब बात रही।"

कजरी ने पूछा—"कौन-सी?"

"यहां सुलह हो गई है।"

"तू गया सो ही लड़ाई बंद हो गई।"

"खा," सुखराम ने कहा—"लड़ाई जैसे मेरे पीछे ही है।"

"और है ही क्यों?"

"क्या बेवकूफ है! भला ये भी कोई बात है? तू चाहे तो मैं अभी चला जाऊं?"

"खाएगी नहीं", प्यारी ने कहा—"मैं खिलाऊंगी।"

"मैं नहीं खाती।" कजरी ने कहा, "ये बोलता कैसे है?"

"कैसे बोलता हूं?"

"कजरी ठीक कहती है।" प्यारी ने कहा, सुखराम ने आंख अधमिची करके सिर हिलाया। प्यारी की ओर देखा, फिर कजरी की ओर। प्यारी ने उठकर कजरी के मुंह में कतली रखी।

कजरी खाती रही, प्यारी खिलाती रही।

"अरी," सुखराम ने कहा—"यह सब खा जाएगी, कुछ अपने लिए भी बचा ले।"

कजरी ने कहा—"तू न खाएगा? सच कहता है, मैं सब खा-पीकर चट कर जाती।"

"खा ले, मुझे अच्छा लगता है।" प्यारी ने कहा, "तुझे खिलाने में सुख होता है।"

"अरी रहने दे, वह सुन रहा है।" कजरी ने कहा।

"सुनकर जलेगा बिचारा।" प्यारी ने कहा।

"इसका खेल खतम जो हो गया है।" कजरी ने उत्तर दिया।

सुखराम का दिल उछल रहा था।

"कोई नई मुसीबत?" सुखराम ने कहा।

"नई तो मैं हूं।" कजरी ने कहा—"अब मैं ही मुसीबत लगने लग गई न? मैंने पहले ही कहा था जेठी। इसका कुछ भरोसा नहीं। तुम्हारे रहते मुझे ले आया। अभी जाने कितनी पलटन लाएगा!"

"ठीक कहती है," प्यारी ने कहा—"लुगाई जो करती है मजबूर होकर, पर मर्द जो करता है सो मस्त होकर, उसको कोई रोक नहीं।"

"न कोई भरोसा है जेठी।"

"ठीक है जी।" सुखराम ने कहा—"दिल का क्या किसी ने ठेका लिया है?"

“ऐसा भी बजारू न बन।” प्यारी ने कहा।

कजरी ने कहा—“नसैनी पर चढ़कर कोई चले, और ऊपर का डंडा धोखा दे जाए तो उसका पांव कहां टिके?”

“नीचे के बांस पर।”

“तो मैं वहीं हूं।”

प्यारी ने कहा—“यह है बड़ी बातून। जरा-सी है, पर देख तो, कैसी सरौते-सी इसकी जीभ चलती है।”

सुखराम ने कहा—“तेरी पट गई इससे?”

“बिल्कुल नहीं।” कजरी ने कहा।

सुखराम ने कहा—“अच्छा, अब चलेगी कि यहीं रहेगी?”

कजरी उठ खड़ी हुई। दोनों गले मिलीं। सुखराम ने देखा। अभी कुछ विश्वास नहीं हुआ।

उसने देखा, प्यारी के नेत्रों में आंसू थे।

“रोती क्यों है?” कजरी ने कहा।

“ऐसे ही”, प्यारी ने कहा।

कजरी ने सुखराम से कहा—“देखा तूने, जेठी रोती है।”

“क्यों?” सुखराम ने कहा।

“कहती है, मैं यहां कब तक रहूं?”

“यह तो आप आई थी।”

“भूल किससे नहीं होती?”

“तू ले चलना चाहती है?”

“हां।”

“तो ले चल।”

“पर वह सिपहिया जो है!”

“सो तो है ही।”

“फिर?”

प्यारी ने कहा—“उससे नहीं कहना ये कुछ।”

“मैं कहूंगा।”

“अभी तू बीमार बनी रह।” कजरी ने कहा।

प्यारी ने उसके सिर पर हाथ फेरा। कहा, “सो न डर।”

सुखराम ने कहा—“क्यों, अब तो मुझपे सक नहीं रहा न?”

प्यारी ने खीझकर कहा—“सता ले मुझे तू।”

सुखराम हंसा। कजरी ने कहा—“बुरा न मान जेठी, मैं सब ठीक कर लूंगी।”

“अब कब आओगे? जाकर याद भूल जाना कोई तुमसे सीखे।”

कजरी ने कहा—“मैं तो इसे रोज याद दिलाती थी।”

सुखराम ने कहा—“अब नहीं आएंगे। ऐसे मैं इसे हर बार यहां लाने को नये कपड़े कहां से लाऊंगा? बड़ी जिद्द करती है ये।”

वे हंस दिए। कजरी झेंप गई। प्यारी ने स्नेह से कहा—“छोटी भी तो है।”

“अच्छा, अब चलूं।” कजरी ने कहा।

प्यारी ने कहा—“फिर आएगी न?”

"बुलाओगी तो सौ बार आऊंगी।"

चलती बेला कजरी ने मुस्कराकर कहा—"अबकी बार महावर रचाना न भूलना।"

21

शाम हो गई थी। ढोर लौटने लगे थे। उनके पैरों से उठी धूल अब नाक में घुसने लगी थी। जगह-जगह धुआं उठ रहा था और कसैलापन फैल रहा था। उतरता अंधेरा झीनी चादर डाल चुका था, जिसमें से निकलकर उड़ते हुए पक्षी ऐसे लगते थे जैसे किसी जाल से बचकर निकले जा रहे हों और मन्दिरों के घण्टे बजते हुए उस वातावरण को अब और भी बोझिल बना रहे थे।

धूपो दीना भड़भूजे की बहू से भीतर बातें कर रही थी। दोनों की बातों का जैसे कोई अन्त ही नहीं था। धूपो अब प्यारी और बांके को भूल चुकी थी। बांके को पिटवाकर उसकी प्रतिहिंसा मिट चुकी थी। जीवन अब फिर सुस्थिर-सा चलता चला जा रहा था। बातों में जब कुछ देर हो गई तभी दीना आ गया। दीना की बहू ने सिर ढक लिया।

दीना बाहर ही बैठ गया। उसके साथ कुछ आदमी भी थे। दीना बच्चों का भी दोस्त था, क्योंकि किस्से-कहानी सुनाया करता था। उसके चौंतरे पर वे भी अपना यथोचित स्थान पाते थे।

उनकी बातें सुनकर धीरे से बहू ने कहा—"बस, अब बैठ गए। रोटी-पानी की कुछ फिकर ही नहीं?"

धूपो को अपने पति की याद आ आई। उसने कहा—"ऐ भाभी! नैक बाहर वालों से भी मिल लेने दिया कर।"

बहू ने कहा—"बस! यहां रोटी ठंडी हुई जा रही है।"

दीना कीर न था। न मलाह। वह मुसलमान था। बाहर जात-पांत की बातें हो रही थीं। उसने कहा—"सुनो, मैं किस्सा सुनाता हूं।"

दीना ने कुछ प्रार्थना-सी पढ़ी और जो अपने स्वर को खींचकर कहना प्रारम्भ किया तो सब पर जादू-सा छा गया।

धूपो को मज़ा आया। बोली—"ऐ भाभी! मैं भी सुनूंगी।"

दीना की बहू मुस्कराई। कहा—"सुनाता तो ऐसा है कि उठने नहीं देता। सुन ले। बैठ जा न!"

"हाय, पर अबेर हो जाएगी।"

"क्या देर होगी ऐसी!" वह उस पर अपने पति के हुनर का असर डालकर अपना रोब डालना चाहती थी। अतः उसने रोका। परिणामस्वरूप धूपो बैठ गई। दीना की बहू भी काम छोड़कर उसके पास ही आ बैठी।

बाहर समां बंधा हुआ था। सबके मुंह पर उत्सुकता थी।

दीना कह रहा था—"कुदरत का खेल देखिए, क्यों न यमन के बादशाह की तबीयत करती है कि वह मक्का को हज्ज करने जाए? वह अपने लड़के को लेके चला, और साब, क्योंकि लड़की को लेके जाने का रिवाज़ नहीं, सो उसे वह क्यों न घर ही छोड़ जाए? वह तो गया उधर, और इधर उसके वज़ीर की नीयत बिगड़ गई, मचल गई; क्यों? क्योंकि शहजादी कैसी मलूक है, कित्ती खूबसूरत है जिसका बयान नहीं। हंसती है तो फूल झड़ते हैं। जिधर

देखती है उधर उजाला हुआ जाता है, और कमर है उसकी कि छल्ले में से निकल जाए, पर नेक इतनी कि आंखों में सील झलका करे। और भाइयों! वजीर उससे जाके कहता है कि भई शहजादी, तू हमारे पास आ। वह कहती है कि तू मेरे महलात से अपने महल में जा। मैं तुझे जवाब भिजवा दूंगी। उस बखत तो वह चला आया, मगर हुस्न के चोट खाये को चैन कहां! उसके तो जहर बुझ गया है, सो हवस की सांपन-सी लफलफा के फुफकार मारती है, और दिल अब हाथों-बल्लियों उछल रहा है। क्या करे वह, क्या नहीं करे, यों सोचने में उसकी अकल पर चढ़कर शैतान कहता है कि उठ और काबू कर। वह क्या आपसे झुककर आएगी? आखिर रात आती है, चंदा निकलता है तो वजीर को शहजादी का मुंह दिखाई देता है, सो क्यों न वह राह आए जिसमें वजीर उसके महलात की तरफ बढ़ चले और उधर क्यों न तिखण्डे पै बैठी शहजादी उसे अपने दरपन में देख करके न सोचने लगे कि भाई, अब मैं करूं तो क्या करूं! बाप तो दूर, भाई तो उसके साथ, मैं अकेली, ज़ात औरत की, पर ऐसे जो मैंने पत गंवा दिया तो फिर बेकार रहना है, क्योंकि खुदा क्या नहीं देखता; सो फाटक तो करवा दिए बन्द और नौकरों से कहके ऊपर से पत्थर गिरवा दिए। बस, वजीर पे गिरे वे पत्थर, तो क्यों न वह चोटीला हो जाए, अपने घर आ पड़ रहे।

''कुदरत की बात कि बादशाह और शहजादा क्यों न तभी लौट आएं। वजीर बड़ी खिदमत करता है। बादशाह कहता है कि मेरे मंतरी! तेरी यह क्या हालत हुई है, बोल! मंतरी कहता है, हुई को भूलो मेरे बादशाह! क्या करना है? पर कैसे मान जाए! तो मंतरी बोला कि तेरी लड़की का चलन खराब है सो हजार मना किया था तो पिटवाया मुझे।

''आहा, बादशाह होते कच्चे कानों के, खुशामद के पाबन्द, मंतरी होते बिच्छू के डंक। सो कुंवर को हुकुम मिला, जाके उस लड़की के टुकड़े कर दो, जिसने हमारी नाक कटवाने का जतन किया।

''वह कुंवर चला। पर दिल नहीं मानता।''

धूपो का हृदय मग्न हो गया था। कैसी कहानी सुनाता है!

''भाभी!'' उसने कहा—''आदमी बड़ा इलमदार है।''

''दिमाग है दिमाग।'' उसकी बहू ने कहा।

''बेशक!'' धूपो ने स्वीकार किया। उसकी स्वीकृति से दीना की बहू को बड़ी तृप्ति हुई।

और दीना अब हाथ उठाकर कह रहा था—''चलता है तो पांव नहीं उठते। कैसे उठें? कुंवर को याद आती है। भई बचपने में हम खेले हैं। तो पहले मैं देख तो लूं कि यह ठीक बात है क्या? पहुंच कै देखा तो शहजादी पाक बस्तर बैठी कुरानशरीफ पढ़ रही है, और उसके पहुंचने के बखत उसके मुंह से निकला है—इज्जते मन सहतवां और जिल्लते मन सहतवां। गोया मतलब क्या कि हे अल्लाह, तू ही इज्जत का देने वाला है और तू ही जिल्लत का भी देने वाला है। अहा, कैसी बात सुनी कि कुंवर का दिल रोने क्यों न लगे। वह कहे, मुझे पापिन नहीं लगती, पर शहजादी कहती है, तू बाप का हुकुम मान मुझे चाक कर दे। वह मुझ पर शक करता है। बीरन, मेरी बात मान। शहजादा कहता है कि नहीं और कहता है कि ला, मुझे अपना काम करने दे और आलीशान और बड़ी कीमती लकड़ी का बक्स लेके उसमें उसे बिठा के नदी में छोड़ दिया। लड़की बह निकली क्योंकि बक्स में करामात है कि डूबेगा नहीं, उठेगा नहीं, दरिया पर चल बहेगा।...''

धूपो की आंखें खुली-सी रह गईं। कैसा आश्चर्य था! वह कल्पना कर रही थी कि शहजादी बक्स में क्या सोचती हुई बही जा रही होगी। डूबती, उतराती, बहती।

दीना की बहू ने लम्बा सांस छोड़ी। धूपो ने मुड़कर देखा। वह शान्त बैठी थी। धूपो फिर सुनने लगी।

दीना ने खांसा और फिर कहा –

''और उधर देखिए कि चीन का बादशाह खबर भेजता है कि मेरा कुंवर जवान हुआ है, सो हे! यमन के बादशाह! तू अपनी लड़की भेज दे। हम शादी रचाएंगे। क्या कुदरत की बात न मानिए कि इधर चिट्ठी गई, उधर क्यों न बक्स बहता हुआ नदी से चीन पहुंचा और क्यों न चीन के शहजादे का शिकार खेलते हुए उधर आकर उस बक्स को देखना हुआ।

उसने इशारा किया। चटपट मल्लाहों ने कूद के संदूक बाहर निकाला। बढ़ई बुलाए। सो खाती की सदा की आदत है कि कुछ बनाने के पहले कुल्हाड़ी को लेके ठोककर देखते हैं। जो बक्स ठुका तो भीतर से आवाज आई–नैक हौले-हौले, संभल के।

''यह तो खाती का सुनना हुआ और डर के मारे उसका सिर पर पांव रखके भागना हुआ। कुंवर ने जो सन्दूक तुड़वाके देखा तो आशिक हो गया, और शहजादी ने देखा तो मन ही मन रीझ के आंखें-झुका लीं। कुंवर सोचता है कि ऐल्लो! हम तो यमन जा रहे थे। चलो लाख-पचास हजार रुपए बचे। लड़की खुद घर आ गई। यों महलों में ले जाके निकाह पढ़वाया और चैन से रहने लगे। उसका नाम! लड़की के पेट से एक लड़का भी हो गया।''

धूपो इस कल्पना पर प्रसन्न हुई। कहा–''चलो, अच्छा हुआ।''

दीना की बहू ने कहा–''किस्मत की बात है।

''सो तो है ही। भला बताओ!''

''अरे क्या थी, क्या हो गई!''

''यों न कहेगी भाभी, कि क्या हुई और फिर क्या हो गई।''

''अरी, मैं इसी से तो कहती थी।''

दोनों की बात खत्म नहीं हुई थी कि बाहर बैठे लोगों की आवाज़ आई–''अहा-हा! क्या बात कही है!''

दीना ने गौरव से चारों ओर देखा और सिर की टोपी को ज़रा और आगे की तरफ झुका लिया और दो-चार जो खड़े थे, उन्हें भी हाथ से बैठ जाने का इशारा किया और उनको जगह ढूंढ़ते देखकर अपने पास वालों से उसने इशारे से कहा कि जगह कर दो।

बच्चों के चेहरों पर प्रसन्नता थी, आश्चर्य था। कुछ के मुंह फट गए थे। वे अवाक् सुन रहे थे। उन्हें कथानक की क्षिप्रगति अपने साथ बहाए ले जा रही थी।

दीना पटाखे भी बनाता था और भाड़ भी भूंजता था। गांव में उसको बहुत लोग पसन्द करते थे, क्योंकि ठाल का वक्त उसके यहां खूब आसानी से कट जाया करता था और दीना की ऐसी रईस तबीयत थी कि अतिथि को चिलम पर चिलम पिलाता जाता था, पर ऊबता नहीं था। उसकी इस आदत से उसकी बीवी परेशान थी, लेकिन दीना है कि टेव ही नहीं छोड़ता।

उसने कहा–''अब देखिए! कुदरत की बात है। उधर शहजादा एक दिन कोरी-बारे में जाता है तो वहां एक कोरी से एक कोरिन यों बतिया रही है कि शहजादा ठिठककर सुनने लगा। कोरिन कह रही थी कि सुन मेरे समधी! जो तू बादशाहों का सा करना चाहै तो कल्ल कर ले, पर जो बिरादरी वालों का सा करना चाहे, तो मैं तब ही करूंगी जब मेरी कुहनी मुंह में आ जाएगी।

"और वह बात कुंवर के मन में गंस के रह गई। देखिए! बादशाह का कुंवर क्यों तो उधर जाए और क्यों ये सुने कि उसे चिन्ता व्याप जाए, और लौटे तो वह मन ही मन सोचने लगे कि भई कुंवर, यह कोरनियों ने क्या गजब के अलफाज बोल दिए। यह तो दरयाफ्त करने लायक बात है। बस, उसने जाके खटपाटी ले ली, तो सब हाजिर होके पूछने लगे कि कुंवर साब, बात तो बताओ। जो उसने बताई तो फौरन हुकम हुआ कि कोरी और कोरिन दरबार में हाजिर किए जाएं। अब कोरिन थर-थर कांपे कि भई, बादशाह जाने क्या कर डालेगा। कुंवर बोला कि भई, डरो मत, पर ये बताओ कि ये तुमने क्या कही कि बादशाहों-सा करो तो अब कर लेओ, पर जो बिरादरी-सा करो, सो तब, जब कुहनी मुंह में आ जाए! कोरी-कोरिन बोले कि हुजूर! मारौ चाहे छोड़ौ, पर सांच को आंच कहां! बात तो यही है। बादशाहों के ब्याह में तो छोरी घर-बैठे आ गई। सो न रुपैया उठा न धेला, निकाह पढ़वा लिया, चट काम हो गया। बिरादरी में तो ब्याह होय तो क्या न होय?

"वे कहके चल दिए। कुंवर जाके यमन शहजादी की तस्वीर देखता है तो वही सूरत है, जिससे निकाह पढ़ा था, तो कहता है कि मंतरी! तुम इसे इसके बाप के पास ले जाओ और हम इससे अब ब्याह-बरात से ब्याह करेंगे। शहजादी अपने बच्चे को लेके चली तो राह में अब देखिए कि कुदरत का खेल है, मन्तरी की जात ही खराब, वह बड़ा बदमास, उसकी नीयत बदल हुई और जो तंभू गड़े, तो बोला कि शहजादी, मेरे मन की हवस पूरी कर। शहजादी ने कहा—मुझे बाप के घर पहुंच जाने दे, तो मैं जवाब दूंगी। पर लश्कर तो हट के पड़ा था, वजीर बोला—अभी कर। सो नजर बचाके शहजादी लपक के तंबू के ऊपर चढ़ गई। वजीर बोला—कै तो नीचे आ, नहीं तो मैं तेरे इस बालक को मारता हूं। वह बोली—पत मेरे हाथ है जालम। मारना-बचाना अल्लाह के हाथ है। सो तू भले ही मार ले। वजीर ने, हाये-हाये, बच्चे को कतल कर दिया और अंधेरे में शहजादी फट तंबू से बाहर कूद के जंगल में दुबक गई। लश्कर-पलटन में ढुंढार मची, पर कोई न मिला, तो सब लौटे और वजीर ने जाके कह दिया कि हुजूर! वह तो बदनीयत औरत थी। अपने बच्चे को खा गई डायन। जाने कहां चली गई।

"ओहो! कुंवर के गम की थाह नहीं। बड़ी उसे चाह थी उसकी, सो ऐसा धक्का पहुंचा कि दिल हीरे-सा तड़का और गुस्से में सवार यमन के बादशाह के पास भेजे कि हम तेरी लड़की ब्याहने आते हैं, कै तो तैयार रह कि जंग करेंगे। यमन का बादशाह चक्कर में पड़ा। वजीर ने देखा, कौन-सा वजीर! वही जिसके मारे शहजादी काठ के सन्दूक में बहाई गई थी, मौका-पा गया। बोला—"हजूर, आपकी-मेरी बेटी में फरक ही क्या। मेरी लड़की ब्याह दें हजूर। सो यमन बादशाह ने मंजूरी दे दी। अब तो बरात की तैयारी हुई तो चीन की राजधानी में हल्ले गूंजने लगे, पर शहजादी पहुंची तो फकीर का भेस बना लिया और शहर बाहर एक मन्दिर में रहने लगी। आते-जाते में बाबा डंडौत, बाबा बन्दगी, बाबा राम-राम की तो, खबर कुंवर तक भी पहुंची, सो वह भी वहां पहुंचा..."

आसमान में तारा निकल आया था। झाड़ियों की उठी हुई टहनियों के पीछे वह ऐसा लग रहा था जैसे चमकदार मच्छर किसी मसहरी के पीछे कुलबुला रहा हो और अपना रास्ता निकाल सकने में असमर्थ हो गया हो।

धूपो ने उसे नहीं देखा। अब तो उसका ध्यान केन्द्रित था। उसे क्या मालूम था। कि अंधेरा अपनी पर्तें गहरी करने लगा था। बाहर लोगों का जमाव था ही। और दीना की बहू बगल में बैठी कह रही थी—"हाय अल्ला! क्या से क्या हो गया?"

"अरी, ये ही खेल हैं इस दुनिया में।"

"देख तो क्योंकर पार होती है!"

"और डूब गई तो?"

पर दीना की बहू को इतना अन्दाज था कि कथा होगी सुखान्त ही। दीना ने पैंतरा बदला और जैसे तर्राए स्वर से कहा—

"कुदरत की बात, क्यों न शादी की खबर उस फकीर के भी पास पहुंचे, कि सवेरा होए, कुंवर आए तो वह लड़की, अब फकीर बनके बोले कि बाबा साब, रात-हमने एक ख्वाब देखा।

"कुंवर कहता है कि साईं साब, कुछ हमें भी बताओ!"

"फकीर कहता है कि अरे नहीं भई! ख्वाब-ख्याल की बात है, कहीं लग न जाए दिल, बात है, सो यह तो यों ही रहने दो।

"पर कुंवर कहता है कि नहीं साईं साब, बतानी ही होगी।"

"तो फकीर कहता है कि भाई, तू मानता नहीं तो सुन कि हमने यों देखा कि एक बादशाह अपनी लड़की को छोड़ हज्ज करने चला। लड़की पर वजीर फिदा हो गया। लड़की न मानी तो बादशाह के लौटने पर उसने झूठ-चुगल करके लड़की को बदनाम किया, तो लड़की के भाई ने उसे काठ के बक्स में रख बहा दिया और उधर एक शहजादा क्यों न पहुंच जाए जो लड़की को निकाल के उससे निकाह कर ले। बस, इतना ही रहने दे, क्योंकि ख्वाब-ख्याल की बात है, कहीं दिल न लग जाए। दिल की बात है, सो यह तो बस अब यों ही रहने दो बाबा साब!

"पर कुंवर के तो खिंचके चुभी है, वह कहता है कि नहीं साईं साब! और सुनाओ।"

"कि नहीं बाबा साब, अब इत्ती ही रहने देओ।"

"कि नहीं साब!"

"तो जब यों दो-दो हुई और कुंवर ने जिद्द करी तो कहता है—कुदरत की बात है। एक कोरिनिया के कहने पे कुंवर ने लड़की को मां-बाप के घर भेजा और रास्ते में लड़की पे मंतरी की नीयत बदल गई और वह पत बचा के भागी, उसने बच्चा माड्डाला। बस! अब रहने दो बाबा साब। क्योंकि ख्वाब-ख्याल की बात है, कहीं दिल न लग जाए।

"तो कुंवर ने कहा कि साब, आपको मेरी बरात में चलना ही होगा और कहो।"

"बस बाबा साब।" लड़की ने कहा, अब हम रमते जोगी। खैर तू कहता है तो चले चलेंगे।

"चुनांचे बरात चढ़ी। वजीर की लड़की आई तो फकीर कहता है कि यमन की शहजादी से तस्वीर मिला के तो देख!"

"ओहो! क्यों न कुंवर तस्वीर मिलाके देखता है। हत्तेरे की। यह नूर कहां? यह हुस्न कहां? कहां ये दूध का धोया-सा रंग, कहां काजल-सी जुल्फ! हाय-हाय! यह क्या हुआ? वह वहीं पछाड़ खा के गिरा। सो लोग कहने लगे कि साईं साब, यह क्या हुआ? भभूत डाल के मंतर पढ़ो। यह तो इकला कुंवर है। मां-बाप की छाती फट जाएगी, कुछ करामात दिखाओ और देखिए, कुदरत का खेल कि फकीर कहता है कि उठ। सो पत का जोर है कि कुंवर उठके बैठके कहता है कि मैं कहां हूं?"

"और साईं का भेस उतार के शहजादी कहती है—मुझे पहचान...देखा तो चेहरा खिल उठा। निकाह पढ़वाया, ढोल-तासे बजे, फिर लेके लौटा तो वह-वह पटाखे छूटे..."

शायद दीना अब इस कल्पना में मग्न था कि उसके ही हाथ के पटाखे छूट रहे थे और इस कदर माल बिक रहा था कि दीना मालामाल हो गया था। रुपयों का ढेर लग

गया था। उसने क्षण-भर को आंखें मीच लीं और जब खोलीं तो देखा, सब मुग्ध-से बैठे थे।

और दीना ने कहा—गाने ही-सा गाया—

गोरी ढोला मिल गए, पूछें कुसल कि छेम।
पत की कथा सुनात हूं, पत नारी कौ नेम!

22

शाम ढल रही थी। उस वक्त सूरज की किरनें लम्बी-तिरछी होकर चली गई थीं। आखिर अपने घर जा रही थीं। सुखराम बाहर बैठ गया।

''तू भीतर जा।'' उसने कहा।

''मैं अकेली जाऊं?'' कजरी ने चौंकककर पूछा।

''उसमें हरज क्या है?'' उसने निश्चिन्त स्वर से उत्तर दिया।

''पर तू ही यहां क्या करेगा?;

''अरे, लुगाइयों में मेरा क्या काम?''

कजरी भीतर चली गई। प्यारी आ गई।

प्यारी ने कहा—''मेरी कजरी!'' वह बड़ी प्रसन्न हो उठी थी।

''हाय, आ तो रही हूं।'' उसने मुग्ध होकर कहा।

''चल, रहने दे!'' स्नेह ने स्नेह को संभाल लिया और हाथ में हाथ डाले हुए मुस्कराती हुई दोनों भीतर चली गईं।

रुस्तमखां बाहर से आया था। देखा, द्वार के पास सुखराम बैठा है।

''सलाम हुजूर!'' सुखराम ने कहा।

''सलाम। अच्छा है भाई!''

''दुआ है सरकार की।'' सुखराम ने कहा। रुस्तमखां चारपाई पर बैठ गया।

''बैठ जा सुखराम।'' उसने कहा।

''हां बैठा हूं।'' सुखराम ने कहा और वैसे ही हुक्के से चिलम उठा ली और उसे कण्डों में से भर लाया। फिर पहले पी-पीकर सुलगाया और जब ढेर-सा धुआं निकला तो हुक्के पर चिलम रखकर रुस्तमखां की तरफ सरका दिया। रुस्तमखां ने चिलम को फूंका और निगाली मुंह से लगाई।

''क्यों सरकार, अब कैसी तबीयत है?''

''मैं तो ठीक ही हूं।''

''नहीं सरकार।'' रुस्तमखां की आंखों में घूरते हुए उसने कहा—''अभी ठीक नहीं हैं। महीने-भर में लौट आएगी।''

''लौट आएगी?'' रुस्तमखां थर्रा गया।

''ठीक है।'' सुखराम ने कहा—''अगर यकीन नहीं तो फिर देख लेना।''

''तो फिर क्या करूं?''

''साल-भर अलग रहना सबसे।''

''शराब से भी?''

''नहीं, उस पर रोक नहीं।''

"तू आदमी हुनर का तो है।" रुस्तमखां ने कहा—"इस मियाद को कम नहीं कर सकता?"

"आप कर सकते हो।"

"सो कैसे?"

"नीयत साफ रखना।"

रुस्तमखां खिसिया गया। परन्तु उसको चारा नहीं था। पर उसे उसकी बात में सन्देह अवश्य हो गया। पहले तो कहता था कि जल्दी ठीक हो जाओगे। हो न हो, उसने जान-बूझकर ही यह पख लगाई होगी।

कुछ देर बातें करते वह भीतर चला गया।

पुकारा—"कजरी!"

उसने पूछा—"क्या है? तुमने उससे कहा?"

"अभी नहीं। रंग दे दिया है।"

रुस्तमखां ने उठकर सुना, वह कह रहा था—"मानेगा नहीं, लगता है।"

"ये माने, इसका बाप!"

रुस्तमखां लौट आया। वह समझ गया था।

सुखराम ने कहा—"कजरी, मैं जाता हूं।"

"कहां जाएगा?"

"बाजार, सामान ले आऊं।"

"बहुत देर बाद न आइयो, कहीं बैठ जाय वहीं बातों में।"

"हां हां, चुप रह!" उसने कहा।

कजरी लौट गई।

प्यारी ने पूछा—"कौन था?"

"सुखराम था।"

"क्या कहता था?"

"तुम्हारी पूछता था।"

"ऊपर नहीं आ सकता था वह?"

"जाने की कहता था।"

"क्यों, जल्दी क्या है?" प्यारी ने कहा।

"घर पहुंचेंगे नहीं?"

"यहीं बैठने में देर हो जाएगी?"

"पराया घर नहीं है क्या?"

प्यारी रूठी। कजरी समझ गई। कहा—"मैं ताना नहीं मारती।"

"तो क्या कहती है?"

"सच कहती हूं। तुम बताओ, यहां तुम आजाद हो?"

प्यारी ने स्पष्ट कहा—"नहीं।"

"मैं जानती थी, तब मैंने गलत कहा?"

"नहीं।"

"फिर तुम क्यों रूठीं?"

"मुझे ले चलो।" प्यारी ने कहा।

"उससे बात तो कर लें पहले।"

"रुस्तमखां से? वह न माना तो?"

"सुखराम जाने।"

कजरी का उत्तर सुनकर वह सोच में पड़ गई।

अब उसे लगने लगा कि वह बहुत बड़ी भूल कर गई है।

चक्की से पीसते जाओ, पीसते जाओ, हजारों के पेट भर देगी, पर उसीका पाट उठाकर गले में डाल लो, गर्दन तोड़ देगा। यही हाल प्यारी का हुआ। उसे बहुत कोफ्त हुई। कहा—"मैं क्या सोचती थी, क्या हो गया!"

कजरी नहीं समझी। पूछा—"क्यों?"

"यह मरा, जी का जंजाल हो गया।"

जैसे फिर वह अपने-आप बड़बड़ाने लगी—"कौन कहता है मैं चुप रहूंगी। नहीं वह मुझे रोकने वाला है कौन?...मैं तो नटिनी हूं...नटिनी! कौन रोक सकता है..."

उस समय वे अवरुद्ध कपाट जैसे खुलने लगे। शरीर के भीतर जगह-जगह जेलखाने थे, जिनपर भावों की भीड़ ने हमला किया, स्वार्थी के पहरेदार आगे आए, दोनों में मुठभेड़ हुई, स्वार्थ रौंद दिए गए और जेलखाने के दरवाज़े अर्रा-अर्राकर टूटने लगे।

"क्या कहती है?" कजरी ने पूछा।

प्यारी बड़बड़ाती रही, "मैं आप आई थी...आप जाऊंगी। जेल में डाल देगा उसे? डाल दे। मेरा क्या है? कतल कर दूंगी हरामी का..."

प्यारी को जैसे आवेश था।

उसने कहा—"तू तो तैयार है?"

"हां।" कजरी ने कहा—"पर डरती हूं।"

"क्यों? मैं सौत हूं, इससे?"

"नहीं, ये रोकेगा।

"नहीं, नहीं रोकेगा ये।"

"मैं नहीं मानती।"

"मत मान, पर मैं कहती हूं।"

"तुम कहती हो, वह क्या कहेगा?"

"कुछ कहे!"

"और जो रोकेगा तब?"

"मैं रुकूंगी कब?" प्यारी ने कहा। उसके स्वर में ऐसा घोर विश्वास था कि कजरी चौंक उठी। वह नितान्त निर्भय दिखाई दे रही थी। जैसे तूफान में से निकला हुआ पक्षी आकाश में विजय स्वर से चिल्लाकर उड़ रहा हो और महाशून्य के वृक्ष पर डैने चला रहा हो। आज उसके नीचे समुद्र है, पर वह बिल्कुल विचलित नहीं है।

"रोकेगा तो?" कजरी ने संदेह से पूछा और वह इसके साथ ही आगे-पीछे की सारी बातों को सोच रही थी। झगड़ा ही उसकी आंखों के सामने आकर खड़ा होता था। उसकी समझ में नहीं आता था कि कैसे इस सबका अन्त मिल सकेगा।

"बांदी तो नहीं हूं।" तभी प्यारी ने कहा। उसकी आंखें तीखी दृष्टि से सब कुछ जैसे बेध देने की चेष्टा कर रही थीं।

"सो उसकी मजाल!" कजरी ने कहा।

"मैं सेंध लगाके भाग जाऊंगी।" प्यारी ने कहा।

परन्तु यह सेंध का नया प्रयोग था। जिसे सुनकर धीमी और मीठी आवाज़ से खिलखिलाकर कजरी हंसी।

"क्यों, हंसी क्यों?" प्यारी ने पूछा।

"भला बताओ," कजरी ने कहा—"कोई बात है! अब तक चोर सेंध लगाकर माल ले जाते थे, अब माल ही चोर की दीवार में सेंध लगाने लगा।"

प्यारी भी हंसी। पर वह माल का नाम सुनकर झेंप गई। उसने बहुत लज्जित स्वर से धीरे से कहा—"बड़ी वो है तू!"

"सच जेठी! तुम्हें छोड़ देगा वो!" कजरी ने कहा—"मैं मरद होती तो तुम्हें कभी नहीं छोड़ती।" वह फिर हंसी।

"तू बड़ी चमको है।" प्यारी ने कहा।

"देख लेना। बस यही झगड़ा है।"

"तो मैं अपना मुंह झुलस लूंगी। फिर तो न देखेगा कोई मेरी ओर!"

"फिर सुखराम देख लेगा?" कजरी ने पूछा।

"क्यों नहीं?" प्यारी ने उत्तर दिया।

"ओहो!" कजरी ने कहा—"जैसे वह दूसरी मट्टी का बना है।"

"नहीं कजरी, उसका दिल और है।"

"होगा जेठी। पर मरद मरद ही होता है। अरे, जब हमारा दिल अच्छे की खोज करता है, तो वह अच्छी क्यों न ढूंढ़े!"

दोनों हंस दीं।

"अच्छा", प्यारी ने पूछा—"बुरी शकल का आदमी क्या करे?"

"भगवान ने क्या बुरी औरतें नहीं बनाई?" कजरी ने पूछा।

"तुझे अपने रूप का घमण्ड है कजरी?"

कजरी ने केवल समर्पण की दृष्टि से देखा। वह कुछ नहीं कह सकी। उसी समय रुस्तमखां आया।

प्यारी ने अपने को संभाला। अस्त-व्यस्त बैठी थी, ठीक से बैठी और उत्सुकता से उसकी ओर देखा। रुस्तमखां ने कहा—"क्या कर रही है?"

"बात करती थी।"

"किससे?" और रुस्तमखां ने मुड़कर देखा। उसे अपनी ओर देखते हुए पाकर अदब के लिए कजरी ने घूंघट काढ़ा, पर वह एक झलक देख ही गया। रुस्तमखां की तृष्णा को कचोट पहुंची। वह पूरी तरह देख सकने में असमर्थ रहा, इसका उसके दिल में मलाल रह गया। पहले तो टालने का यत्न किया। पर वह कमज़ोर तबीयत का आदमी था। आखिर रहा न गया।

"कौन है यह?" उसने पूछा।

कजरी ने सिर नहीं झुकाया था। घूंघट में से ही देख रही थी सामने की दो उंगलियों की दरार में से। वह इन दोनों का पारस्परिक सम्बन्ध देखना चाहती थी। वह उस आदमी को देखना चाहती थी जिससे प्यारी को इतनी घृणा थी।

"कजरी है।" प्यारी ने कहा।

"वह कौन?"

"मेरी सौत!" प्यारी ने दृढ़ता से कहा।

रुस्तमखां कट गया। तो यह स्त्री अपने को अभी तक सुखराम की ही स्त्री मानती है, गोया वह कोई है ही नहीं। उसने चोट की—"सुखराम के नाते, कि मेरे?"

"अपना मुंह देख ऐने में," प्यारी ने कहा—"लाज नहीं आती तुझे?"

रुस्तमखां उसके उस कठोर उत्तर को सुनकर सकपका गया। सारी ऐंठ हल्की पड़ गई। झेंपकर कहा—"अरे, तू तो नाराज होती है! मैं तो मजाक करता था।"

"उसके लिए मैं क्या नहीं थी?" प्यारी ने कहा।

रुस्तमखां ने तिरछी आंख से कजरी को देखा और चला गया। इस समय उसके दिल पर गहरी चोट पड़ी थी। वह जानता था कि यह स्त्री मेरा प्रभुत्व औरों की तरह कभी भी स्वीकार नहीं कर सकती और यह उसका सोचना सत्य भी था। स्त्री कभी अपने पति के रुआब में नहीं रहती। इज्जत करती है, सब तरह से सेवा करती है, अगर वह विद्वान होता है तो उसकी कद्र भी करती है, पर वह सदा कंधे से कंधा भिड़ाकर चलने की बराबरी करती है, उसका प्रभुत्व नहीं मानती और कभी यह स्वीकार नहीं करती कि उसका आदमी उसकी आज्ञा के बिना किसी भी स्त्री से आजादियां लेने की हिम्मत करे। परन्तु रुस्तमखां का आहत हृदय इसका बदला चाहने लगा। उसकी कुरूपता अब साकार होने लगी। जैसे गंदे ढेर में सूअर अपना लम्बा मुंह डालकर बड़ी से बड़ी गन्दगी को खोजते समय चबर-चबर करता हुआ, उस गन्दगी में धंसते हुए उस सबसे अपने को ढंक लेता है, उसका कमीनापन उसी तरह फरेब की गलाजत में धंस-धंसकर ढंकने लगा।

कजरी ने उसके चले जाने पर कहा—"तुझसे भी इसका जी नहीं भरा?"

"क्यों?" प्यारी ने पूछा।

"टेढ़ी आंख से देख गया है मुझे! कह दीजो, आंख टेढ़ी ही रह जाएंगी।"

"नहीं, तू ऐसी फूलनदेई है!"

"सो कहां? मुझे चाव नहीं।"

परन्तु प्यारी की घृणा अब बढ़ गई थी। इतना कमीना आदमी है यह, बस यही उसके भीतर घूम रहा था। उसने और भी बुरे आदमी देखे थे, जिन्होंने उसके शरीर से खिलवाड़ किया था, पर कहीं न कहीं उनमें भी दर्द था, इंसानियत थी और इन लोगों में? कुछ नहीं। न भगवान का डर है, न आत्मा का। किसी तरह की इन पर कोई रोक ही नहीं। और कजरी के अन्तिम वाक्य का एक व्यंग्य उसे चुभा। जैसे वह यहां शौक पूरे करने आई थी और उसने क्या किया? कुछ नहीं। वह कैद में है। उसके हाथ-पांव नहीं चलते। वह कितने बुरे लोगों में आ गई है!

कजरी ने कहा—"बुरा मान गई?"

"नहीं तो।" प्यारी ने चौंककर कहा।

"फिर चुप क्यों हो गई?"

"ऐसे ही।" फिर उसने बात बदलने की खातिर मुस्करा दिया और कहा कुछ नहीं। कजरी उसे देखती रही। कुछ देर यों ही बीत गई। तब प्यारी ने बात चलाने को कहा—"कुछ खाएगी?"

"नहीं।" कजरी ने सिर हिलाया।

"अच्छा, पान खा ले।"

"अच्छी न लगूंगी।" उसने बनकर कहा।

"क्यों? देख तो कैसी पीक रचैगी तेरे!" प्यारी ने पानदान खींच लिया और बैठकर हाथ पर पान साफ करने लगी। उसकी वह मुद्रा देखकर कजरी पर प्रभाव पड़ा। ऐसी बैठी

है जैसे कोई बड़े घर की हो, ऊंच जात की। उसके मन में यह विचार कौंधकर समा गया। पर उसने उसे अपने से दूर फटकार देने के लिए उसी संकोच को क्रमशः रखकर कहा—''अरे नही।''

प्यारी ने उस अर्द्ध-नकारात्मक उत्तर की उपेक्षा करके उसकी ओर न देखते हुए, पान पर चूना लगाया और कत्था टटोलते हुए उसी स्वर से कहा—''ऊहं!'' और हंसी। कजरी शरमा गई। पान तैयार करके उसने हाथ बढ़ाकर सामने करके कहा – ''खा भी ले न।''

कजरी ने पान ले लिया और सलाम किया। यह उसकी आदत थी। उसने सदैव किसी ऊंचे दरजे के व्यक्ति से पान पाया था और उसके लिए उसे सलाम करने की मर्यादा रखनी पड़ी थी।

''मैं तो खा लूं। पर...'' वह कहते-कहते अटक गई। वह उस समय मजाक करना चाहती थी लेकिन प्यारी उस समय गम्भीरता से अपने भविष्य के बारे में सोच रही थी। इस समय उसके मुंह से एक अड़ंगा सुना तो उसने उसे ही पकड़ पाया और कुछ चौंककर उससे पूछा—''पर कैसी?''

कजरी समझी, सौत टटोल रही है। उसने मुड़कर मुंह पर आड़ करके मुस्कराहट दिखाने की चेष्टा करते हुए पहले तो मौन धारण किया और जैसे बहुत अटक रही है, कहा—''वह छेड़ेगा फिर?''

प्यारी समझ गई कि वह सुखराम के विषय में बात ले आई थी। उसने देखकर भी उसकी मुद्राओं का अर्थ नहीं समझा। उसे लगा, वह व्यंग्य कर रही थी और वह उसके वैभव के प्रति था। उसने शंकित होकर आंखें गड़ाकर उसकी ओर देखा और कहा—''क्या कहेगा?''

कजरी को हंसी आ रही थी। उसने एक दिन पान खाया था तो सुखराम ने छेड़ा था। वह उसी सुखद कल्पना में डूबी हुई थी। इस समय उसने ठिठोली में ही कह दिया—''यों कहेगा ही कि अब तू भी चली क्या?''

प्यारी का मन झंकार उठा। कजरी का वाक्य उसके तीर-सा लगा। इसका मतलब यह हुआ कि सुखराम मन में उससे इस बात से नाराज़ अवश्य है कि वह एक दिन उसे छोड़कर चली आई थी! तो फिर वह इसे कहता क्यों नहीं? उसने सहमे स्वर में पूछा—''ऐसा कहता है वह कभी?''

उसकी अब समझ में आ रहा था कि वह क्यों अभी तक उसे ले जाने की बात नहीं कहता है। परन्तु वह निश्चित नहीं हो सकी थी, तभी उसने अन्तिम प्रश्न किया था।

''क्यों नहीं।'' कजरी ने उसी मस्ती से कहा।

प्यारी के हृदय से जैसे रक्त बह निकला और उसे लगा कि अब यह रक्त रुकेगा नहीं। वह व्यर्थ ही जान दे रही थी। अब सुखराम के संग जाकर भी क्या करेगी!

प्यारी सुस्त हो गई। वह सोच रही थी, क्या मैं यहां रह जाऊं? नहीं। यह नामुमकिन है। फिर? कहीं भाग जाऊं? कहां? पर अगर मैं फिर भी उसी के पास रहूं तो क्या कभी उसका गुस्सा दूर नहीं हो जाएगा? हो सकता था, पर कजरी के रहते क्या ऐसा हो सकेगा?

''लाओ दे दो।'' प्यारी ने हाथ बढ़ाया।

''क्या?'' कजरी ने पूछा।

''पान।''

कजरी समझी नहीं।

कहा—''मैं नहीं देती। तुम बुरा मानती हो।''

''नहीं रहने दे।'' प्यारी ने कहा और हाथ बढ़ा ही रहा। कजरी ने हाथ देखा और मुख देखा।

"क्यों?"

"वह तो बुरा मानता है न?"

"अरी मैं तो दिल्लगी करती थी!"

"सच कह कजरी, तू मुझे तंग करती है!"

"तेरी सौगन्ध भाई।"

कजरी ने पान खा लिया।

उस समय शाम गहरी से घनी हो गई।

"हाय, अंधेरी हो गई!" कजरी ने कहा।

"बत्ती कर देती हूं।" प्यारी उठी।

"लाओ, मैं कर दूं।"

"काम न कराऊंगी तुझसे।"

"क्यों?"

"तू नहीं समझती। यह पराया घर है!"

कजरी ने कहा—"देखो जेठी, मैंने इसलिए थोड़े ही कहा था? पर मैं ताना नहीं मारती।"

वह लालटेन ले आई। चिमनी साफ की। तेल डाला। बत्ती उकसाई, जला दी। रोशनी फैली।

कजरी ने कहा—"हाय राम! कैसी जल उठी!"

प्यारी मुस्कराई।

कजरी ने कहा—"जेठी, मुझे बताओ। ये कैसी जली?"

"डेरे में जलाएगी क्या?"

"हां जला लूंगी। सो न समझना।"

प्यारी ने हंसकर कहा—"तो मंगा ले पहले।"

कजरी ने लालटेन उठा ली। गर्म नहीं हुई थी तब तक। कहा—"नटिनी हूं। समझ लो यह डेरे पहुंच गई। अब कहो।" फिर कहा—"दैया, ये तो जलने लगी!"

"धर दे, नहीं टूट जाएगी।"

"क्यों जेठी," उसने रखकर कहा—"हवा से बुझती तो नहीं होगी?"

"नहीं बुझती।"

"बड़े दिमाग का काम है।" कजरी ने कहा—"दुनिया में कैसी-कैसी चीजें हैं! पर हमको नहीं।" और जैसे याद आ गया, बोली—"दो बरस हुए मैं राजधानी गई। वहां मैंने राजा के महल को देखा बाहर से। रानी खड़ी थी वहां। आहा! कैसी नरम और खूबसूरत थी! सच जेठी, मैं उसके सामने कर दी जाऊं तो ऐसा लगै जैसे किसी ने गोरी गैया के बगल में कीच में से निकाली भैंस खड़ी कर दी हो। तो मैंने देखा बाहर ऐसे-ऐसे..." उसने हाथ फैलाकर बताया—"हंडों में बत्ती जल रही थी, सतरंगी। मेरी तो टिकटिकी बंध गई। कैसी शान थी! रात में दूध का-सा उजेला छा रहा था।"

"वे बड़े लोग ठहरे।"

"सो तो है ही," कजरी ने कहा। फिर सिर हिलाया, जैसे वह अभी तक हण्डे देख रही थी।

"कजरी, एक बात पूछूं!" प्यारी ने पूछा।

"पूछो।"

"तूने उसे बना किस तरह लिया।"

''अरे चलो। कोई सुनेगा।''

''कजरी बता दे।''

कजरी हंसी। कहा—''यह भी कोई पूछने की बात है?''

''बता भी।''

मन ने मन को पहचाना।

प्यारी चिन्ता में पड़ी। उसने उससे फिर कहा—''कैसे कजरी, बताती क्यों नहीं?''

कजरी चुप रही।

प्यारी ने कहा—''तब वह अकेला रहता था। तुझे तभी तो मिला था वो! तू उससे मिली कैसे?''

''अरे मन आ गया और क्या?''

प्यारी को सन्तोष न हुआ। पूछा—''फिर?''

''फिर ब्याह हो गया।'' कजरी ने कहा।

प्यारी ने फिर डुबकी लगाई और सवन की तरह मछली के लिए चोंच डाल दी—''तेरा आदमी कैसा था?''

''क्यों पूछती हो?''

''वैसे ही।''

''तो जो सोचती हो न, वह सच है।'' कजरी ने बड़े दृढ़ विश्वास से कहा—''बहुत बुरा था।''

''तुझे मारता था?''

''नहीं, कमाना पड़ता था। शराब पीता था?''

''फिर?''

''फिर क्या? यह नहीं पीता था क्या? मैंने छुड़ा दिया।''

प्यारी ने कहा—''मैं तो पीती थी। तू नहीं पीती?''

''यही कभी-कभी, और क्या?''

''तो तैने इसे इसीसे चुना?''

''फिर क्या? मैंने सोचा कि यह अच्छा है और क्या?''

''नट तो पीते हैं कजरी। इसमें बुरा क्या?''

''बुरा तो वह जो बिरादरी न माने, वैसे सब अच्छा। पर मैंने कभी अच्छा नहीं पाया उसे। झगड़ा कराती है। मेरा पहला आदमी पीने के लिए बुरे से बुरा काम करने को तैयार हो जाता था। एक दिन एक के कफन के पैसे चुराकर शराब पी गया।'' वह कह नहीं सकी। फिर कहा—''मेरे पड़ोस में बचपन में एक चिकुवा खटीक भेड़ चुराने आता था। एक दिन एक बगर कसाब के साथ आया। उसके संग हेकावाली दो कंजरियां थीं और एक दिल्ली का सरक-सरैया खटीक था। शराब पी और खूब लड़े। हेकावाली कंजरियां भाग गईं और सरकसरैयां मारा गया। चिकुवा और बगर कसाब को फांसी लगी। अब देखो। हेकावाले कंजरों का क्या ठिकाना है? मेहतर का भी वे जूठा खाते हैं।''

''सच'', प्यारी ने कहा—''यह कम्बख्त है ही ऐसी चीज! पर मुंह से एक बार लग जाए तो छोड़ी नहीं जाती।''

''एक सिकलीगरनी कहती थी—चाकर, तिरिया, चबैना, मुंह, लागै तो दोस, सो सच ही है, ऐसी ही ये शराब है।''

''कजरी, तेरा बाप था, वह नहीं पीता था?''

"मेरी मां भी पीती थी।"

"फिर तैने कैसे छोड़ दी?"

"बचपन से ही ऐसी हूं।"

"मुझमें तुझ-सी अकल नहीं कजरी।"

"अकल मुझमें कहां? अकल तो ब्याह के बाद मरद देता है। कुर्री न दे सका। इसने दी। फिर ये खून से राजा ठहरा।"

"तू मानती है उस बात को? उससे लाभ है कुछ?"

"लाभ न हो, बात तो मानने की ही है। क्या यह ठीक और नटों-सा है? और नटों में इतनी अकल और इतनी सराफत कहां?"

"अरी ये तो पोच ही है। मार-पीट कभी नहीं करता था।"

"ऐसा मारता है", कजरी ने कहा—"कि फिर हाड़ दुखने लगते हैं।"

"अरी चल सौत," प्यारी ने कहा—"आंखें निकाल लूंगी जो नजर लगाई।"

"तुझे कभी मारा उसने?"

"बस एक बार।"

"तो वह तुझे चाहता नहीं।"

"तेरा मुंह जला दूंगी।"

"जला दे, सांच को आंच क्या?"

"तेरी समझ में तू उसके मन की है, मैं नहीं हूं?"

परन्तु कजरी ने इसका उत्तर नहीं दिया। मुस्करा दी और। बात वहीं हल्की पड़ गई।

और नीचे रुस्तमखां अब उद्विग्न हो रहा था। आखिर मामला क्या है? आज बांके क्यों नहीं आया? इस वक्त तक तो आ जाया करता था। एक चक्कर लगा ही जाता था। कोई गड़बड़ तो नहीं कर बैठा? पर वह पोच है। जो करेगा सो पहले पूछ कर।

बाहर आंगन में देखा। भैंस पगुरा रही थी और कुछ नहीं था। द्वार के बाहर देखा। वही गांव का सन्नाटा छा रहा था और कुछ नहीं। भीतर आकर बैठ गया। पर चैन नहीं आया। यह ऊपर आ बैठी है और फिर उसके सामने अप्रिय बातें हो गई थीं। उसने क्या सोचा होगा? यही कि प्यारी रुस्तमखां को डांटकर रखती है?

तभी खिलखिलाहट की आवाज सुनाई दी। किसी बात पर दोनों स्त्रियां जी खोलकर हंस उठी थीं। उसे लगा, वे दोनों उसी पर ठठाकर हंसी हैं। जी किया, धड़धड़ाता ऊपर चला जाए। उसे निकाल दे। पर फिर प्यारी!

और अजीब औरत है!!

सौत से प्यार!!

ज़रूर दाल में काला है। सुखराम कह भी तो रहा था कुछ। पख लगाने का क्या मतलब?

रुस्तमखां फिर सोच में पड़ गया और दोनों हाथों में सिर थामकर बैठ गया। विचारों की तल्लीनता में वह यही नहीं सोच सका कि वह वास्तव में अंधेरे में बैठा है। उसे तो कहीं भी उजाला दिखाई नहीं दे रहा था। वह थानेदार का मुंहलगा आदमी। उसका दबदबा है और वह सब प्यारी ने ऐसे समाप्त कर दिया, जैसे कुछ था ही नहीं। कैसे हुई इसकी इतनी हिम्मत?

और स्पर्धा का पिशाच अब रुस्तमखां के दिल में मरोड़े पैदा करने लगा, जिन्होंने उसे उद्भ्रान्त कर दिया।

"मेरे बारे में कुछ कहता था?" प्यारी ने कहा।

"कुछ नहीं।" कजरी भोली बन गई।

"कुछ नहीं?" प्यारी चिढ़ी।

"हां, कहता था, प्यारी अच्छी है।" कहा, जैसे याद आ गया हो।

"बस?" उसने सिर हिलाया।

"और क्या सुनना चाहती है तू?" उसने कुरेदा।

"कुछ नहीं।" प्यारी बनी।

"तो फिर मेरा सिर क्यों खाती है?"

"तू जानती ही क्या है जो?" उसने उसपर चोट की।

"मेरी बात वो मानता है, बस इतना जानती हूं।"

"वह तो बस तेरा चाकर है।"

"सो मैं कहती तो मुझे तेरे द्वार लाता?"

"दिखावे की बात है छोटी।"

"अब तुझे विश्वास ही न हो तो मैं क्या करूं!"

उसके स्वर में ईमानदारी थी। उसमें एक आत्मीयता झलक रही थी और प्यारी को ढांढस बंधा।

बोली—"दुनिया बड़ी खराब है कजरी। इसमें भरोसा कर लो तो लोग भरोसा नहीं करने दें।"

"सच कहती है तू। लुगाई को तो फूंक-फूंक के पांव धरना चाहिए। इसमें जात की भी बात नहीं।"

"सो तो है। कदर कहीं नहीं है। जनम लेने का दण्ड भरना है। मैं जानूं, कैसी रहे, जो एक दुनिया हो जिसमें लोग न हों।"

दोनों हंसने लगीं। कजरी ने कहा—"ऐसा भी है एक मुलुक।"

"कौन-सा?"

"कहते हैं, कजरी वन में ऐसा ही है। जोगी कहते हैं।"

"किसी ने देखा है?"

"नहीं, मैंने तो नहीं देखा। पर वे ऐसा गाते हैं। तू पूछती है, सो क्या वहां जाएगी?"

"तू चलेगी?"

"अरे, वह आया नहीं!" उसका उत्तर कजरी ने यह दिया।

"तू क्या जाएगी! घड़ी-घड़ी उसकी याद करती है।"

"चली भी जाऊंगी मैं। ऐसी नहीं फंसी हुई मैं। एक दिन मुझे क्या मरना न होगा?"

"आता होगा वह, काहे बुरा बात बोलती है!"

कजरी हरषा गई। कहा—"झूठ कहती हूं! कोई अपने संग कुछ ले गया है? बड़े-बड़े राजा हैं, राज हैं, पर अकेले जाते हैं सब।"

"अबेर हो जाएगी।" प्यारी ने टालते हुए कहा।

कजरी ने कहा—"मैं पहले सोचती थी, पर एक दिन मैंने देखा, एक लुगाई के इधर हाथ पीले हुए उधर रांड हो गई। बस तब से डर बैठ गया है।"

"कैसा?"

"अरे तू बोले जाती है! वह तो आया ही नहीं!"

"हाय बजमारी। रोज तो रहती है। एक दिन की अबेर में जी उल्टा हो गया!" और धीरे से हंसकर प्यारी ने कहा—"अभी बाबाओं की-सी बात कर रही थी। हाल क्या पांसा

पलट गया? मैं भी पहले शराब पीती थी तो सोचती थी, बस आज पी लूं, अब पिऊं तो हराम। यह नशा भी शराब से किसी तरह कम थोड़े ही है।''

''हाय तुम बड़ी वो हो, तुम्हें लाज नहीं!'' कजरी ने कहा—''मैं तो सोचती थी, क्या हो गया!''

''होगा क्या? बैठ गया होगा कहीं।''

''पहले तो न बैठता था।''

''वह तो ऐसा बैठता था कि पहले दो-दो दिन में घर आता था। अब तूने उस पर जादू कर दिया है थोड़े दिन से।''

''कह लो, बड़ी हो। मैं क्या कुछ कह सकती हूं?''

''बोल! बड़ी तो हूं, पर सौत भी तो हूं। बड़ी सीधी है न तू?''

रुस्तमखां बेचैन हो रहा था। ये बातें समाप्त होने को ही नहीं आ रही थीं और उसके मन में वहम हो गया था। वह जानना चाहता था कि आखिर मामला क्या है जो अभी तक घुसफुस हो रही है। ऊपर जाना चाहता था, पर हिम्मत नहीं पड़ती थी।

रुस्तमखां ने पुकारा—''प्यारी!''

''आई!'' उसने कहा।

वह गई। रुस्तमखां ने उसकी ओर देखा। कोई परिवर्तन दिखाई नहीं दिया।

हुक्का भरा। जाकर रखा। हुक्के में दो दम मारे। कहा—''तवा नहीं बदला?''

''बदल दिया। पीके देखो।''

''ये क्यों आई है?'' रुस्तमखां ने पूछा।

''वैसे ही।''

''अब भेज दे उसे।''

''क्यों?''

''अरी कब तक बातें करोगी?''

''जब तक मन चाहे।''

''अब रंग बदले हुए हैं।''

''मेरे कि तेरे?''

''तूने उसके सामने कैसे बात की?''

''कैसे की? तूने कैसे की?''

रुस्तमखां चौंका। कहा—''तूने उसे सौत कहा था?''

''है तो कहूंगी नहीं?''

''तू उसकी बीवी है कि मेरी?''

''ब्याहता उसकी, रखैल तेरी।''

''शर्म नहीं आती तुझे?''

''अगर सरम ही आती तो आती तेरे पास? और अगर सरम का मेरी कोई मोल होता तो तू मुझे पकड़वा सकता था, यों कह सकता था कि आ जा, नहीं तो तेरे उसे थाने में डलवा दूंगा? अगर सरम है तो अपनी बिरादरी में ले जाएगा मुझे? वह तो तू मरद है सो तेरे पाप पाप नहीं? मेरे पाप पाप हैं? सरम अगर तुझमें होती तो घर बसाके नहीं रहता, दुनिया में यों छिनाला करता?''

''तूने नहीं किया?''

''मैं कमीन, अनपढ़, नीचों में नीच, जात की नीच, बिरादरी के मेरे नेम नीच, पेट

की भूखी-नंगी। तुझमें क्या कसर थी जो ऐसा किया? उस दिन तेरा चिट्ठा तेरे यार बांके ने सुनाया था न? जुआ पकड़े तेरा कानून, तू उसमें घूस खाके मुटाए, फिर मुझे सरम की दुहाई दे रहा है बेसरम! मैंने हज़ार किया, पर मैंने ये तो नहीं कहा कि मेरी भली लुगाइयों से होड़ है। जगत जानता है उतरी-फुतरी हूं, पर तू तो अभी भला बना डोलता है।''

रुस्तमखां क्रुद्ध हो उठा, कहा—''आग से न खेल प्यारी!''

''तेल में भिगो के बंट दूंगी आग वाले! आंखें दिखाता है मुझे? तिरिया हठ न जगा। तेरी सारी फागुन-चैत को सावन-भादों में बहा दूंगी। बन्द करवा दे। कोई फांसी तो होगी नहीं। छूट के जने-जने से कहके तेरे मुंह पै थुकवाऊंगी।''

और वह बिना रुके पांव पटकती हुई ऊपर चली गई। रुस्तमखां चुप हो गया। चाल सोचने लगा। उसकी समझ में न आया।

पर प्यारी जब ऊपर पहुंची तो शान्त थी, जैसे कुछ नहीं हुआ था। मन में उथल-पुथल अवश्य मच रही थी। वह खुद सोच रही थी कि अभी तक सुखराम क्यों नहीं आया। उसमें भय भी था, परन्तु ऊपर से दृढ़ बनी रही।

प्यारी लौटी तो कजरी ने कहा—''आया नहीं?''

''नहीं।''

''इत्ती देर कहां लग गई उसे?''

''अरी तो मरी क्यों जाती है!''

''मैं अकेली कैसे जाऊंगी?''

''जाने को तू अकेली आधी रात जा सकती है, पर उसे देखकर तुझे डर लगने लगा है। कहनावत मसहूर ही है कि गाड़ी देख के लाड़ी के पांव फूलने लगते हैं।''

''मुझे डर लगता है।''

''किसका?''

''तेरे सिपाही का। अकेली गैल है। वैसे तो हम वहां जंगल में रहते हैं। जिनावर का डर नहीं, मुझे मानुस का भय है।''

''मेरे रहते? तुझे यहां डर है?''

और फिर कहा—''अरे भूल हो गई।''

''क्या?''

''नीचे अंधेरा है।''

''बत्ती धर आऊं?''

''तू नहीं, नीचे वह है। मैं जाऊंगी। नहीं तो फिर तुझे घूरैगा।''

कजरी ने प्रेम से देखा। प्यारी ने अंधेरे में से दूसरे कोठे से लालटेन निकाली। कहा—''आ जा सीख ले।''

''तुम जलाओ। मैं देखूंगी।'' वह पास बैठ गई।

प्यारी ने कहा—''पहले मेरा हाथ भी जल गया था।''

प्यारी ने दूसरी लालटेन जलाई। नीचे ले गई। रुस्तमखां लेटा हुआ था।

कहा—''चलो याद तो आई।''

''वह आ गई है न!'' प्यारी ने कहा।

''गई?'' उसने पूछा।

''नहीं।''

''आज बड़ी सलाह हो रही है!''

"कैसी?" प्यारी ने पलटकर कहा।
"नहीं। वैसे ही कहता था।" रुस्तमखां ने टाला।
प्यारी नहीं बोली। रुस्तमखां को गुस्सा आया। रुख फिर बदला हुआ देखकर चौंका।
"कब जाएगी?" उसने पूछा।
"चली जाएगी अब।"
"आज बहुत बैठी!"
प्यारी मन में चिढ़ी। पर कहा—"हां।"
"पर आखिर क्यों?"
"उसका कमेरा नहीं लौटा है अभी।"
"कौन?"
"सुखराम।"
"तो वह इसे लेके आया था?"
"हां।"
"कहां गया वह हरामजादा?"
प्यारी ने शान्ति से कहा—"फिर तो कह!"
रुस्तमखां सन्नाटे में आ गया। कहा—"फिर कहूं तो क्या कर लेगी?"
"तुझसे तो कुत्ता भी भला।"
"क्या बकती है तू!"
"कितनी बड़ी बीमारी से तेरा इलाज किया, फिर भी उसे गाली देता है!"
"अच्छा! तो तेरा मन डोल रहा है!"
"सो न डरा, आजाद हूं।"
"मुझे जानती है?"
प्यारी ने ज्वाला भरे नेत्रों से देखा। कहा—"मुझे जानता है?"
"नटिनी! हरजाई!" वह व्यंग्य से हंसा।
प्यारी ने कहा—"बस!"
रुस्तमखां चिल्लाया—"घर मेरा है!"
"और चिल्ला!" प्यारी ने कहा।
रुस्तमखां झल्ला उठा।
कजरी ने वह स्वर सुना। झगड़ा-सा लगा। पहले तो डरी। फिर दबे पांव नीचे चली गई और छिपकर सुनने लगी।
रुस्तमखां ने कहा—"मैं तुम सबको थाने में बन्द करवा दूंगा।"
प्यारी ने कहा—"दांत टूट जाएंगे सूअर का बच्चा! क्या समझा है तूने! थाने में तू बन्द करवाएगा? करवा के तो देख! थाने तक पहुंच जाएगा? लुगाई समझ के अकड़ रहा है। पर तूने कभी देखा नहीं।"
और उसके हाथ में कटार चमक उठी। रुस्तमखां डर गया।
"गोद-गोद के मारूंगी। कुत्ता बना रह, नहीं तो याद रख। मैं हूं नटिनी। अगर प्यास लग आई तो लोहू पीके बुझाऊंगी।"
रुस्तमखां ने उसका वह भयानक रूप कभी नहीं देखा था। प्यारी गुस्से से कांप रही थी।
रुस्तमखां ने चाल खेली—"अरे! तू तो बिगड़ उठी। मैं तो वैसे ही कहता था।"

प्यारी ऊपर चली। कजरी पहले ही चढ़ गई। उसके आने पर कजरी पास गई।

"क्या हुआ?" कजरी ने कहा।

"कुछ नहीं।"

"नीचे ज़ोर-ज़ोर से किससे बातें कर रही थी?"

"सिपाही से।"

"क्यों?"

"सिर उठा रहा था कमीना। वहीं कुचल दूंगी। समझता है अकेली हूं।"

"अकेली? और मैं कैसी हूं।"

"तू डरती नहीं?" प्यारी ने कहा।

"डर और नटिनी को?" कजरी ने कहा।

प्यारी कुछ लेने गई और लाकर उसने कजरी को देकर कहा—"यह अपने पास धर ले।" फिर कहा—"मेरे पास यह है।"

देखा, कटार थी। कजरी ने कहा—"इसकी जरूरत आ गई?"

"अभी आ जाएगी।"

"क्यों?"

"बात खुल गई।"

"तूने जल्दी कर दी।"

"नहीं कजरी, देर हो गई है।" प्यारी ने कहा और फिर द्वार की ओर शंकित दृष्टि से देखा। कजरी का मुख कठोर हो गया।

23

बांके जब जूए के अड्डे से उठा तो जेबें नोटों से भरी थीं। आज वह खूब जीता था। उसका दिल खुला था। यारों की जिद्दें हुईं और कसमों के लंगर डाले गए, पर बांके का जहाज अपने पाल खोल चुका था, अतः वह नहीं रुका।

वह आज बड़े जोश में था। आज वह कैसे जीत गया इतना कि स्वयं अपने ऊपर आश्चर्य हो रहा था। उसे विश्वास नहीं होता था। आज, उसने सोचा, भगवान की उस पर कृपा अवश्य है। अभी वह इसी तरह मगन होकर चला जा रहा था कि उसके कान में आवाज आई—"हाय लुगाई की जात! कितने न जुलम सहे, पर पत के सहारे सब जीत गई। भाभी, जिसमें पत नहीं उसका जीना हराम।"

बात धूपो ने कही थी। गली के नुक्कड़ तक दीना की बहू पहुंचाने आ गई थी।

"हां," दीना की बहू ने कहा—"बाकी की तो घरउजाडू होयं।"

"अच्छा तो मैं चलूं?"

"अब अंधेरी हो गई।"

"बस जरा खेत गई और आई।"

"हो आ, जा।"

धूपो चली। जलते हुए चिराग देर हो जाने का इशारा करने लगे थे। कुत्ते राहों पर चहलकदमी कर रहे थे। दूर दुकान पर कुछ लोग बैठे हुक्का पी रहे थे। धूपो रास्ता काटके गली में से निकली और घरों के पिछवाड़े होकर झाड़ियां पार कर गई और फिर कच्चा गढ़

आ गया, जो एक समय गांव वालों की शत्रुओं से रक्षा करने के लिए बनाया गया था, पर जिसकी आज गांव की औरतें शत्रु थीं, और ढेर-ढेर मिट्टी इसीलिए कट गई थी कि उससे वे चौका-चूल्हा करती थीं।

सब तरफ नीरवता छा रही थी। गांव से बाहर आते ही वह कसैला धुआं एकदम ठंडक-भरी हवा में बदल गया। चैत की रात थी, अजीब सिहरन लिए हुए। धूपो को वह हवा अच्छी लगी और उस हवा में से एक सूरत पैदा हुई। वह उसका मृत पति था। पर वह विचार आया और चला गया।

जब वह दगरा पार करके खेत में घुसी तो उसे लगा, कोई दूर चल रहा है। धूपो ने सोचा कोई मुसाफिर होगा। जल्दी-जल्दी घर जा रहा होगा। रात भी तो हो चली है। अरे वह अकेली है! उसे डर भी लगा, परन्तु फिर सोचा, डरने की बात ही क्या? पहले क्या वह इस तरह कभी नहीं आई? वह आगे बढ़ी।

और वह आदमी बांके था, जो उसके पीछे-पीछे लगा-लगा आ रहा था। वह उतावला था। उसकी क्रूर वासना ने जीवन में कभी अपने स्नेह को आदान-प्रदान की सहिष्णुता से स्वीकार नहीं किया था। वह लुटेरे की प्रवृत्ति का आदमी था। वह आज तक जो कुछ करता था, उसकी राय में वह सब अपहरण करने पर ही उसे प्राप्त होता था। अतः उसका हृदय कठोर हो चुका था, जैसे उस पर पत्थर की परतें जम गई थीं, जिनमें से कोई हरा पौधा पैदा नहीं होता था। धूपो को उसने एकान्त में देखा तो उसकी विभीषिका जाग उठी। उसके शरीर की कल्पना करते-करते वह भेड़िये की तरह पागल हो उठा, जो भेड़ को देखकर उन्मत्त हो उठता है।

बांके धीरे से दूसरे रास्ते से जाकर खेत में उतर गया। पर अचानक खेत में खच-खच की आवाज आने लगी। बांके को जूड़ी-सी चढ़ने लगी। उसने सोचा शायद यहां आदमी हैं। यह तो बहुत बुरा हुआ। इच्छा हुई लौट जाए, परन्तु जैसे भिट में से लोमड़ी ने सिर निकालकर देखा, उसी तरह टोह लेने के लिए उसकी पिपासा ने झांका और कहा—आज का मौका फिर नहीं मिलेगा। अकेली पा गई है। और बेफिकर चली आई है। कौन जाने कितने दिन में ऐसा वक्त आए। और फिर चैत की रात। हवा की बची-खुची फरफराहट। यह फिर गर्मियों की लू में बदल जाएगी। खेत कट-कटाकर मैदान पड़ जाएंगे। यह खेती भी पिछाही होने के नाते रह गई है और पन्द्रह दिन तो उजाले पाख में ही निकल जाएंगे। वह अब ठंडे दिमाग से आगे-पीछे की सोचने लगा।

विचार आए। अरे, वे आदमी थे कि ढोर! कहीं कोई सांड न घुस आया हो, और बांके बेकार डर रहा हो। चलकर देख क्यों न लिया जाए? वह पास जाने लगा।

सामने दो आदमी-से लगे, जो उसे देखकर खेत की आड़ में हो गए।

बांके ने धीरे से कहा—"कौन है?"

खच्च-खच्च बन्द हो गई थी।

"तुझे क्या?" एक ने फुसफुसाया।

"देख-देख।" दूसरे ने कहा।

"हम क्या डरते हैं?"

बांके ने चौंककर कहा—"कौन, ठाकुर चरनसिंह और हरनाम!"

दोनों बाहर निकल आए। उनके हाथों में हंसिया थे। वे दोनों एक गरीब गड़रिये किसान का खेत सफा कर रहे थे। ठकुरात का दबदबा था। गड़रिये का बाप मर गया था, बच्चा छोटा था, वरना उसे ही अपनी गैरहाजिरी में खेत पर भेज देता। खुद सोरों गया था, बाप

के फूल लेकर। और बहू उसकी बीमार। सो खेत भगवान के सहारे पड़े थे और ठाकुरों ने भगवान की कभी इतनी चिन्ता नहीं की थी। पेट के वे भी भूखे थे। शेर बनते थे, क्योंकि हर ठाकुर अपने को सिंह कहता है, पुलिस में नौकरी करने की बात को अपने शेरपन की इन्तिहा समझता है। ये दोनों शराबी थे, अपने से कमजोरों को सताते थे और प्यारी ने इन दोनों को जब चोट दी तो बराबर कर दिया था। तब से इनकी रुस्तमखां और उसके साथियों से दुश्मनी हो गई थी।

"हां, हम हैं।" एक सिंह ने कहा—"तुझे सिपाही ने भेजा होगा?"

"चला जा चुपचाप", दूसरे ने कहा—"वरना काटकर फेंक देंगे।"

बांके समझा। कहा—"अरे क्यों बिगड़ते हो!"

और क्योंकि तीनों ही एक-एक तरह के गुनाहगार थे, उन तीनों की आवाजें दबी हुई थीं। तीनों जानते थे कि पाप की आवाज को उठते ही हवा पकड़ लेती है और फिर एक-एक झोंका भी गवाह बन जाता है। बांके को लगा, अब काम असम्भव हो गया। इन दो के रहते हुए कुछ नहीं हो सकता। उसे क्रोध आया। मन मसोसकर रह गया। तो वह चली जाएगी? जब उसकी जघन्यता ने पासा फेंका। कहा—और बढ़। यहां से लौटना ठीक नहीं है। उसकी भीरुता ने पूछा—"तो क्या करूं?"

वह चलने लगा।

चरनसिंह ने मूंछों में से गरगलाया—"कहां जाता है?"

"थाने में?" हरनाम ने कहा।

"जैसे तब तक तुम बैठे ही रहोगे यहां?" बांके ने धीमे स्वर से कहा।

दोनों आदमी पास आ गए। उन्हें बात दूसरी ओर मुड़ती हुई दिखाई दी।

"तू कहां जा रहा है!" हरनाम ने कहा।

"क्यों?" बांके ने खेतों पर नजर डाली—"तुम क्यों जानना चाहते हो?"

"तू सिपाही का यार नहीं है?" चरनसिंह ने कहा।

"हूं।" बांके ने कहा—"पर मैंने तो तुमसे कभी दुश्मनी नहीं की।"

"तो क्या तू मौके पर उसकी ओर नहीं होगा?"

"तुम सिपाही के यार होते, तो छूट पाते?"

"नहीं।" हरनाम ने कहा।

बांके ने कहा—"प्यारी ने तुम्हें नुकसान पहुंचाया था। मैंने तो नहीं?"

"नहीं।" हरनाम ने कहा—"हम क्या जानें?"

"पर तू इस बखत यहां क्यों है?"

"मैं प्यारी की इस चहेती के पीछे आया हूं।" वह झूठ बोला।

"सो कौन?" चरनसिंह ने पूछा।

"धूपो चमरिया।" उसने धीरे से कहा।

"झूठा।" हरनाम ने कहा—"धूपो ने तुझे पिटवाया था, उससे बदला लेने आया है, कहता क्यों नहीं?

"यह सच है, पर क्यों पिटवाया था? मैंने रुस्तमखां के कहने से धूपो को पीटा था। धूपो का पिटना प्यारी को बुरा लगा। उसने अपने पुराने मरद सुखराम को इशारा करके रुकवा दिया। तब सिपाही के कहने से मैंने सुखराम पर हमला किया था।"

दोनों ठाकुर सोचने लगे।

"सुखराम के दिन गए", बांके ने कहा—"प्यारी का भी डेरा उठा समझो। इस बखत

मेरी मदद करो तो सिपाही से तुम्हारा याराना हो जाएगा। और प्यारी से भी बदला ले सकोगे।''

''तो क्या धूपो का तू कतल करेगा?'' चरन ने पूछा।

''नहीं और गहरी मार देना चाहता हूं, जो औरत कभी नहीं भूलती, और फिर हमेशा के लिए सिर झुका जाती है।''

''धूपो रांड-बेवा है। उसका कोई नहीं है न?'' हरनाम की शराफत ने आखिरी कोशिश की थी।

बांके ने कहा—''तू मूरख है। नटिनी की सहेली कभी भली हो सकती है? और फिर आजकल तूने कहीं सुना है कि कोई औरत बिना मरद के रहती है? सोच के देख!''

''तो फिर क्या करना होगा?'' चरनसिंह ने समर्पण किया।

हरनाम ने कहा—''जो तैने दगा की तो?''

बांके ने कहा—''गांव थोड़े ही छोड़ दूंगा, और तुम मर न जाओगे।''

''बता, धूपो कहां है?'' चरनसिंह के पशु ने कहा—''है तो अच्छी!''

''खेत में उधर से आई है।''

''उधर तो कुआं है, वहां रखवारे होंगे।''

''उधर नहीं,'' बांके ने कहा—''उधर!''

''चलो! उधर कोई नहीं।''

तीनों बढ़े।

एक ने कहा—''काम खतरनाक है। जो कहीं बात खुल गई। और काम भी न हुआ तो कहीं के न रहेंगे।''

बांके ने कहा—''डरते हो तो लौट जाओ। मैं अकेला काफी हूं।''

''डरता नहीं, सोचता हूं।''

''सोचना-बिचारना है तो सबेरे तक आ जाना।''

तीनों रुक गए, क्योंकि बांके ने इशारा किया।

''क्या है?'' चरनसिंह ने धीमे से पूछा।

''वह रही उधर!'' बांके ने कहा।

चरनसिंह बोला—''अकेली है।''

तीनों छिप गए।

चरनसिंह ने कहा—''पहले कौन जाएगा?''

हरनाम ने कहा—''बांके, तू जा।''

''तुम पीछे से आओगे?'' बांके खीझा।

''तीनों संग जाएंगे तो राजी न होगी।'' चरनसिंह ने कहा—''एक-एक का जाना ठीक रहेगा।''

बांके बढ़ा। पर दिल कांप रहा था। कायर का हृदय बड़ा कमीना होता है। वह हमला करता है और देखता है। अगर टक्कर की चोट आ बैठती है तो बस भागते ही नजर आता है।

धूपो वहां खड़ी थी।

''कौन है?'' आहट सुनकर उसने मुड़कर कहा।

''मैं हूं बांके।'' बांके बढ़ा।

''क्यों आया है?'' उसने दृढ़ स्वर से पूछा।

बांके भीतर ही भीतर कांप उठा। उस स्वर में एक पवित्रता थी, जिसे सुनकर दोनों ठाकुर भी थर्रा उठे। जैसे बिच्छू जैसे छोटे कीड़े को मारने के पहले भी आदमी कुछ सतर्क

हो जाता है, वैसे ही वह भी उस अकेली स्त्री को देख हृदय में डांवाडोल हो गए। उसकी आवाज ने उनको डराया। डर ने उन्हें निराशा दी। निराशा ने उन्हें क्रोध दिया। और क्रोध ने उन्हें अंधा बनाया। और उनके भीतर की वासना ने जैसे डंके पर चोट दी।

"मैं कहती हूं," धूपो ने कहा—"क्यों आया है! चला जा अपनी गैल। अकेली न समझियो मुझे। तेरे लिए मैं अकेली बहुत हूं। कमीन, नहीं तो! अंधेरी रात देखकर चला आया!"

बांके आगे बढ़ा।

"खबरदार!" धूपो की आवाज कड़क उठी।

बांके ने कुछ नहीं कहा। झपटकर उसे पकड़ लिया। दोनों ठाकुर घबराए-से लगे। एक ने कहा—"गधा है।"

"एकदम टूट बैठा।"

"पहले की लाग-डांट है इसकी।"

धूपो छूट के भागी।

बांके ने कहा—"ठहर सुसरी! जाती कहां है..."

उसने उसे फिर पकड़ा। धूपो ने चिल्लाने को मुंह खोला ही था, ठाकुर ने आगे बढ़कर उसका मुंह दबा लिया। धूपो ने उसका हाथ काट खाया। एक लात दी जो कि लगी तो डगमगा गया। तभी तीसरे आदमी ने उसे पटक के दे मारा। खेत में गिरी। चोट-सी आई, पर हरियाली में बहुत नहीं लगी। उठकर भागने की चेष्टा की। मुंह खोला ही था कि मुंह में कपड़ा ठूंस दिया, फिर वे तीनों भयानकता से हंसे। धूपो ने अन्तिम चेष्टा की, किन्तु वह छूट नहीं सकी।

अंधियारा और घना हो गया और कोई भी तारा जैसे उसकी पर्तों को हटाने और काटने में असमर्थ हो गया। खेतों में हवा सनसनाने लगी। और दूर-दूर तक आकाश में भागती फिरती। याचना-सी कर उठती। और फिर जैसे आत्मीयता का चीत्कार करती हुई रोने लगती। खेत हिलते, और कांप उठते। उनकी अपनी सत्ता आज लज्जा से डूब रही। कुएं की उदासी निकलकर अब उसकी जगत पर पड़े चरस में भर गई और चरस से पानी की जगह विवशता गिर रही थी। अब कौन उसे पिए? कोई पक्षी नहीं उड़ता। कोई आवाज़ नहीं आती। और नीरवता जब स्थापित है तो समय अनन्त हो गया है। उसकी परिधि का न विकास है, न कोई अन्त लगता है। एकदम ऐसा लगता है जैसे आसमान एक चाकू है, लोहे का—जंग लगा, जिसने धरती को काट डालने के लिए अपने को तेज कर लिया है। उसके फलक से जो टकराएगा वही दो टूक हो जाएगा। शायद इसी से सब भाग गए हैं, और गांव दूर है। वहां कोई आवाज नहीं पहुंच सकती। चाहे अन्तरात्मा पुकारे या बीभत्स। धुआं अब फैल चुका है। और कुछ नहीं। उसके बाद एक उन्माद है और वह यह कि छप्परों पर एक निस्तब्धता छा गई है। उसकी प्रतिस्पर्धा करता हुआ कभी-कभी, कहीं दूर, कहीं अज्ञात नेपथ्य में कोलाहल होता है, फिर डूब जाता है। उसके बाद पानी में डूबते हुए पत्थर की तरह बुदबुदों-से तारे निकल आते हैं। आकाश में एक कंपन होता है जैसे आंखें झपट रही हैं, चारों ओर आग-आग-सी दिखाई देती है, फिर बस गहरा, बहुत गाढ़ा अंधेरा-सा रह जाता है। और फिर एक बहुत बड़ी लाश-सी दिखाई देती है, पड़ी हुई चुपचाप। कुछ क्यों नहीं चल उठता, कुछ क्यों नहीं जग उठता! सब आज चेतन की जगह जड़ क्यों हो गए हैं! क्यों सबकुछ मर गया है? जो ये खड़े हुए हैं, क्या ये सब देख सकते हैं? उनसे पूछने पर वे स्वयं क्या उत्तर दे सकते हैं? नहीं। फिर ये सब नष्ट क्यों नहीं हो जाते? उनकी

जब कोई सार्थकता ही नहीं तो फिर साक्षी बने से क्यों लगते हैं!! यह सब विवशता की स्वीकृति है और मन का भय है। इसका ही शाश्वत अवरोध है। यह युगांत का बंधन है। और अंधेरा और गहरा हो गया है। उसकी गहराई नहीं कट सकती। इस्पात को मोम की तरह बीच में से खण्ड-खण्ड किया जा सकता है, ठण्डे इस्पात को पिघलाया जा सकता है, पर यह अंधकार हजार-हजार बरसों के अंधकार की तहों को अपने में समेट ले रहा, उसे कोई नहीं काट सकता।

जब वे तीनों भाग गए तो धूपो लहराकर उठी। वह धूल से भर गई थी। अपमान और विक्षोभ की भीषणता ने उसे ग्रस लिया था। जैसे धार्मिक पुजारी अपने सामने ही पवित्र देव-प्रतिमा को आततायी की ठोकर से गिरकर चकना-चूर होते देखकर भी कुछ नहीं कर पा सकने से बावला हो जाता है, धूपो भी वैसे ही पागल-सी हो उठी। उसे चारों ओर अंधेरा-सा दिखाई दे रहा था। मन की अतलांत लहरों में एक ही जघन्यता का विष भर गया था। पाप!! अपमान फटा पड़ता था। वह सब बाह्य नहीं, पर समस्त गहराइयों से प्रतिहिंसा-प्रतिहिंसा पुकार रहा था। वह कातर की तरह असंख्य पांव गड़ाने लगा, अंग-अंग में जलन भरने लगा। वह गुस्से से कांप रही थी। गुस्सा एक रस्सी की तरह था, जिसमें अपमान और विक्षोभ के बल पड़ते थे, और गुंथ-गुंथकर प्रतिशोध को दृढ़तर करते जाते थे। वह निर्मम आक्रमण उसे ऐसे कुचल गया था जैसे किसी उन्मत्त सेना ने हरी-भरी राजधानी में कत्लेआम कर दिया था और अब धूल का कण-कण बदला लेने के लिए दहकता अंगार बन जाना चाहता था। वह ऐसा क्रोध था जिसकी कोई अभिव्यक्ति नहीं, क्योंकि वह पातिव्रत्य को खण्ड-खण्ड होते हुए देख चुकी थी। वह दारुण यातना पिघले हुए सीसे की तरह उसके भीतर भर गई थी और उसके रोम-रोम से फूट निकलने के लिए लहू को गरम करके जलाने लगी थी।

क्यों न पोखर, कुएं में डूबके मर जाए? कैसे जी सकेगी वह? किस तरह किसी को मुंह दिखा सकेगी वह? पर पाप फिर भी नहीं मिटेगा। और फिर सत्य ने गर्जन किया। और धूपो के मन में घुमड़न-सी उठने लगी। जैसे प्रचण्ड मेघराशि अपने खरतर वज्रों की प्रताड़ित हुंकार के साथ समस्त वसुन्धरा को आप्लावित करने को झूमती हुई भीषणता के साथ थपेड़े मारती हुई बढ़ी चली आती है।

जिस प्रकार एक दिन भरी सभा में नंगी की जाने वाली द्रौपदी ने अपने दारुण स्वर से चीत्कार कर-करके समस्त महापुरुषों के पौरुष को धिक्कारकर प्रतिज्ञा की थी कि वह उस दिन ही खुले बालों को बांधेगी जिस दिन वह कौरवों के लहू से उन्हें भिगो लेगी, वैसे ही धूपो ने प्रतिज्ञा की कि वह बांके की बोटी-बोटी काटकर फेंक देगी।

लाज के लिए स्त्री दबकर रहती है, पर जब लाज ही लुट गई तो इस दुनिया में ही क्या रहा! लाज है तो दुनिया है। और लाज के लुटेरे से स्त्री को कितनी जबर्दस्त घृणा होती है, यह इसीसे स्पष्ट था कि वह साधारण स्त्री भयानक हो उठी! जैसे एक दिन रक्तबीज की सत्ता को निःशेष करने के लिए महाप्रचण्ड चामुण्डा ने पृथ्वी से आकाश तक मुख खोलकर उसको बार-बार चबा-चबाकर समाप्त कर दिया था, उसी तरह धूपो भी बांके को जड़-मूल से नष्ट करने के लिए उठ खड़ी हुई। जैसे पाप-भरी लंका को धू-धू करके जलवाने के बाद माता वैदेही एक दिन स्वयं अग्नि में कूद पड़ी थीं, उसी तरह धूपो भी आग में कूदने के लिए तैयार हो गई।

अपमान का विक्षोभ सिंह की भांति भय की चट्टानी गुहा में से सिर निकालकर कठोर गर्जन कर रहा था।

वह अपमान की भावना उसके भीतर ऐसी फूट पड़ रही थी, जैसे जेठ की उत्तप्त

दुपहर में भयानक गर्मी से भरी धूल की आंधी बिखर जाने लिए हर-हरा उठती है।

उसके दिमाग पर चारों ओर से हथौड़े का प्रहार हो रहा था। वह इस समय सब कुछ भूल गई थी। वह नीच जाति की स्त्री थी, परन्तु शताब्दियों से गौरव का संस्कार उसमें जीवित था, और वह उसी के अहंकार पर आज तक जीवित रह सकी थी। और आज वही संस्कार समुद्र की प्रचण्ड लहर की तरह घुमड़ने लगा था, ऐसा लगता था जैसे समुद्र अपनी मर्यादाओं को लांघ जाएगा।

अपमान, क्रोध, विक्षोभ के बीज अब प्रतिहिंसा का विकराल महावृक्ष बनकर उठ खड़े हुए थे। ग्लानि की आंधी चलने लगी थी, काली, अंधेरी और वह दुर्दमनीय वृक्ष अपनी हजार-हजार शाखाएं अनन्त आकाश में फैलाता चला जा रहा था, जैसे आज वह नहीं रुकेगा। जन्म-जन्मान्तर तक जीवित रहने की भावना ने एक जीवन के प्रति होने वाले मोह को क्षीण तन्तु की भांति तोड़ दिया, और वह निष्कंप दीपशिखा के समान जल-जलकर अपने जीवन को गलाने वाली, युगान्त की महावह्नि की प्रचण्ड ज्वाला की भांति महाशून्य में लपलपाती हुई-सी महासमुद्र तक को सोख लेने के लिए जैसे आज फिर बढ़ चली। मन के भीतर के चोर जब भागे तो मन की खुली धरती पर उसकी लज्जा का ढेर बचा रह गया, पर अब वह उसकी राय में अस्पृश्य हो चुका था! उस समय अंधेरे आकाश, टिमटिमाते तारों और उजड़ी धरती पर वह ऐसे दिखाई दी, जैसे भयानक धुएं में उजड़े अंगारों के नीचे मूर्तिमान प्रतिहिंसा कायरता के शव पर खड़ी थी।

वह अदम्य अभिमान था! वह स्त्री का अस्तित्व था जो उठ खड़ा हुआ था, वह अपमान ऐसे उसे दारुण यन्त्रणा देकर उसके हृदय को जलती आग पर सेंक रहा था, जैसे वहीं नरक की समस्त परिधियां आकर एकत्र हो गई थीं। और तब धूपो का रौद्र अभिमान ज्वालामुखी की भांति फूट निकला, आग फैलने लगी, चारों ओर झकझोर देने वाला दाह फैल चला, जिसमें संसार को हिला देने की शक्ति थी।

वह गांव की ओर भाग चली। और वह भयानकता से चिल्ला रही थी, "दुहाई है, दुहाई है!" गरज रही थी। उस समय उसके हृदय में भयंकर उन्माद था। उसके वस्त्र दौड़ने में खिसक गए। फट-से गए। वह धूलि में गिरी, और जब उठी तो धूलि उसके चारों ओर लग गई थी।

और पागल भिखारिणी की-सी उस स्त्री के हृदय में जो प्रतिहिंसा का प्रलय गर्जन कर रहा था, उसका अनुमान करना उसी के बस की बात है जिसने समुद्र को आलोड़ित-विलोड़ित होते देखा है, या जिसने महिषासुर-मर्दिनी चामुण्डा की सिंहों पर चढ़कर भीषण राक्षसों से युद्ध करने की कल्पना की है जिसमें सप्तलोक और ब्रह्माण्ड कांपने लगे थे, वह भी जीवन के गौरव की गाथा थी, वह भी मनुष्यता की उसी अपराजित गरिमा की प्रतिध्वनि थी, जिसकी रोर आज धूपो के हृदय में जगमगा उठी थी। नारी की सत्ता अपने पूर्ण रूप में विकसित होकर प्रचण्ड निनाद कर रही थी, अपने अधिकार मांग रही थी!

धूपो गांव पहुंची तो लोगों को लगा जैसे मूर्तिमती करुणा हा-हा खाती हुई बढ़ी आ रही है, परन्तु उसमें वात्याचक्र का-सा भीषण उद्दाम वेग है। वह चिल्ला रही थी। उसका दारुण आर्त्तनाद सुनकर लोगों के रोंगटे खड़े हो गए। वह ऐसी लुटी हुई-सी पुकार रही थी जैसे फूटते हुए ज्वालामुखी में से समुद्र तक को सुखा देने वाला लावा निकलकर प्रचण्ड निनाद कर रहा था।

परन्तु उसके जीवन में एक नया विश्वास था। वह अभय थी। उसके मुख पर पाप नहीं था। जीवन्त पुण्य था, जैसे सत्य की मर्यादा के स्तर पर स्तर जमकर आज तपःपूत

स्फटिक की भांति निखर आए थे। गांव के अंधेरे में वह चीत्कार ऐसे कांप गया जैसे सौदामिनी, नीलकुहक में रास्ता दिखाती हुई झंकारती हुई बढ़ती चली जाती है। और लोग उसके पीछे-पीछे ऐसे खिंचे चले आए जैसे उसमें चुंबक था जो जीवन के भारी लौह को भी अपने साथ खींचे चला जा रहा था। उनकी समझ में नहीं आया कि यह निरभ्र आकाश में अचानक धूमकेतु कैसे उग आया, जो सबको अपनी भयानक शंकाकुलता से उत्पीड़ित किए दे रहा था।

वह सीधी चमरवारे में आई। उसका क्रन्दन हृदयों को दहलाए दे रहा था। उस अकाल भेरी-निनाद को सुनकर सब आगे बढ़ आए और धूपो धरती पर लोटने लगी और कुर्री की भांति विकल चीत्कार करने लगी। उसको देखकर स्त्रियों के भीतर दहशत जाग उठी। बच्चे स्तब्ध हो गए।

एक ने कहा—"अरी क्या हुआ? क्या हुआ?"

पुकार उठी—"क्या हुआ!"

उसने पुकारा—"ओ पंचो! आओ।"

और हृदय के भीतर से निकलती हुई वह ध्वनि, वह मर्म को छूने वाली दिव्य जागरण की मनुहार, वह झकझोरकर जगा देने वाली स्पर्धा, जब उनको छूने लगी तो सब चिल्लाए—"बोल! क्या हुआ!"

आवाज गूंज गई। परन्तु धूपो सांपिन-सी धूल में फन पटकती हुई लोटती रही। और कभी-कभी उसके गले से वह भयानक आवाज निकलती कि सब थर्रा उठते।

"भूत है, देवता आ गया है।" किसी ने कहा।

"नहीं-नहीं," धूपो ने आंखें पागलों की तरह फाड़कर गर्जन किया—"नहीं! कौन है यहां? आओ! पंचो! मेरा न्याय करो।" वह जैसे बहुत कुछ कहना चाहती थी, परन्तु क्रोध से कह नहीं पा रही थी। चमार इकट्ठे होने लगे। एक-एक करके सब वहीं आ गए और भीड़ की मर्मर धीरे-धीरे कोलाहल बन गई। और सबकी अटूट उत्सुकता अब हाथ पसारकर कौतूहल का अन्त मांगने लगी। परन्तु धूपो को जैसे यह सब ज्ञान नहीं था। स्त्रियां बड़े आश्चर्य से देख रही थीं। बच्चे डर गए और सहमे-से चुप हो रहे थे। बड़ों की आवाजें अब बढ़ने लगीं। रात के अंधेरे में लगा जैसे साक्षात् अंधेरा स्थिर होकर अब आवाज करने लगा था।

सुखराम ने भीड़ देखी तो वहीं चला गया। उसे बाजार में देर हो गई थी। वह आज एक तमोली से मिला था जो अहमदाबाद से आया था। वह अपने किस्से सुना रहा था और सुखराम भी चाव से सुन रहा था, सोच रहा था कि क्यों ने प्यारी और कजरी को लेकर वहां चला जाए और मिल में नौकरी करे। वे दोनों भी मजूरी कर लेंगी और मजे में वक्त कटेगा। परन्तु यह कोलाहल देखकर वह समझा नहीं। अन्त में वह भी भीड़ में चला गया।

उस समय धूपो खड़ी हो गई और उसने दोनों हाथों से छाती पीटकर कहा—"हाय मैं मर गई, हाय मैं लुट गई। तुम देखते रहे मैं बरबाद हो गई। हाय..."

उसकी यह "हाय" इतना कठोर हाहाकार बनकर निकली कि स्त्रियों के नेत्र सजल हो गए। उसके एक बच्चे ने पुकारा—"अम्मां..."

तब वह हंसी, और भीषण स्वर में हंसी। उसका वह विकराल हास्य सुनकर बच्चा डरकर, चिल्लाकर रो पड़ा और गिल्ला चिल्लाया—"क्या हुआ धूपो! कहती क्यों नहीं?"

"कहूंगी! नहीं" धूपो चिल्लाई—"मैं आज कुएं में डूबूंगी जाकर! मेरा मुंह काला है। मुझे मत देखो, मुझे मत देखो...।"

बच्चा तभी पास आ गया। उसने मां के पास आकर उसे छूने को हाथ बढ़ाया। तभी धूपो चिल्लाई—"मुझे मत छुओ, मुझे मत छुओ, मुझे पाप छू गया है, मुझे पाप बींध गया है, मेरी देही फुंकी जा रही है, मुझे मत छुओ, तुम सब जल जाओगे, जल जाओगे!"

''क्यों, क्यों?'' की पुकार उठी।

''तुममें हिम्मत है?'' धूपो ने कहा।

''बोल, कहके देख!'' भीड़ गरजी।

''कहूंगी फिर, पहले सौगन्ध दो। भगवान की सौगन्ध दो। अपनी मैया की सौगन्ध दो। अगर मां के दूध की लाज है तो मुझे सौगन्ध दो।''

सौगन्ध! अर्थात् मर मिटने की अन्तिम प्रतिज्ञा। यह क्यों? ऐसा क्या हो गया?

''देते हैं बोल!'' खचेरा ने कहा।

सुखराम आगे बढ़ा। भीड़ भिंचवदार थी। परन्तु सब पर जादू-सा छा रहा था। तब धूपो ने ज़ोर से कहा—''मुझे तुमने वचन दिया है!''

और वह अट्टहास कर उठी, जैसे वह मुट्ठी खोलकर चिल्ला रही थी—''अब देख लूंगी।'' अब भीड़ का साहस कगारे पर आ गया था। वह हंस रही थी या किनारे पर बार-बार टकराकर थर्रा उठने वाली सर्वनाशिनी उत्ताल तरंगी थी?

सुखराम चमत्कृत-सा देख रहा था। ''धूपो! क्या हुआ धूपो को! ऐसा रूप तो उसका कभी नहीं देखा था! आज यह कैसे बोल रही है! और सब क्या पूछ रहे हैं! वह ऐसी क्यों हंस रही है!''

यह हंसी थी या रोदन की अन्तिम सीमा थी, जहां विषाद ही अपनी चरम अभिव्यक्ति में आनन्द की प्रतारणा कर रहा था? वह जैसे धीरे गर्जन करने वाली जाह्नवी की भांति उन्नत गिरिशृंगों पर से पृथ्वी पर गिर रही थी! वह हंसी, उसके हृदय के मन्थन की वह रोर थी, जिसके फेनों से समस्त समुदाय उस समय ढंक-सा गया था।

''धूपो!'' खचेरा चिल्ला उठा।

परन्तु धूपो डरी नहीं। उसमें आज कोई संशय ही नहीं रहा था। उसने कहा – ''दुहाई है। आज से मरते दम तक मेरे बच्चे पंचों के हाथ।''

बच्चे अपना नाम सुनकर रो उठे।

कौतूहल तड़कने लगा।

भीड़ चिल्लाई—''क्या हुआ?''

स्त्रियां पुकारीं—''बात कह पहले।''

''क्या बात हुई? क्या बात हुई!'' की पुकार असंयत स्वर से बार-बार गूंज उठी।

धूपो ने अपने बाल नोच लिए और उसकी फरिया सिर से गिर गई।

''पहले कहो। धरम की न कहती होऊं तो कहना।'' धूपो ने ललकारकर कहा।

''बोल!'' खचेरा ने कहा। उसकी आवाज धूपो के वेग के सामने कांप गई। सबने उस स्त्री का उठता हुआ व्यक्तित्व देखा। वह जैसे आग का एक अंगार था, जो जब बोलता था तो लपट की तरह चमक उठता था।

''बचन देओ।'' उसने गरजकर कहा। उसका वह अमानुषिक रौद्र स्वर सुनकर चमारों की भीड़, जिसमें कई लोग इधर-उधर से आ इकट्ठे हुए थे, एक स्वर से चिल्ला उठी—''दिया!'' जैसे आज उन्हें और कोई डर नहीं रहा था। वह एक शब्द गांव के घरों पर बजा और ''दिया-दिया'' की गूंज फिर-फिर हृदयों में प्रतिध्वनित होने लगी, जैसे वह स्वर अब घर-घर पुकारने लगा, धूलि में से चिंघाड़ उठने लगी, आकाश दहाड़ने लगा और अनन्त निरवधिव्यापक होकर वह शपथ का दान अपनी सार्थकता के कारण विजय की पताका-सा फहराकर ठहर गया।

''अब कह।'' एक तरुण ने कहा।

स्त्रियों ने घूंघट खोल दिए, जैसे कारागार की भारी ज़ंजीरें झनझनाकर टूट गई हों

और उन्मुक्त बंदी ने अभिमान से अपना शीश उठा दिया हो।

"अब कहने को नहीं, मुझे कुएं में डूबने दो।" धूपो ने कहा–"तुम्हें सौगन्ध है, मेरी लोथ की सौगंध है, मैं जी नहीं रही हूं, मैं मर गई हूं। जो तुमसे बोल रहा है, वह मेरा भूत है, वह तुमसे कहने आया है कि मैं पापिन नहीं हूं। मैं पापिन नहीं हूं..." और वह फिर चीत्कार करने लगी।

"बोलती है कि नहीं!" खचेरा चिल्लाया।

"मैं कहूंगी, मैं कहूंगी..." परन्तु उस समय तक भीड़ अत्यन्त आतुर हो उठी। और जिसके जो मन में आया वही चिल्लाने लगा। अब एक क्षण का भी विलम्ब असह्य हो उठा था। उसका समवेत स्वर अब एक असंयत प्रकार का हो-हल्ला हो उठा।

धूपो ने देखा तो कांपने लगी।

गिल्ला बढ़ा। कहा–"ठहरो भाइयो! सुनने दो!"

कई लोग चिल्लाए। जब सब शान्त हो गए तो धूपो ने ऐसे कहा जैसे वह कचहरी में थी–"तुम्हारे सामने तुम्हारा भइया मुझे ब्याह कर लाया था?"

"लाया था।"

"वह कहां गया?"

"वह, भगवान ने बुला लिया।"

"उसके बाद मेरा कौन है?"

"हम हैं। बिरादरी है।"

"और जो मैं किसी से रांड होके दीदा लड़ा के पाप करूं तो?"

"हम तेरी खाल उधेड़ेंगे।"

"और जो मैं पापन नहीं होऊं तो?"

"तो तेरे लिए हमारा खून हाजिर!"

"अम्मां!" एक बड़ा बच्चा चिल्लाया और धूपो की ओर रोते हुए भागा। धूपो ने सिर पीट लिया, और चिल्लाई–"हटा लो इसे! मुझे छू लेगा तो इसके पाप चढ़ जाएगा।"

स्त्रियों ने बच्चा रोक लिया।

धूपो की वेदना जैसे असह्य हो गई थी। ममता की इस ठोकर ने उसे पहले से भी पागल बना दिया। उसने दांतों को भींच लिया। वह सचमुच उस विक्षोभ और क्रोध से पागल-सी हो गई थी।

"धूपो!" खचेरा गरजा।

"तुमने वचन दिया है!" धूपो ने आंखें फाड़कर कहा–"तुमने सौगंध खाई है"

"हां।" खचेरा ने कहा।

"तो उठाओ तेगा!" उसने लौह पर प्रचण्ड घन जैसा प्रहार करते हुए-से स्वर में कहा–"मैं तो मरूंगी। मेरे बच्चों से कह देना कि उनकी अम्मां बेदाग थी। उसने कभी पाप नहीं किया।"

"किसने किया है तुझसे पाप? किसने तेरी इज्जत को मिटाया है?" खचेरा उन्मत्त-सा झपटा।

"मेरे साथ बांके और दो आदमियों ने खेतों में जबर्दस्ती की है, मेरी इज्जत लूटी है, मैं जब तक लड़ सकी, लड़ती रही, पर वे तीन थे..."

"बस!" खचेरा ने कहा।

धूपो ऐसे खड़ी थी जैसे अग्नि की लपटों और बरसते बाणों के बीच में वानरों से

घिरी एक पवित्र माता वैदेही लंका के अहंकार को कुचलवाने को उठ खड़ी हुई थी। उसके वे शब्द ललकार की तरह पुकारने लगे—उठ और बदला ले! मां के लिए उठ! मां के लिए कमीनों और नीचों के विरुद्ध उठ! अहंकार तो रावण तक का धूल में मिल गया।

और धूपो अब पागल की तरह खड़ी होकर देख रही थी। शान्त, निर्द्वन्द्व! फिर भी भयानक! जैसे वह टूट पड़ने के पहले बादल ने आकाश में हुमककर ऊर्ध्व श्वास खींचा था, जिससे वनान्त तक के महातरुओं में एक प्राणव्यापी लहर-सी व्याप्त हो गई थी। उस समय उसके मुख पर अक्षय पवित्रता थी।

विक्षोभ गरजने लगा। लहू में बिजली कौंधने लगी। गुस्सा थपेड़े देकर हाहाकार कर उठा और हाथ सन्नद्ध होने के लिए आतुर हो उठे। अपमान की भीषण विभीषिका ने प्रतिध्वनित होकर आत्मसम्मान की मर्यादा को ऐसे बार-बार कचोटा जैसे किसी सोते हुए केहरी में ठोकर दी, जिसने अयाल फटकारकर वज्रनाद किया और बदला लेने के लिए प्यासा-सा उठ खड़ा हुआ। वह नारी की जीवन्त सत्ता की मर्यादा का प्रश्न था।

सुखराम ने बढ़कर कहा—''तू सच कहती है, धूपो।''

उसका स्वर कठोर था। मुखाकृति गम्भीर थी। उस समय लगा जैसे पहाड़ की चट्टान काटकर उसकी एक-एक पेशी बनाई गई थी। धूपो ने उसे देखा तो उसकी चेतना घहरा उठी। उसने आत्मविश्वास को ऊंचा करके अपने कांपते स्वर में पूछा—''कौन?''

''मैं हूं सुखराम!'' उसने वैसे ही उत्तर दिया। वह अब भी वैसा ही पत्थर दिखाई दे रहा था।

''तूने मुझे बहिन कहा था!'' धूपो ने अनियन्त्रित वेदना को झंकारते हुए कहा। उसकी यातना अब सजीव प्रतिशोध बनकर खड़ी हो गई थी। नारी अपने गौरव के लिए भीख नहीं, अपना अधिकार मांग रही थी, जिसने सबकी अन्तरात्मा के भीतर कौंधती हुई ज्वाला देदीप्यमान कर दी थी।

''कहा था।'' सुखराम ने कहा। आज वह बोला नहीं था, उन दोनों शब्दों में उसका अतीत, वर्तमान और भविष्य एक साकार प्रतिज्ञा बनकर उठा था। वह दृढ़ता उसकी अपराजित मानव की जयध्वनि के समान उठ रही थी, जिसके चारों ओर मौन की पताका ने अपनी सारी तहों को खोल दिया था।

''ला अपना लहू दे मुझे। मैं तेरा बदला लूंगा!'' सुखराम ने आर्त्त परन्तु अविचलित स्वर से कहा। मानो आज अंगारे से हवा के झोंके ने कहा था कि आ, तेरी भस्म उड़ा दूं। मेरे कंधों पर बैठ, मैं ब्रह्माण्ड को भस्म करने वाला तूफान हूं, तू मेरी रग-रग पर प्रचण्ड लपट बनकर अपना ताण्डव नर्तन कर।

''मैं दूंगी बीरन!'' धूपो ने आर्त्त निनाद किया। वह आगे बढ़ी और उससे कहा —

''बीरन! तू मेरे लिए उठा है?''

''नहीं!'' सुखराम ने कहा—''तू तू नहीं है। तू इज्जत है, और तू हमारी आन है। मैं आन की इज्जत के लिए लहू मांगता हूं।''

''एक को नहीं, मैं सब पे छींटा दूंगी।'' धूपो ने कहा—''मैं डरती नहीं बीरन!'' उसने छाती पीटी।

सुखराम के अन्तस् में जो बवंडर था अब वह सबके भीतर उठ रहा था। एक-एक को जैसे झकझोर करके वे शब्द जगा रहे थे। प्रलय के महासिन्धु के विक्षोभ पर जैसे सर्वनाश ने अपनी रौद्र पगध्वनि की थी।

खचेरा आगे आया। उसने कहा—''यह किस तरह हुआ?''

परन्तु उसको जवाब देने से पहले ही धूपो की ओर से स्त्रियां आगे बढ़ आईं। जैसे अब सेनापति के बाद सैनिक नंगी तलवार लेकर जान देने को मैदान में आ गए थे और घूंघट क्या खोला था, जैसे सिर से उन्होंने कफन बांध लिया था।

एक औरत ने कहा—"अरे उसके कीड़ा पड़ें। उसकी यह मजाल!"

वह एक बहू थी। पर इस समय समस्त व्यवधान हट गए थे। उसने चिल्लाकर कहा—"धूपो की नहीं, हमारी इज्जत लुट गई।"

उसके शब्दों ने आग में घी डाल दिया।

दूसरी बोली—"अरे किसकी इज्जत? जहां मर्द कायर वहां लुगाई काहे को धरम की दुहाई दे!"

उसके शब्द लोहे के सहस्र फलकों की तरह छितर गए और एक-एक के हृदय में गड़ गए, जिन्होंने उनको आर्त्त कर दिया।

तब औरतें चिल्लाईं—धिक् है रे तुम्हें! धिक् है!"

"बोल मत!" खचेरा ने पुकारा।

"अरे तुम्हारी बहू-बेटियों की इज्जत लुटे।" उसी अधेड़ स्त्री ने तीखी आवाज़ में कहा—"और तुम हाथ पे हाथ धरे बैठे रहो। चूड़ी पहन के बैठ जाओ।"

भीड़ हुंकार उठी।

"बदला लेंगे।"

और उस कोलाहल को दबाकर धूपो चिल्लाई—"पंचो! मैं हुकम मांगती हूं। मैं सती होऊंगी।"

"सती!!"

"पुलस आ गई तो?" भय हुआ। यह क्या बकती है?

"नहीं। नहीं।" भीड़ चिल्लाई—"हम बदला ले लेंगे। तू मत डर।"

परन्तु एक बुड्ढ़े ने कहा—"नहीं, तू सती नहीं हो सकतीं।"

"मैं होऊंगी।" धूपो ने कहा—"मेरी क्या इज्जत है?"

"अरी रहने दे इज्जत वाली!" किसी ने भीड़ में से चिल्लाकर कहा—"तुझ जैसी गांव में कितनी नहीं है!"

उस समय धूपो की आंखों में खून उतर आया। उसने कहा—"मेरे सामने आके कह!"

"कौन बोला!" खचेरा चिल्लाया।

परन्तु कोई सामने नहीं आया।

धूपो गरजी—"कौन कहता है मैं पापिन हूं? मेरा क्या दोष है पंचो? मैंने अपने-आप तो कुछ नहीं किया!"

किसी ने दूसरी ओर से कहा—"ताली एक हाथ से नहीं बजती।"

धूपो विकराल हो गई। उसने गला फाड़कर चिल्लाते हुए कहा—"कायर! क्यों सामने नहीं आता!"

पर सामने कोई नहीं आया। भीड़ में से रोष का स्वर उठा—"धूपो बेदाग है। धूपो पापिन नहीं है।"

"तो मैं सती ही होऊंगी", धूपो ने कहा—"मेरा यही प्रायश्चित है। मेरे पुरबिले जन्म के पाप का मुझे दण्ड दिया उसने, तो मैं उसका दण्ड उतारूंगी।"

"नहीं।" बूढ़ा फिर बोला—"तू भली सही, पर धर्म की बात और है।"

"सो कैसे?" एक तरुण ने पूछा।

“बेटा, लुगाई है, इसे दोष तो लग ही गया।”

तरुण ने बहस की—“पर इसका पाप क्या है?”

“दोष हो न हो, पाप तो लग ही गया। पुरखा-पत्ती से जो होता चला आया है, वह क्या ऐसे मिट सकता है?”

धूपो ने सुना। शायद इसी भय से वह सती होने की बात उठा रही थी। उस दारुण अपमान ने उसको ऐसे कुचल दिया जैसे मदांध हाथी ने सहस्रदल कमल की कोमल कली को रौंद दिया हो। उसका हृदय उसके व्यंग्य से क्षतविक्षत होकर लहू-लुहान हो गया। वह उसके लिए असह्य हो गया।

“तो ले!” धूपो ने कहा—“तू मुझे पापिन मानता है, तू मुझे पापिन मानता है...”

और जैसे उसके मुंह से क्रोध से शब्द निकलना भी असंभव हो गया। वह फड़कने लगी और तब सामने की एक पत्थर की दीवार से उसने इतनी ज़ोर से सिर को जाकर टकरा दिया कि सिर खिल गया और लहू की धार फूट निकली, गर्म-गर्म लहू से वह भीग गई और नीचे गिर गई। लहू की धारा धूलि में बह निकली और बहकर जम गई और वह मर गई।

उसकी पुण्यगाथा अब रक्त से लिखी पड़ी थी। निर्दोष स्त्री ने समाज के बंधनों को अपने अस्तित्व के बलिदान से भिगो दिया था, जिसमें स्त्री को अधिकार नहीं दिए गए।

उस समय भीड़ रोने लगी। वह अपनी पवित्रता प्रमाणित कर गई थी। उसने कहीं भी भय और कायरता का प्रदर्शन नहीं किया था। वह इस समय ऐसी पड़ी थी जैसे पर्वतों के ऊपर फूटती हुई जीवनदायिनी ऊषा थी, दिव्यात्मा की भांति वह मुस्करा उठी थी।

“वह देवी थी”, सुखराम चिल्लाया—“अरे देवी रूठ गई!”

उसके उस वाक्य को सुनकर वह भीड़ चौंक उठी। उन्हें लगा, सचमुच वह देवी थी। वह उन सबसे ऊंची थी, क्योंकि वह मौत से लड़कर जीत गई थी।

मृत्यु को उसने क्रीड़ा बनाकर अपनी गरिमा के पांव के नीचे कुचल दिया था।

“मैया! मैया!” कहके भीड़ चिल्लाने लगी। उस पराभूत ओज में वे उसे प्रणाम करने लगे।

बुड्ढा भगत आगे आया और उसने अपने गंभीर वृद्ध मुख को उसके सामने झुकाया और उसके चरणों की धूल अपने सिर पर चढ़ा ली। उसे देखकर भीड़ ने समझा कि आज कोई बहुत बड़ा काण्ड हो गया है।

सुखराम का सिर फटने लगा। उसके सामने धूपो का शव पड़ा था। उस नारी का, जिसके बच्चे बिलख रहे हैं, अनाथ हो गए हैं, जिसपर यदि वहां अत्याचार हुआ था, तो यहां उसके अपने कहे जाने वालों ने पहले से भी भयानक अत्याचार किया था और वह कितनी भव्य स्त्री थी, जिसने झुककर चलना ही नहीं सीखा, वह पवित्र थी...।

और तभी बच्चे रो उठे—“अम्मां! अम्मां!”

सुखराम ने धूपो का खून लिया और माथे पर लगाया और वह ऊंचे सुर में चिल्लाया—“मां! तू मां है। तू सिंह चढ़ने वाली है। आज तेरी यह दशा!”

उसके कांपते हुए स्वर को सुनकर सब फिर हिल उठे।

“अरे बांके, महिसासुर!” खचेरा चिल्लाया।

उस समय लगा जैसे महाकाली की असंख्य भुजाएं कांपने लगीं और उनमें से भयानक आग पैदा होने लगी और लगा, त्रिभुवन उस क्रोध को संभाल सकने में असमर्थ हो जाएंगे।

उस भयानक ज्वाला का वह स्फुरित निर्घोष उस भीड़ में पर्वतों की भांति साकार होकर सिर उठाने लगा।

धूपो के बच्चे रो रहे थे। उनके सामने उनकी मां की लाश पड़ी थी। वे उससे चिपट-चिपटकर चिल्लाते थे, पर मां तो मरी पड़ी थी, वह तो नहीं बोलती। अभी तो बोल रही थी, अब चुप क्यों हो गई है?

उनका वह हृदय-विदारक क्रन्दन सुनकर छाती फटी जाती थी। छोटावाला बालक अपनी अबोध-निर्मल पवित्र आंखों में आंसू भरे हुए उस लाश को बार-बार अम्मां-अम्मां कहकर पुकार रहा था, जैसे आज वह ममता के बल पर फिर मृत शरीर को व्याकुल करके जीवित कर देने का हठ ले बैठा था।

धूपो की पड़ोसिन ने छाती पीटी और गाया—"अरी तू चली गई, तैने पाप नहीं किया, पाप हमने किया जो तुझे मरते देखकर भी चुप खड़ी रहीं, अभागिन...।"

तब बूढ़ी रमझो बाहर आई और अपने कांपते स्वर से गा उठी—"अरी बहू! तू चली गई, जवानी में कमेरा छोड़ गया, और तूने कभी मन नहीं डिगाया, हाय! आज तू भी चली गई, और वे राच्छस, उनका सत्यानास जाए, जिन्होंने तुझ पे हाथ उठाया...।"

उस समय स्त्रियों ने रोते हुए गाया—"चली गई, चली गई, तेरा राजा पहले गया। ओ सती, तू किस रानी से कम थी, जो बिरादरी के माथे पै लहू का चंदन लगा के चली गई...!"

चमार कांपने लगे। गुस्से से उनके मुंह से बोल कढ़ना कठिन हो गया था। कायरों तक में जोश था।

सुखराम ने कहा—"बांके, मैं तेरा लहू पिऊंगा...।"

परन्तु वह कह नहीं सका। उसका गला रुंध गया। वह धूपो के बच्चों को उस समय मां के शव से चिपटकर चिल्लाते हुए देखकर दहल गया। वह भीड़ उस समय अत्यन्त विचलित हो गई थी।

कुछ क्षण वे निस्तब्ध खड़े रहे। सोचते रहे। कुछ मिनट बीत गए। तब धीरे से गिल्ला ने कहा—"आज भवानी जगी थी। सो गई।"

"नहीं, सोई नहीं। जगा रही है।" सुखराम ने कहा।

किसी ने उसका उत्तर नहीं दिया। अब धीरे-धीरे वे एक-दूसरे के मुख की ओर देखने लगे थे, और आंखों में अपने-अपने संकुचित स्वार्थों के चोर झांकने लगे थे। कुछ चाहते थे कि इसे फूंक-फांककर खत्म किया जाए और पुलिस में रपट करवा दी जाए; पर हिम्मत नहीं पड़ती थी। अभी कैसे कह दें! कहीं कायर कहला गए तो?

सुखराम ने चारों ओर देखा और कहा—"तुम लोग चुप क्यों हो?"

"चुप कहां हैं?" एक ने कहा—"पंचों को बुलाओ और आगे का फैसला करो। क्या करना है।"

सुखराम आहत हुआ। वह सोचने लगा। अगर नटों में कोई ऐसी गुस्से की बात हो जाती तो अभी तक वे हमला कर चुके होते, फिर की फिर देखी जाती। पर इसका कारण है कि वे किसी से दबते नहीं। डरते हैं, झुके रहते हैं, पर जब उन्हें गुस्सा आता है तो जानवर की तरह टूट पड़ते हैं। ये लोग कभी जानवर नहीं बनते, तो ये कभी आदमी भी नहीं बनते। कायर हैं।

सुखराम विक्षुब्ध हुआ।

खचेरा ने कहा—"सजाओ, भवानी की अर्थी सजाओ। वह रानी थी! वह वैसे ही नहीं

जाएगी। वह पुन्नात्मा थी। वह देवी का औतार थी।''

स्त्रियों में उसके वचन से सहानुभूति जाग उठी। वे काम में लग गईं।

''धिक्कार है तुम्हें'', सुखराम ने कहा—''अब भी नहीं जागे तुम!''

''मगर हम करें क्या?'' एक ने पूछा।

''अरे चलके बांके को काट डालें।''

''फिर पुलिस आई तो?''

उस बात ने कई लोगों पर असर किया।

सुखराम ने कहा—''आज मुझे मौका दो। मैं अकेला उसे काट डालूंगा।''

''फिर तू क्या बच जाएगा?''

''क्या हो जाएगा? फांसी ही न?''

''तू तो नट है, भाग के डांग में जा छिपेगा, हमारा क्या होगा? हमारे तो घर यहीं है। हम कहां जा सकेंगे?''

''किसी पर आंच नहीं आएगी। अगर मैं मारूंगा तो पुलिस मुझे पकड़ेगी। वचन देता हूं कि धूपो का बदला मैं जरूर लूंगा।''

''अपना बदला ही जो कह।''

''कैसे?''

''तुझे भी तो मारा था उसने।''

''सो भी इसी के कारण।''

''तेरी इससे लाग क्या थी?''

''कहे देता हूं, तुम लोग कायर हो।''

''बाल-बच्चों की तरफ क्या देखें नहीं? गले घोंट दें सबके?'' एक और आदमी ने कहा।

''खून हुआ है तो सरकार देखेगी। जुरम हुआ है तो कानून क्या मर गया है?'' एक चौथे ही व्यक्ति ने कहा।

सुखराम ने देखा। वे धीरे-धीरे हिम्मत हार रहे थे।

''यह सब रुस्तमखां की वजह से हुआ है।'' खचेरा ने कहा।

''तो चलो उससे पूछें।'' गिल्ला ने कहा।

''पूछोगे क्या?'' सुखराम ने कहा।

वही बुड्ढ़ा जिसने धूपो को पापिन कहा था, बोला—''तुम लोग जवान हो, समझते नहीं। समझे! जोश में हो। पर सरकार एक-एक को भून डालेगी और गेहूं के साथ घुन भी पिसेगा। बांके को पुलिस में दे दो। जो हुआ वह तो हो ही गया।''

भीड़ को यह बात जंची। वह सब जोश ठण्डा-सा पड़ चला।

''बांके को ढूंढ़ना होगा।'' एक ने कहा।

''कहां होगा वह?'' दूसरे ने कहा।

''कहीं छिप रहा होगा।''

''पर जाएगा कहां? हम उसका खून नहीं करेंगे, पर उसे अब इस लायक तो नहीं छोड़ेंगे कि फिर वह ऐसा काम कर सके।''

सुखराम को घृणा हुई। पर अकेला क्या कर सकता था! स्त्रियां भी अब हल्की पड़ रही थीं। उनके अपने-अपने स्वार्थ जाग उठे थे।

चमार भेज दिए गए। उन्होंने बांके को ढूंढ़ना शुरू किया।

सुखराम गंभीर खड़ा रहा।

खचेरा ने उसकी आंखों में झांका। कहा—"तू क्यों घबराता है? ये सब डरपोक हैं। मैं और तू तो हैं।"

खचेरा की बात से सुखराम को चैन मिला। कहा कुछ नहीं, देखता रहा।

"फिर कभी देख लेंगे।" खचेरा ने कहा, और आगे की ओर बढ़कर बोला, "लाश कहां है?"

लाश सज गई। चमारों ने उस पर फूल डाले। वह ऐसी मन को बहलाने वाली बात थी, जैसे महावट की आस में आसमान ताकने वाले किसान ने अन्त में गिरती ओस को ही गनीमत समझा था कि चलो, न कुछ से यह ही भली।

वहां धूपो के परिवार का कोई व्यक्ति नहीं था। अतः उसके लिए उमड़ा हुआ ज्वार उतना दृढ़ नहीं था। उसके बच्चे अब भी बिलख-बिलखकर रो रहे थे। बड़ी कठिनाई से उन्हें उनकी मां से अलग किया। उनका रोना सुनकर औरतें रोती थीं और आंसू पोंछती जाती थीं। पर पंचों का मन चौकन्ना था। धरम-दुहाई देकर वह पंचों पर उन्हें छोड़ गई थी। कैसे होगी!

उस समय खचेरा ने कहा। "हम जाते हैं।"

"कहां?" गिल्ला ने पूछा।

रुस्तमखां के यहां।

"क्यों?"

"बांके वहीं होगा।"

सुखराम ने सोचा। कजरी और प्यारी भी वहीं है। कहीं प्यारी धूपो की लाश देखकर खुश हुई तो! तो क्या वह उसे कभी माफ कर सकेगा? कभी नहीं।

खचेरा के हाथ में लट्ठ दिखाई दिया। उसने कहा—"जिसे डर हो लौट जाए!"

दस आगे बढ़े, फिर बीस, फिर पच्चीस, फिर सौ, फिर भीड़ हो गई।

खचेरा ने कहा—"उठाओ! भवानी को उठाओ!"

उन्होंने अर्थी उठा ली, और पुकारा—"राम नाम सत्त है..."

सुखराम संग-संग चला। उसकी इच्छा हुई, धूपो के बच्चों को ले ले और पाल ले। पर वह करनट था! बिरादरी की बात है। उस जैसे नीच जात को चमार अपने बच्चे देंगे ही क्यों?

आवाज़ उठी—"सत्त बोलो गत्त है..."

सुखराम ने खचेरा से कहा—" मरघट जाते हो?"

"नहीं।" उसने कहा।

"तो फिर जै क्यों बोलते हो?"

"गांव-भर में खबर फैल जाएगी ऐसे।"

"वहां लाश पुलिस को देनी होगी।"

"नहीं देंगे।"

"और अगर उन्होंने मांगी तो?"

खचेरा ने लट्ठ उठाकर कहा—"तो लहू लेंगे और देंगे..."

उसकी आवाज़ डूब गई, क्योंकि पुकार उठी—"राम नाम सत्त है।"

24

बांके की छाती फूल उठी। आज उसकी वह कठिन घड़ी पार हो गई थी। उसे पैशाचिक आनन्द था। धूपो का सतीत्व खण्डित करना उसे सबसे बड़ा काम दिखाई दे रहा था। अब क्या करेगी सुसरी! जब मिलेगी तो आंख कैसे मिलाएगी! सारे गांव में खबर तो फैल ही जाएगी। मज़ा रहेगा। खूब चर्चा चलेगी।

वह सीधा रुस्तमखां के पास पहुंचा। रुस्तमखां भरा बैठा था। उसने उसे देखा, पर बैठा रहा। परन्तु उसके क्रोध को आज बांके नहीं देख पाया। वह तो हर्षोन्मत्त हो रहा था। रुस्तमखां ने देखा कि आज वह खुश था। उसका भी माथा ठनका। आखिर बात क्या है? बांके झूमकर रुस्तमखां से एकदम लिपट गया—''उस्ताद!'' उसने कहा, जैसे जो कुछ उसने किया था, वह लाकर उसके चरणों पर समर्पित कर दिया था। उसकी वे अलमस्त आंखें, वे फड़कती हुई मूंछें, वे गर्म-गर्म सांसें, इन सबने रुस्तमखां का क्रोध भगा दिया। उसे एक संबल मिल गया। उससे वह मन की सारी बातें कह सकता था।

''क्या हुआ बे?'' उसने कौतूहल से पूछा, जैसे अपना बड़प्पन रखते हुए भी वह उसकी किसी नई हरकत का रस लेना चाहता था। उसने स्वयं कभी उसे इतना प्रसन्न नहीं देखा था।

''मज़ा आ गया।'' बांके ने कहा और उसकी आंखें सुखद कल्पनाओं के कारण मुंद गईं और वह आंखें मीचकर ही मूंछों पर ताव देने लगा। रुस्तमखां के भीतर ज्वार सा उठ आया। उसने कहा—''क्यों बे, ऐसा मज़ा अभी तक आ रहा है?''

''तुम्हारी दुआ है उस्ताद।'' उसने पैरचम्पी की।

''क्या हुआ आखिर?'' रुस्तमखां ने पूछा।

बांके ठठाकर हंसा। उसका वह हास्य नीचे से ऊपर चढ़ा। प्यारी चौंक गई।

''क्यों, क्या हुआ?'' कजरी ने धड़कते दिल से कहा।

''बांके आया लगता है।''

कजरी समझी नहीं। फिर अट्टहास सुनाई दिया। मदमत्त। विभोर-सा। आतंक-भरा। प्यारी ने सुना तो धीरे से कहा—''कजरी!''

''क्या है?''

''मैं नीचे जाती हूं। तू संभलकर बैठ।''

''मैं भी चलूंगी साथ। यहां अकेली मैं नहीं रहूंगी।''

''अच्छा चल, एक से दो भली।''

दोनों धीरे-धीरे नीचे उतर आईं। बांके और रुस्तमखां को कुछ पता नहीं चला।

दोनों छिपकर सुनने लगीं। उन्होंने दरवाज़े की संधों में से झांका।

रुस्तमखां ने कहा—''आज जूआ बहुत जीता क्या?''

''सो तो है ही।'' कहकर उसने जेब से नोट निकालकर रुस्तमखां के सामने पटक दिए।

रुस्तमखां की आंखें फट गईं।

''सब ले लो उस्ताद, सब तुम्हारे हैं आज।'' बांके ने हाथ उठाकर कहा।

''बात क्या हुई? बता तो।''

''राजा मेरे, सब तुम्हारे कदमों की मेहर है। आज मुझे ना न करना। सब ले लो। तुम्हें अपने बांके की कसम।''

लाचार रुस्तमखां को वे रुपये लेने पड़े। कहा—''अबे तू है बड़ा जिद्दी। अब सब मुझे ही दिए दे रहा है।''

"तुम क्या मुझसे कुछ अलग हो उस्ताद!" बांके ने कहा—"आज धूपो, उस्ताद! धूपो।"

और फिर उसने कहकहा लगाया।

प्यारी ने गौर से सुना।

"तेरी मुराद पूरी हो गई?" रुस्तमखां ने पूछा।

"जरूरत से ज्यादा उस्ताद।"

"वाह, क्या बात है! किस्मत वाले।" रुस्तमखां ने कहा और एक आह छोड़ी, जैसे हम न हुए।

"आग लगती है मेरे दिल को उस्ताद! यह ठण्डी सांस क्यों ली तुमने? जवाब दो।"

"यों ही।" रुस्तमखां ने कहा।

"अरे हम समझ गए उस्ताद! अब तुम चाहो जब कहो, लाकर उसे हाजिर कर दूंगा।"

"सो कैसे?"

"अब वह क्या मुझसे आंख मिला सकती है!"

"सो तो है।" रुस्तमखां ने पारखी की तरह कहा।

बांके ने कहा—"उस्ताद, इसके फेर में मैं साल-भर से था। सुसरी मक्खी नहीं बैठने देती थी।"

"प्यारी इससे नाराज थी।"

"वह जाने, उसका काम जाने। पर मैं नटिनी का तरफदार हो गया था। उस दिन, जानते हो क्यों? मैंने सोचा, साली को जरा दो-चार हाथ जड़ दूं। मुझे डराती थी पहले। कहती थी, कह दूंगी सबसे।"

"तूने रुपया न दिया होगा! एक-आध दे देता। चमरिया ही तो थी। मान जाती।"

"नहीं उस्ताद! बुरा न मानना। नटिनी और चमरियों में फरक होता है। बड़े घर की औरतें तो आने नहीं देतीं, पर कहीं चंगुल में आ गईं तो बदनामी के डर से चुप लगा जाती हैं। पर यह तो अपने को बड़ी पारसा बनती थी। रुपया! एक की कहते हो! दस का नोट देता था, मेरे मुंह पर फेंक गई।"

"और अब तो मुफ्त में काम हो गया!" रुस्तमखां पशु की-सी आंखों को लिए हंसा। बांके ने फर्माबर्दार की तरह सिर झुकाया और पैर पकड़ लिए, "तुम्हारी रहम-करम की बात है उस्ताद! वर्ना हम क्या थे!"

कुछ रुककर उसने कहा—"पर एक कसर रह गई उस्ताद।"

"वह क्या?"

"मैं अकेला नहीं था।"

"तो!" वह चौंका।

"मेरे साथ दो आदमी और थे!"

प्यारी के रोंगटे खड़े हो गए।

"कौन? कौन थे?" रुस्तमखां ने पूछा।

"बताने में डरता हूं।"

"क्यों?"

"वे तुम्हारे दुश्मन थे।" बांके ने कहा—"पर अब मैंने खाई पाट दी, उस्ताद! वे थे हरनाम और चरनसिंह!"

रुस्तमखां चौंक उठा, इतना कि दिखाई दे गया कि वह हिल उठा है।

प्यारी ने गुस्से से होंठ काटे। कजरी ने उसकी ओर मुड़कर देखा और कान में पूछा—''कौन हैं ये?''

''ठाकुर हैं।'' प्यारी ने कान में ही कहा।

''तुम जानती हो?''

''हां, मैंने दोनों को कुचलवाया था।''

''वे भी मिल गए इससे?''

''हां।''

''हां।'' तभी बांके ने कहा—''पहले मैं भी डरा। सुसरे चोरी से उस बैनी गड़रिया के खेत काट रहे थे।''

''अच्छा, वो जिसका बाप मर गया है। जो उसके फूल-वूल लेके गंगा गया है।'' रुस्तमखां ने कहा—''खूब! खूब मौका ढूंढ़ा उन्होंने। फिर तुझे खेत में ही मिले होंगे। वे तुझसे कैसे मिल गए?''

''पहले तो'' बांके ने कहा—''मैंने सोचा, मामला चौपट हो गया। पर फिर मैंने अकल से काम लिया।'' मैंने कहा—''धूपो प्यारी की सहेली है और मैंने तुम्हारे कहने से प्यारी की चहेती को पीटा। प्यारी ने अपने सुखराम से उसे बचवाया। फिर तुम्हारे कहने से मेरी सुखराम के साथ लड़ाई हुई। मैंने कहा, उस्ताद को तुमसे अब कोई दुसमनाई नहीं। वह तो उस प्यारी का फेर है। उस्ताद, लुगाई का बांट था। दोनों के पांव कच्चे। दोनों मिल गए।''

रुस्तमखां ने हंसकर कहा—''ये तूने अच्छा किया। मुझ पर से सारा इलज़ाम हटाकर नटनी और उसके यार पर डाल दिया। बल्कि ठाकुरों से दुश्मनी मैं मोल लेना चाहता ही नहीं था। यह सब इसी हरामज़ादी की वजह से हुआ था। क्या बताऊं? उस वक्त मैं इस पर अंधा हो गया था।''

कजरी ने प्यारी की तरफ देखा।

प्यारी ने देखा तो देखती रही।

''सुना?'' कजरी ने कहा।

''सुन रही हूं।'' प्यारी ने कहा।

कजरी ने कहा—''तुझे बदनाम किया है।''

प्यारी के नेत्र जल रहे थे। कहा—''मैं भी इसे देख लूंगी।''

कजरी ने कहा—''ठाकुरों को तूने पिटवाया था?''

''अरे मैंने कुचलवा दिया था।''

''छोड़!'' तभी रुस्तमखां ने कहा—''फिर वे लोग बाद में क्या कहते थे?''

''पांव पकड़ते थे।''

''क्यों?''

''अब उस्ताद, मैं कैसे समझाऊं?'' बांके ने नम्रता से कहा। वह जैसे शर्मिन्दा था।

''अच्छा फिर?'' रुस्तमखां की वासना उस घृणित कथा को विस्तार से सुनना चाहती थी।

बांके ने इंगित किया।

''आक्खाखा...'' करके रुस्तमखां हंसा। रुककर कहा—''यार! क्या बताएं। वे दोनों बड़े जालिम हैं। काम के हैं। पर जब से यह साली नटिनी आई है, तब से उनसे बैर बंध गया है।''

''और उस्ताद गुनाह बेलज्जत।''

''बिल्कुल ख्वाहमख्वाह!''

''अब कहो मर्द हूं?'' बांके ने पूछा।

''सौ बार!''

''पर उस्ताद, वह छुरा मेरे किसने मारा था।''

''कजरी ने मुड़कर देखा। प्यारी मुस्करा दी। कजरी ने उसके कंधे पर स्नेह से हाथ धर दिया।

बांके ने कहा—''मुझे तो इस नटनी पर शक होता है।''

प्यारी और कजरी के कान खड़े हुए।

''वह क्यों? वह तो ऊपर थी।'' रुस्तमखां ने कहा।

''अरे उस्ताद। नटनी है। उसे ऊपर-नीचे कूदने में क्या देर लगती है। यह जात तो बिल्लियों की है।''

''यही मैं भी सोचता हूं। आखिर कौन आ सकता था।''

''उस्ताद! चमारों ने तो बदला मुझे मारकर ले ही लिया था!''

''वे नीच जात। यही क्या कम था जो सिर उठा गए इतना। पर अब तूने उन से अच्छा बदला ले लिया है।''

रुस्तमखां सोच में पड़ गया।

''क्यों उस्ताद! फिकर में कैसे पड़ गए?''

''फिकर मुझे न होगी तो किसे होगी बांके, मेरे जांनिसार।'' रुस्तमखां ने कहा और सांस ली।

''कह दो उस्ताद।''

प्यारी और कजरी ने ध्यान से सुना। रुस्तमखां आज की, अपनी प्यारी से जो बात हुई थी सुना गया, पर इतना और जोड़ा कि मैंने उसे भी खूब डांटा। कजरी ने प्यारी को देखा। प्यारी ने कहा—''आखिर में झूठ बोल गया। कमीन, डरके चुप हो गया था तब।''

''तो तूने मुझसे न कहा।''

''मैंने सोचा तू डर जाएगी।''

रुस्तमखां ने कहा—''अब क्या किया जाए?''

''अकड़ी हरामजादी! उसकी ये मजाल!!''

''सुखराम का भरोसा है उसे।''

''उस्ताद, मैं तो उसे भी...हां।'' उसने हाथ से चाक करने का इशारा किया।

''कर ही दे यार।''

''कर दूंगा, मारो हाथ। आज ही।''

लेकिन रुस्तमखां ने हाथ नहीं मारा।

''पर आज उसकी दूसरी लुगाई साथ है।'' उसने कहा।

''कहां?''

''ऊपर है।''

''तुमने देखी?''

रुस्तमखां ने मुस्कराकर देखा।

''कैसी है?'' बांके ने पूछा।

''कहां यार? बता तो रहा हूं। देखने की कोशिश की थी, तभी तो वह बिगड़ गई। औरत औरत की बड़ी दुश्मन होती है।''

प्यारी ने कजरी का हाथ दबाया।

''कैसी भी हो। होगी तो जवान ही?'' बांके ने कहा, जैसे उसने पूरे चित्र की कल्पना कर ली थी और अब उसकी अप्रत्यक्ष पुष्टि चाहता था। रुस्तमखां ने सिर हिलाया।

''अरे सो तो नटिनी है।'' उसने कहा, जैसे नटिनी होने का अर्थ ही कामुकता का भण्डार होना आवश्यक था। उसके नेत्रों में एक चमक सी आ गई थी। उसने सोचकर सिर उठाया और फिर रुस्तमखां की आंखों में रहस्य-भरी दृष्टि डाली।

''उस्ताद, आज मज़े ही मज़े नजर आते हैं।'' उसने कहा।

''इतनी जल्दी भी सिर न उठा।'' रुस्तमखां ने धीरज से काम लेने की सलाह दी और दुश्मन को कमज़ोर न समझने की राय दी।

''आज तो पौआ खोल दो। कलेजी ले आऊं? उस्ताद! तुम यहां बैठे रहो, मैं सारे गांव को यों नचा दूंगा, यों!'' उसने चुटकी बजाई और पैसे के लिए हाथ फैला दिया।

''तो जा! बोतल भी ले आइयो।'' उसने पैसे देकर कहा—''जल्दी आइयो।''

''ये गया, ये आया।''

वह उठ खड़ा हुआ। रुस्तमखां चारपाई पर लेट गया और उसने दोनों हाथ की कुहनियां उठाकर हथेलियों पर सिर रख लिया।

प्यारी और कजरी ने देखा।

प्यारी ने कहा—''सुखराम की इससे बात हो चुकी है?''

''हां।''

''तू जानती थी?''

''हां।''

''फिर मुझसे कहा क्यों नहीं?''

''फिर तू चिढ़ती कैसे?''

बांके गया। प्यारी ने कहा—''तू बड़ी निरदयी है।''

''सौत जो हूं।''

''पर अब तूने सुना!''

''हां।''

प्यारी ने कहा—''अब?''

''अब क्या, कुछ नहीं।''

''ये उस पर छिपकर हमला करेगा।''

''इसका बाप कुछ नहीं कर सकता।''

प्यारी की समझ में नहीं आया।

कजरी ने कहा, ''इसपर तो मेरा मन आ गया है।''

उसकी बात सुनकर प्यारी कांप उठी। क्या हो गया इसे? इतने नीच पर? कजरी का! यह औरत है!! यह सुखराम की वफादार है!! इसमें इतना ज़हर है! उसको उबकाई-सी आने लगी। पर कजरी निश्चिन्त खड़ी थी।

''किसपर?'' प्यारी ने धीरे से कहा। उसके उस धीमे स्वर में भी उसकी घृणा अव्यक्त नहीं रही। कजरी मन ही मन मुस्कराई और फिर उसके होंठों पर भी वह प्रकट हो गई। प्यारी के नेत्रों में आश्चर्य आ गया।

''बांके पे?'' कजरी ने गर्दन नचाकर कहा।

''कजरी!!!'' स्वर दबाकर उसने कहा, जैसे क्या बक रही है! और शायद ज़ोर से

बोलने का मौका होता तो वह उसे मार भी बैठती।

कजरी ने कहा—"इसी ने मेरे खसम का लहू बहाया है न?"

प्यारी समझी। सान्त्वना हुई। मन हर्षातिरेक से भर गया। कहा—"हां।"

"तुझे याद है, मैं आई थी?"

"कैसे भूल जाऊंगी!"

"पर तूने क्या किया था तब?"

"मैंने बदला लिया था। तीन बार कटार भोंकी इसके। पर बदकिस्मती से तीनों वार कंधे में लगी। निशाना चूक गया, वरना बराबर हो गया होता पापी उसी बखत!"

"तो फिकर क्यों करती है?" कजरी ने कहा और प्यार से उसने प्यारी का मुंह चूम लिया।

"क्या करती है?" प्यारी ने कहा।

"तू सचमुच मेरी सौत है।" कजरी ने कहा।

प्यारी ने कजरी का हाथ स्नेह से दबाया।

तभी बांके लौट आया।

बोला—"उस्ताद! कुछ चमारों में शोर तो हो रहा है।"

"होने दे यार! साली रो रही होगी, और क्या!"

"उसका कोई अपना तो है नहीं।"

"नहीं, सो डर नहीं। और होता तो मैं साले को मुंदा देता।"

"अरे तुम ऐसे जरा-जरा से काम करोगे, उस्ताद!" बांके ने कहा और दो बड़ी बोतलें निकालकर सामने रखीं, एक सिगरेट का हाथी छाप पैकेट रखा और कलेजियां रख दीं। रुस्तमखां ने ललचाई आंखों से देखा और होंठों पर जीभ फिराई।

"अबे इतनी क्यों ले आया?" उसने पूछा।

"एक से क्या काम चलता?"

"क्यों!"

"खूब पियो उस्ताद। आज की रात कत्ल की रात है। आज मैंने धूपो जीती है, आज सुखराम को जीतूंगा और फिर उसकी नटिनी को तुम्हारा गुलाम बना दूंगा।"

"किसे, दूसरी को भी!" रुस्तमखां ने ललचाकर पूछा।

"तुम इशारा करो।"

"पर बात फैलेगी फिर? दोनों का यहां रहना ठीक नहीं।"

"तो पहली को चटका देना!"

प्यारी और कजरी ने एक-दूसरे के हाथ दबाए और उन दोनों ने देखा कि दोनों के हाथों में कटारें नंगी हो चुकी थीं। दोनों ही मुस्कराईं।

बांके ने एक बोतल उठा ली और कहा—"मसालेदार लाया हूं उस्ताद!"

ज़ोर की आवाज़ से डाट खुली और उसकी बदबू व्याप गई। लाल-लाल बोतल में से शराब गिरने लगी। फेन छलक आए और फिर बैठ गए।

"लो कलेजी लो।" बांके ने कहा।

एक चक्खी तो रुस्तमखां को अच्छी लगी। बोला—"कल्लन से लाया होगा! बनाता अच्छी है।"

"उस्ताद, अब तो तुम ठीक हो गए?" बांके ने कुल्हड़ देकर कहा—"पियो!"

रुस्तमखां ने पी तो मज़ा आया। वह तो उन लोगों में था जो शराब की याद में झूमते थे, पीना तो जन्नत में तशरीफ ले जाने के बराबर था।

"बिल्कुल। बिल्कुल ठीक हो गया हूं।" रुस्तमखां ने कहा, जब वह ज़हरीली मस्ती भीतर बोलने लगी—"बिना इसके मज़ा नहीं आता, यार बांके। सबको बराबर कर देती है यह। क्या खूब चीज़ है!"

"फिर तुम्हारा मन इस नटिनी से न भरा?" बांके ने आधा कुल्हड़ पीकर कहा।

"कलेजी ले।" रुस्तमखां ने कहा।

"तुम खाओ।"

"अबे खा भी।" उसने खाई और फिर बोला—"क्यों उस्ताद, मैं पूछ रहा हूं। बताते क्यों नहीं!"

रुस्तमखां ने पूरा कुल्हड़ चढ़ाकर पूछा—"अबे क्या कहता है?" अब उसका स्वर भारी था।

"उस्ताद, हम तुम्हारी जूठन सदा से खाते आ रहे हैं।" उसने धीरे-धीरे कुल्हड़ उतार लिया और फिर दोनों के कुल्हड़ भरे। फिर दोनों ने पी ली और तब कलेजियां खा लीं और बांके ने दूसरी बोतल उठाकर सामने रख ली।

कजरी ने प्यारी को देखा तो मूठ पर मुट्ठी कसी हुई दिखी।

कजरी ने कहा—"क्यों?"

प्यारी ने कहा—"नहीं।" गुस्से से होंठ फड़कने लगे।

कजरी ने कहा—"धीरज धर!"

"कब तक?" प्यारी की आतुरता पुकार उठी।

कजरी ने कहा—"प्यारी, तू नहीं। पहले मेरा हाथ देख।"

प्यारी शंकित हुई। कहा—"क्या करेगी?"

"खेलूंगी।"

"किससे?"

"तू कहे उसीसे।"

"अभी ठहर जा।" प्यारी ने घबराकर कहा।

दूसरा कुल्हड़ पीकर रुस्तमखां ने कहा—"बड़ी तेज लाया है बे।"

"उस्ताद! मैंने कहा ही था।" बांके हंसा। वह अब झूमने लगा था। उसने दूसरी बोतल खोली।

"नहीं, बस अब नहीं।" रुस्तमखां ने कहा।

"अरे वा उस्ताद!" उसने कहा —"तुम तो चुल्लू बांधकर पिया करते थे पहले।"

उसकी इस प्रशंसा के सामने रुस्तमखां भला क्या कह सकता था! कुछ लोग इसीमें कमाल समझते हैं कि इतनी शराब पीना भी ठाठ का, या कोई बड़ा भारी काम है। अपने-अपने दायरे हैं, किसी के बड़े, किसीके कम।

"फिर भी, फिर भी,..." रुस्तमखां ने कहा, पर बांके ने कुल्हड़ भर दिया। रुस्तमखां ने पिया तो बेहोश-सा वहीं लोट गया और बांके ने कहा—"अरे उस्ताद! एक कुल्हड़ और लो।"

पर उस्ताद थे कहां! वे तो नशे में झूम गए थे। इस वक्त उन्हें पता ही नहीं था कि वे थे कहां।

बांके शराब के नशे में चूर था और उसने सिगरेट सुलगाकर धीरे से गुनगुनाया। कजरी बढ़ी।

प्यारी ने कहा—"क्या करती है?"

"तू ठहर।"

"मैं न जाने दूंगी।"

"अरी मान भी तो जा!"

"क्या करेगी?"

"इसका मन रखूंगी।"

"और फिर क्या होगा? बात छिपेगी कैसे?"

"फिर की फिर देखी जाएगी।"

प्यारी लाचार हो गई।

बांके ने गाया—"हो गोरी तोरी बड़ी-बड़ी अंखियां..."

तभी उसे लगा, सामने का द्वार हल्के से खुला। उसने देखा। वहां कोई औरत थी। वह औरत मुस्करा रही थी। बांके नशे में था। उसे विश्वास नहीं हुआ। जल्दी में उसने बची हुई गले में उतार ली और फिर देखा। वह तो अब भी मुस्करा रही है! कौन है?

आंख मींचकर देखा। वही है। सिर झूम रहा था, पर अब वासना अन्धा करने लगी। शराब के नशे में कमाल होता है कि आदमी जहां पांव धरना चाहता है, वहां नहीं धर पाता। पहले यह दिमाग उड़ाती है, फिर पांव उखाड़ देती है। वह उठा तो डगमगाया।

स्त्री ने इशारा किया, इधर आओ।

वह बोला—"अरे...तू...तू..."

पर स्त्री ने बोलने से मना किया। इशारा किया कि चुपचाप आ। उसने होंठ पर उंगली रख ली। जैसे वह नहीं चाहती कि रुस्तमखां जान जाए।

शराब के नशे में बांके समझा कि प्यारी है। प्यारी ही उसे बुला रही है। वह डगमगाता हुआ बढ़ा। कजरी ने द्वार धीरे से खोल दिया और उसे भीतर करके फिर वैसे ही द्वार बन्द भी कर दिया।

बांके के कन्धे पर हाथ रखकर उसने धीरे से पूछा—"उसने देख तो नहीं लिया?"

"नहीं।"

"मुझे उससे डर लगता है।"

"अरे वह साला मेरे रहते क्या कर सकता है!" बांके ने झटका लिया तो गिरते-गिरते बचा। डगमगाते पांवों से संभलकर खड़ा हुआ और उसने उंगली उठाकर पूछा—"तू कौन है?"

उसके मुंह से शराब की बदबू आ रही थी जिसको सूंघकर कजरी का मन उबकाई से भर-सा गया। वह बड़ी तेज़ बदबू थी। पर वह मुस्कराई। उसने नैना नचाकर उससे तनिक दूर हटकर, बड़े नखरे के साथ घूंघट-सा खींचकर कहा—"कजरी!"

बांके ने सूरज सुनार से लेकर एक बार 'भूतनाथ' पढ़ा था। उस समय उसे लगा वह किसी तिलस्मी शय के सामने आ गया है। नशे में वह सब भूल गया था। उसने दो कदम लड़खड़ाकर चलने के बाद अपने को संभाला और भर्राए स्वर में पूछा—"कौन कजरी?"

"हाय, तुम मुझे नहीं जानते?"

"नहीं," उसने उंगली हिलाते हुए कहा—"बिल्कुल नहीं। तू कोई परी है!"

"सुखराम की नई लुगाई हूं।" कजरी ने कहा।

बांके चौंक उठा। "ऐं!" उसने कहा।

"सच कहती हूं, मैं तो उसी दिन से तुम्हारी तलाश में थी, जिस दिन से तुमने सुखराम को मारा था। देखना चाहती थी कि वह मरद कौन है।"

"अरे वा प्यारी!" उसने विभोर होकर कहा—"तू परी नहीं है, औरत है!"

"और क्या!" कजरी ने कहा—"सो आज देखा, और जैसा सोचा था वैसा ही पाया।"

"सच है?" वह आगे बढ़ा।

"भीतर चल। ऊपर। यहां तो यह देख लेगा।"

"कौन देख लेगा?"

"सिपाही।"

"वो साला कुत्ता है। अभी अपनी लुगाई से डर रहा था।"

"मेरा तुझपर मन आ गया है।" कजरी ने कहा—"मेरी बात नहीं मानेगा?"

"अरे सौ बार मानूंगा, सौ बार।" अब की बार वह ज़रा ज़्यादा झोंके ले गया। कजरी ने उसे पकड़ा, वरना वह गिर गया होता।

"तू बड़ी अच्छी है।" बांके ने कहा।

वह उसे ले चली। प्यारी को आश्चर्य हुआ। यह क्या हो रहा है? बांके नशे में झूल रहा था, बक रहा था और कजरी उसे अपने साथ ऊपर लिए जा रही थी। हालांकि उसे काफी ताकत लगाकर उसे गिरने से रोकना पड़ता था। कजरी के मुख पर एक विचित्र मुस्कराहट थी, जैसे वह पूर्ण रूप से शान्त है। वह उसे ऐसे देख रही थी, जैसे वह एक निरीह कीड़ा था। बांके को यह सब अज्ञात था।

प्यारी समझी नहीं। परन्तु उसकी प्रज्वलित प्रतिहिंसा उससे कहती थी कि देख, आगे क्या होता है, देख। वह यह तो जानती थी कि कजरी उससे बुरी तरह पेश आएगी पर क्या करेगी, वह यह नहीं सोच पाती थी।

कजरी जब उसे पास ले आई तो प्यारी को इशारा किया, प्यारी आड़ में हो गई। कजरी उसे कोठे में ले गई और उस समय उसके मुंह से हल्की-सी हंसी सुनाई दी। प्यारी की जिज्ञासा बढ़ गई। वह अपने को रोक नहीं सकी। यह असम्भव था। वह पीछे-पीछे गई।

कजरी ने कहा—"तो आ गए ऊपर!"

"हां प्यारी!" और बांके ने डगमगाकर उसका हाथ पकड़कर अपनी ओर खींचने की चेष्टा की।

कजरी ने हंसकर हाथ छुड़ा लिया और कहा—"बांके, मेरा हाथ पकड़ा है, अब छोड़ तो न देगा?"

"कभी नई (नहीं), कभी नई!" बांके ने कहा।

"अच्छा! तो सुखराम का कतल करना होगा।" कजरी ने मुस्कराकर कहा।

"मैं कर दूंगा प्यारी, आज रात को ही कर दूंगा।"

"वह तो बड़ा ताकतवर है, जानता है न?"

बांके ने फोश गाली दी। कजरी हंस दी। कहा—"तू लेट जा।"

और सहारा दिया। बांके खाट पर लेट गया। उसने कहा—"यहां आ। मेरी बात सुन।"

"सुन रही हूं। एक बात पूछूं?"

"दो बात पूछ।" बांके ने कहा। पर नशा उसकी आंखों को झपकाए दे रहा था।

"तू सुखराम का कत्ल करेगा कैसे?" कजरी ने पूछा।

"ओ प्यारी! मैं उसे छुरियों से गोद-गोद के मारूंगा।"

हठात् कजरी ने फुरती से तकिया उसके मुंह पर रखा और ज़ोर से दबाया। प्यारी ने देखा, बांके छटपटाया। उसने शायद हाथ भी चलाए। पर वह शिथिल था। तब कजरी के हाथ में कटार चमकी और उसने बांके को बार-बार छुरी से गोद-गोद के मारा और तीन बार मूठ तक उसके दिल में उसने छुरी घुसेड़ दी और फिर पेट में दो बार भुक-भुक की और जब बांके बेजान-सा दिखाई दिया तो उठ खड़ी हुई और उसने घृणा से उसके मुंह

पर थूका और ऐसी ठण्डी गरगलाती हंसी हंस उठी कि अगर वहां कोई होता तो थर्रा उठता। पर प्यारी पास चली आई और उसने तकिया हटाकर बांके का मुंह खोल दिया। देखा और कजरी की ओर देखकर धीरे से मुस्कराई।

"मर गया।" ऐसे कहा जैसे कोई कुत्ता मर गया हो और फिर मुंह पर तकिया पटक दिया। उसका मुख मृत्यु की यन्त्रणा से विकराल हो गया था। वह पाप का पूंजी-भूत स्वरूप इस समय मरा पड़ा था। उसका वह दम्भ, वह जघन्यता, वह बर्बरता, वह क्रूरता, सब इस समय मिट्टी का ढेर बनकर पड़े थे। रावण के मरने पर लोगों ने यह शोक तो किया था कि हा! ऐसा महान् विद्वान यदि ठीक राह पर चलता तो क्या न कर देता! परंतु बांके नीच था, उसके लिए ऐसा कहने वाला भी कोई नहीं था।

कुछ क्षण तक आवेश रहा। फिर वह चला गया। कजरी मुस्करा रही थी।

"अरी कटार पोंछ ले।" प्यारी ने कहा।

कजरी ने चादर से कटार पोंछ ली और साफ हो गई तो उसे चूम लिया और म्यान में रख ली और कपड़ों में छिपा ली। कहा—"जेठी, तू न देती तो मैं क्या करती?"

प्यारी संभली। कहा—"तूने तो चिल्लाने भी न दिया इसे?"

"इसने भी तो धूपो का मुंह बन्द कर दिया था।"

प्यारी ने प्रशंसात्मक रूप में सिर हिलाया।

कजरी ने उपेक्षा से कहा—"मौका नहीं था, वरना मैं इसे ऐसे मारना नहीं चाहती थी। यह तो काट-काट के नमक भर-भर के गला देने लायक था। मुझे सन्तोष न हुआ।"

"हाय राम!" प्यारी ने कहा।

कजरी ने कहा—"डरती है?"

"नहीं।" प्यारी ने कहा।

"फिर तेरा मुंह फक क्यों है?"

"सोचती हूं, लाश कैसे ठिकाने लगेगी?" प्यारी ने कहा, जैसे बांके के मरने के बारे में उन दोनों को कोई बात नहीं करनी थी, वह जैसे कोई बात ही नहीं थी। मर गया, मर गया। उसके बारे में क्या सोच! अब तो अपनी फिकर थी।

"तू मेरी जेठी है।" कजरी ने कहा—"तू नहीं डर सकती, यह मैं जानती हूं। तू मेरी सौत है, भला तू डर जाएगी, तो फिर दुनिया में हिम्मत किसमें रहेगी?"

प्यारी ने मुग्ध दृष्टि से देखा, जैसे वहां कोई विभीषिका नहीं थी। कजरी ने ही कहा—"तैने पापी के घर रहकर पाप किया है जेठी, वह पाप तैने अपने-आप धो दिया।"

"कैसे?" प्यारी ने कहा।

कजरी अपनी आंखें फाड़कर धीरे से हंस दी। वह हास्य सचमुच डरावना था। प्यारी ने कहा—"कैसे कजरी? मुझे बता।"

"जो तैने इससे बदला लिया था। वह तो भाग की बात है जो यह तब बच गया। कमीन! धूपो की मरजाद बिगाड़कर आया था; मुझे-तुझे बदनीयती से देखता था और कहता था, सुखराम को छुरियों से गोद-गोद के मारूंगा! देख जेठी! बांके अब कहां है!"

"मैं तेरे चरन छूती हूं। तू सचमुच सुखराम के जोग है, मैं कहां?"

"सो क्यों?" कजरी ने कहा।

"तू उमर में छोटी है, पर मन में बड़ी है। तेरे अन्दर कितना बड़ा दिल है!" उसने पांव पकड़ लिए।

"नहीं प्यारी, उठ।" कजरी ने कहा—"तू मेरी जेठी है, और तू ही रहेगी। मैं क्या,

बिधना भी इसे नहीं मिटा सकता। मैं हत्यारी हूं, और तू तो सीधी है अभी!''

''मैं तो हत्या से बच ही गई थी।'' प्यारी ने खेद से कहा। कजरी मुस्करा दी और उसने खून से प्यारी के माथे में लकीर खींचकर कहा—''तू मेरे बलमा की हो गई। तू अधूरे किले के मालिक की पहली बहू है, जो नटिनी नहीं करती सो तू कर, यह मैंने रानी के टीका किया है।'' और उसे देखती रह गई। प्यारी का मुख आश्चर्य से फट गया।

दोनों पागल-सी थीं। वह पागलपन हत्या का नहीं था। वह जीवन के उस स्नेह के प्रति था, जो आज उन दोनों में एक ध्येय, एक लक्ष्य होकर जाग उठा था। वे दोनों आज एक-दूसरे के पास आ गई थीं।

''कजरी, तूने मुझे उबार लिया।''

''सो कहां!'' कजरी ने कहा—''अभी तो वह बाकी है। उसे छोड़कर भाग चलें?''

दोनों ने एक-दूसरी की ओर रहस्यमय दृष्टि से देखा और एक झटके में अब वे एक-दूसरे के आलिंगन में बंधी थीं। वह कितना विभोर उन्माद था, जिसे देखकर की उन दोनों के आत्म-विश्वास का परिचय मिलता था! भयानक, परन्तु फिर भी पूर्ण, पूर्ण फिर भी क्रमशः।

''कजरी, पाप धुल गया।''

''पर पूरा नहीं।'' कजरी ने सिर हिलाकर कहा।

''तो फिर?''

''जो मैं कहती हूं वह कर।''

''क्या?'' प्यारी ने पूछा।

''उसे और मिटा दें।''

''फिर? लोग हमें न ढूंढेंगे?''

''दोनों शराब पिए हैं। दोनों ने एक-दूसरे का खून कर दिया, बस दुनिया यही समझेगी।'' कजरी ने राय दी।

''और हम दोनों को ढूंढेंगे?'' प्यारी ने प्रश्न किया।

''किसे खबर है, मैं यहां हूं?'' कजरी ने पूछा।

''पर मेरी तो खबर है।''

''अरे नटिनी का क्या? भाग गई।''

''कहां भागेगी तू?''

''डेरे चलेंगे।''

''वहां पकड़े जाएंगे।''

''तो परदेस चलेंगे। हम क्या जमीन से बंधे हैं?''

''सो तो है।'' प्यारी ने कहा।

''एक काम कर।'' कजरी ने उत्तर दिया और धीरे-धीरे उससे कुछ कहा। प्यारी हंस दी। कहा—''यह ठीक है।''

कजरी ओट में बैठ गई।

प्यारी ने अपने कपड़े फाड़े, फिर बाल बिखरा लिए, जैसे वह छीना-झपटी से उठी है।

पूछा—''ठीक है?''

''शाबाश।'' कजरी ने कहा।

प्यारी नीचे गई। रुस्तमखां बेहोश पड़ा था। उसको दीन-दुनिया की कुछ भी फिकर नहीं थी। प्यारी खड़ी देखती रही। फिर पास गई और हिलाया।

वह नहीं जागा तब उसने ज़ोर से सिर हिलाकर कहा—''अरे सुनता है!''

रुस्तमखां ने कहा—"ऐंऽऽऽऽ" और फिर करवट बदल ली।

प्यारी के सामने समस्या हो गई। उसने उसके मुंह पर शराब की बोतल कुछ उंडेल दी और उससे एक नई भभक भर गई। प्यारी अपने को रोक न सकी। बोतल मुंह की तरफ उठाई ही थी कि सामने से आवाज़ आई—"उंहु!"

प्यारी लज्जित हो गई। कजरी देख रही थी। उसने बोतल की बाकी शराब भी उसके मुंह पर उंडेल दी और झकझोरकर कहा—"उठ गधे, उठ।"

शराब के नशे में ही झूमता हुआ रुस्तमखां बैठ गया। उसने कहा—"क्या है? तू कौन है?"

"मैं हूं प्यारी।" उसने ज़ोर से कहा।

"क्या है?" वह झूमते हुए बोला।

"अरे कितनी पी गया है तू?" प्यारी चिल्लाई।

कजरी ऊपर गई।

"अरे क्यों चिल्लाती है तू? तू मेरी कौन होती है?"

प्यारी ने कहा—"मैं तेरी कोई नहीं, पर तू तो मेरा ही है?"

रुस्तमखां को दूर से आते इन शब्दों ने फिर सुला दिया।

फिर उसने रुस्तमखां को जगाया।

वह नहीं बोला। प्यारी हताश हो गई। समझ में नहीं आया, क्या करे। कजरी देर होते देख फिर नीचे आई। इशारे से पूछा। इसने कहा इशारे से—जागता नहीं। उसने इशारा किया—खूब हिला दे। प्यारी ने इशारा किया—हिला-हिला के हार गई, और सिर पर ऐसे हाथ रखा जैसे मर गया। कमबख्त उठता ही नहीं। कजरी चक्कर में पड़ी। पास बुलाया।

"क्या है री", कजरी ने कहा—"तुझसे जगाया भी नहीं गया?"

"ढोर है पूरा।" प्यारी ने कहा—"ठोकर दूं?"

"अरी नहीं।" कजरी ने कहा। फिर कुछ धीरे से कहा। प्यारी प्रसन्न हुई। वह आ गई और उसके पास बैठ गई। उसने धीरे से एक गीत की कड़ी छेड़ी और पतली आवाज़ का वह नटों वाला गीत कोठे में गूंजने लगा। रुस्तमखां अब भी बेहोश था, पर बहुत कुछ नशा उतर चुका था। कुछ ही देर में उसमें जागरण के आने वाले चिह्न दिखाई देने लगे। वह अब सिरदर्द से भर गया था।

प्यारी बिफर गई।

चिल्लाई—"सुनते हो?"

"कौन है?" वह चौंका।

प्यारी रोने लगी। उसका रोदन सुनकर रुस्तमखां सिर पकड़कर बैठ गया।

"मैं नहीं सह सकती," प्यारी चिल्लाई—"मैं नहीं सह सकती!"

"ऐं!" रुस्तमखां ने कहा और फिर दोनों हाथों से सिर पकड़ लिया, और आंखें एकदम मीच लीं जैसे वह रोशनी नहीं सह सकता था।

प्यारी रोती रही।

"क्या हुआ?" रुस्तमखां ने कहा।

"मुझे मार डालो।" उसने कहा।

"आप ही जा मर जा।"

"मैं तो मर जाती, पर तुम्हें तो मुसीबत में नहीं छोड़के जा सकती?" प्यारी ने कहा।
रुस्तमखां ने घबराकर देखा और उसका हाथ पकड़ लिया। वह डर गया था।

"ऊपर बांके ने कजरी को पकड़ लिया है।" प्यारी ने कहा।

“किसने?” वह पुकारा।

“बांके ने।”

रुस्तमखां का चेहरा फक पड़ गया।

बोला—“क्या कहती है?”

“जल्दी चलो ऊपर।” प्यारी ने हड़बड़ाते हुए कहा।

रुस्तमखां सहारा लेकर उठा।

वह बुड़बुड़ाया—“मेरे रहते...”

“तुम तो नशे में पड़े हो...”

“मैं नशे में था?”

“उसने कहा ही है कि उसने इसलिए तुम्हें बड़ी तेज पिला दी है, आप नहीं पी उसने...”

“कहां है वह?”

“ऊपर।”

“चल!”

“पर चलकर भी क्या होगा!”

“होना था सो तो हो गया।”

“क्या हो गया?”

“तू नहीं जानता, सुखराम खूनी है। वह मुझे और बांके को अब मार के छोड़ेगा।”

रुस्तमखां थर्रा गया। बोला—“क्यों?”

“वह बदला न लेगा?” प्यारी ने कांपकर कहा—“मुझे डर लगता है, मैं तो यहां नहीं रहूंगी...मैं भाग जाऊंगी...”

वह बाहर भागी।

रुस्तमखां ने कहा—“ठहर, ठहर प्यारी! मैं बांके का खून कर दूंगा...” पर वह नशे में लड़खड़ा गया।

प्यारी लौटी।

“ऊपर चल।” रुस्तमखां ने कहा।

“मुझे डर लगता है। तू आगे चल। उसने मुझे बहुत मारा है। कहता था, सुसरी, तेरे सिपाही को भी बराबर कर दूंगा... ।”

“अरे उसकी ये मजाल!” उसने फौलादी गालियों की बौछार की और बढ़ा। प्यारी पीछे चली।

उस समय बाहर से कोलाहल-सा सुनाई दिया, जिसे सुनकर प्यारी चौंक उठी। यह क्या है? उसको सुनकर कजरी भी चौंक उठी। उससे रहा नहीं गया। वह खिड़की से देखने लगी। लगता था भीड़ बढ़ी आ रही है। पर केवल कोलाहल के सिवाय और कुछ दिखाई नहीं देता था कि यह सब क्या है। कभी-कभी रुस्तमखां का नाम सुनाई दे जाता था।

उसके मस्तिष्क में तेज़ी से विचार आने लगे। क्या ये सब चमार हैं? क्या ये धूपो का बदला लेने आए हैं? पर अब वे किससे बदला लेंगे? बांके तो मरा पड़ा है। तो क्या अब बात खुल जाएगी? प्यारी और वह दो ही तो हैं और फिर सुखराम भी पास नहीं है—“क्या होगा अब?”

वह यह भूल गई कि रुस्तमखां को लेकर प्यारी ऊपर आ रही है।

“कहां है वह?” रुस्तमखां ने ऊपर खड़े होकर कहा।

कजरी भागी। उस भीड़ को देख वह घबरा गई, उसको यह ध्यान नहीं रहा था कि

कौन है। वह द्वार पर पहुंची तो रुस्तमखां से टकराई। पर रुस्तमखां संभाल गया। उसने कहा—"कौन है?"

"यह कजरी है।" उसने फिर कहा।

"छोड़ दे मुझे।" कजरी ने फूत्कार किया।

"भागती कहां है?" रुस्तमखां ने उसे पकड़ लिया और कहा—"बांके कहां है?"

"भाग गया शायद।" प्यारी ने कहा।

परन्तु कजरी उस समय भूल गई। उसके मुंह से निकला—"वह पड़ा है।" और रुस्तमखां पुलिस का पुराना घाघ, फौरन समझ गया कि वह जरूर लाश होगी।

प्यारी आगे बढ़ी।

कजरी ज़ोर लगा रही थी। परन्तु रुस्तमखां ने उसे दृढ़ता से पकड़ लिया था।

"कहां जा सकती है तू मेरे हाथ से कुतिया? तूने उसका खून किया है!" उसका नशा उतर-सा गया था।

"छोड़ दे।" कजरी ने कहा।

"फिर खून किस पर चढ़ेगा?"

"खून मैंने नहीं किया। वह अपने-आप मर गया है।" कजरी ने कहा।

"अरी जा हरामजादी। फांसी लगवाऊंगा तुझे।"

"छोड़ दे मुझे!" कजरी चिल्लाई

बाहर हो-हल्ला अधिक सुनाई दिया। आवाज़ें आने लगीं—"रुस्तमखां, रुस्तमखां! कहां है? बाहर निकल।

उन आवाज़ों को सुनकर वह चौंक गया। उसका ध्यान बंटा हुआ देखकर कजरी ने उसका हाथ काट खाया और इतनी ज़ोर से दांत गचकाए कि वह उसे सह न सका। पंजा ढीला पड़ गया। कजरी छूटी, परन्तु उसने दूसरे हाथ से पकड़ लिया और काटे हुए हाथ से उसने उसके मुंह पर ज़ोर-ज़ोर से आघात किए।

प्यारी बढ़ी।

चिल्लाई—"छोड़ उसे!"

"अरी चल कुतिया!"

प्यारी गुस्से से बढ़ी। वह झपटी, पर सिपाही तैयार था। प्यारी झुकी, रुस्तमखां ने उसके लात दी और वह हंसा।

बाहर अब शोर और बढ़ गया था। ऐसा लगता था, मकान को सामने से घेर लिया है और सब बुरी तरह चिल्ला रहे हैं। कजरी उस कोलाहल से डरकर घात करने की चिन्ता में थी।

प्यारी के पेट में चोट पड़ी। बैठ गई। उसकी आंखों के आगे कुछ पतंगे-से नाच गए। पर यह अवस्था कुछ ही देर रह सकी।

कजरी और रुस्तमखां अब लड़ रहे थे। वह पुरुष था, अतः बलिष्ठ था, परन्तु स्त्री में इस समय जीवन-रक्षा का प्रश्न था। वह अपनी पूरी ताकत लगाकर लड़ रही थी। उसने उसे धक्का दिया। रुस्तमखां दीवार से टकराया। कजरी छूट गई और झटके से अलग हो गई।

इससे पहले कि वह कटार निकाल सके, रुस्तमखां झपटा।

प्यारी उठी। दर्द तो था, पर अब वह चल सकती थी।

रुस्तमखां ने कजरी की ओर देखकर हाथ फैलाए, जैसे बाज़ अब चिड़िया को दबा लेना चाहता था। कजरी के हाथ में गिलास आया। उसने रुस्तमखां के सिर पर निशाना

लगाकर मारा। पर वह चौकन्ना था, बच गया। गिलास दीवार से जाकर टकराया।

बाहर अब गरज-सी उठ रही थी—"रुस्तमखां, निकल आ! कायर, तूने बांके को कहां छिपा दिया है..."

तब प्यारी ने देखा कि रुस्तमखां ने कजरी को पकड़ लिया और कजरी उसके हाथों में छटपटाने लगी। वह अवश हो गई थी। उस समय प्यारी वेग से झपटी और उसने अपनी कटार रुस्तमखां के पेट में मूठ तक घुसेड़ दी।

रुस्तमखां की पकड़ ढीली हो गई। कजरी छूट गई।

प्यारी ने कटार निकाली और फिर वार किया। रुस्तमखां चिल्लाया, प्यारी ने फिर कटार निकालकर गहरी चोट की, वह गिर गया। पर तब बाहर इतना कोलाहल हो रहा था कि किसी ने सुना नहीं। रुस्तमखां मर गया था।

प्यारी ने घृणा से ठोकर दी और बड़बड़ाई—"कमीना!"

वह जैसे कहना तो बहुत कुछ चाहती थी, पर उसकी विक्षुब्ध घृणा ने उसे कहने नहीं दिया। जैसे बहुत बड़े बांध में छोटा-सा सूराख हो जाए, जिससे पानी रिसा करे, लेकिन एक दिन ऐसा आया कि पानी बांध को उखाड़कर फेंक दे, और फिर अर्रर्रर्र करके उसके उद्दाम वेग में प्रचण्ड धारा बनकर डुबाने वाला पानी बह उठे, उस समय बांध कहीं जलधारा में डूब जाए, वही हाल प्यारी का हुआ। रुस्तमखां की लाश को देखकर उसे अपनी घृणा बुझती हुई नहीं दिखाई दी। वह जैसे उसके जीवन का अभिशाप था। वही था जिसने उसे अपमानित किया था। अगर वह उसकी हत्या न करती तो वह कजरी को मार डालता और उसके सामने? वह इस बात की कल्पना भी नहीं कर सकती थी। एक बार को कहीं सचमुच ऐसा हो जाता तो? सुखराम समझता कि प्यारी ने ही कजरी को सौतिया डाह से मरवा दिया है और कजरी की मौत से कजरी को अगर निजात मिलती तो प्यारी उसी वक्त जिन्दा ही मर गई होती। पर ऐसा नहीं हुआ। भगवान! ऐसा नहीं हुआ। प्यारी इस सुख को सह नहीं सकी।

और प्यारी ठठाकर हंसी। उसका वह कठोर और उन्मत्त हास्य बाहर के कोलाहल में डूब गया। उसका वह उन्माद उस समय कजरी ने देखा तो स्वयं चौंकी।

परन्तु प्यारी वह रक्त से भीगी कटार लिए खड़ी थी। उसके मुख पर एक निर्भयता थी। वह निःसंशय-सी होकर देख रही थी और तब वह बढ़ी।

कजरी के कंधे पर उसने स्नेह से हाथ रखकर दबाया और उसकी आंखों में आंखें डालकर मुस्कराई।

उसने कहा—"छोटी!"

कजरी ने उस आनन्द को देखा तो हिल गई। वह अद्‌भुत था।

बाहर लोग चिल्ला रहे थे—"कायर! निकल!!"

"क्या है?" कजरी ने कहा।

प्यारी जैसे उस कोलाहल को भूल गई थी। उसने स्नेह से उसे कहा—"बैठ जा रानी तनिक।

कजरी ने कहा—"बैठ नहीं, देख बाहर..."

"अरी बैठ भी जा!" प्यारी ने कहा—"फिर की फिर देखी जाएगी", और उसने ज़बर्दस्ती उसे बिठा लिया। कहती रही—"मरना तो एक दिन है ही, कल न सही आज सही, आज न सही अब सही।" वह हंस दी और उसके पांवों में रुस्तमखां का रक्त उसने हाथ से लगाया और कहा—"देख! मैंने तेरी टेक रख दी छोटी। आज मैंने तेरे महावर लगा दिया।

कजरी की आंखें फट गईं। बीभत्सता रोने लगी, परन्तु वे स्त्रियां अविचलित भरी-भरी आंखों से एक-दूसरी को निर्निमेष होकर देखती रहीं।

दोनों हंसी। फिर दोनों ने प्यार से एक-दूसरी को भेंटकर मुंह चूम लिए। दोनों खुशी से रो रही थीं। आज जैसे दोनों के दिल एक हो गए थे। लोहे की दीवारें गल गई थीं।

''कजरी!'' स्नेह से प्यारी ने कहा और उसका मुख बार-बार स्नेह से चूम लिया, जैसे किसी बच्चे का मुख हो।

बाहर भयानक कोलाहल था।

कजरी ने कहा—''उठ जेठी! जल्दी कर!''

प्यारी उठी—''क्या है?''

''लोग आ गए हैं। अब वे इन्हें ढूंढ़ेंगे।''

''अरे!'' प्यारी के मुंह से निकला।

''एक काम कर। उठ। चल हाथ बंटा मेरे साथ।''

उन्होंने बांके को खाट के ऊपर टेढ़ा करके डाल दिया। एक कटार उसके सीने में भोंक दी और उसके पास ही रुस्तमखां को औंधा करके पटक दिया और एक कटार उसकी पसली में घुसेड़ दी।

''ठीक है।'' प्यारी ने कहा। दौड़कर गई। शराब की बोतलें उनके पास डाल दीं।

कजरी ने कहा—''प्यारी, भाग।''

खिड़की से देखा। भीड़ लहरा रही थी।

''कहां से भागेगी?'' प्यारी ने घबराकर कहा।

''हाय, अब मरे!''

बाहर चमारों का विक्षोभ फूटा पड़ता था। भीतर मकान में घुसते हुए डर लगता था, आखिर सिपाही था, और बाहर कोई निकल नहीं रहा था। दरवाज़ा खुला हुआ था और भीतर बिल्कुल सन्नाटा दिखाई दे रहा था। कभी-कभी खिड़की पर कोई छाया-सी आती थी जो हल्की रोशनी में दिखाई देती थी। नीचे के कोठे के दरवाज़े की संधों से भी आलोक की लकीर निकल रही थी, पर कोई दिखाई नहीं देता था। क्या बात है जो कोई निकलता ही नहीं। एक लड़का भेजकर तलाश कर लिया गया था कि रुस्तमखां थाने नहीं गया है। तब वह कहां जा सकता था! यदि वह डरकर घर में छिपा होता तो घर का दरवाज़ा खुला क्यों होता! भीतर घुसकर देखते हुए यह डर लगता था, कि कहीं किसी आड़ में से बैठा हुआ रुस्तमखां बन्दूक न चला दे। और भीड़ कितनी भी बड़ी क्यों न हो, अपनी-अपनी जान की फिकर हर आदमी को लगी रहती है। दूर से कहना आसान है कि अगर हज़ार की भीड़ हो और उस पर दस आदमी गोली चला रहे हों, तो भीड़ उन पर बढ़ती चली जाए और उन्हें घेर ले, समाप्त कर दे। ऐसा भी होता है, मगर तब, जब भीड़ को अपनी प्राणरक्षा इसके अतिरिक्त कहीं दिखाई नहीं देती। उस समय मनुष्य अपनी जान पर खेलकर अपने अस्तित्व की रक्षा करने की चेष्टा करता है। अब प्रश्न यह था कि बढ़े कौन?

जो खास लोग थे उनकी इच्छा रक्तपात की नहीं थी। वे सिर्फ बांके को अच्छी तरह खोदना चाहते थे, ऐसे कि उसकी टांगें तोड़कर उसे घूरे पर फेंक दिया जाए और इसी प्रकार जब कोलाहल बढ़ता ही गया तो खबर फैलने लगी। अनेक इधर-उधर के लोग आकर इकट्ठे होने लगे। उनकी प्रश्नोत्तरी से कोलाहल ऐसे बढ़ गया, जैसे बरसाती पानी एकत्र होकर प्रचण्ड हो उठता है।

सुखराम ने तभी देखा कि भीतर एक छाया खिड़की पर है। वह भीतर जा सकता

था, परन्तु भीड़ में वह सबके साथ रहना चाहता था। बात अब भी बांके के विरुद्ध थी, रुस्तमखां के विरुद्ध तो नहीं थी। ठाकुरों के बारे में लोग जानते नहीं थे। केवल इतना ज्ञात था कि बांके के साथी थे। अगर वह भीतर जाता है तो कुछ लोग ताना ज़रूर कसेंगे। वह समझ गया था कि कजरी और प्यारी भीतर डर गई होंगी, पर डरने के लिए उसे कोई आवश्यकता दिखाई नहीं दे रही थी। उनका कोई क्या बिगाड़ेगा? वह यह जानता था कि रुस्तमखां भीतर है, परन्तु निकल नहीं रहा है।

अचानक उसकी निगाह एक आदमी पर पड़ी जो घर के बाईं तरफ धीरे-धीरे खिसक रहा था, चौकन्ना-सा। सुखराम ने देखा और फिर आंखें हटा लीं। ऐसे जाने कितने इधर-उधर चल रहे थे, आ-जा रहे थे। भीड़ अपनी अविरल ध्वनियों से अब और भी घनी और डरावनी हो गई थी।

सुखराम की दृष्टि मुड़ी तो उसने देखा, वह जो बाईं तरफ पहुंच चुका था, इधर-उधर देख रहा था और कुछ टोह ले रहा था।

सुखराम ने टाला। पर जितनी ही कोशिश करता, उतनी ही जिज्ञासा बढ़ती और फिर उसका भय साकार हो गया। वह व्यक्ति आड़ में हो गया। भीड़ गरजने लगी, और फिर एक हल्की-सी रोशनी हुई। सुखराम समझा नहीं। वह व्यक्ति निकला, धीरे-धीरे आया, पर उसके आने के बाद उसके पीछे हल्का उजाला-सा दिखाई दिया और वहां कुछ क्षण में ही छप्पर सुलगता हुआ दिखाई दिया। आग लग गई थी। वह व्यक्ति भागा। सुखराम ने पहचान लिया।

वह निरोती के पीछे भागा। तो इस बामन ने दूसरों के झगड़े से फायदा उठाकर अपना काम निकालने का कमीनापन किया है! इसे प्यारी ने रगड़वाया था। उसका बदला आज फूटकर निकला है। यह चाहता है, चमारों पर आग लगाने का दोष आ जाए और यह बेदाग बच जाए! सज़ा दोनों को मिल जाएगी और निरोती बामन मूंछों पर तेल मलता रहेगा।

गांव में हल्ला मच उठा। आग को फौरन हवा ने पकड़ लिया। वह आग हवा के हाथों में ऐसी छटपटाने लगी जैसे किसी परियों की कहानी के जोगी ने अदृश्य होकर किसी कमीनी, रूप बदलकर छलनेवाली जादूगरनी को कसकर पकड़ लिया हो और वह अब हर प्रयत्न करके हारती हुई छटपटा रही हो।

सारा गांव इकट्ठा हो गया। यह तो साफ लगता ही था कि चमार आज बगावत पर उतर आए थे और उन्होंने ही सिपाही के घर को फूंकने के लिए निडर होकर आग लगा दी थी। पर ऊंची जाति के लोगों को यह चीज़ भयानक लग रही थी। इसके क्या अर्थ हुए? ये सब इकट्ठे होकर चाहे जिसके घर में आग लगा देंगे? फिर सरकार किसलिए है? और उनमें से कई लोगों ने पुलिस-थाने में भी सूचना पहुंचा दी। दरोगा जी अपनी शय्या से ऐसे उठे जैसे कुम्भकरण जगा हो, जो अब जाने कितनी ही भेड़ों को समूचा ही खा जाएगा।

आग अब छप्पर पर सुलग रही थी और हवा ने जो झाड़ू लगाई तो ऐसे फैल गई जैसे बर्तन में से दूध फैल जाता है। सारा छप्पर आग से ऐसे ढक गया जैसे सोने का हो गया हो, जिसमें वे लाल-लाल लपटें रक्त से भीगकर ऐसे भाग निकलीं जैसे रणभूमि में लोहू से भीगे हुए सिपाही भागने लगते हैं। वह आग हवा की चर्खी पर घूमी और जब अपने अंगों को फैलाकर लड़ते हुए सांड़ों की तरह थरथराने लगी, तब उसने हवा को दस-बीस चोट बढ़कर अधर में ऐसी घुमा-घुमाकर मारी कि हवा सामने के छप्पर पर जा टिकी, पर आवेश में ही लपटें सामने आ चढ़ीं। वह छप्पर भी धधक उठा। चैत की सूनी रात उस आग से हिलने लगी।

भीड़ ने देखा तो एक बार खुशी से चिल्लाई—"जय भवानी! तेरा परताप है कि पापी

का घर जल उठा।'' किसी बुड्ढ़े ने कहा—''सती का गुस्सा है।''

परन्तु और लोगों की समझ में आया कि यह काम दैवी नहीं है, और इसका परिणाम बहुत भयानक होगा। अब वे अपनी ओर से कमज़ोर पड़ गए थे। परन्तु अब भागने का अर्थ था कि पाप हमने ही किया है।

सुखराम भाग रहा था।

वह चिल्लाया : ''मैंने तुझे देख लिया है कायर! तू दूसरों पर दोष लगाकर छिपना चाहता है? मैं सबसे कह दूंगा...।''

परन्तु वह भूल गया कि उसका विश्वास करेगा कौन? निरोती रुका नहीं। उसने मुंह ढांप लिया था और न जाने किस गली में से होकर वह अदृश्य हो गया।

सुखराम ने घृणा से कहा—''कायर!''

विक्षोभ उसे खाने लगा। पापी सामने आया और हाथ से निकल गया। वह क्षीणकाय बामन जाने कैसे इतना तेज़ दौड़ गया! सच तो यह था कि उसकी जान की बाज़ी थी। अगर वह नहीं भागता तो मारा जाता। अब तो निश्चय ही मुसीबत चमारों पर आएगी। दुनिया कितनी कमीन है! यह सोचकर वह सिहर उठा। एक स्त्री के अपमान का बदला लेने को लोग आए थे, इसी बीच में यह निरोती आ गया था, जैसे अकाल से लड़ने को आदमी ने बांध बनाया हो और चूहे ने बिल बनाकर उसे आप्लावित जल-राशि से आदमी को ही डुबा दिया हो।

वह कुछ देर किंकर्तव्यविमूढ़-सा खड़ा रह गया। उस घर में आग लग गई है, अब बढ़ गई होगी!

पर हठात् उसके मुंह से एक चीत्कार निकल गई—''उस घर में कजरी और प्यारी हैं। वे दोनों उस घर में घिरी हुई हैं। वे जल जाएंगी।

सुखराम भागा। अब वह एकध्येय, एकचित्त हो गया था। उसे लगा, सारा संसार जल रहा था और चारों ओर लपटें ही लपटें छा रही थीं। कजरी और प्यारी उसमें डरी हुई खड़ी थीं। सुखराम का आवेश इतना भयानक था कि वह तीर हो गया।

जब वह वहां पहुंचा तो धुआं घुमड़ने लगा था। आग अब कभी भालों की दीवार की तरह सीधी खड़ी हो जाती और फिर हवा के विरुद्ध अपने हज़ारों हाथों में तलवारें लेकर दायें-बायें चलाती और कभी-कभी जब हवा कहीं हटने का उपक्रम करती तो तीरों की बौछार की तरह उस जगह टूटती और फिर वहां सिंह की भांति शिकार को फाड़कर उसके लाल-लाल रक्त को बहा देती। वह ज्वालाओं का समूह जब बढ़ा, तब भैंस ने प्राणपण से चेष्टा करके खूंटा समेत रस्सी उखाड़ ली और भागी। वह सामने की दीवार से टकराई और फिर द्वार की ओर भागी और भीड़ पर निकल आई। आगे वाले दो-चार व्यक्ति उससे टकराकर घायल हो गए और भैंस भीड़ फाड़कर भागती हुई चली गई। घायल व्यक्तियों का चीत्कार शीघ्र ही नये कौतूहल में डूब गया।

धूपो के शव को चमारों ने कंधे पर उठा रखा था। खचेरा गम्भीरता से देख रहा था। वृद्ध लोग श्रद्धा से पास खड़े थे। चमारिन आ गई थीं। आधे हर्ष और आधे आतंक से वे उस भीषण अग्नि को देख रहे थे। रुस्तमखां के घर में अच्छाई यही थी कि उसके घर के दोनों ओर घर नहीं थे, ज़रा दूर पर बने थे! और रुस्तमखां की गैरहाज़िरी में किसी को आग बुझाने की ज़रूरत नहीं महसूस हो रही थी। कौन अपने बाप का घर जल रहा था। उससे सभी को घृणा थी।

कोई आग बुझा नहीं रहा था, पर आग अब ज़िन्दगी को बुझा रही थी और अब

वह निर्घोष करती हुई नाचने लगी थी, जैसे चंडिका ने अपना भीषण पांव उठा दिया था। उसके कारण उजाला फैल गया था।

दरोगा जी ने देखा तो हाथ के तोते उड़ गए। यह तो बगावत का-सा नज़ारा था। उन्होंने दीवान जी से पूछा—''मामला क्या है?''

दीवानजी ने कहा—''हुज़ूर! चमार सरकश हो गए हैं। फिसाद पर आमादा हैं। किसी चमारिन पर किसी ने ज़िनां-बिल-ज़ब्र कर दिया बताते हैं।''

''तो इससे क्या हुआ,'' दरोगा जी ने कहा—''यह तो जुर्म है कि आग लगा दी।''

थाने के सिपाही आ गए थे। पर वे समझदार लोग थे। उनकी ज़िन्दगी में रोज़ ही ऐसे खतरे पड़ते थे। एक सिपाही सुना रहा था कि एक बार कलकत्ता में आग लगी थी तब दमकलें फौरन आ गई थीं। और देखते ही देखते आग पर काबू पा लिया गया था। पर गांव में वे आराम कहां! यहां वह कैसे आग बुझा सकते थे। सिपाहियों ने स्वीकार किया कि सरकार यहां चाहे तो दमकलें रख सकती है, मगर उसको गांवों की इतनी परवाह ही कहां?

अब दरोगाजी दूर खड़े आग का मुआयना कर रहे थे। उन्होंने कहा—''भीड़ भगा दो!''

धुएं के मारे जो अभी इन्तज़ार कर रहे थे, अब आगे बढ़े। सिपाही चिल्लाए। ''भाग जाओ! भाग जाओ!''

परन्तु जिस आवाज़ को सुनकर धरती कांपती थी, आज उसका कोई असर नहीं पड़ा। सिपाही फिर चिल्लाए और उन्होंने आगे वालों को धक्का देना शुरू किया। चमार हटने लगे, परन्तु पीछे की भीड़ आगे दबाव डाल रही थी।

चमारों पर डंडे बरसना शुरू हो गया था। उस अचानक आघात से वे चौंक उठे। कोलाहल बढ़ गया। उनकी समझ में आ गया कि दमन शुरू हो गया है। पर क्या वे डर जाएंगे? नहीं। उनकी एक औरत की बेइज़्ज़ती की गई और फिर उन पर यह हमला!

डण्डों से आगे के लोगों के सिर फट गए। उनके माथे से रक्त बहने लगा। संघर्ष शुरू हो गया। सिपाही अधिक नहीं थे, गांव के थानों पर अधिक रहते भी नहीं। वहां तो 'राज' से लोग वैसे ही डरते हैं। वे इसी आतंक में दबे रहते हैं कि इनके पीछे एक और बड़ी शक्ति है, जो कुचल देती है।

चमार क्रुद्ध थे। वे भी टूट पड़े।

एक चमार ने एक सिपाही को धक्का दिया। धूपो की लाश लेकर दस आदमी मरघट भेज दिए गए, ताकि लाश पुलिस के हाथ न पड़े, कहीं भवानी की चीराफाड़ी करके अन्त में मिट्टी खराब न की जाए और बाकी लोग वहां मुकाबला करने को रुक गए।

भीड़ अर्राई। सिपाही लड़खड़ा गए। पीछे नारा लगा—''भवानी की जै!'' कोलाहल हो उठा।

खचेरा ने एक सिपाही को उठाकर फेंका। वह दरोगा पर गिरा। दरोगा जी चारों खाने चित्त हो गए और चिल्लाए—''हाय मार डाला!''

इस दरोगा से लोगों को वैसी ही नफरत थी, जैसे और दरोगाओं से होती है। दरोगा अपने पेट की खातिर, दूसरों के स्वार्थों के लिए, रात-रात-भर कुत्ते की तरह ईमान बेचकर, तब कहीं अपना और अपनी बीवी और अपने बच्चों का पेट पालता है, तनख्वाह की कमी को रिश्वतों से पूरी करता है, और दिन-रात सलाम करके जब अफसरों के सामने भेड़ बन चुकता है, तब जनता के सामने शेर बनकर निकलता है, वह बिचारा इतना दयनीय होकर इतना घृणित बनता है। पर लगान की ज़ोर-जबर से वसूली करते वक्त जुल्मों की नई-नई ईजाद, रिश्वत लेने के नए-नए हथकंडे, लोगों से व्यक्तिगत बातों के बदले निकालने की

नई-नई तरकीबें, यह सब हर दरोगा में अलग-अलग पैमाने की होती हैं और वह अपने काम में जितना माहिर होता है, उतना ही लोग भी उससे नफरत करते हैं।

इस समय वह गिरा कि भीड़ चिल्लाई—"घेर लो!"

दरोगा और सिपाही लोग घेर लिए गए। अब दरोगा जी ने पगड़ी उतार ली और चिल्लाने लगे—"दुहाई है, मेरी पगड़ी तुम्हारे पांव पर है, बाल-बच्चे वाला हूं, माफ कर दो, अब ऐसा कभी नहीं होगा..."

उस वक्त दरोगा का एक ही मतलब था, निकल भागो, वरना कहीं इन लोगों ने मार डाला, तो सरकार तो बनी रहेगी, लेकिन अपने राम नहीं रहेंगे। बाद में तो हमीं देख लेंगे...

दरोगा चिल्लाया—"दुहाई है..."

सुखराम आग में धंस पड़ा। छप्पर अर्राया और आगे के टुकड़े खण्ड-खण्ड होकर गिर गए। सुखराम उस ताप से झुलस गया। कोई चिल्लाया—"अरे मर जाएगा..."

पर वह झपटकर चौखट पर आ गया। धुआं उसकी आंखों में लगा। उसने आंखों पर हाथ रख लिया। कसैला धुआं था। सांस से भीतर गया तो चक्कर-सा आ गया। सामने से रास्ता बन्द हो गया था। देही जैसे हार रही थी। वह आंख मींचकर आग के ऊपर से कूदा। भीतर आ गया। धुएं ने अंधेरा कर दिया था। उसी समय चौखट भरभराकर गिर गई और वह आग दग-दग, दग-दग की आवाज़ पर अंकुश की मार से चिंघाड़ते हुए हाथी की तरह बढ़ रही थी, और उसकी सूंड़ में लोहे की भयानक आघात करने वाली ज़ंजीर की तरह, अंगारों की चमड़ी जलाने वाली पांत बार-बार लुढ़कने लगती थी। वह अग्नि अब एक भयानक पीली गहराई बनकर हाहाकार करके गिरते पत्थरों को खाए जा रही थी।

सुखराम क्षण-भर को रुक गया। चौखट के भीतर से लपट भीतर पहुंचने लगी, जैसे हज़ारों मुंह वाला सांप जीभ लपलपाता हुआ भीतर बढ़ता आ रहा था, लहराता हुआ, थरथराता हुआ। सुखराम एक ओर हो गया। अब लपट ने दीवारों पर हाथ रखे तो टंगे कपड़े भय से जल उठे। कोठे रूपी छिपकली के मुंह में फंसा हुआ अंधकार रूपी कीड़ा छटपटाने लगा था और अग्नि की वह ज्वाला बाहर की एक सांपिन की जिह्वा बनकर उसे कभी-कभी चाटती, फिर जैसे वह कीड़ा अब दोनों ओर से युद्ध करने लगा हो।

सुखराम ने आंखें खोलीं। वह ऊपर की ओर भागा। अभी ज़ीने तक आग नहीं पहुंच सकी थी। यहां उसे चैन-सा आया।

जिस समय सुखराम पहुंचा, कजरी और प्यारी खड़ी-खड़ी डर से कांप रही थीं।

प्यारी रो रही थी। वह कह रही थी—"कजरी! तू मेरे संग बेकार आकर फंस गई।"

कजरी ने कहा—"मरना है तो संग मरेंगे जेठी। पर वह न जाने कहां होगा?"

"यह हूं तो!" सुखराम ने कहा।

कजरी और प्यारी उससे चिपट गईं। उनके मुंह से हर्ष का चीत्कार निकला। वे दोनों हंस उठीं।

कजरी ने कहा—"अब मैं नहीं डरती जेठी। भले ही मर जाएं।"

प्यारी ने कहा—"नहीं कजरी! तुम दोनों भाग जाओ।"

समर्पण और रक्षा के दो भाग दोनों के भेद थे।

अब वे रोने लगीं। सुखराम समझा नहीं। जैसे चारों ओर की लगी हुई आग कुछ नहीं रही। उससे ऊपर भी एक सत्य था। वे आंसू उस अतीव आनन्द के थे जो आज रुकना नहीं चाहते वे। वह एक अद्‌भुत स्फुरण था कि सुखराम आश्चर्य में क्षण-भर के लिए उस

मृत्यु के बढ़ते हुए पंजे को भूल गया, जिससे अंधकार अभी तक नीचे के कमरे में लड़ रहा था, और पल-पल हार रहा था।

"क्या हुआ?" सुखराम ने पूछा।

कजरी ने कहा—"आज हम संग मरेंगे।"

सुखराम समझा नहीं। पर उसने देखा, वह डरती नहीं थी। उसने मृत्यु पर भी जैसे साहसिका की भांति प्रेम के बल पर विजय प्राप्त कर ली थी। वह उल्लास से बैठ गई और घुटनों तक उसने लहंगा उठा दिया और अपनी नंगी टांगें सामने फैलाकर अत्यन्त गर्व और आनन्द के साथ उसकी ओर देखा और मृत्युञ्जय स्वर से विभोर होकर कह उठी—"देख बलमा, जेठी ने मेरे महावर लगाया है, इनके खून से।"

"खून!!"

देखा, रुस्तमखां मरा पड़ा था।

तभी प्यारी ठुमककर बढ़ आई और उसने सिर झुका दिया। "इधर भी तो मेरे कमेरे", प्यारी ने कहा—"छोटी ने मेरे, बांके के लहू से, टीका लगाया है।"

सुखराम चकित था। उसकी आग बुझ गई। उसके गुस्से का बदला ले लिया गया था और वह भी दो अबलाओं ने लिया! वह क्या जानता था कि अबला भी कभी-कभी कितनी विकराल हो जाती है, जब उससे और आगे सहन नहीं होता।

देखा, दोनों की लाशें पास-पास पड़ी थीं। कटारें घुसी थीं।

"मर गए!" सुखराम ने कहा।

और वह वाक्य सब कुछ कह गया, जैसे कोई विशाल इतिहास उसके दो ही शब्दों में समाप्त हो गया हो।

कजरी ने कहा—"आग!!"

प्यारी पीछे हटी। सुखराम चौंका। उसने देखा, वे घिरे हुए थे।

आग खिड़की पर सामने आ गई थी। वह सोच रहा था, जिसलिए यह सब कोलाहल था, उसका अन्त यहां पड़ा हुआ है। दोनों मरकर भी कितने घृणित लग रहे हैं। इसी आदमी का उसने इलाज किया था।

"आग!!" प्यारी चिल्लाई

हठात् सुखराम जागा। वह बाहर का कोलाहल, अग्नि की हरहराहट और प्यारी की पुकार! सुखराम चिल्लाया—"भागो!"

दोनों स्त्रियां असहाय-सी देखती रहीं। तब वह बढ़ा। पीछे का जंगला दिखाई दिया। उसमें से आदमी उतर सकता था। वह उसे ठोकरें मारने लगा। प्यारी दौड़कर बगल के कोठे से एक हथौड़ा ले आई। सुखराम ने उसे तोड़ दिया। फिर ज़ोर लगाकर उसे उखाड़ दिया।

सुखराम ने कहा—"धोती है?"

"नहीं, चादर है।" प्यारी ने कहा।

"ले आ।"

वह तीन चादर ले आई। उन्होंने शीघ्रता से उन्हें बटकर लम्बी रस्सी-सी बनाई और फिर सुखराम ने उस पर लालटेन बुझाकर, जगह-जगह तेल छिड़क दिया। रस्सी कसके एक पत्थर से बांधकर बाहर लटका दी और कहा—"कजरी, उतर!"

कजरी सर्र से उतर गई।

"उतर गई?" सुखराम ने पुकारा।

"हां। आ जाओ।"

"प्यारी, तू उतर।"

"नहीं, पहले तू उतर।"

कजरी आज्ञा पर चली थी, परन्तु प्यारी नहीं मानी। वह आज्ञा अब भी दे रही थी। सुखराम ने झल्लाकर कहा—"मैं कहता हूं, तू उतर जा!"

प्यारी की आंखों में पानी छलक आया।

परन्तु सुखराम ने ध्यान नहीं दिया।

प्यारी को उतरना पड़ा। नीचे जाकर रो पड़ी।

"क्या बात है?" कजरी ने पूछा।

वह तो वहीं रह गया।

"वह भी आ जाएगा।" कजरी ने कहा—"वह कोई बच्चा है!"

"अरी, बेवकूफ है।"

"बेवकूफ न कहियो। सुन लेगा तो ऐसा मारेगा कि याद करेगी!"

तभी सुखराम उतर आया। तीनों ने चैन की सांस ली।

चलने लगे तो कजरी ने कहा—"अरे इसे तो जला दो।"

नीचे से चादरों में आग लगा दी। लपट सांपिन-सी ऊपर चढ़ती चली गई।

तीनों एक घूरे की आड़ में आ गए।

"अब क्या होगा?" प्यारी ने कहा।

"अब तो हम आज़ाद हैं।" कजरी ने कहा।

सुखराम ने कहा—"अभी नहीं। अभी खतरा है।"

"फिर?"

"अब यहां से चलना चाहिए।"

"पर जाएंगे कहां?"

"मैं नहीं जानता।"

"अब तू न जानेगा तो काम कैसे चलेगा?"

वह सोच में पड़ गया। उधर कोलाहल अब भी हो रहा था। यहां सन्नाटे में से वह स्वर बड़ा भयानक-सा लग रहा था। कजरी उसे अवाक्-सी देख रही थी।

प्यारी ने कहा—"तू झुलस तो नहीं गया ऊपर से आते में?"

"नहीं।" सुखराम ने कहा।

"आज मैं जनमहारी, मैं तो समझी थी, जल के दोनों यही मर जाएंगी।"

"सच जेठी", कजरी ने कहा—"मैं तो डर गई थी।"

आग धधक उठी और फिर छत पर दिखाई देने लगी थी। जिस जंगले में से ये आए थे अब उसमें से कभी-कभी झल्ल-सी निकलती थी और हवा पर लौट जाती थी। उस समय रात अपने आक्रोश से चिल्लाने लगी थी, क्यों आग की बगावत अंधेरे पर जैसे धुआंधार गोलाबारी कर रही थी।

वे भाग चले। बाईं ओर की झाड़ियां पार कीं। वहां तक तो कोई डर नहीं था। उसके बाद एक मन्दिर का पिछवाड़ा था। इसके बाद वे लोग एक दगरे के पास पहुंचे। उसे पार करके असली मुसीबत आई। वहां माली रहते थे। सुखराम रुक गया। तब वे उस समय फिर बायें हाथ को मुड़े और भागे। कुछ दूर चलने पर झील की हर-हर सुनाई देने लगी। वे अब खतरे से बाहर आ गए थे। जब वहां कोई नहीं दिखा तब वे आगे बढ़े। उस नीरव

रास्ते पर भागते हुए गीदड़ मिल जाते थे। वे उन्हें डराते-भगाते हुए अन्त में फुलवाड़ी में पहुंचे।

घने वृक्षों की छाया में वे रुक गए।

"क्यों क्या हुआ?" कजरी ने पूछा।

सुखराम गांव की ओर देख रहा था।

"भागते चलो, अभी खतरा पार नहीं हुआ।"

सुखराम भविष्य की चिन्ता कर रहा था। सारा उत्तरदायित्व मूलतः उसी पर तो था। अब कहां जाएं? जो कुछ हो गया है वह सब कितना भयानक था! और कितना सुख दे रहा था!

पर फिर भी चैन नहीं था। क्योंकि उसके पीछे एक आतंक की भावना निहित थी।

प्यारी ने कहा—"चमारों पर जाने क्या बीतेगी!"

"मेरे सामने डण्डे बरसने लगे थे।"

"फिर?"

"दरोगा भाग गया था। उसके बाद मैं यहां आ गया, मुझे मालूम नहीं।"

अचानक बंदूकें चलने की आवाज़ आई।

प्यारी ने कहा—"पीछे फिर पुलिस आई हो।"

"गोली चल तो रही है।" कजरी ने कहा।

सुखराम कांप उठा। कहा—"और आज बहुत-से बेकसूर आदमी मारे जाएंगे।"

उसकी बात सुनकर दोनों स्त्रियां थर्रा उठीं।

वे तीनों फुलवाड़ी से जंगल में घुस गए। चारों ओर भयानकता छा रही थी। सन्नाटा था। फुलवाड़ी के पेड़ों पर स्निग्धता थी। यहां के वे ऊबड़-खाबड़ रास्ते और गुंजान पेड़ देखकर एक भय का-सा आभास होता था। झाड़ियां बड़ी सघन थीं। देखते ही भ्रम होता था कि इनके पीछे कोई न कोई खूनी जानवर ज़रूर छिपा होगा।

कजरी और प्यारी के हाथ नंगे थे। सुखराम के पास कटार अवश्य थी। उस समय सुखराम ने बल लगाकर दो हरी, पर मज़बूत डालियां एक पेड़ में से काटीं, जो डंडों का काम दे सकती थीं और वे दोनों को दे दीं। वे फिर चलने लगे, परन्तु प्यारी बैठ गई, पेट पकड़कर।

"क्या हुआ?" सुखराम ने आतुर स्वर में पूछा।

"उसने इसके पेट में लात दी थी।"

"बांके ने?"

"नहीं, रुस्तमखां ने।"

"पास चली गई होगी?"

"नहीं, मुझे बचाने आई थी।"

सुखराम बैठ गया। कजरी ने कहा—"बहुत दर्द होता है?"

"अभी तक तो न था," प्यारी ने कहा—"अब होने लग गया है।"

"आह!" उसके मुख से निकला और वह क्षण-भर के लिए वहीं लेट गई। कजरी ने उसका सिर उठाकर गोद में ले लिया।

पर सुखराम ने कहा—"यहां तो जगह ठीक नहीं है, प्यारी। हमें यहां से भाग चलना चाहिए।"

"चलो।" प्यारी दर्द में भी उठ बैठी।

कजरी ने कहा–"पर तू चलेगी कैसे?"

"जहां तक हो सकेगा चलूंगी, नहीं चल सकूं तो वहीं छोड़ जाना।"

"क्या मतलब?" कजरी ने कहा–"देखा तूने!" उसने सुखराम से कहा–"क्या कहती है!"

सुखराम ने कहा–"मैं क्या जानूं भला।"

"तू इसे पीठ पे धरके ले चल न!" कजरी ने कहा।

"तू ले चलेगा?" प्यारी ने चौंककर कहा। उसे जैसे उसके बल में संशय था। कजरी ने ऐसे देखा जैसे प्यारी पर उसे दया आ रही हो। उसके विचार में वह निरीह थी। इतने पास रहकर भी यह कुछ नहीं जानती। सचमुच ये दोनों कभी एक-दूसरे के पास आए ही नहीं। यह सारा खिंचाव, यह सारी लगन तो बचपन की प्रीत है। हो ही जाती है। प्यारी अपने को सुखराम से अकलमंद समझती है। बड़ा भी समझती है। तभी वह उसे एक दिन छोड़कर चली गई थी। पर आदत तो अब भी वही पुरानी पड़ी हुई है।

सुखराम ने शरमाकर सिर झुका लिया। असल ताकतवर मर्द अमूमन अपने ऊपर घमंड नहीं करता। सच तो यह है कि वह अपनी ताकत असल में पूरी तरह से जानता ही नहीं।

कजरी ने कहा–"अरी ये तो मुझे पीठ पे धर के पहाड़ पे चढ़ गया था।"

उसके स्वर की उस प्रशंसा से प्यारी चौंक उठी। उसने अचानक ही पूछा–"कब?"

उस स्वर में एक कौतूहल था कि जाने कब का इतिहास है जो तुमने मुझे आज तक नहीं बताया है। और उसकी समझ में आया कि उसकी अनुपस्थिति में जाने क्या-क्या हुआ होगा।

"फिर बात करियो", कजरी ने कहा–"तू चली चल अब। कोई परमेसुरा इधर आ गया तो आफत हो जाएगी। यों पकड़े जाएंगे कि रात को जंगल में बैठे क्या चोरी करने की टोह ले रहे थे? बस इत्ता-सा बहाना है और यह दो खून क्या हो गए हैं, काले पानी ही पहुंचेंगे तीनों।"

कजरी ने प्यारी की कमर पकड़ के झटके से उठा दिया और सुखराम ने उसे पीठ पर चढ़ा लिया। प्यारी ने गला पीछे से पकड़ लिया और निढाल होकर सिर एक ओर कंधे पर टिक गया। कजरी ने कहा–"सौत न बनाए भगवान। मरैगी, पर पहले कुढ़ लेगी।"

प्यारी मुस्करा दी।

"धूं-धूं" की आवाज़ गूंज उठी।

"यह क्या है?" प्यारी ने पूछा।

सुखराम गांव की ओर देखने लगा।

कजरी ने कहा–"वही है, और क्या? अभी खतम नहीं हुआ है शायद। क्यों? दूर बन्दूकें चलने की आवाज़ आ रही है न?"

"हां" सुखराम ने कहा–"चमार भागे न होंगे। उन्हें बहुत गुस्सा था।"

"पर अब तो धूपो ही न रही।"

सुखराम ने कहा–"बड़ी सती थी वह!!" और एक लम्बी सांस ली। उस पुण्य स्मृति से तीनों क्षण-भर के लिए चुप हो गए। वह कितनी प्रोज्ज्वल और पवित्र याद थी! वह अपने-आपमें उतनी ही पूर्ण थी जितनी भक्ति होती है, जिसमें समर्पण के अतिरिक्त कुछ नहीं होता।

आसमान में अब आग की लपटें नहीं दिखाई देती थीं, पर एक उजाला खास गांव वाले हिस्से की ओर दिखाई देता था। वहां जैसे कोई विराट भट्ठी सुलग रही थी।

और वह जो गोलियां चल रही थीं, वे अत्याचार का वह भीषण प्रतीक थीं। लोहे

की गोलियां इंसान की ज़िन्दगी को खाए जा रही थीं। वह जीवन, जिसे जन्म देने के लिए माता अनेक कष्ट उठाती है और कठिनाई से पालती-पोसती है, वह इस तरह नष्ट कर दिया जा सकता था कि जैसे वह सब व्यर्थ था। यदि उसी जीवन को सुधारा जाता तो इस पृथ्वी पर न जाने कितना ज्ञान होता! परन्तु यह चिन्तन सुखराम का नहीं था। वह केवल एक संवेदना से आर्त्त था।

अधूरा किला अब काला-काला-सा खड़ा था। उसके ऊपरी भाग पर कभी-कभी उस आग की दूर से पड़ने वाली चमक खेल जाती थी। इसी धरती पर हुए असंख्य नाटकों में से एक गत युग का पर्दा बना हुआ वह ऐसे टंगा था जैसे अब उसका इतना ही मूल्य था कि उसके सामने से नवयुवक के पात्र निकल जाएं।

सुखराम ने प्यारी को पीठ पर बिठाकर भागना शुरू किया। कजरी साथ भागने लगी। वह थोड़ी दूर भागकर ही हांफ गई।

बोली—"बजमारा कैसे लिए उड़ा जा रहा है! मुझे उठाता था तो पग-पग पर कोसता जाता था।"

सुखराम हंस दिया।

प्यारी ने कहा—"जलै मत कजरी! मैं तेरे पांव धो-धो के पिऊंगी।"

"मर न जाऊंगी मैं", कजरी ने कहा—"तूने मुझे ऐसी बेहया समझा है क्या? मुझे सौगन्ध है जो मैं तेरे पांव दबाके न सुलाऊं तुझे। मैं तो तेरे पैताने सोऊंगी जेठी।"

"नहीं कजरी", प्यारी ने कहा—"तू खेल-कूद! बाकी सब काम मैं करूंगी। तुझे रोटी भी न ठोकने दूंगी।"

"मेरा यह हक न छीन जेठी।" कजरी ने कहा—"मरद की जात बड़ी मतलब की होती है। वह उसे नहीं चाहता जो चूल्हे के सामने नहीं गलती। ऐसी चालाक न बन।"

"मैं तो तेरे आराम की कहती हूं कजरी।"

"आराम तो भला जेठी, पर पेड़ की जड़ धरती और लुगाई की जड़ चूल्हा।" जो ऐसे नहीं चलती, तब तो बस मरद उसे मन-बहलावे का खिलौना समझने लगता है। रोटी खिलाओ तो गुन मानता है और सिर झुकाता है। सानी करके धर दो, चुपचाप जुआ ढोता रहेगा।"

"अरी जा।" सुखराम ने कहा—"तुझे मैंने असल में सिर चढ़ा लिया है बहुत।"

"सुनती है जेठी!" कजरी ने कहा—"तेरे नाम की धौंस देकर मुझे दबा रहा है, और मौका पड़ेगा तो मेरे नाम की धौंस देकर तुझपै अहसान करेगा ये! मैं कहती न थी, बड़ा चालाक है?"

"मैं तो अब भगत हो जाऊंगा!" सुखराम ने हंसी की—"सब छोड़ जाऊंगा। ऐसा मुझे घेर लिया है तुम दोनों ने!"

"सो न डरा", कजरी ने कहा—"बगुला अगर भगत बनेगा तो भी बिलैया (बिल्ली) भगतिन नहीं छोड़ेगी।"

वे हंस दिए।

"तू बड़ी बातून है।" प्यारी ने कहा—"तूने बातों से ही जीत रखा है सब।"

"फिर तू वही बात दुहराने लगी!" कजरी ने कहा—"मैं इत्ता कम बोलती हूं, तेरे अदब के मारे!"

प्यारी फिर हंसी। कहा—"राम रे! यह तो तब हाल है जब अदब से तू कम बोलती है। क्यों छोटी, कहीं अदब उठ गया तो तू कितना बोलेगी?"

सुखराम रुक गया। कजरी रुककर ज़ोर-ज़ोर से हांफने लगी थी। सांस इकट्ठी कर रही थी।

''बाप रे'', सुखराम ने कहा—''अभी एक-डेढ़ कोस का घेर है।''

''सीधे जाते तो कभी के पहुंच जाते।'' कजरी ने कहा।

''पर कोई देख लेता तो?'' प्यारी ने कहा।

''पुलिस में सीधे बंद।'' सुखराम ने कहा—''फिर वह हंटर पड़ते! उन्होंने तो सोचा होगा कि सब मर गए, पर ठठरियां तो उन्हें दो ही मिलेंगी। शक न होगा?''

''तो क्या हम डेरे में नहीं रह सकते?'' कजरी ने पूछा—''हम तो किसी से कुछ नहीं कहते?''

''अरी! अब तू किसी से कह या मत कह। खून तो हो ही गया।''

''नहीं, पुलिस पकड़ेगी तो मैं कह दूंगी—मैं नहीं जानती।''

''अहा, बड़ी भोली है तू! फिर कहेगी न, तब क्या होगा जानती है?''

''नहीं तो।''

सुखराम ने कहा—''फिर दरोगानी तुझे हलुआ-पूरी परोस के देगी। तू खा लेना। फिर क्या होगा जानती है?''

''ऐ मरने दे सबको। हम क्या बंधे हैं, यहां से भाग जो चलें।'' कजरी ने कहा—''जहां से मेरा बाप आया था, हम वहीं जो चले जाएं। डांग के पूरब में गुजराती नट हैं, उनके आगे पहलवान नट हैं, हम उनके आगे करनटों में जा छिपेंगे। करनटों की बस्ती तो ऐसी है कि वहां कोई डर ही नहीं। एक बार चलकर देख तो सही। वहां तो ऐसे लोग हैं जो तुझे अधूरे किले का मालक बनवाने को जान की बाज़ी लगा दें।''

''वहां कोई नहीं आएगा?'' सुखराम ने पूछा।

''आएगा कौन? पहाड़ है, जंगल है, वहां पुलिस वाले डर के मारे नहीं जाते। एक गया था तो मारा सुसरे को खूब। ऐसा पिटा! ऐसा पिटा!! और फिर नटों का राजा हमें सरन देगा!'' प्यारी ने कहा—''वहां के गूजर हैं। चाहे जिसकी भैंस खोल लाएं। राजा को रुपया देते हैं तो चौधरी पहाड़ के नीचे उतरता है, दरोगा-तहसीलदार सब भैया-भैया कहते हैं। दिन-दहाड़े गोली चलती है, वहां नहीं चलती किसी की। राजा के लिए सब जान देते हैं। पर भीतरी मामलों में सब आज़ाद हैं।'' और कजरी ने लम्बी सांस लेकर कहा—''हाय, मैं तो थक गई। ज़रा सुस्ता लें न?''

''तो ठहरो'', प्यारी ने कहा—''मैं बताऊं। कजरी, मैं चल लूंगी, तू इसकी पीठ पे आ जा।''

प्यारी ने बहुत ही ईमानदारी से कहा था। उसे लग रहा था कि कजरी सचमुच थक गई होगी।

''ऐसा हाथ दूंगा'', सुखराम ने कहा—''सुसरियों ने पीस खाया। मैं तो चक्की के पाटों में आ गया। तुम दोनों को बारी-बारी से लादूं, सो तुम्हारा गधा हूं?''

''अच्छा, अच्छा।'' कजरी ने कहा—''रहने दे। मुझपर अहसान न कर! एक का ही गधा बना रह। वहां तक तो तुझे बुरा नहीं लगता न? मैं तो वैसी ही भली।''

तीनों हंस दिए। परन्तु समस्या थी। सुखराम ने कहा—''तुम दोनों यहीं रहो। मैं अपना बकस ले आता हूं डेरे से।''

उसमें चित्र था ठकुरानी का।

''पर हम रहेंगी कहां?'' प्यारी ने कहा।

कजरी ने कहा—"अच्छा तुम बैठो। मैं बकस ले आती हूं डेरे से।"

"तू डरेगी तो नहीं?" सुखराम ने कहा।

"भला क्यों न डरूंगी!" कजरी ने कहा—"तू ही तो एक नाहर रह गया है जगत में!"

कजरी चलने लगी। कहा—"यहीं रहना। अभी आती हूं।"

"अरी सुन", सुखराम ने कहा—"ये कटार ले जा।"

वह कटार लेकर चली गई।

कुछ देर बाद प्यारी धरती पर लेटी हुई कराह उठी।

"क्या हुआ?" सुखराम ने पूछा।

"दरद होता है।"

"अब भी होता है?"

"हां।"

"कहां? बतइयो!"

"यह देख, यहां।"

प्यारी ने उसका हाथ पकड़कर पेट पर जगह बताई।

"कैसी नरम जगह है!" सुखराम ने कहा। फिर उसने कहा—"औरत का पेट धरती माता की तरह होता है। उसपर वही लात दे सकता है, जो बिल्कुल जिनावर हो। आज से नहीं, सदा से ही मानुस इस कोख की इज्जत करता आया है, क्योंकि यह भगवान को अपनी दुनिया की दया दिखाती है। प्यारी!"

वह बोली—"क्या है?"

"ठीक हो जाएगी, बिल्कुल।" सुखराम ने कहा—"तुझे याद है! मेरी मां कितनी अच्छी थी। वह मेरे लिए मर गई थी।"

और तब प्यारी को वह पहला दिन याद आया। उस समय वही तो थी जो अपने बाप से उसके लिए मचल गई थी और फिर उसने उसी संरक्षण को स्थापित करके अपनी आकांक्षा का प्रसार किया था।

वह आंख मींचकर सोचती रही। सुखराम ने अब बीड़ी सुलगाई और प्यारी को भी एक बीड़ी दी। दोनों धुआं उड़ाते हुए सोचते रहे। अब रात ढलने लगी थी। आकाश में असंख्य तारे दिखाई दे रहे थे और हवा अब कम हो चली थी।

कजरी आ गई। सिर पर बक्स था, पीठ पर एक बोरी थी। वह हांफ रही थी।

"इसमें क्या है?" प्यारी ने कहा।

"जो अच्छा सामान था सब बटोर लाई हूं।" कजरी ने कहा—"फिर मिलता न मिलता। मैंने तो खाट भी तोड़कर इसमें डाल ली है। अब ठोकते ही बन जाएगी।"

देखा, सचमुच उसमें से पाटियां निकल रही थीं।

"यू तो" प्यारी ने कहा—"बड़ी जोरदार है।"

"क्यों?"

"मुझसे तो इतना सब न उठता।"

"सब उठता लाड़ो!" कजरी ने कहा—"तेरी तो इसने आदत बिगाड़ रखी थी।"

"अब तू सुधार लीजो।" प्यारी ने कहा।

फिर तीनों पहाड़ की ओर चल दिए। धीरे-धीरे...

25

चलते-चलते सुखराम ने पूछा—"कजरी! तुझे वहां किसी ने देखा?"

"किसी ने नहीं।" कजरी ने कहा—मैं दबे पांव गई। जानती थी, जो देखेगा सो ही पूछेगा।"

"मंगू था।"

"मुझे तो नहीं मिला।"

"घोड़ा क्या किया?"

कजरी ने कहा—"घोड़ा खोल दिया मैंने।"

सुखराम को दुःख हुआ। पूछा—"भूरा कहां गया?"

"वह मिला नहीं। पुकारा भी। कहीं इधर-उधर ही गया होगा।"

"अब लौटेगा तो ढूंढ़ेगा।"

"जरूर ढूंढेगा।" प्यारी ने कहा—"वह बड़ा अच्छा है और कुत्ते वफा में कमाल करते हैं।"

सुखराम सुनता रहा। बोला—"उसे मैंने बड़े प्यार से पाला था। पर वह अब बुड्ढा भी हो गया है। एक-आध साल ही जिएगा और रात-रात भर रखवाली करता था। मैं तो चैन से सो जाया करता था। पर डेरे के बाकी कपड़े का क्या हुआ?"

"सब गला-गलाया तो था।" कजरी ने कहा—"उसमें से क्या ले आती?"

पहाड़ की चढ़ाई शुरू हो गई थी। चारों ओर ढोके खड़े हुए थे। कजरी ने बक्स उतारकर धर दिया।

"क्यों?" सुखराम ने कहा।

"मुझसे नहीं चला जाता।"

"अरी तू थक गई?"

"अच्छा, मैं जैसे मानुस नहीं हूं। मैं थक ही नहीं सकती।"

सुखराम ने कहा—"वह देख, सामने देखती है? वहां जरूर कोई आसरा होगा। मुझे लगता है, वहां जरूर कोई है। वहां तक चली चल न?"

"नहीं। वह क्या कम दूर है?"

"फिर कैसे होगा?" सुखराम ने कहा—"बड़ी जल्दी थक गई तू?"

"जल्दी थक गई?" पहले तो भगाया मुझे। फिर डेढ़ कोस गई, डेढ़ कोस आई, तमाम सामान लादा और अब फिर चल, फिर चल। जिस पर सारी लदाई मेरे ही सिर पर।" उसने बच्चे की तरह रूठकर सिर हिलाया। सुखराम मुस्कराया। कजरी ने कहा—"मुझसे नहीं चला जाता, नहीं चला जाता।" कजरी ने रोष से स्पष्ट कर दिया।

"ठीक कहती है तू।" प्यारी ने कहा।

"तो तू उठा ले न?" सुखराम ने कहा।

"मैं उठा लूंगी। जित्ता चल सकूंगी उत्ता चल लूंगी।" प्यारी ने कहा—"तू समझता है मैं हरामिन हूं?"

प्यारी बढ़ी।

कजरी ने कहा—"क्या है?"

"ला इसे मेरे मूंड पर धर दे।"

"धर दूं?" कजरी ने सिर हिलाया।

"तेरी सौगन्ध, मैं ले चलूंगी।"

"रहन दे परमेसुरी। आप तो अपने को ढोया नहीं जाता, बकस ढोएगी?"

"तू यह समझ कि मैं बल पा गई हूं।"

"क्यों?"

"अब मैं कहती हूं।"

"अच्छा।" कजरी ने कहा—"तू यह समझती है कि मैंने जलन के मारे कहा था! तू है ही कमीन।" वह रो दी। प्यारी ने बुरा न माना। जवाब नहीं दिया स्नेह से उसके सिर पर हाथ फेरा। उसकी आंखों से दो बूंद आंसू निकल आए और उसने उसे छाती से लगा लिया।

"अरे तू रोती है!" सुखराम ने कहा—"कजरी ने तो कुछ बुरी नीयत से नहीं कहा था।"

"तू बीच में बोलने वाला कौन है?" प्यारी ने कहा—"तू समझता है, मैं इसे नहीं समझती?"

"प्यारी ठीक कहती है।" कजरी ने कहा—"दोनों को लड़ाने का मौका ढूंढ़ा करता है, जेठी! अरे औरत में ही समवाई होती है। एक-एक के साथ कितनी कितनी नहीं जनम गवा देतीं। हम तो खैर नटनी हैं, यह मन की बात है, वैसे देख ले आन बिरादरी में, बाप कसाई के हाथ दे देता है, तो बोटी-बोटी कट जाए पर चूं तक नहीं करती और मरद! औरत को देख के मालिक बन जाता है। लुगाई को पांव की जूती समझता है।"

"अरे तू ऊंच जात वालियों की बात करती है। गूजर, मैना, माली सब धरेजना करती हैं।" सुखराम ने डांटा।

"क्या करें बिचारी! पेट को कहां छोड़ जाएं। दो रोटी का सहारा न हो तो क्या मर जाएं। अरे कौन देता है! किसी न किसी की तो होके ही रहेगी। नहीं तो उसके बच्चों को पालेगा कौन? अब धूपो ने नहीं किया तो निर्बल जान के बदमाशों ने उसे मिटा दिया कि नहीं?"

"तो मरद को क्यों कोसती है?" सुखराम ने कहा, "नौकरी रखे तो दाम कहां? रोटी करने वाली न होय तो खाए कहां? दो रोटी के लिए यह लुगाई ढूंढ़ता है।"

"सो तो है ही," कजरी ने कहा—"यों ही दुनिया चलती है। एक-दूसरे का सहारा लेकर काम चलता है। मरद कहे कमाऊं नहीं, औरत कहे काम न करूं, तो दोनों क्या एक-दूसरे को संभालेंगे? हमारे नटों में मर्द हरामी होते हैं, तभी तो नटनियों को अच्छा-बुरा करके पेट पालना पड़ता है। दुनिया ही ऐसी है। जहां औरत बूढ़ी हुई, फिर कौन पूछता है?"

तर्क उठते थे, परन्तु उनकी समस्या का हल नहीं निकल पाता था। वे उसके बन्धन थे। स्त्री के अधिकारों ने मांग तो की, किन्तु वह मांग स्पष्ट नहीं हुई, न पुरुष की सत्ता की ही व्याख्या हो सकी।

कुछ देर बाद सुखराम ने कहा—"लो, बीड़ी पी लो।"

तीनों ने बीड़ी पी। फिर सुखराम ने कहा—"अब चलो।"

कजरी ने कहा—"चल।"

तीनों उठ खड़े हुए।

बोरी को प्यारी ने उठाया। भारी थी। गिर गई।

"नहीं उठती तुझसे?" सुखराम ने कहा।

"पेट में दरद होता है उठाती हूं तो।"

"तो रहने दे।" कजरी ने कहा।

सुखराम आगे आया। कहा—"बोरी मुझे दे दे।"

उसने बोरी उठा ली। बक्स रह गया। उसकी ओर उसने मुस्कराकर देखा।

प्यारी ने कजरी की विवशता को देखकर उसकी ओर से कहा—"क्यों सुखराम, तू मरद है, तू ही न ले चल!"

"सो तो हूं।" सुखराम ने कहा—"पर दुनिया के कुछ नेम भी तो हैं।"

"सो कैसे?" प्यारी ने पूछा।

सुखराम ने कहा—"मैं तो उजर नहीं करता। पर तू ही जरा सोच। सच कह। यह काम औरत का है। दो-दो मेरे संग चलेंगी और मैं बोझ ढोऊंगा तो कोई देख के हंसेगा नहीं?"

"हंसेगा क्यों?" प्यारी ने कहा।

"यों कहेगा, दोनों का चाकर है।" सुखराम ने कहा।

"कह लेगा तो तेरा कुछ बिगड़ जाएगा?" प्यारी ने कहा—"तुझे दूसरों की फिकर है, अपनों की नहीं? पहले घर देख तब द्वार में से बाहर झांक।"

कजरी ने कहा—"रहने दे जेठी। यह अपने को राजा भी समझता है। इसमें ठाकुर की बू भी तो है। पर ठाकुर लुगाई को हाथ हिलाते देखकर झल्लाता है। बस घर का काम कराता है। रोटी देता है। पर्दा वह कराता है तो पर्दे का इन्तजाम भी तो करता है। कै तो नट रह ले, कै ठाकुर बन जा। ला मैं पर्दा करूं, तुझमें करवाने की ताकत है? सब इन्तजाम कर। ठकुरानी को कोई छेड़ै तो सारे ठाकुर तेगा लेके आते हैं, नटिनी को कोई भी छेड़ जाए।"

हंसकर प्यारी ने कहा—"सो तो पंचों की राय सिर-आंखों पर, पर परनाला यहीं से बहेगा।" उसने बक्स उठा लिया।

अभी वे लोग बढ़े ही थे कि आवाज़ आई। उस बीहड़ दर्रे में खौफनाक पत्थरों के बीच में उस आवाज़ को सुनकर सुखराम के सिर पर भय का भाव नहीं जागा, जिज्ञासा ने सिर उठाया। पत्थर काले-काले-से दिखाई दे रहे थे। पानी का बरसाती बहाव उसी रास्ते से होने के कारण छोटे-छोटे पत्थर उधर बहुत थे और उन पर चलने से पांव सहज ही टिकता नहीं था।

वे चौंक उठीं। धीरे-धीरे आवाज पास आने लगी थी। सुखराम अंधेरे में आहट लेता रहा। कान के पास मुंह ले जाकर धीरे से फुसफुसाकर प्यारी ने कहा—"कोई जिनावर होगा।"

कजरी ने कहा—"नहीं, मानुस लगते हैं।"

"कौन होंगे?" वह डरी।

"राम जाने।"

प्यारी ने कहा—"खूनी होंगे!"

"डरै मत।"

"नहीं, डरती नहीं। पर वह हम दो के संग है। अकेला है। कैसे सम्भालेगा सब!"

कजरी ने प्यारी को पकड़ लिया। वह स्वयं संत्रस्त थी। उस स्पर्श में जहां सांत्वना ली गई थी, वहीं दी गई थी। यह पारस्परिक सहिष्णुता का आदान-प्रदान था, संबल को जैसे संबल ने पकड़ा था।

सुखराम चिल्लाया—"कौन है?"

पहाड़ में वह आवाज प्रतिध्वनित होकर लौट आई और पत्थर जैसे चिल्ला उठे—कौन है? कौन है?

ढोकों के पीछे से एक भयानक-सा आदमी निकला। वह तारों की छांव में बलिष्ठ-सा दिखाई दिया। उसकी काली और घनी दाढ़ी ऊपर की तरफ चढ़ी हुई थी। वह मारवाड़ी ढंग का पुराना अंगरखा पहने था, जिसमें उसकी छाती का हिस्सा दिखाई देता था। उसने

धोती पहन रखी थी, दुलांगी। सिर पर पग्गड़ था। वह देखकर भला आदमी नहीं लगता था। उसकी आंखें कुछ डरावनी और चढ़ी हुई-सी थीं। वह रंग का काला था। उसने तीनों को घूरा।

उसकी आंखें कजरी और प्यारी पर पड़ीं। प्यारी चुप रही, पर कजरी कह ही उठी—"देखो कमबख्त को! कैसा घूरता है, जैसे खा ही जाएगा!"

वह आने वाला आदमी हंसा। उसके सफेद-सफेद दांत चमक उठे। सुखराम ने उसकी वह गाढ़ी आवाज झटके ले-लेकर उसके गले से निकलती देखी। फिर उसने एक क्रुद्ध स्वर में कहा—"तुम कौन हो?"

"परदेसी हैं।" कजरी ने कहा।

"इधर किस देश को जाते हो?" उस आदमी ने व्यंग्य से कहा।

"डांग को।" सुखराम ने कहा।

"कौन लोग हो?"

"करनट हैं।"

"दिन में क्यों नहीं जाते?"

तीनों चुप। उस आदमी ने कहा—"यहां मेरी अमलदारी है, जानते हो? पुलिस के आदमी आते हैं तो मैं उन्हें नहीं छोड़ता।"

"हम पुलिस से डरकर ही रात को जाते हैं।" सुखराम ने कहा।

"क्यों, क्या कतल किया है?" उसने पूछा।

नहीं, चोरी लगाई है हमपर।"

"करनट पर लगाई है?" उसने कहा—"तू तौ हाथ की सफाई में हुनरबाज होगा!"

"मैं चोर नहीं हूं," सुखराम ने कहा—"मैं डाकू बन सकता हूं पर चोर नहीं हूं।"

वह आदमी बड़े जोर से हंसा। उसका हास्य जब समाप्त हुआ तो उसने पुकारा—"खड़गसिंह!"

"हां सरदार!" कहते हुए एक आदमी और निकल आया। उसके पीछे चार आदमी और थे। उनके कंधों पर गठरियां थीं।

"देखा तूने!" सरदार ने कहा—"मुंह तो देख इस करनट का!"

"देख लिया, क्यों?" एक ने कहा।

"यह कहता है—चोर नहीं है, डाकू बन सकता है!"

तब वे सब हंस पड़े। कजरी से न रहा गया। कहा—"हंसते क्यों हो? जोर अजमा के देख लो न?"

"फिर देख लेंगे।" खड़गसिंह ने कहा—"पहले अपना सबूत दो, बक्स दिखाओ।"

"क्यों?" कजरी ने कहा।

प्यारी ने चुपचाप उसे नोचा। चुप रहने का इशारा किया। पर कजरी न डरी। कहा—"तुम कौन हो जो दिखा दें? अगर हम चोर हैं, और हमारे पास माल है, तो तुम कैसे देख लोगे? जो होए तौ छीन लो।"

उस समय उनके चारों ओर और कुछ लोग निकल आए। उनके हाथों में बल्लम थीं, चारों ओर से उठी हुई, सधी हुई।

कजरी ने कहा—"ये न्याव है?"

सरदार हंसा, और अपने कठोर स्वर में कहा—"बहुत बक-बक मत कर!"

कजरी ने फिर कुछ कहना चाहा पर प्यारी ने कान में कहा—"कजरी! तुझे सौगन्ध है, चुप रह। ये लोग डाकू लगते हैं। इन्हें दया नहीं होती। काट देंगे।"

सुखराम ने कहा—"दिखा बोरी।"

प्यारी ने बैठकर बक्स धर दिया। कहा—"देख लो।"

वह हट गई। खड़गसिंह आगे बढ़ा। उस समय सुखराम ने अपनी कनखियों से देखा, सरदार ने इशारा किया। चारों ओर से बल्लम वाले पास आ गए। खड़गसिंह ने बैठकर कहा—"अरे इसमें तो ताला भी नहीं!"

उसकी बात सुनकर सरदार चौंका।

बक्स खुला। पुराने दो-चार कपड़े और एक तस्वीर।

"यह क्या है?"

"तस्वीर है एक।" खड़गसिंह ने कहा।

सरदोर के इशारे पर एक दियासलाई जलाकर रोशनी की।

तस्वीर देख सरदार ने कहा—"यह कौन है?"

सुखराम सोचने लगा। क्या कहे? क्या वह बताए कि यह चित्र किसका है!

कजरी ने समस्या तुरन्त हल कर दी। कहा—"क्या करोगे जानकर?"

"इस पर बड़ा माल है। हीरे-मोतियों में ढकी हुई है।" सरदार ने कहा।

"मालकिन थी पुरानी।" कजरी ने कहा—"उस पे माल न होगा तो क्या हम-तुम पे होगा? तुम भी भिखारी, हम भी भिखारी!"

"ऐ!" खड़गसिंह ने कहा—"कैसे बोलती है? जानती है किससे बात कर रही है?"

"इस जंगल-पहाड़ के इलाकेदार से।" प्यारी ने कहा, जैसे रहा न गया।

"हैं?" सरदार ने तस्वीर की ओर देखकर पूछा। वह जैसे अपने ही मतलब की सोच रहा था। वे हीरे! वे मोती! वे डाकू को विचलित कर रहे थे।

सुखराम ने ठंडी सांस ली और कहा—"ठकुरानी! कहां? वह ही होती तो क्या बात थी! बेचारी मर गई।"

"इसका घर कहां है?"

सुखराम ने कहा—"राजा के खानदान की थी। बंस नास हो गया। राजा ने जमीन-जैजात पर कब्जा कर लिया।"

डाकू की आशा टूट गई। पूछा—"कहां जाओगे! डांग में?"

"हां।" सुखराम ने कहा।

"चले जाओ।"

"कै दिन का रास्ता है?"

"कल दुपहर ढले पहुंच जाओगे।"

"हमारा कोई सहारा नहीं।" कजरी ने कहा—"भूखे हैं।"

"खड़गसिंह!" डाकू ने कहा—"इन्हें आटा दे दो।"

"हां सरदार," खड़गसिंह ने इशारा किया। उन गठरी वालों में से एक ने गठरी उतार दी। आटा दिया।

"और दे दे महाराज थोड़ा।" प्यारी ने कहा—"तुझे आसीस देंगे। तू राजा है!"

आटा ले लिया। खड़गसिंह ने सुखराम से कहा—"आदमी तो डीलडौल का है। कुछ दम भी है?"

"गरीब आदमी हैं हम!" सुखराम ने दांत निकालकर कहा।

खड़गसिंह ने झटाक से चांटा दिया। सुखराम ने झपटकर उसे पकड़ लिया और उठाके फेंक दिया। औरतें भय से चीख उठीं। खड़गसिंह ने उठते हुए कहा—"शाबाश! सरदार, आदमी काम का है।"

सरदार ने हंसकर कहा—"है तो!"

अब परस्पर मित्रता-सी हो गई। सुखराम ने कहा—"सरदार, तुम मालक हो। थोड़ा गुड़ और दे जाओ तो पेट भर जाएगा।"

"दे दे रे!" खड़गसिंह ने कहा।

गुड़ देकर वे चले गए।

सुखराम ने कहा—"चलो री, एक किनारे चले चलें।"

वे एक बड़े पत्थर पर आ गए। धौ के पेड़ खड़े थे।

"बड़ी भूख लग रही है मुझे।" सुखराम ने कहा।

"रात को खाया भी तो नहीं कुछ। बस कल दुपहर को खाया था।" प्यारी ने कहा—"कजरी!"

"हां जेठी।"

"जा, पत्थर बटोर ला।"

कजरी पत्थर बटोर लाई। अब के प्यारी ने कहा—"जा, जरा लकड़ियां बीन ला।"

गई। लाई। अब चूल्हा जला। बोरे में से थाली निकाली। आटा डाला और कजरी से कहा—"जा, पानी ले आ।"

कजरी लोटा लेकर चली गई।

सुखराम लेट गया। उसे झपकी आ गई थी। प्यारी ने तवा चूल्हे के पास रख लिया और कजरी की बाट देखने लगी। इस बीच गुड़ का छोटा-सा टुकड़ा मुंह में डालकर चूसने लगी। बड़ा अच्छा लगा। भूख बड़े जोर से लग रही थी।

रात के उस निर्जन सन्नाटे में वे वहां जीवन का प्रबन्ध कर रहे थे। सुखराम ने पांव फैला दिए। प्यारी ने देखा, वह अब नींद में था। पुकारा—"अरे तू तो सो गया!"

"काम कर, काम!" सुखराम ने कहा और करवट बदल ली।

सामने ताल से पानी लेकर कजरी आ गई। उसने आटा गूंधा, फिर पानी लेने चली गई। तब आकर चैन से बैठ गई।

कहा—"ला मैं सेंक दूं।"

"अरी, मैं कोई घिस न जाऊंगी।"

"तेरी मर्जी।"

"जगा दे इसे।"

प्यारी ने रोटी सेंकी। सुखराम को कजरी ने जगाया।

सुखराम उठ बैठा। पूछा—"बन गई?"

"अब सिकी जाती है।"

"अरे तुम दो हो, फिर भी देर लग गई!" सुखराम ने कहा। पुरुष की हमेशा की आदत होती है कि खाने को बैठकर उसे इन्तजार अच्छा नहीं लगता। प्यारी ने रोटी दी।

"बड़ी अच्छी बनी है!" सुखराम ने कहा।

"तुझे भूख लगी होगी।" प्यारी ने कहा। उसके स्वर में ममता थी, जैसे वह अपने लिए गौरव नहीं चाहती थी।

परन्तु सुखराम ने कहा—"नहीं, बहुत दिन बाद खाई है, बड़ा स्वाद आया है।"

"मुझसे अच्छी बनाती है?"

"तू क्या जाने रोटी बनाना!"

"और इत्ते दिन तूने क्या खाया था?" कजरी ने चिढ़कर कहा।

"करम अपने।" सुखराम ने उत्तर दिया।

"तू हट जा, अगली मैं ठोकती हूं।" कजरी ने कहा। प्यारी ने मना किया—"रहने दे री। वह दिल्लगी करता है।"

"अरी नहीं,-- कजरी ने कहा—"तू हट तो।"

लाचार प्यारी हटी। कजरी रोटी बनाने लगी।

"अब फिर वही कच्ची-पक्की मिलेगी।" सुखराम ने कहा। प्यारी हंस दी। कजरी खिसियाई।

प्यारी ने कहा—"ला मुझे भी खिला दे।"

"सच तू बतइयो।" कजरी ने कहा—"मुझे तो तेरा ही सहारा है।"

प्यारी फिर हंस दी। कहा—"जो मैं भी इससे मिल जाऊं तो?"

"मिल जा।" कजरी ने कहा—"डरती हूं?"

प्यारी तैयार बैठ गई। कजरी ने एक रोटी उसे दी। प्यारी खाने लगी और कजरी खिलाने लगी।

"बड़ी अच्छी बनी है।" प्यारी ने कहा।

"सच जेठी? झूठे ही न कहा।"

"भाई, तेरी सौगंध!"

कजरी ने सुखराम की ओर देखा कि वह भी कुछ बोले।

सुखराम ने कहा—"वह बात नहीं है!"

"तो रहने दे! नहीं सही!" कजरी ने कहा—"तू कह देगा तो क्या हो जाएगा? तू इसके हाथ की खा लिया करियो, मैं इसे बनाके खिला लूंगी।"

सुखराम ने कहा—"यह ठीक है और मैं तुझे बनाके खिला दिया करूंगा।"

उस बात को सुनकर वह प्रेम का तनाव ढीला हो गया। आनन्द ने कंपन भर दिया। कजरी हंस दी, प्यारी भी, सुखराम भी।

"क्यों छेड़ता है उसे तू? मेरी छोटी है। उसके तो अभी लाड़ के दिन हैं।"

इस तरफदारी से कजरी झेंपी। कहा—"चल, रहने दे।"

वे लोग लेट गए। पत्थरों पर, नंगे आकाश के नीचे। इन्सानों की देही ने चैन पाया। इन्हीं पत्थरों की सख्ती और आकाश की नीली पलक के विरुद्ध विद्रोह करके मनुष्य ने शताब्दियों में घर बनाया, पलंग बनाया। परन्तु उनके पास कुछ भी नहीं। वे केवल मनुष्य हैं। उनके पास ज्ञान नहीं, किन्तु स्नेह है, और वही जीवन का शाश्वत संबल है। वे मर जाते हैं, फिर जी उठते हैं, उनके ऐसे भावना के सत्य अमर हैं। बियाबान जंगल है जिसमें तरह-तरह के पशु घूमते हैं। खूंखार और खतरनाक और उनके पैरों पर पगडंडियों की हल्की बेड़ियां कहीं-कहीं कसती हैं, जिससे कतराकर वे और गहन हरियाली में चले जाते हैं, क्योंकि चलने के निशान छोड़ना सिर्फ आदमी के पांव जानते हैं और वह जंगल-सूनी-सूनी सी सांस लेता है, फिर अपनी झाड़ियों में इतराता है। सूना-सा पहाड़ ऊपर तक चला गया है। दूर से नीला दिखता है, पास से काला। इनकी शृंखला अरावली तक ऐसे ही चली जाती है। इन रास्तों को आदमी कम रूंदता है, जानवर अधिक।

पर संसार में आदमी हर जगह घुस गया है। वहां जीवन कठिन है। कभी-कभी पहाड़ी कुण्डों में हिरन पानी पीते हैं और दूसरी ओर की चट्टान पर चढ़े बघेर को देखकर कुलांच मारकर भागते हैं। यहां हर गर्मी में ऊंचाई पर टिटहरी अंडे देती है और बरसात में इन पत्थरों पर मखमल की तरह काई जम जाती है, जो भादों के बाद फिर सूखने लगती है। जाड़े में जब चिल्ला पड़ता है तब यहां की हवा तीखी बन जाती है। पत्थरों को छूती है,

तो वे ठंड से अकड़ने लगते हैं।

कजरी उनपर से इधर-उधर पड़ी हुई लकड़ियां बटोर लाई। दिन में गूजर और ग्वालिये वहां आते। गाय-भैंस चराते। गांव के ग्वालों की गौओं का इन्तजाम करते। फिर शाम को उनकी आवाजें गूंजने लगतीं। रात होते-होते फिर वही सन्नाटा छा जाता।

कहा जाता था कि एक समय इन पहाड़ों पर जोगी अपनी धूनी रमाते थे और अलख जगाते थे। पर वह पुरानी बात थी। उससे अब कुछ बनता नहीं था।

लेटे-लेटे सुखराम ने उस ऊंचाई से देखा, सामने ही उसका अधूरा किला खड़ा था। प्यारी समझ गई। कहा—"फिर तुझे राजाई याद आ रही है? वह तुझे नहीं छोड़ेगा, क्यों?"

कजरी ने सुन लिया। दूर से ही कहा—"छोड़ देगा तो भरम न टूट जाएगा। जेठी। इसे उसी में सुख है तो होने दे। वह हम लोगों से अपने को ऊंचा समझता है। मैं तो इसकी सूरत नहीं देखूंगी।"

प्यारी ने कहा—"क्यों बकती है कजरी! इसका मन इसे देखके धक्-धक् करने लगता है।"

"अरी कहीं पत्थर से भी कोई प्रीत करता होगा!"

"क्यों, पुरखों की बपौती कौन छोड़ता है?"

"हम क्या जानें जेठी! हमारे पुरखों ने हमारे लिए तो धरती छोड़ी थी, सो हम तो उसी को जानते हैं। धरती सबकी है, हमारी है, घमंड करें तो किसका?"

"इसीका करो।" प्यारी ने कहा—"यही संभालती है सबको।"

कजरी ने आग जला दी। उजाला-सा हुआ, फिर आंखों को आदत हो गई। हल्का ताप शरीर को अच्छा लगता था। अतः वे उसके पास आ गए। लपट उठी, थर्राई और फिर लकड़ियों में पलटे खाने लगीं।

ठंडी हवा अब पहले से भी ज्यादा ठंडी हो गई थी। दूर उसके आंचल में जो फूलों की खूशबू भरती थी वह सब रास्ते में बिखेरकर जब वह वहां पहुंचती थी तब वह खाली हो जाती थी। परन्तु शरीर को सिहरा देने की शक्ति उसमें तब भी बच रहती थी। जैसे वह हवा भी यहां आज़ाद थी।

लपट फरफराने लगी। पीली, फिर बल खाते में लाल हो जाती और गर्भ में हरी-सी झाईं देती। जहां वह लकड़ियों पर सरकती वहां उसमें नीलापन भी होता।

सुखराम ने ठंठी सांस ली। कहा—"आज सिर पर डेरा भी नहीं रहा।"

कजरी ने उत्तर दिया—"बन जाएगा! चिड़िया तक हर साल नया घोंसला बनाती है।"

प्यारी ने स्वीकार किया—"मानुस होगा तो सौ घर बना लेगा।"

सुखराम ने कहा—"कौन कहेगा तुम सौत हो?"

"क्यों, तू जल रहा है?" प्यारी ने कहा।

"क्यों न जलूंगा?" सुखराम ने कहा—"तुम दोनों की दोस्ती में खतरा नहीं है?"

वे हंस दीं।

"मैं यों ही न कहती थी।" कजरी ने कहा—"आखिर इसके मन की बात निकल ही गई। लुगाइयां लोगों की तरह छोटे दिल की नहीं होतीं।"

और सामन्ती समाज की वह स्त्री उस समय बड़ी प्रसन्न हो उठी थी। वह नहीं जानती थी कि उसके आधार कितने पुराने थे। उसके आकाश में नई भोर नहीं फूट सकती थी। वह अपने छोटे दायरों को ही अपने जीवन के लम्बे विस्तार का पर्याय समझती थी और अभी तक समझती चली जा रही थी। कुछ देर यों ही बीत गई। तब जैसे अतीत याद आने लगा। पुरानी तस्वीरें आने लगीं।

"गांव में क्या हो रहा होगा?" सुखराम ने कहा।

दोनों ने सुना।

सुखराम कहने लगा—"मेरे सामने पुलिस आ गई थी।"

"किसी को पकड़ा? " प्यारी ने पूछा।

"नहीं। तब तक तो नहीं।"

"वह बन्दूकें कैसी चली थीं?" कजरी ने पूछा—"मुझे तो डर लगने लगा था तब। मैंने किसी से कहा नहीं था। सच यों घोड़ा दबाया, यों मानुस फट मर गया। भला ये कोई लड़ाई है? जिसके पास हथियार नहीं हो वह क्या करेगा?"

"हथियार नहीं होना ही तो कमजोरी है।" सुखराम ने कहा।

"उन्हीं पर चली होगी गोली?"

"पता नहीं।" सुखराम ने फिर कहा—"जरूर उन्होंने कुछ गड़बड़ की होगी।"

"किसने? चमारों ने?"

"और नहीं।" प्यारी ने कहा—"वरना गोली क्यों चलतीं?"

"इनका क्या बिगड़ता है," सुखराम ने कहा—"जब चाहें चला दें।"

"पुलिस ने चलाई होगी तो जरूर चमारों पर ही।" कजरी ने कहा।

सुखराम चुप हो गया। चिन्ता में पड़ गया-सा लगा। कजरी ने पूछा—"तुझे क्या फिकर है?"

"धूपो का बदला किसने लिया?"

"कजरी ने।" प्यारी कह उठी।

"तो रुस्तमखां को तूने मारा था?"

"हां।"

"तुम दोनों को खून करते डर न लगा?"

उस वक्त मुझे मालूम ही नहीं था कि खून कर रही हूं।"

"यह मैं जानता हूं, तू इतना आगे बढ़ने से डरती थी।"

"अब भी डरती हूं। सोचती हूं तो रोंगटे खड़े होते हैं। फिर जब याद आता है कि मैंने ही उसे मारा था तो और भी डर लगता है।"

"वा! जेठी।" कजरी ने कहा—"मुझे तो डर नहीं लगता। यह तो सोच कि वह कैसा पापी था। सांप को कोई क्यों मारता है? उसे छोड़ दो तो वह तुम्हें काटेगा।"

"खैर समझो," सुखराम ने कहा—"आग लग गई। भगदड़ में पता नहीं चला, वरना वहीं गिरफ्तार हो जाते।"

"तुझे इत्ती देर कहां लग गई थी?"

"मुझे एक तमोली अहमदाबाद की बात बता रहा था। मैं सोच रहा था—तीनों वहीं चलें। मेहनत-मजूरी करके पेट पाल लेंगे।"

"तो चल न!"

"नहीं, मैं डरता हूं।"

"क्यों?"

"शहर के लोग अच्छे नहीं होते।"

"न होंगे, हमारा क्या लेंगे?"

"हमारा क्या लेंगे! कुछ नहीं।" उसने कहा। उसके मन में आया, अपना भय कह दे। पर कह न सका। शहर के लोग एक आदमी की दो औरतों को देखेंगे तो अच्छा नहीं कहेंगे। घुमाकर कहा—"वहां हमारा कौन है और?"

"यहीं कौन है?" कजरी ने कहा।

इसका भी वह उत्तर नहीं दे सका।

"तू फिर सोचने लगा?" प्यारी ने कहा।

"सोच रहा हूं जिस आदमी ने आग लगाई थी, वह बेदाग बच गया।"

"कौन था?"

"निरोती बामन।"

प्यारी ने कहा—"सांप! वह था!!"

"हां।"

"और जानता है, धूपों पर बांके के साथ जुलम करने वाले कौन थे?"

"उसके साथी थे।"

"कौन से?"

"मुझे नहीं मालूम।"

"तो सुन ले। जी कड़ा कर ले। वे हरनाम और चरन ठाकुर थे।"

"वे दोनों!!!" सुखराम ने कहा।

"हां, आग आग ही होती है।" कजरी ने कहा।

"बांके ने झूठ कहा था यों," कहकर प्यारी ने बांके के मुंह से सुनी हुई वे सब चालें बता दीं। सुखराम को सुन-सुनकर गुस्सा आने लगा। पर अब बांके तो था ही नहीं। स्त्रियों ने उसे सब कुछ सुनाया।

"सो जाओ।" प्यारी ने बात समाप्त करके कहा।

"नींद नहीं आ रही है।" सुखराम ने उत्तर दिया।

"तू गांव की न सोच।"

"नहीं सोचूंगा।"

"कल हम डांग पहुंच जाएंगे!" कजरी ने कहा।

प्यारी ने कहा—"तूने तो देखा है कजरी!"

"खूब!"

सुखराम ने कहा—"दोनों को कल पहुंचा दूंगा वहां। सुना है, अच्छी जगह है। वहां तुम दोनों रहना। चैन है। कोई झंझट नहीं। फिर वहां तो अपनी बिरादरी होगी! वे भी तुम दोनों की देखभाल कर लेंगे और तुम दोनों ही क्या अपना इन्तजाम नहीं कर सकतीं?"

कजरी ने शंका से देखा और कहा—"हम दोनों का क्या मतलब, जो तूने बार-बार कहा! और तू कहीं जाएगा?"

"हां।"

"कहां? मैं भी तो सुनूं।" कजरी के स्वर में एक ललकार-सी थी।

"मैं गांव जाऊंगा।" उसने कहा।

"क्यों?" कजरी ने कहा।

"एक काम करूंगा वहां।"

दोनों डर गईं।

"कौन-सा काम?" कजरी ने पूछा।

"बदला लूंगा।"

दोनों ने एक-दूसरी की ओर देखा। आतंक था, ममता उसे रोकना चाहती थी, स्नेह उसे गले लगाना चाहता था, प्रेम उसकी जड़ें काटना चाहता था, परन्तु वह ऊपर छा गया

था। अब उसे हटाना सहज नहीं रहा था, क्योंकि उसका स्वर दृढ़ था।

"कजरी, तू रोक इसे!" प्यारी ने कान में कहा।

उसके स्वर में अनुनय था। उस नम्रता में एक समर्पण की भावना थी।

"मेरी क्या मानेगा?" कजरी ने संदेह से कहा। जैसे वह कहते हुए डर रही थी। उसने पूछा था कि जब यह तेरी नहीं मानता हो तो भला मेरी तो बिसात ही क्या!

"अरी मैं जानती हूं।" प्यारी ने उसे ढांढस दिया—"तू ही कह।"

कजरी को प्रसन्नता हुई। यही उसके लिए एक गौरव का विषय बन गया कि सौत उसे अपने से जबरदस्त समझती है।

कजरी ने कहा—"बदला लेगा? किससे?"

"निरोती से।"

"क्यों?"

"उसने आग जो लगाई है।"

"आग न लगाता तो हम पकड़ी न जातीं? मैं तो कहती हूं, उसने हमारा भला किया।"

सुखराम ने कहा—"वह तो ठीक है, पर उसकी नीयत तो दूसरी थी।"

"हुआ करे। नीयत से हमें क्या?"

"तुझे न हो मुझे तो है।"

"क्या, जरा बता तो।"

"सोच, चमारों का क्या होगा?"

"अरे तू नहीं सबका ठेकेदार है करनट!"

प्यारी ने कहा—"क्यों री! तूने ये कैसे कह दी! वह तो अपने को राजा समझता है। अधूरे किले का मालिक जो है।"

उस व्यंग्य से सुखराम आहत हुआ। दोनों हंसीं। व्यंग्य इस हास्य में सिर्फ इसीलिए था कि उसे जाने से रोका जा सके, यह वे समझ रही थीं।

सुखराम ने कहा—"हंसती हो तुम लोग! हंस लो। पर मैं तो जाऊंगा।"

"तू जाएगा तो मैं भी चलूंगी।" प्यारी ने कहा।

"नहीं। तुम दोनों नहीं चलोगी।" सुखराम ने दृढ़ता से कहा।

"तेरे कहे से?" कजरी ने कहा—"तू है कौन?"

"अच्छा मुझे सोने दो।"

"तू जाकर क्या करेगा? निरोती का कतल?"

"मैं क्या कोई तुम्हारी तरह हूं!" सुखराम ने कहा।

"दोनों के मुंह पर हवाई-सी उड़ी।

"तू हमें खूनी समझता है?" कजरी ने पूछा।

"और क्या समझूं?"

"तो जा!" कजरी ने कहा—"जा तू कल गिरफ्तार हो जा।"

"ये तो तेरे सिर चढ़ गया है।" प्यारी ने राय दी।

"दो-दो खूबसूरत बहू हैं।" कजरी ने कहा—"तभी तो धरती पर पांव नहीं रखता।"

"अब मैं तुम्हें कैसे समझाऊं?" सुखराम ने कहा—"तुम डरती क्यों हो? मैं लौट आऊंगा। बस!! अब तो ठीक है। मैं क्या किसी से लड़ता हूं?"

"हां, बांके से लट्ठ तो मैंने चलाया था?" कजरी ने पूछा।

सुखराम चिढ़ा। बोला—"चुप रहती है कि बताऊं? घंटे-भर से चबर-चबर कर रही है। समझती न बात!"

"मैं नहीं समझती कि तेरी अकल पर पत्थर पड़ गए हैं!"

"भला सो कैसे?"

"अच्छा, तूने लोगों से कहा भी तो निरोती के खिलाफ तेरे पास सबूत क्या है!"

"कुछ नहीं," प्यारी ने कहा।

"सबूत!" सुखराम ने कहा—"सांच को सबूत की क्या गुंजायस? मैंने आंखों से देखा है।"

"अब ये नहीं समझता।" प्यारी ने कहा—"मैं इसे तभी तो बेवकूफ कहती थी।"

कजरी ने कहा—"हां जेठी! तू ठीक कहती थी। मैं नाहक तब इसकी अकलमन्दी पर जोर दे रही थी। पहले तो यह ऐसा न था। तेरे आते ही फिर बेवकूफ हो गया।"

"अरे नहीं। यह सदा का ऐसा है। एक बार पहले यह ऐसे ही मेरी इज्जत बचाने गया था, तब पिटा था।"

"कब?"

"शुरू में। दरोगा ने पकड़वा ली थी, सो राजाजी अपनी ठकुरानी के लिए गए थे।"

"फिर क्या हुआ?"

"पिटे, और हुआ क्या।"

"नटनी की इज्जत!" कजरी हंसी।

"अच्छा, दोनों की सलाह हो गई है," सुखराम ने कहा—"मैं नहीं डरता, समझी! मुझे जो अच्छा नहीं लगता, उसे मैं बुरा ही कहूंगा।"

"अरे कहने का हक भी तो हो।"

"हक तो लिया जाता है।"

"क्यों न हो? कितने ले लिए ऐसे?"

सुखराम जवाब न दे सका। कहा—"झगड़ा करना है तो आपस में कर लो। मुझे फुरसत नहीं है।"

"तू तो एक छोड़ दो-दो की छाती पे मूंग दलने की सोच रहा है।" कजरी ने कहा।

"रहने दे," प्यारी ने काटा—"इस बखत वह बड़े काम में लगा है, उसे फुरसत नहीं है।"

दोनों हंस दीं।

"अच्छा, मुझे सोने दो।" सुखराम ने कहा।

"आज, तुझे नींद आने लगी?" प्यारी ने कहा।

"अच्छा बकै मत।" सुखराम ने टोका।

"जो बघेर आके तेरी इस लाडली को उठा ले गया तो?" प्यारी ने कहा।

"बांध के सिराहने धर के सो जा।"

"और मुझे ले गया तो?"

"आंच तेज कर दे परमेसुरी। सोने देगी कि यहां से हट जाऊं? कांय-कांय-कांय मचा रखी है। हे भगवान! किसी को दो मत दीजो। कै तो आपस में कलेस करके चैन नहीं लेने देंगी, कै मिल के उसी को खा जाएंगी। एक से ही भर पाया था, अब तो दो हो गईं।"

"देखो नासपीटे को। जाने कहां से इसे नींद फटी पड़ रही है!" कजरी ने कहा—"चारों ओर सुनसान है। राजाजी को पत्थर भी गदेले हो गए हैं। चैन से पड़ा है निपूता!"

प्यारी ने उसके आश्चर्य को समझते हुए कहा—"अरी मेरा बाप भी ऐसा ही था। मेरी अम्मां से हमेशा दब के रहता था पर नींद के बखत नहीं। कजरी, मरद की जात ऐसी

कि नींद के बखत राजा होता है। उस समय जो पत्ता खड़क जाए तो पेड़ का दुश्मन हो जाए। बड़ी खराब नीयत का होता है यह। बच्चा रो गया तो उसकी अम्मां को मारेगा। भला कोई बात है। बच्चे पर भगवान का जोर नहीं। उसपर भी हुकम लागू करेगा।''

और इसी तरह वे दोनों बातें करती रहीं। सुखराम सो गया। तब वे दोनों थकी-सी उसके बारे में चर्चा करती रहीं। दोनों ने अपने-अपने मन में भय व्यक्त किए।

फिर सो गईं।

भोर के पहले ही पेड़ पर कोई चिड़िया चहक उठी। उसे सुनकर प्यारी जाग उठी। उसने दोनों को जगा दिया।

''सच कहता हूं,'' सुखराम ने कहा—''ऐसी गहरी नींद में सो गया था मैं कि फिर अब होश आया है। सारी थकान दूर हो गई।'' और उसने एक बार अंग मरोड़कर जंभाई ली। कजरी को देखा-देखी जंभाई आई। यह जंभाई की बीमारी ऐसे ही फैलती है। तैयार हुए। रोटी बनी। खा चुके तो उजाला फैल चला।

सुबह चले तो नगला पड़ा। कोई चार-पांच घर। कुछ आदमी। कुछ ढोर और चारों तरफ वही पहाड़।

सुखराम को देखकर कुछ लोग बाहर आ गए। उस रास्ते पर नये आदमियों को देखकर उनको आश्चर्य होना स्वाभाविक ही था। कुछ स्त्रियां भी आड़ में खड़ी हो गईं।

''क्यों भइया, करनट कहां हैं?'' सुखराम ने पूछा।

''तुम कौन हो?'' एक ने पूछा।

''करनट हैं।'' सुखराम ने जवाब दिया।

''बस कोई आध कोस होगा उनका वास।''

जब ये लोग करनटों की बस्ती में पहुंचे तो कई करनट पास आ गए। पूछताछ हुई। अन्त में उन्होंने प्रसन्नता से कहा—''मन चाहे जहां रहो। यहां कोई डर नहीं है।''

उन्हें डेरा बनाने की इजाजत मिल गई। सौभाग्य से एक डेरा भी मिल गया क्योंकि उसकी मालकिन ने ब्याह कर लिया था और वह डेरा उसके पास बेकार था। प्यारी के पास रुपये थे। पांच रुपये देकर वह डेरा ले लिया गया।

जब वे डेरे में आ गए तो सुखराम ने कहा—''तेरे पास रुपये हैं?''

''हैं।''

''कितने?''

''सौ थे। अब पांच कम सौ हैं।''

''तैने रखे कहां हैं?''

प्यारी ने लहंगे के नाड़े में भर रखे थे। भारी लहंगा था। पता भी नहीं चलता था।

''तू ले कैसे आई इन्हें?''

''मैं सदा इन्हें यहीं रखती थी। कौन जाने कब भागना पड़ जाता।''

वह दिन आराम से निकल गया। दूसरे दिन सुखराम ने जान-पहचान बढ़ाई।

एक नट था किसना। बड़ा नीला-सा रंग था उसका, जैसे कच्च काला। सुखराम के संग उसे आता देख कजरी ने कहा—''ओ जेठी! तेरा भैया ढूंढ़ लाया आज तो ये।''

प्यारी ने देखा तो झेंपकर कहा—''आग लगा! कहां से पकड़ लाया है इसे?''

दोनों हंसी।

सुखराम ने उसे बिठाया और कहा—''यह दोनों मेरी लुगाइयां हैं।''

उसने मुड़कर देखा और कहा—''मेरी बहू बहुत अच्छी है। वह इनकी देखभाल कर

लेगी। तुम फिकर न करो। मेरी लड़की भी इत्ती ही बड़ी है! वह भी जा जाएगी कल। फिर ये सब रह लेंगी।''

''राजाजी कहां हैं?''

''वे तो शहर गए हैं।''

शहर से उसका तात्पर्य बड़े गांव से था, क्योंकि असली शहर उसने देखा ही नहीं था।

सुखराम ने कहा—''तो बस ठीक है।''

आगन्तुक चला गया। प्यारी ने कहा—''आज ये अपना चाचा कहां से ले आया।''

सुखराम हंसा। कहा—''तूने तो चचा ससुर के पांव न छुए?''

''अब छू लूंगी।'' प्यारी ने कहा।

''मेरे भाग!'' कहकर वह फेंटा बांधने लगा।

''फिर फेंटा क्यों बांध रहा है?'' प्यारी ने कहा।

''जरा गांव हो आऊं।''

कजरी बाहर जा बैठी। प्यारी ने कहा—''और हम क्या करेंगी?''

''मजे करो। यहां कोई चिन्ता नहीं है।''

वह बाहर आया तो उसने कहा—''कजरी कहां है?''

''मुझे क्या खबर!'' प्यारी ने कहा। डेरे की ओट से आहत-सी मलिन मुख से देखती हुई, उस वक्त कजरी ने कहा—''तू जा रहा है?''

सुखराम ने कहा—''डरती क्यों है ?''

''अपने लिए डरूं तो कसम है।'' वह वहीं खड़ी रही।

''अरे तू बड़ा वो हो गया है।!'' प्यारी ने कहा ''– ''रोकते-रोकते छोटी का मुंह सूख गया।''

''तू क्यों बोली!'' सुखराम ने कहा—''तूने तो न रोका!''

प्यारी ने कहा—''सुनती है! तू कहती है, तो चाहता है कि मैं भी अलग से कहूं?''

कजरी ने याचना की—''कह दे न जेठी! अगर ये तेरे कहने से ही मान जाए। यह दुनिया बड़ी खतरनाक है।''

सुखराम ने कहा—''तुम नहीं जानतीं। मैंने धूपो को वचन दिया था। मैं देख तो आऊं उन लोगों को। नहीं तो वे यह न कहेंगे कि उसने भड़काया और भाग गया? कित्ती बुरी बात है! आखिर उनके क्या जान नहीं है? और फिर रात को उन पर गोली चली थी। जाने कौन मरा होगा। उनको देखने वाला कोई नहीं।''

''मुझे कसम दे दे, जा।'' प्यारी ने कहा।

''तू कसम क्यों दिलाती है?'' कजरी ने पूछा। उसके स्वर में उलाहना था जैसे परोपकार की वह सब बातें वह मानती है, पर उसकी राय में अब भी उसका जाना व्यर्थ है।

''किसकी?'' सुखराम ने कहा।

प्यारी ने अपने गम्भीर मुख को उसकी ओर मोड़ा और उसके नेत्रों में एक चमक-सी आ गई। उसने क्षण-भर रुककर दृढ़ता से हाथ फैलाकर कहा—''कजरी की।''

कजरी स्तब्ध रह गई। प्यारी के मुख पर उन्मत्त महिमा थी। उनकी गोरी नाक पर उठी हुई भ्रू अराल हो गई थीं और बरौनियां फैल गई थीं। उसकी मांसल हथेली फैली हुई थी। वह प्रतीक्षा करती हुई खड़ी थी। सुखराम ने इस रूप को बहुत दिन के बाद देखा था। यह उसके पास की छवि का साकार आविर्भाव था।

''अपनी क्यों नहीं कहती!'' उसने पूछा।

कजरी ने क्षण-भर सुखराम को देखा और फिर प्यारी को। उसने अपनी सत्ता को परोक्ष में रखकर जैसे दो प्रत्यक्षों को तुला पर रखकर टांगा। प्यारी उसकी दृष्टि को समझ गई थी।

"मैं झूठ क्यों बोलूं?" उसने कहा—"मुझे यहां कौन लाया है, बता सकता है?"

"मैं।"

"अरे जा।" प्यारी ने कहा।

"तो?"

"कजरी लाई है।"

"कजरी ही सही। मुझे क्या उससे कोई होड़ है!"

"तो कसम दे!"

"जा, सौगन्ध है! लौट आऊंगा।"

"वहां किसी ने कह दिया कि तू बड़ा बहादुर है तो भड़ी पे मत चढ़ जइयो!"

सुखराम चला गया। कजरी ने वेदना से भरी सांस छोड़ी। प्यारी ने कहा—"डर मत, वह आ जाएगा।"

एक बुढ़िया ने पुकारा—"खबर आई है। राजाजी गिरफ्तार हो गए।"

"ये कैसी बात!" प्यारी ने कहा—"राजा को कौन पकड़ सकता है?"

"अरी ये करनटों के राजा की कहती है।" कजरी ने कहा।

"तो क्या वह बड़ा नहीं होता?"

"वह? जैसे हम, वैसा वह।"

"तो फिर उसकी अमलदारी कहां है?"

"तू तो लगता है नाटिनी नहीं।"

"पर हमारे गांव में राजा एक बेर आया था, जब मैं बच्ची थी। मुझे तो याद भी नहीं।"

"तभी। उसकी अमलदारी वहां है जहां-जहां करनट हैं, चाहे कहीं हों।"

प्यारी की समझ में आया।

धीरे-धीरे सांझ आ गई। अंधेरा पहाड़ पर चुभकी मारता और हर बार एक चट्टान को ले रंगता। धीरे-धीरे सारा पहाड़ काला हो गया। उसके किनारे पहले धुंधले-से हुए, फिर धुआं-धुआं हो गए, जैसे बहुत घना कोहरा छा रहा था और तब डेरों और झोपड़ों में चूल्हे सुलग उठे।

प्यारी आटा गूंधने लगी। कजरी पास बैठी थी। रोटी बनाकर प्यारी ने कहा—"चल, कजरी, खा ले।"

कजरी ने कहा—"मुझे भूख नहीं जेठी।"

"क्यों?"

"जाने क्या बात है?"

"अरी, मैं सब जानती हूं।"

"तुम्हें नहीं लगता कुछ?"

"लगता क्यों नहीं? पर तेरी जिम्मेदारी तो मुझ पर है।"

"सो कैसे?"

"तू अभी छोटी है, समझती नहीं।"

वह कितना स्नेह था इसे क्या कजरी नहीं समझती?

दोनों ने रोटी खाई और लेट गईं। डेरों में कहीं-कहीं गीत उठ रहे थे। कोई बांसुरी बजा रहा था और कहीं ढोलक बजती थी। धीरे-धीरे वे सो गईं। आधी रात को कजरी जग गई।

"क्या है?" उसने कहा।

"कुछ नहीं।" प्यारी ने कहा–"जब से रोटी खाई है, पेट कुछ भारी-सा हो गया है।"

"अभी तू कराह रही थी न!"

"हां, नींद खुल गई। पेट में दरद है।"

"जाने तेरे कैसे लगी है। बड़ी जोर की लात थी। अब यह आए तो देखे। वह तो ठीक कर देगा। तूने उससे कहा नहीं।"

"मैं समझी ठीक हो जाएगा। ये तो फिर उठ आया और क्या होगा, ज्यादा से ज्यादा मर ही तो जाऊंगी!"

कजरी ने कहा–"अब के तो कह के देख! दांत झाड़ दूं तेरे।"

26

चमारों पर पुलिस ने अपने जुल्म शुरू किए। उन्होंने पहले अपना आतंक जमाया। उन्होंनें सिपाहियों को भेजा जिन्होंने इक्के-दुक्के चमारों को पकड़कर थाने में बंद करके खूब पीटा और फिर भी नहीं छोड़ा। नौजवान चमारियों के साथ कितने ही लोगों ने छेड़-छाड़ की, परन्तु अब उनकी रक्षा करने वाला कोई भी नहीं था। उनका रोदन घरों में डूब गया। पर बाहर आने पर उसका कोई भी मूल्य नहीं था। बच्चों के वे रोने से चुप करके घरों से घुसा लेतीं और राह पर भी सिपाही देखकर थर-थर कांपने लगतीं।

औरतों को चारों ओर अंधेरा ही अंधेरा दिखाई देता था। वह बूढ़ा जिसने धूपो का विरोध किया था, अब पुलिस का मुखबिर था। उसने एक-एक खबर दी थी। उसकी सारी रक्षा पुलिस पर निर्भर थी। औरतें उसे गाली देतीं, पर उसकी जोरू अब सबको जोर-जोर से गालियां देती। उसके अहंकार को देखकर तो कोई भी सरकारी अफसर शर्मिन्दा हो सकता था, क्योंकि बरसाती पानी से भी कम समय के उस उद्वेग में अथाह प्रवाह था।"

दोनों ठाकुर अब पुलिस से मिले हुए थे। चरनसिंह मूंछों पर ताव देता था। उधर ठाकुर हरनाम के प्रत्यनों से नटों में से कई जवानों को थाने में पकड़ लिया गया था और कई जवान नटिनियों को सिपाहियों की बुभुक्षा को तृप्त करना पड़ा था। नटों के पास से जितने पैसे निकल सकते थे, वे निकलवा लिए गए। चारों तरफ से दुगुनी मार खाकर जनता विक्षुब्ध हो गई। परन्तु फिर भी कोई राह नहीं थी।

निरोती पुलिस की नाक का बाल था। उसने साफ जनेऊ की कसम खाकर खचेरा को आग लगाने के जुर्म में गिरफ्तार करवा दिया। खचेरा ने कहा–"पण्डित दुहाई है। गंगा की ओर हाथ उठाकर कहो। तुमने मुझे आग लगाते देखा?" परन्तु पण्डित ने कहा–"देखा दरोगाजी! इसकी मजाल जो मुझे धरम सिखाने लगा!"

दरोगाजी ने कड़ककर कहा–"पकड़ लो साले को। इसकी यह हिम्मत!"

खचेरा चमार था। डरा भी था। परन्तु इतने बड़े झूठ को सहना, और बोलना उसके लिए असम्भव हो गया था। उसने जवाब दिया और अब लोहे के सीखचों के पीछे बंद था। उसकी बहू भी एक बार उससे मिलने नहीं दी गई।

चमारों की खेती खड़ी थी, कट रही थी। पर कौन काट रहा था इसका कोई हिसाब नहीं था। ठाकुरों ने उनका जैसे बांट कर लिया था। चोरी के माल का आधा दरोगाजी के यहां पहुंच जाता था और फिर किसी का डर शेष नहीं था।

जो लोग मारे गए थे उनकी लाशों को पुलिस ने ही ठिकाने लगा दिया था। चमारों के परिवार प्रयत्न करके भी उन्हें पा नहीं सके थे। जिनके घरों के मर्द मर गए और औरतें ही बच रही थीं, वे घर भूख के अड्डे हो गए। बच्चे तड़पते थे। पहले कम से कम एक जून तो पेट भरते थे, अब इतनी मेहरबानी और बढ़ गई कि दूसरे जून पर भी कृपा कर दी गई।

ऐसा था वह चमारों का मुहल्ला, जहां सुखराम पहुंचा। उसको हर्ष था। वह धूपो के अपमान का बदला सुनाने के लिए आया था। उसे आशा थी कि खचेरा मिलेगा। परन्तु खचेरा कहीं भी न मिला।

सुखराम को देखकर चमरिनों ने मुंह फेर लिया।

वह पास गया। उसने देखा, उनकी आंखों में आंसू थे। वही अधेड़ औरत पास आ गई।

सुखराम ने कहा—“खचेरा कहां है?”

स्त्री ने बताया। वह सुनाती जाती थी, सुखराम दांत पीसता जाता था।

“और क्या-क्या हुआ?”

“पीतो को उन्होंने इतना मारा, इतना मारा, कि उसके दांत तोड़ दिए।”

“वह कहां है?”

“मर गया!”

वह रोई।

“और?” सुखराम ने कठोरता से पूछा।

“राधू की बहू कुएं में डूब मरी।”

“क्यों?”

“ठाकुरों ने उसे कहीं का न रखा।”

सुखराम ने दोनों हाथ उठाकर कहा—“तू देख रहा है? यह है तेरी दुनिया! यह है तेरा न्याव! और कहने को हम कमीन हैं। ये लोग जाति के बल पर, डंडे के बल पर गरीबों की खाल खींचते हैं। इनका घमंड सबको कुचलकर रखता है। यह नफरत के बल पर जीते हैं, ताकि दूसरों का घर बरबाद कर सकें।”

वह कह नहीं सका। उसका गला रुंध गया। फिर रुककर कहा—“और कह भाभी!”

“उन्होंने,” स्त्री ने कहा—“बुद्धा, हीरा और पंगा को नंगा करके बेंतो से पीटा और उनकी औरतों के मिर्च भर दी।”

सुखराम के रोंगटे खड़े हो गए। उसकी आंखें भय से निकल आईं। स्त्री ने कहा—“पंगा की बहू के पेट में था। गिर गया। वह मर गई।”

सुखराम पागल-सा हंसा। कहा—“बहुत अच्छा हुआ! बहुत अच्छा हुआ! और?”

स्त्री ने कहा—“और क्या कहूं?” वह रो दी।

“क्यों?” सुखराम ने कहा—“तुम यों रोओगी तो उनकी इच्छा जो पूरी हो जाएगी! उनका काम है लोहे से लोहा काटना। तुम डरोगी तो उनकी हिम्मत बढ़ेगी। रोओ नहीं भाभी। उनको जुल्म करने दो, तुम रोओ नहीं। सहो, और सहा नहीं जाता तो लड़ो। हम नट हैं! हमारे पास कुछ नहीं। हम जुआरी, चोर, उचक्के, बेईमान, कमीने, धोखेबाज, झूठे हैं। हमारी औरतें कुतियों की तरह रहती हैं। ये सिपाही, ये बड़े लोग उन्हें बीमारी देते हैं। फिर वे

औरतें वे ही बीमारी हमें देती हैं। फिर हम मरते हैं। मरते वक्त गुस्सा आता है तो कतल तक करते हैं। हम कभी किसी का भला नहीं कर पाते, हमें मौका मिलता है तो हम लोगों को ठगने का जतन करते हैं। जो भूखे मरते हुए किसान हैं, वे भी हमसे दुखी हैं। उन्हें बौहरा नोचता है, वकील ठगता है, पुलिस खाती है, सब चूसते हैं, पर हम बेघरबार कुत्ते की तरह घूम-घूमकर जूठन खाने को अपनी आजादी कहते हैं। पर हम रोते नहीं। तुम कैसे रोती हो?''

सुखराम आवेश में आ गया था। स्त्री ने कहा—''फिर हंस दूं?''

''हां भाभी।'' सुखराम ने कहा—''हंसो। तुम धरती की तरह गरभ में बच्चों को पालो और जन्म दो। वे तुम्हारे बच्चों को साग-भाजी की तरह काटें तो तुम रोओगी! धरती कहीं रोती है? नहीं। धरती को जब गुस्सा आता है तब भूचाल आते हैं।''

उसने गुस्से से अपना सिर पकड़ लिया और कहा—''तू मुझे रोकती थी कजरी! तू मुझसे न आने को कहती थी प्यारी। आओ! यहां आकर देखो! क्या हो रहा है यहां? अरे, तुमसे देखकर यह झेला जाता? कितनों का कतल किया जा सकता है। हे भगवान!'' उसने हाथ उठाकर कहा—''ये दुनिया नरक है। हम गन्दे कीड़े हैं। तूने यह संसार ऐसा क्यों बनाया है जहां आदमी कटता है तो उसके लिए दर्द तक नहीं होता? यहां पाप इतना बढ़ गया है कि गरीब और कमीना आदमी कोढ़ी बन-बनकर अपने पेट के लिए अपनी अच्छी देही को गन्दा बना लेता है! यहां एक-एक आदमी दबता है, पर हम तो कमीन हैं। वे बड़े लोग क्यों करते हैं ऐसा? क्या वे अपने धन और हकूमत के लिए आदमी पर अत्याचार करने से नहीं कांपते? तू चुप है, तू जवाब नहीं देती? नट की छोरी पर जवानी आती है और गन्दे आदमी उसे बेइज्जत करते हैं, फिर भी वह रंडी की तरह जिए जाती है। जिए जाती है। मर क्यों नहीं जाती? हम सब मर क्यों नहीं जाते?''

''हम नहीं मरते,'' उस अधेड़ औरत ने कहा—''भइया, क्योंकि हम रोज पाप करते हैं। भगवान जिला-जिलाकर दण्ड देता है। भगत कहते थे कि चौरासी लाख योनि पार करके यह जन्म मिला है।''

''भाभी,'' सुखराम ने कहा—''चौरासी लाख योनि पार करके यह जनम मिला है? इसके बाद फिर उतनी ही बार मनुष्य-जनम नहीं मिलेगा? तो फिर अब भी, तब भी, सदा ही हमें बैल की तरह जुते रहना है!''

उस भयानक चित्र की कल्पना करके दोनों दहल गए।

सुखराम ने हंसकर विद्रूप से कहा—''तो खचेरा जेल में है भाभी! आ मेरे पास, एक बात कहूं। सौगंध दे, किसी से न कहेगी?''

''कह देवर!''

''किसी से नहीं कहेगी?''

''नहीं। वचन देती हूं।''

''तो सुन, मेरी ही लुगाइयों ने बांके और रुस्तमखां को गोद-गोद के मारा था, जिनकी मौत का बदला अब खचेरा से लिया जाएगा।''

''लिया जाएगा! उन्होंने उसका घर उजाड़ दिया। उसकी बहू...''

वह कांपने लगी।

''क्या हुआ?''

''वह फांसी लगाकर मर गई। उसके बच्चों को वह अपने हाथ से गला घोंट-घोंटकर मार गई।''

सुखराम ने सिर दीवार से दे मारा।

"और खचेरा राजधानी की जेल में है। उसे फांसी हो जाएगी।"

सुखराम हंसा। कितना भयानक था, वह हास्य! उसने कहा—"भाभी! मैंने सोचा था कि कजरी और प्यारी को पकड़वाके खचेरा को छुड़ा लूं। पर अब ऐसा नहीं करूंगा, अब बदला लूंगा। मैं इस दरोगा को धूल में मिला दूंगा। यह दुनिया तो ऐसी ही रहेगी, पर पापी को दण्ड भरना ही होगा।"

स्त्री उसके साहस पर मुग्ध हो गई थी। कहा—"भगवान तेरे साथ है सुखराम! जो कहीं आज तुझ-सा एक मेरा बेटा होता तो मैं खुशी से पागल हो गई होती।"

सुखराम ने झुककर उसके पांव छुए। कहा—"तू मेरी मां ही है, आज से मैं तेरा बेटा हूं।"

"जुग-जुग जी मेरे लाल!" स्त्री ने कहा और आंसू पोंछे।

अत्याचार का विरोध गांव में तत्कालीन कांग्रेसियों ने किया था। अधिकांश कांग्रेसी परचूनिए और दुकानदार थे। ठाकुर विक्रमसिंह (नरेश के पिता) पहले ही से जेल में थे। उनके परिवार का काम बड़ी मुश्किल से चल रहा था। (मेरी) भाभी के पास नरेश उस समय छोटा-सा था। परचूनियों का असली शोर तो तब होता था जब उनके व्यापार में गड़बड़ी पड़ती थी। कुछ बनिए छिपा-चोरी चंदा दे देते थे। खबर राजधानी के वकीलों के पास पहुंच गई थी और वहां उसका वितंडा खड़ा करने की तैयारी की जा रही थी। किन्तु गांव में मुआयने के लिए आने में देरी थी। गांव के मास्टर प्रायः हर जगह ही कांग्रेस के सहायक थे। वे भी दबी जबान से पुलिस के अत्याचार की निन्दा कर रहे थे। परन्तु ठाकुर और बामन उनके विरुद्ध थे। वे चमारों की इस सरकशी को सीधे या उल्टे तरीके से कांग्रेस के प्रचार का ही फल मानते थे और इसमें उसकी शाश्वत धारणाएं कलियुग के प्रवाह में बही जा रही थीं। न जाने कैसे भीड़ में एक-आध बार महात्मा गांधी जी की जै बोल दी गई थी।

शाम हो गई थी। थानेदार बीच में बैठे थे। उनके आसपास छोटे अमले बैठे थे। जैसे वर्णन नागों के आते हैं कि बीच में नागों का राजा बैठता है और फिर इधर-उधर छोटे-छोटे सांप बैठते है, वैसे ही वे सुशोभित हो रहे थे।

शराब चल रही थी। उन्होंने बीकानेर के एक कलार से खिंचवाई थी। अंग्रेजी हकूमत में सुना जाता था कि कांग्रेस कहीं-कहीं शराबबन्दी करवा रही थी। इसकी प्रतिक्रिया यहां शराबियों में आतंक बनकर फैल गई थी।

सामने गिद्ध-दृष्टि से देखता हुआ तहसील का पेशकार बैठा था। उसके साथ निरोती बामन धरमात्मा बना बैठा हुआ था। वह शराब नहीं पी रहा था। ठाकुर हरनाम और चरनसिंह की आंखों में तो लाली आ गई थी।

सुखराम पहुंचा। उसने सलाम करने से पहले सब ओर देखा। उसको देखकर निरोती चौंक उठा। दरोगाजी अपनी बातों में मशगूल थे। अभी उनकी निगाह नहीं पड़ी थी।

सुखराम ने वह जशन देखा तो तबीयत बुझने लगी। एक ओर उसी गांव में हाहाकार मचा है, दूसरी ओर यह आनन्द है। यह संसार कैसा अजीब है? एक का दर्द दूसरे के लिए कुछ नहीं! जो लोग बड़े-बड़े हैं, वे इसको देखते रहते हैं! यहां ठाकुरों के बीच में बामन बैठे हैं। सब चल रहा है। सब अपनी-अपनी जगह चलता ही जा रहा है। पर कोई रोक नहीं है। सदा से ऐसा ही चलता आ रहा है।

परन्तु सुखराम को इसमें मन में कचोट आती है कि वह जानवर की तरह दूर बैठा रहे और वे सब आनन्द मनाया करें। पर उसके सोचने, न सोचने से होता ही क्या है।

वह ठाकुर नहीं है। दुनिया में केवल एक करनट है, और करनट नीच होता है।

नीच! उसको फुरफरी-सी आ गई। दरोगाजी किसी बात पर हंसे और सामने देखा। सुखराम ने सलाम किया।

दरोगाजी ने पूछा—"कौन है?"

"हुजूर, करनट हूं।"

"तेरा नाम?" उन्होंने कड़ककर कहा।

"मालिक, सुखराम।"

"अबे तू मालिक है! बैठ जा।"

वह बैठा और कहा—"मालिक तो सरकार आप हैं। मैं तो सुखराम हूं।"

कुछ लोग हंस दिए। पेशकार ने डांटा—"कैसे बोलता है बे! हुजूर की शान में बेअदबी करता है!"

सुखराम सकपका गया। उसने कहा—"मालिक माफ करो। अनपढ़ गंवार हूं।"

"कैसे आया?" दीवानजी ने पूछा।

"सरकार को सलाम करने आया था। हम पर महरबानी नहीं हुजूर! जमादार थे तब तो चैन था सरकार!" उसका इंगित रुस्तमखां से था।

"तू कहां था अब तक!"

"भटकता था सरकार!" उसने सिर पर हाथ दे मारा। इधर नटों पर जुल्म हुआ था और वह अभी तक गिरफ्तार नहीं हुआ था। उसके तो दो खूबसूरत बीवियां थीं। सुखराम ने कुछ क्षण अपनी दयनीयता का झूठा प्रदर्शन करके कहा—"सरकार, पूछो नहीं। मैं मर गया!"

दीवानजी ने हंसकर कहा—"देखों हुजूर! ये लोग कितने मक्कार होते हैं! हट्टा-कट्टा बैठा है, फिर भी यह कह रहा है, मर गया। बाहर जाकर कहेगा कि थाने से मेरी लाश निकल रही है, पुलिस के ईमानदार पेशे को बदनाम करेगा। क्यों?"

"बड़े चालाक लोग हैं।" पेशकार ने कहा।

"हुजूर! माई-बाप हैं," सुखराम ने गिड़गिड़ाकर कहा—"गरीब आदमी हैं!"

"अबे," दीवानजी ने कहा—"इसमें गरीब-अमीर का क्या सवाल है? देखा हुजूर, गरीब है तो जैसे इसके सब कसूर माफ?"

दरोगाजी ने कहा—"तेरी औरतें कहां हैं?"

"मेरी दोनों लुगाइयां खो गई। पता नहीं चलता महाराज। उन्हें ही ढूंढ़ रहा था। अब हार गया तो सरन में आया हूं।"

"देखो हुजूर!" दीवानजी ने कहा—"इसका मतलब यह है कि हमने इसकी औरतों को पकड़ रखा है! देखा आप लोगों ने साहिबान!" उन्होंने उपस्थित लोगों की ओर देखकर अपनी पवित्रता की दुहाई दी।

"समझ में आ गया," थानेदार ने कहा—"तो वे ठठरियां बांके और रुस्तमखां की ही थीं। जब इसकी बीवियां वहां से गायब हो गई तो लगता है डरकर भाग गईं। इन दोनों में शराब पीकर औरतों के पीछे झगड़ा हुआ और खून-खराबा देखकर वे दोनों रफूचक्कर हो गईं और गिरफ्तार न हो जाएं, इसलिए इसको भी संटी दे दी गई।"

पेशकार ने कहा—"मगर वे गई कहां?"

"लुट गया सरकार!" सुखराम ने रुआंसे स्वर से कहा, जैसे दुःख से मरा जा रहा था।

निरोती बामन ने कहा—"हुजूर! नटिनी का क्या! रंडी और नटिनी में क्या फरक है?

उसकी बात सुनकर दरोगाजी ठठाकर हंसे। कहा—"वाह पंडितजी, कमाल करते हो!"

निरोती ने कहा—"सरकार, अब आप ही देख लें।" और हंसकर उसने कुटिलता से

सिर हिलाया, जिसमें आंखें मिच गई और अपनी हथेलियां खोल दीं।

सुखराम ने कहा—"मैं बताऊं सरकार! रंडियों और नटिनी में उतना ही फरक है महाराज," उसने निरोती की ओर देखकर कहा—"जितना तुममें और चमारों में!"

अर्थात् क्रम से उसने चमार और नटिनी एक ओर रखे और रंडी और निरोती बामन एक ओर।

सभा में सन्नाटा खिंच गया।

"क्या बकता है!" निरोती चिल्लाया। दरोगाजी चुप थे। उनकी राय में यह भी ठीक ही था कि थोड़ी निरोती की भी पगड़ी उछल रही थी। अब साला दबकर तो रहेगा। निरोती को विक्षोभ हुआ। उसने दरोगा की ओर देखकर कहा—"देखा सरकार, जात का करनट कैसे बोलता है!"

उन्हें बड़ा क्रोध था।

दरोगाजी ने कहा—"अबे होश में नहीं है क्या? पंडितजी से ऐसे बोलते हैं!"

वह दूसरा पक्ष भी दबाए रखना चाहता था। नीच, धोबी, कुम्हार, भंगी सब ही सिर पर चढ़ रहे थे। फिर चमार तो जैसे कांग्रेस के आदमी थे और यह करनट सबसे गया-बीता था।

सुखराम ने कहा—"हुजूर अन्नदाता माई-बाप हैं। पर इन्हीं पंडितजी की वजह से जमादार मारे गए। मेरी लुगाइयां खो गईं।"

पंडित तमककर खड़े हो गए। चिल्लाए—" साले, मुझपर दोष लगाता है? तू ब्राह्मण पर पाप लगाता है! और वह भी तब जबकि बदमाश पकड़ा गया है।"

"कैसा दोष महाराज?" सुखराम ने कहा।

"तू यही कहना चाहता है कि आग मैंने लगाई थी।" पंडित गुस्से और घबराहट में बक गया। वह कहता गया—"मैं जानता हूं, तू यह भी कहेगा कि तूने मेरा पीछा किया और मैं तेरी पकड़ में नहीं आया। क्यों?"

सुखराम ने कहा—"पंडित महाराज, तुम वह सब मेरे मन की कैसे जान गए? तुम्हें तो तिरलोकी दीख रही है आज।"

दरोगा ने दीवानजी के कान में झुककर कुछ कहा। पंडित कांपने लगा। सुखराम ने कहा—"पंडित, कांपते क्यों हो?"

"कहां?" पंडित ने सकपकाकर कहा—"मैं कांपता हूं?"

और फिर दरोगा को देखकर कहा—"सरकार, आपके दरबार में मेरी विनती पर ध्यान नहीं दिया जा रहा है। यह क्या कह रहा है?"

लगा, पंडित रो पड़ेंगे।"

"अब रोते हो महाराज!" सुखराम ने कहा—"तब जमादार से दुश्मनी निकालने चले थे?"

निरोती का मुंह सूख गया। कहा—"मेरा जमादार से कब का बैर था?"

"उसकी रखैल से तो था!"

"था! और तुझे शर्म नहीं कि वह तेरी लुगाई थी।"

"भली कही" सुखराम ने कहा—"जो हमारी बिरादरी में होता है उसमें शरम कैसी?"

"तभी तो कहता हूं तुम लोग नीच हो।"

"और," सुखराम ने कहा—"सरकार और कहूं?"

"क्या है?" दीवानजी ने कहा।

"पंडित जी ने आग लगाई थी। मैंने देखा था।"

"पकड़ा क्यों नहीं?"

"मैं पीछे भागा। पंडित कहीं अंधेरे में छिप गए।"

"यह हो सकता है सरकार!" पंडित चिल्लाया।

"और सुनिए अन्नदाता!" सुखराम ने कहा।

"क्या है, कह।" दरोगाजी ने कहा।

"सरकार, डरता हूं।"

"हमारे रहते?"

"मालिक, आप ही का भरोसा है।"

दीवानजी ने कहा—"अबे जल्दी बोल!"

सुखराम की आंख दौड़ने लगीं। उसकी आंखों ने फौरन अपने चोर पकड़ लिए।

"सरकार, बांके मेरा यार हो गया था। ठाकुर हरनाम और ठाकुर चरनसिंह ने भी..."

"क्या बकता है।" दोनों ठाकुर चिल्लाए।

दरोगा चौंका।

सुखराम ने कहा—"सरकार, वे मेरे कहने के पहले ही समझ गए। अब आप ही पूछ लीजिए।"

"तू ही कह!" दीवानजी ने कहा।

सुखराम ने देखा, वे दोनों भस्म कर देनेवाली निगाहों से देख रहे थे और घबरा रहे थे।

सभा धक् रह गई थी। सुखराम उठा और बढ़ा। कहा—"सरकार भी ठाकुर हैं, और ये दोनों भी ठाकुर हैं। क्या आज मुझे न्याव मिलेगा? या आप भी इनसे मिल जाएंगे?"

दीवानजी गरजे—"चुप रह!"

दरोगा चिल्लाया—"साले, तू मुझपर ही दोष लगाता है। तेरी इतनी मजाल!"

"सरकार! दुहाई!" सुखराम ने कहा—"आप इलाके के राजा हैं। पर ये दोनों आदमी खतरनाक हैं, ये दोनों आदमी नहीं है, इन्होंने पाप किया है... और आज ये आपके दोस्त हो गए हैं, सरकार आप पाप से घिरे बैठे हैं..."

दरोगा ने कनखियों से इधर-उधर देखा। सब प्रभावित-से लगे। वह चिल्लाया, "पकड़ लो इसे।"

"पकड़ लीजिए सरकार!" सुखराम गरजा—"इन दोनों ने भी धूपो से जबर्दस्ती की थी।"

धिक्कार की एक हल्की-सी आवाज गूंज गई। परन्तु सिपाहियों ने सुखराम को पकड़ लिया।

दरोगा ने कहा—"अब बोल!"

"हुजूर, यह तो जुलम है।"

"जुलम? दीवानजी!"

"हुजूर!" दीवानजी ने बढ़कर कहा।

"देखते हैं कैसे बोलता है?"

"सरकार, समझ में नहीं आता। क्या हो गया। वरना पहले तो ऐसा हमने कभी नहीं देखा।"

"हां दीवानजी।" सुखराम ने कहा—"पहले तो बामन-ठाकुर ऐसा करते भी नहीं होंगे। एक ने आग लगाई, दो ने पाप किया, और आप लोग उनकी रक्षा कर रहे हैं। यह जुलम नहीं है तो क्या है?"

"लगने दो जूते!" दरोगा चिल्लाया। क्रोध से वह पागल-सा लग रहा था।

जूते पड़ने लगे। दरोगा कहकहा लगाने लगा। निरोती और ठाकुर चौकन्ने से देखते रहे। सुखराम लड़ने लगा। उस समय उसे लगा कि अब वह और सहन नहीं कर सकेगा।

वक्त आ गया है उस समय भीतर मनुष्य का स्वाभिमान जागा और सुखराम ने अनुभव किया कि सब उसे ही घूर रहे हैं। सब उसे ही अपनी आंखों से बेंध रहे हैं। वे सब उसका मखौल उड़ा रहे हैं। क्या वह इतना गया-बीता है? क्यों वह चुपचाप सिर झुका दे? क्यों वह विद्रोह नहीं करे? कीड़ा तक हमला होते देखकर काटता है, तब वह अपनी जान देता है।

क्यों न वह लड़कर जान दे दे!

एक दिन तो मरना ही है।

पर फिर प्यारी को दिया वचन याद आया।

वह फिरा चिल्लाया—"दुहाई है सरकार! माफी दो। माफी दो।"

सभा ठठाकर हंस पड़ी।

निरोती ने कहा—"देखा सरकार! करामात देखी!"

हरनाम ने कहा—"लातों के देव बातों से कभी मानते हैं!"

चरनसिंह तो ऐसा हंसा कि लगा अब आंतों का जाल गले में चढ़ चुका है और अब बाहर गिरने ही वाला है। दरोगा किसी सम्राट के गौरव की छाया बनकर ठाठ से बैठा था।

दीवानजी ने उंगली उठा दी। जूते पड़ने रुक गए। सुखराम हांफने लगा। उसका फेंटा उसके गले के चारों ओर पड़ा था। सिर के बाल बिखरे हुए थे। उसका मस्तक नत था, पराजय आंखों में झूल आई थी। आज प्रेम ने उसे लाचार कर दिया था। परन्तु भीतर ही हृदय में बड़ा संघर्ष हो रहा था।

एक भाव उठता था—यह ठीक नहीं है... मर मिट, पर सिर न झुका...

दूसरा भाव कहता था—करनट! नीच! खाल में रह, बाहर ने निकल, बाहर न निकल...

हठात् बिफर गया।

उसने दो लातें मारीं और भयानकता से गरजा। उसकी गरज और उसके रौद्र परिवर्तन को देखकर सब चौंक उठे। वह ऐसे बदल गया था, जैसे पौधा अचानक पेड़ बनकर झोंके लेने लगा था, या कुत्ता अचानक भेड़िये की तरह गुर्राने लग गया था। वह परिवर्तन इतना आकस्मिक था कि दरोगा देखता रह गया। दीवानजी ने बोलना चाहा पर मुंह खुला रह गया, क्षण-भर आवाज ही नहीं निकली। निरोती फिर थर्रा गया और दोनों ठाकुर सन्नद्ध-से देखने लगे। पेशकार सोचने लगे कि यह क्या आफत आ गई। सुखराम ने दोनों सिपाहियों को धक्का दिया और फिर एकदम एक झटके में उसने छुड़ा लिया, और क्रोध से बढ़ा। उसने एक और को धकेल दिया।

दरोगा आतुर-सा अपनी जगह खड़ा हो गया। उसकी आंखों में भी आतंक छा गया और अपने-आप उसका हाथ कमर पर पहुंच गया। परन्तु सुखराम ने इससे पहले ही जोर से हमला किया। दरोगा गिर गया, और तब दरोगा को पकड़कर उसने फेंकने का यत्न किया, किन्तु सिपाहियों ने उसे झपटकर पकड़ लिया और धुनाई करने लगे। कोई जूता मारता, कोई ठोकर देता, कोई घूंसा मारता।

सुखराम प्राणपण से लड़ने लगा। वह अकेला था, वे कई थे। खूब मारपीट हुई और भगदड़-सी मच गई। उसी झगड़े में किसी से टकराकर जलती लालटेन बुझ गई, और फिर अंधेरा छा गया। पर वे अंधेरे में भी रुके नहीं। कोलाहल में सुखराम का चिल्लाना दब गया। वे उसे धुआंधार मारते रहे। उन्होंने पसलियों पर लातें मारीं। दरोगाजी पुराने आदमी थे। उन्होंने अपने हाथ में फंसे हुओं की बिलिया कटवाई अर्थात् सिर के बाल घुटवाकर बीच सिर तक सिर की खाल छिलवा दी थी और उसमें नमक भरवाई थी। उस दारुण यंत्रणा को देखने के आदी व्यक्ति के लिए यह तो साधारण-सी बात थी।

कोई चिल्लाया—"रोशनी लाओ!"

दरोगा ने गोली चलाई। उस अंधकार में वह निर्घोष हठात् गूंज उठा और सबके हाथ शिथिल हो गए क्योंकि गोली चलने की बात भयंकर थी। उस समय सबके हृदय स्तम्भित हो गए।

दरोगा ने डराने के लिए हवा में गोली चलाई थी। परन्तु जैसे सांप को मारने वाला आदमी इतना डरा हुआ होता है कि अगर सांप बच गया उससे कोई बचा नहीं सकेगा, दरोगा के कांपते हाथ ने फिर उसी तरह गोली चला दी। इस बार का परिणाम घातक हुआ।

"आह!" करके कोई चिल्लाया और गिरा। और फिर सन्नाटा वैसे ही बरसने लगा जैसे बिजली गिर जाने के बाद गिरने लगता है। एकरस और गहन।

इसी समय कोई लालटेन लेकर आ गया। उसकी रोशनी को देखकर सबको चैन आ गया। और फिर उन्होंने अपने-अपने शरीर को देखा कि कहीं उनके तो कुछ नहीं लगा। वह आतंक अब कम हो गया था, क्योंकि वे देख सकते थे।

"ठाकुर हरनाम मारे गए।" निरोती पुकारा—"दरोगाजी ने गोली मार दी।"

"गोली मार दी! गोली मार दी!" फुसफुसाहट गूंज उठी।

दरोगा कांपने लगा।

दीवानजी ने बढ़कर कहा—"हुजूर, यह तो बड़ा कातिल निकला।" वह अविचलित था। उसकी बात सुनकर सब चौंक उठे। उसने फिर कहा—"सरकार! हमारे रहते ऐसी क्या जल्दी थी! आपने यह भी न सोचा था कि अगर वह आपको गोली मार देता तो क्या होता!"

सबने कहा—"कौन मार देता!"

दीवानजी ने कहा—"पुलिस में मुझे बाईस बरस हो गए। यह कोई लौंडों का खेल है! तुम लोगों ने देखा ही नहीं। जिस वक्त यह नट पिट रहा था, उस वक्त इसने पिस्तौल निकाली। मैं और दरोगाजी दोनों झपटे। मगर दरोगाजी का मुकाबला मैं क्या करता? जान पर खेल गए और पिस्तौल उसके हाथ से छीन ली।" फिर मुड़कर कहा—"हुजूर! कमाल कर दिया आपने! मैंने कई अफसर देखे, मगर ऐसा शेर एक भी नहीं देखा।"

दरोगा ने दीवान को ऐसे देखा जैसे वह स्वर्ग में से सीधा उनके थाने में आ गया हो। उन्होंने इतना अच्छा आदमी कभी देखा ही नहीं था!

"गोली सुखराम ने मारी है?" तहसील के पेशकार ने पूछा।

निरोती बामन सकते की-सी हालत में था। चरनसिंह अब समझ गया था। परन्तु वह सोच रहा था कि यह तो मर ही गया। अब लौटकर तो आ नहीं सकता। फिर सुखराम तो दुश्मन है।

सुखराम बेहोश पड़ा था। वह धीरे से जगा। उस समय अंग-अंग दुख रहा था।

दीवानजी ने कहा—"निरोती पंडित!"

"हां हुजूर," निरोती ने कांपते-कांपते कहा।

"सिपाहियों! पंडित को गिरफ्तार कर लो।"

"सरकार, दुहाई है!" पंडित चिल्लाया।

सिपाहियों ने उसे पकड़ लिया और पंडित फिर चिल्लाया—"मेरा कसूर हुजूर!

पेशकार ने कहा—"अरे पंडित! तुम इस नट से मिले हुए थे। तुमने दरोगाजी को ही खूनी करार देने की चेष्टा की?"

दीवानजी ने कहा—"पेशकार साहब, तीन दिन से सरकार की पिस्तौल गायब थी। यह नट पहले ही चुराकर ले गया था। खुदा का शुक्र है कि अपने-आप लौट आई। 304 का मामला है।"

पंडित गिरफ्तार हो गया।

सुखराम ने कहा—"मैं खूनी नहीं हूं। लेकिन चरनसिंह, पंडित को देख! हरनाम को देख! दुखियों और गरीबों को सताने का नतीजा देख!"

चरनसिंह की निगाह हठात् दरोगा की तरफ उठ गई जैसे कह रहा हो, जरा इन्हें भी तो देख!

हुक्म हुआ। सिपाहियों ने सुखराम को खींचकर बंद कर दिया। सुखराम ने आंखें खोलकर देखा –

अंधेरे में एक आदमी बढ़ आया। वह धीरे-धीरे कुछ बड़बड़ा रहा था—"पकड़ लाए, साले...जाने कौन है...साला मौका कहीं बिगाड़ न दे..."

वह सोचने लगा। सुखराम अंधकार में धरती पर गिरा दिया गया था। अब वह धीरे से उठ बैठा और चारों ओर देखने का प्रयत्न करने लगा। कुछ देर बीत गई।

फिर दूर महफिल का कोलाहल सुनाई दिया, जैसे सब फिर से ठीक हो गया था। उस स्वर में आनन्द गूंज रहा था, जिसमें अहंकार था। और सुखराम ने सुना तो हृदय झकझना उठा। उसे अब याद आया—"क्यों किया उसने यह सब? क्यों वह इस चक्कर में फंस गया? अब क्या होगा? अब क्या ये छोड़ सकेंगे उसे? वरना सब खून किस पर लगेगा? उस समय घोर घृणा हुई और इच्छा हुई कि सिर पटक-पटककर जान दे दे। पर उससे लाभ?"

कोई बेड़नी अब महफिल में नाच रही थी। उसके धुंधरुओं की आवाज आ रही थी। शायद हरनाम की लाश को सिपाही ले गए होंगे। उसके घर के लोगों में पहुंचा दी होगी। क्या होगा अब, सुखराम यह सब क्या जाने! यहां तो अपने ऊपर बन आई है। और वह बेड़नी का गाना—"हाय मरि जाऊंगी...।"

चारों ओर कहकहे और वाहवाहों की बौछार, जैसे इस संसार में और कुछ है ही नहीं।"

उस समय वह आदमी के सामने आकर खड़ा हो गया। सुखराम ने सिर उठाया। आदमी ने कहा—"तू कौन है?"

"कौन?" सुखराम ने कहा। वह पास आ गया। सुखराम उसे अंधेरे में पहचान नहीं सका।

"बोलता क्यों नहीं?" उस आदमी ने कहा। उसके स्वर में खिजलाहट थी। सुखराम ने क्षण-भर सोचा और फिर उसका भय दूर हो गया। उसने धीरे से कहा, "मैं? मैं हूं करनट सुखराम।"

"करनट!" उस आदमी के मुंह से खुशी की हल्की आवाज निकली। फिर उसने दुहराया—"करनट!" जैसे उसे एकाएक विश्वास नहीं हो रहा था कि उसका बिगड़ता हुआ खेल अचानक ही फिर ऐसे बन जाएगा।

"शाबाश।" उसने कहा।

सुखराम चौंका।

"क्यों?" उसने पूछा।

वह आदमी हल्के से हंसा।

"तू कौन है?" सुखराम ने पूछा।

उस आदमी ने जैसे सुना नहीं। अन्धकार में भी वह इस समय निश्चित-सा दिखाई दिया।

सुखराम ने खीझकर कहा—"बताता क्यों नहीं?"

वह आदमी और पास गया और उसने विभोर स्वर में कान में कहा—"मैं करनटों का राजा हूं।"

सुखराम में जैसे जिन्दगी लौट आई। उसका स्वप्न पूरा हुआ था।

उसी की तो खोज थी और वह ऐसे अचानक ही पूरी हुई।

''राजा जी!'' सुखराम ने पांव छुए।

''खुश रह।'' राजा ने आशीर्वाद दिया।

''बीड़ी पी ले।'' राजा ने कहा।

दोनों बीड़ी पीने लगे। धुआं कोठरी में भर गया। उस समय बीड़ी पीकर सुखराम की चेतना लौट आई। थकान उतरने लगी।

''तुझपर'' राजा जी ने सोचते हुए कहा—''वे कतल का मुकदमा चलाएंगे।''

''मैंने कतल नहीं किया।''

''तो तू करनट नहीं है।'' राजा जी ने कहा।

''पर मैं बेकसूर हूं।''

''बेवकूफ!'' राजा जी ने कहा—''करनट कभी बेकसूर नहीं होता। अगर तूने कतल नहीं किया, तब भी तुझे मानना ही होगा कि तूने कतल किया है।''

''क्यों?''

राजा जी ने कहा—''मगर तूने कतल क्यों नहीं किया?''

सुखराम क्या कहे, समझ में नहीं आया। वह उसकी ओर देखने लगा। अंधेरे में मुंह साफ नहीं दिखता था। बीड़ी जलते समय जो उजाला हुआ था उससे एक हलकी झलक अवश्य उसने देख ली थी।

''तू जानता है?'' राजा जी ने कहा।

''क्या?''

''मैं क्यों पकड़ा गया हूं?''

''नहीं।''

''मैंने एक बच्चे की हंसुलिया उतार लेने की कोशिश की थी। पकड़ा गया।''

''क्यों उतारी थी?''

''अबे तू मुझसे झूठ बोलता है? करनट होकर पूछता है क्यों उतारी थी? अगर तू असल नटिनी का जाया होता तो पूछता—पकड़ा क्यों गया?''

सुखराम चिन्ता में पड़ गया।

राजा जी ने कहा—-''तू गधा है।''

''फिर क्या करूं?''

''सो जा!''

''सो जाऊं? फिर?''

''फिर फांसी पर चढ़ना होगा!''

''और तुम क्या करोगे?''

''जो अभी तक किया है।''

''राजा जी! मैं मरना नहीं चाहता।''

''मैं तो तुझे नहीं मार रहा।''

''पर तुम हमारे राजा भी तो हो।''

''हां, हूं।''

''मैं तुम्हारी सरन आया हूं।''

उसकी बात सुनकर सुखराम से उसने कहा—''तो तू मेरे हुकम पर चलेगा?''

"जरूर, राजा जी!"

"तो सो जा!"

"सो जाऊं?" सुखराम चौंक गया।

"हां, मैं जगा लूंगा।"

"तुम क्या करोगे?"

"मैं तेरी रच्छा करूंगा।"

"क्यों?"

"तू मेरी सरन जो आया है।"

सुखराम यह सुनकर चुप हो गया। आधी रात हो गई थी। राजा जी उठे। "मेरे संग हाथ बटा।" राजा ने कहा।

सुखराम खड़ा हो गया। चारों ओर सन्नाटा छा रहा था। सब सो रहे थे। कोठरी में एक छोटी-सी खिड़की थी। उसमें लोहे के सींखचे लगे थे, वही एक हवा आने का रास्ता था। उसी पर राजा जी की नजर पड़ी।

सुखराम और राजा जोर लगाने लगे, पर वह न उखड़ी। सुखराम निराश हो गया।

"अब क्या होगा राजा जी?"

"घबराता क्यों है?"

"राजा जी, मारे जाएंगे। मैं फांसी पर चढ़ जाऊंगा।"

"कायर!" राजा जी ने कहा—"मेरे रहते डरता है?"

"डरता तो नहीं राजा जी!"

"ठीक है। एक काम कर। यह ले।" राजा जी ने एक बड़ा मजबूत छुरा कहीं से निकाल लिया। अंधेरे में सुखराम न देख सका। कहा—"इससे तू काट।"

सुखराम ने काटा तो आवाज हुई। वह डरा। पर राजा जी खड़े-खड़े खर्राटे भरने लगे। आवाज डूब गई। कोई घंटे-भर बाद सलाखों के नीचे की लकड़ी कट गई।

खर्राटे धीरे-धीरे कम हो गए।

खिड़की खींच ली गई। अब रास्ता निकल आया। राजा जी ने बाहर झांका। सन्नाटा था।

"सुखराम!" वे फुसफुसाए।

"क्या है?"

"कोई नहीं है।"

"भाग चलो राजा जी।"

"अभी नहीं। वह कुत्ता जा रहा है।"

"वह क्या करेगा?"

"भौंक उठेगा।"

फिर कुत्ता भी चला गया।

दोनों बाहर निकल गए। उस समय उन्हें लगा जैसे वे मौत के मुंह से निकल आए थे। ठीक उसी समय ठाकुरों ने थाने के आगे आकर पुकारा—"दरोगाजी।"

ठाकुर हरनाम की मृत्यु से वे विक्षुब्ध थे। पता नहीं क्या हुआ। आगे चलकर यह अवश्य हुआ कि खून सुखराम पर नहीं आया, क्योंकि गांव में पंडित और ठाकुरों ने मिलकर दरोगा को कसवाकर ही छोड़ा। परन्तु इस समय भय था।

दोनों भाग चले।

ठाकुर के दबाव से दरोगा ने कोठरी खुलवाई। पर वहां कोई नहीं था। सिपाही भाग चले। बन्दूकें अंधेरे में चलीं।

राजा जी ने फुलवाड़ी में पहुंचकर कहा—"ठहर जा।"

"क्यों?" वह ठहरा।

"सिपाही आ रहे हैं।"

"फिर?"

"अब भागेंगे तो आवाज होगी।"

सुखराम ने कहा—"राजा जी!"

"हां!"

"सोचते क्या हो? जल्दी करो।"

"क्या करूं?"

"लपककर पेड़ों पर चढ़ जाएं।"

राजा खुश हो गया। बोला—"शाबाश! जब मैं उल्लू की बोली बोलूं तब उतर आना।"

दोनों पेड़ों पर चढ़ गए।

थोड़ी देर में दो सिपाही भागते हुए उधर आ गए। वे बातें कर रहे थे—"देखा पंडित सिवराम! दरोगा ने ठाकुर मार डाला।"

"मैं ठाकुरों को जरूर बता दूंगा असली बात। हरनाम ठाकुर मेरे साले लगते हैं।" दूसरे ने कहा।

"गवाही देनी पड़ेगी।"

"दूंगा।"

"मैं भी दूंगा। पण्डित निरोती मेरे नातेदार है। नौकरी की खातिर क्या मैं धरम छोड़ दूंगा।"

"साली नौकरी ने कुत्ता बना रखा है।"

"यह तो देखो, दीवानजी ने कैसा झूठ बोला!"

"अजी इसने बड़े मठा दुधारे हैं।"

"बड़े भाई का सारा माल दबा गया ये। इसकी भाभी और छोटे-छोटे भतीजे भूखे मरते हैं।"

"वह भी तो सिपाही था!"

"हां।"

"जैसी आई वैसी गई।"

"चलो, यहां कोई नहीं है। छोड़ो। जब वह बेकसूर है तो पकड़कर भी क्या होगा!"

"दूसरा भी तो है?"

"वह तो अब तक डांग पहुंचा होगा।"

वे चले गए।

कुछ देर बाद उल्लू बोला।

सुखराम ने सुना तो सांस ली।

दोनों उतर आए। गले मिले।

"देखा! बच गए।" राजा ने कहा।

"भाग की बात है।"

"अरे करनट का सहारा और है ही क्या?"

"यार!" सुखराम ने कहा—"मजा आ गया?"

"आ गया न?" राजा ने कहा—"हमारे साथ आज तक किसी को मजा न आया हो, सो नहीं हुआ।"

"तुमने सुना था न? खून दरोगा ने किया है।"

"कोई करे! मुझे-तुझे क्या?"

"सो तो कुछ नहीं।"

"फिर मरने दे सालों को।"

"ठाकुर हरनाम कौन भला था! और पंडित तो बड़ा बदमाश है।"

"कहां जाएगा?"

"डांग।"

"वहां कौन है तेरा?"

"तुम जो हो!"

"मैं?" राजा ने चौंककर पूछा।

सुखराम ने कहा—"क्यों, डर गए? भला बताओ। अब मैंने तुम्हें राजा माना है, तो तुम राजा हो और मुझे कौन आसरा देगा?"

"ठीक बात है।"

"मेरा डेरा वहीं है।"

"कब से रहता है तू? मैंने तुझे देखा नहीं।"

"मैं नया पहुंचा हूं। गांव में झगड़ा हो गया था सो भाग गया था यहां से।"

"तू मरद है, मेरा यार, चल मेरे साथ।" राजा जी ने कहा।

"किस्मत की बात है।"

"क्या?"

"देखो तुम मुझे कैसे मिले!"

"तू किस्मत को बहुत मानता है?"

"क्यों नहीं?"

राजा ठिठक गया।

"क्या हुआ?" सुखराम ने पूछा।

"सोचता हूं, तुझे ले जाना ठीक होगा या नहीं?" राजा ने कहा। सुखराम समझा नहीं।

"क्यों?" उसने कहा।

"मुझे सोचने दे।" राजा ने कहा।

सुखराम चुप हो रहा।

"दो वादे कर।" राजा ने कहा।

"क्या?"

"एक तो तू मेरे कहने पर चलेगा।"

"यह भी कहने की बात है!"

"अरे पहले भी एक को ले गया था, उसने मेरी नटिनी को ही फंसा लिया था। वह चली गई उसके साथ। लोग हंसने लगे। वह उसके संग थी। आखिर मुझे लड़ना पड़ा। वह मर गया, तब वह फिर मेरी हो गई।"

"मैं वादा करता हूं।" सुखराम ने कहा—"उस तरफ से डरो मत।"

"क्यों, तू आदमी नहीं है?"

"मेरी दो औरतें हैं।"

"औरतों से कोई रुकता है?"

"तो तुम भी वादा करो।"

"क्यों?"

"तुम मेरी औरतों पर आंख न डालोगे?"

"मैं तो नहीं डालूंगा।" राजा ने कहा—"और तेरी लुगाइयों ने मुझे छेड़ा तो? तू जाने, रानी बनने का लोभ किसे नहीं होता?"

"तो तुम काट डालना उसे।"

"बसा न लूं?"

"नीयत बिगड़ रही है तुम्हारी राजा?"

'चोखी भई, सुखराम। मार डालूँगा सुसरी को! तू दूसरा वादा कर।"

"कहो।"

"मेरी गद्दी तू नहीं छीनेगा।"

"कभी नहीं।"

दोनों फिर गले मिले।

आसमान में हल्की पौ की रोशनी फट रही थी। उजाले में राजा ने कहा –

"मेरे यार सुखराम! तू तो बड़ा जोर का आदमी है।"

"सो कैसे राजा जी?"

"अबे तेरी औरत तो मुझे न देखेगी। पर मुझे अपनी से जरूर डर हो गया है।"

"बेकार डरते हो। मेरी औरतें देखेंगी रानी, तो आंखें फट जाएंगी।"

"मैं देखूं तो!"

"तो!!" सुखराम ने कहा—"लुगाइयों की मरजी। पर जबरन कुछ न करने दूंगा।"

"और किया तो क्या करेगा?"

सुखराम ने उसका हाथ पकड़कर बताया—"ये करूंगा।"

"अरे छोड़-छोड़, टूटा-टूटा...!"

सुखराम ने छोड़ दिया।

सुखराम हंस दिया।

27

उधर आसमान में लाली छलकी, इधर दो आदमी दिखाई दिए काली छायाओं के-से।

बूढ़ी चिल्लाई—"अरे आओ-आओ! राजा जी छूट आए!"

उस आवाज को सुनकर सब बाहर आ गए। उनके चेहरों का उल्लास था। धीरे-धीरे ये लोग पास आ गए। कोलाहल मच उठा।

बूढ़ी मस्त थी। हंसकर कहा—"अरे राजा जी! तू कहां चला गया था?"

"आप से तो नहीं गया था।" नट आ-आकर राजा जी के पांव छूने लगे। सुखराम ने निगाह दौड़ाई। उसका काला वाला परिचित अभी नहीं आया था। न उस भीड़ में कजरी और प्यारी थीं। क्या बात हुई, अभी तक कोई नहीं आ सकी?

नटों और नटनियों के गाने और नाच शुरू हो गए। वे विभोर थे। उन्हें इस तरह

की कोई उम्मीद ही नहीं थी कि राजा इतनी जल्दी छूटकर आ जाएगा।

"कहो राजा जी," एक ने कहा—"क्या हुकम है?"

"जसन मनने दो।" राजा ने कहा।

"राजा जी की जै" का नारा गूंज उठा।

कुछ नट चिल्लाए—"आओ! आओ!"

शराबें खुल गईं।

सुखराम ने कहा—"मैं चलूं?"

"कहां?" राजा चौंका।

"लुगाइयों से मिल आऊं?"

"सब यहीं आ जाएंगी।" राजा ने कहा—"तुझे जाने का हुक्म नहीं।" वह हंसा।

राजा बीच में कुर्सी पर बैठा। इसी समय रानी आ गई। राजा को देखकर उसने सलाम किया और फिर सुखराम की ओर देखा। सुखराम ने उसके सामने आंखें नीची कर लीं। राजा हंसा। रानी से बोला—"यह वैसा नहीं है, समझी।"

रानी ने कहा—"हाय मरे, तुझे शरम नहीं आती! कैसे बकता है!"

राजा अपनी जांघ पर हाथ मारने लगा।

रानी ने पूछा—"यह कौन है?"

राजा ने चूमकर कहा—"यह हमें छुड़ाके लाया है।" और सबकी ओर उसने देखकर हाथ घुमाकर कहा—"सुनो, सुनो!"

सब पास आ गए। एक ने कहा—"हुकम राजा जी?"

"इसे देखा!"

सब देखने लगे। सुखराम को अजीब-सा लगा।

"यह कौन है?" एक और से पूछा।

"यह मेरा वजीर है।" राजा जी ने कहा।

"कैसे हो जाएगा?" रानी के पीछे खड़ी स्त्री ने पूछा।

"मेरी मरजी से।"

"पर बताना तो पड़ेगा।"

"बताऊंगा जरूर।" राजा ने कहा—"इसने मुझे जेल से भागने में मदद दी थी।"

नट सुखराम को सलाम करने लगे। वे सन्तुष्ट हो गए थे। इतना बड़ा कारण और क्या हो सकता था?

एक ने कहा—"आदमी तो जोर का है।"

"क्या बात है!" दूसरे ने कहा—"नटनी का जाया जोर का न होगा तो होगा ही कौन?"

तब ही रानी ने शराब का प्याला भरकर सुखराम की ओर बढ़ाया।

सुखराम ने राजा की ओर देखा।

"अरे उधर क्या देखता है?" रानी ने कहा—"तू तो बड़ा डरपोक है।"

"उसके दो लुगाइयां हैं।" राजा ने कहा और ठठाकर हंसा।

रानी खिसियाई। कहा—"पर फिर भी डरता है।"

"कभी नहीं।" राजा ने कहा—"कभी नहीं डर सकता। पी ले मेरे वजीर। दरोगा!"

एक नट बढ़ आया। सुखराम ने देखा कि रानी ने उसे देखा। राजा ने कहा—"सबको खबर दे दो, वजीर आया है।"

दरोगा चला गया।

राजा ने कहा—"पी ले वजीर।"

सुखराम ने पी डाला। बहुत दिन बाद आज शराब पी। वे दिन और थे जब उसे पीने की आदत थी। कजरी के रहते कभी होश खोने लायक दुख नहीं हुआ था, कोई ऐसा अभाव ही नहीं था। पर पीते ही मजा आया। पुरानी चीज ने ठोंसा दिया।

गीत उठने लगे। राजा और रानी तथा वजीर के चारों ओर खास-खास आदमी थे, औरतें थीं और गोल बनाकर चारों ओर नट-नटनियां नाच रहे थे। गोश्त पकने लगा था। गंध आने लगी थी। वे लोग खूब शराब पीते रहे। राजा ने रानी के मुंह से प्याला लगा दिया। रानी अन्त में नशे में नाचने लगी और चारों ओर हुड़दंग और मस्ती का आलम छा गया।

जब सुखराम महफिल में झूमा तब भी शराब की मस्ती गजब ढा रही थी। राजा ने खाते वक्त कहा—"अब कहां जाता है?"

"घूमने।" सुखराम ने झूमकर कहा।

राजा बोला—"और घूमकर फिर घूम आ!"

वह बक रहा था। उसे खुद होश न था। रानी ने अश्लीलता से कमर नचाई और गाया—"अब मैं क्या करूंगी सखी! मेरा बलमा बड़ा रसीला है, पर सारी डांग में ढूंढ़ आई, कहीं नहीं मिला। हाय, मेरी तो डेरे की टाट उड़ गई, सिर पर छाया न रही, हाय मैं क्या करूं?"

सब हंसने लगे। राजा खुद नाचने लगा और उसने सुखराम की कमर में हाथ डाल दिया। सुखराम भी नाचने लगा। आदी न था। जल्दी लड़खड़ाने लगा।

"और लाओ थोड़ी।" सुखराम ने कहा।

एक नट ने प्याला दिया। सुखराम पीकर चिल्लाया—"राजा!"

"हां वजीर!"

"मजा आ गया।"

"मजा?" और राजा ने अट्टहास किया—"और क्या वजीर!" और वह फिर भूल गया।

तभी कई नट नाचने लगे। सुखराम झूमने लग गया था।

धीरे-धीरे ज्वार कम हुआ। उन्होंने मदमस्त होकर गोश्त खाया और राजा ने तारीफों के पुल बांध दिए। बड़ा मजा आ रहा था। धीरे-धीरे खाना खत्म हुआ। महफिल खत्म हुई।

सुखराम निकला तो पांव लड़खड़ा रहे थे। सिर घूम रहा था। ऐसा लग रहा था, वह उड़ा जा रहा है। पर वह चल पड़ा था। कहां जा रहा था, यह उसे स्वयं ज्ञात नहीं था। वह तो चल रहा था।

आखिर वह पेड़ के नीचे बैठ गया और उसने पांव फैला दिए और ऊपर देखा। पेड़ पर बेल लग रहे थे। उसे वे बहुत बड़े-बड़े-से लगने लगे। उसने सिर पर हाथ रख लिए जैसे वे सिर पर गिर जाएंगे। वह डर गया।

कुछ देर बाद वह उसे भी भूल गया और चित सो गया। इस समय उसकी आंखें मिच गईं।

आज उसे गाना सूझ रहा था। उसने भर्राए स्वर में गाया—"चलत-चलत मोरे बाजे री बिछिया..."

बिछिया पर वह स्वर बल खाने लगा और उसने गाया —

'पनघट आय छिप्यो री संवरिया...'

संवरिया शब्द उसके मुंह से बार-बार निकलने लगा, लड़खड़ाता हुआ, झूमता हुआ।

तभी कजरी ने उसे देखा। वह उसे बड़ी देर से ढूंढ़ रही थी। उसने सुन लिया था कि वह वजीर हो गया था। परन्तु वह आया नहीं था, इसका उसे खेद था। वह वजीरनी हो गई थी। उसे बुलाना चाहिए। मरद की जात भी क्या, फौरन ही तो भूल गया। ऐसा मौका होता तो वह कभी भूल सकती थी!

पास आई। उसका दिल भर आया। उसने उसके पास बैठकर उसका हाथ पकड़ लिया। ऐसे, जैसे गिरे हुए बालक को मां कुछ खीझती हुई और दया करती हुई ममता से उठाती है। जिसे स्त्री प्यार करती है उसकी भूलों को माफ करना भी जानती है।

''उठ।'' उसने कहा—''प्यारी की हालत खराब है।''

सुखराम ने सुना ही नहीं। तान जारी रखी...

'हाय गही मोरी गोरी ये बैयां,

हौं नहीं जाऊंगी ऐ मेरी दैया।'

''ऐ!'' कजरी चिल्लाई।

पर सुखराम ने उसको पकड़ कर गाया –

'हाय नहीं मोरी गोरी ये बैयां...'

कजरी ने उसके हाथ को झटका दिया। सुखराम ने फिर हाथ पकड़ने की चेष्टा की। कजरी की खीझ बढ़ गई। चिल्ला उठी—''हरामी! शराब पी के पड़ा है तुझे लाज नहीं आती?''

''ऐं ऽ ऽ ऽ?'' सुखराम की चेतना ने जवाब दिया।

''मर गया है तू?'' कजरी ने कहा।

सुखराम को धक्का लगा। कहा—''मर गया? मैं?''

कजरी ने सिर पीट लिया। भागकर गई और पानी से फरिया का किनारा भिगो लाई। लाकर मुंह पर पानी छिड़का। कुछ देर में सुखराम को कुछ होश-सा आया। कजरी आंखें फाड़कर देख रही थी।

''कुछ ठीक हुआ?'' उसने कहा।

सुखराम ने आंखें मीच लीं। सिर भिन्ना रहा था।

कजरी ने कहा—''उठ।''

''क्या है री?'' वह जैसे जग गया, और कजरी को देखकर मुस्कराकर उसकी कमर में बांह डालकर बोला—''आ गई तू! अरी तू अब वजीरनी हो गई है।''

''आग लगे तेरी मस्ती में।'' कजरी ने हाथ अलग करते हुए कहा।

''क्या बात है?'' सुखराम ने पूछा।

''चल, प्यारी के पास चल।''

''पहले तू तो मेरी सुन ले कजरी। कित्ते दिन से तूने मुझसे मन की बातें नहीं कीं।''

''अरे हट!'' कजरी ने कहा—''दिन-दहाड़े क्या बक रहा है! कमबख्त सब भूल के नट हो गया असल।''

''अरी,'' सुखराम ने हंसकर कहा—''तुझे मेरी तरक्की से खुशी नहीं हुई!''

''बड़ी तरक्की कर ली तूने।'' कजरी ने कहा—''अब चलता है!''

''कहां?''

''डेरे पर।''

''यहां मैं अच्छा नहीं लग रहा हूं! यहीं जो बैठी रह।''

''अभी तू नशे में है।''

"नशे में होगा तेरा बाप।"

"अरे बाप तक न पहुंचियो, कहे देती हूं।"

"क्या कर लेगी।"

"कुछ नहीं करूंगी परमेसुरे," कजरी ने कहा—"चलता है कि नहीं। प्यारी बीमार है।"

सुखराम खूब हंसा। बोला—"वाह री कजरी! अभी तक ठीक थी, अब प्यारी बीमार हो गई। बात का बतंगड़ करना तू खूब जानती है।"

कजरी सकते में पड़ी। क्या करे?

कहा—"तू चलता है कि मैं जाऊं?"

कजरी उठ खड़ी हुई। सुखराम ने हाथ पकड़कर बिठा लिया और कहा—"अरी चली जइयो। कजरी! मेरी वजीरनी! एक गीत सुना दे मुझे!"

"तेरे मुंह पे आग बराऊं।" कजरी ने कहा—"देखो नासपीटे को, कैसा मस्ता रहा है। गीत सुना दे मुझे! अरे तो क्या तब उठेगा जब प्यारी की ल्हास उठ जाएगी।"

"खबरदार!" सुखराम ने कहा और तड़ाक उसके मुंह पर चांटा जड़ दिया। कजरी रो पड़ी। उसे गुस्सा आ गया। उसने झटककर उसका मुंह नोच लिया और चिल्लाने लगी—"सुसरा शराब पी के आ गया है, जरा अकल नहीं।"

दोनों अलग हुए। सुखराम ने कहा—"और कहेगी तू?"

"सौ बेर कहूंगी। अब चलैगा कि यहीं मरैगा?"

तभी कोई दौड़ा-दौड़ा आया। कजरी का मुख फक् हो गया। पुकार उठी—"क्या हुआ?"

"प्यारी की हालत खराब है। जल्दी चलो।"

कजरी ने सुखराम की ओर देखा। सुखराम का मुंह अचरज से फट गया उसने कहा—"कजरी!"

कजरी रोई। सुखराम ने कहा—"मुझे माफ कर कजरी..."

वह आदमी बोला—"जल्दी चलो।"

कजरी ने हाथ खींचा।

तीनों वेग से चल पड़े।

प्यारी ने देखा तो मुस्कराई।

सुखराम बैठ गया। प्यारी में नई शक्ति-सी आ गई। सुखराम ग्लानि से कटा जा रहा था। कजरी ने कहा—"शराब पी के मस्त हो रहा था तेरा बालम, जिसके लिए तू रात से बिहाल हुई जा रही थी।"

प्यारी फिर मुस्करा दी।

"क्या हुआ तुझे?" सुखराम ने कहा।

"कुछ नहीं।" प्यारी ने उसे देखते हुए जवाब दिया।

उसकी दृष्टि में अथाह तृप्ति थी, जिसे देखकर सुखराम का मन चंचल हो उठा।

"पेट में बड़ा दरद है।" कजरी ने कहा।

"पेट में!" सुखराम ने चौंककर पूछा। उसके दिमाग में यही बात घूम गई।

"कहां देखूं!"

"वहीं है।" कजरी ने कहा।

छूकर देखा। पता नहीं चला, क्या था। वह समझा नहीं। भूला-सा देखता रहा।

प्यारी ने उसके हाथ को अपने हाथों में ले लिया।

कजरी बैठ गई। कहा—"जेठी बोलती क्यों नहीं?"

"अच्छी हूं अब।" प्यारी ने उसे प्यार से देखते हुए कहा। कजरी उसी स्नेह को देखकर झुक गई।

"तुझे ताप है।" सुखराम ने कहा।

"होगा।" प्यारी ने उत्तर दिया।

"ताप तो रात से है।" कजरी ने बताया।

"फिर तूने क्या किया?" सुखराम ने पूछा।

"मैं क्या करती! इसने मुझे उठने ही नहीं दिया। कहती थी, ठीक हो जाएगी। अभी हो ही रहा है।"

"होने दो।" प्यारी ने कहा।

"रात मैंने सिंकाई की थी।" कजरी ने कहा—"तू तो दुनिया का भला करने गया था न? जा हो आ। मैं बैठी हूं यहां। तुझे क्या फिकर कि कोई जीता है या मरता है! तू भला अब गरीबों की फिकर क्यों करने लगा?"

"कजरी!" धीरे से प्यारी ने कहा।

कजरी रूठी हुई बैठी रही।

"मेरी ओर देख।" प्यारी ने स्नेह से कहा।

"क्या है?" कजरी ने मुड़कर देखा।

प्यारी विचलित हो गई। बोली—"अरी यह क्यों?"

उसकी आंखों में आंसू भरे थे। कजरी की आंखों का वह पानी बूंद बनकर ढुलक आया। उसे देखकर सुखराम का मन पानी-पानी हो गया। उसे अपने ऊपर बड़ी लाज आ रही थी। परन्तु यह समय सोच-विचार का नहीं था।

"तू बैठ जा यहां। मैं किसी को लाता हूं।" कहकर वह उठ खड़ा हुआ।

"सुनती है जेठी," कजरी ने कहा—"क्या कहता है! तू बैठ जा यहां। जैसे मैं तो घूम रही थी न इधर-उधर!" उसके मुख से दुख के कारण और शब्द नहीं निकल रहे थे।

प्यारी ने कहा—"रहने दे छोटी। उसे दुखी न कर।"

सुखराम उठा और राजा के पास गया। राजा अभी तक मस्त था।

"राजा जी!" उसने कहा।

"क्या है?" राजा ने पूछा।

"मेरी लुगाई बीमार है। यहां कोई इलाजी है?"

रानी ने कहा—"है तो।"

राजा ने कहा—"करेला कहां है?"

करेला को लेकर सुखराम आ गया। उसने पेट सूंता। बड़ी पीर हुई, परन्तु करेला कह रहा था—"नस पर नस चढ़ गई है। दस्त आए थे?"

"नहीं।" कजरी ने कहा।

"तो नर नहीं हिला है। वही बात है।"

और वह फिर सूंतने लगा। अपने सूंतने में वह अंगूठा प्रायः गड़ा देता था और प्यारी दर्द से दांत भींच जाती।

सुखराम चुपचाप बैठा रहा।

करेला ने कहा—"ये दो बूटियां हैं, पीसकर पिला दो।"

सुखराम पीस लाया। पिला दीं। चला गया।

"कुछ खाएगी?" कजरी ने उसके गाल पर प्यार से हाथ फेरकर पूछा।

"नहीं।"

"हाय, कल से तैने कुछ नहीं खाया है!"

"मेरा मन नहीं करता है।"

"मेरी कसम है, दो कौर ले ले।"

"नहीं खाएगी तो देही कैसे चलेगी?" रुककर फिर कहा।

और प्यारी को खाना पड़ा। चार कौर खाए तो ऐंठा शुरू हो गया। लाचार पड़ रही।

गांव वालों में "ले रोटी खाय ले" की बात इतनी अधिक होती है कि रोग में भी बराबर खाए जाते हैं। उनका खयाल होता है कि भूखा पेट डालना बुरा होता है। न जाने यह अज्ञान कितनी जानें ले डालता है। सुखराम बाहर आकर बैठ गया था। इस समय वह गम में डूब गया था। उसे कुछ भी नहीं सूझ रहा था। प्यारी सो गई थी या दर्द की ज्यादती से चुप पड़ गई थी, यह पता नहीं चलता था। कजरी धीरे-धीरे उसके पांव सहला रही थी।"

दुपहर की आखिरी झिल्ली उतर गई है और भीतर से वही काली-सी शाम निकल आई है। उसकी उदासी आज काटे खा रही है। सुखराम आज डूबा-सा जा रहा है। इसमें साहस नहीं हो रहा है कि भीतर जाए और प्यारी के पास जाकर बैठे। वह उसे देखता है तो उसका कलेजा मुंह को आने लगता है। वह कराहती है तो आतंक-सा छा जाता है।

वह मन ही मन भगवान का नाम ले रहा है—"हे महादेव! प्यारी को अच्छा करे दे, उसे बचा ले।"

प्यारी ने आंख खोल दी। कजरी ने पुकारा—"आ जा भीतर! वह जग गई है।"

सुखराम महादेव को ढोक दे उठा—"भगवान मेरी सुन ली। मेरी सुन ली दीनानाथ! अरे बमभोले! तू बड़ा दया वाला है।"

प्यारी ने आंखें घुमाईं। कहा—"वह कहां है?"

"बाहर बैठा है।"

उसने क्षीण स्वर में कहा—"उसे बुला ले।"

कजरी रुआंसी हो गई। बोली—"नहीं, तू ठीक हो जाएगी।"

प्यारी का मुख शांत था। भव्य। कजरी ने दीया जला दिया था, जिसकी रोशनी उसके मुख पर पड़ रही थी। उसकी लम्बी आंखें चमक-सी उठी थीं। कजरी ने देखा तो उसे लगा, प्यारी पर एक तेजस्विता आ गई थी। वह उसे देखकर चौंक उठी। कहा—"तू क्या कह रही है प्यारी!"

"एक बार मेरी भी तो मान ले।" प्यारी ने पूर्ण शांति से उत्तर दिया। उसमें कोई उत्तेजना नहीं थी। आज उसमें कोई भी क्षुद्रता दिखाई नहीं देती थी।

कजरी रोने लगी। उसकी वेदना आज अन्तरात्मा से घुमड़कर आंसू बनकर रिस रही थी। वह जैसे अपने को संभालने का यत्न करती थी, किन्तु आज यह उसके बस के बाहर की बात थी।

"तू अच्छी हो जाएगी प्यारी।" उसने आर्द्र स्वर से कहा।

"अरे क्या है?" सुखराम ने पूछा।

किसी ने उत्तर नहीं दिया। वह शंकाकुल हुआ।

प्यारी ने क्षीण स्वर से कहा—"कुछ नहीं।"

"फिर भी तो?"

प्यारी ने देखा। कजरी ने मुंह छिपा लिया।

"कजरी रोती है।"

"क्यों?"

"पता नहीं, पगली है।"

सुखराम झनझना उठा।

"क्यों?"

"पगली है!!"

"कजरी!!"

"पता नहीं!!"

उससे रहा नहीं गया। वह आतुर हो उठा। भीतर एक उदास सन्नाटा था, वह बाहर नहीं बैठ सका।

अब वह भीतर आया तो प्यारी हंस दी, पर स्वर नहीं निकला। उसने उसे भरी-भरी आंखों से देखा। अपलक। एकटक। गंभीर, परन्तु ममता-भरी दृष्टि से। और कजरी भयातुर-सी सहमी हुई। सुखराम अवाक्, जहां घुटन के पंख निकल आए हैं, और वह उड़ना चाहती है, पर उड़ नहीं सकती। अथाह निस्तब्धता अब कजरी के नेत्रों से निकलकर सुखराम के मन पर उत्तरी जा रही है।

"मेरे पास बैठ जा।" प्यारी ने धीमे से कहा।

सुखराम ठिठका खड़ा है। उसका साहस कहां चला गया है? आज वह कितना दुर्बल हो गया है! लगता है जैसे शक्ति बाकी नहीं है। वह प्यारी को देख रहा है और उसकी आंखें आज उसको देखती ही रहना चाहती हैं; जैसे वह प्रकृति की किसी अनुपम सत्ता को देख रहा है, जिसका उसे कोई उपमेय नहीं दिखता, न वह उसका कहीं अन्त ही पा सकता है।

कजरी ने कहा—"यहां आ न!"

वह अवरुद्ध स्वर, उसके भीतर आज आवाहन नहीं है, आज वह उसे रुलाई-सी लग रही है, जो अपने समुचित और संचित रूप में एकत्र हो गई है; वह भावनाओं का मोल-तोल नहीं है, वह मानवीय मूल्यों की भीतरी गहराई है जो कभी-कभी अचानक प्रकट होती है। सुखराम पास आ गया। उसके बैठ जाने पर कजरी धीरे से खिसकी और उसने प्यारी का सिर उसकी गोद में रख दिया।

प्यारी को आज सन्तोष हुआ है। वे घृणा, विद्वेष और ईर्ष्या के शूल कहीं नहीं हैं, सुखराम डाल पर लगा एक फूल है और लेटी हुई प्यारी उस फूल पर जैसे पंख खोलकर एक खूबसूरत तितली चिपक गई है और फूल निस्तब्ध-सा देख रहा हैं, तितली अवाक्-सी अपने अन्तस् को भर रही है। इसमें आदान-प्रदान नहीं है, दोनों अपने को लुटा रहे हैं, बांहें तनों को नहीं मनों को लपेटे ले रही हैं, गाढ़ और गहन-आलिंगन में, जो दिखाई नहीं देता, किन्तु जिसका ताप युगान्तर तक की ऊष्मा को अपने-आप में स्पन्दित कर रहा है।

रात अंधियारी थी।

एक पुरुष था, एक स्त्री थी। दोनों के शरीर की बनावटों में कुछ भेद था। उस भेद ने एक ही मन के दो पहलू बना दिए थे और वे दोनों जीवन-भर एक-दूसरे को समझने की चेष्टा कर रहे थे। परन्तु आज उनका द्वैत हट गया था। वे एक नए प्रदेश में थे, जहां मन का अचेतन अब चेतन बनकर भास्वर हो उठा था। वह दृष्टियों का मिलन नहीं था। वह पूर्ण एकाकार था। प्यारी के बड़े-बड़े नयनों की पलकें अब ढलक कर आ गई थीं और नेत्र उनींदे-से, अधमुंदे-से, अपने भीतर पूर्ण वासना को ले आए थे। वह मादक वासना आज प्रेम की अतीन्द्रिय आभा में डूबकर कितना उन्निद्र-सी हो गई थी; और सुखराम के सीधे नयन पर उसकी भौं तनिक खिंचाव देकर स्तब्ध हो गई थी।

प्यारी के वे लम्बे-लम्बे लगने वाले नेत्र उसको देख रहे हैं, बाहर हवा पर तैरता अंधेरा

नहीं रहा, वह सब उसकी पुतलियों में आकर इकट्ठा हो गया है, और उसमें वह तारा चमक रहा है जो न जाने कितनी-कितनी माधवी निशाओं का खुमार लिए हुए है और स्नेह की गहराइयां आज उठे हुए समुद्र की भांति अनंत रागिणी लिए हुए गूंजती चली जा रही हैं। कैसा करुण झूमता हुआ स्वर है! उसमें कितनी विभोर आत्मसमर्पण की अंतिम गाथा है! आज बुझता हुआ दीपक जैसे अपनी लौ की अंतिम दीप्ति में आलोक का समस्त विगत इतिहास फिर से अन्धकार पर लिख जाना चाहता है। इस पूर्ण शान्ति में निर्द्वन्द्व आकाश की भांति पवित्र सम्मोहन है, जिसमें समस्त अतीत की प्रेमस्मृतियां अब इन्द्रधनुष की भांति निकल आई हैं, और मन उन्हें देख-देखकर अपने क्षण-क्षण को दुहराकर अपने को उसी में लय कर देना अपनी सार्थकता की चरम सफलता समझता है। जहां अनुभव के बन्धन छोटे हो गए हैं, जहां ज्ञान के अभिमान दूर हो गए हैं, जहां सृष्टि ने अपनी गहन रहस्य-भरी बात अनजाने ही कह दी है। जहां कुल-कुल करते प्रात-खगों के मधुर जागरण से स्फुरित हुए आन्दोलित जीवन से सुरभि लुटाकर फूलों की भांति अपनी मांसल पंखुड़ियों को खोल दिया है, वहां आज मृत्यु पर विजय हो रही है, क्योंकि विनाश की प्रतिपल सन्निकट आती पगध्वनि, चिरन्तन बनी हुई जीवन की इस मोहक तन्मयता को भेदने में असमर्थ हो गई है। न कहीं जड़ता है, न कहीं अवरोध ही दिखाई देता है। यहां गौरव और पराक्रम भी क्षुद्र बन गए हैं, इन सबके ऊपर उठने पर जो तादात्म्य है, वही आज मुस्करा उठा है। बचपन के खेल-कूद में जो धरती में बीज-सा उतरा, और किशोरावस्था के प्राथमिक दर्शन में जिसमें यौवन ने छूकर अंकुर उत्पन्न कर दिए, यौवन में जो शरीरों की बाह्य सत्ता में संभोग बनकर अपनी अधूरी पूर्णता प्राप्त कर सका, डग-डग पर जो जीवन में दो पांवों की भांति चलता रहा, वह प्रेम आज एकत्व की पूर्णता प्राप्त कर गया था। जैसे किसी मकान के सामने अपने कर्तृत्व का अभिमान रखने वाले दोनों हाथ नमस्कार में जुड़कर अपनी अहमन्यता को खो बैठते हैं, वैसे आज प्यारी और सुखराम के नेत्र मिलकर एक हो गए हैं। आज तक जो था वह सब उपासना का कोलाहल था, प्रबंध था, आज देवता और उपासक सचमुच पास आ गए हैं, एक-दूसरे में अपने-आपको मिटा-मिटाकर प्राप्त करते चले जा रहे हैं।

कजरी देख रही थी। दीया टिमटिमा रहा था। धीरे-धीरे वह बुझने के पहले जैसे एक बार फिर अपनी सारी ताकत से जगमगाने की चेष्टा कर रहा था। अन्धकार को जैसे इस बार वह सदा के लिए मिटा देने को सन्नद्ध हो उठा। प्यारी का मुंह सफेद-सा पड़ चला था।

कजरी सह नहीं सकी। वह आकुल होकर फूट-फूटकर रो उठी। उसके स्वर को सुनकर दोनों चौंक उठे। उनका वह स्वप्न टूट गया। मंगलवेला में जब सहस्र दीपों की आरती सजाकर उठाई तो उस समय क्रूर वायु ने उसे बुझा दिया।

''कजरी!'' प्यारी ने डांटा।

परन्तु कजरी नहीं रुकी। वह तो घुमड़ उठी थी और ऐसी बदली थी जो बार-बार कांप उठती थी। कैसे शान्त हो जाती वह! उसे मिट्टी का लोभ पुकार रहा था। क्योंकि मिट्टी-मिट्टी को प्यार करती है।

''क्यों रोती है बावरी!'' प्यारी ने कहा, और कुछ नहीं। जैसे प्यारी ने जीवन के अनन्त सत्यों को खोल दिया था। रुदन और कोलाहल के ऊपर ही मुस्कान और शान्ति है। उन्हीं में तो असली तन्मयता है। परन्तु कजरी की आर्त्तावस्था कितनी पवित्र थी! वह जीवन के प्रति साकार निष्ठा थी। उसकी हिचकी बंध गई थी।

''प्यारी।'' कजरी कहती है।

''क्या है छोटी?'' वह धीरे से पूछती है।

"जेठी!!!" वह कुछ कह नहीं पाती। उसने तो एक शब्द में अपना सब कुछ उंडेल दिया है। वह तो रो रही है, वह तो हिल उठी है, वह अपने-आपको पानी-पानी किए दे रही है, उसके सामने उसकी प्यारी चली जा रही है...

प्यारी ने कहा—"बलमा!"

सुखराम देखता है और करुणा फिर उसके मुख पर सजीव हो उठती है। प्यारी उसे जो कुछ दे रही है, प्यारी उससे जो कुछ ले रही है, वह सब कितना भव्य है! वह सब कितना महान है! सुखराम उसे देख रहा है।

"तू जा रही है?" सुखराम पूछता है, जैसे वह किसी स्वप्न-लोक में है। वह आज स्वयं भी तो अपनी क्षुद्रताएं छोड़ बैठा है।

"हां, मेरे बलमा।" प्यारी कहती है। वह स्वीकृति है।

"क्यों?" सुखराम पूछता है।

प्यारी उत्तर नहीं देती, देखती है। उसका मुख ऐसा हो गया है, जैसे शरद् का पूर्ण चन्द्र हो और उसमें से कितना-कितना आलोक न फूटा पड़ता हो, बहा जा रहा हो।

"तुझे इतनी भी दया नहीं?" सुखराम पूछता है, जैसे श्वेत भव्य ताजमहल शारदीय ज्योत्स्ना में भीगा खड़ा हुआ हो, और चुपचाप देख रहा हो, अपने भीतर प्रेम की समाधियों की अनन्त निद्रा में से जगे हुए दिव्य आलोक को उस बाह्य प्रकाश में मिल जाता हुआ पहचान रहा हो।

प्यारी मुस्कराई है। वह एक मुस्कान नहीं है, वह जीवन की जय है, जो विनाश के किसी भी पल में घबराती नहीं, अपनी सुसंस्कृत अवस्था को जो इतनी ऊंचाई पर ले जाने का यत्न करती है कि फिर उसे इस परिवर्तनशीलता में भी अपनी मिट जाने की भीति के परे कर दे, क्योंकि वह उसको कल्पों के विराट अन्धकार में एक पल के आलोक में ही पूर्ण कर देना चाहती है!

और कजरी फिर रोती है। वह चिल्लाती है—"सुखराम! उन्होंने प्यारी को मार डाला... मार डाला..."

सुखराम ने कहा—"तेरे उसने लात दी थी न? वह मर गया, पर जो बचे हैं उनकी मैं जाकर टांगें काट दूंगा।" वह हठात् जगकर चिल्ला उठा। वह जो अभी तक खोया हुआ था वह प्रेम की पराजय देखने लगा, क्योंकि वह भी प्यारी की भांति ऊंचाई पर नहीं पहुंच सका। उसे फिर सूनापन दिखाई देने लगा। कजरी के हाहाकार से डेरा गूंजने लगा। सुखराम भयाक्रान्त-सा देखने लगा। इस समय वह आवेश में था।

प्यारी दृढ़ थी। उसकी शक्ति क्षीण होती जा रही थी। उसने कहा—"कजरी मेरे पास आ।"

कजरी रोती हुई आ गई। प्यारी ने उसका माथा चूम लिया। फिर आंसू से भीगा उसका गला चूम लिया। कजरी का मन कातर हो उठा।

तब प्यारी ने धीरे से कहा—"बलमा!"

सुखराम स्तब्ध हो गया था।

फिर प्यारी ने कुछ नहीं कहा। वह देखती रही। उसने आज अपने पुरुष से कोई चुंबन की भीख नहीं मांगी। वह क्या कोई अभावग्रस्त थी! नहीं, वह तन्मया, निर्द्वन्द्वा, अपराजिता और चिरंतन तथा पूर्ण थी। वह देखती रही, देखती रही। वे नेत्र फिर मुस्कराए, वह मुस्कान होंठों पर छा गई, वह मुस्कान एक आलोक बनकर विकीर्ण होने लगी, वह लगा जैसे मनोहर फूल खिल गया, वह लगा जैसे निरभ्र आकाश में पूर्ण चन्द्र निकल आया, वह लगा जैसे अनन्त निद्रा में से सौन्दर्य के स्वप्न ने जन्म लिया, वह लगा जैसे अतलांत सिन्धु में से अपनी समस्त श्री के साथ पद्म-स्थिता लक्ष्मी का आविर्भाव हुआ, वह लगा जैसे अपनी

प्रभूत जड़ता छोड़कर सृष्टि ने पहली बार जीवन की चेतना के प्राप्त होने पर आदिनाद किया, वह लगा जैसे कल्मषों में गहन स्तरों को भेदकर उज्ज्वल सत्य अपने आकार रूप को धारण करके अवतरित हुआ, वह लगा जैसे कोई दिव्य संगीत निर्बाध सम्मोहन बनकर शाश्वत युगों तक के लिए व्याप्त हो गया, और वह मुस्कान फिर स्थिर हो गई, अपलक होकर वह नयनों में जैसे सदा के लिए उजागर हो गई, प्यारी आज सचमुच जी गई।

उस समय कजरी करुण स्वर में रो उठी—"जेठी!"

उसका वह चीत्कार हवा पर टकराया और हाहाकार बनकर अंधकार को ऐसे फाड़ने लगा, जैसे उसे खंड-खंड कर देगा। किन्तु सुखराम स्तब्ध बैठा रहा। उसको हाहाकार सुनाई न दिया। उसे तो वह मुस्कान दिखाई दे रही है जो आज उसमें ऐसी व्याप गई है कि वह अपने को सुखराम नहीं समझता। वह तो प्यारी की महामान्वित अमर मुस्कान बन गया है। उसे नहीं लगता कि प्यारी सो गई है, वह तो उसे शाश्वत जागरण समझ रहा है। उसे लग रहा है जैसे साक्षात् जगदम्बा आकर सामने लेट गई है।

परन्तु कजरी हाहाकार कर रही थी। उसकी वह असीम वेदना आप फटी पड़ रही थी। उसे सुनकर नट-नटिनियां आ गए।

एक नट आगे आया।

उसने कहा—"उठ वजीर! वजीरनी मर गई।"

"यह झूठ है," सुखराम कह रहा है—"प्यारी मुझे कभी नहीं छोड़ सकती। उसने कजरी के आने पर भी मुझे नहीं छोड़ा, वह तो मेरे पास है, मेरे पास लेटी है, उसे सोने दो..."

और कजरी फिर फूट-फूटकर रो उठती है, दारुण स्वर से निढाल होकर, जैसे सब कुछ खो गया है, और सब अंधकार बाहर अट्टहास कर उठा है, बीभत्स भयानक, कठोर... दिगंत व्यापी...।

किसी ने कहा—"अरी कोई सौत के लिए भी ऐसी रोती होगी...!"

परन्तु वे शब्द व्यर्थ हैं, क्योंकि सुखराम पर्वत की भांति उठा जा रहा है, कजरी हिमखंडों की भांति पिघली चली जा रही है...

प्यारी शांत पड़ी थी।

कजरी ने उसका पांव पकड़ लिया। पांव ठंडा हो गया था।

वह चीत्कार करने लगी।

एक नट ने कहा—"ओढ़ा दो।"

दूसरे ने उसे ढक दिया।

कजरी को रोते देख औरतें पसीज गईं।

"रो नहीं, री!" एक ने कहा।

"किसका यह दिन नहीं आता!" एक बूढ़ी ने कह ही दिया।

सुखराम बैठा रहा।

"बिचारी बड़ी अच्छी थी!" एक स्त्री ने प्रकट किया।

"अरे मैं मर जाती।" बूढ़ी ने कहा—"जवान थी, उसे भगवान ने उठा लिया। उसके तो एक बच्चा भी नहीं हुआ। क्या सुख देखा बिचारी ने!"

सुखराम फिर भी स्तब्ध था। अब उसकी दृष्टि जैसे चादर के भीतर से भी प्यारी का मुंह देखे ले रही थी। वह सब उसे स्पष्ट दिख रहा है।

फिर क्या हुआ? उसे मालूम नहीं।

कौन आया है? कौन गया है?

सुखराम नहीं जानता।

बूढ़ी कहती है—"भगवान को न्याव न आया री, अब तक नहीं आया। कैसी मलूक थी कि देख के दीदे ठंडे होते थे! उसे उठा लिया, दुनिया में सैकड़ों पापी बाकी हैं।"

कजरी रोती रही। एक स्त्री ने उसे सहारा दिया। कहा—"अरी तनिक धीरज धर!"

बूढ़ी ने दार्शनिक के स्वर में कहा—"ऐसा अच्छा घर था, बेरहम ने उजाड़ दिया। सौत-सौत को काटती है, पर यहां दोनों ऐसे रहती थीं जैसे बहिन हों, एक पेट की जाई भी सौत होके दुसमनाई कर उठती हैं, पर यहां तो भगवान हार गया।"

उसी का बदला ले लिया उसने काकी!" कोई बोल उठी।

सुखराम बैठा रहा।

उसकी निस्तब्धता को देखकर डर लगता था। बिल्कुल जैसे निर्जीव! जड़!

अंधेरी रात बाहर गल गई और एक कोने से आसमान में एक उजाले की झाईं पड़ने लगी थी। आज की शुरुआत रुलाई के झटकों से कांपती हुई आई।

अब सुबह हो गई थी।

"अरी बुलाओ न सबको!" बूढ़ी ने कहा।

कोई भाग चला।

बूढ़ी ने कहा—"रो नहीं कजरी। अपने आदमी की गोद में सिर धरे-धरे मर गई है, इससे बढ़कर लुगाई का सुख क्या है? देखा तूने चेहरा! तनिक डर नहीं है।"

राजा आ गया। उसे देखा। दुःख से सिर हिलाया। बोला—"इन्तजाम करो अब!"

और फिर वे लोग प्रबन्ध में लग गए। बूढ़ी कह रही थी—"बड़ी अच्छी थी बिचारी। मरते बखत आदमी को अपने जनम-भर के पाप डराने लगते हैं। देखा है! ऐसी पड़ी है जैसे मुस्करा रही हो। देवी-सी लगती है। बड़ी पुन्नात्मा थी बिचारी।"

कजरी का हृदय फटा जा रहा था।

जब लाश उठी तो कजरी डकराकर रो उठी। जीवन की ममता ने संचित स्मृतियों की धरोहर को अन्तिम बार झकझोर दिया और मृत्यु की विकरालता पर जैसे उसने अन्तिम प्रहार किया। योगी जिसे सृष्टि का अनादि नियम कहकर उसे निरासक्त भाव से सहने को उपदेश देते हैं, उसे आज तक मनुष्य की जीवन के प्रति आस्था ने कभी स्वीकार नहीं किया। उसने अस्तित्व के प्रति सदैव श्रद्धा की है। वही उसका रुदन है।

"जेठी ऽऽऽ..." उसका करुण क्रन्दन गूंज उठा।

सुखराम नहीं रोया। वह पीछे-पीछे चलने लगा।

राम नाम सत है...

सत बोलो गत है...

और यह स्वर बार-बार बदलते कन्धों पर झूम रहा था। शाश्वत किन्तु सदैव नवीन!

चिता पर लाश रख दी गई।

उन्होंने आग लगा दी। लपटें धधक उठीं।

सुखराम अपलक देख रहा है। वह नहीं जानता, यह सब क्या हो रहा है।

राजा ने चिल्लाकर कहा—"सुखराम! वजीरनी में आग लग गई है, देखता है, वह जल रही है!"

"नहीं, राजा जी!" सुखराम का स्वर धीमे से सुनाई दिया—"वह सो रही है।"

नटों ने सांस छोड़ी। कुछ की आंखों में नमी आ गई।

परन्तु सुखराम चुपचाप खड़ा रहा।

लपटें धक-धक करके उठीं और चारों ओर से अपना ताना-बाना बुनने लगीं। उनमें अदम्य दाह था, जो सर्वभक्षी क्रूरता को लेकर इस समय लकड़ियों पर जीभ फिराने लगा था। आज वह अन्त का प्रतीक बन गया था। वह आलोक की मर्यादा को लांघकर आज भस्म करने पर उद्यत हो रहा था। उसकी हहर हवा पर व्याप रही थी।

उसकी गर्मी से नट पीछे हट गए।''

''सुखराम,'' राजा ने कहा–''पीछे आ जा!''

''क्यों?'' सुखराम ने पूछा।

राजा पास आ गया और उसे खींच लाया।

''क्यों राजा जी! तुम मुझे उससे दूर क्यों करते हो?''

''तुझे ताप नहीं लगता?''

''ताप? कहां है ताप?''

और लपटों ने जैसे उस समय हंसकर भीतर से शव को पकड़ लिया। एक नट ने कहा –- ''पहुंच गई भीतर!''

दूसरे ने कहा–''जा रे, कपाल किरिया कर दे।''

एक आगे बढ़ा। उसने थोड़ा घी एक लम्बे करछुल में रखकर सिर को छू दिया। तड़ाक की एक हल्की आवाज-सी गरजती लपटों में खो गई।

''पहुंच गई।'' एक बूढ़े ने कहा।

और उन्होंने कहा–''बिंदरावन पहुंच गई वह तो।''

''जो रह गए सो रह गए।''

''एक दिन सबको जाना है।''

राजा बढ़ आया। उसकी आंखों में कौतूहल था। वह इस आदमी को पहचानना चाहता था। क्या बात थी कि अभी तक विचलित-सा दिखाई नहीं दिया था? क्या वह साधु है? पर वह तो उसे बहुत प्यार करता था, यही तो सब कहते हैं न?

उसने पास आकर देखा। वही निस्तब्ध गंभीरता, वही अमर विश्वास। अडिग समर्पण!

''सुखराम!'' उसने कहा।

''राजा जी!'' सुखराम ने पहचाना।

''देखता है?'' राजा ने कहा।

''क्या है?'' उसने पूछा।

''तू देख रहा है न?''

''हां।''

''तुझे क्या दिखता है?''

''सब कुछ देखता हूं।''

''तो तू रोता क्यों नहीं?''

''रोऊं?'' क्यों?''

''प्यारी मर गई है।''

''नहीं।''

''वह सामने कौन है!''

''प्यारी है।''

''वह आग के बीच में है।''

''नहीं राजा जी! तुम झूठ कहते हो।''

"वह मर गई है सुखराम।"

"अच्छा!!"

"तुझे विश्वास नहीं?"

"नहीं।"

"क्यों?"

"वह मुझे छोड़कर कैसे जा सकती है!"

"यह भगवान की मर्जी है।"

"आज तक तो मेरे-उसके बीच में किसी और की मर्जी नहीं आई?"

राजा कैसे समझाए? एक बूढ़े ने कहा—"बेचारा सह नहीं सका है।"

दूसरे ने धीरे से कहा—"कहीं पागल न हो जाए।"

"पागल!" सुखराम ने कहा—"कौन है पागल?"

"कोई नहीं, कोई नहीं," सबने कहा। वे डर गए थे कि कहीं वह सचमुच पागल न हो जाए। पर सुखराम ने कहा—"मुझसे कहते हो?" वह हंसा और फिर उसने कहा—"वह डेरे पर मिलेगी मुझे। वह सबसे पहले लौट गई है।"

राजा सहम गया।

"राजा जी!" सुखराम का स्वर उठा।

"क्या है वजीर?"

"तुम भी नहीं मानते?"

"क्या सुखराम?"

"तुम देखना। वह लौट गई है। मैंने उसे लौटते देखा है।"

राजा का मुख भय से आक्रान्त हो गया।

"तुम क्या जानो?" सुखराम ने कहा—"वह मुझसे कभी झूठ नहीं बोली।"

बूढ़े ने सोचा, शायद पुरानी यादें उखाड़ देने से मन सुस्थिर हो जाएगा। उसने पुकारकर पूछा—"क्या कहती थी वह?"

"वह कहती थी कि मेरे बिना नहीं रह सकती।"

"पर वह दगा दे गई।"

"तुम झूठ कहते हो।" सुखराम ने उसी तन्मयता से कहा—"वह सबसे झूठ कह सकती थी, पर मुझपर उसका भरोसा था। तुम क्या जानो, जब मैं छोटा था, तभी से वह मुझे चाहती थी। तब मैं बहुत छोटा था, वह भी बहुत छोटी थी, वह धूल में खेलती थी, मैं इधर-उधर से आते-जाते उसे मार जाता था, तब वह रोती थी। फिर हम दोनों साथ-साथ खेलने लगे थे। और वह मुझे दिक करती थी। मैं उसे मारता था, वह रोती थी, मुझे काट खाती थी। और फिर जिस दिन मेरे मां-बाप मरे थे, उस दिन उसी ने मुझे सहारा दिया था। वह मुझे छोड़ जाएगी? तुम जान जाओगे, और मैं नहीं जानूंगा? क्यों? मेरे साथ रहने का क्या उसे चाव न था?" वह हंसा। वह हास्य बहुत निर्मल और ठंडा था। उसे सुनकर वे सब कांप उठे।

राजा ने कहा—"चल सुखराम, अब कुछ नहीं रहा।"

"तुम जाओ, मैं नहीं जाऊंगा।"

"क्यों?"

"प्यारी मुझे दिखाई दे रही है।"

राजा निराश हुआ। सबने हताश होकर देखा और एक-एक करके सब चले गए। केवल राजा रह गया। सुखराम बैठ गया। राजा पास खड़ा रहा।

''राजा जी!'' सुखराम ने कहा।

''क्या है?''

''आज प्यारी बड़ी गहरी नींद में है।''

''मूरख, वह जल रही है, मर गई है, तू समझता नहीं!'' राजा ने हारकर कहा।

सुखराम हंसने लगा, कहा—''ठीक है, मैं नहीं समझता। तुम समझते हो। जानते हो, उसने क्या किया था? मुस्कराई थी। तुम इसे जबर्दस्ती बांध लाए हो। तुम राजा हो। जैसे सब बड़े आदमी निठुर होते हैं, तुम भी निठुर हो, तुम्हें दया नहीं है।''

लकड़ियां चटचटाने लगी थीं। आकाश में धुआं उड़ा जाता था। भयानक आग थी और सुखराम ने कहा—''राजा जी!''

''क्यों?''

''तुम्हें तो याद होगा, रुस्तमखां का मकान जला था, ऐसा ही था न?''

राजा ने वैसे ही कहा—''हां, याद है।''

''तुम अच्छे आदमी हो।'' सुखराम कहता रहा—''याद है न?'' मैं कितना डर गया था! मैंने समझा था, प्यारी और कजरी उसी में जल उठेंगी और मै। भागा-भागा पहुंच था। पर प्यारी और कजरी दोनों खड़ी थीं। डर तो गई थीं। जली कोई नहीं थी। वह उस आग में नहीं जली थी, तो क्या वही प्यारी इस आग में जल जाएगी? जानते हो, यह क्या है?''

''क्या है?''

''यह सुपना है।''

''सुपना ही है सुखराम!'' राजा ने कहा—''यह सारी दुनिया ही एक सुपना है।''

''प्यारी बड़ी अच्छी है राजा जी। वह कहने लगा—''वह कभी मुझसे रूठती है, कभी मान मनाती है, पर मैं जानता हूं, ''वह मुझे बहुत चाहती है। मुझे तो ऐसा लगता है जैसे वह पिछले जनम में भी मेरे साथ ही थी। हम दोनों तब शायद हिरन और हिरनी थे। एक झरने पर संग-संग पानी पीने जाया करते थे।''

राजा डर गया। उसे लगा कि सुखराम सचमुच पागल हो गया है। उसकी इच्छा थी कि किसी तरह वह रो पड़े, किन्तु वह नितान्त शान्त था और यह उसका ठंडापन उसके अथाह दुःख का ही पर्याय था। परन्तु राजा की समझ में नहीं आ रहा था कि वह क्या करे। उसको सोचने में देर लग गई।

''तुम्हें बिश्वास नहीं होता!'' सुखराम ने उसे जवाब न देते देखकर पूछा।

''होता है।'' राजा ने कहा।

सुखराम ने कहा—''तो वे सब क्यों चले गए राजा जी? तुम उन सबको सजा दोगे न? वे सब हमें छोड़कर चले गए?''

''चलो मेरे साथ।'' राजा ने कहा—''मैं उन सबको सजा दूंगा।''

उसने सुखराम का हाथ पकड़ लिया। सुखराम उठ खड़ा हुआ और बोला—''राजा जी!''

''अब क्या है?'' राजा ने चलते हुए पूछा।

''देखो किसी को मारना नहीं।''

''नहीं मारूंगा।'' राजा उसे लेकर बढ़ चला।

''वे नादान हैं।'' सुखराम ने कहा।

दोनों पहुंचे। उस समय कई नट और नटिनी वहां खड़े थे। उनके मुख उदास थे।

''राजा जी!'' सुखराम चिल्ला उठा।

''क्या है?''

"वह देखो!" वह फिर चिल्लाया।

देखा। राजा कांप गया।

सुखराम ठठाकर हंसा। उसका वह भयानक हास्य सुनकर अन्तराल तक थहर उठा। उसमें हृदय की पर्तें तड़क गई और फिर राजा ने सन्नद्ध होकर आंखें फैला दीं।

द्वार पर कजरी प्यारी के कपड़े पहने खड़ी थी। वह मुस्करा रही थी।

कजरी चिल्लाई—"बलमा!"

सुखराम हंसता रहा। कहा—"घबराती क्यों है? मैं गया ही कहां था?"

राजा अवाक् खड़ा रहा। वह आज जैसे एक नए लोक में आ गया था। सब स्तब्ध खड़े थे, जैसे किसी ने उन पर इन्द्रजाल फैला दिया था।

तब राजा की ओर देखकर सुखराम ने कहा : 'राजा जी!'

"क्या है?" उसने धीरे से पूछा।

सुखराम चिल्लाया—"मैंने कहा था न?"

राजा नहीं बोला।

कजरी और सुखराम गले मिले।

"प्यारी!" उसने कहा। वह स्वर कितना गद्‌गद था। जैसे बहुत दिन के बाद आज वह अपने आराध्य के पास आ गया, जैसे बहुत दिनों के बाद बटोही को अपनी मंजिल मिल गयी थी।

"हां!" कजरी ने रुआंसे कण्ठ से कहा।

"मैंने कहा था, प्यारी लौट आई है।" सुखराम ने कहा—"पर ये सब लोग मानते ही नहीं थे। कजरी कहां है?"

"कजरी?" कजरी ने कहा—"वह मर गई!"

तब सुखराम ने आंख फाड़कर देखा। और कजरी की आंखों से धारा फूट निकली।

"प्यारी ऽ ऽ ऽ ऽ!" सुखराम धाड़ मारकर रो उठा और धरती पर सिर फोड़ने लगा और आर्त स्वर में हृदयों को हिलाने वाला चीत्कार करके अब बार-बार पुकार उठा—"निरदई! तू चली गई! तू मर गई! मुझे भी साथ क्यों न लेती गई!"

और कजरी का रुदन ऊर्ध्व श्वास के साथ खिंचकर उस समय झिझक-झिझक-कर घुटता-घुटता-सा बिखरने लगा।...

राजा पास आ गया।

रानी ने कहा—"रोकै मत!"

राजा रुक गया।

रानी ने कहा—"वह पागल हो गया था न?"

राजा ने सिर हिलाया।

रानी कहने लगी—"उसे तुम ले गए, मैं तो मर-मर गई।"

"क्यों?" राजा ने पूछा।

"इसका तो रोना ही बन्द न होता था।"

"हाय कैसी-कैसी रोई है!" बूढ़ी ने कहा—"मेरा तो कलेजा हिल गया।"

"और वह नहीं रोया, रानी।" राजा ने कहा।

"मरद की बात है।" बूढ़ी ने उत्तर दिया।

रानी ने धीरे से कहा—"मरद नहीं काकी, वह तो पत्थर हो गया था। वह तो और भी खतरनाक है..."

और सुखराम और कजरी का वह रोदन अब भी गूंज रहा था। छोड़कर एक ओर आ गए थे।

राजा ने कहा—"पर यह प्यारी कैसे बनी?"

"मैंने बना दिया।" रानी ने कहा।

"सो कैसे?"

"बहुत रोई, बहुत रोई, तो मैंने कहा कि तू ही रोएगी तो फिर तेरे आदमी को ढांढस कौन बंधाएगा। बस।"

"फिर?" राजा ने पूछा।

"फिर पीछे पड़ गई।"

"कैसे?"

"बोली, मुझे मरा समझ लो। मेरा मरद उसे ही मानता था, वह मानने लायक थी। मैं क्या उसकी बराबरी कर सकती हूं।"

"तब?" राजा की जिज्ञासा बढ़ी।

रानी ने कहा—"क्या करूं। मानती न थी।"

"क्या कहती थी?"

"वह कहने लगी कि सुखराम इसे सह नहीं सकेगा। वह मुझसे ज्यादा प्यारी को चाहता था। कजरी आई है, कजरी चली गई है। मैं प्यारी हूं, आज से मैं प्यारी हूं।"

"अरे!" राजा ने कहा।

"हां," रानी कहती गई—"कजरी नहीं मानी। उसने कहा—उससे कह देना, कजरी मर गई। वह नहीं रोएगा। अगर मैं प्यारी बनकर ही उसे सुख दे सकती हूं तो क्या है? क्या एक जिन्दगी उसके लिए मैं प्यारी बनकर नहीं बिता सकती? और इसने प्यारी के कपड़े पहन लिए और बोली—"कहो रानी! मैं प्यारी जैसी लगती हूं कि नहीं?"

राजा ने कंधे पर हाथ धरकर कहा—"सुखराम!"

वह नहीं बोला।

रानी ने फिर कहा—"और फिर इसने सिंगार किया!"

राजा चौंका। पूछा—"सिंगार?"

"हां! कहती थी कि बलमा देखेगा तो क्या रूखी-रूखी-सी जाऊंगी उसके पास!"

पर सुखराम रो रहा था। आज हृदय में से प्रत्येक सिसक प्यारी की स्मृति बनकर रिस रही थी। यह कठिन ग्रन्थि खुलती थी तो अपने साथ कितना विस्तार लेकर घूम-घूमकर आती थी।

रानी ने कहा—"मन हल्का हो जाएगा।"

राजा ने देखा। उसकी करुणा कराह उठी।

एक वृद्ध बढ़ आया। कहा—"राजा जी!"

"क्या है?" राजा ने पूछा।

वृद्ध ने धीरे से उसे अलग ले जाकर कहा—"रोको नहीं। इस बखत इसे खूब रो लेने दो।"

"क्यों?"

"रो लेगा तो पागल नहीं होगा।"

राजा ने कहा कुछ नहीं। देखता रहा और जो कुछ वह देख रहा था, उस पर उसे आश्चर्य ही बढ़ता जाता था।

कजरी ने गाया—"हाय जेठी। तू चली गई, निरदई भगवान, तूने उसे उठा लिया, तूने उसे उठा लिया, अरे क्या वह अभी से जाने के जोग थी..."

सुखराम ने दोनों हाथों से सिर पीट लिया। कजरी ने अपनी छाती पीट ली। सुखराम ने कहा—"प्यारी!"

और फिर उस पुकार के साथ वह मूर्च्छित होकर पृथ्वी पर गिर पड़ा। कजरी बड़े जोर से चिल्ला उठी।

रात हो गई थी। डेरे में सुखराम पड़ा था। कजरी की गोद में उसका सिर था। जब उसे होश आया, उसने पूछा—"कौन?"

"मैं हूं कजरी।"

सुखराम ने उसे खींचकर छाती से लगा लिया और फिर धीरे से कहा "तू ही है कजरी, तू तो मुझे छोड़कर न चली जाएगी?"

दोनों फूट-फूटकर रो पड़े।

28

"मैं इसका बदला लूंगा।" सुखराम ने कहा।

कजरी चौंकी। पूछा—"किसका?"

"प्यारी की मौत का।" वह दृढ़ था।

"भला कैसे?"

"तू ठहरी रह।" उसने सोचते हुए कहा।

"मैं तो यही हूं।" कजरी ने कहा।

सुखराम ने कुछ नहीं कहा। सोचने लगा।

"जो दुश्मन था वह मर चुका।" कजरी ने कहा।

"वह तो एक था।"

"फिर अब कौन है?"

"पुलिस है।"

कजरी डरी, पर हंसी।

"क्यों हंसती है?" उसने चिढ़कर पूछा।

"हंसू न तो करूं क्या? तू तो बेवकूफ है।" कजरी ने कहा।

"क्यों?"

"पुलिस का क्या मतलब? पुलिस इतनी है, तू अकेला है।"

"पर उन्होंने प्यारी को मारा है न?"

"क्यों? प्यारी उसके पास जाकर बसी भी तो थी। वैसे ही उसके पास जाकर उसकी चाहत भर नहीं सकती थी?"

"तू प्यारी की बुराई कर रही है, कजरी?" वह धीमे स्वर से कह उठा।

"तू ऐसा मानता है?"

"नहीं। पर कहते बखत सोचती नहीं।"

"मैं सब सोचती हूं," कजरी ने कहा—"पर अपनी सकल भी देख। तू है क्या, बता सकता है?"

“मैं कुछ नहीं हूं, मैं निर्बल हूं, तू यही कहना चाहती है न?”

“उसने कजरी की आंखों में झांका।”

“नहीं,” कजरी ने कहा—“पहाड़ कोई आदमी नहीं खोदता, सब मिलकर ही उसे काटते हैं।”

“पर हमारे साथ तो कोई नहीं।”

“कोई नहीं? तभी कहती हूं—नहीं है, तो जैसे सब पी जाते हैं, वैसे हम भी पी जाएंगे। जिस जगह कोई चारा नहीं, वहां अगुआ बनें, सो क्या हमें ही अपनी जान भारी पड़ी है?”

उसके तर्क में सत्य था।

कजरी ने फिर कहा—“तू चला जा। तू कुछ कर। पर वे तुझे पकड़कर हवालात में डाल देंगे। फिर तुझे फांसी दे देंगे। कुछ भी नहीं होगा। कोई ऊंच जात होता, बड़ा आदमी होता तो असर भी पड़ता। तू नहीं रहेगा तो किसी का कुछ नहीं बिगड़ेगा, बस मेरी दुनिया अंधेरी हो जाएगी।”

वह कह न सकी।

पर उसने सत्य कहा था।

सुखराम ने कहा—“कजरी! तुझमें यह सब विचार कहां से आ गया?”

कजरी ने कहा—“भाग से बड़ा कोई नहीं। बता, इधर आए हैं तब से हाथ हिलाना पड़ा है कुछ? प्यारी के रुपये भी खतम हो चले हैं। पेट के लिए तूने कुछ सोचा है?”

“नहीं, कजरी।” सुखराम ने कहा।

कजरी ने कहा—“फिर खाएंगे क्या?”

सुखराम सोचने लगा। कहा—“अभी तीस रुपये हैं। बहुत हैं। तब तक कुछ न कुछ आ ही जाएगा।”

“क्यों? कजरी ने कहा—“बैठे-बैठे आ जाएगा?”

“और नट कहां से लाते हैं?”

“चोरी करते हैं। नटिनी कमाती हैं।”

सुखराम क्षण भर सोचता रहा।

“खतरे का काम है,” कजरी ने कहा—“पर चोरी करना बुरा नहीं है। न करें तो करें क्या? पर मुझे यह सब नहीं भाता ये अच्छे काम नहीं। अभी रुपये हाथ में है तो चल अहमदाबाद निकल चलें। वहां कमाकर खाएंगे।”

“वह परदेस है।”

“हुआ करे। यहां सब बिरादरी है, पर कोई मुंह में तो रोटी नहीं धर जाएगा?”

“हम तो राजा के सरन हैं।”

“राजा खुद भूखा नहीं है?” कजरी ने पूछा—“वह क्या पेट भर देगा?”

“तू तो वैसे ही डरती है!” सुखराम ने टाला।

कजरी ने कहा—“मैं क्या डरती हूं, तू खुद डरता है। तू सोचता है, और सोचकर भी अन्त नहीं पाता तो घबरा के सोचना नहीं चाहता।”

“तू ठीक कहती है।”

“फिर ले चलेगा न?”

“पर मैं डरता हूं।”

“क्यों? मैं क्या बैठी-बैठी खाऊंगी? अरे तू देखियो, मैं भी मजूरी करूंगी।”

“नहीं कजरी।”

"क्यों?"

"कहीं तू भी चली गई तो?"

"मैं कहां जाऊंगी?"

सुखराम की आंखें भीग गईं। वह बाहर देखने लगा। आसमान उजला था। डेरे में सुस्ती थी। कजरी को प्यारी की याद आ गई, और फिर ध्यान आया। सुखराम उसी ओर इंगित कर रहा है।

"तू न डर," कजरी ने कहा और फिर धीरे से बड़बड़ाई—"भाग की बात कौन जानता है कमेरे!"

कजरी रो दी।

सुखराम की चेतना सुस्थिर हुई। कहा—"तू रो नहीं कजरी।"

कजरी ने आंसू पोंछे।

"हम क्या सोचते थे, और क्या हो गया!"

"भगवान की मरजी।" कजरी ने उत्तर दिया।

तब सुखराम ने कहा—"मैं गांव जाऊंगा।"

"क्यों?" कजरी चौंकी।

"मैं ऐसा काम करूंगा कि कोई जान ही न पाएगा, और बदला भी चुक जाएगा।"

"मैं भी चलूंगी।" कजरी ने कहा।

सुखराम ने कहा—"मैं जल्दी आऊंगा। तू फिकर न कर। काम ऐसा चुपके का है कि कानोंकान खबर न होगी।"

कजरी ने कहा—"और किसी को पता न चल जाए!!"

"चल जाएगा तो पुलिस न पकड़ लेगी। अब डर नहीं?"

"नहीं।"

"क्यों?"

"मैं जानती हूं, तू बड़ा चालाक है। तुझे कोई सहज ही पकड़ नहीं सकता। जेल में से भागा है तू करनट! आज तक नहीं पकड़ा गया।"

सुखराम हंसा। कहा—"और तलाश करूंगा कि हरनाम का खून किस पर लगा। मैंने तुझे बताया, निरोती पकड़ा गया था!"

"कहां, कुछ तो नहीं।"

सुखराम ने पूरा किस्सा सुनाया। सुनकर कजरी डर गई।

"क्यों?"

"वे पकड़कर मारते हैं!"

"तो उनके हाथ में मैं आऊंगा कब?"

"तुझे मेरी सौगन्ध है।"

सुखराम ने कजरी की आंखों में आंखें डालकर देखा। वह हंस दी।

सुखराम जब चला तो शाम हो रही थी। वह पहाड़ से उतरने लगा। किसान अपने बैल हांककर घर चले गए थे। ग्वालियों के ढोरों की उठी धूलि बैठ चुकी थी। वह जब चंदन के द्वार पर पहुंचा, रात पूरी उतर आई थी। वह गांव के बाहर-बाहर चलकर वहीं पहुंच गया। चंदन गांव के बाहर ही रहता था क्योंकि वह मेहतर था। उसके घर के पास ही गांव का घूरा गिरता था, जिसके भीतर तक सूअर घुस जाते। पास ही एक बड़ी नाली थी, जिसमें से सड़ांध आया करती थी।

सुखराम को भी बदबू आई। परन्तु उसके भीतर विद्वेष था। वह उसे व्याकुल कर रहा था। घृणा में बहुत बड़ी अन्धी शक्ति होती है, क्योंकि वह मनुष्य को बहुत-सी विकृतियों की ओर खींच लेती है। वहां तर्क के ऊपर मनुष्य का कलुष जाग उठता है।

घृणा जब समर्थ में आती है तो वह वीरता बनती है। किन्तु जब निर्बल में वह जगती है तो बिना पानी की मछली की तरह तड़पने लगती है। वह एक लोहा होता है जो हृदय को काटने लगता है। निर्बल मनुष्य को घृणा सांप के जहर की तरह व्याप जाती है। वह उस समय सब भूल जाता है। उसका एक ध्येय होता है कि किसी तरह उसका काम हो जाए, ताकि उसके बाद वह अपनी विकृत और जघन्य प्रतिहिंसा की तृप्ति में नीचता से हंस सके और इस तरह के काम में किसी को माध्यम बनाना चाहता है।

सुखराम का असल में यही हाल था। उसे तो क्रोध था। दरोगा से वास्तव में उसकी शत्रुता नहीं थी। परन्तु उसके भीतर अपनी ठकुराई का एक सुप्त अहं था, जिसको दरोगा ने ठोकर दी थी। निरोती गिरफ्तार हो चुका था, हरनाम मर गया था, दरोगा पर ठाकुरों ने मामला चला दिया था, यह सब सुखराम ने रास्ते में अपनी परिचित उसी चमारिन ने पूछकर जान लिया था, जब चंदन के द्वार पर आया था।

जब मन ने तर्क किया तो उसके उस आहत अहं ने कहा था कि तू ठीक कर रहा है, खचेरा के खानदान का बदला जरूर लेना चाहिए।

चंदन की पांच बीवियां थीं। वह दिन-भर बैठा रहता और औरतें दिन-भर काम करतीं। जिस पर तुर्रा यह था कि वह उन्हें काम ठीक से करने पर हरामखोर कहकर गालियां देता था। औरतें उसका अदब करती थीं। उसके सामने कोई नहीं बोलती थी। चंदन की हर एक स्त्री के सन्तान थी और वे सन्तानें भी माताओं के साथ काम करती थीं। चंदन की भौं जरा चढ़ी रहती। वह मस्त आदमी था। अपने काम से काम रखता। कर्ज लेता तो मांगने से पहले चुका देता और अगर किसी ने मांग लिया तो चंदन की आबरू बिगड़ जाती थी।

वह साठ के करीब था पर उसमें बुढ़ापे का एक ही लक्षण आया कि कान के पास के बाल सफेद हो गए थे, वरना उसकी खाल खिंची-खिंची थी और चारों ओर से एक चिकनापन दिखाई देता था। उसके कपड़े उसके शरीर पर फंसे-फंसे-से आते। उसकी काली घनी मूंछें उसके मुंह पर पड़ी रहती जैसे पानी में सरकंडों की आड़ी-तिरछी छाया पड़ गई हो। और उसकी भद्दी मोटी नाक उस पर ऐसे जमी बैठी थी, जैसे उसके वजन से ही वे पूले जैसी मूंछें फैल गई हों।

उसका काला भुजंग रंग था, पर छबीला इतना कि एक दिन बड़े जमींदार ने जब उसे पांच पोशाक दीं, तो पहनकर फूला न समाया और गांव के बाजार में सारे बनियों को झिंझोड़ आया कि साले बनियाबांटू! तुम क्या दोगे! जो रईस हैं, देने को उनका ही हाथ उठता है, और इस प्रकार वह अपने दाता के विरुद्ध विष के बीज बो आया था।

मोटा हट्टा-कट्टा वह भारी आवाज का आदमी देखकर ही क्रूर लगता था। परन्तु वह ऐसा था नहीं। हृदय का कोमल था। जब उसकी बहुएं आपस में लड़ती थीं तो वह पहले तो चुप रहता, फिर बड़प्पन के लिहाज से कभी बड़ी की तरफ बोलता, कभी जवानी के लिहाज से छोटी की तरफ। बीच की बहुएं अब उसके लिए बेकार थीं।

उसकी आंखें सुर्ख रहती थीं। एक तो बहुत काले आदमी की आंखें वैसे ही कुछ सुर्ख होती है, फिर शराब का शौक तो उन्हें और भी ललाई दे देता है। उसकी औरतें शराब पीकर मस्त हुए पति को देखतीं तो मुस्करातीं। वे सुरीली आवाज में गातीं और उसको सुनकर

चंदन कहता—"सुसरियो! खूब गाओ ! अब के फगुआ लेने जाओ तो ऐसा गाना कि जमींदारनी खुश हो जाए।"

शराब चंदन के जादू-टोने से सम्बद्ध थी। चंदन प्रसिद्ध टोनेबाज था और मरघट तो उसका घर समझा जाता था। उससे गांव के बड़े लोग भी डरते थे। भूतों का ठेका मेहतर और धोबियों के हाथ में ही होता है।

उसने पेड़ की छाया में शराब उंडेली कि दुनिया आकर कुल्हड़ में बैठ जाती और फिर वह भद्दे स्वर में गाता—

'ऐ तेरे बैना मोहे सुहाए...'

और अपने गर्दभस्वर से सुरीली आवाज के बारे में वह ज्यों-ज्यों कल्पना करता, राहगीर और बिगड़ते। ग्यासी कोरी चौधरी कहलाता था। साढ़े चार फुट का पतला-सा आदमी, आंख का अंधा कि एक झलक-सी दिखाई देती। राह चलता जानवर तो दीखता, पर बहुत ही करीब जाने पर उसे गाय और भैंस का फरक पता चलता। वह ठिठककर एक दिन रुक गया था।

चंदन ने देखा तो पुकारा, "आओ चौधरी!"

"क्या है?" चौधरी ने पूछा, "कौन, चंदन है?"

"हां, चौधरी।"

"क्यों रोकता है मुझे?"

"आओ, अद्धा खोल डाला है, ढालूं कुल्हड़ में?"

चंदन शराब के नशे में मस्त था। चौधरी ने मां से प्रारम्भ किया और पांचों बहुओं का सम्बन्ध जोड़कर एक बार गाली दी और फिर बड़बड़ाता चला गया। चंदन को कुछ नहीं व्यापा।

चंदन की आदत थी कि उसे रुपयों की जरूरत पड़ती तो मालिक के घर जाता और झाड़ू स्वयं हाथ में लेता। इधर-उधर करके कई बार उनकी नजर में पड़ता और अन्त में सलाम करता। वह उस दिन पैसे लेकर लौटता। जमींदारनी से उसने कई बार बहुओं के लिए कपड़े मंगवाए थे। बड़ों की रईसी को मीठी चुनौती देता और काम निकाल लेता।

सूअर पालना उसका धन्धा था। उनके बाल बेचता। कुछ नट भी उससे खरीद ले जाते और बड़े कस्बे ले जाते जहां से इकट्ठा होकर वह सब माल शहरों में चला जाता वहां से वे बाल विलायत के कारखानों में चले जाते। जब कहीं चंदन ने यह सुना कि उसके सूअरों के बाल विलायत जाते हैं, तब से उसे लगने लगा कि विलायत की आधी जायदाद अपने पास रख छोड़ी है।

सुखराम ने कहा—"चंदन हो!"

छोरी निकली। पूछा—"कौन है?"

"अरे चौधरी है?"

"है। क्या काम है?"

"तू कह दे, कजरी का आदमी आया है।"

वह अपना नाम नहीं लेना चाहता था। कहीं कोई सुन ले तो खतरा जो पैदा हो सकता है। छोरी भीतर चली गई।

चंदन कच्चे कोठे से निकल आया। बोला—"कौन है?"

सुखराम ने पास आकर कहा—"राम-राम।"

"अरे तू है बेटा!" चंदन ने कहा—"बैठ-बैठ। अरी छोरी, हुक्का ले आ!"

"अरे नहीं, नहीं," सुखराम ने कहा—"मैं तो चिलम पीता ही नहीं, बीड़ी पीता हूं।"

चंदन अपने में मस्त था। बोला "जाने दे, जाने दे।"

वह जानता था कि वह उसके घर का नहीं पिएगा, पर उसकी आदत और थी।

बोला—"कैसे आया?"

"एकांत का काम है।"

"चल उधर।"

एक पेड़ के नीचे दोनों बैठे। सुखराम ने कहा—"दरोगा बड़ा तंग करता है चौधरी। तुम ही बचा सकते हो।"

"सौ कैसे?"

"अरे अब लगे न भोले बनने, इतना जंतर-मंतर जानते हो। डाकिन तुम्हारे पास आती है, बैताल तुमने सिद्ध किया है।"

"अरे नहीं!" चंदन हंसा। सुखराम ने कहा—"भला बताओ।"

"क्या-क्या?"

"तू पक्का होके आया है?"

"बिलकुल।"

"तो मरघट में एक लुगाई ले चल।"

"लुगाई?"

"हां, हां, काम आएगी।"

"क्या काम?" सुखराम ने अचकचाकर पूछा। वह तो इसकी कल्पना भी नहीं करता था।

"मैंने तो पांचवीं को फंसाया था।" चंदन ने कहा—"फिर ब्याह करके डाल लिया। खूब काम करती है। उसके अब तीन बच्चे हैं।"

सुखराम का गला सूखने लगा। उसने कहा—"औरत मंतर में क्या करेगी?"

"अरे तू क्या जाने!" चंदन ने कहा—"लड़का है अभी। यह जंतर-मंतर की बात है। बहेलिन है एक, मढ़ैया के परे रहती है। उसका बाप अंधा है। वह आजकल इधर-उधर जवान यार करती रहती है। मैं जानता हूं। उसे ले आ।"

"ले तो आऊं, पर उससे काम क्या होगा?"

"उसे नंगी करके मरघट में शराब पिलाकर..."

"नहीं, नहीं," सुखराम ने कांपकर कहा—"नहीं काका।"

"नहीं, काका!" चंदन ने आश्चर्य से कहा।

"मुझसे न होगा ये!"

"क्यों, तू मरद नहीं है?"

"अब तुम यही समझ लो कि मैं मरद नहीं हूं। मुझे तो यह सोचकर ही डर लगता है। काका! यह तो बड़ी डरावनी बात है। मेरे तो रोयें खड़े हो गए!!"

"तो फिर रकम लाया है?" चंदन ने चिढ़े हुए स्वर से कहा।

"कैसी रकम?"

"खर्चे की।"

"वह मंजूर है।" सुखराम ने कहा—"काहे में लगेगी?

"भजन-पूजा में।"

"हां। यह ठीक है।"

"अबे यह रास्ता जरा कठिन है। उसमें तो डाकिन तुझसे बोलती, और फौरन काम

हो जाता।" पर सोचकर कहा—"तू ज़रा हिम्मत नहीं कर सकता?"

"क्यों नहीं कर सकता?"

"तो तू बहेलिन को..."

"नहीं-नहीं, काका," सुखराम ने कहा—"वह नहीं, दूसरा तरीका ही ठीक रहेगा।"

"वरना पचास रुपये लगेंगे। सोच ले।" चंदन ने आंखें गड़ाई, "उसमें पन्द्रह रुपये में सब हो जाएगा। बहेलिन ज्यादा से ज्यादा तीन रुपये ले लेगी।"

"काका पांव पड़ता हूं।" सुखराम ने कहा—"वह तो बात छोड़ दो।"

"तेरी मर्जी।" चंदन ने पुकारा—"छोरी! हुक्का नहीं लाई?"

"लाई!" छोरी ने आवाज दी।

सुखराम ने झट बीड़ी सुलगा ली कि कहीं पीने को न कह दे। धरम सारा बरबाद हो जाएगा।

लड़की हुक्का दे गई। चंदन ने नली में मुंह लगाया।

"पचास लगेंगे?" सुखराम ने कहा।

"रकम कण्टान!" चंदन ने सिर हिलाया।

"कुछ कमती कर देते!"

"यार मेरे! जोखों का काम है।"

"तो फिर ला दूंगा।"

"शाबाश!" चंदन ने कहा और फिर हुक्के में मुंह लगाया।

"पर काम हो जाएगा?"

"पछाड़ खाके गिरेगा नीचे।"

"कब?"

"इधर मेरी तलवार चलेगी, इधर उसका हिया धड़क के बन्द हो जाएगा।"

सुखराम को चैन मिला। उसने कहा—"तो रात को ला दूंगा दो घंटे में।"

"जा, ले आ।" चंदन ने धीरे से कहा—"आजकल बौहरे लल्लू के घर माल है।"

"तुम्हें कैसे खबर?"

"हमें खबर न हो भला! उसका भतीजा सब माल हथियाना चाहता है, सो मुझसे मंतर करवाने आया था। मैंने मना कर दिया।"

"क्यों?"

"बनिए का लड़का है। कच्चे दिल का। जो किसी से पीछे मेरा नाम ले दिया तो मेरी गिरस्ती कौन संभालेगा? मेरे बिना कोई इनमें से काम करता है। सुसरियां हाथ पर हाथ धरे बैठी रहती हैं।"

"सो तो है," सुखराम ने बिना किसी दिलचस्पी के सिर हिलाया, हां में हां मिला दी, क्योंकि इसमें उसका कुछ बनता-बिगड़ता नहीं था।

सुखराम अंधेरे में छिपता हुआ चल दिया। बौहरे लल्लू की बाजार में दुकान थी। जब निठल्ले लोग आकर बैठ जाते और अपनी दुकानदारी में उसे फरक नजर आता दिखाई देता, तुरन्त टाट फटककर झाड़ लगाने लगता और सबको भगा देता। वैसे बड़ा मीठा आदमी था, पर जब पैसे की बात आती तो आंखें तुरन्त बेपानी की हो जातीं और लगता कि उसमें दया ही नहीं। किफायत का यह हाल था कि घी में पड़ी मक्खी को निचोड़कर फेंकता। दुकान से वह लौटता तो दस-एक बज जाते क्योंकि अड्डे के पास दुकान थी जहां लोग देर तक रहते। वह बड़ा भगत आदमी था। काली पड़ चुकी धोती नीचे रहती, अधमैला

कुर्ता ऊपर पहनता और पांव में चमरौधा पहनता जिसमें पचासों पैबन्द लगे होते। उसे देखकर कोई नहीं कह सकता था कि वह बौहरा था। उसकी लम्बी-लम्बी मूंछों का हिलना तो उस वक्त मजे बांधता था जब वह कटऊ का घी लेता था और तोलता बाद में था, पहले डंडी मार लेता था। मंदिर में खड़े होकर ओ३म की आवाज ऐसे लगाता जैसे ओऽऽऽ की बांग देता हो और फिर माला उसके हाथ में ऐसे चलती कि देखने वाले आश्चर्य करते। बराबर सटासट घूमती चली जाती थी और उसके घूमने की फुर्ती देखकर लगता था कि उंगलियां घूम नहीं रही हैं। माला अपने आप नाच रही है। फिर एक टांग पर खड़े होकर वह प्रार्थना करता।

सुखराम ने बौहरे लल्लू की दीवार में सेंध लगा दी। यह काम आज वह पहली बार कर रहा था। परन्तु जान का खतरा भी था। कोई नहीं आया, सुखराम ने काम पूरा कर लिया और भीतर घुस गया।

सामने ही घड़े रखे थे। उस कोठे में उस समय कोई नहीं था। सुखराम उन्हें देखने लगा। एक घड़े में उसे दो हंसलियां मिलीं। उसने रख दीं। अगले घड़े में रुपये थे। उसने धीरे से उड़ाए। दोनों मुट्ठियां दो बार भरीं।

सुखराम रुपये लेकर भागा।

वह बाहर आ गया तो उसने इधर-उधर देखा। दिल धड़क रहा था। वह तीर की तरह भाग चला।

भीतर शायद कोई आया, उसने देखा तो हल्ला किया। सब आए देखा। परन्तु अब क्या हो सकता था! सेंध लगाने वाले ने उस्तादी की थी। तिरछी सेंध लगाई थी, जिसमें आवाज कम होती है।

गांव में हल्ला हो गया। बात फैलते कुछ देर नहीं लगी।

गांव के बाहर जाकर सुखराम ने पग संभाले और वह चंदन के पास जा पहुंचा। चंदन पेड़ के नीचे सो रहा था। कुछ देर बाद सुखराम ने खांसा।

"अरे कौन है?" चंदन ने पूछा।

"कोई नहीं।" सुखराम ने कहा—"मैं हूं चौधरी।"

"लो काम हो गया।" सुखराम ने निकट बैठकर कहा।

चंदन कंठ के भीतर हंसा, और वह हंसी बड़ी अजीब थी जिसमें से "ह" और "स" का मिला हुआ शब्द बाहर निकल रहा था। चंदन ने अपने हाथ फैला दिए।

सुखराम ने चंदन के सामने रुपये धर दिए।

"कितने हैं?" चंदन ने पूछा।

"तुम गिन लो।"

चंदन ने गिने। कहा—"अस्सी हैं।"

"तुम ही रख लो सब।" सुखराम ने कहा—"मुझे नहीं चाहिए। तुम चौधरी ठहरे, मुझे नहीं लेने।"

"बस, कल रात चलेंगे।" चौधरी ने कहा—"अब तू जा।"

"कल कब आऊं?"

"आज जब आया था तभी।"

"आज क्यों नहीं चलते?"

"इस बखत?"

"हां।"

"तो चल। उसे आवश्यकता से अधिक मिल चुका था। रुपयों की शक्ति ने चंदन को घिस दिया था।

धीरे-धीरे रात घनी हो गई थी। चंदन ने एक मुर्गा ले लिया और कुछ सामान अपनी पांचवीं बीवी से इकट्ठा करवाया। वही उसके इन कामों में पक्की मदद करती थी। चलने लगा तो बहू ने कहा—"आज क्या इरादा है?"

चंदन ने बहू को लाड़ किया। पांच रुपये उसे दे दिए। सत्ताईस साल की औरत थी। अभी तक अकेले में घूंघट मारकर गाती और नाचती थी। चंदन का बड़ा लड़का उससे सिर्फ पांच साल बड़ा था। रुपये देखकर उनकी भी चिन्ता कम हो गई।

चंदन ने कहा—"डरै मत?"

वह बोली—"सो क्या तुम्हें जानती नहीं?"

चंदन बाहर आ गया।

चुपचाप वे दोनों निकल चले।

सुखराम ने कहा—"अब क्या करोगे?"

"अब तू फिकर क्यों करता है?"

"तो पूछूं भी नहीं?"

"क्या करैगा पूछकर?"

इस सवाल से सुखराम चित आया। बोला—"ऐसे ही, दिल नहीं मानता।"

"डरता होगा?"

"हां, थोड़ा-थोड़ा।"

"क्यों? मरघट थोड़े ही जा रहे हैं!"

"फिर कहां चलेंगे?"

तभी बगल की तरफ से दो आदमी आते दिखाई दिए। उनके पास कंधे तक के ऊंचे लट्ठ थे।

"कौन है?" एक ने पूछा।

"हम हैं।" चंदन ने कहा—"इसी गांव जा रहे हैं।"

दुर्भाग्य से वे भी उसी गांव को जा रहे थे।

"किसके घर जाते हो?"

"बिरादरी में। मदन भंगी को जानते हो?"

सुनने वाले ज़रा हट गए। कहीं छू न जाएं?

"हम भी वहीं जाते हैं।" उनमें से एक ने कहा—"चलो, साथ हो जाएगा। अंधेरी रात है।"

चंदन चकराया। बोला—"हां, हां चलो, बड़ा अच्छा रहा। मेरे संग का यह लड़का वैसे ही डर रहा था। तुम जानो अंधेरे में देवता निकलते हैं न?"

दोनों आदमी सकपकाए। एक ने कहा—"तुमने देखा है कभी? हमने तो कभी नहीं पाया।"

"नहीं पाया होगा।" चंदन ने कहा—"भाग अच्छे होंगे। हम तो गांव से निकले ही थे कि एक तमाकू मांग रहा था। पूछो इस छोरे से।"

"क्यों?" एक ने पूछा।"

सुखराम झूठ बोलने में हिचकिचाया तो "हां-हां" का स्वर घुटा-घुटा सा निकला। उन्हें लगा, अभी तक डरा हुआ है।

एक ने पूछा—"रात को कैसे जाते हो?"

"अरे जरा रूखड़ी-ऊखड़ी लेते जाएंगे जंगल से।" चंदन ने कहा।

"क्यों भला?"

"दवा-दारू के काम आएगी, और क्या!"

"तुम भी अमावस की रात को निकले हो! क्या दीखेगा?"

"हमें न दीखेगा तो रूखड़ी का देवता आप दिखाई देगा।"

दोनों फिर डरे। हवा में चलने से गूंज उठती थी। चंदन ने सुखराम को इशारे से नोचा। सुखराम अचानक चौंक उठा। चंदन धरती पर पड़ा किच्चा रहा था, चिल्ला रहा था, "परमेसुर छोड़ मुझे, अरे तू नहीं मानता...।"

दोनों ने देखा। चंदन चिल्लाया—"जै भवानी की। टं-टं-टं-टं-टं- कबीर, हत ज्ञान बुद्धि जै, टं-टं-टं-टं...।"

उसका वह रूप देख सुखराम भागा। उसे लगा उस पर भूत आ गया था। उन दोनों ने जो देखा कि साथी ही भाग चला तो वे भी भागे। जब वे भाग गए तो चंदन उठा और लौटा।

उसने पुकारा—"अबे कहां भाग गया?"

पेड़ के पीछे से सुखराम निकलकर आ गया और हंसा। कहा—"खूब बनाया!"

"सुसरे संग ही लगे जाते थे।"

चंदन ने चामड़ पर दीपक चढ़ाया। दीपक का आलोक फैल गया और एक सेकण्ड में 1 लाख 86 हजार मील चलने वाला प्रकाश उन दोनों भागते हुओं को भी दिखा। वे डरकर और भी भाग चले।

चंदन ने कहा—"तू डरता तो नहीं?"

"क्यों?" सुखराम ने कहा।

"हां! हिम्मत रखना, भला!" चंदन ने कहा।

सुखराम ने देखा, चंदन ने कपड़ा खोला और देवी की मूर्ति के सामने ही मुर्गा पकड़कर बांध दिया।

उसने आलथी-पालथी लगाई और कहा—"तू हटकर बैठ जा। जा बीड़ी पी ले।"

"तुम क्या करोगे?" सुखराम ने कांपते स्वर में पूछा।

"मैं? अब देवी बोलेगी!"

सुखराम ने मूर्ति की ओर देखा और उसे जब लगा कि वह बोलेगी तो वह डरा। क्या करेगा वह तब? कैसे सह सकेगा सब? उसे तो हिम्मत हारती हुई नजर आई।

"कौन है तेरा दुश्मन?"

"दरोगा है।"

"हांड़ी छोड़ता हूं," चंदन ने कहा—"उसके बीवी-बच्चे हैं?"

"हैं।"

"वे क्या करेंगे?"

सुखराम क्या जवाब दे? चुप रहा।

"उनका दुख पाप बनकर तुझ पर चढ़ेगा। तू तैयार है?" चंदन ने कहा—"समझ ले, पर बचाने वाला और भी बड़ा है। अगर उसकी मरजी होगी तो वह मर जाएगा, अगर नहीं होगी तो कोई कुछ नहीं कर सकता।"

सुखराम स्तब्ध खड़ा रहा।

चंदन ने कहा—"वह सबसे ऊपर है। अपनी तबीयत से दुनिया को चलाता है।"

"तो किस्मत की बात हो गई। काम न होगा तो क्या होगा?"

"हांड़ी लौटेगी तो मुर्गा काट दूंगा।"

"क्यों?"

"वरना वह छोड़ने वाले पर आकर फटेगी और वह मर जाएगा।" चंदन ने कहा—"तभी मैंने कहा था, बहेलिन ले आता तो उसे पागल करवा देता, न पाप लगता, न डर रहता। किसी की जिन्दगी लेने का क्या नतीजा भोगना पड़ता है, जानता है?"

सुखराम का दिल धक्‌धक् करने लगा। कहा—"नहीं।"

"मरते बखत तुझे कोढ़ हो जाएगा और तू गल-गल कर मरेगा।"

सुखराम के रोंगटे खड़े हो गए।

और चंदन ने कहा—"तू अगले जनम में सूअर बनेगा"

"रोक दो यह पूजा।" सुखराम ने कहा—"मैया के थान पर आ गए अब तो। अगर मैया को मंजूर होगा तो तेरा काम हो जाएगा।"

"तब भी पाप मुझे लगेगा?"

"अबे तब आधा रह जाएगा।"

"तब क्या होगा?"

"आखिरी बखत में तू सड़ जाएगा।"

"तो छोड़ दे यह काम।"

"तू छुड़ाने वाला है कौन," चंदन ने कहा—"अगर मैया को ही मंजूर न होगा तो आप बिघन डाल देगी।"

"और तू करता है सो तेरा क्या होगा?"

चंदन ने गले की कंठी दिखाई और कहा—"इसके रहते मुझे कुछ डर नहीं। यह कवच है कवच!"

सुखराम हताश हो गया था। उसे भय ने ग्रस लिया था।

चंदन ने कहा—"और अगर तू खुद रोकेगा तो तेरा सबसे प्यारा आदमी मर जाएगा।"

कजरी!!! मर जाएगी!!!

सुखराम ने भर्राए स्वर में कहा—"मैं कोढ़ से सड़-सड़कर, गल-गलकर मरने को तैयार हूं, सूअर बनने को तैयार हूं—चंदन, तू पूजा कर। मेरी ओर से कोई रुकावट नहीं है। मैया से कह दे, मैं नहीं रोकता।"

चंदन ने कहा—"शाबाश! देवता की गैल में ऐसे ही कहा जाता है। पर तू कुछ डरपोक भी है। पांचवीं बहू ने तो शराब पीकर मरघट में नंगी होकर खेल किया था, जरा भी नहीं डरी थी।"

चंदन की बात सुनकर सुखराम आहत हो गया और उस भयानक स्त्री के बारे में सोचने लगा।

"उसका बाप बड़ा भगत था!" चंदन ने सिंदूर मुर्गे के माथे और सीने पर लगाते हुए कहा। फिर चामड़ मैया के द्वार पर लगा दिया। चामड़ मैया सबकी देवी है। भीतर मेहतर घुस नहीं सकता, पर बाहर सब बैठ सकते हैं।

तब चंदन ने अंटी के पास कमर में खुंसी हुई शराब की बोतल निकाली। "तू पिएगा?" उसने पूछा।

करनट शराब किसी के हाथ से छीनकर पीने वाली जात, परन्तु सुखराम ने कहा—"नहीं।"

"कभी नहीं पीता?"

"अब छोड़ दी है।"

चंदन ने पी और पीकर फड़का।

तभी दूर हल्ला-सा होता लगा। चंदन चौंका। उसने उधर कान लगाया। कोलाहल उसी दिशा की ओर अब बढ़ रहा था। चंदन ने हठात् दीप बुझा दिया। सुखराम चौंक गया।

कहा—"क्या हुआ?"

"तू बच गया।" चंदन ने कहा।

"देवी को मंजूर नहीं।"

"तुझे कैसे पता चला?"

"बिघन पड़ गया।"

"कैसे?"

"तू शोर सुनता है?"

"हां।"

चंदन ने पचीस रुपये निकालकर सुखराम के हाथ पर धर दिए और अंधेरे में कहा—"ले यह वापिस ले।"

"क्यों?"

"तेरा काम नहीं हुआ।"

"तू ही रख, वह चोरी के रुपये हैं और देवी ने जो आज रक्षा की है, उसके लिए मैं उसे फिर-फिर ढोक देता हूं।" वह ढोक देने लगा।

"भाग सुखराम।" चंदन ने कहा।

"क्यों?"

"खतरा आ रहा है?" उसने शराब की बोतल कमर में खोंसकर कहा।

"कैसा खतरा?" वह उठा।

तभी कोलाहल पेड़ों के पीछे सुनाई दिया। हो-हो के अतिरिक्त कुछ सुनाई नहीं देता था।

"गांव वाले लाठीबन्द आ रहे हैं।" चंदन ने कहा।

"क्यों?"

"उन्हें शक हो गया है।"

"पर उन्हें डर क्या है?"

"वे यही समझते हैं कि उनके गांव पर कोई हांड़ी चलाने आया है।"

"तब?"

"वे उसे रोकने आ रहे हैं।"

"अच्छे आदमी हैं!" सुखराम ने ठंडी सांस लेकर कहा।

"अच्छे हैं?" चंदन ने कहा—"तू यहीं ठहरा रह ज़रा। फिर देख।"

"तू जा रहा है?"

"खबर फैल गई है मूरख। भाग। अगर उन्होंने एक को भी पकड़ लिया तो मार-मार के धज्जियां बिखेर देंगे। फिर की फिर देखी जाएगी।"

सुखराम ने देखा, भीड़ और पास आ गई थी क्योंकि कोलाहल अब सामने के पेड़ों के पीछे ही था।

"अबे भाग!" चंदन भाग चला। क्षण-भर में ही सुखराम भी भागा।

"दोनों अंधेरे में खो गए।"

सुखराम बेतहाशा भाग रहा था। उसे लगा कि सारी भीड़ उसे ही पकड़ने चली आ

रही है और अगर उन्होंने पकड़ लिया तो आज जीता नहीं छोड़ेंगे। लाश को पहचानना भी मुश्किल हो जाएगा।

कोलाहल चामड़ के पास आ गया था। उस समय मशालें जल उठीं। एक ने कहा—"यह देखो, मुर्गा बंधा है।"

"अरे इसके सिंदूर चढ़ा दिया है।"

"अभी भागे हैं वे लोग।"

"पकड़ो उन्हें। हमारे गांव पर ही हाथ उठाया था!"

"पर थे कहां के?"

"यह तो मैंनें नहीं पूछा" यह वह व्यक्ति था जो भाग गया था।

"चलो, चलो, अब कोई फायदा नहीं।"

एक ने मुर्गा पकड़ा, उसकी गर्दन उमेठकर फेंक दिया।

सुखराम ने देखा, दूर एक खंडहर था। वह उसी में छिप गया। जब हल्ला बंद हो गया तो वह बाहर निकला। आहट ली। सब चले गए थे। चैन आया। आंखें उठाईं। विश्वास नहीं हुआ। अधूरा किला!

सो वह अधूरे किले में छिपा था!!

तो आज फिर उसके पुरखों ने उसे बचाया था!!

उसने डंडौत की। और गद्‌गद स्वर से कहने को मुख खोला, किन्तु कह नहीं सका। हवा किले के खंडहर में सूं-सां, सूं-सां कर रही थी। भयानक हास्य-सी वह बार-बार गूंज उठती थी। अमावस्या के अंधकार में वह दुर्ग एक दानव के विकराल वक्ष की भांति कठोर दिखाई दे रहा था। वह निर्जनता चारों ओर सांप की तरह फुफकारती हुई बार-बार छटपटा उठती थी। किन्तु सुखराम को डर नहीं लगा। उसे लगा, वह किसी महान संबल के सामने खड़ा है। उस पर आज कोई गहरी छाया है।

तभी लगा, कोई खंडहर के भीतर हंस उठा और यद्यपि वह उल्लू का स्वर था, सुखराम में एक हहर-सी भर गई। वह आज फिर वहीं है। जहां एक दिन कजरी के साथ आया था। झील दूर फुंकार रही है। उसमें बघेर गुर्रा रहा है। सुखराम को भय लगने लगा। तब उसने भगवान की याद की और संपूर्ण आदर और भक्ति से नमित भाल और साष्टांग दण्डवत् करके कहा—"पुरखो! मैं पापी हूं, अभागा हूं, मैं तुम्हारी तरह जोग नहीं हूं, मैं दीन, गरीब, नीच हूं, मैं जात-कुजात हो गया हूं, इसलिए जो तुमने छोड़ा था वह मुझ तक कभी नहीं पहुंच सकता। मुझे इसका दुख नहीं हैं, मुझे नहीं चाहिए ये सब। पर तुमने मेरी रक्षा की है, तुमने मुझे बचाया है।"

और सुखराम ने धरती पर नाक रगड़कर माथे को टेक दिया। वह पूर्ण विश्वास था। भय दूर हो गया।

जब वह लौटा तो सोचता हुआ चला जा रहा था। आज वह सपना टूट गया था। पर सपने में से सपना पैदा हो गया। वह चुपचाप फिर चामड़ पर पहुंचा। कोई नहीं था। उसने मुर्गे को मरा हुआ पाया।

तब उसने अपना सिर देवी के द्वार पर टेककर कहा—"मैया! तूने पाप से बचा लिया। यह ही क्या कम पाप है कि मैं ठाकुर होकर भी करनट बना दुख भोग रहा हूं! फिर यह पाप तो मुझे मानुष-जनम से ही दूर कर देता। पर तुझे तो यह मंजूर न था। ठाकुरानी ने पाप किया था, जिसका बदला आज तक पूरा नहीं चुका। यह पाप तो रही-सही कसर पूरी कर देता। मैया, किला नहीं मिलता तो न सही, पर मानुष तो बना रहने दे—मैया..."

वह और कह नहीं सका। उसकी आंखें भीग गईं।

उस समय आकाश में नक्षत्र निकल आए थे। अमावस्या का अंधकार पहले से कम हो गया था। और सुखराम ने देखा, देवी जैसे मुस्करा उठी थी। उसने फिर ढोक दी।

29

कजरी ने पूछा—"क्या हुआ?"

वह उठकर बैठ गई।

"कुछ नहीं।" सुखराम खाट पर बैठ गया।

"तू इसी अंधेरे में आया है?"

सुखराम ने बताया। कजरी ने सुना और कहा—"तो अब क्यों चिन्ता करता है? जब भगवान को ही मंजूर नहीं तो क्यों जान देता है?"

"पर मुझे चैन नहीं आता।"

कजरी ने उसका हाथ पकड़ लिया और कहा—"तू तो पागल है। छोड़ इन बातों को। सो जा, रात-भर का जगा है। देख तो आंखें कैसी भारी पड़ रही हैं।"

"नींद नहीं आ रही है।"

"तुझे मेरी कमस है। लेट जा।"

किन्तु उसका मन विक्षुब्ध था। उसने कहा—"तू नहीं मानती?"

"हां, मेरा हक है, नहीं मानती।"

सुखराम लेट गया। परन्तु उसे आराम नहीं मिला। आखिर कजरी थक गई। उसने कहा—"तेरा जी ठिकाने नहीं है।"

"सचमुच नहीं है।"

वह उठकर घूमने लगा। बोला—"कजरी!"

"फिर कहीं जाएगा क्या?"

"हां, सोचता हूं।"

"अब के कौन है?"

"लौटकर बताऊंगा।"

वह हठात् मुड़ गया, जैसे बिजली कौंध गई थी।

"बताकर जाने में हरज है?" कजरी ने कहा।

"नहीं, लौटकर ही बताऊंगा।" और इससे पहले कि कजरी कुछ कहे, वह बाहर निकल आया। कजरी के दिल पर सांप लोट गया। नहीं बताता तो मत बता। कसम है जो मैं भी अब अपने-आप पूछूं। वह रूठी बैठी रही।

सुखराम पगडंडी से बीहड़ की ओर चलने लगा। उसे निश्चय नहीं था, परन्तु उसे आशा थी कि वे लोग इधर ही रहते होंगे। वहां एक-आधा कोस चलने पर एक छोटी-सी इमारत दिखाई दी। अनगढ़ पत्थरों से बनी हुई थी।

बाहर आकर वह ठहर गया। सोचा। फिर पुकारा—"अरे खड्गसिंह है?"

"कौन है?" एक पतला स्वर आया।

"मैं हूं सुखराम।"

"क्या चाहता है?"

''खड़गसिंह है?''

सुखराम आगे बढ़ आया था। उसने खुले द्वार में से भीतर झांककर देखा। वहां शराब के नशे में झूमती एक औरत बैठी थी। उसने सुखराम को देखा तो हंस दी। उसकी आंखों में ऐसी जंगली तृष्णा थी कि सुखराम उसे देखता ही रह गया। सुखराम को अपनी ओर इस तरह देखते देखकर स्त्री ने एक नितान्त कामुक और अश्लील इशारा किया। सुखराम सकपका गया। औरत ने कहा—''तू है! खड़गसिंह ये रहा। सो रहा है।''

''कब जागेगा?''

''अभी जग जाएगा। ये ले।'' कहकर स्त्री ने उसे एक धप्प मारा। खड़गसिंह उठ बैठा। पूछा—''क्या है री?''

''देख तेरा बाप-आप आया है।'' स्त्री ने कहा।

उसने देखा तो पूछा—''तू कौन है?''

''मैं सुखराम हूं।''

''कौन?'' उसने जंभाई ली।

''वही जो उस रात दो लुगाइयों के साथ पहाड़ में करनट मिला था, जिसे तुम्हारे सरदार ने आटा दिलाया था।''

''हां, हां, याद आया।'' खड़गसिंह ने कहा—''कैसे आया है?''

''मुझे काम था।''

''कह।''

सुखराम ने स्त्री की ओर देखा। स्त्री हंसी।

खड़गसिंह ने कहा—''अरे इससे क्या है?'' मानो वह उसकी सत्ता को स्वीकार ही नहीं करना चाहता था। स्त्री को इसमें कोई अपमान नहीं लगा। परन्तु औरत के पेट में बात पचे या न पचे, सुखराम ने कहा—''मैं फिर कहूंगा।''

''तू हट जा री।'' खड़गसिंह ने कहा।

स्त्री पीछे हट गई। परन्तु उसकी आंखों में द्वेष-सा दिखाई दिया, जैसे वह कुछ सोचने लग गई थी। वह पीछे की ओर चली गई और सुखराम के पीछे आ गई।

''मुझे सरदार के पास ले चल।'' सुखराम ने धीरे से कहा।

''क्यों?'' वह चौंका।

सुखराम ने कहा—''मुझे एक दुश्मन से बदला लेना है।''

''किससे!''

''पुलिस के दरोगा से।''

औरत ही-ही करके हंसी।

सुखराम ने कहा—''इससे कहो चुप रहे।''

''अरे उसे बकने दे। तू मेरे साथ चल।''

दोनों निकले। स्त्री चुपचाप पीछे-पीछे चल दी। उन लोगों को यह मालूम भी न हुआ। वे एक मढ़ैया पर पहुंचे।

''तू ठहर।'' कह वह भीतर घुसने के लिए बढ़ा। किन्तु द्वार बन्द था। उसने पुकारा—''सरदार!''

कोई उत्तर नहीं आया। ऐसा लगा, कहीं कोई छोटी-सी संध के पीछे छाया डोल गई। चौथी बार पुकारने पर आवाज लगाई—''कौन है?''

''मैं हूं खड़गसिंह!''

"कैसे आया?"

"एक आदमी को लाया हूं।"

"वह कौन है?"

"एक करनट है।"

सरदार का स्वर सुनाई नहीं दिया। अब दूसरी ही आवाज सुनाई दी—"क्या कहा?"

"करनट सुखराम!"

उसने पूछा—"उस दिन वाला?"

"हां।"

"उसके साथ कौन है?"

"कोई नहीं?"

"औरतें नहीं हैं।"

"नहीं हैं।"

कुछ देर के लिए नीरवता छा गई। फिर आवाज आई—"उसके पास क्या है!"

"कोई हथियार नहीं है।" सुखराम ने कहा।

वह खीझने लगा था।

खड़गसिंह ने उसे चुप रहने का इशारा किया। तभी भीतर से फिर आवाज आई—"अभी है कि गया?" और फिर जैसे कोई नींद में से ही थर्रा उठा था, सुनाई दिया—"क्या चाहता है!"

"मदद।" खड़गसिंह ने उत्तर दिया।

"कैसी!"

"बन्दूक की।"

"किससे लेना है बदला!"

"पुलस से बदला लेना है उसे।"

भीतर एक हास्य गूंज उठा। तब लगा, भीतर एक ही आदमी नहीं है और भी हैं।

"कतल करना है!" किसी ने पूछा। यह स्वर पहले वाला नहीं था। स्पष्ट ही भर्राया हुआ स्वर न था।

"हां, अगर जरूरत पड़ी तो।" खड़गसिंह ने कहा।

उस उत्तर को सुनकर कई लोग एक साथ हंस पड़े। एक ने हंसते हुए ही कहा, "बेवकूफ है। उससे कहो, जाए।"

दूसरा स्वर सुनाई दिया—"उसकी लुगाई पकड़ ली है किसी ने?"

"नटनी है, आ जाएगी।"

फिर सब बन्द हो गया।

वह औरत पीछे आ गई थी। उसने खड़गसिंह के सामने ही सुखराम के कंधे पर हाथ धर दिया। सुखराम चौंक उठा।

"क्या बात है?" औरत ने पूछा।

"सरदार ने मना कर दिया।" खड़गसिंह ने उत्तर दिया।

"कायर!" सुखराम ने कहा—"पेट के लिए गरीब और कमजोरों को लूटता-फिरता है। जो सजा पाने के लायक हैं उन्हें नहीं दबाता।"

"कौन है कायर?" स्त्री ने पूछा।

"तेरा सरदार।" सुखराम ने कहा। उसका स्वर उठा हुआ था। स्त्री ने हंसकर उसके गले में बांह डाल दी।

खड़गसिंह ने धीरे से कहा—"चुप-चुप।"

"अरे कौन है यह?" सरदार की आवाज सुनाई दी। खड़गसिंह ने कहा—"अरे वह आ गया।"

भीतर से वह निकला।

"किसने कहा था कायर?" डाकू गरजा।

"इसने।" स्त्री ने इशारा किया।

डाकू झूमता हुआ पास आ गया। उसने स्त्री को धक्का देकर सुखराम से दूर कर दिया। स्त्री हंस दी।

डाकू ने अपना हाथ सुखराम के कंधे पर धरकर कहा—"करनट!"

उसके स्वर में घृणा थी।

फिर पूछा—"क्या कहा तूने?"

सुखराम ने कहा—"जो मुझे लगा, सो मैंने कह दिया।"

"दुहराता क्यों नहीं।" स्त्री ने कहा—"अब सामने डरता है?"

"नहीं, डरता नहीं।" सुखराम ने काटा—"फिर कह सकता हूं, और तब तक कहता रहूंगा जब तक ये उसकी उलटी बात साबित करके नहीं दिखा देगा।"

चार-पांच आदमी भीतर से निकलकर और आ गए।

सरदार ने कहा—"तुझे जान का डर नहीं!"

सरदार के हाथ में पिस्तौल दिखाई देने लगी। सुखराम मुस्कराया। बोला—"बस! निहत्थे पर पिस्तौल! अगर मर्द है तो सामने आके लड़, और हाथों से किस्मत अजमा ले!"

"अच्छा! तू मरद है!" सरदार ने व्यंग्य से कहा।

"मरद है तो मेरे संग चल।" उस स्त्री ने अश्लील इंगित करके कहा।

उसको देखकर सरदार ने कहा—"अच्छा तो तू भी मस्ता रही है!"

औरत ने कहा—"क्यों अभी मेरी उमर ही क्या है! इसको देख। यह भी जवान है, और मैं भी जवान हूं।"

और वह ऐसे छाती निकालकर खड़ी होकर मुस्कराने लगी कि सुखराम ने शरम से आंखें नीची कर लीं। उसने नटनियां देखी थीं, जो निर्लज्ज होती हैं, किन्तु यह स्त्री तो पराकाष्ठा थी। उसे देखकर वे पशुओं के-से कठोर डाकू भी सकपका गए।

सांझ आने लगी थी। उसकी किरणें अब पहाड़ के ऊपर ऐसी निकल रही थीं जैसे धरती में से फूटकर निकल रही हों। और पक्षी अब आकाश से लौट चुके थे। सुखराम ने देखा कि जहां वह खड़ा था वह स्थान अत्यन्त गुप्त और भयानक था। चारों ओर से ऐसा घिरा हुआ था कि दिखाई नहीं दे सकता था। वहां से भाग निकलना तो असंभव था। एक बार सुखराम को चंदन के पास जाकर अफसोस हुआ था तो दूसरी बार उसे यहां आने पर भी खेद होने लगा।

ये लोग डाकू हैं। भयानक बीहड़ों में पड़े रहते हैं। राजा के राज्य में लूटते हैं। राजा इनको पकड़ नहीं पाता। जब ये लोग पकड़े जाते हैं तो फांसी लग जाती है। और आश्चर्य की बात है कि जब संसार इतना आधुनिक हो गया है, तो ये लोग भी जाने कहां से नये-नये हथियार ले आते हैं। इनके इस जीवन का आरम्भ विक्षोभ, भूख, प्रतिशोध से होता है।

सरदार ने चारों ओर देखा, परन्तु उसके साथी मजा देख रहे थे। खड़गसिंह ने कहा—"कैसे बोलती है! सरदार क्या बूढ़े हो गए हैं!"

"बूढ़े न होते तो तेरे पास क्यों आती!"

सरदार ने खड़गसिंह को जलती आंखों से देखा।

"नहीं सरदार," खड़गसिंह ने सरदार के पांव पकड़कर कहा—"झूठ बोलती है।"

सरदार ने खड़गसिंह के लात दी। वह गिरा और उठ खड़ा हुआ। सुखराम यह सब आश्चर्य से देखता रहा। वह स्त्री का इतना मुखर रूप कभी नहीं देख सका था।

उसने ऊपर देखा तो स्त्री मुस्करा उठी और उसने कहा—"जो तू इससे हार गया तो मेरी टांग के नीचे से निकलकर जाना होगा। मेरा दूध पीके मैया कहना होगा।"

"इसे चुप कर दे।" सुखराम ने कहा।

"क्यों, मरद तो तू है न!" वह चिल्लाई।

"चुप रह! क्या बकती है बेड़नी-साली! शराब पीके मस्त हो रही है। अपने-पराये का फरक नहीं जानती! जिससे चाहे जो कुछ बकने लगती है! तुझे हया नहीं!" सरदार ने डांटा।

"आय-हाय!" स्त्री ने कहा—"कैसा डांट रहा है, जैसे मैं इसकी कोई ब्याहता हूं न? जो जी में आएगा करूंगी। शेरनी तो शेर के पास रह सकती है। समझा!"

"बक मत।" सरदार गरजा।

"अरे तेरी डांट अब काम न देगी सरदार!" औरत ने कहा—"लड़ के दिखा मुझे।"

"वाह हरामजादी! इसी दिन को पाला था?"

"पाला था सो मैंने क्या बदला नहीं चुकाया है तुझे?" स्त्री ने कहा।

"क्या चुकाया है तूने?" सरदार ने कहा—"तुझ-सी तो सैकड़ों कुतियां डोलती हैं!"

"कुतिया के जाये! मुझे कुतिया कहता है!" स्त्री नशे में उबली और हंस उठी। सरदार उसे मारने बढ़ा।

"आ मार!" स्त्री बढ़ आई—"मार के तो देख। तुझे बता दूं अभी नामरद!"

सरदार की क्रोधावस्था स्पष्ट हो गई।

"तो ले।" उसने चिल्लाकर कहा और ज्योंही हाथ उठाया, आगे बढ़कर सुखराम ने उसका वह हाथ पकड़ लिया।

"क्या करते हो?" सुखराम ने कहा—"वह औरत है। मरद होकर औरत पर हाथ उठाते हो?"

"तू छोड़ दे मुझे!" सरदार फुंकारने लगा।

"कैसे छोड़ दूं?" सुखराम ने कहा—"मुझसे न देखा जाएगा।"

"छुड़ा ले सरदार!" एक डाकू ने कहा।

"छोड़ दे।" सरदार ने डांटा।

"अरे छुड़ा क्यों नहीं लेता?" औरत ने कहा—"धमकी क्यों देता है? करके दिखा दे न?"

सरदार को अपमान ने आहत किया। उसने जोर से झटका दिया; एक, दो, तीन, पर सरदार कोशिश करके हार गया।

हाथ नहीं छूटा, नहीं छूटा, सरदार के पसीने चुआते देखकर स्त्री हंसी। उसने जांघ पर हाथ मारा, जैसे ठोंक रही हो। सरदार ने लज्जा से सिर झुका लिया। सुखराम गिद्ध की दृष्टि से उसके दूसरे हाथ को देखता जा रहा था। वह हाथ पिस्तौल वाली जेब की तरफ बढ़ा कि सुखराम ने पिस्तौल वाली जेब पकड़ ली। सरदार लाचार हो गया।

सुखराम ने कहा—"और किसी की तबीयत हो तो आओ।"

डाकू एक-दूसरे की ओर देखने लगे। सरदार तब शिथिल हो चुका था। उसको वे

सबसे बलिष्ठ मानते थे। आज उसको पराजित होते देखकर कोई नहीं बढ़ा।

सुखराम ने तब सरदार को गले लगा लिया। सरदार उल्लू-सा देखने लगा।

सुखराम ने कहा—"मैं दोस्ती के लिए आया हूं। मुझे अपना हाथ दे!"

सरदार ने हाथ बढ़ा दिया। डाकू खुश हुए। लेकिन सुखराम मन में प्रसन्न नहीं था। उसे एक नई मुसीबत लग रही थी। कजरी को वह छोड़ आया है। इस सोहबत में जान भी जा सकती है। परन्तु प्रतिहिंसा भयानक होती है। जब मनुष्य उससे घायल हो जाता है तो तड़पने लगता है। उसे अपनी दुर्बलता में दूसरे के अहंकार का पालन दिखाई देता है।

सुखराम ने कहा—"मैं दौलत नहीं चाहता, इनाम नहीं चाहता, मैं दोस्ती चाहता हूं।"

"बोल!" सरदार ने कहा।

"मैं पुलिस के दरोगा से बदला लेना चाहता हूं।"

"दरोगा से?" सरदार चौंका।

"हां।"

"क्यों?"

"उसने बेकसूरों को सताया है।"

"तो मैं क्या करूं?"

"तुमने राजा के खिलाफ सिर उठाया है, तुमने हथेली पर जान धरी है, बताओ उनकी रक्षा कौन कर सकता है? राजा अपने कानून का राजा है, डाकू गरीब का मददगार है।"

ही-ही-ही करके स्त्री हंसी और बोली—"अगर ऐसा होता तो यह मुझे उठा लाता? मेरे क्या खसम न था? इसने मुझे बिगाड़ दिया। तब से मेरा कोई नहीं रहा। तू आदमी नहीं लगता, तू मुझे पागल लगता है। तू दूसरों के भले ही सोचता है? मैं तेरे संग चलूंगी करनट!"

"और जो इसने रोका तो?"

"तो तू मुझे बचा नहीं सकता?"

"नहीं।"

"क्यों?"

"क्योंकि मैं तुझे नहीं ले जाना चाहता।"

"क्योंकि तू डरता है? तू चाहता है मैं इस हत्यारे की बेड़नी बनकर यहीं बनी रहूं!"

सुखराम ने उस कीचड़ में से कमल पैदा होते हुए देखा! परन्तु वह उस पर विश्वास नहीं कर सका।

डाकू-सरदार ने कहा—"करनट! मैं नहीं जानता। मैं जो कुछ करता हूं अपनी जान बचाने के लिए करता हूं। मौत के मुंह में जाकर जिन्दगी का मजा लूटता हूं। तू चाहता है तो मैं दरोगा पर हमला कर दूंगा। पर तू मेरे साथ चलेगा?"

"चलूंगा।" सुखराम ने कहा—"पर एक वादा करना होगा।"

"क्या?"

"मेरे सामने तुम किसी बेकसूर को नहीं सताओगे।"

"मंजूर है।"

औरत बढ़ आई। कहा—"पहले मेरा फैसला कर दो।"

डाकू ने कहा—"अपना मुकदमा कह।"

स्त्री ने कहा—"यह मेरा है आज से।"

"पूछ ले उसी से।" सरदार ने मुस्कराकर उत्तर दिया।

सुखराम ने कहा—"अरे इसी की बनी रह न!" पर स्त्री ने सरदार की गर्दन पकड़ ली। सरदार ने उसे झटका दिया। वह पीछे हट गई।

"इसी में बड़ा जोर है।" सुखराम ने कहा।

स्त्री की आंखें चढ़ गईं। बोली—"अब मैं बेड़नी हूं समझा! मुझसे बचकर कहां जाएगा?"

"अब तो तेरे ही पास आ गया है ये बकरा।" सरदार ने कहा—"लहू पी ले इसका।"

सुखराम हंसा।

स्त्री चिल्लाई—"हंसता है गधे!"

"हसूं न तो रोऊं?"

"तू इस लायक भी तो हो।"

उस स्त्री ने सुखराम के सिर पर जूता मारा। खड़गसिंह ने बीच में आकर जूता रोक लिया। स्त्री विक्षुब्ध-सी दिखाई दी। वह उसे समझा नहीं पा रही थी। और सब ठठाकर हंसने लगे। सुखराम का मन भारी हो गया।

सरदार ने कहा—"आज तो तू कमाल कर रही है।"

स्त्री होंठ चबाने लगी। उसने कहा—"भूल गया तू! मैंने नहीं कहा था कि तब तक तेरे पास रहूंगी जब तक तुझसे जोरदार कोई नहीं मिलेगा? मैं सिपाही के पास नहीं रहती, सरदारों के पास रहती हूं। तूने क्या समझा है मुझे?"

सुखराम हंसा। कहा—"सरदार तो परमेसुरी यही है।"

स्त्री ने कहा—"तू सरदार नहीं है?"

"मैं गरीब करनट हूं।"

"छीन ले इसकी पिस्तौल।" स्त्री ने कहा—"यह सरदारी के जोग नहीं।"

"क्यों परमेसुरी! तू कौन है जो मैं तेरी हर बात मान लूं?"

सब हंसने लगे।

"तो तू मेरी न मानेगा?"

"नहीं। मेरे घर लुगाई है।"

स्त्री ने बहुत कुछ गंदी गालियां दीं और कहा—"तो मैं तेरी उसे ही देख लूंगी!"

सुखराम कजरी का यह अपमान देखकर खीझ उठा। उधर मदमस्त होकर वह स्त्री बढ़ी।

सुखराम चौंका। उसने सरदार की ओर देखा, जिसे स्वयं अब बुरा लगने लगा था। उसने कहा—"ज्यादा पी गई है।"

खड़गसिंह ने कहा—"डेढ़ बोतल चढ़ा गई है सुसरी।"

"इसे भेज दो।" सुखराम ने कहा—"वरना कलेस करती रहेगी और बोलने नहीं देगी। इस बखत इसे होश तो है नहीं।"

"अरे नशे में है, ले जाओ इसे।" सरदार ने कहा।

"नशे में नहीं हूं।" वह चिल्लाई—"करनट! तुझे मैं सरदार बनाकर छोडूंगी।"

"मान जा भानमती!" सुखराम ने हाथ जोड़कर कहा—"मैं गरीब ही भला हूं।"

डाकू उस स्त्री को पकड़कर ले जाने लगे। वह बकती ही रही। उसे जाने इतना क्रोध कैसे आ गया था। बिफरी जाती थी। छूट-छूट भागती थी। आखिर वे उसे ले ही गए। और फिर वे बातें करने लगे।

रात हो गई थी। घना अंधेरा छा रहा था। अमावस की छाया अपनी दूसरी रात में भी उतनी ही गाढ़ कालिमा लिए हुए उतर आई थी। हाथ को हाथ नहीं सूझता था।

घोड़े पहाड़ से उतरकर भागने लगे। उनके सुभों से आवाज सम पर उठती, खटाखट, खटाखट। पहाड़ों की भीमाकृतियां केवल चोटियों के पास हल्की-सी दिखाई देतीं, और काजर के-से ढेर वे आकाश से उतरते गीले अंधेरे में ऊपर जाकर घुल जाते। फिर केवल वही नीरव गहन अन्धकार छा जाता।

अंधेरे में इस समय वे लोग सिर पर ढाटा बांधे थे। वे बीस आदमी थे। उनके कंधों पर बंदूकें लटक रही थीं। केवल सुखराम के पास पिस्तौल थी। उसकी भी गोलियां भरना उसने अभी सीखा था। वह निशाना लगाना नहीं जानता था, क्योंकि उसने जीवन में कभी इस चीज को छुआ भी नहीं था। आज उसके मन में संशय था। वह एक नए जीवन की ओर जा रहा है! क्या कजरी यह सब सुनकर खुश होगी? क्या वह कहेगी कि यह ठीक है?

कुछ ही घंटों में वे गांव पहुंच गए। वे लोग फुलवाड़ी के पीछे के कच्चे दगरे से उतर गए और फिर एक-एक करके निकले, कुछ-कुछ देर से, ताकि किसी को शक न हो। वे अंधेरे में ही जाकर एक घने और ऊंचे पेड़ के नीचे इकट्ठे हो गए। समाने ही अधूरा किला खड़ा था। सुखराम ने उसे प्रणाम किया और घोड़े पर चढ़े हुए उसे लगा कि वह राजा ही था।

दरोगा की महफिल जमी थी। पर दरोगा नहीं था। दीवान जी के आज सबसे ज्यादा ठाठ थे। वे लोग आज आपस में बातें कर रहे। वे खास खुशामदी, जो हर गांव में होते हैं, और इन छोटे सरकारी अफसरों को खुदा का-सा दर्जा बख्श देते हैं, इस समय बैठकर चर्चा कर रहे थे। ये लोग किसी के नहीं थे। अपनी स्वार्थ-भरी जघन्यता के लिए ये लोग दांत निपोरते हैं, और पीछे से निन्दा करते हैं, और जरा-जरा से काम के लिए झूठ बोलते हैं, बेईमानी करते हैं।

घोड़े पर खड़े होकर खड़गसिंह ने गोली चलाई। गोली की आवाज सुनकर सब चौंक उठे और इससे पहले कि वे लोग संभल सकें, गोली सीधी दीवान जी के सीने में घुसकर निकल गई। तहलका मच गया। कोई भागा, कोई चिल्लाया, ''डाकू आ गए, डाकू आ गए...''

कोलाहल मच उठा। सरदार ने बंदूक दागी।

लालटेन फूट गई। और अंधकार फैल गया। इसके बाद दोनों तरफ से गोलियां चलने लगीं। धूं-धूं का वह विकराल शब्द अंधकार में रोंगटे खड़े करने लगा। मरने और घायल होने वालों का अन्तिम चीत्कार सुनकर हृदय हिल उठता था।

सरदार गरजा—''हर-हर महादेव!''

और जब डाकू चिल्लाए तो उधर भगदड़ मच गई। गांव के थाने का काम तो दबदबे से चलता है, वहां सिपाही होते ही कितने हैं!

खड़गसिंह ने कहा—''सरदार, आधे यहां छोड़ो, आधे बनिये के घर ले चलो।''

सरदार—''ठीक है। जब आए ही हैं तो जरा फायदा भी करते चलें। क्यों रे कनकट?''

''सरदार, फिर कभी कर लेना।''

''तो फिर हमें आने-जाने का क्या मुआवजा देगा?''

''मैं क्या दे सकता हूं?''

''तो चल।'' सरदार आगे बढ़ा। कुछ लोग पीछे-पीछे घोड़े बढ़ा चले। एक बनिए का मकान घेर लिया। चलते समय उन्होंने आतंक फैलाने के लिए धड़ाधड़ गोलियां चलाईं। उसको सुनकर सब डरकर अपने-अपने घरों में जा छिपे।

सुखराम ने कहा—''औरत पर हाथ न उठाना सरदार!''

"अच्छी बात है!" सरदार ने हंसकर कहा—"तू यार, बनिया लगता है मुझे।" और उसने गोली चलाई। सन्नाटा खिंच गया। केवल मकान में रोने की आवाज आई।

सुखराम ने कहा—"लूटो तुम। मैं उधर खड़ा हूं।"

"यहीं रह।" सरदार ने कहा—"कोई तुझे पकड़ लेगा।"

"भागूंगा नहीं।" सुखराम ने कहा।

बड़ी जोर से सरदार ने कहा—"दरवाजा खोल दो, वरना आग लगा देंगे।"

उस समय बड़ी जोर का चीत्कार सुनाई दिया, जैसे भीतर किसी की घिग्घी बंध गई हो। पर दरवाजा नहीं खुला। अपने तीन साथियों के साथ सरदार धड़ाधड़ गोलियां चलाता हुआ ऊपर चढ़ गया और सबसे पहले सरदार भीतर कूद पड़ा।

सुखराम सोचने लगा। वे लोग लूट रहे हैं। क्या वह उनका साथी नहीं है? बनिया खून चूसता है। पर डकैती तो अच्छी नहीं है। यह सब क्या है?

उसका हृदय सशंक था। उधर कोलाहल में याचना, करुण क्रंदन था। औरतें चिल्लाने लगी थीं, बच्चे रो उठे थे, और धांय-धांय गोलियों की आवाज़ सुनाई देती थी। तहसील की तरफ जो गोलियां चलती थीं तो कोई यही निश्चित नहीं कर पाता था कि जाने कितने डाकू चढ़ आए हैं और आपसी फूट के कारण गांव वाले असंख्य होकर भी उन संख्या में अल्प शत्रुओं से भयभीत हो गए।

कुछ ही देर में सरदार लौटा। साथ में गठरी थी। कूदकर घोड़े पर चढ़ गया और फिर चिल्लाया—"हर-हर महादेव!"

उस समय वह प्रसन्न था।

उसका घोड़ा आगे बढ़ा। पीछे गोलियों की बौछार हो रही थी।

सरदार ने कहा—"कहां है तू?"

सुखराम घोड़ा पास ले आया—"क्या है?" उसने पूछा।

"चल काम हो गया।" सरदार ने एड़ दी। घोड़ा फरफराया।

वे अंधेरे में भाग चले। जब जंगल आ गया तो रुके। कुछ ही देर में अलग-अलग दिशाओं से आकर सब डाकू इकट्ठे हो गए।

"कोई नहीं गिरा।" खड़गसिंह ने कहा—"तांतिया के जरा जांघ में चोट आई है।"

फिर वे लोग भाग चले।

पहाड़ पर पहुंचकर सुखराम रुक गया। डाकू ने कहा—"चल!"

"नहीं," सुखराम ने कहा।

"तू नहीं चलेगा?"

"तेरा-मेरा साथ खतम।"

"क्या मतलब?" डाकू सरदार ने कहा—"क्या बस, मैंने इसीलिए तेरे साथ इतनी जोखम उठाई थी?"

"तेरे हाथ में माल है सरदार। और वह तेरा इनाम हो गया अब।"

"और इसमें से हिस्सा-बांट करने तू कल आ जाएगा?" सरदार ने व्यंग्य से कहा।

"कभी नहीं।" सुखराम ने कहा—"वह तेरी रोजी है, मेरी नहीं। मुझे उससे कोई सरोकार नहीं। दरोगा नहीं मरा, पर मेरा काम हो गया। वे लोग तो यह भी नहीं जान सके कि हमला किसने किया। पर दीवान मारा गया। वह बड़ा कमीना था। उसने मुझपर खून का झूठा इल्जाम लगाया था।"

एक डाकू ने कहा—"दरोगा! वह तो सुना यहां से चला गया!"

सुखराम घोड़े से उतर गया। पूछा—"क्या कहा?"

"हां, उस पर सरकार में मामला चला रही है यहां की ठाकुर पंचायत। उसका तो तुझे डर नहीं होना चाहिए। वह तो राजधानी गया है।"

"लेकिन रपट तो छोड़ गया होगा? दरोगा किसका अपना, सरदार! सुनार की कहानी सुनी है न? मां का गहना बनाने बैठा तो चोर न पा सका, सो दुबला होने लगा। मां समझ गई कि सुनार का बेटा यों दुबला हो रहा है कि चोर नहीं पाता। एक दिन बोली—"बेटा, वह मेरा गहना बन गया? पड़ोसिन का था, जल्दी बना दे। दूसरे दिन गहना भी बन गया और सुनार भी मोटा हो गया। सो दरोगा की कुर्सी ही ऐसी होती है। राम-राम।"

सुखराम के घोड़े की रास एक ने पकड़ ली। वे सब चले गए। सुखराम देखता रहा। इस समय उसे लगा, वह थक गया था। बहुत थक गया था।

वह डेरे पहुंचा। मन में डर रहा था। जैसे बच्चा कहीं दंगा कर आए और फिर मां के पास जाते हुए डरता है, वही हाल सुखराम का भी था। क्या कहेगी वह? यह तो किस्मत की बात थी कि वह सही-सलामत लौट आया था। कहीं किसी की गोली ही लग जाती तो? तब कजरी बैठी-बैठी राह ही देखा करती और वह कभी भी लौटकर डेरे नहीं आता।

तभी वह ठिठक गया। उसे एक काली-सी छाया डेरे के इधर-उधर दिखाई दी। बाहर कोई घूम रहा था। कौन हो सकता है यह? क्या कजरी ही बेचैनी से घूम रही है? सुखराम को आश्चर्य हुआ। पर वह इस तरह पांव दबाकर क्यों चलती? वह दुनिया में डकैती डालकर आया है और अब उसी के घर चोर आ गया है! हृदय में गुदगुदी भी हुई और फिर शंका के साथ भय भी उत्पन्न हुआ।

सुखराम पेड़ की आड़ में हो गया।

वह छाया अब स्तब्ध खड़ी थी, जैसे किसी चिंता में पड़ गई थी। सुखराम धीरे-धीरे आगे खिसकने लगा। उसके पांवों से तनिक भी आहट नहीं होती थी। ज्यों-ज्यों वह पास जाता था, उसके भीतर कौतूहल अब अधिक उझकता था, यहां तक कि अब तो जिज्ञासा भी अंगूठों के बल खड़ी हो गई।

उसने पहचाना। डाकू सरदार के यहां जो स्त्री मिली थी, वही थी। तो यह सचमुच बदला लेने आई थी!

सुखराम सोचने लगा। कितनी गन्दी औरत है! कितनी भयानक! इस वक्त कजरी का खून करने आई है। वह कितने अच्छे मौके से आया है! कहीं वह न आता तो कजरी इससे क्या बच पाती! वह कांप उठा। वह लौटता तो आकर देखता कजरी...

नहीं, नहीं, भगवान इतना बड़ा दण्ड नहीं दे सकता। आखिर उसने आज किसी की हत्या नहीं की। पर दीवान मर गया। उसके बीवी-बच्चे अब क्या करेंगे? वह भी तो जब सजा देता है तब बीवी-बच्चों की आड़ में किसी को छिपने नहीं देता।

फिर विचार आया—यह औरत सरदार से नफरत करती है। सरदार इसे पकड़ लाया था। उसने इसे कहीं का नहीं रखा। यहां यह बेड़नी की तरह रखी गई। मजबूर होकर इसने इसीको स्वीकार कर लिया। क्या यह बुरा नहीं है? वह बुराई को अब भी बुरा कहती है।

वह सुखराम के साथ आना चाहती थी। वह कैसे ले आता उसे...

तभी स्त्री भीतर घुसी। सुखराम छिपकर पीछे आ गया। उसने देखा, दीये की रोशनी में उस औरत के हाथ में कटार चमक रही थी और कजरी सो रही थी।

सुखराम ने भगवान को मन ही मन सिर झुकाया। सचमुच आज वह लुट गया होता। कजरी मर गई होती । फिर क्या होता?

यह औरत कितनी खतरनाक है! यह सोचती है कि इस तरह कजरी को मारकर यह मेरी हो सकेगी!

औरत आगे बढ़ी, चौकन्नी-सी दबे-दबे पांव धरती हुई। सुखराम बिल्कुल ऐसा हो गया जैसे अब वह झपटकर आगे टूटेगा।

औरत ने कटार उठाई। तभी कजरी ने करवट बदली। औरत ठिठक गई। वह स्वयं डरी हुई थी। उसका हाथ कांप रहा था। अचानक उसे जैसे आहट-सी हुई। उसने डर कर देखा चारों ओर। कोई नहीं था। शायद उसे भ्रम हो गया था।

अब फिर सुखराम ने देखा, वह कजरी के मुख की ओर देखने लगी। सिर हिलाया, जैसे है तो अच्छी। फिर मुद्रा आई कि मैं बुरी हूं! उसने अपने ऊपर निगाह डाली। फिर वह दृढ़ दिखाई दी।

सुखराम हिला। एक हल्की-सी छाया डेरे में पड़ी।

स्त्री चिहुंक उठी। उसने चारों ओर देखा। सुखराम आड़ में हो गया। स्त्री का हृदय धड़क रहा था, क्योंकि वह घबरा गई थी। उसकी सांस अब जोर-जोर से चल रही थी जिसे वह दांत भींचकर दबा लेना चाहती थी, क्योंकि उसका वक्ष बार-बार उठता था और गिरता था। गेहुएं रंग की उसकी छाती सिर्फ चोली से ढकी हुई थी और उसने फरिया को ऐसे ढंग से खोंस रखा था कि उसकी नाभि दिखाई देती थी, लहंगा और नीचे कसा हुआ था अचानक उसकी चूड़ियां खनक गई।

तब वह घबराकर डेरे के बाहर निकल आई।

सुखराम द्वार से चिपक गया कि कहीं वह देख न ले। जब औरत को कोई नहीं दिखा तो फिर डेरे में घुसी। इस बार वह तनिक भी विचलित नहीं दिखाई देती थी।

सुखराम उसकी मुद्रा देखकर आतंकित हो गया था।

औरत बढ़ी। ठोकर से खाट का पाया हिला। औरत पीछे हट गई, पाया हिल जाने से कजरी कुलबुला उठी और उसने धीरे से पूछा—''आ गया?'' उत्तर नहीं मिला तो कजरी जैसे चौंक उठी। स्त्री अब झपटने को तैयार थी। कजरी जागी। सामने एक औरत! अपरिचिता! कजरी ने पलक मारते देखा—हाथ में कटार!

दीये की रोशनी में चमचमाती कटार!

''कौन है?'' कजरी चिल्लाई।

''तेरी मौत!'' स्त्री ने फूत्कार किया।

औरत आगे टूट पड़ी। उस समय सुखराम चौंक उठा। कजरी तड़पकर उठी और सुखराम ने ताज्जुब से देखा कि वह बिजली की तरह झपटी। उसने उसको पकड़ लिया। दोनों स्त्रियां लड़ने लगीं। दोनों में बड़ा वेग था।

सुखराम को आनन्द आया। उसने कभी कजरी को लड़ते हुए नहीं देखा था, उसे आश्चर्य हुआ कि उसमें इतनी स्फूर्ति थी। वह ऐसे लड़ रही थी जैसे कौशल उसके लिए हस्तसिद्ध था।

शीघ्र ही यह लगने लगा कि कजरी उससे अधिक फुर्तीली थी। उसने उस स्त्री को धक्का दिया और टंगड़ी मारकर नीचे गिरा लिया और कजरी उसके ऊपर चढ़ बैठी।

औरत छटपटाने लगी। कजरी ने उसके कटार वाले हाथ को उमेठ दिया और कटार नीचे गिर गई। औरत घिघिया उठी। उसने अन्तिम चेष्टा की कि उठ खड़ी हो, परन्तु कजरी ने घुटना मारकर उसको दबा लिया। स्त्री चिल्ला उठी।

कजरी ने कटार लेकर हाथ उठाया कि सुखराम ने कहा—"नहीं, कजरी नहीं..."

वह भीतर गया। उसने कहा—"छोड़ दे!"

"छोड़ दूं!" कजरी ने फूत्कार किया—"यह मुझे मारने आई थी।"

"पर यह है कौन?"

"मैं नहीं जानती।"

सुखराम ने कहा—"रहने दे! वह तो मर गई, समझ ले न?"

औरत ने सुखराम को देखा तो उसकी आशा जाग उठी। उसने रोते हुए कहा—"मुझे बचा ले, अब नहीं आऊंगी..."

"तू इसे जानता है?" कजरी ने पूछा।

"जानता हूं।" सुखराम ने मुस्कराकर कहा।

"कौन है यह?" कजरी ने पूछा। सुखराम मुस्कराता रहा। बोला—"पहले उठ तो सही।"

कजरी उठ खड़ी हुई। उसने कहा—"बताया नहीं तूने?"

"यह तेरी नई सौत है।"

कजरी ने औरत को घूरा और एक लात दी। औरत आर्त्त-सी उठ बैठी।

"उठ!" कजरी चिल्लाई। सुखराम हंसा—"तो क्या मार ही डालेगी?"

औरत डरी-सी उठी।

सुखराम ने कहा—"परमेसुरी!"

स्त्री कांप उठी। कजरी ने आश्चर्य से देखा।

सुखराम ने कहा—"क्यों शेरनी! अब निकलूं तेरी टांग के नीचे से?"

औरत की हालत खराब थी। चेहरा फक पड़ गया था। वह कुछ नहीं कह सकी। उसने बोलने का यत्न किया, किन्तु गला रुंध गया।

सुखराम ने उसका हाथ पकड़कर खींच लिया और उसकी धूल झाड़ दी।

कजरी को चैन कहां! झट घास ले आई। उसके मुंह में देके कहा—"कह, मैं तेरी गौ हूं।"

औरत ने विक्षोभ से देखा। सुखराम ठठाकर हंसा। कहा—"हाय भगवान! कजरी, तूने तो शेरनी को घास खिला दी।"

"बोल!" कजरी ने पटाक चांटा मारकर कहा—"हरामजादी! दुनिया में मरद मर गए थे जो तुझे ये ही दीखा! अपनी सूरत तो देख मुंहजली, कुतिया! बोल..."

उसने फिर चांटा मारा।

औरत ने पांव पकड़ लिए और रोते हुए कहा—"मैं तेरी गौ हूं।" फिर सुखराम के पांव पकड़कर रोने लगी। सुखराम पिघला। कहा—"अरी रोती क्यों है? तू तो इसका खून करने आई थी न?"

औरत ने रोते हुए कहा—"मुझे माफ कर!" और उसने कजरी के पांव पर सिर धर दिया। कजरी ने लात देकर पांव हटा लिया।

"सरदार से कहियो," औरत ने धरती पर पड़े-पड़े कहा—"मैं क्या करूं? उसने मेरा धरम बिगाड़ा था। मेरा एक बच्चा भी था। पर तब से यहीं पड़ी हूं। क्या करूं? कहां जाऊं? तू आया था! मैंने समझा था तू मुझे सरन देगा। मैं उससे घिन करती हूं। वह बड़ा कमीना है, मेरे सामने ही कितनी लड़कियों को बिगाड़ चुका है...मैं क्या करूं..."

कजरी को कोई दया नहीं आई। सुखराम को उसकी कथा में दर्द लगा।

"चल, चल," कजरी ने कहा—"आई बड़ी पतबरता, निकल यहां से।"

स्त्री ने दयनीय दृष्टि से सुखराम को देखा।

"उधर क्या देखती है हरामजादी!" कजरी ने कहा—"यह तेरा खसम है? निकल चल! डोरे डाल रही है उस पर। आंसू बहा-बहाके पिघलाए जा रही है। मैं भी लुगाई हूं, सब समझती हूं।"

उसने उसके बाल पकड़ लिए और द्वार की ओर खींच ले चली। सुखराम देखता ही रह गया, कजरी उसे बाहर पटककर चिल्लाई—"जाती है कि नहीं..."

वह बढ़ने को हुई कि स्त्री भाग चली। उसके चले जाने पर कजरी भौं चढ़ाए भीतर घुसी। उसे अत्यन्त क्रोध था।

"कौन थी यह?" वह बड़े जोर से चिल्लाई।

सुखराम ठठाकर हंसा और खाट पर चित लेट गया। कजरी मुंह फाड़कर देखती रही और फिर उसके पास बैठ गई।

"मैं बहुत थक गया हूं कजरी।" सुखराम ने कहा—और फिर कजरी की ओर उसने लालायित आंखों से देखा।

कजरी तिनककर उठ गई।

30

कजरी नित्य कहती –

"अब काम कैसे चलेगा?"

"मैं नहीं जानता।"

"पर पेट तो सब जानता है।"

"इतना मैं भी समझता हूं।"

"फिर?"

"तू कुछ क्यों नहीं सोचती?"

सुखराम कहता और उसके मुख की ओर देखने लगता। गांव वह जा नहीं सकता। आन गांव जाता है, कभी शहद बेच आता है, कभी डांग में दवा-दारू कर देता है। कजरी जाकर सूप बेच आती है। पर अधूरे किले के गांव की ओर दोनों नहीं जाते। इसी से जो मिल जाता है उससे पेट भर जाता है। फिर भी मन नहीं भरता। खुलकर चलने-फिरने की आजादी नहीं है। कहां जाएं, जिससे कोई देखने वाला न हो। किसी और रियासत में क्यों न चले जाएं, डांग में से उधर की डांग भी तो मिली हुई है।

सुखराम शिकार मारकर लाता है। दोनों उस मांस को भरपेट खाते हैं। उनके पास जमीन नहीं कि खेती करें। पैसा नहीं कि बिन्जी फिरें। खेल दिखा नहीं सकते, पकड़े जाने का डर है, और नौकरी में रखेगा कौन? अहमदाबाद ही कैसा रहेगा? पर नितान्त परदेस में जाने की हिम्मत नहीं पड़ती एकाएक।

एक दिन राजा आया। दोनों ने उठकर स्वागत किया। खाट पर बिठाया। कुशल-क्षेम पूछी गई। राजा ने अपनी नई चोरियों का किस्सा बयान किया। उसे जैसे कोई डर नहीं। उसे पुलिस वाले दिखते हैं तो छिप जाता है।

"अरे तू क्या करता है?" उसने पूछा।

सुखराम ने कजरी की ओर देखा, कजरी ने सुखराम की ओर। जैसे दोनों ही उत्तर की खोज में हों। परन्तु क्या कह सकते थे! अतः कजरी की आंखों में निराशा छा गई।

''कुछ नहीं राजा जी।'' सुखराम ने कहा।

''खाना खाता है?''

''सो तो भगवान की दया है।'' कजरी ने कहा—''दोनों जून मिल जाता है राजा जी।''

सुखराम ने भी स्वीकृति में सिर हिलाया।

''तो मेरे साथ चलता क्यों नहीं?'' राजा ने पूछा।

इसी समय रानी आ गई।

कजरी ने उसे प्रेम से खाट पर राजा के पास ही बिठा दिया।

रानी ने पूछा—''कहां ले जा रहा है इसे?''

''धंधे पर।''

''तू जाएगा?'' कजरी ने पूछा।

''जी नहीं करता।'' सुखराम ने उत्तर दिया।

''जी!'' रानी ने कहा—''गरीब के जी का क्या सवाल है मूरख? जी बड़ा कि जिन्दगी?''

''जिन्दगी।'' सुखराम ने कहा।

''ले सो चले।'' राजा ने दाद दी।

रानी ने कहा—''कजरी, तू नहीं कहती कुछ?''

''कहती तो हूं।'' कजरी कह उठी।

''तो तू ही डरता है?'' राजा ने कहा—''देख!''

उसने पीठ दिखाकर कहा—''यह देख, हंटरों की मार! पर मैं कभी नहीं डरता। बचपन से जिसको मौका मिला है उसी ने मुझको मारा है। पर मैंने भी कसर नहीं की। मैं मुहब्बत में नहीं फंसता। मौका मिलते ही पैसा हाथ से जाने देना मेरा धरम नहीं। किसान गरीब मेहनत करता है, उसकी बेदखली होती है, घर बिकता है, ढोर बिकते हैं; पर शिकमी को वह भी नहीं छोड़ता। फिर हम तो शिकमी भी नहीं। हम भी खेतों में मजूरी करके पेट पाल सकते थे, पर हम जात के नट हैं। कोई हमारा भरोसा नहीं कर सकता, तो हम क्यों किसी का भरोसा करें?''

वह चुप हुआ तो रानी ने उसके पीठ के निशानों पर गर्व से हाथ फेरा और कहा—''मरद होना भी बड़ा कठिन है कजरी। कैसी-कैसी सांसत उठानी पड़ती है। जरा दया नहीं की जाती इन पर। देख! यह देखती है इसकी इस छोटी उंगली का नाखून! पुलिस ने खींच लिया था। पर यह भी मरद है। इसने उफ तक न की, न माल का पता दिया; ऐसा भोला बना रहा कि वे चक्कर में पड़े रहे। सच, मैं तो यही सोचती रही हूं कि भगवान ने औरत बनाई तो बड़ा अहसान कर दिया।''

कजरी रो उठी।

''क्यों, क्या हुआ?'' राजा ने पूछा।

कजरी ने कहा—''नहीं, मैं न जाने दूंगी इसे। वे इसे मार डालेंगे।''

''अरी तो मरनेवाले क्या महलों में नहीं मरते?''

''वह और बात है।''

''तेरी मरजी!'' राजा उठ खड़ा हुआ। सुखराम भी खड़ा हो गया। कजरी बैठी रोती रही।

सुखराम ने लौटकर पूछा—''तू रोई क्यों?''

''मुझे जेठी की याद आ गई थी।''

"झूठी।"

"क्यों?"

"तू समझी थी, मैं उसके संग चला जाऊंगा। वे मुझे मार डालेंगे। यही बात थी न?"

"जब तू समझ ही गया है तो पूछता क्यों है?"

सुखराम ने कहा—"कजरी, तू इतनी अच्छी क्यों है?"

"क्या बकता है!" कजरी ने लजाकर कहा—"कोई अपनी बहू की भी इतनी तारीफ करता होगा!"

बहू! वह शब्द अपने-आप संभलकर निकलता था। वह अब लुगाई अर्थात् एक विशेष प्रकार का शरीर नहीं रही थी। वह उस छोटी सीमा के ऊपर उठ गई थी। इस भाव में संरक्षण की संवदेना थी, आत्मीयता का विकास था, और यह चिन्तन जीवन-संग्राम में संचित की हुई शक्ति की कोमलता ने दिया था।

स्वर को मन ने पहचाना। इस स्वर में अतुलनीय स्नेह था, जो एक पवित्रता का बोधक होता है; जहां संभोग नारी पर बलात्कार नहीं रहता, सृष्टि के सृजन के पवित्र और महान् कार्य का वह पर्याय हो जाता है, जहां प्रेम और वात्सल्य का उत्तरदायित्व पुरुष और नारी साथ-साथ उठाते हैं, और फिर कोई जघन्यता नहीं बची रहती।

"सच कजरी, तू बड़ी अच्छी है!" सुखराम ने दुहराया।

"मैं अच्छी हूं कि तू पागल है?"

"क्यों?"

"मैं यही सोचती थी कि तू इतना अच्छा क्यों है!"

"कितना अच्छा हूं?"

कजरी मुस्कराई और फिर सुखराम के बालों में हाथ फिराने लगी। उसकी उंगलियां कंघी की तरह हो गईं।

"बता तो।" सुखराम ने फिर पूछा।

कजरी ने कहा—"मैं कैसे बताऊं तुझे? मन की बात कैसे समझाऊं? फिर मुझे कहना भी तो नहीं आता।"

"अगर पुलिस को मालूम हो जाए," सुखराम ने कहा—"कि एक बहुत अच्छा आदमी यहां रहता है तो?"

कजरी का मुंह उतर गया। उसने कहा—"राज राज ही है, पर राज का अंधेर कौन रोक सकता है?"

बाहर आहट हुई। सुखराम ने पूछा—"कौन है?"

एक डाकू आया। कजरी उसे देखकर मन ही मन कांप उठी, पर उसने अपने को दृढ़ बनाए रखा।

"अरे खड़गसिंह!" सुखराम ने पूछा—"आज बहुत दिन बाद दिखाई दिए। क्या है? अच्छे तो हो?"

"क्या है?" खड़गसिंह ने कहा—"पूछता है, क्या है! डाकू कब अच्छा नहीं रहता है?" वह हंसा।

"बैठो, हुक्का पी लो।" सुखराम ने कहा।

"सरदार ने बुलाया है।" खड़गसिंह ने कहा। कजरी के कान खड़े हुए। वह कहता गया—"फिर बैठ लूंगा। इस बखत चल जरा।"

सुखराम ने कजरी की ओर नहीं बल्कि धरती की ओर देखा।

"नहीं भैया," कजरी ने कहा—"हमें किसी से कुछ नहीं चाहिए। वह नहीं आएगा अब।"

"क्यों?" डाकू ने पूछा।

"हमें सांसत मोल नहीं लेनी अब।" कजरी ने कहा।

"नहीं कजरी, सरदार ने बुलाया है।" सुखराम ने आगन्तुक की ओर देखते हुए कहा।

"वह सरदार है।" आगन्तुक ने कहा—"सौ बार काम आता है, यह समझ लो।"

"जाना ही होगा।" सुखराम ने कहा—"वह दोस्त है।"

"ऐसे की दोस्ती भी बुरी," कजरी ने कहा—"और बैर भी बुरा। तू जो करता है ऐसी ही गड़बड़ करता है।"

डाकू के दांत चमके।

"अरी तो मरी क्यों जाती है?" सुखराम ने कहा—"आदमी आदमी के ही काम आता है।"

"एक तू आदमी, एक वो आदमी। आदमी-सा तो मुझे कोई न लगे।"

जब सुखराम पहुंचा तो सरदार ने कहा—"तू कहां था?"

"कहीं नहीं।"

"क्यों? तेरे सिर पर छत भी नहीं?"

"डेरे में था सो तो।"

"तो यों कह।" सरदार ने कहा।

सुखराम बैठ गया। सरदार ने हुक्का दिया। उसने चिलम उतारकर दम लगाए।

"अब क्यों नहीं चलता?" सरदार ने बातों के बीच में पूछा।

"कहां?"

"किसी दिन मेरे साथ चल। मजा रहेगा। पड़े-पड़े तेरे पांव अकड़ते नहीं?"

"मैं दुनिया से ऊब गया हूं।"

उसी समय वही स्त्री भीतर आई और उसने अंतिम वाक्य सुनते हुए कहा—"क्यों, वह तेरी औरत क्या हुई? मर गई!"

"मरे तू।" सुखराम ने कहा—"वह तो मजे में है।"

"तू उसे बहुत चाहता है!" स्त्री ने बैठकर कहा।

"तुझे मतलब?" सुखराम ने मुंह मोड़कर उत्तर दिया।

"क्या बताऊं? एक दिन मुझे भी ले चल वहां।" उसने कहा—"सरदार, वैसे मैंने देखी है। इसके लिए ऐसी जोड़ी है कि देखके आंखें तृप्त हो जाती हैं।"

सरदार ने कहा—"अरे जाने दे उसे, तू मुझे इससे बात करने दे। घूम-फिरकर ले आई वही लुगाइयों वाली बात। हां सुखराम! तू ऊबा क्यों?"

"मैं नहीं जानता।"

"यार, तू तो साधू हो गया।"

सुखराम ने सिर झुका लिया।

"पर यों जीना तो मेरे लिए खतरा है।" सरदार ने कहा।

"क्यों?" सुखराम ने पूछा।

"भई, बखत की बात है। कल को तुझे पुलिस ने पकड़ लिया तो तू तो मुझे फंसा देगा।"

"तुम ऐसा मानते हो तो मैं चला जाऊंगा।"

"कहां?"

"दूसरी रियासत में।"

"नहीं तू रह, मुझे डर नहीं," डाकू ने कहा—"वह दरोगा तो गया, उसकी जगह दूसरा आ गया है।"

सुखराम ने सोचा—खचेरा गया या नहीं।

पूछा—"वह एक खचेरा, चमार था..."

"उसे फांसी हो गई।" सरदार ने कहा।

सुखराम कांप उठा। उसका मन किया, रो दे। पर रो न सका। निरोती को जेल हुई। हरनाम मरा, धूपो मरी, रुस्तमखां मरा, बांके मर गया, और दीवान भी मर गया! एक पेशकार रह गया जिसे उस पर गौर करने की तबीयत हो सकती है और तो कोई नहीं।

"क्या सोचता है?" सरदार ने पूछा।

"सोचता हूं, गांव लौट जाऊं।"

"चला जा, डर क्या है?"

"एक पेशकार है। वह पहचान लेगा। उसने नये दरोगा को भी बताया होगा।"

"सो तो है।"

"मैं किसी का बुरा नहीं चाहता सरदार, मैं दुश्मनी नहीं रखता; पर लोग जीने क्यों नहीं देते?"

स्त्री हंसी। कहा—"यही तो मैं कहती हूं। रांड रंडापा तो तब काटे जब रंडुआ उसे काटने दे।"

सरदार ने ठहाका लगाया। आज सुखराम हंस नहीं सका। फीकी-सी मुस्कराहट होंठों पर डोलकर रह गई, जैसे बेचारी मन मार गई हो।

"तू जा सुखराम!" सरदार ने कहा—"तुझसे कोई डर नहीं।"

"दगा न करियो!" स्त्री ने कहा।

"मैंने तुझसे की है?" सुखराम ने आंखें गड़ाकर पूछा।

"नहीं।" स्त्री के दांत खिसियाकर क्षमा-याचना की मुद्रा में खुल गए।

लौटा तो कजरी रास्ते में मिली। सुखराम को आश्चर्य हुआ। पर गया तो देखा, उसकी आंखें लाल थीं, जैसे रोकर आई हो।

"तू रोई थी?" उसने पूछा।

"नहीं तो," और कजरी ने नीचे का होंठ काट लिया, जैसे अपनी रुलाई को रोक रही थी।

"पगली!" सुखराम ने उसकी पीठ पर हाथ रखकर कहा—"भला इसमें रोने की क्या बात थी?"

"तू नहीं समझेगा?" कजरी ने आंसू पोंछे।

"तू क्या कर रही थी यहां?"

"तेरी राह देख रही थी।"

"क्यों, मैं क्या आता नहीं?"

"मैं तो डर रही थी।"

"डरने की बात ही क्या थी जो?"

कजरी ने आंखें तरेरीं।

"क्यों?" सुखराम ने उत्सुकता से पूछा।

"मुझसे बनता है! तू मेरे हिये की इतनी भी नहीं जानता?"

''हिये की होती तो जान जाता कजरी, यह जरूर तेरी अकल की होगी, और उसे समझना उड़ती चिड़िया पकड़ने के बराबर है।''

''कहीं उस डायन ने कोई जाल न फैलाया हो, मैं तो यही सोच-सोचकर मन ही मन मरी जा रही थी।''

''अरे भला वह औरत है। वह क्या है?'' सुखराम ने व्यंग्य किया।

''सच कहती हूं!'' कजरी ने कहा—''मुझे तो बाद में ध्यान आया उसका, नहीं तो नहीं जाने देती! औरत? तू क्या जाने औरत को? जित्ती नरम दिखती है उत्ती पत्थर होती है। तू उसकी क्या जाने? सब कुछ छीनकर अपना कर लेना चाहती है।'' कजरी ने सोचते हुए कहा—''वह नहीं जानती कि वह क्या करना चाहती है, उसे लगता है कि उसका दुश्मन और कोई नहीं, औरत ही है। सच, अगर औरत औरत के खिलाफ न जाए, तो वह मरद को उल्लू बना सकती है। कुत्ता भी एक-दूसरे से उतनी नफरत नहीं करता जितनी औरत औरत से करती है बलमा! मरद कैसा भी हो, औरत के सामने सिर झुकाता है, क्योंकि वह औरत का जाया होता है। और लुगाई! लुगाई लुगाई के पेट से आती है। वह क्या है, इसे औरत ही जानती है।''

''तू तो प्यारी से नहीं करती थी कुछ।'' सुखराम ने पूछा। उसे अब भी ताज्जुब हो रहा था। प्यारी का नाम सुनते ही कजरी को रोमांच हो आया। उसे फिर दुःख ने घेर लिया।

''वह तो मुझे चाहती थी।'' उसने धीरे से कहा। उस स्वर में जैसे उसकी मन की भीतरी वेदना ने धीरे से झांका और फिर जहां की तहां बैठ गई, जहां से संभवतः वह कभी भी निकल सकेगी, इसमें संदेह था।

सुखराम ने कहा—''कजरी, मुझे वे बीते हुए दिन याद आते हैं।''

''मुझे क्या नहीं आते?''

दोनों ने एक बार आंखों में झांककर देखा। कहा कुछ नहीं।

वे डेरे में पहुंच गए।

दूसने दिन दोपहर बाद एक व्यक्ति आया। वह करनट था। उसने सुखराम को दिखाया। पांव में बड़ा जख्म था।

सुखराम ने कहा—''यह तो बहुत बढ़ गया रे। पहले क्यों नहीं आया? अच्छा, जड़ी ले आऊं तेरे लिए।''

''रात हो गई है।'' कजरी ने उसे उठते हुए देखकर कहा—''अब तुझे दिखाई भी क्या देगा वहां? जंगल का मामला। कीड़ा दौड़ता होगा, बघेर होगा। कल जो चला जइयो!''

सुखराम ने कहा—''रात हो गई? तेरे लिए भी रूखड़ी ले आता हूं।''

''क्यों।''

''मुझे लगता है तुझे रतौंध शुरू हो गई है।''

''अब के सावन-भादों में नारी का साग खिला दीजो।'' उस मरीज ने सच्चे दिल से राय दी।

कजरी ने खिसियाकर कहा—''तेरी हरियाली में फूटी होंगी, जो सावन-भादों ही दिखाई दे रहे हैं।''

''अरी परमेसुरी!'' मरीज ने कहा—''मुझसे तकरार करती है, वह कहता है तो कुछ नहीं कहती?''

''वह तो मेरा खसम है।'' कजरी ने कहा।

''बहू!'' मरीज ने कहा—''तुझे लाज नहीं आती उसके सामने लड़ते!''

कजरी ने जीभ दांतों में काट ली। मात खा गई। कहा—"चलो देख लाएं। पर मैं आटा लाने को थी, ला, पैसे दे दे।"

सुखराम ने कहा—"अरी कल ले अइयो।"

मरीज ने आठ आने निकालकर देते हुए कहा—"तो बहू ले! ले आ। मैं कल आ जाऊंगा, सवेरे।"

"नहीं, नहीं," सुखराम ने दिखावा किया, पर तब तक अठन्नी कजरी के हाथ की मुट्ठी में बन्द हो चुकी थी।

मरीज के जाने के बाद सुखराम बैठ गया। कजरी गेहूं ले आई उस छोटी-सी दुकान से। और फिर पड़ोसिन को एक पैसा देकर गेहूं की जगह रात लायक आटा मांग लाई। रोटी खा चुके तो सूरज ढल रहा था।

कजरी ने कहा—"चलेगा नहीं?"

"कहां?"

"आज मेरा मन करता है, तू मुझे घुमा ला।"

दोनों चल दिए। पहाड़ पर से देखा। सामने ही अधूरा किला खड़ा था। आज सुखराम को लगा जैसे वह बहुत दूर हो गया था, बहुत दूर, इतनी दूर कि वह सुखराम की कल्पना के प्रसार से भी दूर था।

"क्या देख रहा है?" कजरी ने समझ लिया।

"मैं इसका मालिक कभी नहीं हो सकता!"

"न सही। होकर ही क्या मिल जाएगा?"

"कजरी, तू कुछ नहीं चाहती?"

"नहीं। मेरे पास सब कुछ है; जो कुछ है सो दूंगी नहीं, नये के लिए हाथ नहीं पसारती।"

कजरी की बात ने सुखराम के मन में जगह बनाई। वह मन ही मन कजरी और अधूरे किले को तोलने लगा; और आज उसे पहली बार यह अनुभव हुआ कि वह कजरी को चाहता है, अधूरे किले को नहीं। वह अधूरा किला उसके मन की हवस है, कजरी उसके मन का ठहराव है। वह कजरी के सामने अधूरे किले को धूल के बराबर भी नहीं समझता।

और उसे उस क्षण यह आश्चर्य हुआ कि वह क्यों इस पत्थर के ढेर के लिए व्याकुल था। उसके पास कजरी थी। कजरी उसके लिए सब कुछ थी। और सचमुच अगर वह अधूरा किला उसे मिल जाए तो? तो क्या वह उसे संभाल सकता है? उसे तो पढ़ना भी नहीं आता। कहते हैं, बड़े आदमी पढ़े होते हैं और पढ़ाई से आदमी में अकल आती है। वह क्या है? एक करनट। भले ही वह ठाकुर कहता रहे।

और आज यह चोरों की तरह मुंह छिपाकर पड़ा है यहां! कजरी ही तो उसका एकमात्र सहारा है!

दोनों देर तक सोचते रहे। कजरी सोच रही थी—अगर कहीं काम लग जाए तो अच्छा हो। न काम है, न सही, पर आजादी तो चाहिए!

सुखराम ने कहा—"कजरी! मुझे किला नहीं चाहिए।"

"दे कौन रहा है?"

"दे भी, तो नहीं चाहिए।"

"बड़े भाग मेरे! तुझमें अकल तो आई!"

"कजरी, हम चलेंगे।" उसमें नया विश्वास था।

"कहां?"

"अहमदाबाद!"

सूरज डूब चुका था। पर कजरी ने उस नवीन जागरण को देखा और उसे सुख हुआ। आज जैसे भय दूर हो गए थे। पूछा—"कब चलेगा?"

"कल ही। तेरे पास रुपये बचे हैं?"

"हैं, पन्द्रह बचे हैं।"

"बहुत हैं, रास्ते का खर्च निकाल ही लेंगे। फिर वहां तो काम मिल ही जाएगा।"

कजरी ने कहा—"चल, अंधेरा छाने लगा।" वह चौंक उठी थी।

"पर मुझे आखिरी बार इसे देख लेने दे। तब चलूंगा जब अंधेरा इसे मेरी आंखों से खो दे, ताकि इसे मन में भी संग-संग ही धो दूं।"

कजरी ने कहा—"हाय, मुझे डर लगता है।"

धीरे-धीरे किला अंधकार में खो गया और फिर चारों ओर कालिमा छा गई। तब वे दोनों चल पड़े। सुखराम का मन भारी था।

"तूने जड़ी नहीं ली?"

"कल ले लूंगा।" सुखराम ने कहा।

"यही सोचती थी। उसे बता दीजो। वरना कल के बाद कौन इलाज करेगा उसका।"

"दवा बनाके दे दूंगा। ऐसे बहुत बता दी।" सुखराम ने कहा—"गुरु का हुकम है, बता नहीं सकता।"

अचानक एक औरत की चीख सुनाई दी। अंधकार की निर्जनता में स्वर भयानक बनकर गूंज उठा। कजरी सुखराम से लिपट गई।

"क्यों डरती है?"

"यह क्या हुआ?"

"अभी तो मैं हूं री।"

फिर चीख सुनाई दी। अब की बार और पास।

कजरी चौंकी। सुखराम ने उसकी कमर में हाथ डालकर उसे और पास खींच लिया। कजरी को चैन आया। उसने कान के पास मुंह ले जाकर कुछ बहुत धीरे से कहा।

"क्या?" सुखराम ने वैसे ही पूछा।

कजरी ने कहा—"कोई औरत है।"

सुखराम ने इशारा किया। वह चुप हो गई। फिर सुखराम आहट लेने लगा। बाद में कहा—"आवाज उधर से आई है।"

फिर पगध्वनि सुनाई दी।

कजरी ने कहा—"देख, कोई चल रहा है।"

"चल, देखें।"

दोनों भागे, पर पांव संभालकर। कुछ दूर चलने पर ही एक मशाल जलती हुई दिखी। उसकी आग हवा में फरफरा रही थी और उससे उजाला हो रहा था।

सुखराम ने कजरी का हाथ पकड़कर कहा—"वह देख।"

चट्टान की आड़ से देखा। कजरी फुसफुसाई—"अरे!"

"क्या हुआ?"

"यह तो तेरा वही है।" कजरी ने पहचानते हुए बताया।

"कौन? खड़गसिंह और सरदार!" सुखराम ने कहा।

"यह संग कौन है?"

''कोई लुगाई है।''

''बड़ी भभूका गोरी है ये!'' कजरी चौंकी।

''मुझे तो मेम-सी लगती है।'' सुखराम और भी चौंका।

''दैया री! सच? यह तो मेम ही है।''

''यह कहां से ले आया!'' सुखराम ने कुरेदा।

''मरने दे! हमें क्या!'' कजरी को वह उत्सुकता भयानक लगी।

''नहीं कजरी, यह तो खतरा है।''

''क्यों!'' वह घबराई।

''कल ही डांग में पुलिस आ जाएगी।''

कजरी कांप उठी कहा—''फिर?''

''इसे बचाना होगा।''

''और सरदार न माना तो?'' कजरी ने खतरा दिखाया।

''उसे मानना होगा।'' सुखराम ने दृढ़ता से कहा—''वरना हम सब तबाह हो जाएंगे।''

कजरी एकदम सामने पहुंच गइ। चिल्लाई—''औरत पर हाथ उठाते तुम्हें लाज नहीं आती?''

''अरे कौन है तू?'' खड़गसिंह ने कहा—''चुप रह, भाग जा!''

''नहीं भागूंगी।'' कजरी ने कहा—''पकड़ के लिए जाते हैं दोनों। अरे तू कहां रह गया?''

सुखराम ने आगे बढ़कर कहा—''राम-राम भैया!''

''अच्छा!'' सरदार ने कहा—''और भी कोई है?''

''कोई नहीं।''

''तो हट जाओ सामने से।''

''हट तो जाएं,'' सुखराम ने विनीत स्वर में कहा—''पर तुमने यह भी सोचा है कि क्या कर रहो हो?''

''क्या कर रहे हैं?'' सरदार ने पूछा।

''यह मेम है, जानते हो?''

देख, इसकी खाल कैसी नरम और अच्छी है!'' सरदार ने उस स्त्री का हाथ अपने हाथ में मसलकर कहा। वह स्त्री संत्रस्त-सी कांपकर चिल्ला उठी।

''सुसरी चिल्लाती है।'' सरदार हंसा।

''यह ठीक नहीं है,'' सुखराम ने कहा—''तुम्हें फायदा क्या? तुम्हें इसके बदले में कोई रुपया नहीं देगा। कल से ही पलटनें डांग में गोली चला-चलाके सबको भूनना शुरू कर देंगी। मूरख! ये राजों के राजा हैं।''

''अरे शेर को न जगा,'' कजरी ने कहा—''अपनी मौत अपने-आप क्यों बुला रहे हो?''

मेम डरी हुई थी। पत्ते की तरह कांप रही थी। उसे भय के कारण पसीना आ गया था। उसके कटे हुए बाल कन्धों पर लहरा रहे थे।

उसने कहा—''बचाओ। बचाओ...''

और वह कजरी के पांवों पर गिर गई। सरदार चौंक उठा। वह आगे बढ़ा। पर सुखराम ने कहा—''नहीं, नहीं, तू नहीं समझता। ऐसा मत कर। तू आगे की भी तो सोच!''

कजरी ने मेम को उठाकर कहा—"डरो नहीं, बीबी जी। डरो नहीं। कोई तुम्हारा कुछ नहीं करेगा।"

उस आश्वासन को सुनकर मेम को चैन मिला। उसने कजरी को आलिंगन में कस लिया और रोने लगी, जैसे भय अब फूट निकला था।

सरदार ने कहा—"छोड़ दे उसे!"

सुखराम ने कहा—"मान जा सरदार!"

"नहीं!" सरदार चिल्लाया—"छोड़ दे उसे तू।"

"क्यों छोड़ दें!" कजरी ने कहा—"तेरे बाप की लुगाई है जो मैं छोड़ दूं? मेरे रहते तू एक औरत की इज्जत बिगाड़ लेगा? अरे मैं मर जाऊंगी पर हाथ न लगाने दूंगी।"

"ऐसी लुगाई मैंने आज तक न देखी।" खड़गसिंह ने कहा—"बड़ी मूरख है।"

परन्तु स्त्री ने कजरी को अब और कसकर पकड़ लिया और कहा—"तुम मेरी मां हो।"

"किसी को क्या पता चलेगा?" सरदार ने कहा।

"अरे, पहले तो ऊपर वाला ही देख रहा है।" कजरी ने डांटा।

"ससुरी अकेली घूम रही थी।" खड़गसिंह ने कहा।

"कहां?" कजरी बोली।

"पहाड़ पर।"

"तो गांव पर गोली चलेगी।" सुखराम ने जल्दी से बुड़बुड़ाकर कहा। मेम के हिन्दी बोल देने के बाद उसने जान-बूझकर ऐसी बात की, और वह सचमुच नहीं समझ सकी। परन्तु बाकी कजरी और वे दोनों समझ गए।

"और यह लौट गई तो?" खड़गसिंह ने पूछा और सरदार की ओर देखा। दोनों की आंखें चार हुईं। फिर इशारे हुए।

सुखराम ने सोचा और फिर कहा—"लौट गई तो भी क्या? हमें क्या डर है कि फिर क्या होगा?"

"हमें तो है।" सरदार ने कहा।

"मैं तुम्हें नहीं जानता। यह जान लेगी?" सुखराम ने धीरे-धीरे स्पष्ट स्वर में कहा—"जानें तुम्हें पड़ोस की किसी रियासत के लोग?"

"मैं नहीं मानता!" सरदार बड़बड़ाया।

"सौगन्ध है। दगा नहीं दूंगा।" सुखराम ने वैसे ही शब्द घुमाकर कहा। मेम डरती हुई-सी दीखती थी।

सरदार सोचने लगा।

कजरी ने मेम से कहा—"मेम साब।"

मेम ने आंखें खोलकर उसे देखा।

"तेरी तबीयत आ गई है लुगाई गोरी देखके?" कजरी ने सरदार से कहा।

"क्यों, न आएगी?" सरदार ने कहा—"मरद नहीं हूं?"

"अरे तू मरद है तो क्या इसीलिए कि पराई लुगाइयों की बेइज्जती करे?"

"तुझे इस सबसे क्या?" सरदार खीझ उठा।

"क्यों, मैं क्या लुगाई नहीं हूं?" कजरी ने बात काटी।

"अच्छा!" खड़गसिंह ने कहा—"तो तू इससे अपना मुकाबला कर रही है नटनी?"

"अरे चल, दाढ़ीजार!" कजरी ने कहा।

सुखराम ने कहा—"तो तूने इसे छोड़ दिया?"

मेम ने डरकर आंखें फिर मीच लीं। मशाल के फरफराते उजाले में कजरी ने देखा—वह एक अठारह-उन्नीस साल की छरहरी और तन्दुरुस्त स्त्री थी, जिसके बाल कुछ सुनहरे थे और आंखें भी पीली-सी थीं। उसके होंठ पतले थे और उसके पास से खुशबू आ रही थी। वह पाउडर और लैवेण्डर की गंध थी। कजरी ने सोचा, शायद कोई इतर होगा। उसने आराम से उस गंध को सूंघा, और इसलिए स्त्री के इतना कसकर पकड़ने पर भी उसे बुरा नहीं लगा।

"छोड़ दूंगा।" सरदार ने कहा—"पर यों नहीं।"

"तो कैसे?" सुखराम ने पूछा।

"तू आज इसे ले जा, पर पहले मुझे हरा जा।"

"सो कैसे?"

"तू मुझसे लड़ ले।"

"यह नहीं होगा।"

"क्यों? जब तू मुझे जानता नहीं तो वैसे ही कैसे ले जाएगा? बहुत दिनों से खटक रही है उस दिन की। आज तू फैसला कर ले।"

सरदार ने पिस्तौल वाला हाथ उठाया।

"कायर!" कजरी चिल्लाई—"वह निहत्था है।"

मेम ने आंखें खोल दीं और उसे लगा, अब वह सब आशा मिट्टी में मिल जाएगी। उसने देखा सामने सुखराम—एक मजबूत आदमी अपने हाथ सीने पर बांधे खड़ा था। वह मुस्कराया। उसने कहा—"तो तू सचमुच लड़ना चाहता है?"

"हां।" सरदार फुंकार उठा।

"तो..." सुखराम ने झपटकर लात दी और पिस्तौल उछाल दी, और सरदार के चैतन्य होने के पहले ही अपने हाथ में ले ली तथा हंसकर उसने खड़गसिंह को देकर कहा—"इसका क्या काम? तू रख ले। हमारी-इसकी बराबर की होगी।"

सरदार ने झटपकर पिस्तौल खड़गसिंह से छीन ली और हटकर तानकर खड़ा हो गया।

"तो ठहर जा!" सुखराम ने पत्थर का टुकड़ा फुर्ती से उठाकर कहा—"मुझे भी संभल जाने दे।"

"क्यों?" सरदार ने पूछा।

"मुझे तैयार होने दे।"

"मंजूर है।"

दोनों आमने-सामने खड़े हो गए। कजरी ने आकुल चिंता से मेम को और कस लिया और मेम ने भयार्त्त होकर आंखें फाड़ दीं और उसके मुख से निकला—"क्राइस्ट!"

कजरी समझी नहीं। उसने कहा—"डरो मत! वह भी न रहे, पर मैं तो हूं। जब मैं भी न रहूं, तब तुम भी न रहना।"

मेम चीख उठी।

सरदार ने गोली चलाई। पहाड़ी प्रान्त में एक बार धूं की भयानक आवाज गूंज गई और साथ ही देशी तमंचे से धुआं भी निकला। सुखराम उछला।

"कायर!" कजरी चिल्लाई—"निहत्थे पर गोली चलाता है।" और उसने मुड़कर देखा।

सुखराम हंसा। कजरी की छाती फूल उठी और उसने मेम को फिर चिपका लिया इस बार और जोर से।

गोली सुखराम का हाथ छीलकर निकल गई। खून चुचा आया। और कुछ नहीं।

"अब तेरी बारी है।" डाकू ने कहा—"फिर मैं देखूंगा। बोल मर्द है तो वार कर।"

खड़गसिंह ने मशाल झुकाकर उजाला कर दिया जैसे स्पष्ट देखना चाहता था।

"अब संभाल," सुखराम ने कहा और घुमाकर पत्थर फेंका। पत्थर डाकू की कलाई में लगा।

"हाय माड्डाला!" कहके वह नीचे बैठ गया और पिस्तौल छिटककर दूर जा गिरी। सुखराम ने झपटकर पिस्तौल उठा ली और सरदार पर कूदा। सरदार के सीने पर चढ़कर उसने पिस्तौल तानी कि सरदार ने कहा—"दुहाई है!" सुखराम के हाथ से पिस्तौल गिर गई। उठ खड़ा हुआ। कहा—"जा, चला जा!"

सरदार उठा। क्षण-भर कृतज्ञ और गद्‌गद नेत्रों से वह विकराल व्यक्ति को देखता रहा। सुखराम मुस्कराया।

सरदार ने पगड़ी उतारकर सुखराम के पांव पर फेंक दी।

"क्यों?" सुखराम ने पूछा।

"तू प्राणदाता है।" डाकू ने कहा।

"तू नासमझ है अभी, तभी ऐसा कहता है।"

कजरी ने सुना तो अपनी छाती से मेम को और कसके दबा लिया। वह उसके भीतर का उमड़ता हुआ आनन्द था।

"तुझसे मैं नहीं जीतूंगा।" सरदार ने कहा।

"मैं तेरा दुश्मन ही कब हूं!"

"तेरे जैसे आदमी से मुकाबला करना भी बड़प्पन की बात है, यह मैंने अब जाना।" सरदार ने मुग्ध स्वर में कहा।

कजरी ने मेम से कहा—"देखा मेम साब, देखा! मरद मानुस देखा है कभी? न देखा हो तो मेरे खसम को देखके दीदे सिहा लो।"

मेम उसकी जल्दी की बात समझी नहीं। पर उसमें अब उतना भय नहीं था, वह सुस्थिर लगती थी। परन्तु अभी-अभी जो युद्ध का दृश्य उसने देखा था, वह उसे देखकर चमत्कृत हो गई थी।

फटी-फटी आंखों से देखती रही।

सरदार ने बढ़कर कहा—"मेम साब! माफ कर दो। अब ऐसी गलती नहीं होगी।"

कजरी ने कहा—"कर दो मेम साब।"

"कर दिया।" मेम ने कांपते स्वर में कहा।

"कहां जाओगी?" कजरी ने कहा।

डाकू अब पीछे आ गया और खड़गसिंह से बात करने लगा। मेम ने देखा। हिम्मत न खुली। वह डरती रही।

कजरी ने कहा—"बताती क्यों नहीं?"

"डाक बंगला।" मेम ने घबराते हुए कहा और मुड़कर देखा। सरदार ने कहा—"जाओ, कोई डर नहीं, हम जाते हैं।"

वह आगे बढ़ा। उसने सुखराम के पांव छुए, फिर पिस्तौल धरती से उठा ली और फिर वे दोनों चलने लगे। कजरी ने टोका—"सुनो!"

"क्या है?" खड़गसिंह ने कहा।

"ये मशाल हमें दे दो। रात है। इसे घर पहुंचा दें। कहां-कहां गिरेगी नहीं तो!"

"दे दे," सरदार ने कहा।

कजरी ने मशाल ले ली। डाकू चले गए। मेम आतंकित-सी बार-बार उधर देख लेती थी।

"चलो! तुम्हें पहुंचा दें।" सुखराम ने कहा।

"चलो।" कजरी ने भी राय दी, "पर," उसने टोका—"वचन दो।"

"क्या बोलती हो?" मेम ने कहा।

"कसम खाने को कहती है।" सुखराम ने सहज किया।

"बोलो।" मेम ने कहा।

"हमें गिरफ्तार न कराना।" कजरी ने कहा—"हमारा कोई कसूर नहीं है।"

"मैं वादा करती हूं।" मेम ने कहा—"तुमने मुझे बचाया। मैं तुमसे दगा कर सकती हूं?"

वह धीरे-धीरे सोच-सोचकर बोल रही थी—"कभी नहीं।"

सुखराम ने कहा—"मगर मेम साब! पुलिस हमें पकड़ लेगी। कहेगी, डाकुओं का पता बताओ। हम कहां से बता देंगे?"

"मैं वादा करती हूं।" मेम ने वचन दिया—"हमारे रहते कुछ नहीं होगा। तुम हमको पहुंचाओ, हमारा बाप तुमको इनाम देगा।"

वे चलने लगे।

"आज तुमने हमको बचाया।" मेम ने कजरी का हाथ पकड़कर कहा—"वे लोग हमको पकड़कर ले जाते थे।"

"डाक बंगला इधर है," सुखराम ने कहा—"उधर से दो मील का चक्कर पड़ेगा। इधर से चलो। रास्ता तो खराब है, पर आधा रह जाएगा।"

"चलो," मेम ने कहा।

"गिरोगी तो नहीं?" कजरी ने पूछा।

"नहीं।" मेम ने कहा—"मैं पहाड़ पर चढ़ना-उतरना जानती हूं।"

सुखराम ने कहा—"तो ठीक है। आ जाओ।"

"तुम्हें कैसे पकड़ लिया उन्होंने मेम साब?" कजरी ने पूछा।

"हम पहाड़ पर घूमती रही, वहां हमको अचानक पकड़ लिया। हम कुछ नहीं कर सकी।" मेम ने सरलता से कहा—"तुम आई। तुमने हमको बचाया। तुम बहुत अच्छी हो। तुम बहुत अच्छी हो।"

उसने जैसे दुहराकर अपनी बात को दृढ़ किया और कजरी को स्नेह से देखा।

"हाय दैया!" कजरी ने कहा—"कैसे बोलती है!"

सुखराम हंस दिया।

मेम ने सुखराम को नजर भरकर देखा।

कजरी ने कहा—"ऐ मेम साब! उसे खाओगी क्या?"

मेम ने आंखें नहीं हटाईं। उसी तरह विभोर स्वर में उसे देखते हुए मग्न होकर कहा—"बड़ा बहादुर है!"

कजरी पर सांप लोटा।

"दैया री! नजर लगाने लगी बलमा तुझे। मैं क्या करूं? हम गवांर। यह राजाओं की रानी। तेरी बलिहारी भगवान।"

मेम कुछ नहीं समझी। उसने सुखराम की ओर देखा। यह केवल मुस्करा दिया। कुछ कहा नहीं।

"क्या कहती है?" मेम ने पूछा।

सुखराम ने कजरी की ओर देखा। वह आंखें तरेरे हुए थी।

"हुजूर, आपसे डरती है।" सुखराम ने कहा।

"डरे मेरी बला।" कजरी गोलमोल बड़बड़ाई और फिर धीरे से उसने सुखराम को नोचा।

"क्यों डरती है? हम अच्छी बात करती हैं।" मेम ने कहा।

"हां मेम साब।" कजरी ने कहा—"अब नहीं डरूंगी।"

"यह तुम्हारा आदमी है?" मेम ने पूछा।

"हां हुजूर," कजरी ने कहा है—"यह मेरा आदमी है।"

"वेरी गुड!" मेम ने कहा—"ठीक है।" फिर जैसे अपने-आप ही प्रशंसात्मक स्वर में कहा—"अच्छा है।"

कजरी ने सुना तो घबराई। उसे सारी दुनिया अपनी कल्पना में ही रंगी दिखाई देती थी।

"ऐ!" कजरी ने कहा—"हाय मैया! चल नासपीटे, अब भी लौट चल।"

उसका इशारा सुखराम से था। पर वह चलता रहा।

"अरे सुनता नहीं! देखो तो कढ़ीखाए को। छछूंदर के सिर में चमेली का तेल!" कजरी ने फिर कहा।

"किसका तेल!" मेम ने कहा—"क्यों? तेल का क्या हुआ?"

कजरी ने झल्लाकर कहा—"तेल-मेल नहीं मेम साब!"

सुखराम हंसा।

कजरी बड़बड़ाई—"बड़ा मजा आ रहा है तुझे?"

सुखराम को जोर से हंसी आई।

"क्यों हंसते हो तुम?" मेम ने पूछा

"वैसे ही हुजूर!" सुखराम ने कहा।

"सरकार, हम गरीब लोग हैं। गवांर हैं।" कजरी ने कहा—"हमसे गलती हो ही जाती है। आप हमें माफ कर दें।"

"पर तुम्हारा बड़ा बहादुर आदमी है!" मेम ने कहा—"हमने ऐसा आदमी नहीं देखा।"

कजरी ने कहा—"भगवान! भगवान!!"

डाक बंगला आ गया। कजरी और सुखराम दोनों ही जैसे डरकर रुक गए। मेम समझी नहीं। सुखराम गंभीर था।

मेम ने कहा—"आगे चलो।"

उस आगे का गलत प्रयोग गजब ढा गया। डर बढ़ गया।

"नहीं, कढ़ीखाए। आज जेल भेजेगी ये?" कजरी ने सुखराम को टोक दिया, "तू मेरे संग चल। छोड़ इसे। आप पहुंच जाएगी। मुझे तो डर लगता है। भाग चल। अभी मौका है।" कजरी पीछे भागी। सुखराम खड़ा रहा।

कजरी कुछ दूर जाकर रुक गई। देखने लगी।

"क्या बात है?" मेम ने पूछा।

"सरकार डरती है।" सुखराम ने याचना-भरे स्वर में कहा।

"क्यों?" उसने आश्चर्य से पूछा।

"हुजूर! आप साब लोग हैं। राजाओं के राजा हैं। हम गरीब लोग हैं।"

"ओह!" मेम हंसी। उसकी चेतना को अपनापन अनुभव होने लगा था। वह अब भी पूर्ण रूप से मुखर नहीं हुई थी। बोली—"उसको बुलाओ। बोलो, हमसे डरने की जरूरत नहीं।"

"आ जा री।" सुखराम ने कहा।

कजरी धीरे-धीरे आई। वह भयभीत थी। और झपटकर उसने मेम के पांव पकड़ लिए।

रोने लगी। उसने घिघियाते हुए कहा—"नहीं हुजूर! हमें छोड़ दो। हम यहीं से चले जाएंगे।"

मेम हंसी। कहा—"रोती क्यों हो? तुमने हमको बचाया। हम तुमको पकड़ने नहीं ले जाती। हम तुमको इनाम के वास्ते ले चलना मांगती है। अगर तुम चाहो तो यहीं से जाओ। हम आगे अपने-आप चली जाएगी।"

"नहीं हुजूर! अभी जानवर का डर है।" सुखराम ने टोका।

मेम के शब्दों में कजरी ने ईमानदारी की बू पाई। खड़ी हो गई। आंसू पोंछ लिए। वे आंसू क्या निकल गए, कजरी जब उठ खड़ी हुई तो लगा जैसे जंगली जानवर पालतू बनकर उठ खड़ा हुआ।"

"तुम क्या करते हो?" मेम ने पूछा।

"सरकार, मैं..." सुखराम ने कहना चाहा, पर कजरी ने कहा—"हम गरीब हैं। हम नीच जात हैं। कुछ नहीं करते।"

"तो खाते क्या हो?"

"मेम साहब, रोटी!"

मेम हंस दी। उसने कहा—"ओह, नो नो! तुम्हारी आमदनी कैसे होती है?"

दोनों नहीं बोले।

"तुम नौकरी करोगे?"

"नहीं हुजूर," कजरी ने कहा—"हमारी जात में..."

सुखराम ने जोर से बोल कर उसके स्वर को दबा दिया—"सरकार, हम नीच जात हैं, हमें कोई नौकरी नहीं देता।"

"हम देंगे तो करोगे?"

"करूंगा सरकार! वरना मर जाऊंगा।"

उसने याचना के स्वर में कहा।

पर कजरी ने काटा—"कर लेंगे सरकार, पर हम दोनों करेंगे।"

"तुम भी चलना चाहती हो?"

"और मैं इसे छोड़कर कहां रहूंगी?"

मेम हंसी। पूछा—"तुम इसको चाहती हो?"

कजरी ने जल्दी-जल्दी कहा—"देखो दईमारे! क्या पूछती है? इसे सरम नहीं है!"

"चुप, चुप।" सुखराम बड़बड़ाया।

"चलिए हुजूर!" कजरी ने आगे होकर कहा।

सुखराम ने कजरी के कान में धीरे से कहा—"अहमदाबाद कब चलेगी?"

कजरी हंसी। कहा—"मेम साब, आप हमारी मां हैं। हम आपके बच्चे हैं।"

मेम ने कहा—"ओह नो! अभी हमारी शादी नहीं हुई है।"

दोनों मुस्करा दिए। जब वे डाक बंगले पहुंचे तो वहां एक अजीब समां था। भगदड़ थी। कभी सीटी बजती, कभी कोई लालटेन लिए इधर-उधर आता-जाता, जैसे सब घबरा गए थे।

मेम आगे बढ़ी। वहां उसकी चाल में अब हुकूमत भर गई। अभी तक का साधारणत्व उसमें से खो गया था।

सिपाही दौड़े आ गए।

"मेम साब आ गई, मेम साब आ गई।" चारों ओर यही स्वर गूंज उठा।

"हुजूर, आपको ढूंढ़ते-ढूंढ़ते साहब तो थक गए।" एक सिपाही ने कहा। मेम मुस्करा दी।

"हुजूर!" दरोगा ने कहा—"खुदा का शुक्र है। लाख-लाख शुक्र है।" उसने बड़ी पवित्रता से हाथ उठा दिए, हालांकि अब भी दिल में वह उसे गाली ही दे रहा था, क्योंकि उसकी वजह से उसे रात को तकलीफ उठानी पड़ी थी।

सुखराम को काटो तो लहू नहीं। एकदम पूरा थाना यहीं मौजूद है।

"इधर आओ।" मेम ने मुड़कर सुखराम और कजरी से कहा।

उन दोनों की यह खातिर देखकर वे सब जल उठे—मेम ने उन दोनों को अपने पास बरामदे में बुला लिया। दोनों सहमे हुए थे।

"हुजूर, यह जेल से भागा था।" एक सिपाही ने कहा।

"जेल से?" मेम ने कहा—"कौन?"

"हुजूर, यह आदमी।" उसने उत्तर दिया।

"तुम चुप रहो! हम सब देखेंगे।" मेम ने कठोरता से उत्तर दिया। सुखराम और कजरी दोनों स्तब्ध खड़े रहे। सुखराम के मुख पर तनिक भी विकार नहीं दिखाई देता था। मेम ने उसे देखा।

एक सिपाही ने कहा—"हुजूर! साब आ गए।"

मेम आगे बढ़ी। उसने आतुरता से पुकारा—"डैडी!"

एक बूढ़ा आया। मेम को देखकर उसने माथा चूमा। वह उसका बाप था। वह गद्गद हो गया था। सीने से लगाकर सिर पर हाथ फेरता रहा।

उसने अंग्रेजी में पूछा—"सूसन! क्या हुआ?"

मेम ने उत्तर दिया, जिसे दरोगा थोड़ा-थोड़ा समझ सका, क्योंकि उसके लिए अंग्रेजी का वह उच्चारण सुनना और समझना एक पूरी समस्या थी। वह तो दसवें दर्जे तक पढ़ा था; और क्योंकि ठाकुर था, इसलिए रियासत में वह ओहदेदार था। काफी हिस्सा वह नहीं ही समझा।

मेम ने अंग्रेजी ने कहा—"मैं घूमने गई थी। डाकू पकड़ ले गया। इस आदमी ने मुझे बचाया। वह उसकी बीवी है। वे बहादुर हैं। उसने पिस्तौल वाले से नंगे हाथ मेरी रक्षा की है। सिपाही कहता है, यह आदमी जेल से भागा है। यह नीच जात है। यहां इनको सताया जाता है। यह क्रिश्चियन नहीं है। मैंने वादा कर दिया है। इन्हें बचाइए। मैंने इन्हें इनाम देने और नौकरी देने को भी कहा है।"

बूढ़े ने कहा—"वैल दरोगा!" अपनी एकमात्र पुत्री की रक्षा करने वाले से वह मन में प्रसन्न हो गया था।

"हुजूर।" दरोगा ने झुककर कहा—"हुकम!"

"तुम जाओ!"

"सरकार, यह आदमी..."

"उसको हमारा बेटी ने माफ कर दिया।" बूढ़े ने कहा और फिर प्रेम से अपनी पुत्री का मस्तक चूम लिया। आज वह कितना प्रसन्न दिखाई देता था! आज लगता था कि वह भी मनुष्य है, उसकी दुःख-सुख की वही भावनाएं हैं, जो साधारणतः संसार के लगभग दो अरब मनुष्यों में हैं।

सुखराम ने बढ़कर वृद्ध के पांव पकड़ लिए और कहा—"हुजूर!"

कजरी ने झपटकर उसके पांवों को जकड़कर कहा—"भगवान करे, आप अमर हों, आपकी बेटी का सुहाग अमर हो। आपका राज अमर हो।"

बूढ़ा मुस्करा दिया। सुखराम की ओर नहीं, कजरी की ओर, क्योंकि अंग्रेज स्त्री के लिए सदैव विनम्रता दिखाने की चेष्टा करता है।

"वैल, वैल।" बूढ़े ने कहा और फिर हाथ का इशारा किया, जिसका अर्थ था, पुलिस जा सकती है। कुछ सिपाही पहरों पर तैनात हो गए। बाकी चले गए।

बूढ़ा दफ्तर में चला गया।

मेम ने कहा—"तुम...क्या नाम है?"

"हुजूर, सुखराम।"

"तुम हमारा अर्दली में रहना।"

"बहुत अच्छा सरकार!"

कजरी ने कहा—"हुजूर, मैं क्या करूंगी?"

"तुम बोलो, तुम क्या चाहती हो?" मेम ने पूछा।

कजरी ने घबराकर इधर-उधर देखा और फिर जैसे कहना ही पड़ा, कह दिया—"हुजूर! मैं इसके पास रहूंगी।"

मेम जोर से हंस उठी। फिर कहा—"वैल! हमको मालूम है, तुम इसकी औरत हो।"

वह भीतर चली गई।

कजरी ने लम्बी सांस ली।

"क्या हुआ?"

"कुछ नहीं।" कजरी ने कहा।

"मुझसे छिपाती है?"

"क्या?"

"अहमदाबाद चलते तो कैसा रहता!"

"मुसीबत।"

"तुझे यह जगह भा गई है?"

"क्यों न भाएगी! तू देखती चल, क्या-क्या होता है!"

"क्या-क्या होगा?"

"मुफ्त तनखाह मिलेगी।"

"काम नहीं करना पड़ेगा?"

"साहब के पास काम ही क्या है! और भी कई नौकर है। यहां तो अब हम खुद सरकारी आदमी हो गए हैं। अब हम दूसरों को पकड़ सकते हैं, पहले की तरह पकड़े नहीं जा सकते।"

"हाय राम!" कजरी ने कहा—"यह क्या हो गया?"

"अरी भाग पलटते हैं तो ऐसा होते क्या देर लगती है!" सुखराम ने कहा—"वह तो नजर की बात है। जरा भगवान भौं सीधी करे कि काम ठीक!"

"अरे जा!" कजरी ने कहा—"बस, भगवान को कोई काम नहीं जो हम पर ही आंख गड़ाए बैठा होगा।"

सुखराम ने कहा—"तू मानती ही नहीं।"

"फिर अब यहीं रहना तय हो गया है?" कजरी ने पूछा।

"कजरी, चल सामान ले आएं।" सुखराम ने कहा।

"क्या है तेरा सामान?" व्यंग्य से कजरी ने पूछा—"यहां क्या मेम साब को डराना है? कहीं वह खूबसूरत खाट देखके मांग ली उसने, तो मेरा दिल न दुखेगा?"

"अरी, उसकी अठन्नी वापस नहीं करनी है?" उसने मरीज की ओर इंगित किया।

"वह तो आप आ जाएगा यहीं।"

"यहां उसका न आना भला है।" सुखराम ने उत्तर दिया और फिर कहा—"और मेरा बकस!"

"बकस! अरे हां," कजरी ने कहा—"वह तो ठीक है।"

"और उसके भीतर क्या है?"

"क्या है भीतर!" कजरी ने सोचा और फिर कह उठी—"अच्छा! अभी बके जा रहा है!! अधूरा किला!!! ठकुरानी की तस्वीर है उसमें। अब तू उसे भूलेगा कि नहीं?"

"अरी तस्वीर क्या बिगाड़ती है! जा तो रहे ही हैं। क्या उसे फेंक आएं?"

"और जो सरदार ने पकड़ा तो?" कजरी ने कहा—"वह तो डाकू है। कहीं रात में खिसियाकर ही गया हो, कौन जाने? सामने तो मेरे कुछ चलती नहीं उसकी। कहीं पीछे से हमला किया तो जान लेकर ही छोड़ेगा। मैं हो आती हूं। तू यहीं रहना! खतरा आ गया तो!"

"तो ककड़ी की तरह तोड़कर धर दूंगा उसे।" सुखराम ने कहा—"कजरी! मैं फिर आजाद हूं और तू जानती है, मैं कहां हूं?"

"कहां है?"

"मैं रानी की रानी के पास हूं। यहां कोई डर नहीं। अब यह सब मुझसे डरेंगे।"

"तुझसे तो बिल्ली न डरेगी। पराई ओट में तू भौंकने क्यों लग गया? अरे पेट है तो नौकरी की है! पर सच, तू तो उल्लू का पट्ठा है। अब बहक उठा। ये डरेंगे, वो डरेंगे। क्या सब राजा के खानदान के लोग तुम जैसे बेवकूफ ही होते हैं!"

मेम फिर आई, दोनों विनीत हो गए।

"तुम कहां रहोगे?" मेम ने पूछा।

"सरकार, हुकम दें।" सुखराम ने सिर झुकाया।

"तुम इधर रहना।" उसने नौकरों के क्वार्टर दिखाकर कहा—"अभी हम लोग यहां हैं। हम यहां से जाएंगे तब हमारे साथ चलोगे। बोलो, मंजूर है?"

सुखराम ने कहा—"सरकार जहां हुकम देंगी, हम वहीं चलेंगे।"

मेम प्रसन्न दिखाई दी।

"पूछ ले।" कजरी ने सुखराम को इशारा किया।

"हुजूर, सामान ले आएं?" सुखराम ने कहा।

"कहां है?"

"डेरे पर।"

"फिर आएगा?" उसने सिर हिलाकर पूछा—"कब?"

"बस, सवेरे तक आ जाएंगे मालकिन।" कजरी ने उत्तर दिया।

"जरूर सरकार।" सुखराम ने कजरी की ओर देखा। मेम भीतर चली गई।

"मालकिन नहीं नटनी, हुजूर कह!"

"अरे मेरी तो जीभ घिसी जाती है।" कजरी ने कहा—"चल।"

सवेरे तक ही वे लौट आए। बक्स आ गया, यानी अधूरा किला आ गया।

31

भाभी ने कहा—"उठोगे नहीं?"

मैंने मुंह खोला। सरदी में मैं जल्दी नहीं उठ पाता। देर तक जाग सकता हूं। उठते

ही सिगरेट सुलगाई और बैठ गया। भाभी ने चाय का प्याला दे दिया। मैं पीने लगा।

"तुमने सुना?" भाभी ने कहा—"मैंने रमेश से पूछा था।"

"नरेश ने जवाब दिया?" भाभी ने दरयाफ्त किया।

"कुछ नहीं।"

मैं चुप हो रहा।

"अब क्या होगा?" भाभी ने व्यंग्य किया—"तुमने ही तो लड़के को बहकाया है।"

मैं आगे बढ़ूं तो फायदा क्या है, सोचकर मैंने कहा—"मैंने बहकाया है? वा भाभी! यह भी खूब रही। बच्चे मां-बाप पर जाते हैं।"

भाभी चली गई। वे कुछ तिनक गई थी। इधर नरेश का आना-जाना बदस्तूर था। वह उन्हें पसन्द नहीं था। मैं उठा और भीतर गया।

"मैंने कहा—"भाभी!"

"क्या है?"

भाभी ने आंखें उठाई। वे आंखें लाल थीं। शायद रोई थीं।

"क्या बात है?"

"कुछ नहीं।"

"बताती क्यों नहीं?"

"बताने से फायदा ही क्या है?"

"क्यों?"

"जो होना है वह तो होगा ही।"

"तुम भी भाभी भाग्य को ले बैठीं।"

"तुम चुप रहो।" भाभी ने डांटा।

"क्यों?"

"मेरा पिण्ड छोड़ो तुम। जाकर अपने भाई साहब से टकराओ। लड़का तो हाथ से निकल ही गया।"

उन्हें इनका अत्यन्त दुःख था। मां चाहती है कि उसका पुत्र सदैव उसकी ही आज्ञा पर चले। पर पुत्र नहीं मानता। विलायत में पाल-पोसकर आजाद कर देते हैं, पर अपने यहां जानवरों में यह बात समझी जाती है। इंसानियत के नाते इससे ऊपर सोचा जाता है। मैं सकपका गया। बगल के कमरे में मेरे दोस्त बैठे थे।

मैं सोचता रहा। परिवार पति-पत्नी सड़कों पर चिपटकर चुम्बन लिया करते हैं और कोई उसे बुरा नहीं कहता। अपने यहां पति-पत्नी एकांत में भी चुम्बन लेते समय झेंपते हैं, क्योंकि भगवान तो फिर भी सब देखता ही है। विलायत में बात-बात पर मर्द-औरत हाथ पकड़ते हैं, अपने यहां हाथ पकड़ना कोई सहज खेल नहीं है। जनम-जिन्दगी निभाना पड़ता है। हिन्दुस्तान में तो आंखों का जुल्म है। बोलेंगे नहीं, मिलेंगे नहीं, पर आंखों की याद बनी रहेगी।

मैं बगल के कमरे में गया।

भाई साहब उठकर चले गए थे। मैं वहीं बैठकर धुआं उड़ाने लगा। सोचता रहा—गांव अनगढ़ होता है। यहां प्रेम का अर्थ स्त्री-पुरुष का शारीरिक मिलन है। ठाकुरी और रजवाड़ों में देश-प्रेम दो तरह का होता, स्वकीया प्रेम यानी गुलामी का दस्तावेज और परकीया प्रेम यानी व्यभिचार! शहरों में आंखों का प्रेम चलता है, बच्चे पैदा होना अलावा बात है। विलायत में हमारे अनगढ़ गांवों का-सा प्रेम चलता है, बल्कि वहां तो औरत को नंगी रहने की जरूरत

आ पड़ती है। हमारे यहां की राजस्थानी पोशाक में औरत का सीना दिखाई देता रहता है, मुंह ढका रहता है और फिर भी वह प्राचीन माना जाता है। कैसा अजीब है! फ्रांस की औरतों को दुनिया नंगी कहती है, पर राजस्थान में कोटा की औरत अपनी छातियों को आधा खोलकर चलती है।

पोशाक अदब और धर्म से नहीं, समाज के कानून से ताल्लुक रखती है। अपने राजस्थान में मर्द नंगे बदन ही ठीक हैं, विलायत में मर्द का बदन दिखाना बेअदबी की निशानी है, और मध्यवर्ग जो सबसे मजेदार चीज है, उसके अपने पैमाने इतने मजेदार हैं कि बयान नहीं किए जा सकते। मैं सोचते-सोचते अपने-आपको भूल गया।

दुपहर हो गई थी। मैंने आवाज सुनी तो झांका। सुखराम बाहर खड़ा था। मैं समझा, मेरे पास आया होगा। नीचे आया अभी पौरी में ही था कि सुना, मेरे दोस्त कह रहे थे—''सुखराम, आ गया?''

''हां, ठाकुरजी!''

''अच्छा, बैठ जा।'' उन्होंने कहा। वे मूढ़े पर बैठ गए। सुखराम धरती पर उकरूं बैठ गया।

''सुखराम,'' मेरे दोस्त ने कहा—''तू जानता है, मैंने क्यों बुलाया है?''

''नहीं ठाकुरजी।''

''तो सुन। अपनी लड़की को समझा ले। वरना अच्छा नहीं होगा।''

''क्या किया सरकार उसने?''

''वह लड़के को फुसलाती है।'' दोस्त ने कठिनाई से ही कहा।

''सरकार बड़े आदमी हैं।'' सुखराम ने कहा—''चाहे जो कुछ कह सकते हैं। मैं गरीब हूं; मैं क्या कहूं?''

ऐसा लगा जैसे वह खून का घूंट पीकर रह गया। मैंने देखा, वह विक्षुब्ध था।

''नहीं, नहीं।'' ठाकुर ने कहा—''मैं पुराने विचारों का आदमी नहीं हूं। मैं आदमी-आदमी का फरक नहीं मानता। तू कह सकता है।''

''सरकार, आपने मेरी बेटी पर दोष लगाया है।'' सुखराम ने कहा—''मेरी बच्ची नादान है। फूल की तरह कोमल है। मैंने उसे बड़े लाड़ से पाला है। मेरी जिन्दगी का कोई सहारा नहीं है। चाहता हूं उसका ब्याह हो जाए। वह सुख से रहे!''

''तो ठाकुर खानदान में ही तुझे लड़का ढूंढ़ने को सूझ पड़ी!'' मेरे दोस्त ने व्यंग्य से कहा—''तू जानता है, मैं जुल्म के खिलाफ हूं। मैं ठाकुरों की तरह गंवार नहीं हूं। पर पढ़ाई-लिखाई क्या करेगी? मैं दुनिया को तो नहीं बदल सकता! कौन बाप अपनी बेटी को अच्छे घर नहीं भेजना चाहता? इसके लिए तू मेरा घर बिगाड़ना चाहता है!''

''तो सरकार!'' सुखराम ने कहा—''आप मेरी बच्ची पर दोष लगाते हैं, कौन नहीं जानता कि इस उमर पर लड़का क्या नहीं करना चाहता!''

''ठीक है,'' मेरे दोस्त ने कहा—''पर ताली दोनों हाथ से बजती है।''

सुखराम सोचने लगा। उसने कुछ देर बाद कहा—''सरकार, एक बात अरज करूं?''

''कह।''

''तो मालिक! छोटे सरकार को भी उधर आने से मना कर दें। मैं लड़की को समझा लूंगा।''

''तू उसे समझा, मैं भी इसे समझाऊंगा। मैं जानता हूं कि तू और करनटों सा नहीं है। मैं जानता हूं।'' मेरे दोस्त ने उठते हुए कहा और फिर अन्त कर दिया—''बस, मुझे

कुछ और नहीं कहना। तू जा सकता है और मुझे आशा है, अब फिर तुझे बुलाने की जरूरत नहीं पड़ेगी।"

सुखराम ने सुना और सिर झुका लिया। वह जैसे चिन्ता में पड़ गया था। मैंने देखा कि वह अभी कुछ कहना चाहता है, किन्तु संकोच ने उसे ऐसा जकड़ लिया है कि वह कह नहीं सकता और शीघ्र ही उसने अपने ऊपर काबू पा लिया। मित्र भीतर चले गए।

सुखराम चलने लगा। मैंने आवाज दी। वह रुक गया। मैं बाहर आया। पूछा—"कैसे आए?"

"ठाकुर साब ने बुलवाया था।"

"कैसे?"

"कहते थे...ऐसे ही घरेलू-सी बातचीत थी।" वह कहते-कहते रुक गया और फिर एकदम बात बदल दी।

"अब पांव ठीक है?" उसने पूछा।

मैं समझ गया। कुछ चलकर दिखाया।

वह बोला—"ठीक है बाबूजी, अब तो आप आराम से चल लेते हो।"

"हां, चल सकता हूं नहीं, भाग सकता हूं।"

वह मुस्कराया। कहा—"सरकार इनाम नहीं मिला।"

"मिलेगा।" मैंने कहा और एक दस रुपए का नोट दिया। उसने अपने कोट में सलाम करके रख लिया।

"घूमने चल रहे हो उधर। मैं चलता हूं।"

"चलिए। मैं उधर ही से घर चला जाऊंगा।"

जाड़े की दुपहर, अच्छी-अच्छी धूप और ज्यादा अच्छी इसलिए कि धूप को हवा ठहरने नहीं देती, जैसे उड़ाए लिए जाती हो और एक-एक रास्ते पर अब छाया हुआ सन्नाटा।

हम बातें करने लगे। पर उसने चंदा की बात नहीं की।

सुखराम जब घर पहुंचा तब शाम होने लगी थी और वह आश्चर्य में पड़ गया, क्योंकि चंदा वहां नहीं थी। कहां गई! और सुखराम की समझ में आया।

वह उसे ढूंढ़ने निकला —

सफेद महल के पीछे झाड़ियों में से स्वर सुनाई दिया। वह धीरे-धीरे दबे पांव वहां चला गया। वह स्थान भयानक कहलाता था। एक वो खंडहरों में डग-डग पर भूत और फिर उस हिस्से में जानवरों और सांपों का भय। उधर कोई आता-जाता नहीं।

गढ़ैया वाले हनुमान अवश्य उस ओर थे, पर उनके उपासक भी धूप रहते ही लौट जाते थे। हनुमान के आसपास शिवलिंग, नंदी आदि रखे थे, और न जाने इसी भारत की कितनी-कितनी जातियों के मिलन का पर्याय बनकर दिखाई देते थे। एक दिन उन्होंने आपस में मिलकर मनुष्य से होने वाली मनुष्य की घृणा को मिटाया था, संप्रदायों की असहिष्णुता को मिटाया था, किन्तु दुर्भाग्य से आज फिर नई रूढ़ियों ने उनको घेर लिया था।

सुखराम झाड़ियों के पीछे खड़ा रहा और चारों ओर सांझ उतरती रही, अपना अंधियारा बरसाती रही। जंगल-जलेबी के पेड़ों पर कुछ ललाई लिए हरी-हरी फलियां गोल-गोल-सी दिखाई दे रही थीं और तोते झुण्ड के झुण्ड बांधकर उन्हें छोड़कर उड़ गए थे ताकि वे किसी उजले हरे पेड़ में जाकर छिप जाएं।

आवाज आई।

नरेश ने कहा—"आज तेरा सुखराम आया था।"

"कहां?"

"दद्दू के पास।"

"क्यों?"

"शायद मेरी शिकायत करने आया होगा।"

"ऐसा नहीं हो सकता।"

"क्यों? उसे शायद मैं अच्छा नहीं लगता।"

चंदा ने कहा—"तू नहीं जानता उसे। वह दुनिया में सबसे अच्छा आदमी है। वह बड़ा भोला है। उसे मुझसे बहुत प्यार है। वह कभी ऐसी बात नहीं कर सकता।"

सुखराम के मुंह पर तमाचा-सा लगा।

चंदा! क्या कह रही है वह!!!

चंदा ने फिर कहा—"सच कहती हूं। मैं कोई बात कह दूं, वह कभी नहीं टालता। दूसरे लोग अपनी बेटी को यों ही डांटते हैं। वह कुछ नहीं कहता।"

नरेश बोला—"तो दद्दू ने बुलवाया होगा।"

"क्यों?" चंदा ने पूछा।

"मेरे दद्दू बड़े अच्छे आदमी है चंदा!" नरेश ने कहा—"पर मां अच्छी नहीं है। वह मुझे बहुत तंग करती है।"

चंदा ने हंसकर कहा—"अरे चल। कोई मां के लिए ऐसा कहता होगा।"

"क्यों न कहूंगा! बड़े सवाल-जवाब करती है तुझे लेकर!"

"अरे नहीं।"

"सच कहता हूं। पूछेगी—क्यों रे? कहां गया था? तू तो मेरा खून पी ले।"

नरेश ने धीरे से जवाब दिया—"भला बता, मैं खून पीता हूं?"

चंदा ने कहा—"तूने बताया न होगा।"

"क्यों?"

"कि तू आता-जाता है।"

"बता दूं, तो आफत ही समझ।"

चंदा फिर हंसी, कहा—"मारेगी?"

"बहुत मारेगी तुझे।"

"मैं पिट लूंगी।"

"क्यों?"

"तेरी अम्मां मारेगी तो पिटना ही पड़ेगा।"

सुखराम का हृदय टूक-टूक हो रहा था। चंदा सपना देख रही थी और वह स्वप्न टूटना ही था।

सुखराम बढ़ा। आज वह जाना नहीं चाहता था, पर उसे सामने जाना पड़ रहा था। उस समय उसके भीतर कितना भयानक संघर्ष चल रहा था! उसी समय नरेश ने कहा—"चंदा! एक बार मेरे साथ चलेगी?"

"कहां?"

"मां के पास।"

"क्यों?"

"तुझे देखकर उन्हें दया न आएगी?"

"नहीं।" सुखराम ने कहा।

दोनों देखकर चौंक उठे।

"दादा तू!" चंदा ने कहा। आश्चर्य से उसका मुंह फट गया और फिर जैसे पकड़ी गई थी, इसलिए लाज से उसने सिर ढक लिया।

परन्तु सुखराम ने उस पर ध्यान नहीं दिया। नरेश से कहा—"छोटे सरकार!"

चंदा ने काटा—"नाम लेके बात करो दादा!"

"नादान लड़की!" सुखराम ने कहा—"तू जरा चुप रह। मुझे उससे पूछने दे!"

चंदा रुआंसी हो गई। पर रूठी-सी चुप हो रही।

"हां कुंवर, बताओ," सुखराम ने कहा—"चंदा से ब्याह करोगे?"

"करूंगा।" नरेश ने दृढ़ता ने कहा।

सुखराम हंसा। कहा—"फिर क्या होगा जानते हो?

"कुछ नहीं।"

"कुछ नहीं! चंदा को वे मार डालेंगे!"

"तो मैं भी मर जाऊंगा!"

उस समय सुखराम ने नरेश को सीने से लगा लिया और रोने लगा। आज उसकी आंखों से आंसू रोकने पर भी छलक ही आए, जैसे वह व्याकुल हो गया था। आज ममता ने उसे व्याकुल कर दिया था। पिता के हृदय में संतान के प्रति कितना बड़ा ममत्व होता है! और यह एक सत्य है कि मां को पुत्र से अधिक प्रेम होता है, पिता को पुत्री से। समाज के बंधन बेटी को दूर कर देते हैं, तब पिता अपने व्यवहार-ज्ञान के कारण मन को समझा लेता है। मां बेटी को चुरा-चुराकर माल देती है, किन्तु इस सबके रहते हुए भी पिता का ममत्व तब झलकता है जब वह पुत्री को किसी योग्य के हाथों में सौंपना चाहता है, ऐसे हाथों में जिन्हें पुत्री चाहती हो, और जो उसकी बेटी को संसार में सुख दे सके और वही आज सुखराम का स्नेह था। परन्तु फिर उसका वह ध्यान डिग गया। उसने नरेश को छोड़ दिया और कहा—"नहीं कुंवर! इससे तुम्हारी जिन्दगी बिगड़ जाएगी।"

"क्या?" नरेश ने पूछा।

"तुम छोटे हो अभी, तभी नहीं समझ पाते," और सुखराम को अपने उस अतीत की स्मृति हो आई और फिर प्यारी के संग बिताए हुए वे दिन याद हो आए।

"मैं क्या नहीं समझता?" नरेश ने कहा—"मैं बताऊं?"

"बताओ।"

"जो राकेश का हुआ था, सो मेरा होगा।"

"वह कौन है?"

वह असल में "माया" की एक कहानी का नायक था। जिसने एक नीच जाति की स्त्री से विवाह कर लिया था और फिर दुख उठाए थे। नरेश अब सुखराम को कैसे समझाता! कहा—"वह एक था ऐसे ही! उसने भी मन की शादी कर ली थी, और फिर तकलीफें पाई थीं।"

सुखराम ने देखा, चंदा उसकी ओर आशय से देख रही थी। परन्तु वह कुछ कह नहीं सका। उन आंखों को देखकर न जाने अतीत की कितनी यातना उसके भीतर घुमड़ने लगी। बेहिसाब बूंदें झड़ गईं। दोनों गाल भीग गए। ऐसा लगा जैसा किसी ने ऊपर रखा बोझ उठा दिया तो स्मृतियों के बहुत से कागज चलती हवा में इधर-उधर उड़ गए। सुखराम उन्हें इकट्ठा करना चाहता है, किन्तु कर नहीं पाता। वह करे तो क्या? उसे लग रहा है कि वह बड़ा निरीह है और चंदा को देखता है तो उसका हृदय हाहाकार कर उठता है।

"मैं जानता हूं। नरेश ने कहा—"पर मैं नहीं घबराता।"

सुखराम अवाक् देखता रहा। उसे लगा, दोनों कितने अच्छे लग रहे थे बराबर-बराबर में खड़े! दोनों कितने सुन्दर हैं! उन्हें देखकर आंखें ठंडी हुई जाती हैं।

"फिर क्यों नहीं मानते?" नरेश ने कहा—"तुम मुझपर भरोसा नहीं करते?"

सुखराम ने कहा—"बड़े ठाकुर कह देंगे?"

"नहीं।"

"फिर तुम खाओगे क्या?"

नरेश सोचने लगा। चंदा ने कहा—"थोड़े दिन तेरे पास ही जो रह लेंगे?"

वह बचपन की बात थी। सुखराम हंस दिया।

उसने चलते हुए कहा—"चंदा बेटी! महलों के सपने न देख। मैं तेरा इंतजाम कर दूंगा।" चंदा खड़ी रही।

"चल री चंदा।" उसने मुड़कर कहा—"बेटी!"

चंदा को चलना पड़ा।

नरेश ने धीरे से कहा—"कब आएगी?"

"थोड़ी देर में।"

सुखराम आगे बढ़ा। चंदा पीछे-पीछे चली। परन्तु उसने चुपके से ही मुड़कर नरेश को देखा। सुखराम कहता जा रहा था—"तू मेरी बहुत प्यारी बेटी है। तुझे मैं मुसीबत में नहीं डालूंगा। रोज की सांसत से तो गरीबी भली...अभी तू छोटी है, समझती नहीं...।"

पर उसकी बात न चंदा ही सुन रही थी, न नरेश ही सुन रहा था।

दोनों में कुछ इशारा हुआ। सुखराम नहीं देख सका। बाप-बेटी चले गए।

दूसरे दिन फिर चंदा घर से निकल आई और नरेश भी चला गया। दुपहर को वे कुछ सलाह करते रहे।

सुखराम जब घर पहुंचा तो चंदा न थी। वह खीझ उठा। बाहर निकला। पर तभी उसने देखा कि कंधे पर रस्सी रखे हुए कुएं की तरफ से बाल्टी हाथ में लिए चंदा आ गई।

वह प्रसन्न हुआ। पूछा—"रोटी खा ली?"

"हां दादा। तू खाएगा?"

"ला, दे दे।"

चंदा ने रोटी दे दी सुखराम खाने लगा। चंदा उसे बैठी देखती रही।

परन्तु शाम का वक्त नई रोशनी लाया। आज अचानक ही कोई पक्षी फुलवाड़ी की तरफ बोल उठा। नरेश ने इधर-उधर देखा और बाहर की ओर चला। भाभी बैठी थीं। पूछा—"कहां जाता है?"

"कहीं नहीं।"

"बैठकर पढ़ता नहीं? अगले साल शहर भेज दूंगी तुझे। नाना के घर रहेगा तो मामाजी ठीक कर देंगे। यह तो नहीं कि दिया बले, मर्द-मानुष घर में भले।"

"वह पुराने जमाने की बात है।" नरेश ने कहा—"शहरों में अब बिजली लग गई है, मालूम है?"

"अरे बड़े नये जमाने का है तू!" भाभी बड़बड़ाई।

नरेश हवेली से निकल। बाहर नौकर ढोरों को पानी पिला रहे थे। नरेश ने उन पर ध्यान नहीं दिया।

फुलवाड़ी में फिर पक्षी बोला।

भाभी ने खिड़की से देखा, इस वक्त हुक्का कैसे बोल रहा है। और वह भी भयातुर-सा! और देखा तो पांव के नीचे धरती खिसक गई। दौड़कर गईं भाभी, इस वक्त हुक्का पी रहे थे।

"सुनते हो!" भाभी ने कहा।

भाभी के स्वर में घोर घबराहट थी, जैसे लुट गई हों। भाई साहब ने देखा तो घबराकर उठ खड़े हुए। बोले—"क्या हुआ नरेश की मां? क्या हुआ?"

परन्तु भाभी को तो जैसे सांप सूंघ गया। बोलने का प्रयत्न किया, परन्तु बोल न सकीं।

"अरे हुआ क्या?" वे चिल्लाए।

"मैं मर गई।" नरेश की मां ने बिस्तर में मुंह छिपाते हुए रोते हुए कहा—"इस लड़के ने मेरे मुंह पर कालिख लगा दी। हाय, मैं क्या करूं!"

"पर हुआ क्या?"

"वह नटनी के साथ फुलवाड़ी में था।"

सुनते ही ठाकुर को क्रोध आया। वह सीधा-सादा कांग्रेसी, जो न्याय और अहिंसा के लिए चिल्ला-चिल्लाकर गला सुखाया करता था, इस समय ऐसे भड़क उठा जैसे आग की चिनगारी बारूद के ढेर में लगने पर एकदम विस्फोट से सब पर छा जाती है। और ठाकुर भी छाने लगा।

वह गरजा—"जोरावरसिंह!

"अनूदाता घणीखमा।" कहती हुई एक बांदी बाहर भागी। उसने जाकर बाहर सूचना दी; और जोरावरसिंह कद्दावर जवान, जो उस समय अफीम खाने की फिराक में था, वह हड़बड़ाकर उठा और जल्दी-जल्दी फेंटा बांधकर भागा। उसने जब ठाकुर को जुहार की तो ठाकुर का क्रोध नीचे की मंजिल से ऊपर की मंजिल में आग की तरह चढ़ गया था। वह चिल्लाया—"तू सोता है कि पहरा देता है?"

"अनूदाता!" जोरावरसिंह ने कांपते हुए कहा—"हुकम!"

ठीक उसी समय फुलवाड़ी में नरेश चंदा से कह रहा था—"चल चंदा भाग चलें।

"पर कहां चलेंगे?"

उस समय फुलवाड़ी में लगा जैसे दो रूहें खेल रही थीं। दोनों किशोरावस्था की नवीन आहुतियों की तरह देदीप्यमान, अल्हड़, किन्तु संसार से अनभिज्ञ!

"दूर कहीं चलेंगे।" नरेश ने कहा—"जहां सिर्फ हम तुम हों और कोई नहीं।"

"यह कैसे हो सकता है?" चंदा ने हंसकर कहा।

"क्यों नहीं हो सकता चंदा! मैं सोचा करता हूं, कहीं चले जाएं, जहां ठंडी-ठंडी हवाएं चलती हों, सुनहली धूप हो, जहां कोई किसी को मारे नहीं, कोई किसी पर जुल्म न करे। यह संसार एक स्वर्ग हो जाए और फिर मीठी-मीठी तान गूंजा करे!"

चंदा विभोर-सी देखती रही। पूछा—"कहीं ऐसी जगह है?"

नरेश ने कहा—"चंदा! तू मेरे संग चलेगी?"

"चलूंगी।"

"डरेगी तो नहीं?"

"डरूंगी क्यों?"

ठाकुर के द्वार पर कोलाहल मचा। बूढ़े ठाकुर रघुनाथ ने कहा—"अपण जैसलमेर, उदैपुर में तो नट की हस्ती ही क्या! यह तो पूरब है भैया, तभी हल्ला होता है इनका..."

उसका वाक्य खत्म नहीं हुआ। भीड़ में नरेश आगे था। वह लड़ रहा था। दो नौकरों ने उसे पकड़ रखा था। वह चिल्ला रहा था—"छोड़ दो मुझे, छोड़ दो।"

और चंदा को एक नौकर ने जकड़ रखा था।

भाई साहब ने झांककर एक खिड़की से देखा। नरेश बुरी तरह चिल्ला रहा था—"तुम कौन होते हो मुझे पकड़ने वाले! मैं नहीं चाहता। मैं यहां नहीं रहूंगा। मैं किसी ठाकुर का बेटा नहीं हूं। मैं आदमी हूं, मैं आदमी हूं।"

तब नौकर आगे बढ़ आए। उन्होंने उन्हें छोड़ दिया, पर अब दोनों को घेर लिया।

"मुझे जाने दो।" नरेश चिल्लाया।

"छोटे ठाकुर!" एक बूढ़ा तड़पा।

"मैं नहीं हूं ठाकुर!" नरेश ने कहा। आज वह म्यान से आखिर निकल ही आया था। उसने चिल्लाकर कहा—"तुम कौन हो? मैं तुम्हें नहीं जानता...।"

"अभी कुंवर नाबालिग है।" एक वृद्ध ने कहा—"बच्चा है वह समझता नहीं।"

तभी ढोलिन बाहर आई। कहा—"नटनी कहां है?"

"यह रही।" एक ने कहा।

"हुकम हुआ है," ढोलिन ने कहा—"इसे भीतर छोड़ आया जाए।"

चंदा पकड़कर भीतर भेजी गई। नरेश पीछे भागा। वह चिल्ला रहा था—"तू मार डाली जाएगी चंदा। तू नहीं जानती, ये लोग आदमी नहीं भेड़िये हैं।"

उस वक्त ठाकुर विक्रमसिंह ने सिर पकड़ लिया था। वे महात्मा गांधी के चित्र के सामने फटी-फटी आंखों से देखते हुए खड़े थे और उनके कान में गूंज रहा था—

'वैष्णव जन तो तेने कहिए, जो पीर पराई जाणे रे।'

ढोलिन ने कहा—"आ गई मांजी साब।"

ठकुरानी साहिबा इस समय पलंग पर बैठी थीं। उनका मुख गंभीर था। वे शेरनी की तरह देख रही थीं। उनकी दाई भौं ऊपर खिंच गई थी।

चंदा शांत। अभीत। मुस्कराती हुई। उसे झकझोर डाला गया था! पर वह अनिंद्य शोभा लिए अपराजित-सी खड़ी थी, जैसे अंधकार में दीप जल गया हो!

"मेरी बहू बनेगी तू?' ठाकुरानी ने गरजकर पूछा और उठ खड़ी हुई।

चंदा ने आंखें भरकर देखा और आज वह श्रद्धा से नत हो गई। नरेश चिल्लाया—"हां कह दे चंदा।"

औरतों ने जीभ काट ली।

"कुवंर! लाज करो।" एक स्त्री ने कहा—"तुम्हें शरम नहीं आती?"

नरेश ने जलते हुए नेत्रों से उसे देखा। परन्तु चंदा और भाभी के नेत्र टंग गए थे। एक स्त्री ढलाव पर आकर नई उठान का दुस्साहस देखकर क्रुद्ध हो गई थी।

और दूसरी! वह अपने प्रेमी की मां को देख रही थी। सोच रही थी कि उसकी मां है जिसने उसे पाला है। एक ऐसे बंधनों में जकड़ी हुई थी कि आजादी को भूल चुकी थी, दूसरी की स्वतंत्रता उसका बंधन बन गई थी। एक अमरता का नाम लेकर जड़ की उपासना करती थी, दूसरी अपनी नश्वरता का एक-एक क्षण, उपासना में नहीं, अपने उपास्य में लय होने में सफल करना चाहती थी। एक जानती थी, दूसरी कुमारी थी। एक भयभीत थी, दूसरी भय से दूर, मुक्त थी। दोनों ने अपनी आंखें भरकर देखा। भाभी की आंखों में घृणा, विक्षोभ, अहंकार और क्रोध था। चंदा की आंखों में प्रेम, याचना, सरलता, शुद्ध साहचर्य और मर्यादा की वास्तविकता थी। भाभी आकाश में लरजती हुई बिजली थी, चंदा डाल पर खिला हुआ सुरभि से भरा हुआ फूल।

भाभी उस दृष्टि को सह न सकीं। उन्हें लगा, वह सचमुच बहुत पवित्र थी बहुत सुन्दर थी। उनका मन हारने लगा।

ढोलिन ने कहा—"बोलती नहीं नटनी!"

और ठकुरानी का मन फिर भयानक हो गया। वह विचार फिर चले गए। कहा—"बोलती क्यों नहीं! तू बनेगी मेरी बहू?"

चंदा ने कहा—"नहीं मांजी। तुम्हारी बांदी बनूंगी।"

चटाक की आवाज हुई। ठकुरानी ने उसके मुंह पर आघात किया।

नरेश ने झपटकर मां का हाथ पकड़ लिया, पर चंदा ने कहा—"नहीं, नहीं, रोको नहीं। मारने दो। मुझे अच्छा लगता है।"

तब ठकुरानी कांप उठीं। उन्होंने देखा। पुत्र! जिसे पाला था! वही! उसने एक नटनी के पीछे हाथ पकड़ लिया! अब वे दुनिया को मुंह दिखाने लायक नहीं रही! इतना अपमान! अपने ही पुत्र से!

उन्होंने चिल्लाकर कहा—"जोरावर!"

"हां मांजी! हुकम।"

"पकड़ लो कुंवर को।"

जोरावर ने झपटकर कुंवर को पकड़ लिया।

तब ठकुरानी गरजीं—"तुझे मैंने इसी दिन के लिए पाला था! कपूत! तूने रजपूतनी का दूध पीके नाहरनी का हाथ पकड़ा और वह भी नाहर के जिन्दा रहते!"

ठकुरानी ने आगे बढ़कर कहा—"ले बचा ले!" और फिर चिल्लाई—"हरामजादी! अभी से तिरिया चरित्तर दिखाके लड़के को फुसलाती है! हरजाई नटनी, तुझे अच्छा लगता है, तो ले..."

और ठकुरानी उसे मारने लगी। चंदा पिटती रही, पर रोई नहीं। पिटती रही। सब औरतों ने उसे मारा।

चंदा पिटते-पिटते मूर्छित होकर गिर गई, फिर भी उसकी आंखों से एक भी आंसू नहीं निकला। ठकुरानी ने गुस्से से अपने बाल नोच लिए और कहा—"ले जाओ इसे!"

चंदा के माथे पर मोटे-मोटे कड़ों की चोट से खून निकल आया था, और नरेश फटी आंखों से देख रहा था।

जब वे चंदा को उठाकर ड्योढ़ी पर ले जाने लगे तो जोरावर ने कहा—"कुंवरजी! गम खाओ।

पर नरेश चिल्ला रहा था—"तू मेरी मां नहीं है! डायन है! तू डायन है! तूने मुझे जनम देते ही क्यों मेरा गला घोंटकर नहीं मार डाला! तूने मेरी चंदा का लहू नहीं बहाया, तूने मेरा लहू पिया है! तूने मेरा सीना फाड़कर मेरा लहू चाट-चाटकर पिया है!"

वह बक रहा था। औरतें अवाक् थीं और हारी हुई-सी क्रोध-विह्वला हो भाभी रो रही थीं। आज वे क्या करतीं! खास पेट का जाया उनको गाली दे रहा था। वे डर रही थीं कि कहीं लड़का इस गुस्से में पागल न हो जाए। फिर क्या होगा! यह सब इसी के लिए था; और अगर यही नहीं रहा तो? क्या होगा यह सब! व्यर्थ है। व्यर्थ है... सब धरा रह जाएगा।

भाई साहब चक्कर में थे। गांधी की तस्वीर हंस रही थी। वह नंगा सामने खड़ा था। खानदान की इज्जत की धूल पर वह मनुष्यता का प्रतिनिधि खड़ा जैसे उनके मनुष्यत्व को बार-बार ललकार रहा था। वे बार-बार सोचते थे, पर राह दिखाई नहीं देती थी।

बूढ़ा राजपूत आ गया। बोला—"ठाकुर साब!"

भाई साहब ने मुड़कर देखा। और फिर दोनों ने एक-दूसरे की ओर देखकर सिरझुका लिया।

सुखराम बुलवाया गया।

जब वह आया तो सब गंभीर थे।

"क्या हुआ ठाकुरजी?" उसने पूछा।

ठाकुर ने मुंह फेर लिया। सुखराम समझा नहीं। उसने ठाकुर की ओर देखा, पर पीठ सामने थी।

ढोलिन ने कहा—"देख, वह क्या है?"

"क्या है भैना!" सुखराम ने कहा और उत्सुकता से वह उधर ही बढ़ा। देखा और ठिठक गया।

उसने चंदा को देखा। वह लहू से भीगी बेहोश पड़ी है। सांस हल्की-हल्की चल रही है। सुखराम बोला नहीं, देखता रहा। उसकी आंखों से दो बूंद आंसू गिर गए और फिर उसने कहा—"ठाकुर जी!"

उसका गला रुंध गया। ठाकुर देख नहीं सके।

"तुम्हारे पांव छूता हूं।" सुखराम ने कहा—"तुमने मेरी बच्ची को जान से नहीं मारा।"

फिर कहा—"पानी ला दो कोई भैया। मेरी बच्ची बेहोश हो गई है।"

सबने ठाकुर की ओर देखा। सुखराम ने देखा। ठाकुर सह नहीं सके। उनकी आंखों से आंसू टपक पड़े।

सुखराम उठ खड़ा हुआ और उसने गर्व से झुककर चंदा के शरीर को हाथों पर उठा लिया और कहा—"ठाकुर! दुनिया के धंधे कुछ कराएं, पर मुझे तुमने आज जो पानी दिया है वह मेरी बच्ची के लिए बहुत है। बहुत है!"

वह कह नहीं सका। उसका गला अब गीला हो गया था। जोरावर ने आश्चर्य से देखा कि सुखराम पीछे मुड़ा और धीरे-धीरे द्वार की ओर बढ़ने लगा। भीतर नरेश चिल्ला रहा था—"छोड़ दो मुझे...छोड़ दो!" सुखराम ने सुना तो कहा—"अरे? कुंवर!" और फिर जैसे कहने को कुछ नहीं रहा। वह चला गया।

मैं घूमकर लौट रहा था। आज मेरा मन मस्त था। बाहर बेरों की गंध ने मुझे झूम दी थी, और पहाड़ पर चढ़कर डूबता हुआ सूरज देखा था। कितना भव्य था वह सब!

तभी देखा, सुखराम आ रहा था।

आवाज दी—"सुखराम!"

वह ठहर गया। मैंने पास जाकर देखा तो चौंक उठा।

"क्यों, डर गए?" उसने मुस्कराकर कहा।

"किसने मारा इसे!" मैंने पूछा। मुझे क्रोध था।

"गुस्सा न करो बाबूजी।" सुखराम ने कहा—"इसे ठकुरानी ने मारा है।"

"भाभी ने!" मैंने पूछा।

"हां।" उसकी आंखों में आंसू थे। बोला—"अगर कोई मरद होता तो मैं उसका सीना फाड़कर लहू पी जाता।"

मुझे ताज्जुब नहीं हुआ, क्योंकि मैं सुन चुका था; और यह वही सुखराम था!

"भैया थे?" मैंने पूछा।

"थे।" और उसने कहा—"वे अच्छे आदमी हैं।"

मैं ताज्जुब में पड़ गया।

"क्यों?" मैंने पूछा।

"वे प्यार जानते हैं बाबूजी!" सुखराम ने कहा—"ठाकुर रो दिए थे।"

वह भी रो दिया।

और मैंने देखा, पिता का हृदय कितना विशाल था! उसकी बेटी के लिए किसी ने उसे मारकर भी दो बूंद आंसू गिरा दिए हैं, यही उसके लिए बहुत है। वह मनुष्य क्या जो बच्चे के लिए ममता नहीं रखता! वह पवित्र निष्कलंक नयन जो कल्पषों से दूर रहते हैं, वे ही मानव-जाति के शृंगार हैं। उनको सुधारने के लिए मरना पड़ता है; पर वह मार उनका नाश नहीं, निर्माण करती है।

ठाकुर विक्रमसिंह के प्रति मेरे हृदय में जो घृणा उत्पन्न हुई थी, वह धुल गई। मुझे लगा, वे छटपटा रहे थे और मेरे हृदय ने कहा कि इन बन्धनों से व्याकुल एक ठाकुर है जो रुढ़ियों से विवश होकर क्रन्दन कर रहा है। उसकी परम्परागत कायरता, लोक-लज्जा का भय जब उसे मनुष्यत्व छोड़ने पर मजबूर करता है, तब-तब वह उद्भ्रान्त हो उठता है, वह अपनी इस असम सत्ता का न्याय नहीं दे पाता।

मुझे संतोष हुआ। जब मनुष्य अपनी करनी को गलत समझने लगता है, और केवल स्वार्थ से या भय से उससे चिपका रहता है, जब उसका विश्वास कुछ दूसरा हो जाता है, तब वह सचमुच निर्बल हो जाता है।

मैंने कहा—"सुखराम!"

"बाबू भैया!" उसने आर्द्र कंठ से कहा।

"तुम डेरे चले जाओ।"

"जाता हूं। चंदा बेहोश है।"

"जल्दी करो सुखराम! जल्दी करो!"

वह चला गया। मैं तसल्ली से मन को बहला नहीं सका।

मैं उसके डेरे पर गया। ठाकुर विक्रमसिंह का सामना करके मैं उन्हें लज्जित नहीं करना चाहता था। मुझे सुखराम ने देखा तो वह विचलित-सा हो उठा। उसने मेरे पांव पकड़ लिए।

"क्या करते हो तुम?" मैंने कहा।

"बाबू भैया!" वह कह उठा—"होश में आ गई। बच गई।"

"चंदा!" मैंने चंदा के सिर पर हाथ फेरा। वह अब थकी हुई पड़ी थी।

मैंने अपने रुमाल से उसके माथे का लहू पोंछा और अचानक ही वह कपड़ा मैंने होंठों से लगाकर चूम लिया। मैं सच कहता हूं, मेरा हृदय रसहीन है, लोग कहते हैं, मैं भावुक नहीं हूं, कठोर हूं, पर उस समय मेरी आंखों में आंसू छलक आए।

कितनी पवित्र है यह कन्या! साक्षात् उमा हेमवती की भांति! जैसे हिमशृंगों की छाया में तपस्विनी खड़ी हो। वह भी तो प्रेम की ही पुजारिन थी! और तब इतिहास मेरी आंखों के सामने से धुआं बनकर उड़ गया। मनुष्य की सत्ता का गौरव मेरे सामने जागृत हो उठा। वह घायल पड़ी थी, जैसे जीवन-संग्राम में लड़कर अपराजित ब्रह्मचारी भीष्म शर-शय्या पर पड़ा उत्तरायण की प्रतीक्षा करता हुआ मृत्यु पर शासन कर रहा था।

मैंने कहा—"क्या होना चाहिए सुखराम! मुझसे पूछते हो। चारों तरफ मुझे खतरनाक खामोशी दिखाई देती है।"

"मैं नहीं जानता।" उसने कहा।

"सच है, तुम नहीं जानते। तुम्हारा न जानना ही उन लोगों की मस्ती की वजह है जो तुम्हीं को धोखा देकर, तुम्हारी की कमाई पर धोखे से तुम्हारा पेट काटते हैं, और यह

सब न्याय के नाम पर होता है। बड़े-बड़े नेता तुम्हें भाषण देते हैं। वे तुम्हें नीति और धर्म की बात सुनाते हैं। कोई तुम्हें कोई पुड़िया देता है, कोई तुम्हें कुछ देता है। पर यह सब फरेब की बुनियादों पर खड़े महल हैं।''

''बाबू भैया, जमाने की कहते हो?'' सुखराम ने कहा।

चंदा उठकर बैठ गई। मैंने कहा—''कैसी है अब?''

चंदा ने सुखराम के वक्ष में मुंह छिपा लिया। वह उसके सिर पर हाथ फेरने लगा। मुझे ऐसा लगा जैसे आश्रमवासी कण्व ने शकुन्तला के सिर पर हाथ फेर दिया हो!''

''बेटा, अब तो ठीक है?'' सुखराम ने पूछा।

''मेरे लगी नहीं, दादा।'' उसने कहा।

''उन्होंने तुझे मारा था?'' मैंने पूछा।

''मुझे नहीं मालूम।'' चंदा ने उत्तर दिया।

मुझे उस समय लगा, मेरा सारा ज्ञान धूल है। यह केवल अहंकार है। मैं क्षुद्र हूं। मैं अपने बन्धनों को ही सत्य बनाने के लिए अपने को न्याय्य कहने के लिए चारों ओर धोखे की टट्टी खड़ी करने में लगा हुआ हूं।

परन्तु जीवन यह नहीं है, यह जो चंदा ने कहा है।

तन्मयता की पूर्णता! अपने समस्त रूपों में मुखर हो गई है। इसी को ऋषि कहता था, पूर्ण से पूर्ण को प्राप्त करो।

मैं अवाक् देखता रहा।

मेरी आत्मा में से उठता हुआ वह गंभीर निनाद अब मुझे व्याकुल करने लगा। सब इस संसार को सुखी करना चाहते हैं। यहां अहंकार, धन का, कुल का, जाति का, ओहदे का, सब एक-एक को ग्रसे हुए हैं। अयोग्य व्यक्ति किसी तरह खुशामदों से ऊपर चढ़ गए हैं, कुनबापरस्ती चल रही है, और फिर अपनी अयोग्यता को वे अहंकार में छिपाकर अपनी ही जड़ता को शाश्वत बना देना चाहते हैं। तर्क और सत्य के उज्ज्वल आलोक को सह सकना उनके लिए असंभव है, क्योंकि उनमें उनके स्वार्थों का पर्दाफाश होता है और एक की पोल में दूसरे की पोल ऐसी घुसी हुई है कि सब उस पर पर्दा डाले रहना चाहते हैं।

यहां स्वाभिमान का कोई मूल्य नहीं है। स्वाभिमान का अस्तित्व उनमें बाकी है जो मृत्यु के पंजों में पंजा फंसाकर लड़ रहे हैं। क्रान्ति के नाम पर यहां अवसरवादी और चोरों की जमात पल रही है। यहां सुधार का बीड़ा उठाने वाले वही हैं जो पाप के ठेकेदार हैं। सब जानते हैं, फिर भी ऐसे ही लोग शासन करते हैं, क्योंकि जनता अभी नहीं जागी है। वह सिंह अभी अपनी मर्यादा को पूरी तरह से पहचानकर गर्जन नहीं कर सका है, जिसकी एक प्रतिध्वनि सुनकर ही यह दूसरों के खेतों को चरने वाले पशु चौकड़ी भरकर भागते हैं। दो-दो कौड़ी के मेधावी बनने वाले टुटपूंजिए आज ज्ञान की गद्दियों पर बैठकर अपने को संस्कृति का दावेदार कहते हैं!

अपराजित मानव उठ! इन जघन्यताओं में से सौन्दर्य जन्म लेगा। जैसे नरकासुर पृथ्वी को महासमुद्र में लेकर डूब गया था, तब वराह बनकर भगवान इस धरती को उबार लाए थे और वेद गूंजने लगे थे, उसी तरह इस बार जनता ही इस कल्मष को धो सकती है और तब उसके अभय गीतों की जो अजस्र रोर उठेगी, वही मानवता का कल्याण कर सकेगी। मैं भावना में नहीं बह रहा हूं। मैं ठंडे दिमाग से देख रहा हूं कि यह पापी, यह शोषक, यह शोषकों के दास अफसर, यह शोषण की संस्कृति के पूजक अध्यापक, यह सब मैं वैसे ही इतिहास में मरे हुए देख रहा हूं जैसे एक दिन कृष्ण ने भीष्म और द्रोण जैसे व्यक्तियों

को पतंगों की तरह जल जाते देखा था। उस दिन कुलों के ऊपर उठकर व्यक्ति की विजय के स्थान पर अहंकार का दमन हुआ था, और अपनेपन की आड़ में पड़ने वाला वह दंभ, वह अनाचार, वह अत्याचार खंड-खंड करके फेंक दिया गया था।

घृणा का समुद्र उमड़ रहा है। ऐसा, जैसा कभी नहीं उमड़ा था। परन्तु मनुष्यता का जहाज थपेड़े खाकर भी डूब नहीं सकेगा। उस पर जो कोलम्बस आज बैठा है, वह सोने-चांदी की तलाश में नहीं निकला है, वह मिट्टी की नई बस्तियां खोजने निकला है, वह यूलिसीज़ की भांति व्यक्ति का पराक्रम दिखाने नहीं निकल पड़ा है, वह नूह और मनु की भांति सृष्टि के बीजों की रक्षा करने को बाहर झटके नहीं खा रहा है, वह तो एक नये मन को बनाने निकला है, जिसमें इसी संसार के लिए एक नया स्वप्न साकार होता जा रहा है, प्रतिपल, प्रतिक्षण एक नया निर्माण करता चला जा रहा है।

वह अपराजित है, अदम्य है। वह नहीं मर सकता। समस्त सौन्दर्य जब इसका मोल नहीं चुका सकता, तो मैं अकेले क्या अनुमान कर सकता हूं!

हम शाश्वत नहीं हैं। पीढ़ी-दर-पीढ़ी निरन्तर बढ़ते चले जा रहे हैं। युग-युग से अंधकार हमारी प्रगति को रोकने का यत्न करता चला आ रहा है। स्त्री का प्रेम और बच्चों का प्यार इसी कठोरता में जीवित रहा है। उसने ही पुरुष का उन्माद बार-बार झुकाया है; और उसी की सहायता से विजय मिली है, और यह विषमता जो आज मानवीयता के नये मूल्यों के लिए काटी जा रही है, उसका भी आधार यही है।

मैंने कहा—''सुखराम!''

''क्या है बाबू भैया?''

''तुम जानते हो, यह सब क्या है?''

वह समझा नहीं। पर चंदा की आंखों में चमक दिखाई दी। वह मुझे बुद्धिशालिनी लगी।

''क्या बाबू भैया?''

''यह दुनिया बहुत गरीब है,'' मैंने कहा—''और पैसे की गरीबी ने लोगों के मन को भी गरीब कर दिया है।''

उसने कहा—''आप जो कहते हो वह मैं नहीं जानता। लड़ाई में तो यहां लोगों के पास खूब पैसा था।''

''था,'' मैंने कहा—''पर उससे क्या हुआ! भैंस बेचकर जाट ने घोड़ा ले लिया। खूब बरातों पर बरबाद किया। फरेब, जालसाजी और झूठ का बोलबाला हुआ। दो वक्त खाकर पैसा बचा तो सोना-चांदी जमा किया, पर लोगों का रहन-सहन तो नहीं उठा! लोगों में बदमाशी बढ़ी, अकल नहीं।''

''सो तो है बाबू भैया!'' उसने कहा।

''ठीक है सुखराम!'' मैंने कहा—''पर भूखे मरतों को रुपया फिर दूसरी हविस बन गया। सुख तो नहीं आया। आंधी के आमों की लूट से घर तो नहीं भरता?'' सुखराम ने सिर हिलाया। चंदा ने आश्चर्य से देखा।

''रियासतें खतम हो चुकी हैं। एक-एक कर यह अय्याशी के अड्डे खतम हो रहे हैं। एक जमाना था जब राजा प्रजा के लिए जान देते थे, देश की रक्षा करते थे। पर ये जो आज हैं, ये सिर्फ अय्याशी करते हैं। इनमें सिर्फ पुराने कानूनों की लकीरें पीटी जाती हैं। रजवाड़ों में ठकुरानी खाना तक नहीं पकाती, वह सिर्फ ऐश के लिए होती है। कोई पढ़ता-लिखता नहीं। वह सब जो दिखाई दे रहा है, मर रहा है।'' और मैंने रुककर गंभीरता से कहा—''सब ढह रहा है। इसका मोह बड़ा भयानक है। वही इसका भूत बनकर जिन्दा है।''

"भूत!!" सुखराम ने कहा।

"भूत!!" चंदा ने कहा।

"हां।" मैंने कहा—"यह सब क्या है? इस निजाम में सब कुछ लूट पर कायम है। और यह जो सैकड़ों बरसों से दुनिया एक ढर्रे पर चलती चली आई है, वह सब ऐसा लगता है जैसे बदला नहीं जा सकता।"

"बदला जा सकता है?" चंदा ने पूछा।

"हां।" मैंने कहा—"तुम देखते रहोगे और यह सब बदल जाएगा। छोटे-छोटे यहां के बहुत-से जागीरदार, धनी, आज अपने सामने आने वाला कल देखकर ईमानदारी से समझ गए हैं कि कल दूसरा दिन आएगा; पर वे भी छटपटा रहे हैं। एक आदमी से काम नहीं चलेगा। सुखराम, दुनिया एक आदमी की नहीं है। यहां तो बहुत-बहुत-से आदमी हैं। और वे सब इसे बदलेंगे।"

सुखराम ऊब गया था। उसने कहा—"क्या कहते हो बाबू भैया? हम कोई पढ़े-लिखे तो नहीं हैं।"

"औरतों की-सी बात न करो सुखराम।" मैंने खीझकर कहा—"समझने की कोशिशकरो।"

"कहो बाबू भैया!"

"तुम गरीब हो?"

"हूं।"

"नीच जात हो?"

"हूं।"

"जो सब उलझा हुआ लगता है," मैंने कहा—"आगे चलकर वह सब मिट जाएगा।"

"मैं नहीं समझता।" सुखराम ने कहा।

चंदा पास आ गई। उसने कहा—"मैं समझती हूं बाबूजी। थोड़ा-थोड़ा-सा मैं समझती हूं।"

"तू समझ लेती है?" सुखराम ने पूछा। चंदा ने सिर हिलाया।

सुखराम को और भी आश्चर्य हुआ।

"बाबू भैया!" सुखराम ने कहा—"यह समझ लेती है। मैं नहीं समझ पाता। सो क्यों?"
मैं क्या उत्तर देता?

मैंने सोचा, चंदा और नरेश को प्रेम करने का हक मांगना नहीं है, पाना है। दुष्यन्त और शकुन्तला के युग से आज तक कोई भीख मांगकर नहीं पा सका है।

"बाबू भैया, मैं नहीं समझता सचमुच।" सुखराम ने कहा। मैंने सोचा, जब न्याय अपने सत्य से प्रतिष्ठित हो जाता है, तब भीख मांगना भी अपने अधिकार लेने के समान हो जाता है।

चंदा ने कहा—"तो क्या जात की ऊंच-नीच भी मिट जाएगी?"

"जरूर मिट जाएगी!"

"तब लोग हमसे घिन नहीं करेंगे?"

"नहीं।"

"वह दुनिया कितनी अच्छी होगी!"

मैंने उसे खींचकर सीने से चिपका लिया।

मैंने कहा—सुखराम, तुम नहीं समझोगे, पर यह समझती है। क्योंकि यह आजाद हिन्दुस्तान में बढ़ रही है। यह तब बढ़ रही है जब हमें किसी के सामने भी सिर झुकाने की जरूरत नहीं।"

मैंने उसका माथा सूंघा और कहा—"अब हमने दुनिया में अपनी हस्ती को तो साबित कर दिया है, मगर अभी तक अपने घर की गन्दगी को साफ नहीं कर सके हैं।"

चंदा ने कहा—"कैसी गंदगी?"

"बेटी!" मैं कह नहीं सका। उस बच्ची को मैं कैसे समझाता!

उसने ही कहा—"यही कि पुलिस नटनियों को पकड़ ले जाती है।"

"यह तुझे किसने कहा!"

"दादा ने!"

"इसने तुझे बताया कि यह बुरा है?"

"तुम इसे बेटी कहते हो बाबू भैया।" सुखराम ने कहा। उसने मेरी ओर श्रद्धा से देखा और कहा—"तुम ठाकुर साब के रिश्तेदार हो?"

"नहीं, दोस्त हूं।"

"ऊंच जात हो।"

"हां।"

"तुम्हें यह कहते घिन नहीं हुई?"

"नहीं।" मैंने कहा। वह सकपका गया।

"सबकी बुराई छोड़ दो सुखराम!" मैंने कहा—"यह बुराई नहीं है। यह जात-पात सब आदमी के बनाए हुए बंधन हैं। दुनिया में एक मुल्क अमरीका है। वहां काले हब्शी रहते हैं। उनपर अत्याचार होता है, क्योंकि वहां के बाकी हुकूमत करने वाले लोग गोरे रंग के हैं!"

"अरे नहीं!!" सुखराम ने कहा।

"बुरा कौन है?" मैंने पूछा।

"बुरा मन है।" उसने कहा।

"नहीं।" मैंने उत्तर दिया।

"तो?" चंदा ने पूछा।

"बुरा धन है, धन की गुलामी बुरी है।" मैंने कहा।

हम फिर भी बातें करते रहे। चंदा उठ खड़ी हुई। वह पानी का डोल लेकर कुएं की ओर चली गई, तब सुखराम ने बताया। बताया कि चंदा और नरेश का प्रेम सचमुच एक गंभीर बात थी।

32

सुखराम वर्दी पहनने लगा। कजरी साड़ी। दुनिया बदल गई। मिसी बाबा का नाम था सूसन। सच तो यह था कि सूसन सिर चढ़ी थी। उसने किप्लिंग पढ़ा था। रवीन्द्रनाथ की रचनाएं भी पढ़ी थीं और उसका एक अलग ही ध्यान था।

विलायत में इतना अधिकार नहीं देख पाई थी। सीधी-सादी लड़की थी। फिर वह भारत आई। स्वेज नहर पार करते ही उसने एक दूसरी हालत देखी और फिर अपने-आप यहां उसकी तृष्णा बलिष्ठ हो गई।

उसके पिता आए थे राजा का शासन देखने। बहुत शिकायतें पहुंची थीं। वायसराय को भी बोलना पड़ा था। किसानों ने बगावत-सी कर दी थी। उसका पिता पोलिटिकल एजेण्ट

सॉयर बड़ा चतुर व्यक्ति था। वह अपनी पुत्री को बहुत प्यार करता था। तभी सूसन मस्त थी। कभी वह अपने को ''क्वो वादिस'' की नायिका अनुभव करती और उसे लगता कि वह ऐसी ईसाइन है जो चारों ओर मूर्तिपूजकों के बीच में है। पर रोम के मूर्तिपूजक स्वामी थे, भारत के मूर्तिपूजक दास थे और शोषित ईसाई अब शोषक बन चुके थे।

पियरे लुई की ''एफ्रोडाइट'' पढ़ने के बाद वह अपने को क्राइसिस समझती। वह चारों ओर अखण्ड व्यभिचार और विलास देखती। विलायत दूसरी दुनिया की चीज थी, जहां क्लब था, संघ-नृत्य था, संघ-भोज था, लोग समझते थे वे सभ्य थे, यहां जो था वह अपनी ही हुकूमत थी, बाकी लोग ऐसे थे जो सलाम करते थे। जो नहीं करते थे, वे कुचले जाते थे और फिर सूसन को लगता, यह सब एक ऐतिहासिक घटना की भांति ही अद्भुत था,आकस्मिक भी।

कभी उसे आइवनहो की ''रैबेका'' की स्मृति हो आती और घंटों बैठकर सोचा करती। फिर ''टॉड का राजस्थान'' पढ़ती और राजपूतों के शौर्य की यूरोप के वीर ''नाइट्स'' से तुलना करती। फिर सोचती कि यह सब कैसे हुआ? यूरोप ने उसी नाइट्स की दुनिया में से यह नया जीवन कैसे निकाल लिया? उससे मिलते-जुलते सामन्तीय भारत में यह सब क्यों नहीं हुआ? वह इसका हल न निकाल पाती।

वह सब उसे इतना विचित्र लगता जैसे वह रोम साम्राज्य के किसी बड़े अधिकारी की पुत्री थी। वह चलती तो लोग सिर झुकाने लगते। क्या यह सत्य नहीं था कि भारतीय वीर थे? वे फौजों में जाते हैं तो अखण्ड वीरता दिखाते हैं। पर वे राष्ट्र के लिए क्यों नहीं लड़ते?

बाप नौकरी का काम करता और वह अकेली रहती। वह यह पढ़ती कि भारतीय उस समय सिर उठा रहे थे। पर क्या वह उसे उचित नहीं कह सकती थी? यदि इंग्लैंड पर किसी का राज हो जाता, तो क्या फिर उसका इंग्लैंड सिर नहीं उठाता? दबा रहता?

तरुणाई के सुनहले सपने उसकी पलकों में डोल सकते। वह नई जवानी उसकी देह पर अब फूटी थी। विलायत में थी तो उसके पुरुष मित्र थे। यहां उसे बाप ने लाकर कहां पटक दिया है! वही तो उससे जिद करती थी। बात करने को कोई नहीं। पियानो मंगाया था। अभी तक आया नहीं। बस, ग्रामोफोन सुना करती है और कब तक सुने! अकेली कमरे में नाच भी लेती है, गत बजती रहती है। पर थककर बैठी रहती है। अगर मां होती तो कितना अच्छा रहता! मां तो बचपन में ही स्वर्ग चली गई। दूसरी मां आई थी, वह भी दो साल पहले मर गई।

चारों ओर फैले हुए देश की विचित्रता उसे विभ्रांत कर देती। वह सोचती कि यह जीवन इतना सहज तो नहीं है जितना समझा जाता है। क्लाइव एक नीच और झूठा आदमी था। उसने साम्राज्य बना डाला। वह महान हो गया। इंग्लैंड के दृष्टिकोण से वह महान हो सकता है, पर मानवीयता के मूल्यों से भी क्या वह महान था? यदि था तो फिर कोई भी अत्याचारी महान क्यों नहीं है?

वह कुर्सी पर बैठ जाती और डूबते सूरज को देखा करती। कार्लाइल के शब्द कानों में गूंजते, भारत सदा नहीं रहेगा, पर शेक्सपियर हमारा ही रहेगा।

सूसन कहती—''तुमको कहानी आती है सुखराम?''

''हजूर! ऐसी ही एक-आध।'' वह नम्रता से उत्तर देता।

सुखराम उसे बहादुर लगता था। वह उसे विचित्र दृष्टि से देखा करती थी। वह उसे एक जंगली कुत्ता समझती जो उसके लिए पालतू था। वह सोचती कि यदि यह अंग्रेज होता तो कितना नाम पाता!

फिर भारत के बारे में सवाल पूछा करती। उसके सवालों को सुखराम बड़ी कोशिश करके उत्तर देने का प्रयत्न करता, किन्तु वह संतुष्ट न होती। सुखराम कोई पढ़ा तो था नहीं।

"सरकार! यह देसी बोली आप कैसे बोलती हैं?" वह पूछता।

"हमने कैसी बोली है?"

"सरकार खूब बोलती हैं।"

फिर वह पूछती—"अच्छा, डैडी का बोलना अच्छा है कि हमारा?"

सुखराम कहता—"मिसी बाबा! यह तो मालूम नहीं।"

"तुम डरता है।"

सुखराम मुस्कराकर सिर झुका लेता।

सूसन हंसती।

सुखराम पूछता—"सरकार ने पढ़ी होगी?"

वह कहती—"हमने शौक से सीखी है। हम हिन्दुस्तान के बारे में जानना चाहती हैं। तुम कुछ जानते हो?"

"सरकार, मैं गंवार आदमी हूं।" सुखराम कहता—"विलायत में सब अंग्रेजी बोलते होंगे?"

वह दया की दृष्टि से उसे देखती और अंग्रेजी में कुछ बुड़बुड़ाती। इधर-उधर से मीर-मुंशी चश्मे में से देखते कि हां, करनट बैठा है और मिसी बाबा उससे बातें कर रही हैं तो उन्हें यह सह्य नहीं होता। वे चित्रगुप्त के वंशज थे। देखकर जलते कि करनट जन्नत की सीढ़ी पर पांव धर रहा है। अगर मिसी बाबा कहीं उन पर इतनी मेहरबान हो जातीं, तो वे तो घर भर लेते और मकान की गौख कभी की पक्की हो गई होती। पर करते क्या! लाचार थे।

पर सुखराम से मिसी बाबा खुश थी। वह उसे हर बात पर बुलवाती और अपने काम उसी से करने को कहती। बाकी लोग खुशामदी थे, वह उनसे परेशान थी।

वह घोड़े पर बैठती, सुखराम घोड़ा पकड़ घुमाने ले जाता; और पहाड़ पर घूमकर शाम की अंधेरी के पहले जब वे लौटती, तो सुखराम उनके कमरे में बड़ा लैम्प जलाता, और फिर मिसी बाबा पढ़ती। पिता के आने पर वह साथ-साथ खाते। सुखराम कभी खड़ा रहता, कभी कजरी के साथ परोसता।

एक दिन घोड़े पर चलते वक्त मिसी बाबा ने कहा—"सुखराम! यह किला किसने बनाया था?"

सुखराम का कलेजा मुंह को आ गया। अधूरा किला! और मिसी बाबा पूछ रही है। मिसी बाबा ने नजर फेंककर कहा—"यह एक तरफ से अधूरा है। है न? किसने इसको बनवाया था?"

"हुजूर! राजा अनमोलसिंह ने!" सुखराम ने बताया। उसका हृदय धड़कने लगा था। आज उसी के पूर्वजों के बारे में पूछा जा रहा था! और वह कह भी नहीं सकता था कि वह उन्हीं का वंशज है! कैसे कह देता वह! वह क्या मान लेती!

मिसी बाबा ने कई सवाल पूछे। सुखराम भरसक प्रयत्न करके उत्तर देता गया, पर वह उद्विग्न हो उठा था।

सुखराम से रहा नहीं जाता था। उसने कहना चाहा पर घुटकर रह गया। लौटकर आए तो मिसी बाबा ने फिर बुलाया। उस वक्त कजरी रोटी कर रही थी। टोका—"कहां जा रहा है?"

"मिसी बाबा ने बुलाया है।"

"जंगल में क्या-क्या किया था?"

उसका स्वर कठोर था। सुखराम ने कहा—"घोड़े की सवारी कराके लाया हूं।"

"और?"

"कजरी, तू क्या कहती है? मिसी बाबा..."

"अरे तेरी बाबा होगी वह।" कजरी ने रोष से कहा और रोटी धरती पर धप् से पटकी। "सुसरी छिनाल!" उसके मुंह से निकला।

सुखराम स्तब्ध हो गया।

"बड़ी मेम है। तूने काहे को सोचा होगा!" कजरी ने व्यंग्य किया।

"क्या?"

"तू नहीं जानता?"

"नहीं।"

"तो चला जा, जा।"

"कजरी!" सुखराम ने डांटा।

"क्या है? डराता है?"

"तू जानती है, क्या कह रही है?"

"तू भी जानता है, मैं भी जानती हूं।" कजरी ने कहा, जैसे वह और सह नहीं सकेगी। सुखराम ने क्रोध से कहा—"बेवकूफ!"

कजरी रोई, जैसे आज वह निस्सहाय हो गई थी।

परन्तु सुखराम ने कहा—"यहां आ।"

कजरी नहीं आई।

क्रोध से सुखराम का मुंह लाल हो गया। कहा—"मैं कहता हूं यहां आ!"

कजरी उठी और ठुमककर खड़ी हो गई और सामने आ गई।

सुखराम को उसका वह रूप देखकर उस गुस्से से भी हंसी ने घेर लिया। कजरी खिसिया गई।

"क्या कहती थी तू?" सुखराम ने कहा।

"कुछ नहीं।" कजरी ने उत्तर दिया।

वह चला गया। वह देखती रही। पर फिर सुखराम लौटा।

"क्यों आ गया फिर?"

"भीतर चल।" उसे वह कोठरी में ले आया और कहा—"क्या कहती थी तू?"

कजरी ने कहा—"तू उसके साथ..."

सुखराम ने उसके मुंह पर चांटा मारा, और बोला—"तूने मेरे बिसवास का यह बदला दिया!"

और इससे पहले कि कजरी जवाब दे, कोठरी के बाहर चला गया। कुछ देर बाद जब वह सुस्थिर हो गया तो मिसी बाबा की सेवा में जाकर उपस्थित हो गया।

मिसी बाबा ने इशारा किया। उसने पानी पिलाया। वह हर तरीका देखता। सुखराम हाथ पर खाता, वह प्लेटों में खाती। उसने यह जान लिया कि अंग्रेजों का रहन-सहन आराम का होता है। ज्यादातर हिन्दुस्तानियों का नहीं होता।

मिसी बाबा ने कहा—"अर्दली!"

"हुजूर!" इशारा पाकर खड़ा रहा और जब मिसी बाबा ने इशारा किया, वह फर्श पर ही बैठ गया।

मिसी बाबा बोली नहीं। वह किसी गंभीर चिंता में मग्न थी। उसने सोचा कि वह

कुछ बात शुरू करे, पर हिम्मत नहीं पड़ी। अंग्रेजी साहित्य के प्रसिद्ध ''रैमडीन'' (रामदीन) नामक अर्दली के बारे में सोचती-सोचती सूसन कुर्सी पर लेटी-लेटी ऊंघ गई थी।

सुखराम धीरे से उठा। मिसी बाबा ने आंखें खोलकर कहा—''सुखराम! हमको किले की कहानी सुनाओ।'' वह फिर बैठ गया।

जब लौटा तो कजरी ने कहा—

''क्यों रे, तुझमें अकल है कि तू गधा है!''

''क्यों?''

''तू बैठकर मिसी बाबा को अधूरे किले की कहानी सुना रहा था।''

''वह कहती थी इसकी कहानी बड़ी अजीब है। सुनकर मिसी बाबा को मजा आ गया! मैंने ठकुरानी की कहानी सुनाई। उसकी तस्वीर भी दिखाई।''

''क्यों?''

''वह चाहती थी।''

''चाहती तो तभी न जब तूने बताया होगा।''

''मैंने बताया ही था।'' सुखराम ने कहा।

''तू समझता है वह तुझे राजा बना देगी?'' कजरी ने कहा और व्यंग्य से हंस दी।

''अब तेरा गुस्सा कहां है?'' सुखराम ने पूछा।

कजरी ने फिर मुंह फुला लिया।

''मिसी बाबा मुझपर आसिक हो गई!''

''यह तो मैंने नहीं कहा।'' कजरी झेंपी।

''तूने नहीं कहा?'' सुखराम ने उसका कान पकड़कर कहा।

कजरी ने सिर झुका लिया।

''तूने सोचा होगा, गोरी लुगाई को रानी बनाऊंगा?'' सुखराम ने फिर चोट की।

''मुझे तू माफ नहीं कर सकता?'' कजरी ने कहा—''पहले तो तू मुझसे कुछ नहीं कहता था!''

''बेवकूफ! वे मालिक हैं। तेरी इतनी मजाल कि तू यह सोचती है!'' सुखराम ने कहा।

''तेरे बारे में सोचा सो मेरी भूल थी।''

''और उसके बारे में ठीक था!''

''कौन जाने!!''

''बावरी, वे बड़े लोग हैं।''

कजरी ने कहा—''अरे धन से क्या होता है! मैं तेरी तरह धौंस में नहीं आती किसी की। औरत मरद चाहती है—मेम हो, चाहे बामनी, चाहे नटनी!''

''यह गलत है।'' सुखराम ने कहा।

''अगर तेरी बात ठीक है तो तेरी ठकुरानी काहे को दरबान से फंस गई थी? सच कह, वह गोरी मेम तुझे अच्छी नहीं लगती?''

''क्यों नहीं लगेगी?'' सुखराम ने कहा—''जिसका नमक खाऊंगा, उसे बुरा कहूंगा?''

कजरी ने उसके पांव छुए। कहा—''तू सचमुच ठाकुर है; और मैं सचमुच नटनी हूं। तू मुझे माफ कर दे। अब ऐसी भूल नहीं करूंगी।''

सुखराम ने उसका सिर पकड़कर कहा—''पगली! यह तो मैंने कभी सोचा भी नहीं।'' और उसे उठाकर अपने वक्ष से लगा लिया। आज वे बहुत दिन बाद फिर एक-दूसरे के इतने पास आ गए थे।

"दैया री, मुझे कैसी चाहना दिखाता है!" कजरी ने लजाकर कहा। पर सुखराम उसकी ओर मुग्ध दृष्टि से देखता रहा, देखता रहा। कजरी ने शरमाकर सिर झुका लिया।

इतने में माली आया। देखा तो खांसा। दोनों चौंककर अलग हो गए।

"क्या है?" सुखराम ने पूछा।

"मिसी बाबा ने बुलाया है।" माली ने कहा और चला गया।

कजरी हंसी। कहा—"जा! यह तो भाग की बात है।" वह व्यंग्य नहीं था, मजाक था। सुखराम ने कहा—"अब नहीं कजरी। अब मन नहीं करता।" वह मुस्कराया।

"अब ऐसा जोगी भी न बन। अभी से क्या बूढ़ी हो गई हूं मैं!" कजरी ने इठलाकर कहा।

"मेरे लिए तू कभी बूढ़ी भी हो जाएगी क्या? मैं तो ऐसा सोच भी नहीं पाता।"

"भले न सोच।" कजरी ने कहा—"जब हम-तुम पोपले मुंह से बैठकर भजन करेंगे, तो कैसा मजा आएगा!" दोनों ठठाकर हंसे। भविष्य तक की कल्पना थी।

सुखराम ने कहा—"पर जब तू अभी से इतना कलेस करती है, तो बूढ़ी होकर तो न जाने कितनी खूसट बनेगी!"

"और तू बनेगा खुर्राट!" कजरी ने हंसकर कहा।

सुखराम पहुंचा तो मिसी बाबा कमरे में घूम रही थीं। उसने पगध्वनि सुनी तो मुड़कर देखा।

"बड़ी देर में आया!" उन्होंने कहा।

सुखराम ने घबराकर कहा—"सरकार...वह...कजरी...मुझे..."

मिसी बाबा हंसी। कहा—"हम समझते हैं। काम के वक्त काम; बात के वक्त बात!"

"जी हां, हजूर।" उसने सोचा। मेज पर ही ठकुरानी का चित्र था। मिसी बाबा ने फिर चित्र देखा।

और देखती रही। सुखराम देखता रहा। उसकी समझ में उसका बड़बड़ाना नहीं आ रहा था, क्योंकि वह अंग्रेजी में था। वह चुप होकर सोचने लगी और कुछ देर में फिर बड़बड़ाई।

फिर हिन्दी में कहा—"रानी!!"

सुखराम ने देखा, वह कुछ जोश में थी। परन्तु उसकी आंखों में बड़ा गहरा चिन्तन था। वह जैसे आकाश में उड़ती चील की तरह सुदूर को भी देख लेना चाहती थी।

उसने चित्र रखकर कहा—"सुखराम!"

"सरकार!"

और मिसी बाबा कुर्सी पर बैठ गई। सुखराम फर्श पर बैठ गया। मिसी बाबा चुप थी। उसने आंखें बन्द कर ली थीं। वह जैसे ध्यानमग्न थी। सुखराम उसकी समाधि के टूटने का इन्तजार करने लगा।

"सुखराम!" अचानक उसने कहा।

"हां सरकार!"

उसने कहा—"मरकर फिर जन्म होता है? हिन्दू ऐसा कहते हैं।"

"हां हजूर!" वह चकराया।

"तुमने देखा?" वह आंखें बन्द किए ही बोल रही थी।

"नहीं सरकार, सुना जरूर है।"

"तुम मानते हो?"

"सब मानते हैं हजूर।"

"ठकुरानी का फिर जनम हुआ है?"

"कौन जाने सरकार। वह रानी थी। आप भी रानी हो। रानी की रानी ही जान सकती है।"

सुखराम थर्रा गया। वह यह कभी नहीं सोच पाया था। और मिसी बाबा ने कहा—''आदमी मरकर फिर क्यों पैदा होता है?''

''सरकार, उसके पाप-पुन्न का फल मिलता है। एक जनम में जो उसकी इच्छा अधूरी रह जाती है, वही दूसरे जनम में पूरी करने को आता है।''

''तुम जानते हो!'' उसके स्वर में आश्चर्य था। फिर वह अंग्रेजी में बड़बड़ाई। सुखराम नहीं समझा।

पर अब उसकी कल्पना जाग उठी। उसे डर लगने लगा। यह सब वह क्यों पूछ रही थी! यह सब अचानक ही उसके दिमाग में आ कहां से गया! बैठी-बैठी ही क्या मिसी बाबा सोच रही है कि वह फिर जनम लेकर आई है! और उसकी कल्पना ने हिसाब लगाया।

कहां विलायत, कहां हिन्दुस्तान! फिर पहाड़, डाकू, मिलन, नौकर और ठकुरानी, फिर जनम...

''क्या यह...''

क्या यह वही...

क्या वही ठकुरानी...

और झटके से बात फिसली—''क्या यह वही ठकुरानी है!''

''क्या यह उसी की आत्मा है!''

''क्या वह उसका वंशज होकर भी जान नहीं सकेगा!''

मिसी बाबा ने कहा—''तुमने खजाना देखा है सुखराम?''

उसकी विचारधारा टूट गई। पूछा—''सरकार! आप पूछती हैं! आप ठकुरानी है!''

''मैं ठकुरानी हूं।'' मिसी बाबा ने हंसकर कहा। वह प्रश्न था, वह विस्मय-सूचक वाक्य था या स्वीकृति थी, यह सुखराम नहीं समझा। वह वैसे ही घबराया हुआ था। अब वह इतना घबरा गया कि देखता ही रह गया। मिसी बाबा ने कहा—''तुमने खजाना कभी देखा?''

''नहीं सरकार!'' वह उसे रहस्य-भरी-दृष्टि से देखता हुआ बोला।

''हमको ले चलेगा?''

सुखराम के शरीर पर कांटे-से उग आए। बोला—''सरकार, मैं डरता हूं।''

''क्यों?''

''सरकार, वह बड़ी भयानक जगह है।''

''पर तुम बहादुर है।''

''सरकार, आप डरेंगी...''

''हम!'' सूसन हंसी। कहा—''हम! नहीं मैन! हम नहीं डर सकती।''

''सरकार!'' सुखराम ने कहा—''बड़े महाराज के बखत एक जर्मनी का साहब आया था, खजाना ढूंढ़ता था। वह उसमें घुसा था। उसके देवता ने ऐसा चांटा मारा कि साहब सबेरे ही भाग गया।''

''नहीं।'' सूसन ने उठकर कहा—''हम जाएंगे! तुम चलेगा!''

''चला चलूंगा सरकार!'' पर उसका स्वर कांप उठा।

''तुम डरते हो?''

''हां सरकार।''

''क्यों?''

''सरकार! वहां जानवर भी हैं।''

''हम बन्दूकवाला लेकर चलेंगे।''

सुखराम ने उसे स्फूर्ति से भरा हुआ देखा। वास्तव में वह कल्पनाशील स्त्री एक भारतीय नरेश के पुराने खजाने की कल्पना करके मस्त हो गई थी। वह खजाना निकालेगी। और वायसराय के साथ बैठेगी तो उसका नाम इंग्लैंड में बार-बार दुहराया जाएगा।

सुखराम की सामंतीय भूमि पर वह एक नई इमारत बनी। वह ठकुरानी की आत्मा थी। तभी तो पकड़ रही थी और सारा तारतम्य अपने-आप उसके मस्तिष्क में बैठ गया था, उसे विचलित कर रहा था और उस अधूरे किले के वंशज की जड़ें हिल गईं। उसे यह भाग्य बड़ा आश्चर्यजनक-सा लग रहा था।

मिसी बाबा चली गई, किन्तु सुखराम खड़ा ही रह गया। माली आया। कहा—"अरे सुखराम!"

"क्या है!" वह चौंक उठा।

"वह धोबी बीमार है।"

"एक दूसरा बुला ले न!"

"साहब का धोबी! यहीं रहना होगा। गांव वाले तो डरते हैं।"

"अरे मैं तू यहां के नहीं हैं!"

"अच्छा! बुलवाता हूं।" माली चला गया।

कजरी बैठकर सी रही थी और धीरे-धीरे किसी गीत की कड़ी गुनगुना लेती थी।

सुखराम जब लौटा तो वह थका हुआ था। वह आकर धम से खाट पर बैठ गया और फिर वैसे ही लेट गया। उसके मुख पर गंभीर चिंता थी।

कजरी घबराई।

पूछा—"क्या हुआ?"

"कुछ नहीं।"

"तो क्यों निढाल हो रहा है?"

सुखराम ने कहा—"कजरी!!"

"क्या है?" वह आश्चर्य में थी।

"वह मेम नहीं है। ठकुरानी है!" सुखराम ने जैसे आवेश में कहा—"तू समझी मैंने क्या कहा?"

ठकुरानी!!

मेम नहीं ठकुरानी है!!

कजरी के कानों में वे शब्द बार-बार गूंज उठे। विश्वास नहीं हुआ।

"तुझे कैसे पता चला?" उसने पूछा।

"क्यों?" सुखराम ने कहा—"मैं क्या समझता नहीं?"

"पर कोई बात हुई?"

"हुई।"

"क्या? उसे बताता क्यों नहीं?"

"कहती थी, वह खजाने को ढूंढेगी।"

कजरी हंसी। कहा "तूने बताया होगा कि उसमें खजाना है?"

"हां, मगर वह तो खुद कहती थी..."

"कि वह ठकुरानी है।"

"यही तो मैं सोचता हूं।"

"यह नहीं हो सकता।"

"आत्मा का कुछ ठीक नहीं कजरी।" सुखराम ने कहा।

"तूने पक्की कर ली!"

"किसकी? ले जाने की?"

"नहीं, इसकी कि वह अब मेम नहीं है ठकुरानी है।" उसके स्वर में उपहास था। सुखराम आहत हुआ। उसने कहा कुछ नहीं। केवल निराशा से दया की भीख मांगनेवाली दृष्टि से देखा। वह दर्द-भरी आंखें कजरी के मन को छू गई। उसकी निरीहता पर उसे करुणा आ रही थी। क्या हो जाता है इसे ऐसे मौकों पर? अकल कहां चली जाती है इसकी?

कजरी सुस्त पड़ गई थी। कहा—"होगी।"

सुखराम समझा। कहा—"तू मेरा दिल बहलाती है!"

"दिल बहलाती हूं कि ठीक कहती हूं। अब मुझे क्या मालूम। होगी! शायद! कौन जाने!" और उसने अन्त में जोड़ा—"राम की माया, कहीं धूप कहीं छाया! वह ही बनाए, वह ही बिगाड़े। कौन समझ सकता है। बच्चा! हम तो हाथ में लोटा, बगल में सोटा, तीनों लोक जागीरी में। रमते जोगी हैं। क्या ठिकाना है..."

वह खूब खिलखिलाकर हंसी और उसने सुखराम का सिर पकड़कर कहा—"अभी क्या है! अभी तो तुझे आत्मा दिखी है, कहीं भूत न दिखने लग जाएं।"

दोनों एक-दूसरे की तरफ देखते रहे और अन्त में सुखराम ने शरमाकर मुंह मोड़ लिया। कजरी ने कहा—"सुन तो!"

"क्या है?" उसने वैसे ही कहा।

कजरी ने चिराग बुझा दिया।

सुबह चाय पीते वक्त सूसन ने अपने पिता से कहा—"डैडी!"

"हूं।" बूढ़े ने टोस्त खाते हुए कहा।

"डैडी, सुखराम कहता है कि यहां के किले में बहुत बड़ा खजाना है।"

वृद्ध हंसा। कहा—"यूरोप के रहने वाले सारे एशिया की धरती में खजाने ही खजाने देखते हैं।"

सूसन का मन छोटा हुआ। कहा—"डैडी!"

"तुम मालकिन हो। हुकूमत करने आई हो।" बूढ़े ने अपनी आंखों से देखते हुए कहा। वह लम्बा-चौड़ा आदमी था। सिर के आगे के बाल चुके थे, कुछ पके हुए बालों का एक लौंदा सामने रह गया था, और फिर दोनों कानों के ऊपर गुच्छे थे। ऐसा लगता था जैसे पकी हुई घास के बीच से सख्त धरती चिकनी-चिकनी दिखाई दे रही हो। उसकी भौं बरायनाम रह गई थी। मुंह पर लाल रंग खुरदरा-सा दिखता था। और उसके दांत पीले थे, नाक के बीच में गांठ पड़ती थी और फिर वह ऊपर के पतले होंठ पर झुक जाती थी। उसकी गर्दन मोटी थी। पुतलियों का रंग नीला था। बात करता था तो रुक-रुककर। वह महारानी विक्टोरिया के जमाने में जो शिक्षा-काल समाप्त कर चुका था, उसका जैसे उस पर अभी तक प्रभाव था।

सूसन नहीं समझी। पूछा—"उससे क्या हुआ?"

"ये गंवार देशी लोग हैं।" उसने कहा।

पर किले में इतनी दौलत हैं," सूसन ने कहा—"कि अगर हम उसे ले जा सकें तो सारा इंग्लैंड हमारी तरफ देखने लगेगा।"

वृद्ध अबकी बार नहीं हंसा। उसने गंभीरता से कहा—"फिर भी वह सीमित धन है। हिन्दुस्तान की उपजाऊ धरती का दाना-दाना दौलत है। उसे यहां का किसान जोतता है और हमारा खजाना साल के साल भरता है सूसन!"

सूसन को यह विचार पसन्द नहीं आया।

''तुमको सख्ती करनी चाहिए।'' वृद्ध ने कहा।

''यह आदमी तो भला है।'' सूसन ने कहा।

''ठीक है, पर हमारा गुलाम है। उसे बराबरी का दर्जा नहीं दिया जा सकता। इंग्लैंड का हर गरीब, हिन्दुस्तान के बड़े से बड़े आदमी से भी ऊंचा दर्जा रखता है।''

सूसन को लगा कि अब जो उसके बाप ने सिर उठाया, तो इंग्लैंड का झंडा फरफरा उठा।

बूढ़े ने फिर कहा—''सारी सभ्य दुनिया हमसे जलती है, अमेरिका को लोग जनतंत्र चिल्लाते हैं, क्योंकि वे अंग्रेजों के गुलाम थे। आज वे बनिये हैं, मगर व्यापारी ही नहीं, हम राजा भी हैं। हमने हिन्दुस्तान को अपनी अक्ल और तलवार से दबाया है! तुम्हारा वह नौकर है, उसे कुत्ता बनाकर पालो। हिन्दुतानी अच्छा होता है, पर उसे कभी यह महसूस न करने दो कि वह भी हमारे जैसा आदमी है, वरना फिर अदब उठ जाएगा। डर पैदा करो। इन लोगों के भीतर सामन्तीय भावना है, स्वामिभक्ति है। वे नहीं जानते कि इससे आगे क्या है? शहरों में शिक्षा ने इन्हें चेतन कर दिया है। वहां के लोग सिर उठाते हैं। ये लोग हमारे आने से पहले भी गुलाम थे। हमने सिर्फ उसी को पक्का किया है। इनके पुराने स्वामी भी हमारे गुलाम हैं। रियासतों का क्या होगा? ये सब एक दिन अंग्रेजों के हाथ में आ जाएंगी।''

सूसन ने आंखें फाड़कर देखा। बूढ़े ने कहा—''हर अंग्रेज को देशभक्त बनना चाहिए, वरना इंगलैंड का गौरव ही समाप्त हो जाएगा। क्या किया जाए? डलहौजी के बाद हमारे हाथ कट गए हैं। हम किसी को अब खतम नहीं कर सकते। पर इनमें ताकत नहीं है। कांग्रेस के बढ़ने के साथ ये सब राजा इतने कमजोर हो गए हैं कि हमारी तरफ देखते हैं, हमसे उम्मीद करते हैं!''

''क्यों?'' सूसन ने पूछा।

''क्योंकि जनता इनके साथ नहीं है।''

''फिर भी तो ये अब भी बने ही हैं।''

''हम इन्हें खतम नहीं कर सकते। वैसे ये लोग खुद डरते हैं।''

बूढ़ा हंसा। सूसन नहीं।

''फिर क्रांति क्यों नहीं होती?'' सूसन ने पूछा।

''ओह लड़की!'' बूढ़े ने कहा—''उसके लिए अक्ल चाहिए। इन पर भाग्य का भूत लदा हुआ है। मेरी बच्ची! यह यूरोप नहीं हैं, एशिया है, एशिया! ये गधे पिसते हैं पर इसी राज खानदान को चाहते हैं। उधर, कांग्रेस मंत्रिमण्डल बन गए हैं तो यह यहां भी परचूनिए सिर उठाने की कोशिश करते हैं। याद है, फ्रांस में जैसे दूकानदारों ने सिर उठाया था। ये लोग कभी ताकत में नहीं आ सकते। कभी नहीं। ये लोग जात-पात मानते हैं और हम उसी का इस्तेमाल करते हैं।''

सूसन ने कहा—''लेकिन गवूनर (पिता)...!''

बूढ़े ने प्रश्नवाचक दृष्टि से देखा।

सूसन ने कहा—''यह सब कब तक चलेगा?''

''जब तक इंग्लैंड समुद्र का राजा है।''

''जर्मनी में हिटलर कितना बढ़ गया है।''

''वह जलता है!'' बूढ़े ने कहा।

''मगर ताकता है!'' सूसन ने जताया।

"अगर हम सफल हो गए तो हम जर्मनी और रूस को भिड़ा देंगे। दोनों आपस में लड़कर मर जाएंगे। सबसे बड़ा खतरा रूस है।"

"क्यों? वे तो भगवान को भी नहीं मानते!"

"नास्तिक हैं। वे यूरोपीय तो नाम के हैं सूसन। वे भी असल में एशियाई ही हैं।"

"मैं अब बहुत व्यस्त रहूंगा।" वृद्ध ने कुर्सी छोड़कर कहा—"लेकिन तुमको मेरी और इंग्लैंड की मर्यादा के अनुकूल रहना चाहिए।"

"मैं योग्य बनने का प्रयत्न करूंगी।"

"क्राइस्ट तुम्हें मंगल देगा।" वृद्ध ने अत्यन्त स्नेह से देखते हुए कहा—"और देखो! तुम कहीं इधर-उधर न जाना।"

"क्यों?"

"मैं बहुत काम में लगा हूं।"

"डैडी, आप अपने काम में मुझसे मदद क्यों नहीं लेते?"

"तुम बच्ची हो, खेलो-कूदो। बहुत जिन्दगी पड़ी है।"

बूढ़ा चला गया, तब सूसन फिर पहले जैसी रह गई। वह आज हुकूमत की नई शिक्षा पा चुकी थी।

दोपहर को सूसन ने खाना खाया। वह अपने कमरे में चली गई। जाकर सो गई। कजरी ने मसहरी डाल दी। और द्वार भेड़ गई।

इसी समय बाहर शोर मचने लगा। सूसन की नींद टूट गई। उसे बुरा लगा। वह उठी। सोचा, चलकर डांटे। चपरासी और माली कहां गए?

पुकारा—"सुखराम!"

कजरी आई। कहा—"हजूर!"

"यह क्या शोर हो रहा है?"

"सरकार, अभी पता चलाती हूं।"

वह बाहर आई। सूसन ने कहा—"जल्दी देखकर आओ।"

कजरी ने तलाश किया।

लौटकर आई तो सूसन ने गाउन पहनते हुए पूछा—"क्या हुआ?"

कजरी घबरा गई थी।

"क्या हुआ?" सूसन ने पूछा।

"माली को सांप ने काटा है सरकार!"

सूसन बाहर चली। पूछा—"कहां है?"

"उधर है हजूर।" कजरी आगे-आगे चली।

सूसन ने देखा, माली मुंह से झाग निकाल रहा था। बेहोश था। सब देख रहे थे। सूसन को देखकर सब उसको कौतूहल से ताक रहे थे।

"क्या करता था?" सूसन ने पूछा।

"सरकार, घास काट रहा था।

सब परेशान थे।

"पुअर मैन" (हाय बेचारा), सूसन ने कहा—"इसका तो कोई भी इलाज नहीं। कैसा सांप था?"

"काला था मिसी बाबा।" एक चपरासी ने कहा।

सुखराम ने कहा—"सरकार, एक आदमी जहर उतारना जानता है।"

कजरी ने देखा, सूसन चौंक उठी।

पूछा—"क्या कहा तुमने? जहर उतारना जानता है?" और फिर अन्त में आश्चर्य से जोड़ा—"सांप का?"

"हां सरकार!" सूसन के मुख पर यह सुनकर भी अविश्वास ही बना रहा। वह एकाएक नहीं मान सकी। सुखराम ने फिर सिर हिलाया, जैसे हां यह ठीक है।

"उसको जल्दी बुलाओ।" सूसन ने कहा।

"सरकार, वह गांव में ही है।"

"उसको हमारा हुक्म दो।"

सुखराम ने इशारा किया।

चपरासी दौड़े।

सूसन ने कहा—"कजरी हम यहीं बैठकर देखेंगे।"

कजरी दौड़कर कुर्सी लाई। सूसन बैठ गई।

बूढ़ा गोरखी माली लाया गया। वह पचास बरस पार कर चुका था। सिर पर पूरे बाल थे, पर सब सफेद, और कटे न होने के कारण वे अब माथे पर पड़े थे, जैसे चीनी तवायफें सामने से गिरा लिया करती थीं। उसके गालों की हड्डी उभरी हुई थी। माथे पर लकीरें थीं। सांवला था और ऊंची धोती तथा फितूरी पहने था। दोनों मैले कपड़े थे।

उसने आकर सलाम किया। सूसन ने देखा-भर, जैसे वही उसकी सलाम का जवाब था। पूछा—"तुम इसको ठीक कर देगा?"

वह गम्भीर था। बोला—"हजूर! करने वाला तो वह है?"

और उसका हाथ आकाश की ओर उठ गया। सूसन ने देखा। सब कुछ हो रहा है, पर सारा भारत उस सबकी जिम्मेदारी जैसे अपने ऊपर लेता ही नहीं!

सूसन ने देखा, गोरखी माली के पास आ गया। बोला—"खानी-बेखानी तो नहीं खा गया था यहां?

जात का घमंड बोला था।

"नहीं," सुखराम ने कहा—"वह कुछ नहीं खाता था यहां।"

तब गोरखी पास बैठ गया और फिर अपने हाथ जोड़कर आंख मीचकर वह मन्त्र पढ़ने लगा।

सूसन आश्चर्य और उपहास की मुद्रा से देखती रही। गोरखी माली उठा और फिर कुछ बड़बड़ाता हुआ माली के चारों ओर घूमने लगा। फिर वह डाक बंगले में घूमा, कंकड़ियां बीन लाया और पास आ गया। वह जैसे हवा में से कुछ पकड़ रहा हो, वैसे ही हाथ चलाता था, उंगलियां फैलाकर, कुछ मोड़कर। फिर वह झूमता।

फिर उसने थाली मंजवाकर माली की पीठ पर चिपकवा दी और पीठ को देखकर मंत्र पढ़ने लगा। उस समय सब लोग स्तब्ध हो गए थे। सूसन ही एक थी जो अविश्वास से उस सबको देख रही थी।

माली ने कुछ मंत्र पढ़े और कुछ अजीब-अजीब शब्दों का विचित्र ढंग से उच्चारण करके वह चिल्लाया।

और आवाज उठने लगी। वह आवाज ही थी, क्योंकि शब्द तो समझ में नहीं आते थे। सब श्रद्धा से नत हो गए थे। और गोरखी के मुख पर पूर्ण शांति थी। वह क्या कर रहा था!

वह गंवार, गन्दा आदमी, जो कुछ नहीं जानता था, आज सारे यूरोप के ज्ञान को चुनौती दे रहा था। और सूसन ने हठात् जो देखा तो आंखें अब आश्चर्य से फटी रह गई! क्या वह सच था!!

सूसन ने देखा—थाली स्याह पड़ गई।[1]

गोरखी ने मंत्र रोका और कहा—"उतार लो।"

सुखराम ने थाली उठा ली। थाली मांज दी गई और गोरखी की आज्ञानुसार फिर चिपका दी गई।

सुसन ने आश्चर्य से देखा कि वह मन्त्र पढ़ता जाता था और फिर थाली, जो अभी साफ होकर चमक आई थी, वह कुछ स्याही पकड़ने लगी थी।

गोरखी ने फिर मंत्र पढ़े और कुछ ही देर में थाली फिर स्याह पड़ गई।

"फिर उतार लो!" गोरखी ने कहा।

अबकी बार जब कजरी थाली को मिट्टी से मांजने लगी तो सूसन ने पास से देखा। सचमुच वह स्याह थी। और फिर उज्ज्वल-सी चमचमा उठी।

"अब के रखो इसे।" गोरखी ने कहा, जो सूसन के कौतूहल के प्रति ऐसे देख रहा था जैसे किसी साधु-संत की आंखों में नास्तिक बालक के प्रति करुणा, उपेक्षा, दया और दुःख पैदा होता है।

तीसरी बार भी थाली स्याह पड़ी, उतरी, मंजी और फिर चिपका दी गई। इस बार माली तनिक हिला तो उपस्थित लोगों में खुशी की लहर-सी दौड़ गई। सूसन चकित थी।

चौथी बार थाली स्याही की हल्की छाया लिए आई।

माली ने आंखें खोल दीं। सूसन आश्चर्य में पड़ गई।

"माली!!" वह चिल्ला उठी।

माली मुस्करा दिया।

सूसन ने आज जादू देखा था। अब वे सब प्रसन्न थे। कजरी ने कहा—"देखा मिसी बाबा!!"

भारतीयों की अबाध यातना का यह कैसा अजीब रूप था, सूसन ने सोचा कि इतनी करामात रखकर भी ये गंवार हैं, गुलाम हैं! ऐसा क्यों है?

"तुमको इनाम देंगे हम।" सूसन ने माली से कहा।

"नहीं सरकार," गोरखी ने सलाम करके कहा—"हम धरम के लिए किए गए कामों का दाम नहीं लेते। गुर मंतर है। इसका पैसे से मोल होते ही यह झूठा पड़ जाएगा। इसका बदला मानुस नहीं दे सकता, भगवान देता है।"

वह अहंकार नहीं था, स्वाभिमान था। कजरी को लगा कि सूसन नाराज होगी; पर वह नाराज नहीं थी, आश्चर्य में थी।

सब चले गए। वह आज थपेड़े खाने लगी।

कजरी भी चली गई।

सूसन उठ खड़ी हुई

पूर्व और पश्चिम का भेद अब समझ में आ रहा था। ये लोग दुःख पाते हैं, परन्तु इनका पुनर्जन्म का सिद्धान्त इनको मरने नहीं देता। उसके कारण ये कुचले जाने पर सिर नहीं उठाते, उसे भी पापों का फल मान लेते हैं। परन्तु कितना भी वैभव और तृष्णा हो, उससे इनका मूल चिंतन नहीं घबराता।

रात हो गई थी।

---

1. यह सत्य है। एक एम. बी.बी.एस डॉक्टर की भुसावर, भरतपुर राज्य में यह इलाज करते थे, पर इसका रहस्य नहीं बताते थे। यह अनुसंधान का विषय है।

वह गरीब माली था। उसने इनाम लेने से इन्कार कर दिया। यदि यूरोप में किसी को यह दवा मालूम होती,? तो वह इसे ''पेटेण्ट'' करवा लेता, लाखों कमा लेता, दुनिया में नाम कर लेता।

वह घूमने लगी।

यह लोग क्यों इस सबकी चिंता नहीं करते? फिर जब एक ओर ये लोग इतना त्याग दिखाते हैं, तो दूसरी तरफ इतना आपस में लड़ते क्यों हैं? मुकदमे करते हैं। इतनी जात-पात क्यों मानते हैं?

और इंग्लैंड की वे भीगी हुई बर्फीली रातें याद आने लगीं। यहां सन्ध्या सन्नाटे में बीतती है, वहां ऑरगन (बाजा) की लय गतियों पर गूंजती थी, नाचा करती थी।

उसका मन किया कि वह किसी तरह हिन्दुस्तान के इस रहस्य को समझ ले और उसे याद आया, जब वह बम्बई में पहली बार उतरी थी, तब समझी थी कि हिन्दुस्तान कुछ विशेष नहीं है। दुनिया के किसी बड़े शहर की नकल है।

वह बढ़ी। और उसके मन में आया, वह किसी से बात करे। कोई नहीं था। नौकर अपने-अपने क्वार्टरों में थे।

सामने एक द्वार खुला था। अन्दर से हल्की रोशनी आ रही थी। अपनी आतुरता में सूसन उधर ही बढ़ी। पिता का दिया हुआ सबक तो गोरखी माली का मंत्र समाप्त कर ही गया था, और अब तरुणी को सारे हिन्दुस्तान के जर्रे-जर्रे में रहस्य ही दिखाई दे रहा था।

उसने जब लान पार किया, तब कोठरी में हंसी का शब्द सुनाई दिया। खाट पर सुखराम लेटा था, और बीड़ी पी रहा था। कोठरी में धुआं भर गया था। कजरी ने अपनी बीड़ी का आखिरी कश लिया और फेंक दी और फिर उसके पांवों पर हाथ जमाए सुखराम इधर-उधर की बातें करता जाता था और मुग्ध होकर कजरी पांव दबा रही थी।

पति-पत्नी का स्नेह था वह!!

सूसन को देखकर दोनों हड़बड़ा कर उठ खड़े हुए। सूसन को शर्म ने घेर लिया। वह मालकिन। आज वह अचानक ही भूल से आ गई। वह यह भी भूल गई कि किसी के कमरे में घुसना नहीं चाहिए। और फिर अब याद आया कि वे पति-पत्नी भी थे। उसका कौमार्य उसे लज्जा से झुका गया। क्या यह उसने ठीक किया! सुखराम मुस्करा रहा था। कजरी के दांत खुल गए थे।

आखिर कजरी ने ही कहा—''सरकार! बुला क्यों न लिया!''

सूसन सुस्थिर हुई। बोली—''तुम सांप का जहर उतारना जानते हो सुखराम?''

अब समझ में आया। कहा—''नहीं हजूर!''

''कजरी!''

''हां सरकार!

''तुम क्या करती थीं? इसका पांव दबाती हो।''

कजरी ने माथा ढका, सिर झुका लिया।

''दर्द होता है?'' सूसन ने कहा।

''नहीं सरकार!'' सुखराम ने पानी-पानी होकर कहा। कजरी को मजा आया। भीतर ही भीतर हंसी।

''फिर क्यों दबाती है यह?'' सूसन ने आश्चर्य से पूछा।

सुखराम उत्तर न दे सका। कजरी ने कहा—''सरकार, हमारी रीत है।''

''क्या?''

''सरकार, हमारे यहां चलता है। एक कायदा है।''

''ओह,'' सूसन ने कहा—''हमको बताओ।''

''औरत मरद के पांव दबाती है।''

''लेकिन क्यों?'' सूसन ने जोर देकर पूछा।

कजरी ने उसकी ओर देखा। वे आंखें थीं कि किताब खुली पड़ी थी। उसमें कितना आत्मविश्वास था! जैसे अंग्रेजी निडर होकर गिरजे में जाता था, और अंग्रेज पढ़ा हिन्दुस्तानी मंदिर में जाने में झेंपता था, वैसे ही थोड़ी देर पहले वे दोनों सूसन के सामने घबरा गए थे। परन्तु अब भाव बदल गया था। कजरी को गर्व था। वह बांदी नहीं थी। यह उसके प्रेम का प्रकटीकरण था। नारी का समर्पण था। वह जिस दुनिया में पली थी, जितना जानती थी, उसमें यही सब कुछ आदर्श माना जाता था। उस दुनिया में नारी बराबरी का दावा नहीं करती थी, अपने को झुकाना जानती थी। नई दुनिया की स्त्री वह सब करना नहीं चाहती, और नहीं करेगी, परन्तु कजरी तो इस सब नयेपन को नहीं जानती। वह उसी में गौरव अनुभव करती थी।

सूसन ने देखा तो हंसी और कहा—''ओह! लव।''

''क्या सरकार?'' कजरी ने पूछा।

''तुम उसको प्यार करती हो!''

कजरी ने स्त्री के विश्वास से उसकी आंखों में झांका। सूसन ने सरकार-हजूर करने वाली स्त्री की मर्यादा का अभिमान देखा। वह प्रचण्ड था। वह उसे अच्छा लगा।

''तुम भी कभी इसके पांव दबाते हो?'' सूसन ने सुखराम से कहा।

सुखराम झेंप गया। कजरी ने कहा—''नहीं सरकार! यह धरम नहीं है।''

''ओह!'' सूसन अकारण हंस दी।

दोनों झेंपी-झेंपी हंसी हंसने लगे। सुखराम वहीं रह गया।

अब वे डाक बंगले की ओर चल रही थीं।

''सरकार, आप सोईं नहीं?''

''नहीं, नींद नहीं आई।''

कजरी ने पूछा—''सरकार, आपकी शादी हो गई?''

''नहीं।''

कजरी ताज्जुब में पड़ गई।

''शादी करना क्या जरूरी है?'' सूसन ने पूछा।

कजरी उत्तर नहीं दे सकी।

''तुमको मालूम है, शादी बड़ा कठिन काम है।''

''सरकार, उसमें कठिन की क्या बात है!''

''तुम बोलो, तुमसे बात करने में अच्छा लगता है। शादी तुमने कब किया?''

''सरकार, मैं तो चौदह बरस की थी तब।'' वह असली बात छिपा गई।

''तुम्हारा आदमी तुमको छोड़ सकता है कजरी?'' कजरी से सूसन ने गंभीरता से पूछा।

कजरी के नेत्र फिर बल खाने लगे, पर संभल गई। कहा—''क्यों नहीं सरकार,? चाहे तो छोड़ दे।''

''और तुम?''

''सरकार, मैं नटनी हूं। छोड़ सकती हूं।''

''तो क्या छोड़ने का सबमें कायदा नहीं है?''

"नहीं सरकार, छोटी जातों में औरत फिर नया मरद कर लेती है, बड़ी जातों में नहीं होता।"

"पर हमारे यहां तो होता है।"

कजरी ने कहा—"हजूर! तो आपके यहां तो हम नटों से मिलती-जुलती बहुत बातें होती हैं।"

"बताओ हमको!"

"हजूर! आपके यहां मर्द-औरत मिलकर नाचते हैं। उस दिन आपके अखबार में तस्वीर निकली थी न, आपने दिखाई थी, वैसे ही हम भी नाचते हैं। सरकार ऐसे नाच हममें होते हैं, बड़ी जातों में नहीं होते।"

सूसन उसकी बात समझने की कोशिश कर रही थी। कजरी की बात में व्यंग्य नहीं था। वह तो प्रसन्न हो रही थी कि कितनी समता थी। उसने कहा—"हजूर! आपके यहां औरतें मर्द के गले में सबके सामने हाथ डालती हैं, हमारे यहां भी डालती हैं। आपके यहां सब मिलकर शराब पीते हैं। हमारे यहां भी पीते हैं। पर सरकार, बड़ी जातों में ऐसा नहीं होता।"

वह नहीं जानती थी कि वह अनजाने ही इतिहास का विश्लेषण कर रही थी। कबीले की जिन्दगी से मिलने वाले जीवनों में, रीतियों में जो समता होती है, वह उसे दिखाई दे रही थी। एक ओर दरिद्रता थी, शोषण था, दूसरी ओर धन था। अधिकार था।

"सरकार, यहां का तहसीलदार बड़ा बदमाश है।" कजरी ने कहा—"वह तो नटनियों को यों ही पकड़वा लेता है।"

"क्यों?"

"सरकार, बुरा काम करता है।"

"बुरा काम क्या?" उसने पूछा।

"अ...सरकार...वो...वो..." कजरी घबरा गई। सूसन ऐसी ही हिन्दी बोलती थी, पर मुहावरे क्या जानती! कजरी की घबराहट से उसने स्त्री-सुलभ बुद्धि से अपने आप समझ लिया।

"फिर क्या होता है?" उसने पूछा।

"सरकार, कुछ नहीं होता!"

"अच्छा! लड़ाई नहीं होती?"

"सरकार, नहीं।"

सूसन ने देखा। वह गुलामी की एक कड़ी ही थी। कहा—"अच्छी बात है, हम उसको यहां से हटवा देंगे।"

वे कमरे में आ गईं।

"सरकार, आप लेट जाइए।" कजरी ने कहा—"मैं आपको सुला दूंगी।"

सूसन लेट गई। कजरी उसके पांवों को सहलाती हुए फर्श पर बैठ गई।

"सरकार, एक बात पूछूं?" कजरी ने कहा।

"पूछो।"

"सरकार, डरती हूं। आप गुस्सा हो जाएंगी।"

"नहीं, नहीं, बोलो।"

"सरकार, कितनी उमर है आपकी?"

"उन्नीस।"

''सरकार, आप शादी क्यों नहीं कर लेतीं?''

''अभी हमारा उमर ही क्या है!'' सूसन ने कहा।

''तो सरकार, और उमर कब आएगी?''

''क्यों?'' सूसन ने कहा—''हमारे यहां दो सौ साल पहले लड़की की जल्दी शादी हो जाती थी। अब नहीं। पहले औरत वोट भी नहीं देती थी।''

''सरकार, वोट क्यों?''

''यहां नहीं होती!''

''नहीं सरकार, कभी नहीं।''

''ओह!'' सूसन चुप हो गई।

''तो हजूर,'' कजरी ने कहा—''अब आपकी क्या उमर हो जाएगी जब आप शादी के लायक कहलाएंगी?''

''अभी दस बरस तक हम नहीं कर सकतीं।''

कजरी ने कहा—''हजूर! मैं तो तेईस-चौबीस की होऊंगी। अभी से बूढ़ी हो गई। मेरी उमर की कुछ औरतें मां बन गई हैं, तो वे तो और भी बड़ी लगती हैं। मैं तब पैदा हुई थी जब उस साल गिर्राज ग्वालिये की पचपन भैंस एकदम बीमारी में मर गई थी।''

सूसन ने करवट ली ओर उसे घूरने लगी। कजरी डरी। चुप हो गई। सूसन ने थोड़ी देर में कहा—''कजरी, तुमको कहानी आती है?''

''आती है सरकार!'' उसने झेंपते हुए कहा—''अच्छी नहीं आती। अच्छी तो बूढ़ा हरपाल सुनाता था। गीत भी बनाता जाता था। मैं तो ऐसे ही सुना लेती हूं।''

और सूसन को पुश्किन याद आ रहा था, जो इसी तरह जाकर कबीलों में रात बिताया करता था। सच तो यह था कि वह विलायत से सीधी यहां आ गई थी। कम उमर थी। विक्टोरिया के वैभव का विष उसमें चढ़ नहीं सका था। नौकरानी मुंह लग रही है, यह वह नहीं जानती थी। और फिर अकेली करती भी क्या? नहीं बोलती तो पागल हुई जाती है। कहा—''कजरी, बड़ा साब आया?''

''नहीं सरकार! कहीं मोटर में गए थे। आज तो पल्टन के जवान भी संग गए थे। क्या हो गया हजूर?''

''पता नहीं।''

''सरकार, मरदों को तो काम लगा ही रहता है। इन्हें जाने कहां से इतने काम आ जाते हैं। सरकार, आप एक दुनिया में औरत ही औरत रखिए और रानी बन जाइए।''

''तुम्हारी ठकुरानी थी न!'' सूसन ने हंसकर कहा—''वह तो औरत ही थी, रानी थी न!''

कजरी को काटो तो लहू नहीं। थूक निगलकर मुश्किल से कहा—''हां हजूर!''

''वह तो मार डाली गई थी।''

हां हजूर!'' कजरी ने फिर कठिनाई से कहा। सूसन अपने ध्यान में मग्न थी।

''कजरी, तुम ठकुरानी है?'' उसने पूछा।

''नहीं सरकार।''

''सुखराम ठाकुर है?''

''हां सरकार।

''फिर तुम उसकी बीवी है न? उसकी जात की नहीं है?''

''नहीं सरकार, मैं तो नटनी हूं।'' कजरी ने साफ-साफ कह दिया—''सुखराम की मां

नटनी थी, पर बाप ठाकुर था। यह ठकुरानी के वंश से ही है!''

''ओह तो!'' सूसन चौंक उठी। कजरी ने कहा—''सच हजूर!''

सूसन सोच में पड़ गई।

''नट क्या काम करते हैं!'' उसने थोड़ी देर बाद पूछा।

''बस, खेल करते हैं इधर-उधर, शिकार मार लेते हैं। शहद बेचते हैं, औरतें खेल करती हैं।'' पर जाने क्यों वह नहीं कह सकी कि औरतें पेशा करती हैं और फिर इसी से मर्द उनकी इज्जत करते हैं। जितनी जवान होगी उतनी ही उसकी कदर भी होगी।

सूसन की जिज्ञासा बढ़ी। उसने पूछा—''क्या खेल करते हैं? कुछ तमाशा करते हैं?''

कजरी ने बताया, रस्सी पर चलना, बांस पर लटक जाना, सब बताया। सूसन चुपचाप सुनती रही। जब वह सुन चुकी तो उठी और एक किताब निकाल लाई और कुछ पढ़ती रही। फिर कहा—''कजरी! देख!''

कजरी ने देखा। नटों की तस्वीरें थीं।

''हां सरकार, यही!'' कजरी के दांत निकालकर कहा—''अरे किताब बन गई इसकी तो!'' उसने आश्चर्य और गौरव से सिर हिलाया।

''जगूलर! हौजलिट्स जगूलर!'' सूसन ने कहा और गाल पर उंगली रखकर मुस्कराई। सूसन ने उसका आनन्द देखा और कहा—''तुम अपना फोटो हमको देगा?''

''क्या देगा सरकार?''

''तस्वीर! हम खींचेगा।'' सूसन ने सिर हिलाया।

सूसन फिर लेट गई।

''सरकार, विलायत में नट होते हैं?'' कजरी ने पूछा।

''नहीं। कोई-कोई खेल सीख लेता है।''

''ऐसी जात नहीं होती।''

''नहीं।'' कजरी यह सुनकर उदास हो गई।

''कंजर होते हैं।'' सूसन ने दिलासा दिया।

''हेकावाले?'' कजरी ने पूछा।

''कौन?'' सूसन चौंकी।''

कजरी ने कहा—''हेकावाले।''

''वह क्या होते हैं?''

''सरकार, वे तो सबका जूठा खा लेते हैं।''

सूसन नहीं समझी। कहा—''हम नहीं समझा।''

कजरी ने पूछा—''सरकार, विलायत बहुत बड़ा है?''

''छोटा है। हिन्दुस्तान बहुत बड़ा है।''

''सरकार, हिन्दुस्तान तो हमारा ही मुलक है न?'' उसने जोर लगाया।

''हां।''

''सरकार, मुलक तो सबका होता है। मानुस तो धरती पर चाहे जहां रहे।''

सूसन नहीं बोली। कजरी ने कहा—''सरकार, विलायत में औरत के पीछे मरदों में झगड़ा होता है?''

''ओह कजरी! वेल स्पोक! विलायत में मर्द के पीछे औरतों में झगड़ा होता है।'' वह हंसी। कजरी ने भेड़ की तरह देखा। सूसन अपने ध्यान में मग्न थी। वह सोच रही थी, यह औरत अपने हिन्दुस्तान को नहीं जानती। पर वह कहती है सारी दुनिया आदमी

के लिए है। वह सोचने लगी—"रोम में गुलाम थे। जब क्राइस्ट ने उनको आजादी दिलाई थी। हम भी वैसे ही हैं। परन्तु हमारे पास वे अधिकार कहां है? उसका उन्मत्त हृदय तब एक अज्ञात, पर हूश पिपासा से कांप उठा।

रात के ग्यारह बजे थे। टं टं टं करके घड़ी बज उठी।

"ओह! कितनी रात बीत गई है!" सूसन ने जंभाई लेकर कहा।

"सरकार, आप सो जाइए।"

"हमको नींद नहीं आती।"

"सरकार, पानी लाऊं?"

"ले जाओ।"

कजरी ने पानी दिया। सूसन पीकर फिर लेट गई।

कजरी ने कहा—"सरकार, आप कितनी अच्छी है!"

"क्यों?"

"आप रानी हैं, फिर भी मेरे हाथ का पानी पी लिया।"

"हम सबके हाथ का खाते हैं। साफ होना चाहिए।"

"सरकार, अब मैं रोज नहाती हूं।"

"गुड।" सूसन ने कहा।

"सरकार!" कजरी ने कहा।

"क्या है कजरी?"

"सरकार..." वह रुक गई।

"बोलो, डरो नहीं।"

"सरकार, एक साबुन मुझे दे दें, मैं कल साबुन से नहाकर आऊंगी। गांव में तो मिलता नहीं।"

"साबुन! तो तुम लोग सिर किससे धोती हैं?"

"मुल्तानी मट्टी से, रीठे से, या दही से। पर सरकार आपकी नौकरानी होकर मैं उनसे नहीं धोऊंगी।" उसने बालक की भांति कहा—"मैं तो एक साबुन लूंगी। आपका वह आधा घिसा रखा है, वह ले लूं?"

"ले लो।" सूसन ने मुस्कराकर कहा।

"हजूर!" कजरी ने पांव पकड़कर गद्गद स्वर से कहा—"भगवान आपको मनचाहा मरद दे। आपके चंदा-से बच्चे हों। खूब सुखी रहें।"

सूसन हंस दी।

कजरी लौट आई।

सुखराम लेटा था। उसके सिर पर ले जाकर कजरी ने साबुन रख दिया। उसकी खुशबू से सुखराम चौंक उठा। पूछा—"चुरा लाई?"

"जा कह दे।" कजरी ने कहा—"मैं नहीं डरती। सुसरी वह नहाएगी इससे, मैं नहीं नहाऊंगी!"

बूढ़ा साब लौटा तो सुबह हो चुकी थी। उजाला घने-घने पेड़ों के पीछे अब दमदमा रहा था। मोटर उसे उतारकर सामने दगरे पर रुक गई। सुखराम दौड़कर आया।

खानसामा ने मेज सजा दी। कजरी उसका हाथ बंटाने लगी।

मेज पर खाते वक्त सूसन ने पूछा—"डैडी! रात क्यों नहीं आए?"

बूढ़े ने कहा—"काम बहुत है।"

"मुझे लगता है, यह काम आप पर बोझ बन गया है।"

"नहीं, मेरी बच्ची? मुझे इससे फायदा है।"

"क्या?"

शायद तुम्हारा यह बूढ़ा बाप अगले दो साल में ही एजेण्ट टु द गवर्नर-जनरल हो जाए।" बूढ़े ने कहा—"रियासत में बड़ा घपला है।"

"वंडरफुल!" सूसन की आंखें फैल गई।

"होगा, अगर यह काम हो गया।"

"काम क्या है?"

"इस रियासत में नया इन्तजाम करूंगा।"

"फिर क्या होगा?"

"फिर उम्मीद बंध जाएगी। खराब वक्त है कि कांग्रेस का रियासतों में भी असर बढ़ रहा है।"

"सब सरकार की गलती हैं। सूसन ने कहा—"कांग्रेस-मंत्रिमंडल भंग क्यों नहीं कर देती? सब ठीक हो जाएगा। यह जाहिल लोग जानते ही क्या है! हिटलर ने क्या किया है!"

बूढ़ा हंसा। कहा—"ब्रिटिश न्याय बहुत ऊंची चीज है सूसन। हम ऐसा नहीं कर सकते!"

"क्यों!"

"क्योंकि हिटलर के पीछे जर्मन है, और हमारे साथ यहां की जनता नहीं है, राजा है।" बूढ़े ने नीतिज्ञता से कहा और समझाने लगा—"मेरी बेटी! यहां का राजा अय्याश है। वह कुछ नहीं जानता। वह दो बार इंग्लैंड गया है, पर वहां से उसने फ्रांस जाकर केवल फिजूलखर्ची की है। वह बड़ा कामुक है।"

"उसे उतारकर फेंक क्यों नहीं देते?"

"दूसरा उसी खानदान का आदमी तैयार किया जा रहा है जो उसकी जगह बैठेगा। कमबख्त के कोई छोटा बच्चा होता तो काम यों ही हो जाता।"

बूढ़े से तो सूसन पूछ न सकी, पर उसने सोचा कि बाद में पूछेगी, और किससे, यह भी उसकी समझ में आ गया। चुपचाप खाती रही।

जब वृद्ध चला गया और फिर निस्तब्धता छा गई, तब वह एक आरामकुर्सी पर बरामदे में बैठ गई। उसने अखबार पढ़ा और फिर उसे भी धर दिया।

उसने सुखराम को बुलाया। वह आया। बैठ गया।

"हजूर ने बुलाया है?" उसने पूछा।

"हां!" सूसन ने कहा—"सुखराम! राजा को जानता है?"

"कौन राजा हजूर!"

"तुम्हारा राजा!"

"अरे हजूर! आप कैसी बात करती हैं! मैं गरीब भला महाराज को कैसे जान सकूंगा!"

"ओह!" सूसन को निराशा हुई। फिर पूछा—"तुमने उसका महल देखा है?"

"हां हजूर, बाहर से तो देखा है।"

"तुम उसके बारे में कुछ नहीं जानता?"

"हजूर, वह मालिक है, इतना ही जानता हूं।"

"तो तुम जाओ। कजरी को भेजो।"

"अभी लीजिए, सरकार।"

वह चला गया। कजरी डरी हुई आई। बोली—"सरकार! उसने कहा होगा! पर मैं

तो आपसे ही ले गई थी!''

''क्या?'' सूसन ने पूछा।

''हजूर, साबुन!'' कजरी ने कहा—''मैं ले गई थी तो कहता था कि मैं चोर हूं, चुरा लाई हूं।''

सूसन खूब हंसी। कहा—''उसने तुमसे ऐसा कहा?''

''हां हजूर! डराता था। आपने डांटा नहीं। उसे?''

सूसन खिलखिलाई। कहा—''वह नहीं पूछती मैं। बैठ जा?''

कजरी बैठ गई। बोली—''सरकार, तो क्या बात हुई?''

''तू राजा को जानती है?''

''ऐल्लो हजूर!'' कजरी ने कहा—''राजा को मैं क्या जानूं? वह बड़ा आदमी है! मैं गरीब! हजूर! मुझ-जैसी तो सैकड़ों उसकी बांदियां भी नहीं बन पातीं। ऐसी गोरी-गोरी खूबसूरत लुगाइयां चुनकर रखी जाती हैं!''

सूसन जो चाहती थी वही मिल गया। पूछा, बिल्कुल निरासक्त बनकर—''क्या होता है उनका वहां?''

''अब हजूर,'' कजरी ने कहा—''छोटा मुंह बड़ी बात कैसे कहूं, मुझे तो लाज आती है। फिर आपका अभी ब्याह भी तो हुआ नहीं। मैं नहीं कह सकती।''

''राजा की कितनी शादी होती हैं?''

''सरकार! उसका भी कोई बयान है? राजा तो बड़ी चीज है, उसके सरदारों के ही कई-कई होती हैं, सरकार, आप तो राजा हैं। आपके यहां भी ऐसा ही होता होगा?''

''नहीं, हमारे यहां एक आदमी की एक औरत होती है।'' सूसन ने कहा—''जब दूसरी शादी होती है तो पहली को तोड़ना पड़ता है।''

''हाय दैया!'' कजरी ने कहा—''बिल्कुल हम नटों का-सा कायदा है, पर पहले हममें भी कई-कई रखी जाती थीं। अब कोई नहीं रहती सरकार! मन आए की बात और है। इधर किसी पर मन आ गया तो हम तो अपने पहले नाते को तोड़ देती हैं।'' कजरी ने हाथ उठाकर कहा—''पर हजूर, बड़ी जातों में ऐसा नहीं होता। वहां तो एक-एक की कई-कई औरतें होती हैं। बेचारी बहुत-सी मरद का मुंह भी नहीं देख पातीं, वैसे ही उमर निकल जाती है, और किसी से नाता जोड़े तो अधरम हो जाए। बड़ी सांसत है सरकार, बड़ी जात का होना भी पूरी आफत ही समझो!''

सूसन सुनती रही, सुनती रही। कजरी कहती रही—''और हजूर! जहां कोई खूबसूरत लुगाई देख ली, राजा पकड़वा लेता है। कोई पूछता थोड़े ही है! बस, आप लोगों का तो डर है। आपसे तो सब डरते हैं, सरकार।'' उसने सिर हिलाकर कहा—''पर सरकार अब तो कभी-कभी आती हैं। सरकार, वहां तो रोज देखने की बात है। रोज नाच-रंग होते हैं।''

सूसन ने कहा ''एशिया! एशिया! कितना बर्बर! कितना अद्‌भुत!'' और उसने रुककर फिर कहा—''हाउ पेगन! हाउ पेगन!''

''क्या सरकार?'' कजरी ने पूछा।

''रानी क्या करती है?''

''अरे सरकार,'' कजरी ने कहा—''रानी करती है कुछ! वह तो हुकम देती है। मजे में रहती है। और करेगी क्या!''

सूसन उस विलास की रोमांचकारी कथा को सुनकर झनझना गई। उसे क्राइसिस याद आने लगी। वही विलासिनी! वह रूपवती! यह भी इंडिया है!!

उसने खड़े होकर अंगड़ाई ली, जैसे कुमारी के अंगों में काम ने संचरण किया और सारा रस दिखाने को वह बोली—"सब कितना गंदा है!"

कजरी ने चौंककर कहा—"गंदी नहीं हूं सरकार! आज तो मैं आपके साबुन से नहाई हूं।"

सूसन ठठाकर हंसी। वह हास्य बड़ा मुखर था। कोई भी मनोविज्ञान का विद्यार्थी बता सकता था कि वह असल में अपूर्ण वासना की ही झंकृति थी, जिसका यह एक बाह्य प्रकटीकरण था।

सुखराम समझा नहीं। दूर से देख रहा था मिसी बाबा ठठाकर हंस रही थी और कजरी खड़ी हो गई थी। सूसन भीतर चली गई। कजरी लौटी तो सुखराम ने पूछा। कजरी ने कहा—"जाने ससुरी क्यों हंसी? मैं तो समझी नहीं। न उसने बताया। मैंने सुनाया तो बैंगन-बैंगन करने लगी।"

और उसने ऐसी मुद्रा दिखाई जैसे भगवान जाने।

रात रोने लगी थी।

"सरकार बड़े साब नहीं आए अभी।" कजरी ने भीतर आते हुए कहा।

सूसन पढ़ रही थी। लेट गई और औंधी पड़ी-पड़ी पांव हिलाने लगी। आज वह पतलून पहने थी। ऊपर कालरदार कमीज थी। पढ़ते वक्त उसके कालर आगे झूल आए।

अचानक एक बड़ी मोटर आई। सुखराम बाहर गया।

बाहर मोटर का दरवाजा खुलकर बंद होने की आवाज आई।

मोटर से सुखराम को, एक अंग्रेज ने निकलकर देखा। सुखराम ने सलाम ठोंकी। उसने पूछा—"बड़ा साब है?"

"सरकार, दौरे पर गए है।" सुखराम ने सतर्क होकर कहा।

साहब कुछ सोचने लगा।

सूसन लेटी थी तो आलस से भरी हुई थी। कहा—"बड़े साब आ गए?"

"देखती हूं।" कजरी चली आई।

देखा तो पास गई। अंग्रेज ने कहा—"यहां कौन है?"

"सरकार!" सुखराम ने कहा—"मिसी बाबा हैं।"

कजरी लौट गई।

"कौन है कजरी?" सूसन ने पूछा।

"वे बड़े साब नहीं हैं हजूर।" कजरी ने कहा।

"तो कौन है?"

"सरकार, मैं नहीं जानती।"

"मोटर में कौन आया है?"

"सरकार, कोई साहब आए हैं।"

सूसन उठी। बाहर गई।

बरामदे में वह लम्बा व्यक्ति खड़ा था। उसने सूसन को देखा तो बहुत हल्के से मुस्कराया।

सूसन ने खुशी से कहा—"लॉरेंस!"

उसने हाथ बढ़ाया। लॉरेंस ने मिलाया। फिर सूसन फूट पड़ी। अंग्रेजी में धाराप्रवाह बोलने लगी—"ओह! यह मुल्क! क्या है! यहां कुछ नहीं है। मैं तो ऊब गई हूं। कोई आदमी नहीं। कुछ नहीं। तुम आए हो। मैं तो बच गई। किससे बात करूं!" और उसने प्रेम से कहा—"कितना सुन्दर है। हम लंदन में मिले थे, और आज एक गांव में मिले हैं। तुम कहते

थे कि कभी ट्रॉपिक्स[1] में मिलेंगे। लो मिल ही गए। और वह भी रात को। ऐसा अचरज है। तुम आ गए। मैं कब से यहां आदमी की बाट जोह रही थी।''

लॉरेंस ने प्रेम से देखा और कहा—''तुम्हारे पिता कहां हैं?''

''पिता!'' उसने झल्लाकर कहा—''साम्राज्य! साम्राज्य! हमेशा उसी में लगे रहते हैं। क्या है इस साम्राज्य में! हमारा इंग्लैंड दुनिया में सबसे अच्छी जगह है। क्या जरूरत है इंग्लैंड को इन सबको सभ्य बनाने की जिम्मेदारी लेने की? मैं तो ऊब गई हूं। मेरी तो तबीयत कोफ्त से भर गई। वह तो बस दफ्तर, फाइल, राजा...उफ!''

कजरी ने लॉरेंस की ओर देखा। गिटपिट-गिटपिट करती हुई सूसन जाने कितने दिन का गुबार निकाल रही थी। बाप बात नहीं कर रहा था। अंग्रेजों में ज्यादातर हमउम्रों में ही बात होती है। दुनिया के लोग आपस में बातें करते हैं। अंग्रेज चुप रहने में गौरव समझता है। किसी से बात करना उसे हेठा काम मालूम देता है।

कजरी मुस्कराई। आज वह अच्छे कपड़े पहने थी। लॉरेंस हठात् कठोर दिखाई दिया। बोला—''भीतर चलें।''

उसने बैठते ही बोतल खोली और सुखराम को इशारा किया। सुखराम ने दो गिलास मेज पर रख दिए। तभी लॉरेंस ने सूसन का मुंह चूम लिया। कजरी को देख सूसन शरमा गई।

''यह कौन है?'' लॉरेंस ने अंग्रेजी में पूछा।

''नहीं लॉरेंस,'' सूसन ने कहा—''इन लोगों के सामने यह क्या किया तुमने! ये गंवार हैं, नहीं समझते। यह इंग्लैंड नहीं है।''

कजरी ने सुखराम की ओर उड़ती नजर ने देखा और फिर लॉरेंस पर आंख टिका दी।

''मेरी नौकरानी है।'' सूसन ने कहा—''अच्छी औरत है।''

सूसन और लॉरेंस पीने लगे। लॉरेंस झटके से बात करता था और कम बोलता था। सूसन चकड़-चकड़ करती चली जा रही थी।

सुखराम ने कहा—''हजूर, हुकम हो तो जाकर साब के आदमियों का इंतजाम करवा दूं!''

''येस, येस।'' लॉरेंस ने कहा।

इतनी अंग्रजी तो सुखराम भी सीख गया था। वह चला गया।

''यह इसका आदमी है।'' सूसन ने कहा—''बड़ा बहादुर है।''

''तुम सबको जानती हो यहां!'' लॉरेंस चौंका।

''मैं कुत्ते तक को बता सकती हूं। मुझे यहां और काम ही क्या था? एक की गर्दन पर काला दाग है। एक बिल्कुल टेरियर का-सा लगता है। भयानक! यहां बालदार कोई नहीं है।''

सूसन जोर से हंसी। लॉरेंस मुस्कराया। उसने कहा—''तुम्हारा तो बड़ा गहरा अध्ययन है।''

''क्या करूं!'' सूसन ने कहा—''वक्त ही नहीं कटता था।''

कुछ देर बाद ही दूसरी मोटर आई। बड़ा साब आ गया। लॉरेंस उठ खड़ा हुआ। दोनों ने हाथ मिलाए। बूढ़ा इस वक्त भी व्यस्त लगता था।

खाने के वक्त मेज पर बैठे तो बातें होने लगीं।

सुखराम बाहर खड़ा रहा। क्या बातें हो रही थीं यह तो समझ में नहीं आया।

---

1. समशीतोष्ण भू-भाग। विलायत शीत देश है।

कजरी भीतर गई। लॉरेंस ने देखा तो मुस्करा दी। सुखराम ने चिक के पीछे से देख लिया। बाहर आई तो कहा—"क्यों?"

"ठहर जा जरा।" कजरी ने कहा।

"क्यों?" वह कुछ चौंका।

"तू कहता था, ये बड़े लोग हैं। सुसरे मेरे सामने चिपट रहे थे। जिस पर वह अभी क्वांरी है!"

"अरी, यह तो इनकी बिरादरी में चलता है।"

"दैया री! इतना तो नटों में भी नहीं चलता।" कजरी ने कहा—"तू मजे से देखे चल।"

"कैसे!"

"देखा है तूने इसे? मैंने इसे बेध तो दिया है।"

"चल, अपनी सूरत तो देख आ।"

"अच्छा!" कजरी ने कहा—"अब तू भी यह कहने लगा। क्यों?"

"अरी मरद तो कच्चा होता ही है, यह तू मुझे क्या बताती है?"

"अरे बुद्धू, ताली दोनों हाथों से बजती है।" कजरी ने कहा—"देखता रहियो यहीं से।"

सूसन को बुखार-सा आ गया था। बराबर बके जा रही थी। लॉरेंस सुन रहा था। कजरी सूसन के पीछे जा खड़ी हुई। लॉरेंस जब सूसन को देखता, तब ही उसकी नजर कजरी पर पड़ती, जो उसे एकटक देख रही थी। लॉरेंस सहम गया। कजरी धीरे से चली आई। सुखराम ने कहा—"बोल!"

"क्या?"

"यह भी आदमी है।" कजरी ने कहा—"राजा भी मानुस ही होता है। इनसे डर क्या?"

"गांव वाले तो डर के मारे इनकी छाया को सलाम करते हैं।"

"दूर जो रहते हैं। जानते नहीं।"

"कहते हैं, गांधी महात्मा इनसे नहीं डरते।"

"वह महात्मा जो हैं।" यही वह नाम था जो कजरी भी जानती थी। उसके यश की गाथा भारत के चप्पे-चप्पे में पहुंच गई थी।

खाना खाने के बाद सूसन ने ग्रामोफोन चढ़ा दिया। नृत्य की गत बजने लगी। बूढ़ा तो सो गया, पर लॉरेंस और सूसन नृत्य करते रहे। यह अंग्रेज में सिफत होती है कि जरा भी बस चल गया, जो जहां खड़ा होगा उसी जगह को विलायत बनाने की कोशिश करने लगेगा।

सुबह नया रंग आया। सैकड़ों किसानों से डाक बंगले के बाहर की जमीन भर गई थी। हाहाकार मच रहा था। उन्हें पीटा गया था। वे मजबूर होकर आ गए थे।

बूढ़ा साब बाहर आया। इस समय वह बिल्कुल दृढ़ दिखाई देता था। सूसन और लॉरेंस उसके पीछे निकले। बूढ़ा नंगे हाथ था। वह गंभीर-सा भीड़ के सामने आकर खड़ा हो गया। उसकी सिंह मुद्रा देखकर कोलाहल शांत हो गया। वह चुपचाप गृध्र-दृष्टि से देखता रहा।

भीड़ कांप-सी गई। बूढ़े ने कहा—"तुम किसलिए आया है?"

भीड़ में सन्नाटा रहा। फिर एक बोला, दूसरा बोला, और फिर वे सब विक्षोभ से बोलने लगे।

एक सिपाही चिल्लाया—"खामोश!" भीड़ चुप हो गई।

बूढ़े ने कहा—"तुम एक-एक करके बोल सकता है। तुमको कुछ फरियाद करना है?"

"हां सरकार।" एक ने कहा—"पटवारी ने तमाम जमीनों का पट्टा उल्टा-सीधा कर दिया है। हम क्या करें? क्या खाएं?"

"जमीन किसका है?"

"हजूर, सरकारी है।"

"हम देखेगा? और कुछ कहना मांगटा है?"

लोगों ने कहा—"सरकार, पुलिस बहुत जुलम करती है।"

"राजा का पुलिस?" साहब ने कहा।

"हां गरीबपरवर!" एक ने कहा—"जबर्दस्ती दरोगाजी की लड़की की शादी के लिए कर उगाहा जा रहा है। सरकार गवरमेंट में तो ऐसा अत्याचार नहीं होता।"

"हजूर!" एक कायस्थ मास्टर साहब ने कहा—"आपके राज्य में बकरी और शेर एक घाट पर पानी पीते हैं। मगर यहां जागीरदार साहब ने हजूर, कानून अपने हाथ में ले लिया है।"

तब बूढ़ा झल्लाने लगा। बोला—"हम नहीं जानता। हमको लिखकर दो और हम इस तरह भीड़ देखना नहीं मांगता। समझा?"

"तो हजूर, हमारी कोई सुनता ही नहीं।

बूढ़े ने जवाब दिया—"राजा को बोलो। राजा साहब सुनेगा।"

इस समय तक थाने के हथियारबंद सिपाही आ गए थे।

"जाओ!" हाथ उठाकर बूढ़े ने कहा।

भीड़ क्षण भर देखती रही। फिर उठती हुई बन्दूकें देखकर उसका साहस कम हो गया। भीड़ छंट गई। साहब मुस्कराया। इसी समय फुलवाड़ी में से भीड़ की गरज सुनाई दी—"महात्मा गांधी की जय!"

जवाहरलाल नेहरू की...जय!

अंगरेजी राज का...नाश हो।

नौकरशाही का...नाश हो...

बोल बन्देऽऽमातरम्!

प्रायः रियासतों का उस समय का आंदोलन इतना ही था। बूढ़े के सामने बन्दूक के बल पर दबा लिया गया था, पर आग सुलग रही थी।

उसने क्रोध से होंठ चबाया।

दरोगा बढ़ा। कहा—"सरकार! ये कांग्रेसी हैं!"

"यू स्वाइन (सूअर)," बूढ़ा चिल्लाया—"गेट आउट (निकल जाओ)!"

दरोगा सिटपिटाकर हट गया। बूढ़ा भीतर चला गया और मुट्ठी बांधकर घूमने लगा। सूसन और लॉरिंस भी भीतर चले गए।

सूसन ने लॉरिंस से कहा—"आग बढ़ रही है।"

लॉरिंस ने मुस्कराकर कहा—"दबा दी जाएगी।"

कजरी ने सुखराम से पूछा—"यह क्या था?"

सुखराम ने कहा—"जुलम के खिलाफ बगावत।"

"हाय, मैं तो डर गई!"

बूढ़ा सूसन को बुलाकर समझाने लगा।

लॉरिंस को रहने को कहकर बूढ़ा मोटर में बैठकर चला गया।

दूसरे दिन शाम हो गई थी। धूप अब छन-छनकर पेड़ों से आ रही थी, क्योंकि सूरज झुक गया था।

सुखराम दो घोड़े लिए खड़ा था। वह अपनी वर्दी पहने था। कजरी आज सफेद साड़ी पहने थी।

कजरी कह रही थी—“मुआ! मुझे बड़ा घूरता है। सच! तू तो मानता ही नहीं!!”

भीतर से बिरजिस पहने सूसन और लॉरेंस निकले। वे आज हथियारों से लैस थे। सूसन के कंधे पर हल्की बंदूक थी। लॉरेंस के पास बंदूक के अलावा पिस्तौल भी थी। वे घोड़ों पर सवार हुए। घोड़े चलने लगे। तब उनके साथ-साथ, तेज-तेज कदम रखकर उनके सामने ही सुखराम चल पड़ा।

जब सुखराम चलने लगा तो कजरी ने कहा—“ठहर!”

वह नहीं रुका।

कजरी बढ़ी और दौड़कर पास पहुंच गई।

“तुम कहां चलती हो?” सूसन ने कहा।

“सरकार, मैं भी घूम आऊंगी।” कजरी ने हंसकर उत्तर दिया।

“तुम पैदल चलोगी?” उसने आश्चर्य से पूछा।

“हां सरकार, क्या हुआ?” उसने ऐसी मुद्रा बना ली जैसे कुछ बात ही नहीं है।

लॉरेंस ने कुछ कहा, वह अंग्रेजी में था। कजरी और सुखराम नहीं समझे। सुनकर सूसन हंसी।

घोड़े अहाते के बाहर आ गए।

उस समय अपने बैलों को हांकते हुए धीरे-धीरे उठती हुई धूल में थके हुए किसान घर लौट रहे थे। उनको भूख लग रह थी। घर जाकर बैलों और अपने पेटों को भरने की आतुरता उनमें उमड़ आई थी।

चिड़ियां चहचहाती हुई अपने-अपने स्थानों को लौटती जा रही थीं, झुण्ड के झुण्ड। उनकी उड़ान एक सीध में होती या वे गोल-गोल चक्कर देकर गायब हो जातीं। पहाड़ खड़ा था। काला नीला-सा। गंभीर। शाम के धुंधलके में धीरे-धीरे डूबता हुआ।

लॉरेंस ने देखा। खरगोश! वह सफेद-सा फुदका और फिर आहट पाकर कान उठाए। लॉरेंस ने कहा—“लवली (सुंदर)!”

उसने घोड़ा भगाया। टपाटप आवाज सुनकर खरगोश ने लम्बी उछाल मारी और देखते ही देखते दूर हो गया।

कजरी ने कहा—“सरकार!”

पर लॉरेंस नहीं रुका।

“उसको यह बात नहीं आती।” सूसन ने कहा—“वह बहुत कम समझता है।”

“सरकार! लौट रहे हैं!” कजरी ने कहा।

खरगोश भाग गया था। तब लॉरेंस का घोड़ा पास आ गया। सूसन ने उसकी ओर भौं उठाई। तब लॉरेंस ने कहा—“एक पत्थर बीच में आ गया।

कजरी हंसी। वह उसकी बात तो नहीं समझी थी।

सुखराम ने धीरे से डांटा—“मूरख! चुप रह।”

कजरी ने मुंह पिचका दिया। वह न मानी। उसकी हिम्मत खुल गई थी। कहा—“साब भाग गया।” और लॉरेंस को इशारा किया और फिर उसे टेढ़ी आंखों से देखा। लॉरेंस खिसिया गया, पर मुस्कराकर चुप हो रहा। कजरी की निगाह चुभ गई थी। वह सूसन की ओर देखकर गंभीर हो गया।

कुछ देर चलने पर मोटी पूंछ की लोमड़ी दिखाई दी।

कजरी ने बढ़कर लॉरेंस का पांव पकड़ लिया।

"सरकार!" उसने इशारा किया।

"फॉक्स!" लॉरेंस ने देखा।

"नहीं सरकार, लोमड़ी है।" कजरी ने कहा—"वह रही।"

लॉरेंस ने पिस्तौल निकाली और उसने निशाना लगाने को हाथ उठाया।

"ना सरकार।" कजरी ने इशारा किया। लॉरेंस समझा नहीं। उसने सूसन से पूछा—"क्या बात है?"

"मैं लाती हूं।" कजरी ने इशारा किया कि ठहर जाओ, मैं ही ले आऊंगी। लॉरेंस ने हाथ नीचा कर लिया।

वह भागी। उसको पीछे आते देखकर लोमड़ी ने सतर्क होकर कन्नी काटी। कजरी ने घेरा। लोमड़ी ने चक्कर काटे। जब कजरी ने उसे भागने नहीं दिया, तब वह फुर्ती से रपटी और झट से भिट में घुस गई। कजरी हंसी। पास से एक बार धूल में से उसने बड़ा-सा पत्थर लिया और फिर भिट के पास चली गई। पहले झुककर देखा और मारा। दो-तीन बार मारते ही धप्प-धप्प की आवाज हुई और अर्राकर छोटा भिट दब गया। लोमड़ी भीतर छटपटाई और कजरी को काटने का यत्न किया। पर कजरी ने दबाया। लोमड़ी निकली। निकलते ही कजरी झपट पड़ी और उसने हाथ फैलाकर गर्दन पर से जिन्दा पकड़ ली। लोमड़ी ने छूटने की चेष्टा की और निराश होकर अंत में गर्दन टेढ़ी कर उसने काटने की कोशिश की। कजरी समझ गई। धरती पर भींचकर उसने उसके सिर पर दिया जोर का धप्प। दो-तीन बार कसके हाथ जड़े और चौथी बार की चोट के बाद लोमड़ी लटक गई। फिर उसने विजय से देखा। तीनों देखते रह गए और आकर उसने लॉरेंस के पांव पर पटककर सलाम किया। सुखराम के मुख पर अद्‌भुत उल्लास था। लॉरेंस देखता रह गया। कजरी की शान देखने लायक थी। उसने झुककर सूसन को सलाम किया। सूसन खुश हुई। लोमड़ी घोड़े पर टांग ली गई। तब वे लोग घोड़े लेकर आगे चले।

धुंधलका छाने लगा था और गहरा होने लगा था। अब रास्ता उतना नहीं दीखता था। सूसन ने घोड़ा रोक दिया।

"क्यों?" लॉरेंस ने कहा—"क्यों रुक गई?"

"वह जंगली इलाका है।" सूसन ने कहा—"आगे जाना ठीक नहीं है, खतरा है।"

"तुम डरती हो?" लॉरेंस ने कहा।

सूसन ने डाकुओं का किस्सा सुनाया।

लॉरेंस ने हंसकर कहा—"उस दिन तुम अकेली थीं। आज मैं हूं। फिर तुमको किसका डर है?"

घोड़े बढ़े। सूसन अनमनी थी। सुखराम ने कहा—"हजरू! अब रास्ता साफ नहीं है, लौट चलिए सरकार!"

झाड़ियां आ गई थीं। लॉरेंस बढ़ रहा था। सूसन लाचार थी।

हठात् घोड़े हिनहिना उठे। उसको देखकर सुखराम चिल्लाया—"लौट चलिए सरकार!"

झाड़ी के पीछे बघेर गरजा और फिर गर्जन बढ़ा। उस गर्जन को सुनकर कजरी घबरा गई। घोड़े भागे। लॉरेंस ने पूरे जोर से रास खींची। पचास गज चलकर वह घोड़ा रुका। सूसन तो मुश्किल से रोकने में समर्थ हुई।

कजरी पैदल थी! सुखराम चिल्लाया—"कजरी! भाग!"

वह भागी! परन्तु क्या करती? बघेर बढ़ा आ रहा था। उसको भागते देखकर अब बघेर पीछे भागा।

सुखराम के पास एक मिनट का भी मौका न था।

वह झपटा। उसने बघेर पर चोट की। बघेर मुड़ा और उसी पर झपट पड़ा। अब बघेर और सुखराम की कुश्ती होने लगी। क्षण भर में ही इतना सब कुछ हो गया। और आज सुखराम को अपने बाप और मां की याद आई। आज उसमें लहू मचलने लगा। और यही कजरी को भी मारना चाहता था।

उसने कमर से कटार निकाली और मूठ तक बघेर के कन्धें से घुसेड़ दिया। उसकी पीड़ा से क्रुद्ध होकर बघेर मचमचा उठा। सुखराम ने दूसरा हाथ मारा। बघेर दहाड़ रहा था। सुखराम ने बायां हाथ बगल से बघेर में मुंह में दे दिया था। बघेर बार-बार जोर लगाकर उससे अपने को छुड़ा लेना चाहता था, पर सुखराम दबा रहा था। बघेर गुरगुरा रहा था। वह उसे गिराना चाहता था। और तब वह उछला।

लॉरेंस ने पिस्तौल निकाली और हाथ उठाया; किन्तु तभी आगे बढ़कर निर्भीक कजरी ने हाथ पकड़ लिया।

सूसन चिल्लाई—"छोड़ दो कजरी।

"सरकार! मेरे मर्द को देखिए!" कजरी ने कहा—"अभी ठहरिए। तब मार दीजिएगा। यह इस कुत्ते को अभी मार देगा! सरकार, मरद है मरद!!"

दोनों लुढ़कने लगे थे। कभी बघेर ऊपर, कभी सुखराम ऊपर। बघेर चिल्लाने लगा था।

सूसन का कलेजा मुंह को आ गया था। वह कितना भयानक दृश्य था!

लॉरेंस के रोंगटे खड़े हो गए थे। उसका हाथ रह-रह कर कांप उठता था। परन्तु वह दृढ़ था। बघेर के पंजों से सुखराम छिल गया था। कजरी चिल्लाई—"मार दे कुत्ते को!!"

सुखराम अब बघेर के ऊपर था, जैसे उसमें बिजली दौड़ गई थी। वह स्त्री की पुकार थी। और फुर्ती से वह उसके पेट में कटार भोंकने लगा। उसकी पीड़ा से व्याकुल आर्त होकर बघेर अब गरजा।

सुखराम ने उसका पेट फाड़ दिया।

और सुखराम बेहोश होकर बघेर पर लेट गया था। लहू धर-धरकर बह रहा था, परन्तु बघेर मृत था।

लॉरेंस और सूसन घोड़ों से कूदे।

सूसन ने देखा, कजरी डगमगा रही थी और वह जैसे गश खा गई। सूसन ने आगे बढ़कर उसे पकड़ लिया। और सचमुच कजरी का साहस चरमसीमा तक पहुंच चुका था। आखिर वह अपने पति की शक्ति की सीमा देखना चाहती थी और आज उसके नयन जैसे सफल हो गए थे। मंजिल पर पहुंचकर जैसे मुसाफिर बैठ जाता है, वह गश खा गई थी।

कजरी होश में आई तो देखा। सुखराम के पास दौड़ गई। उसने गोद में सुखराम का सिर रख लिया। अब वह होश में आ रहा था।

कजरी मुस्काई और उसने लॉरेंस को देखा। वह ऐसे देख रहा था जैसे आश्चर्य में डूब गया हो। सूसन ने बैठकर सुखराम के सीने के घाव को छुआ।

"न-न, मिसी बाबा!" कजरी ने कहा और हाथ झटक दिया।

सूसन ने झिझककर हाथ हटा लिया। उसकी समझ में नहीं आया। वह प्रभावित थी। सूसन ने फिर हाथ बढ़ाया, परन्तु इस बार पहले से दृढ़ स्वर में गंभीरतापूर्वक ही उसे कजरी ने फिर टोका।

सूसन झल्लाई।

उसने कहा—"बेवकूफ!"

"कजरी!" सुखराम ने डांटा—"तू नहीं समझती, यह कौन है? मालकिन हैं। कसूर की माफी मांग। पांव पकड़।"

कजरी रो दी।

"क्यों रोती है?" सूसन ने पूछा।

सुखराम ने कहा—"सरकार, इसका कहना है कि इसके रहते इसके आदमी को कोई दूसरी औरत नहीं छू सकती।"

सूसन की समझ में आया। सुखराम ने कहा : "माफ करें सरकार! आप मालकिन हैं, पर यह नहीं समझती।"

सूसन हंस दी और उसने अंग्रेजी में लॉरेंस को बताया। लॉरेंस ने आश्चर्य से कजरी की ओर देखा और उसे तब और भी अधिक आश्चर्य हुआ जब उसने देखा कि कजरी सुखराम के सीने पर लगे घाव को अपनी साड़ी से साफ कर रही है। वह कितनी महिमान्वित थी! कितना गर्व था उसको!

और एक लॉरेंस था। सूसन ने अंग्रेजी में उससे कहा—"कम लॉरेंस, जंगली ने शेर मारा, सुसभ्य से खरगोश भी निकल गया।"

लॉरेंस की आंखों में प्रतिहिंसा जगी और उसने सूसन को ऊपर से नीचे तक आंका।

कजरी ने कहा—"सरकार! आपके पास पिस्तौल है। आप ठहरें, मैं लोगों को ले आती हूं। वे इसे ले जाएंगे।"

सुखराम कोठरी में लेट गया। सूसन ने सिपाही भेजकर डॉक्टर को कस्बे से बुलवाया। डॉक्टर रात ही को आया।

डॉक्टर हि-हि-हि करके हंसकर खुशामदी ढंग से बात करता था। कजरी को ताज्जुब हुआ। यही डॉक्टर कितनी हुकूमत और साहबियत दिखाया करता था! लॉरेंस ने अंग्रेजी में कुछ कहा। डॉक्टर समझा नहीं। सूसन हिंदी पर उतर आई। डॉक्टर मरहम-पट्टी करके चला गया। कजरी ने देखा। वह फर्क कितना बड़ा था! डॉक्टर इन लोगों के सामने कितना देसी साबित हुआ, जब कि वह पहले नस्ल से अंग्रेज बनने की कोशिश करता था।

डाक बंगले में आकर शराब उंड़ेलते हुए लॉरेंस ने कहा—"मुझे अब आदत नहीं रही।"

सूसन ने व्यंग्य से कहा—"तुम भी तो फौज में हो।"

लॉरेंस ने कहा—"मगर अब मेरी दिलचस्पी साहित्य में बढ़ गई है। तुम कुछ पढ़ती भी हो?"

"अखबार पढ़ती हूं।"

"किताबें नहीं ?"

सूसन ने बताया, वह पढ़ती क्यों नहीं है। लॉरेंस ने साहित्य की ओर मोड़ दिया और मनोविज्ञान की वे पेचीदी पहेलियां सुनाने लगा, जिनका आधार यौन सम्बन्धों से था। कुंवारी लड़की। इस मामले में नादान। दिलचस्पी से सुनती रही। लॉरेंस का साहस खुला। उसने उसे कविताएं सुनाईं। वे सब दर्द भरी थीं।"

सुखराम सो गया तो कजरी उठ खड़ी हुई। उसने सिर पर साड़ी ढकी। रोई थी इसलिए मुंह धोया और फिर बीड़ी पी। फिर डाक बंगले में आ गई।

मेज सज गई। आज कजरी अकेली थी। लॉरेंस उसे बीच-बीच में देख लेता। खाना खाकर वह शराब पीने लगा। सूसन बक-बक करती रही। लॉरेंस ने किसी बात पर उसका चुम्बन लिया। सूसन हंस दी। कजरी दहलीज पर बैठी-बैठी ऊब गई थी। सूसन सोने चली

गई। साहब उठा। द्वार पर ठोकर लगी। देखा, कजरी थी। वह उठी और उसने उनीदें नेत्रों से देखा। लॉरेंस घूरकर देखता रहा। उसकी आंखों में मस्ती थी। वह चली आई। लॉरेंस खड़ा रहा।

उसकी मनःस्थिति विचित्र हो रही थी। वह क्या करे!

उसने पुकारा—"सूसन सॉयर!"

सूसन आई। घबराई-सी। बोली—"क्या हुआ?"

"मैं सो नहीं सकता।"

"क्यों?"

"यह सारी जिन्दगी!" उसने बढ़कर कहा—"यह क्यों है सूसन! मैं समझ नहीं पाता। ये ओहदे, यह दौलत, ये सब मुझे खोखले-से लगते हैं। ये सब क्या हैं?"

सूसन हंस दी। कहा—"तुम कवि हो गए हो न! सो जाओ।"

"सो जाऊंगा सूसन। सदा के लिए सो जाऊंगा। दूर, इंग्लैंड से बहुत दूर!"

"चलो, सो जाओ!" लॉरेंस का हाथ पकड़कर सूसन ने कहा।

लॉरेंस ने उसे पकड़कर चूम लिया।

"तुम शराब के नशे में हो।" सूसन ने कहा—"चलो, सो जाओ।"

लॉरेंस पालतू की तरह आ गया। सूसन ने उसे सुला दिया और चादर ओढ़ा दी। हल्की चादर थी। फिर वह चली गई। उसके जाने के बाद लॉरेंस के दोनों हाथ इधर-उधर, कुहनी पर मुड़कर, उठ गए, और उसने दो बार मुट्ठियां बंद कीं और फिर दोनों बार खोल दीं, किन्तु तीसरी बार जो मुट्ठियां बंधी तो अंगुलियां फिर खुलीं नहीं...

33

बड़ा साब दौरे पर था। आसमान में बादल घिर गए थे। सुखराम गांव आया था। उसे वर्दी पहने देखा तो जमींदार साहब चौंके। जिन्होंने उसे एक दिन थाने में बंद करवा दिया था, आज वे उसकी कुशल-क्षेम पूछने लगे। सुखराम ने फर्क देखा। बखुद इन्सान की पूछ नहीं, उसके ओहदे की कद्र होती है। वह कुली अर्दली था, पर साहब का अर्दली भी साहब का आदमी होता है, जैसे पूंछ भले ही हो, मगर है तो आखिर शेर की ही।

बिजली चमक रही थी। सुखराम बाजार में गया। वहां आज जो मिलता वह सम्मान से। बराबरी से बात करता। आज बनिए भैया-भैया करके बात करते थे। एक ने पीछे से कहा—"कन्नट है। अंग्रेजों के पास कोई भला आदमी तो रहता नहीं, कन्नट, भंगी, रईस बस यही रहते हैं। इन्हीं के हाथ का वे खाते-पीते हैं। म्लेच्छ हैं म्लेच्छ। भागवत में लिखा ही है—कलजुग में म्लेच्छों का राज हो जाएगा।"

पानी बरसने लगा।

सुखराम ने जाना चाहा, पर हिम्मत नहीं पड़ी। बादल तो ऐसे आ गए थे जैसे आसमान में बाढ़ आ गई हो। घर पहुंचते-पहुंचते तो तार-तार भीग जाएगा। फिर कजरी लड़ेगी। मिसी बाबा का काम नहीं हो सकेगा।

वह चला। पानी जोर से आ गया। चलने की इच्छा ने और बढ़ाया, परन्तु आखिर रुक गया। अब वह ठीक हो गया था। उसका यश फैल गया था। साहब उस पर अत्यन्त प्रसन्न होता, परन्तु वह अभी आया नहीं था। मिसी बाबा ने कहा था कि वह उसे इनाम

दिलाएगी। कजरी ने सुना था तो प्रसन्न हो उठी थी। उसके सुखराम को इतने आदमियों के बीच में बिल्ला मिलेगा।

कजरी अब एक नई बात अनुभव करती। उसके चेहरे पर कुछ पीलापन आ गया था। होंठों पर की मुस्कान बड़े गौरव से चेहरे पर चमका करती थी। क्या हो गया था उसे! सारी देह सालस रहती, पलकों पर जैसे एक उनींदा खुमार छा गया था।

कल उसने सुखराम से कहा था। सुखराम देखता रह गया था। कजरी ने कहा था—"सुनता है।"

"क्या?"

"मैं...मैं मां..."

सुखराम को खुशी हुई थी। वह कह नहीं सकी थी।

"सच?" सुखराम ने पूछा था।

कजरी उसके सिर को सहला उठी थी। उसकी आंखों में चमक थी। देखकर लगता था जैसे वह गरिमा से भर गई थी। उसकी आंखों में एक अद्‌भुत स्वप्न था। सुखराम उसे एकटक देखता रह गया था।

वह लजा गई थी। और सुखराम! वह चित्र उसकी आंखों में सदा-सदा के लिए अमर हो गया था। उसने गर्व से उसको वक्ष से लगा लिया था।

कजरी सोने लगी थी। आज देही टूट रही थी। सुखराम नहीं आया था। कहां रह गया वह! आसमान में मेघ-गर्जन होता था। रात हो गई थी। अंधकार बरस रहा था। हवा काली हो गई थी और जब चलती थी तो सारी धरती और व्यापक आकाश को काले रंग में भिगोए दे रही थी। बाहर सुनसान था। सांय-सांय गूंज उठती थी।

पर वह काया का कष्ट कजरी को प्रिय था। प्रत्येक स्त्री जब मां बनने को होती है, तो उसे एक सहज गर्व होता है। वह धरती मां का-सा गर्व होता है।

बाहर अभी तक पानी बरस रहा था। कमबख्त झड़ी लग गई है, जाने कहां होगा वह! रुक ही गया होगा। अच्छा है, इस पानी में नहीं आया। बिजली है कि कान फाड़े डालती है। गरजती है तो कजरी को लगता है, कोई उसके भीतर डर रहा है। वह कितना कोमल होगा! कैसे सहता होगा इस सबको! पर वह शेर का बच्चा है। वह भी शेर ही होगा। और कजरी कल्पना करती है, वह बूढ़ी हो जाएगी, तब सुखराम भी बूढ़ा हो जाएगा। उस समय उसका पुत्र उन्नत-भाल प्रशस्त वक्ष बगल में खड़ा होगा। कितना सुन्दर लगेगा वह! सुखराम से भी ज्यादा सुन्दर, ऐसा कि जैसा कोई नहीं हुआ। वह उसे पालेगी। अपना सब कुछ उस पर न्योछावर कर देगी। अब वह उसके लिए छोटे-छोटे कपड़े बनाकर रखेगी। पैदा होते ही उसे छाती से लगाकर दूध पिलाएगी। कैसे पिएगा वह दूध! उसे कौन बता देता है जो वह मुंह चलाने लगता है! कजरी का खून दूध बन-बनकर उतरेगा उसके लिए।

ममता का यह चमत्कार किस स्त्री को विह्वल नहीं कर देता! जीवन के निर्माण और सृजन की यह शक्ति जिसमें हो, वह क्यों न उसका गर्व करेगी! कैसा आता है यह इन्सान! क्या जानता है! और उसी मांस के लोंदे को जब मां पालती है, अपने समय को नष्ट करती है, तब वह कितना बड़ा निर्माण करती है, जैसे पल-पल वह सृष्टि में एक शक्ति, एक नये सौन्दर्य का सृजन कर रही हो।

क्वां-क्वां करके वह दुधमुंहा, बिना दांत के मुंहवाला, फूले-फूले गालों वाला, छोटे-छोटे हाथ-पांव चला-चलाकर रोएगा। कजरी उसे झुलाएगी और वह चुप हो जाएगा। वह नींद में मुस्कराएगा; जैसे फूल खिलता हो। क्या वह सपना देखता है तब? लोग कहते हैं स्यार डराता है उसे। डराता है तो डरता क्यों नहीं वह!

फिर जब वह घुटनों पर चलेगा, उसके दूध के दांत निकलेंगे। धूल में भर-भर जाएगा। कजरी उठाएगी तो लड़ेगा। रोएगा, मचलेगा। पर कजरी तब उसे मट्टी खाने को छोड़ थोड़े ही देगी! भले ही उसकी आंखों में पानी भर-भर आए।

और फिर वह एक दिन चट्टान की तरह खड़ा हो जाएगा। सुखराम बघेरे से लड़ा है, वह शेर से लड़ेगा। फिर उसका ब्याह होगा। बटुआ-सी बहू आएगी।

यह भी कोई बात हुई! वह इत्ता लम्बा होगा तो बहू बटुआ-सी क्या अच्छी लगेगी? नहीं, बहू तो छोटी ही अच्छी। छम-छम करती आंगन में डोलेगी!

और कजरी कहेगी—बहू! तेरा यह इत्ता-सा था। मैंने ही इसे इत्ता बड़ा बना दिया है। छोटा-सा था।

छोटा-सा था। तब कजरी का कहना नहीं मानता था, तो वह उसे हाथ-पांव बांधकर बिठा देती थी। वह अपनी भोली-भाली आंखों में गुस्सा भरे देखता था। कजरी झूठे ही गुस्सा दिखाती थी, मन ही मन हंसती थी। नादान रोकर उसी से तो चिपटता था।

और कल्पना फैलती चली गई।

सूसन कमरे में लेटी पढ़ रही थी। लॉरेंस ने बोतल खाली कर दी और उठ खड़ा हुआ। वह चुपचाप चला। सूसन के कमरे का पर्दा हटाकर देखने लगा। सूसन पढ़ने में लगी थी। वह दबे पांव पास चला गया।

आज वह उन्मत्त हो गया था। कजरी ने जो ज्वाला जगाई थी, वह कुछ भस्म करना चाहती थी। कजरी को छूने की उसे हिम्मत नहीं पड़ी, क्योंकि वह सुखराम की शक्ति को देख चुका था। वह अतृप्त व्यक्ति अपनेआप व्याकुल था।

सूसन को पता नहीं चला।

लॉरेंस उसके पलंग पर बैठ गया। आज वह सूसन के प्रति वासना के ताप से जल रहा था। कौन जानता है! सुदूर भारत में एक गांव! क्यों न वे आनन्द मनाएं! वह इंग्लैंड में था तब स्त्रियों के बीच रहता था। यहां सारा जीवन निष्फल था।

सूसन को लगा, उसकी जांघ पर कुछ पड़ गया। वह लॉरेंस का हाथ था। एकदम से सूसन चौंककर उठ बैठी।

"सूसन!" लॉरेंस ने भर्राए स्वर से कहा—"डर गई?"

सूसन ने कहा—"नहीं, सोते क्यों नहीं?"

"मैं सो नहीं पाया। यहीं सो जाऊं?"

सूसन ने देखा। तब स्त्री समझी और उसका कौमार्य एक बार भीतर ही भीतर कांप उठा। उसने कहा—"यहां! क्यों?"

"तुम मुझे अच्छी लगती हो, सूसन!!" लॉरेंस ने कहा—"बताओ! इस साम्राज्य में क्या रखा है! हम-तुम दोनों तरुण हैं, पर वह क्लब नहीं, वह आनन्द नहीं, वह जीवन नहीं। दोनों वक्त पेट भर खा लेना ही तो जिन्दगी नहीं है!" लॉरेंस ने समझाने की चेष्टा करते हुए कहा—"कैसे सो जाऊं? सोने की कोशिश करता हूं, पर नींद नहीं आती। न जाने कहां चली गई है।"

"तुम इतने व्याकुल क्यों हो?"

"मैं व्याकुल नहीं हूं" लॉरेंस ने कहा और कसकर सूसन का मुख चूम लिया।

सूसन घबरा गई। कहा—"क्या करते हो?"

वह मुस्कराया। सूसन समझी नहीं।

"आओ सूसन!" लॉरेंस ने कहा—"यह अंधेरी रात, गरजती हुई बिजली, तूफानी हवा। क्या तुम्हारे अन्दर कोई हलचल नहीं होती?"

"कैसी हलचल?" सूसन ने कहा, परन्तु उसका स्वर कांप गया था। वह लॉरेंस का संबल बन गया।

"तुम कुंवारी हो सूसन। मैं जानता हूं, पर यह सब पुराने खयाल हैं। इंग्लैंड तरक्की कर रहा है। अमेरिका को देखो, वहां कितनी मस्ती है!"

लॉरेंस आगे बढ़ा। उस पर जुनून छा रहा था। उसकी आंखों में नशा लाल हो चुका था और उसकी हर सांस में बू आ रही थी। उसे इस प्रकार अपने शरीर से सटता हुआ देखकर हठात् पलंग से उछलकर सूसन झटके से खड़ी हो गई।

लॉरेंस बैठा रहा। उसने कहा—"पुरानी दुनिया बदल रही है सूसन!"

"मैं जानती हूं।"

"जिद न करो। आओ जीवन में सुख वही है जो प्राप्त कर लिया जाए।"

"पर मैं औरत हूं।" सूसन ने कहा और द्वार की ओर बढ़ी।

लॉरेंस ने रास्ता रोक लिया।

"मुझे जाने दो लॉरेंस!" सूसन ने कहा—"तुम शराब पी गए हो। तुम नशे में हो। तुम नहीं जानते, तुम क्या बक रहे हो। यह इंग्लैंड नहीं है। इंडिया है। गनीमत है कि पानी बरस रहा है। कोई है नहीं। वरना नौकरों को भी मालूम हो जाएगा।"

"कोई नहीं जान सकेगा, सूसन," लॉरेंस ने उसके कंधे पकड़कर कहा—"बस हम-तुम होंगे और कोई आएगा ही क्यों? तुम सुन्दरी हो! जब से मैंने तुम्हें देखा है, मेरे हृदय में आग जल रही है। तुम मेरे साथ इंग्लैंड चलो, सूसन! वहां मेरे चाचा की जायदाद बेचकर मैं तुम्हें कहीं दूर किसी प्रशान्त महासागर के द्वीप में ले चलूंगा! कैसा साहसिक कार्य रहेगा वह!"

"वैसा ही जैसा तुमने खरगोश का शिकार किया था!" सूसन ने मुस्कराकर कहा। लॉरेंस के भीतर प्रतिहिंसा जाग उठी। उसने कहा—"सूसन! तुम उस देसी कुत्ते की तारीफ करती हो?"

"वह बहादुर है।" सूसन ने कहा।

"बहादुर!" लॉरेंस ने कहा—"बोझा ढोने वाला गधा हमेशा आदमी से ज्यादा बहादुर है। इंसान की ताकत जिस्म की नहीं, दिमाग की होती है।"

"ठीक है।" सूसन ने व्यंग्य से कहा—"आज तभी तो तुम्हारा दिमाग मेरे सामने ताकत दिखा रहा है। क्या करूं, बाप की इज्जत का ध्यान है, वरना नौकरों को बुलाकर अभी निकलवा देती।"

लॉरेंस क्षुब्ध हो गया। उसने कहा—"तुम मुझसे घृणा करती हो सूसन!"

"मैं तुम पर दया करती हूं लॉरेंस।" सूसन ने कहा—"घृणा भी योग्य व्यक्ति से की जाती है। तुम समझे थे कि मैं कोई चरित्रहीन स्त्री हूं। मैं क्रिश्चियन हूं। मैं पवित्र हूं। मैं वासना की कठपुतली नहीं हूं। तुमने मुझे क्या किसी गरीब क्लर्क की स्त्री समझा था! मेरे पिता तुम्हें यहां अपने देश का समझकर छोड़ गए हैं, तो तुम उनसे ही दगा कर रहे हो? चले जाओ यहां से! तुम्हें इतनी हिम्मत हुई कैसे?"

लॉरेंस पीछे हट गया। उसने होंठ चबाए और धीरे से कहा—"मैं चला जाऊंगा सूसन! लेकिन तुम्हारा यह अहंकार नहीं रहेगा। जो बर्ताव तुमने मुझसे किया है, उससे अच्छा बर्ताव तो तुम इन गुलाम हिन्दुस्तानियों से करती हो। तुम्हें बड़े बाप का घमंड है। पर इंग्लैंड में ऐसे पोलिटिकल एजेंट, जो भारत से धन लूट-लूटकर ले जाते हैं, सम्मान नहीं पाते। तुम समझती हो, तुम्हारी इंडिया के वायसराय के साथ शादी होगी? मैं दगा कर रहा हूं? अगर

मैं इतना घृणित हूं तो मुझे क्षमा करो सूसन, मुझे क्षमा करो...।''

उसने सूसन के पांवों को पकड़ लिया। सूसन पिघल गई। उसने कहा—''उठो लॉरेंस!''

''नहीं, मुझे यहीं रहने दो। मैं पापी हूं।''

सूसन ने कहा—''नहीं लॉरेंस, इसे भूल जाओ।''

उसने लॉरेंस को उठाया।

उसका मुंह उतरा हुआ था।

''तुमने मुझे माफ कर दिया सूसन।''

''भूल जाओ लॉरेंस। भूल जाओ इस सबको।''

''भूल जाऊं!'' लॉरेंस ने कहा—''यह तो मरते वक्त तक मेरे अन्दर कांटे की तरह गड़ता रहेगा।'' उसने सिर पकड़ लिया। सूसन उसके पास चली गई और उसने कहा—''रोओ नहीं लॉरेंस। मर्द बनो, मर्द! एक औरत के सामने तुम रोते हुए अच्छे नहीं लगते।''

''तुम पवित्र हो सूसन!'' लॉरेंस ने कहा—''यदि तुमने क्षमा कर दिया है, तो मुझे मेरे माथे पर चूम लो।''

सूसन ने अपना मुंह उठाया और तब लॉरेंस ने उसकी कमर में हाथ डाल दिया और अपने गर्म-गर्म होंठों से उसके होंठों को कुचल दिया। क्रोध से सूसन लड़ने लगी। लॉरेंस ने छल किया था। उसने चेष्टा की, किन्तु वह उसके आलिंगन से अपने को छुड़ा न सकी। लॉरेंस घुटती हुई हंसी हंसा और बोला—''बुला लो नौकर को। तुम्हारे इस अस्त-व्यस्त रूप को देखकर वे समझ जाएंगे कि तुम अब भी कुंवारी हो!'' सूसन ने उसे नोच खाया, पर लॉरेंस ने उसे पंलग पर पटक दिया और उसने उसके हाथों को पकड़ लिया। झगड़े में सूसन का गाउन फट गया। उसका शरीर चमकने लगा। लॉरेंस भड़क उठा। सूसन ने लात दी। वह लॉरेंस के सीने में लगी और वह संभल नहीं सका। लॉरेंस पीछे लुढ़का। पर तभी उसने पांव से उठती हुई सूसन को दबा लिया। लॉरेंस की पीठ के धक्के से बगल में मेज हिल गई और उसपर से गिलास गिरकर झन्न से टूट गया।

हालांकि कजरी सो रही थी और पानी बरस रहा था, पर वह आवाज पहुंच ही गई। कजरी की आंख खुल गई।

क्या हुआ?

वह भागी। मिसी बाबा के कमरे में रोशनी!!

क्या हो रहा है आखिर!

कमरे में जाकर देखा कि लॉरेंस ने सूसन को दबा लिया है और वह लड़ रही है। ''सरकार!'' कजरी ने फूत्कार किया।

लॉरेंस ने कजरी को देखा और वह पागल-सा खड़ा हो गया। उसने कहा—''भाग जाओ!''

कजरी डर गई। सूसन ने घबराहट में बोलने का यत्न किया, पर लज्जा के कारण बोल न सकी। हकलाती-सी रह गई।

लॉरेंस चिल्लाया—''निकलो... ''

सूसन ने दोनों हाथ फैला दिए, जैसे—बचाओ...

कजरी नहीं हटी। वह समझ गई। उसकी आंखें चमकने लगीं। उसने कहा—''ऐ साब! चल, अपने कमरे में चला जा!'' उसने हाथ से उसे द्वार से बाहर जाने का इशारा किया और कहा—''मालकिन, हुकम दें! अभी इसकी अकल ठिकाने कर दूंगी।''

सूसन ने आंख खोल दी और बोली—''इसको मार दो कजरी...''

कजरी के हाथ में कटार चमक उठी। सूसन उठ बैठी। लॉरेंस ने कटार देखी तो गुस्से

ने उसे पागल कर दिया और सूसन ने कहा—''कमीना! नीच! कुत्ता...''

पर लॉरेंस ने तकिया खींचकर मारा और कजरी, जो सूसन की बात में ध्यान बंटा गई थी, उसके हाथ पर तकिया लगा और छूरे पर घुस गया। लॉरेंस ने आगे बढ़कर घुमाकर लात दी।

कजरी बचा गई। परन्तु कटार को वह खाली नहीं कर सकी। उस पर तकिया भुक से घुस गया था। सेमल की मुलायम रुई थी, गिलाफ रेशमी था। लॉरेंस ने दूसरी लात चलाई। कजरी के नितंब पर पड़ी।

कजरी भहरा गई और कुर्सी से टकराई। तभी लॉरेंस ने पैशाचिक क्रोध से उसके मुख को घूंसा मारा। उसे गश-सा आ गया।

वह गिरी और बेहोश-सी हो गई। सूसन झपटकर उसके पास आ गई और लॉरेंस को उसे मारने को झुका देखकर उसने उसका हाथ पकड़ लिया।

''हट जाओ!'' लॉरेंस ने फूत्कार किया।

''नहीं, नहीं, तुम उसे नहीं मार सकते।'' सूसन ने रोते हुए कहा और लॉरेंस का हाथ काट खाया। लॉरेंस ने उसे एक चांटा दिया और पकड़कर बिस्तर पर दे मारा। सूसन दर्द से चिल्ला उठी।

लॉरेंस हंसा। आज वह बिल्कुल पशु हो गया था। उसने कजरी का पांव पकड़ लिया और खींचने लगा। सूसन डर के मारे गुर्राई।

लॉरेंस ने खींचकर उसे बाहर पटक दिया। और उसने सूसन की ओर देखा और हंसा, तभी बाहर कड़कड़ाकर आकाश और पृथ्वी को विदीर्ण करती हुई बिजली गिरी। खिड़कियों के शीशे चमक उठे और फिर सब शांत हो गया। मूसलाधार वर्षा होने लगी, जैसे प्रकृति रोने लग गई थी। कजरी बेहोश पड़ी रही।

जब उसे होश आया, सन्नाटा था। बदन में दर्द हो रहा था। पेट में भी कुछ कष्ट था। माथा अभी तक भनभना रहा था। वह धीरे से उठकर बैठ गई। आंख खोलकर देखा। पानी बरस रहा था। गगन से अनवरत धारासार वेदना बरस रही थी।

कजरी बल लगाकर उठी। देखा, द्वार बंद था। छोटा-सा आलोक का बिन्दु शीशे में निकलता दीख रहा था।

उसने शीशे की दरार से देखा।

अब कोई हलचल नहीं थी। कमरे में पूर्ण निस्तब्धता थी। रोशनी में गिलास के टूटे हुए टुकड़े चमक रहे थे। मेजपोश गिर गया। किताब खुली हुई धरती पर उलटी पड़ी थी। तकिया एक कोने में पड़ा था जिसमें अभी तक कटार भुंकी हुई थी।

सूसन रो रही थी। उसके मुंह से आवाज नहीं निकल रही थी। केवल आंखों से पानी निकल रहा था। उसका नीचे का होंठ बार-बार बाहर निकल आता था जिसे वह दांतों से चबा लेती थी। उसके हाथ उसके मुंह पर रखे हुए थे, जैसे वह कुछ देखना नहीं चाहती थी। उसके वस्त्र अब भी अस्तव्यस्त थे और उसके फटे गाउन में से उसका शरीर चमक रहा था।

लॉरेंस अब उठ खड़ा हुआ था। वह सूसन के पास आया। उसने अनुनय के स्वर में कुछ कहा। फिर रुका रहा, पर सूसन नहीं बोली।

लॉरेंस ने कहा—''सूसन!''

फिर क्या कहा, कजरी नहीं सुन सकी, न समझ सकी, क्योंकि वह सब अंग्रेजी में था।

सूसन ने उसकी ओर नहीं देखा। लॉरेंस उसके बालों को सहलाता रहा, जैसे वह उसे

सांत्वना दे रहा था। वह सामने बैठ गया और फिर मुस्कराया। सूसन ने अपने बाल नोच लिए।

लॉरेंस दरवाजे की तरफ बढ़ा। फिर रुक गया। कहा—"अब तुम क्या करना चाहती हो?"

सूसन ने उत्तर नहीं दिया।

"सच कहो सूसन! तुम्हें कुछ अच्छा नहीं लगा?"

सूसन ने जलते नेत्रों से देखा।

लॉरेंस ने हंसकर कहा—"औरत!"

"वह द्वार के पास आ गया।

कजरी ने नहीं देखा। वह रोने में मग्न थी। लॉरेंस ने दरवाजा खोला। कजरी हटकर एक ओर छिप गई। उसने इधर-उधर देखा और जब कजरी न दिखी तो उसने कहा—"सूसन, वह कुतिया तो भाग गई। अब अगर अपनी इज्जत रखना चाहती हो, तो शोरगुल न करो और चुप बनी रहो। फिर दोनों ऐसे ही आनन्द किया करेंगे ठीक है?"

सूसन नहीं बोली। वह चला गया। जब वह अपने कमरे में आया, तब उसने शराब की बोतल निकाली और पीने लगा। आज जो कुछ उसने किया था वह उसे उद्‌भ्रान्त कर रहा था। सोच रहा था, कहीं बूढ़े के आने पर इसने कह दिया तो? पर कहेगी कैसे? मैं उसे तब तक आदत डाल दूंगा। ससेक्स में उसने ऐसे ही बर्टी से किया था। पहली बार के बाद बर्टी रोक ही नहीं सकी थी। नहीं। यह आनन्द एकतरफा नहीं होता। औरत सिर्फ धर्म-वर्म में जकड़ी हुई बेवकूफ होती है। वह व्यर्थ ही आनन्द नहीं लेती, और न ले तो कोई बात नहीं, अपने से मिलने वाले आनन्द से पुरुष को व्यर्थ ही वंचित कर देती है।

लॉरेंस की राय में यह सब उसने ठीक किया था। इस समय यदि वह इतना दुस्साहस नहीं करता तो वह उसे कुचल देती। बुड्‌ढे से तो वह उस समय भी कहती। फिर अब शायद नहीं कहेगी। कहेगी तो बुड्‌ढा शर्म से दब जाएगा। नौकरों की मदद वे नहीं ले सकते। बदनामी का डर है। दूर-दूर तक खबर फैल जाएगी। सॉयर कहीं मुंह दिखाने लायक नहीं रह जाएगा।

लॉरेंस अब सोच रहा था। उसे डरने की वजह दिखाई दी। कजरी देख गई है। पर क्या हुआ? उसकी कोई नहीं मानेगा। अगर वह सूसन की बात फैलाएगी तो उसे निकाल दिया जाएगा। सूसन खुद कहेगी, यह झूठ है। सूसन क्या यह कहेगी कि हां, लॉरेंस ने मेरे साथ बलात्कार किया था! कभी नहीं। वह एक सभ्य औरत है और अपने सम्मान की रक्षा करना क्या वह नहीं चाहेगी? और मैं भी सूसन को समझाऊंगा कि इस सबको छिपाने के लिए ज़रूरी है कि प्रेम चालू रखा जाए। उससे संदेह नहीं होगा। मगर क्या वह सूसन से विवाह कर लेगा?

सूसन सुन्दरी है। उसके शरीर का सौन्दर्य उसे अभी तक व्याकुल किए दे रहा था। पर लॉरेंस का मन खट्टा हो गया। प्रेम एक वस्तु है, विवाह और वस्तु है। दोनों एक जगह नहीं रह सकते। जब वह अमेरिका में था, तब वह नंगी औरतों के नाच देखता था। गुप्त क्लब थे। क्या मज़ा रहता था। वह एक फ्रांस की स्त्री थी जो बिलकुल नंगी होकर नाची थी। उसे कोई लज्जा ही नहीं थी। लेकिन सूसन कुमारी थी!!!

उसकी पैशाचिक वासना अब भी उद्दाम थी और उसने फिर प्याला भरकर गट-गट कर गले के नीचे उतार लिया और सिगरेट जलाकर पीने लगा।

लॉरेंस के चले जाने पर कजरी अपने स्थान से बाहर आ गई और जब उसे विश्वास

हो गया तब वह चुपचाप सूसन के कमरे के भीतर घुस आई। द्वार बंद कर लिया और उसके पास आई।

वह बोली नहीं। सूसन उस समय घुटनों के बीच में सिर दिए चुपचाप बैठी थी। कजरी ने देखा तो आंखों में दया उमड़ आई। वह कितनी अपमानित-सी, लुटी हुई-सी बैठी थी, जैसे वह अनुभव कर रही थी कि वह निरीह थी, और केवल घृणा ही उसे चारों ओर दिखाई दे रही थी।

"मिसी बाबा!" सूसन की ओर देखकर कजरी ने कहा।

परन्तु वह वैसी ही बैठी रही।

"वह कहां गया?" कजरी ने पूछा।

उत्तर नहीं मिला।

"मिसी बाबा!!" कजरी चौंकी।

सूसन ने मुंह छिपा लिया। कजरी ने कहा—"रोती क्यों हैं, मिसी बाबा?"

वह यह सुनकर रोने लगी। उसका फफकना धीरे-धीरे बढ़ चला और कजरी ने कहा—"मिसी बाबा!"

"कजरी!" कहकर सूसन फूट पड़ी। नारी, नारी ही थी। और इस समय सांत्वना ने उसे हिला दिया था।

कजरी ने उसका सिर सीने में छिपाकर हाथ फेरा। वह हाथ जब सूसन के बालों पर फिरा तब उसके भीतर से आर्द्र वेदना गल-गलकर बहने लगी। और उसकी असहाय व्याकुलता उसे बार-बार रुलाने लगी, जैसे आज उसकी सत्ता पानी बनकर बह जाना चाहती थी। यह पाप था। पाप की भयानकता से अधिक अपमान की जघन्यता उसे जर्जर किए दे रही थी। कजरी उसके सिर को सहलाती रही। और उसका वक्ष सूसन के आंसुओं से भीग-भीग गया। सूसन रोती रही।

कजरी ने कहा—"कब तक रोती रहोगी मिसी बाबा! दुनिया में मर्द ऐसे ही होते हैं। मुझे भी ऐसे ही एक ने बिगाड़ दिया था।"

इस सांत्वना ने सूसन के मुंह पर कालिख फेर दी। वह हिचकी ले-लेकर रोने लगी। बाहर का पानी थम आया था, पर वहां दूसरी बरसात शुरू हो गई थी।

सुखराम लौट आया था। वह आज बड़ा प्रसन्न था। बच्चे के लिए पहले ही कपड़े खरीदकर ले आया था। सोच रहा था, कजरी कितनी खुश होगी इन्हें देखकर!

कोठरी में पहुंचा तो चौंका। द्वार खुला था और रोशनी नहीं थी। उसने अंधेरे में ही कपड़े उतारे और सूखे कपड़े पहने। सामान एक ओर रखकर लालटेन जलाई।

कजरी कोठरी में न थी। खाट खाली पड़ी थी। कहां गई वह इस वक्त! आधी रात की बेला है! वह तो समझा था वह रोटी लेकर बैठी इन्तज़ार कर रही होगी। पर रोटी तो एक कोने में रखी है करी-कराई। वह खुद कहां चली गई!

सुखराम का हृदय आतुर हो उठा। वह विह्वल-सा बाहर निकल आया। सब ओर सन्नाटा छा रहा था। परन्तु मिसी बाबा के कमरे में अभी तक लैम्प जल रहा था!

वह रोशनी देखकर वहां गया तो देखा, द्वार बन्द था।

तब तो वह सो रही होगी।

फिर कजरी कहां गई?

वह चुपचाप लौटने लगा। बूट की हल्की आहट सुनकर कजरी ने कहा—"कौन?"

"मैं हूं।"

"कौन?"

"सुखराम!"

कजरी बढ़ी, पर सूसन ने कहा—"मत खोल कजरी! यह वही शैतान है।"

सुखराम ने धीरे से कहा—"कजरी! तू मेरी आवाज़ नहीं पहचानती? अरी मैं हूं सूखराम! दरवाज़ा क्यों नहीं खोलती?"

कजरी ने सूसन को देखा।

द्वार खुल गया। सुखराम ने प्रवेश किया। उसको देखकर सूसन झपटकर उठी और उसके सीने पर सिर रखकर फूट-फूटकर रो उठी। सुखराम हक्का-बक्का रह गया।

"क्या हुआ?" उसने पूछा।

सूसन ने कहा—"सुखराम!!"

आज वह फिर अपने प्राणरक्षक की शरण में आ गई थी। उसी ने तो उस दिन बचाया था। उस दिन उसी ने तो उसकी लाज को बचाया था। सूसन का रोदन देखकर सुखराम का हृदय पसीज गया। उसने कहा—"कजरी! बताती क्यों नहीं?"

कजरी ने कहा—"तू क्या करेगा जानकर! यह औरतों की बात है।"

सूसन उस समय कजरी की महानता देखकर व्याकुल हो गई। उसके सम्मान के लिए कजरी झूठ बोल गई थी। परन्तु सूसन ने कहा—"नहीं कजरी! बता दे। इसको बता दे।"

"मिसी बाबा के साथ नये सा'ब ने पाप किया है।"

"पाप!!" सुखराम ने सूसन को धक्का दे दिया। वह शय्या पर गिर गई।

"फिर रोती है?" सुखराम ने पूछा।

"उसने ज़बर्दस्ती की है। बिचारी ने बहुत रोका, पर वह जीत गया।"

"जीत गया!" सुखराम को हठात् क्रोध चढ़ आया। उसने दांत पीस लिए और वह फड़कने लगा। उसने झुककर सूसन के पांव छूकर कहा—"जब-जब मैं महिसासुर की बात सुनता हूं, तब-तब मुझे भवानी की याद आती है कजरी! धूपो का बदला याद है न? मिसी बाबा, हुकम दें। मैं तुम्हारा नौकर हूं। मैंने तुम्हारा नमक खाया है!"

सूसन उठ खड़ी हुई। उसके नेत्रों में गुस्सा फिर से आ गया था। वह प्रतिहिंसा-से लरज उठी थी।

उसने कहा—"सुखराम!"

"सरकार!"

"तुम डरोगे तो नहीं?"

"सरकार, जब तक जान है तब तक तो कोई डर नहीं।"

कजरी सकते में पड़ गई। क्या होने जा रहा है! अब क्या लड़ाई होगी? उसने कहा—"मिसी बाबा!"

"क्या है?" हठात् सूसन ने कहा।

"कहां जाती हैं?"

"क्यों?"

"सरकार, आप गुस्से में हैं?"

"तो क्या इस वक्त मुझे हंसना चाहिए?"

कजरी उत्तर नहीं दे सकी। सूसन ने द्वार की ओर पग बढ़ाया और कहा—"सुखराम!"

"जी सरकार!"

कजरी ने बढ़कर सुखराम को रोकना चाहा, परन्तु उसका वह क्रुद्ध रूप देखकर उसकी हिम्मत नहीं पड़ी।

हवा सांय-सांय चल रही थी, इतनी तेज़ कि कुछ सुनाई नहीं देता था। चारों ओर सूं-सूं, सां-सां गूंज रही थी।

"मेरे साथ आओ।" सूसन ने कहा।

कजरी ने टोका—"सरकार!"

"क्या है कजरी?"

"आपके हाथ में कुछ नहीं है।"

सुखराम पीछे चला। उसने कहा—"वह है क्या जो मैं हथियार उठाऊं!" कजरी अवाक्-सी पीछे-पीछे चली।

सूसन ने इशारे से दोनों को द्वार के बाहर रोक दिया और अकेली कमरे में घुस गई।

लॉरेंस कमरे में खड़ा था। उसने सिगरेट का कश खींचकर ढेर-ढेर धुआं उगला और फिर मस्ती की अंगड़ाई ली।

सूसन रुक गई और उसे जलते नेत्रों से देखने लगी।

"कौन?" लॉरेंस ने कहा।

"मैं हूं, सूसन!" सूसन फुंकार उठी।

वह सूसन को देखकर चौंका तो था, परन्तु उसकी शैतानियत फिर जाग उठी। उसने सूसन को देखा, तो उसके मुख पर वह एक कुटिल मुस्कराहट बनकर खेल गई। और आंखें खोलता हुआ कहने लगा—"मैं जानता था, तुम अपने-आप आओगी।"

सूसन ने झपटकर चांटा मारा।

लॉरेंस हंस दिया। कहा—"और मारो।"

सूसन दोनों हाथ चलाने लगी, तब लॉरेंस ज़ोर से हंसा और उसने पीछे हटकर कहा—"शाबाश! इसके बाद!!" सूसन चिल्ला उठी—"कमीने! कुत्ते!" पर लॉरेंस ने उसका हाथ पकड़ लिया और कहा—"इसके बाद तुम फिर मेरी हो सूसन! यहां तुम्हें बचाने वाला कोई नहीं। और मैं जानता हूं, तुम्हारा यह क्रोध कितना कच्चा है। असल में तुम मेरे पास खुद आई हो।"

सूसन चिल्लाई—"हट जाओ!"

द्वार पर सुखराम आ गया था।

सूसन ने सुखराम को इशारा दिया। लॉरेंस ने देखा तो एक बार वह सिटपिटा गया। वह सूसन का हाथ छोड़कर खड़ा हो गया था। उसने गरजकर कहा—"*गेट आउट* (निकल जाओ)...*यू स्वाइन इंडियन बास्टर्ड* (तू सुअर हिन्दुस्तानी दोगला)!"

सुखराम शेर की तरह झपटा और लॉरेंस को उसने ज़ोर से धक्का दिया। लॉरेंस का सिर भट से दीवार से जा टकराया और उसे हल्का-सा चक्कर आया। पर साहब का बच्चा अपने को मालिक समझता था। उसने छूटने की चेष्टा की। सुखराम ने उसकी गर्दन दबाई और औंधा करके टंगड़ी मारकर गिरा दिया। लॉरेंस गुस्से से गुरगुराने लगा। सुखराम ने उसकी नाक धरती से घिस दी और दो हाथ ऐसे करें जड़े कि उसकी आंख से पानी निकल आया।

तब सूसन रोष में आगे बढ़ आई। और कजरी का मुख खुल गया, क्योंकि सूसन उसको ठोकरें लगाने लगी। उसने अत्यन्त घृणा से बार-बार उसकी पसलियों में ठोकरें दीं। जूते की चोट से वह बिलबिला गया। सूसन कह रही थी—"मैं आई हूं तेरे पास, कमीने, कुत्ते..."

वह दांत पीसती जाती थी और इतने ज़ोर से मुट्ठी बांधे थी कि उसके नाखून उसकी हथेली में घुस गए थे।

लॉरेंस ने सुखराम के पंजे से छूटने की कोशिश की, परन्तु वह असंभव था। सुखराम ने उसकी थूथड़ी घिस दी। लॉरेंस चिल्लाया नहीं, पिटता रहा। उसे क्रोध था, किन्तु पाप अब उसे दबाने लगा था। उसकी आधुनिकता अब मध्यकालीन धर्म की रूढ़ियों और सतीत्व के विचारों के नीचे कराहने लगी थी। अब वह पिटकर स्वयं उस नयेपन से डर रहा था। वह सतीत्व को रूढ़ि से तोड़कर अलग करते समय जब नारी को मुक्त कर रहा था, तब वह यह भूल गया था कि संभोग अपने-आप में भले ही पाप नहीं हो, किन्तु स्त्री को पशु बनाकर, उसका भोग करने की प्रवृत्ति पाशविकता ही है और जघन्य है, क्योंकि वह स्त्री को समान स्वतन्त्रता देना नहीं है, वरन् उसे दासी से भी बदतर बना देना है। और सूसन उसे एक नौकर से पिटवा रही थी। यह कितना अपमान था! द्वार पर कजरी अवाक् देख रही थी। उसे उसके पिटने में संतोष हो रहा था।

लॉरेंस फुफकार उठा—"मैं गोली मार दूंगा!"

सूसन ने पांव रोककर पुकारा—"कजरी!"

"हां सरकार!!"

"एक रस्सी ले आ।" सूसन ने कहा।

कजरी रस्सी ले आई। सूसन ने कहा—"बांधो इसे, वरना यह गोली मार देगा।"

"तू हट जा कजरी।" सुखराम ने कहा।

कजरी हट गई। वह डर रही थी—क्या होगा अब! जब बड़ा सा'ब आएगा तो यह कहेगा नहीं? परन्तु सुखराम निश्चिन्त था। उसने कहा—"सरकार! इससे कह दें कि अगर यह उठा तो मैं इसकी हड्डी तोड़ दूंगा। पड़ा रहे यों ही।"

सूसन ने अंग्रेजी में कहा—"यू डैविल! स्टे व्हेअर यू आर। आइ'ल गेट योर बोन्स क्रश्ड बाई हिम! यू थॉट आई वॉज हेल्पलेस! आइ''ल प्रिफर टु डाई दैन टु सरवाइव एन इगनोबल एण्ड सरवाइवल एक्ज़िस्टेन्स!"*

किन्तु लॉरेंस उठकर भागा। सुखराम ने उसकी टांग पकड़ ली। वह धड़ाम से गिरा, किन्तु सुखराम ने उसे बीच में ही थाम लिया। उसने कहा—"सरकार! यह शोर कर रहा है। लोगों को बुलाना चाहता है। मैं इसे भीतर के कमरे में ले चलता हूं।"

और उसने उसे उठा लिया, जैसे वह बहुत हल्का था, और भीतर के कमरे में ले जाकर धरती पर पटक दिया। कहा—"कजरी! रस्सी कहां है?"

सूसन रस्सी लेकर आगे बढ़ी। लॉरेंस पांव चला रहा था। कजरी ने कहा—"मिसी बाबा...बचकर..."

तब सुखराम ने उसका पांव ज़ोर से धरती पर दे मारा। सूसन ने रस्सी उसके चारों ओर डाल दी। सुखराम उसे ज़ोर से दबाए रहा और दोनों ने उसे कसकर बांध दिया। उस समय सूसन विकराल लग रही थी।

कजरी ने कहा—"सरकार!"

"क्या है?"

"अब रहने दीजिए।"

---

* ओ शैतान! ऐसे ही पड़ा रह। आज मैं इससे तेरी हड्डियां तुड़वा दूंगी। तूने सोचा था कि मैं निस्सहाय थी! मैं एक अपमानित और दासता की सत्ता से मर जाना ज्यादा पसन्द करती हूं।

“नहीं।” वह फुफकार उठी।

लॉरेंस पड़ा था। उसके हाथ-पांव बंध गए थे, वह धरती पर सीधा पड़ा था। उठने की चेष्टा की तो करवट के बल आ गया। उस समय सूसन ने ठोकर दी तो धरती पर औंधा हो गया।

“सरकार, और कोई हुकम?” सुखराम ने कहा।

सूसन ने आंखें उठाई। वे आंखें अब फटी पड़ती थीं। लगता था, अब वह सुलग उठी हैं, और थोड़ी देर में ज्वालामुखी की भांति फट पड़ेंगी।

“इधर खड़े रहो तुम।” सूसन ने कहा।

कजरी नहीं समझी।

सुखराम ने कहा—“जो हुकम हजूर!”

सूसन आगे बढ़ी।

कजरी ने सुखराम से धीरे से कहा—“अब क्या होगा?”

“मैं क्या जानूं?” सुखराम ने कहा—“भवानी से पूछ। मैं उसका नौकर हूं इस बखत।”

सूसन कमरे में गई। कजरी ने कहा—“अरे मर जाएगा। वह तो पागल हो रही है। ऐसे नहीं हर लुगाई भवानी हो जाएगी!”

“कजरी!” सुखराम ने डांटा, पर आवाज़ नहीं उठी।

सूसन लौटी तो बाप का घोड़ा चलाने का हंटर ले आई। जिस वक्त उसने हंटर खोलकर फटकारा, तब कजरी ने हाथ पकड़ लिया। कहा—“मिसी बाबा, पागल हो गई हैं!”

सूसन ने उसे धक्का देकर अपने से दूर कर दिया और वेग से आगे बढ़ी और फिर उसने मारना शुरू किया। लॉरेंस की पीठ पर सड़ासड़ हंटर पड़ने लगे। जिस हंटर की मार से मोटी खाल वाला घोड़ा हिरन हो जाता है, उसकी मार ने लॉरेंस के छक्के छुड़ा दिए। परन्तु वह होंठ चबाता रहा, और सूसन का हाथ नहीं रुकता था। वह हर बार हाथ उठाती और साड़-साड़ उसे मारती। इस समय वह कितनी भयानक बन गई थी!

लॉरेंस बेहोश हो गया पर चिल्लाया नहीं।

कजरी ने तब उसे पकड़ लिया।

“छोड़ दे मुझे...” सूसन ने कहा।

“सरकार! वह मर गया है।” कजरी ने कहा और ज़बर्दस्ती हंटर छीन लिया। वह उसके कमरे में खींच ले चली। सुखराम पीछे-पीछे गया। कजरी ने कहा—“मिसी बाबा! बैठ जाइए।”

वह बैठ गई। उसने सिर उठाया। सामने ही सुखराम था। सूसन ने कहा—“अब तुम जाओ सुखराम।” सुखराम बाहर आ गया।

बाहर भयानक हवा चिल्लाती फिर रही थी। फिर से बादल इकट्ठे हो रहे थे, पहले से भी काले और तूफानी।

अपने कमरे में आकर सूसन फूट-फूटकर रोने लगी। कजरी पास आ गई।

उसने कहा—“सरकार, रोने से क्या होगा!”

“कजरी!!” वह फफक उठी।

“सरकार,” कजरी ने कहा—“दुनिया में औरत और मरद यही तो करते हैं।”

सूसन रोती रही।

कजरी ने कहा—“हजूर!”

सूसन ने देखा।

कजरी ने कहा—"आपकी तबियत नहीं थी उसके लिए। आपने मार-मार उसकी धज्जियां उड़ा दीं। आपने देखा नहीं था। उसकी कमीज़ तार-तार हो गई थी और पीठ जख्मों से भर गई थी। पर हजूर! यह भी बड़ा कातिल आदमी है। आपने इतना मारा और चिल्लाया तक नहीं।"

"बस?" सूसन ने पूछा। जैसे वह पूछ रही थी कि क्या यही उसके सतीत्व का, उसकी पवित्रता का मोल है?

"और क्या मालकिन जान दे देंगी?" कजरी ने कहा।

मरना कितना कठिन था! सूसन को लगा कि वह बिना मारे ही मर गई थी।

कजरी ने कहा—"सरकार! मेरी मानेंगी?"

"बोल।"

"जो हो गया उसे भूल जाएं।"

"कजरी!" सूसन ने अनुनय किया, जैसे—चुप रह, ऐसी बात न कर।

परन्तु कजरी ने कहा—"आप अभी छोटी हैं सरकार! दुनिया की जानकारी नहीं है आपको। आप बदनाम हो जाएंगी। मुझे तो डर है कि कहीं रात को आहट नहीं पहुंच गई हो। वैसे तो भगवान आपकी तरफ था। बड़ी तेज़ हवा चल रही है। कुछ सुनाई नहीं देता। फिर भी कौन जानता है! कोई देख ही गया हो तो? आप तो ज्यों का त्यों मामला दबा दीजिए।"

सूसन चुपचाप दीवार पर नजर गड़ाए रही। वह सोच रही थी, अगर वह यहां से चली जाए तो! कौन जान सकेगा? कोई नहीं। कजरी ठीक ही तो कहती है ! आत्महत्या तो पाप है। एक पाप मिटाने के लिए वह दूसरा पाप करेगी? क्या और औरतें नहीं करतीं? यही समझने में क्या हर्ज है कि वह पहले आदमी से तलाक ले बैठी?

और जितना ही वह अपनी आधुनिकता से अपनी पाप-पुण्य की भावना को कचोटती, उतने ही उसके मध्यकालीन संस्कारों के अवशेष अपनी व्यंग्य-भरी हंसी हंस उठते।

तो राह किधर है! न आत्महत्या, न मुक्ति। यह क्या? स्त्री है तो क्या केवल जघन्य यातना में तड़पा करे? उसका तो कोई अपराध नहीं? उसने तो कुछ नहीं किया था। वह तो अन्त तक रोकती रही थी।

क्या भगवान इसको भी पाप कहेगा?

वह जितना सोचती उतना ही उलझती और लॉरेंस अब भी उसे डरा रहा था। वह सुखी थी। वह कौन था जो अचानक ही उसके जीवन में आ गया था? पर्वत से गिरते स्वच्छ झरने में, यह किसने आकर विष मिला दिया था? कितना क्रूर था वह!

उस कमीने ने उसकी पवित्रता को खंडित कर दिया था। क्या वह सचमुच अब अपवित्र हो गई थी!

"जा कजरी।" सूसन ने धीरे से कहा। उसकी आंखे अब भी कांप रही थीं।

"नहीं हजूर, आप अकेली हैं।" कजरी ने कहा—"मैं आपको अकेले ही छोड़कर नहीं जाऊंगी। आपका मन अपने हाथ में नहीं है।"

कजरी उसका सिर सहलाने लगी।

तभी सूसन की दृष्टि कजरी की पसली पर पड़ी।

"यह खून क्या है?" उसने पूछा—"तेरे यह चोट कब लगी?"

कजरी मुस्कराई।

"हजूर, मैं बेहोश हो गई थी।" कजरी ने कहा—"अगर नहीं होती तो बता देती।

आजकल मेरे पेट में बच्चा है, इससे मैं डरती-डरती सी रहती हूं, वरना यह क्या था!"

बच्चा!!" सूसन घबरा गई।

"कही उसे चोट तो नहीं लगी कजरी?" सूसन ने आर्त्त स्वर से पूछा, जैसे वही इसके लिए दोषी थी।

"सरकार, वह ठीक कर लेगा," कजरी ने कहा। वह अर्थात् सुखराम। "वह दवाई जानता है।"

उस आपत्ति में भेद नहीं रहे। सूसन भूल गई कि कजरी एक नौकरानी थी और वह रानियों की रानी थी।

सूसन ने उठकर दवाई का बक्स खोला। दवाई लाई और उसके रोकते रहने पर भी उसके पट्टी बांधी।

"अब कैसा है?"

"हजूर, ठीक हो जाएगा। अब आप सो जाएं।"

सूसन नहीं सोई, बैठी रही। और कजरी उसके पास धरती पर बैठी रही। जब चार बज गए, तब सूसन झपक गई। उसका शरीर निढ़ाल हो गया था और यों ही रात बीत गई। फिर उजाला छाने लगा।

कजरी चाय बना लाई।

सूसन खड़खड़ाहट सुनकर उठ बैठी।

"सरकार, चाय पी लीजिए।"

सूसन ने मना कर दिया। उसका मुख उतर गया था, सफेद-सा पड़ गया था, निर्जीव, मलिन, परन्तु आंखों में अब भी घृणा चमक उठी थी।

कजरी न मानी। कहा—"पी लीजिए सरकार! आपको मेरी कसम है।"

और सूसन ने बुरा नहीं माना। कजरी उसे चाय पिलाने लगी।

सुखराम चाय लेकर लॉरेंस के पास गया। उसे होश आ गया था। उसकी आंखें अब लाल थीं। लॉरेंस ने आंखें मीच लीं। वे जल रही थीं। उसका क्रोध अदम्य था।

सुखराम ने कहा—"हजूर! मालकिन का हुकम था। मेरा कोई कसूर नहीं।"

लॉरेंस ने मुंह फेर लिया। वह शायद समझा नहीं था।

सुखराम चाय लिए खड़ा रहा। फिर चला गया।

कजरी मिली तो पूछा—"क्या हाल है?"

"पागल-सी बैठी है।"

"ऐसा ही होता है।"

"अरे हो गया सो हो गया!" कजरी ने कहा।

"तू नहीं जानती, कजरी।" सुखराम ने कहा।

"सब जानती हूं।" कजरी ने कहा—"तू यों कहता होगा कि मैं नटनी हूं। ये ऊंचे हैं। यही न?"

"हां," सुखराम ने कहा—"गलत है यह? और पूछा—"अरे यह तो बता, अब होगा क्या?"

"राम ही बचावे। अभी तो वह आएगा।" कजरी ने कहा और हाथ को झटका देकर हथेली ऊपर करके उंगलियां फैला दीं।

बाहर मोटर रुकी। बड़ा साहब उतरा। वह आज आ ही गया! सुखराम ने सोचा था, एक-आध दिन बाद आएगा, तब तक सूसन भी ठंडी हो जाएगी। और अब क्या होगा।

सुखराम उसके पास गया। बूढ़ा सदा की भांति कठोर था। सुखराम हिम्मत करके उसके पास गया। सुखराम की मुद्रा देख साहब मन ही मन चौंक गया। सुखराम ने सलाम किया। वृद्ध ने अभिवादन का उत्तर सिर हिलाकर दिया सुखराम ने कहा—"हजूर!" वृद्ध ने सुना नहीं।

"हजूर!" सुखराम ने दबी मगर रहस्यमय आवाज में कहा। उस स्वर को सुनकर वृद्ध में कौतूहल जाग उठा।

"क्या है!" उसने कहा। किन्तु बाहर उसकी मुद्रा वैसी ही प्रशान्त बनी रही। यह साम्राज्य का दम्भ था जो अपने शासितों के सामने अपना दूसरा ही अमानुषिक रूप रखता था।

"भीतर चलिए।" सुखराम ने कहा और आगे बढ़ गया।

बूढ़ा समझा नहीं, क्या बात है! यह तो हुक्म दे रहा है और इतना गंभीर है! वह नहीं जानता कि वह बातें किससे कर रहा है! उसे बिलकुल भी डर नहीं लगता!

साहब घबराया। हो न हो, कोई बात जरूर हो गई है, तभी वह सब कायदा भूल गया है। परन्तु बाहर से वह गंभीर ही बना रहा। वह तो झंडा था। झुकना नहीं चाहता था।

सुखराम आगे-आगे था, वृद्ध पीछे-पीछे चल रहा था। सुखराम ने मुड़कर इशारा किया। वृद्ध आगे बढ़ा। जब सुखराम ने आने जाने को इंगित किया तो वह सूसन के कमरे में आ गया। उसके पीछे ही सुखराम भी दाखिल हो गया। वृद्ध ने देखा, सब सामान अस्तव्यस्त पड़ा था। सुखराम ने कहा—"सरकार! कल पानी बरसा था, मैं उसी में फंसा रह गया। जब लौटा तो यह सब हो चुका था। कजरी ने बचाने की कोशिश की, पर नहीं बचा सकी।"

सूसन उसे देखकर हिचकी बांधकर रो पड़ी।

वृद्ध आगे बढ़ा। कहा—"सूसन!"

सूसन ने मुंह छिपा लिया। वह अब फफक-फफककर रो रही थी। यही तो उसका बाप था! उसके सामने भी न रोएगी जिसने गोद में खिलाया था!

साहब समझा नहीं। देखा। तकिये में छुरा घुसा था।

"यह क्या है?" उसने पूछा।

"सरकार!" सुखराम ने कहा—"कजरी ने वार किया था, मगर वह चूक गई।"

वृद्ध कातर हो उठा। "किसने किसपर वार किया था? क्यों?

उसने अंग्रेजी में पूछा—"सूसन! क्या हुआ मेरी बच्ची..."

पर सूसन ने कहा—"मैं पाप से भर गई हूं, मुझे छुओ मत, मुझे मत छुओ..."

सूसन रोने लगी।

बूढ़ा समझ गया। लगा जैसे वह पत्थर का-सा हो गया था। उसकी बेटी पर बलात्कार!

किसने किया इतना साहस! ऐसा दुस्साहस!

वृद्ध अविचलित खड़ा हुआ था। अब भी बाहर से बिलकुल शांत था। आंखों में भी बल नहीं था।

उसने कजरी की तरफ देखा। कजरी ने देखा तो समझ गई, परन्तु उसका साहस नहीं हुआ। वह नहीं कह सकी। साहब उससे एकटक दृष्टि से जैसे पूछ रहा था।

कजरी ने सुखराम की तरफ आंखें कीं। वृद्ध ने सुखराम की ओर देखा। उसने कहा—"जल्दी बोलो।"

"छोटे साब ने!"

वृद्ध कांप उठा। जंगल की लकड़ी! कुल्हाड़ी की बेंट! उसने अविश्वास से फिर देखा।

पर सुखराम ने कहा—"हां सरकार! छोटे साब ने ही!"

बुड्ढ़े के हाथ गुस्से से कांपने लगे। और अचानक ही उसके हाथ में उसके जेब की पिस्तौल निकल आई। सुखराम कांप गया। कजरी ने इशारा किया—रोक!

बूढ़ा खटखट करता बाहर निकला और उसने कहा—"कहां है?"

सुखराम आगे चला। बूढ़ा पीछे। जब वह लॉरेंस के कमरे में पहुंचा तो देखकर पूछा—"यह किसने किया?"

"मिसी बाबा ने।"

"किसने बांधा इसे?"

"मिसी बाबा ने हुकम दिया था हजूर।"

वृद्ध के नयनों में कृतज्ञता दिखाई दी। लॉरेंस ने देखा तो चेहरा सफेद हो गया। बूढ़े ने पिस्तौल वाला हाथ उठाया, पर सुखराम ने बढ़कर पकड़ लिया।

"हट जाओ?" वृद्ध ने धीमे गुस्से से कहा।

पर सुखराम ने परवाह नहीं की। वह बूढ़े को जबर्दस्ती दूसरे कमरे में खींच लाया। वृद्ध अब भी क्रोध से कांप रहा था।

"हजूर!" सुखराम ने उसके पांव पकड़ लिए—"आप चाहें तो मुझे गोली मार दीजिए।"

वृद्ध का हाथ झुक गया।

"क्या करते हैं हजूर!" सुखराम ने कहा—"गुस्से ने आपको अन्धा कर दिया है। आप इतने बड़े आदमी होकर नहीं सोच पाते! इसका नतीजा भी तो सोच लीजिए मालिक। बदनाम हो जाएंगे। आपकी बेटी है, बेटा नहीं है।"

वृद्ध रुक गया।

सुखराम ने फिर कहा—"दिन में पिस्तौल चलेगी तो हजूर सारा गांव जान जाएगा। फिर कहां जाकर मुंह छिपाएंगे? सरकार, सब जगह खबर पहुंच जाएगी।"

और बूढ़े के सामने चित्र आ गया। खबर गांव में फैलेगी। गांव वाले हंसेंगे। राजा हंसेगा। रियासत हंसेगी। और जितनी रियासतें उसके नीचे हैं, वे सब ठहाका लगा-लगाकर हंसेंगी। स्त्री और पुरुषों का वह अट्टहास जब दिल्ली में गूंजेगा तो वायसराय चौंक उठेगा। फिर वह अट्टहास समुद्र पार करके इंग्लैंड में पहुंचेगा। दुनिया हंसेगी, पालिटिकल एजेण्ट की कन्या से! और वह भी एक अंग्रेज ने!! अगर कोई हिन्दुस्तानी ऐसा करता तो वह राष्ट्र-द्वेष की बात बन जाती। पर इसमें तो इंग्लैंड का गौरव धूल में लोट रहा था। लेकिन वह यह क्या सोच रहा है! यह हिन्दुस्तानी सामने खड़ा है। गंवार! नीच गुलाम! और उसने उसकी लड़की की रक्षा की है। उसने आततायी को पकड़ा! उसने पॉलिटिकल एजेंट को घोर अनर्थ करने से रोक दिया। यह नीच है कि लॉरेंस नीच है? यही है वह आदमी जो उस दिन उसकी लड़की को जान पर खेलकर पहाड़ों में से बचाकर लाया था। वह दास है, परन्तु मनुष्य है, असभ्य है, परन्तु इसमें जीवन की गरिमा है। यह उपहासास्पद है, किन्तु इसमें सत्य के लिए मर मिटने की साध है। यह हिन्दुस्तान है! लॉरेंस जिस लूट पर पला है, उसने वही तो किया है जो उस लूट की नैतिकता हो सकती है! यही है इंग्लैंड का भविष्य!!

बूढ़े का हाथ गिर गया था। पिस्तौल छूट गई थी। सुखराम उठकर खड़ा हो गया। उसने देखा, वृद्ध शिथिल हो गया था। उसने देखा। आज देखा। वह तो सिर्फ एक बूढ़ा आदमी था, परन्तु उसके अधिकार ने कभी ऐसा लगने नहीं दिया था कि वह भी किसी प्रकार निर्बल हो सकता है। अब उसके माथे पर पसीना छलक आया था। वह कितना दीन-सा दिखाई देता था!

सुखराम को लगा जैसे पेड़ कटकर गिरने के पहले डावांडोल हो रहा हो। वह कल कितना रौबीला था! लगता था यह तो फौलाद है, सिर्फ हुकूमत करने को पैदा हुआ है!

सुखराम ने देखा, उसने मुंह छिपा लिया। आज वह सचमुच किसी को मुंह दिखाने लायक नहीं रहा था। उसे एक-एक परिचित दिखाई दे रहा था। वे सब उसे व्यंग्य से देख रहे थे। और वह इसी लॉरेंस से स्नेह करता था! उसी ने इसे नौकरी दिलाई थी! यही था कृतज्ञता का नतीजा!! यही था!!

बूढ़ा कुर्सी पर गिरा और मेज पर हाथों के बीच सिर रखकर रो पड़ा।

पत्थरों में जैसे खड़र-बड़र हो रही थी और चट्टान फोड़कर सोता फूटा पड़ रहा था। यही तो वे आंखें थीं जिन्होंने सैकड़ों-लाखों आदमियों की गरीबी देखकर भी उन्हें कुचला था। उस वक्त न्याय और कानून का आश्रय लिया था! दूसरों की मौत पर ये आंखें झूठी हमदर्दी दिखाया करती थीं।

सुखराम को आश्चर्य हुआ। उसे सचमुच यह देखकर आश्चर्य हुआ कि यह आदमी इतना दिल रखता है कि उसमें भी तपिश से भाप पैदा हो सकती है! वह तो यह समझता था कि ये तो मालिक हैं। जो राग-द्वेष साधारण मनुष्य में है, वे इनमें नहीं हैं। ये तो सिर्फ आराम करने के लिए पैदा हुए हैं। इन्होंने तो हुकूमत करने को जन्म लिया है।

परन्तु आज उसका वह भाव खंडित हो गया। और उसकी मनुष्यता देखकर सुखराम का वह डर दूर होने लगा।

बूढ़ा कुछ देर खड़ा हुआ। उसने झुककर पिस्तौल उठा लिया।

सुखराम ने कुछ नहीं कहा। बूढ़ा आगे बढ़ा।

''हजूर!'' सुखराम ने टोका।

''क्या है?'' वृद्ध ने मुड़कर पूछा।

सुखराम आगे बढ़ा। कहा—''इसे मुझे दे दीजिए हजूर!''

''नहीं।'' वृद्ध ने कहा—''मैं उसको गोली नहीं मारूंगा।''

सुखराम ने कहा—''तो फिर इसे हाथ में आपने क्यों उठा लिया है हजूर! मुझे डर लगता है। आप अभी गुस्से में हैं। बाद में क्या होगा, जानते हैं? इसका नतीजा क्या है, मालूम है?''

''क्या है?'' और फिर हृदय के कानों में दिशांतों से उसे जनता के अट्टहास सुनाई देने लगे। उसे लगा, एक लपट फरफराकर उठी और चढ़ी और इंग्लैंड का झंडा धू-धू करके जलने लगा।

''पिस्तौल यहीं धर दीजिए, सरकार,'' सुखराम ने कहा। वृद्ध की आंखों में सुखराम के प्रति एक आत्मीयता आई। वह बड़े अनमोल क्षणों में जन्म लेने वाला तादात्म्य आज सहज ही उसके मुख पर आ गया था।

बूढ़े ने पिस्तौल जेब में धरकर कहा—''मेरा बेंत लाओ।''

सुखराम बेंत लेने आया। वृद्ध लॉरेंस के पास गया। वह इस समय तनिक भी उत्तेजित नहीं लगता था, जैसे उसमें अब ठंडा गुस्सा भर गया था और फिर उसने निर्दयता से लॉरेंस को मारना शुरू किया। वह बेंत क्या था, उसकी तड़पती हुई लचक थी। मांस पर पड़ता था तो दांत की तरह घुसता; और फिर लॉरेंस रोने लगा, जैसे उसके सहन करने की भी पराकाष्ठा हो गई थी।

लॉरेंस ने कहा—''मुझे माफ करो डैडी...।''

बूढ़ा मारता जा रहा था। कजरी ने सुना तो सूसन का हाथ पकड़कर कहा ''चलो मिसी बाबा।''

"मैं नहीं जाऊंगी।"

"चलो रानी जी!" उसने आजिजी से कहा।

जब दोनों पहुंची तो लॉरेंस कराह रहा था—"तुम मेरे बाप हो, मुझे माफ करो...मैं इंग्लैंड चला जाऊंगा...मुझे माफ करो...।"

बूढ़े का क्रोध आज थकने का नाम नहीं लेता था।

सूसन ने देखा तो रुकी नहीं। चुपचाप कमरे में लौट आई और सामने आकाश के व्यापक प्रसार को देखती रही। बाहर से कोई देख न ले, इसलिए सुखराम ने उधर का द्वार बंद कर दिया था।

लॉरेंस कराहा—"मुझे छोड़ दो...इंग्लैंड के लिए मुझे छोड़ दो...इंग्लैंड!"

वह और न कह सका। उसका सिर लुढ़क गया। वह बेहोश हो गया था। कहते हैं, रावण का भेजा हुआ मारीच जब सोने का हिरन बनकर राम को छल से भगा लाया था और अन्त में राम ने उसे बाण से मार ही दिया था, तब वह यही चिल्लाया था—"हा लक्ष्मण...हा राम..." और इसी तरह जब लॉरेंस चुप रहा तो भला-बुरा उसने घूम-फिरकर इंग्लैंड को ही समर्पित कर दिया था।

वृद्ध को पता नहीं चला था कि वह मूर्छित हो गया था। कजरी ने सुखराम से कहा, "रोक अब! मर जाएगा!"

सुखराम ने बूढ़े का हाथ पकड़ लिया और कहा—"हजूर बस!"

एक चपरासी की यह हिम्मत कि पॉलिटिकल एजेंट का उठा हुआ हाथ पकड़ लिया! परन्तु नहीं, आज वृद्ध अपनी सारी जड़ता को छोड़कर खड़ा था। यह गुस्सा न्याय के लिए था। मनुष्यत्व के लिए था। यह अन्याय और साम्राज्य के लिए नहीं था। इसी से इसमें अहंकार, जड़ता और दम्भ का प्रभाव नहीं था।

बूढ़े के हाथ से सुखराम ने बेंत ले लिया। बूढ़े के माथे पर पसीना आ गया था। कजरी दौड़कर पानी का गिलास ले आई।

डर छोड़कर कहा—"पी लीजिए हजूर।"

वृद्ध ने कांपता हाथ बढ़ा दिया और गट-गट करके पानी पी गया! जो कल तक मेज पर मदमस्त होकर जब खाने बैठता था, तो शेर बनने के लिए चाट-चाटकर शराब पीता था, क्योंकि वह भूखे पेट में नहीं खाता था। उसके ओहदे का अहंकार नित्य उसकी मनुष्यता को हराया करता था। आज वह सब टूट गया था—इस पल, केवल इसी क्षण...

सूसन कपड़े बदल चुकी थी ।

बूढ़ा उसके कमरे में घुसा तो वह उसकी ओर मासूम आंखों से देखती रही।

"कैसे इतना बर्बर हो सका वह!" वृद्ध ने कहा और उसे हृदय से लगा लिया।

"सूसन, मेरी बच्ची," वृद्ध ने फिर कहा—"सूसन, मेरी बेटी!"

भावावेश गद्गद कर गया। कहने को सांत्वना के शब्द नहीं मिल रहे थे। वह आज कंगाल हो गया था।

पर बच्ची ने आंखें नहीं मिलाईं। धीरे से कहा—"मुझसे तो नाराज नहीं हो डैडी! मेरा कोई अपराध नहीं है। मैंने कभी उसे प्रोत्साहन नहीं दिया था।"

उसे ग्लानि थी। बूढ़े ने कहा—"नहीं बेटी। मैं जानता हूं तू निष्कलंक है, जैसे चन्द्रमा होता है, जैसे श्वेत हंस होता है। पर मैं क्या करूं! मेरी समझ में नहीं आता।"

सूसन नहीं बता सकी।

बूढ़ा बैठ गया। वह अब पाइप पीने लगा था।

“और कौर-कौन जानता है?” उसने सूसन से अंग्रेजी में पूछा।

“कोई नहीं। बस ये दोनों जानते हैं। डैडी, ये दोनों बहुत अच्छे हैं।”

वृद्ध ने केवल “हूं” कहा।

सुखराम उसके सामने हाथ बांधे खड़ा रहा। वृद्ध कुछ सोचने लगा था।,

कजरी ने सुखराम की ओर देखा। फिर सूसन की ओर। सूसन की कृतज्ञता आंखों के बाहर उमड़ी पड़ रही थी। वह कितनी सुन्दर लग रही थी! वेदना ने तो कंचन को निखार दे दिया था।

बूढ़े का ध्यान उचटा। कहा—“सूसन!”

“हां, डैडी।”

“अब भी तुझे दुख है?”

पुत्री कैसे कहे कि वह भूल नहीं सकेगी।

सुखराम ने कहा—“सरकार!

वृद्ध ने चौंककर देखा। बेटी का सिर झुका हुआ था। उसने अनुभव किया कि कुछ भी हो, वह नारी थी। और स्त्री स्वामिनी हो या दासी, यहां उसकी सत्ता का एक ही मूल्य लगाया जाता है। अधिकार, सम्पत्ति, सबका नियन्त्रणात्मक संवेदन एक ही है।

सुखराम ने फिर आवाज दी।

“क्या है सुखराम?” बूढ़े ने पूछा।

“अब क्या होगा सरकार?”

वृद्ध उत्तर नहीं दे सका। बल्कि आज उसने एक ऐसी प्रश्नवाचक दृष्टि से देखा जैसे मैं नहीं जानता, तुम ही बताओ कि अब क्या करना चाहिए। सुखराम समझ गया।

“सरकार, छोटे साब को यहां से भेज दीजिए।”

“कहां?

“जहां वे जाना चाहें।”

“और अगर वह जाकर कहेगा तो?”

“सरकार, उनका कहने का मुंह नहीं रहा। अभी तो उन्हें जाकर घर में छिपाकर दवा करनी पड़ेगी। और कहेंगे तो मानेगा कौन?”

“तुम ले जाएगा?” वृद्ध ने पूछा, जैसे स्वयं उसमें इतना साहस नहीं था।

“हां सरकार।”

“कैसे?”

“सरकार, स्टेशन ले जाकर गाड़ी में टिकट लेकर बिठा दूंगा।”

“किसी को मालूम हुआ तो?”

“कोई जानेगा कैसे?” सुखराम ने पूछा।

“ओह!” वृद्ध के मुंह से निकल ही गया—“जाओ, ऐसा ही करो।”

सुखराम ने जाकर लॉरेंस को खोल दिया। और उसे उठाया, पर वह थोड़ी देर तक सीधा खड़ा नहीं हो सका।

कजरी एक डबल रोटी और चाय ले आई। उसने कहा—“बैठ जाओ साहब।”

वह समझा नहीं तो उसको उसने बिठा दिया और पास बैठ गई। उसे चाय पिलाने लगी। वह अपने हाथ देख रहा था, जिसमें जगह-जगह नील पड़ गए थे। कजरी को दया आई। करुणा से उसके हाथ पर हाथ फेरकर कहा—“हाय, कैसे नील पड़ गए हैं! बेचारे को कित्ता मारा है!”

वह सचमुच इतनी मार देखकर विचलित हो गई थी। वह उससे आकर्षित हुआ था। कजरी के मन में इसका स्नेह था। और यह एक जीवन का बड़ा सत्य है कि स्त्री विवाहित होकर भी अनजाने ही एक काम करती है। जब तक उसमें जवानी रहती है, तब तक वह अपने को दूसरे लोगों की आंखों की कसौटी पर अपने रूप और यौवन को आंका करती है। वह देखती है कि उसमें अब भी कोई आकर्षण है या नहीं। और यदि है तो अवश्य वह अपने पति को अभी तक अच्छी लगती होगी। बस, उसमें इससे अधिक कोई भाव नहीं रहता।

कजरी की यह दशा देखकर लॉरेंस को लगा, वह अभी तक मनुष्य है। इतना घृणित होते हुए भी उसमें दया के योग्य कुछ है। वह कजरी के कन्धे पर सिर धरकर फूट-फूटकर रो उठा। कजरी ने उसका सिर थपथपाया। उसे बिठाया। फिर इशारा किया कि मेरे साथ चल।

लॉरेंस उसके पीछे चला। कजरी ने इशारा किया। लॉरेंस ने बूढ़े के सामने ही जाकर सूसन के पांव पकड़ लिए और ऐसे रो उठा जैसे वह जन्म-जन्मातर का जघन्य पापी था। उसको ऐसे रोते देखकर भी वे दोनों चुप रहे। सूसन ने पांव हटा लिए। कजरी कहना चाहकर भी नहीं कह सकी कि मिसी बाबा, माफ कर दो।

बूढ़े ने कहा—"इसे ले जाओ।"

कजरी उसे ले आई। वह रो रहा था। कजरी ने उसके आंसू पोंछ दिए।

सुखराम कपड़े ले आया। लॉरेंस चुपचाप तैयार हो गया।

सुखराम ने बाहर कहा—"रात-भर साहब बुखार में बर्राता रहा। मिसी बाबा तो रात-भर रो-रोकर परेशान हो गई। बुखार था। पूरा सरसाम समझो। उठकर भागता था। तब उसे बांधकर पटकना पड़ा। मैं उसे ले जा रहा हूं।"

"कहां?" माली ने कहा—"शहर?"

"अजी यहां क्या इलाज होगा! रेल में बिठा आता हूं। तू जमींदारजी की घोड़ा-गाड़ी ले आ।"

माली ने कहा—"पर रात तो तूफान था। हमें मालूम भी नहीं पड़ा। अच्छा जाता हूं।"

गाड़ी आ गई। जमींदार धन्य हो गए। लॉरेंस बैठ गया। सुखराम ने गाड़ी हंकवा दी। उसने गाड़ीवान की बगल से झांककर देखा, लॉरेंस सो गया था।

शाम को जब वह लौटा तो कजरी को देखा। पड़ी थी। कोठरी में सन्नाटा था। माली खड़ा था। और एक चपरासी भी था।

वह कोठरी में घुसा। सूसन ने देखा तो इशारा किया—धीरे बोलो।

सूसन उसके मुंह में थर्मामीटर लगाए थी। उसने निकालकर देखा।

"क्या बात है। सुखराम ने पूछा।

"कुछ नहीं।" कजरी ने मुस्कराकर कहा।

सुखराम ने छूकर देखा, देही तप रही थी ।

"बुखार है।" माली ने कहा।

कजरी ने कहा—"अरे तुम लोग जाओ अब। अब तो यह आ गया।"

माली और चपरासी चले आए। कजरी ने कहा—"मिसी बाबा! आप जाओ। अब कोई डर नहीं।"

सूसन ने बताया।

सुखराम को अब पता चला कि कजरी के पेट में चोट थी।

सूसन ने कहा—"मैंने पट्टी बांध दी थी।"

उसने पेट दिखाया।

कजरी ने हंसकर कहा—"ठीक हो जाएगी मिसी बाबा। आप तो दया भी इत्ती करती हैं। मानुस कौन है, जिसे कभी बुखार नहीं आता? इसका भी इतना सोच!"

सुखराम सिर पकड़कर बैठ गया।

"तुझे क्या हुआ?" कजरी ने पूछा।

सुखराम ने उत्तर नहीं दिया।

सूसन समझी नहीं, पूछा—"क्या हुआ?"

"कुछ नहीं।" कजरी ने कहा—"चक्कर आ गया होगा इसे।"

पर वह समझ गई थी। कहा—"अरे रहने दो।"

सूसन ने पूछा—"मुझको बताओ।"

"अजी कुछ नहीं है, मिसी बाबा!" कजरी ने कहा—"वैसे ही दिखाता है। आप जाओ आराम करो।

सूसन चली आई।

सुखराम अभी तक वैसे ही बैठा था।

"क्यों रे, उठेगा नहीं?"

वह फिर भी चुप था।

कजरी उठी। कहा—"नहीं बोलेगा तू?"

"क्या बोलूं मैं?"

"छोड़ आया उसे?"

"हां।"

"कुछ बताता नहीं। हां। बस! सांप सूंघ गया है जो!" हंसते हुए कजरी ने कहा—"क्यों रोता है?"

"कहां? मैं कहां रोता हूं।"

"तो तेरी सूरत ऐसी कब से हो गई है?"

सुखराम ने पूछा—"बहुत दर्द है?"

"अरे, ऐसा पूछता है! उस बखत भी तू बंटा लेगा जो अब पूछता है!"

सुखराम मुस्कराया। आशा बंधी।

"मैं मरूंगी नहीं।" कजरी ने कहा—"मैं क्या तुझे सहज छोड़ दूंगी!"

"कजरी! तू प्यारी की तरह मुझे छोड़ तो न जाएगी?"

"तू चाहेगा तो क्या नहीं होगा। डरै मत! बड़ा भोला है न तू! क्या पूछ रहा है?"

"क्यों?"

"मुझे मालूम है कि कब आऊंगी, कब जाऊंगी!"

"भगवान जानता है कजरी, तूने रात का सामान देखा?"

"मैंने तो नहीं देखा।"

"मैं कपड़े ले आया हूं। तू बना लीजो।"

"सच! तो मुझे दिखा दे, अच्छे लाया है न?"

"देख कित्ते अच्छे हैं..."

सुखराम ने यह कपड़े उसके हाथ में दिए। तभी सूसन ने कोठरी में प्रवेश किया।

वह कह रही थी—"अब कैसी हालत है कजरी, डैडी पूछते हैं।"

"हजूर! अच्छी है!" कहते हुए उसने लाज से कपड़े छिपा लिए। परन्तु सूसन ने देख ही लिए।

"यह क्या है?"

"कुछ नहीं हजूर।" कजरी ने कहा। और हाथ पीछे कर लिया।

सुखराम बड़े अदब से शर्माए हुए, सिर एक ओर तनिक झुकाए बड़ा खुश था।

और तो सिर्फ कपड़े थे, पर टोपा कमबख्त रेशमी था, छोटा-सा बना हुआ। उसके पास दो खिलौने थे। साहब का अर्दली था। कोई गरीब था!!

"अरे!" सूसन के मुंह से निकला। स्त्री ने समझ लिया।

उसने कहा—"कजरी! तूने पहले क्यों न कहा! उसने तेरे पेट में लात मारी थी!!"

उसपर आतंक छा गया था।

कजरी ने हंसकर कहा—"मिसी बाबा! कहकर क्या आपपर अहसान जताती? बच्चे का क्या है! फिर हो जाएगा।"

असल नटनी बोली थी! सूसन को लगा, उसका सिर अब जो झुका है वह कभी नहीं उठ सकेगा।

वह लौट गई। सुखराम उसे बंगले तक पहुँचाने आया। पर वह चुप थी। बोली नहीं।

वृद्ध उस समय आराम से पाइप पी रहा था।

"डैडी!" सूसन ने कहा। उसका स्वर कंपित था।

वृद्ध ने धुआं उगलकर कहा—"क्या हुआ?"

"डाक्टर बुलवाइए फौरन।"

"क्यों?"

"कजरी बीमार है।"

"कजरी अपने ठीक हो जाएगी, बेटी। ये लोग डाक्टर-वाक्टर नहीं बुलवाते। और फिर तुम उनसे इतनी हमदर्दी करोगी तो लोगों को शक नहीं होगा?"

परन्तु सूसन ने मुंह फेर लिया और कहा—"आपको कसम है। एक बार चलकर तो देख लीजिए। वह गर्भवती है। उसका हाल तो देखिए।"

बूढ़ा उठा। उसे देखकर कजरी चौंक उठी, सिर ढक लिया।

"क्या हुआ?" उसने पूछा।

सुखराम के साथ भीतर आ गया। देखा और समझा। उसका हृदय झनझना उठा। तब बूढ़े ने कहा—"यह किसने किया?"

कजरी नहीं बोली। सूसन ने रोते हुए कहा—"वह जंगली!!"

बूढ़ा गंभीर हो गया।

"सुखराम!!" उसने अवश मुद्रा में कहा। सुखराम ने देखा, उसकी आंखों में लाचारी थी और आज वह स्वामी बनकर नहीं, मनुष्य बनकर देख रहा था। वह आंखें कितनी क्षमा मांग रही थीं! याचना कर रहीं थीं!

कजरी ने कहा—"सरकार! आप घबराते क्यों हैं? मैं ठीक हो जाऊंगी।"

वृद्ध का सिर झुक गया।

"जाइए हजूर, कोई डर नहीं," सुखराम ने कहा—"मरना-जीना तो भगवान के हाथ है। इसमें किसी का क्या!"

वृद्ध सुन नहीं सका। वह बाहर चला गया। आज उसे असभ्यों ने महानता का पाठ

पढ़ाया था। जिनको वह तुच्छ समझता था, वे ही आज उसे मनुष्यता की बारह खड़ी पढ़ा रहे थे! उसका हृदय ग्लानि से भर गया था। वह अहंकार आज पत्थर के नीचे दबे सांप की तरह कुलबुलाकर जैसे दम तोड़ रहा था। उसने हाथ पसारे थे और धूल की आशा की थी, किन्त उसको मोती मिले थे। ये मोती कांच के-से नहीं थे, आंखों से उमड़े थे। उनमें हृदय की गरिमा थी।

उसके जाने पर सूसन ने सिपाही भेजकर डॉक्टर को कस्बे से बुलाया। सुखराम बाहर चला गया। डॉक्टर सूसन को उस कोठरी में देखकर चौंका, पर हिम्मत नहीं पड़ी कि ज्यादा पूछताछ करता। उसने पेट देखा।

कहा—"कोई खतरा नहीं है। चोट बाहर ही है।"

सूसन की सांस लौटी।

डॉक्टर ने कहा—"यह कैसे हुआ?"

कजरी ने सूसन की ओर देखा। और अपने आत्मसम्मान की भीख मांगने वाली नारी को देखकर उसका हृदय कांप उठा। भारी-भारी दयनीय आंखों से जब सूसन ने कजरी की ओर देखा, तो कजरी का सारा स्वार्थ चूर-चूर होकर गिर गया। वह मुस्करा दी।

डॉक्टर कभी उसे, कभी सूसन को देखता।

कजरी ने कहा—"गिर पड़ी थी मैं।"

"देखकर नहीं चलती?" उसने कहा।

"डॉक्टर साब!" कजरी ने कहा—"भगवान ने पांवों में आंखें तो दीं नहीं।"

"बड़ी बातून है!!" डॉक्टर ने कहा।

जब डाक्टर चला गया, सूसन ने कजरी को छाती से लगा लिया। आज स्वामिनी ने दासी को हृदय से लगा लिया था। आज कहां थी वह घृणा! वह नृशंसता जैसे आज सहनशीलता की गरिमा में तिरोहित हो गई थी। सम्मोहन कितना मादक और कितना अटूट था!

सुखराम ने देखा कि औरत को इज्जत से प्यारा इस संसार में कुछ नहीं होता।

इज्जत! क्यों चाहती है स्त्री यह सम्मान? क्योंकि वह पशुत्व से घृणा करती है। वह जड़ता से नफरत करती है। वह मां बनती है तो पुरुष की जघन्य तृष्णा और बर्बरता की परितृप्ति के लिए नहीं, वरन् सृष्टि की मूल भावनाओं से स्पंदित होकर सृष्टि को पूर्णता देने के लिए अपना व्यक्तित्व पूर्ण करती है। तब क्या वह उन कष्टों को नहीं झेलती! परन्तु वह अपने मातृत्व का सम्मान चाहती है। अपनी सत्ता का सम्मान चाहती है, ताकि आने वाला व्यक्ति—बालक—अपनी जननी का सम्मान करना सीख सके, ताकि यह परम्परा मनुष्यता की जय का प्रतीक बनकर दिन दूनी, रात चौगुनी बढ़ती रहे...

कजरी चंगी होने लगी। सूसन उसे तन्दुरुस्त देखती तो उसके मुख के स्थायी विषाद पर आनन्द संचारी बनकर डोल उठता। जब कजरी ठीक हो गई तो उसने जाकर देखा।

शाम हो गई थी। सूसन घुटनों के बल बैठी ईश्वर से प्रार्थना कर रही थी।

दिन आते, चले जाते; रात आती, ढल जाती। और इसी तरह कुछ महीने निकल चले।

एक दिन कजरी ने कहा—"सुनता है! यह मैंने बनाए हैं।"

कपड़े सामने धर दिए। बड़े उम्दा थे। सुखराम चौंका। पूछा—"यह कहां से आए?"

कजरी मुस्कराई।

"अरी बताती नहीं! तुझे इस हाल में भी कोई दे जाता है। बात यह है, बेवकूफों की दुनिया में कमी तो है नहीं।"

"मैं तो तुझे देखकर यही सोचा करती हूं।" कजरी ने कहा।

"क्यों री," सुखराम ने कहा—"तू मुझे ऐसा जवाब देती है; कहीं तेरा बेटा ऐसे ही मुझे जवाब दे उठेगा तो?"

"मारूंगी नहीं उसे?" कजरी ने कहा—"सुसरा बाप को जवाब देगा! पालूंगी तो मैं ही। तेरे जैसा बेवकूफ नहीं बनने दूंगी उसे मैं।"

"चलो अच्छा है।" सुखराम ने कहा—"मेरी तरह वह दुख भी न पाएगा।"

"तो मैं तुझे दुख देती हूं?" कजरी ने चिढ़कर कहा।

स्त्री सब कुछ सह लेती है, लेकिन अपने और अपने मायके के बारे में मजाक सुनना उसकी ताकत के बाहर होता है।

सुखराम हंसा। कहा—"यह भी सिखाएगी उसे कि बात-बात पर तिनक उठे।" उसने हाथ जोड़कर कहा—"हे भगवान! अगर देने पर ही दया की है, तो मेरी अकल और इसकी शकल देना।"

कजरी का क्रोध दूर हो गया। उसकी शकल की जो तारीफ हो गई थी उससे मन संतुष्ट हो गया था।

बोली—"लोग कहते तो हैं कि लड़की बाप की सूरत पर जाए और लड़का मां की सूरत पर, तो दोनों भागवान होते हैं।"

"भागवान न होते तो उसके पेट में रहते ही कोई यह कपड़े दे देता!"

"अरे जा! यह तो मिसी बाबा ने दिए हैं।"

सुखराम ने कहा—"किसने, मिसी बाबा ने?"

"हां।" वह हंसी और बोली—"और यह दिया है।"

उसने दिखाया। पूरा, नया साबुन!

"अरी नटनी, कहीं कला तो नहीं दिखा रही है?" सुखराम पूछ बैठा।

"तू जाके कह दे," कजरी ने कहा—"जैसे पहले साबुन लाई थी तब कह आया था!"

"मैंने तो नहीं कहा।"

कजरी चौंकी। अब समझी, मिसी बाबा क्यों हंसी थीं।

34

मेरे दोस्त ने सुखराम को बुलाया। डांटा। जाने क्या किया, वह मैं नहीं जानता। पर उसका परिणाम निकल ही आया।

चंदा का ब्याह सुखराम ने नीलू से करा दिया।

"नहीं करूंगी," चंदा चिल्लाती रही। परन्तु मंगू की मदद ली गई और नीलू ढूंढ़ लिया गया। वह लड़का था और चंदा की एक नहीं चली। उसने कुएं में कूदने का प्रयत्न किया, किन्तु रामा की बहू उसे पकड़ लाई। और एक लड़की करती भी क्या!

जशन भी हुए, शराबें भी चलीं। सुखराम का भारी मन भारी ही बना रहा, लड़की की आंखें रो-रोकर सूज गईं; पर सुखराम जैसे पत्थर का हो गया था।

चंदा रोई। कहा—"नहीं जाऊंगी इसके साथ।

"तो क्या करेगी?" सुखराम ने पूछा।

"कुएं में डूब मरूंगी।"

''जा डूब मर!''

पर नीलू उसे जबर्दस्ती ले गया। चंदा को जाना ही पड़ा; परन्तु घर जाकर उसने वह भयानक उत्पात किया कि नीलू बाहर ही सो गया और चंदा डेरे के भीतर रात-भर रोती रही।

एक दिन मैंने सुना, मुझे आश्चर्य हुआ। सुखराम कैसे इतना कठोर हो गया होगा! मैं सुखराम से मिला। मैंने कहा—''यह सच है कि तुमने उसका ब्याह कर दिया?''

''हां, ब्याह कर दिया।'' सुखराम ने कहा—''बाबू भैया! मैंने उसकी जिन्दगी बना दी।''

''तुम सुखराम...!'' मैंने कहा—''तुमने उस बच्ची पर सख्ती की किस तरह?''

''मैं क्या करता बाबू भैया! अगर वे चंदा को मार डालते तो?'' सुखराम ने कहा—''जान है तो क्या नहीं है!''

''तुम डर गए हो?'' मैंने पूछा।

तभी नरेश दिखाई दिया। मैंने उसे बुलाया। सुखराम ने कहा—''आओ कुंवरजी।''

मैंने देखा, नरेश उदास था। उस पर जैसे वज्र गिर गया था।

''कुंवर!'' सुखराम ने कहा—''उसका तो ब्याह हो गया। पर तुम रोज आते हो। यहां अब रहा ही क्या है!''

मुझे यह सुनकर दारुण दुःख हुआ। लड़का शायद भूल नहीं सका था। कितना स्नेह था वह!

मैंने पूछा—''नरेश! तुझे मालूम है, उसका ब्याह हो गया है?''

उसने सिर हिला दिया, जैसे मालूम है।

''फिर भी तू आता है!'' मेरे मुंह से निकल ही गया।

सुखराम ने आंखें फिरा लीं और ऐसे मींडने लगा जैसे तिनका गिर गया हो। पर मैंने देखा कि आंसू पोंछ रहा था।

नरेश चला गया। सुखराम ने धीरे से एक लम्बी सांस ली और कहा—''देखा, बाबू भैया! वह कुछ बोला नहीं। वह अब कुछ नहीं बोलता। रोज आता है और देखता रहता है।''

सुखराम की आंखें भर आई थीं। उसने फिर कहा—''वह भी नीलू से बात नहीं करती। सब समझाकर हार गए, पर किसी की नहीं मानती। जैसी जबर्दस्ती उसकी मां के साथ हुई थी, वैसी ही भूल इस बार भी हो गई है।''

''पर यह तुमने किया है।'' मैंने कहा।

''अपने लिए नहीं, चंदा के लिए।'' सुखराम ने उत्तर दिया।

मैं चुप हो गया। आकर भाभी ने कहा। बोलीं—''चलो टंटा कटा। अब तो कुंवर अपने-आप नहीं जाएगा।''

''क्यों?'' मैंने पूछा।

''वह जात की नटनी है।'' भाभी ने कहा—''और क्या? अब ढर्रे से लग जाएगी।''

मैं समझ गया, वे दुनियादारी की बात कर रही थीं। उनका ख्याल था कि अब तो उसका ध्यान बंट जाएगा।

मैंने कहा—''भाभी! वह कन्यादान से नहीं गई जो गरीब-बेबस हो! उसने अभी अपने पति को अपना शरीर भी छूने नहीं दिया।''

''उसे पराए मरद का तो डर ही नहीं देवर,'' भाभी ने कहा—''क्या पतबरता बना रहे हो उसे!''

''मैं बना रहा हूं? जानती हो, नरेश उसे भूला नहीं है!''

"अरे, नहीं भूला तो क्या करूं?" भाभी ने कहा—"एक इसके लिए भी लाऊंगी। देखूं कैसे नहीं भूलता। क्या बखत आ गया है! जरा-जरा से लड़के-लड़कियां आसमान में थेगली लगाते हैं। हमने तो न किया, न सुना। इसी जमाने में आकर यह कमाल शुरू हुए हैं।" उसने स्वर में उन सबके प्रति घृणा और अपमान का भाव था।

मुझे विक्षोभ हुआ। मैंने कहा—"भाभी! पर जितना तुम आसान समझती हो यह सब उतना सहज है नहीं।"

वे बोलीं नहीं। नरेश कहीं से आया। चुपचाप भीतर चला गया। भाभी को देखा तो शून्य दृष्टि से।

"क्यों, अब भी खुश नहीं हो?" भाभी ने कहा—"देखा, क्या हाल हो गया है इसका!"

"क्यों, ऐसी क्या बात हुई है?" मैंने पूछा—"जो मैं शीरनी बांटूं।"

"अरे, मैं उसकी मां हूं।" भाभी ने कहा—"तुम मुझे समझाने बैठे हो!"

दूसरे दिन नरेश घूमने गया। मैंने देखा तो मैं भी उसी के पीछे-पीछे चल दिया। मुझे डर था। अतः कौतूहल ने कहा कि चलो, देख आओ। क्या वे अब भी आपस में मिलते हैं!

परन्तु मैंने देखा, वह सफेद महल में ठहर गया। देर तक खड़ा-खड़ा सोचता रहा। मैं पहले तो समझा नहीं, पर फिर अचानक मेरे भीतर की कल्पना जागी। उसने कहा, तू जानता है यह क्या कर रहा है? दुनियादारी का स्वार्थ, जो अपना एक क्षण भी नष्ट नहीं करना चाहता, वह बोला—मूर्ख है। मैं क्या जानूं!—तब मनुष्यत्व ने कहा—यह उन पुरानी जगहों को याद कर रहा है, जहां एक दिन वह चंदा से मिलता था।

नरेश हठात् चल पड़ा। मैं उसके पीछे था।

चंदा राह में मिली। वह चली आ रही थी। उसका मुंह उतरा हुआ था। बाल बिखरे हुए थे। नरेश को देखा तो ऐसी खड़ी रह गई जैसे क्या करे!

और नरेश ने देखा तो देखता ही रह गया।

"तू!!" चंदा ने कहा। पर पास आ गई।

"मैं जानती थी, तू आएगा।" चंदा ने कहा—"तू जानता है, उन्होंने मेरे साथ क्या किया है?"

"जानता हूं।"

"फिर तूने क्या किया?"

"क्या करता मैं?"

"कुछ नहीं??"

"तब तो" चंदा ने फिर कहा—"तू बड़े-बड़े वादे करता था!"

"तब तू मेरी थी चंदा।"

"अब किसकी हूं?" चंदा ने कहा। उसने स्वर उठाकर पूछा—"अब क्या तू मुझे अपनी नहीं समझता?"

नरेश ने मुंह मोड़ लिया।

"नहीं?" चंदा ने रुआंसे स्वर में पूछा—"तूने मुझे यही दिया है नरेश! मैं समझती थी, तू तो मुझे दिलासा देगा! पर तू! तू उनसे ज्यादा पत्थर है।"

"मैं पत्थर नहीं।" नरेश ने कहा—"चंदा! मैं...मैं, कैसे कहूं कि अब तेरा ब्याह हो गया है, तू मेरी नहीं है...तू मेरी नहीं है..."

उसका वाक्य सुनकर चंदा तड़प गई। उसने घूरकर देखा। नरेश देख न सका। चंदा ने कहा—"कल तेरा ब्याह हो जाए तो?"

चंदा ने घन पर हीरा रखकर पूरी जोर से हथौड़ा चला दिया था। हीरा पिस गया था। मैंने सुना तो सुख हुआ। अनजाने ही नारी आज पुरुष से प्रतिद्वन्द्विता कर रही थी। नितान्त अशिक्षित। वह नहीं जानती कि वोट किस कहते हैं, किन्तु जीवन का संघर्ष आज बोल रहा है। नारी पूछती है कि यदि मैं शरीर से निर्बल हूं, तो क्या सभ्यता इसी में है कि सबल अपने से निर्बल को कुचल दे?

"तू औरत है।" नरेश ने कहा।

शताब्दियों का अंधकार घुमड़ा और इन तीन शब्दों में संचित हो गया। जैसे जंगल के राजा शेर ने मृगों के झुंड पर अपना अधिकार समझकर आक्रमण कर दिया हो, क्योंकि उसकी खुराक उनका लहू और मांस ही है। मैंने अनुभव किया कि यह भाव कितना पक्का है कि पुरुष ही नहीं, अब नारियां भी इसी का अनुभव करती हैं। उन्हें भी यही सत्य लगता है। किन्तु ऐसा क्यों है? क्योंकि अभी हम पितृसत्तात्मक समाज से पूर्ण विकास नहीं कर सके हैं।

"तो क्या हुआ?" चंदा ने पूछा।

नरेश ने कहा—"जो होता है, वही तो मानना पड़ता है।"

मैंने सुना तो मुझे ताज्जुब हुआ। मुझे कितना हर्ष होता यदि नई पीढ़ी का पुरुष—यही नरेश इस समय कह देता कि नहीं, यह सत्य नहीं है, तू भी स्वतंत्र है, मुक्त है। पर फिर इतना मतलब होता कि अपनी जड़ें आप ही काट देता। उसका मत था, चलो जो हुआ सो हुआ।

लड़की नये पुरुष के सम्बन्ध से अपवित्र हो जाती है, पुरुष नहीं होता। स्त्री की वासना बदलती है या फिर बच्चा हो जाने पर उसकी ममता दूसरा केन्द्र पा जाती है और फिर वह पुराना प्रेम देखकर स्वयं डरती है, उस पुरुष से घृणा करने लगती है, जिसे जीवन की प्रारम्भिक चांदनी वह लुटा देती है। अतः उसके दृष्टिकोण से पुरुष ही श्रेष्ठ है।

कितनी कम उम्र में यह सबक सीख लिया जाता है! जैसे, माता जब बालक को दूध पिलाती है, तब उसी दूध में भीतर का अहंकार उतरता जाता है, क्योंकि स्त्री भी तो पुत्र को जन्म देकर ही गर्व करती है। क्या यह इसी समाज की विषमता है, या यह भी प्रकृति का नियम ही है?

"अगर," चंदा ने कहा—"तू यही समझता था, तो तूने मुझे क्यों इतना बहकाया? तू नहीं जानता था, मैं नटनी हूं और तू ठाकुर है? तू मेरे ऊपर अहसान कर रहा था!"

मेरे मन में आया, नरेश से कहूं कि देख, आज जीवन की वास्तविकता बोल उठी है!

नरेश ने कहना चाहा, पर कुछ उत्तर नहीं दे सका। वह घुटकर रह गया।

किन्तु वह मेरी संकुचित धारणा थी। नरेश इतने में ही पूर्ण नहीं था। वह तो विकास कर रहा था। हृदय का मंथन कर रहा था। कभी वह बोलता था, कभी उसका संस्कार बोल उठता था।

चंदा उसके बाद नरेश से फिर मिली।

"तू मुझे नहीं चाहता?"

"चाहता हूं।"

"फिर मुझे छूता क्यों नहीं?"

"यह पाप है, मैं डरता हूं।"

"पाप? कैसा पाप?"

"तेरे लिए क्या कुछ पाप नहीं है?"

"पाप!" चंदा ने कहा—"यों नहीं कहता कि मुझे असल में चाहता ही नहीं; बातें बनाता है।"

"अगर मैं तुझे चाहता न होता तो क्यों आता?"

"पर मुझमें पाप क्या है?"

चंदा ने दृढ़ता से पूछा। नरेश ने उसकी आंखों में झांका और फिर धीरे से कहा—"तू पराए की है!"

"कैसे?" चंदा ने पूछा।

"तेरा ब्याह नहीं हुआ?"

"हुआ।" चंदा ने कहा—"पर मैं अब भी वैसी ही हूं। मैंने उससे आज तक जब नाता न जोड़ा तो मैं पराए की कैसे हुई?"

नरेश कह नहीं सका।

"मैं अब भी तेरी हूं नरेश।" चंदा ने याचना की।

"वह नहीं हो सका चंदा।"

"क्यों?"

"क्योंकि तू पराए के घर भेजी जा चुकी है, और दुनिया तुझे उसी की मानेगी।"

"तेरी भैंस खोलकर कोई तेरे सोते में ले जाए और अपने नौहरे में बांध ले, तो वह उसी को हो गई?" चंदा ने पूछा।

"नहीं।"

"क्यों?"

"वह मेरी है।"

"तू उसके लिए लड़ेगा, पर मेरे लिए नहीं लड़ेगा?"

"नहीं।"

"क्यों?"

"क्योंकि जग हंसेगा।"

"फिर तू मुझे छोड़ देगा?" चंदा ने रुआंसी होकर पूछा।

"हां।"

"और तू मुझे भूल जाएगा?"

नरेश की आंखों में आंसू आ गए। बोला—"नहीं।"

चंदा मुस्करा दी। उसका साहस लौट आया। कहा—"तू सच कहता है?"

"मैंने तुझसे कभी झूठ भी कहा है चंदा!" चंदा की ओर द्रवित दृष्टि से देखकर नरेश ने कहा।

"नहीं! तो बिना भूले तू जिएगा कैसे?"

"मैं नहीं जानता।" नरेश ने हथियार डालते हुए कहा।

"फिर मुझे ले चलेगा?"

"नहीं।"

चंदा हतप्रभ हो गई। कहा—"मैं मर जाऊंगी?"

"मैं क्या जानूं चंदा! तू मर जा, मैं भी मर जाऊंगा।"

"तो चल।" चंदा ने कहा—"मैं नहीं डरती। यहां नहीं मिलेंगे तो वहां मिल जाएंगे।"

पर नरेश लौटा। चंदा देखती रही। वह उसे छोड़कर चला जा रहा था। वह देखती रही और फिर वह भागी।

उसने सामने आकर कहा—"तू मुझे सदा के लिए छोड़कर जा रहा है?"

नरेश ने कहा—"मैं तुझे छोड़कर नहीं जा रहा हूं, चंदा। मैं बिछुड़कर जा रहा हूं।"

चंदा ठिठक गई। नरेश देखता रहा और आगे बढ़ गया। चंदा फिर भागी।

उसने उसे पकड़ लिया।

नरेश ने कहा—"मुझे छोड़ दे।"

"नहीं।" वह चिल्ला पड़ी।

नरेश बढ़ा। चंदा ने पांव पकड़ लिए। इसी समय नीलू दिखाई दिया। उसने झपटकर नरेश पर हमला किया। नरेश गिर गया।

नीलू ने हटकर चंदा के बाल पकड़ लिए।

नरेश ने कहा—"हट जा कायर!"

नीलू ने कहा—"जा, जा!"

नरेश झपट पड़ा, कुश्ती होने लगी। नरेश नीचे आ गया था। चंदा ने नीलू के बाल खींच लिए। नीलू नीचे आ गया। चंदा उसे ठोकर मारने लगी। नरेश ने उसके मुंह पर घूंसे मारे।

नीलू गुस्से से पागल था। वह उसकी स्त्री थी और नरेश! वह चिल्लाया—"साले, तेरी सारी कठिनाई निकाल दूंगा।"

नरेश ने इसका उत्तर नहीं दिया, कसकर एक घूंसा दिया। नीलू गिर गया, पर जो उठकर झपटा तो नरेश धरती पर गिरा। उस समय अत्यन्त क्रोधित होकर नीलू ने बढ़कर चंदा की कमर में कसकर लात दी। चंदा भहराकर गिरी। फिर नरेश नीलू पर टूटा। अबकी बार वे दोनों बड़ी जोर से भिड़े। नीलू ने नरेश को बुरी तरह मारा। उसने उसके सिर को धरती पर बाल-पकड़कर दे मारा। लहू बहने लगा। नरेश गिर गया था।

नीलू उठकर खड़ा हो गया।

"अरे तेरा सत्यानास हो जाए कसाई!" चंदा चिल्लाई और नरेश से चिपट गई। वह रोने लगी और उसने कहा—"निरदई! तूने इसे मार डाला!"

नीलू ने उसके बाल पकड़ लिए और खींचकर उठा लिया। चंदा लड़ने लगी। नीलू ने कहा—"कुतिया!"

किन्तु नीलू चंदा को कंधे पर उठाए चला गया।

कुछ देर बाद जब होश आया तो नरेश ने आंखें खोलीं। सिर में दर्द हो रहा था। खड़े होकर देखा। दूर नीलू चंदा को लिए चला जा रहा था। उस समय नरेश को क्रोध आया और फिर वह अचानक बोल उठा—"करनट! तेरी इतनी हिम्मत!!"

नरेश खड़ा नहीं रहा। वह बदला नहीं चाहता था, वह अपने अपमान को धोना चाहता था।

जब नरेश घर पहुंचा तो ठाकुरों ने देखा।

"क्या हुआ छोटे सरकार?" जोरावरसिंह ने कहा।

"मुझपर करनट ने हमला किया था।" उसने कहा।

"नटों की यह हिम्मत!"

आठ-दस लठैत तैयार हो गए।

वे चले। कोई तर्क नहीं हुआ। सवाल नहीं उठे। जैसे यह सब अपने-आप में न्याय था।

नटों को पकड़ लिया गया। नट समझे नहीं। आखिर बात क्या थी! परन्तु इतना ताव किसे था!

लट्ठ बरसने लगे। नट पहले तो चुप रहे, पर तभी एक चिल्लाया—"अरे क्या पिटते ही रहोगे?"

सुखराम बाहर आया। नटों ने लट्ठ लेकर हमला किया। सुखराम चिल्लाने लगा—"रोको, रोको!" पर किसी ने नहीं सुना। उस समय नरेश भागता हुआ आया और चिल्लाया—"रोक दो, रोक दो!" परन्तु शीघ्र ही सुखराम और नरेश घायल होकर गिर गए। ठाकुर लौट गए।

जब मुझे मालूम हुआ तो दौड़ा-दौड़ा गया। सुखराम घायल पड़ा था। मैंने उसे उठाया। उसने कहा—"तुम क्यों आए हो बाबू भैया?"

मैंने कहा—"देखने आया हूं, जुल्म के कितने पहलू हैं।"

"मत देखो बाबू भैया!" उसने करुण स्वर से कहा।

"क्यों?"

"छाती फट जाएगी।" और दारुण वेदना से कह उठा—"अब नहीं सहा जाता!"

वह लहू से भीग गया था। उसने पूछा—"मगर यह हुआ क्यों!" नरेश लाठी की चोट खाए सामने खड़ा था।

"तुम भी कुंवर!!" उसने पूछा।

चंदा ने कहा—"नीलू ने नरेश को मारा था पहले। ठाकुरों ने इसे भी मारा। यह तुम्हें बचा रहा था।"

"तूने?" सुखराम क्रोध से उठा और उसने नीलू को जोर से थप्पड़ दिया। नीलू की घिग्घी बंध गई। फिर सुखराम ने कुंवर के सिर पर हाथ फेरा और अचानक ही बदल गया। "तू फिर गई थी वहां?" वह मुड़कर चंदा पर चिल्लाया।

"नहीं जाऊं?" चंदा ने डपटकर पूछा—"तूने मुझे नीलू से बांधा है, इसलिए?"

"हां! वह गरजा।

"तो तू मेरा मन बांध लेगा?" चंदा ने डपटकर पूछा।

सुखराम को झटका लगा। उसने सिर पकड़ लिया और बैठ गया। चंदा रोती हुई, "दादा, दादा" पुकारती उसके पांवों से लिपट गई। सुखराम स्थिर बैठा रहा। वह रो दिया।

"तुझे दुख होता है?" चंदा ने पूछा।

"नहीं।"

"फिर रोया क्यों?"

"तूने मुझे जवाब दिया चंदा।"

"तो तू क्या मुझे मार नहीं सकता?"

"मेरी बच्ची!" उसने चंदा को सीने से चिपटा लिया। मैं देखता रहा।

"मुझे न भेज दादा! इसके पास न भेज!" उसने नीलू की ओर उंगली उठाकर कहा—"मुझे न भेज! मैं नरेश के पास नहीं जाऊंगी, पर इसके पास से मुझे बचा ले दादा तू!" वह ऐसी रोई कि सुखराम का हृदय टुकड़े-टुकड़े हो गया।

"तू मेरे पास रहेगी चंदा!" सुखराम ने कहा—"तू सुनता है नीलू! यह अब तेरे पास नहीं रहेगी। और जो तूने इस पर हाथ उठाया तो उसे तोड़ दूंगा।"

नीलू कांप गया था। बोल उठा—"लड़की के साथ जुलम न कर सुखराम।"

"तो क्या करूं?"

"यह तो सोच, ठाकुर उसे रख लेगा?"

सुखराम उत्तर नहीं दे सका। एक नटनी ने कहा—"छोरी का क्या! दो-चार बार इसके संग हो आएगी, फिर तू ही जो बसा लीजो नीलू। फिर आ जाएगी यह। मैं कहती हूं बुखार

है। उत्तर जाने दे। तेरा क्या बिगड़ जाएगा जो उसके पास हो आएगी ये।''

''क्या कहती है तू!'' सुखराम ने कहा।

तभी मंगू और उसकी बीवी आ गई।

नटनी ने कहा—''अरे रहने दे, किसी के साथ भाग जाएगी!''

सुखराम जवाब न दे सका।

नटनी चली गई। मंगू की बहू ने कहा—''अरे सुखराम! तेरी ठकुरानी ने तीन-तीन पीढ़ी से सांसत सही। रस्सी जल गई, पर बल नहीं गए।''

''बकती है उस्ताद। मंगू ने टोका—''सब ठीक हो जाएगा।''

मैंने कहा—''सुखराम, तू चल मेरे साथ।''

''कहां बाबू भैया?''

''मैं कुछ बात करना चाहता हूं।''

''चलो।'' वह कठिनाई से उठा।

मंगू चंदा के पास रह गया। उसकी बहू उसके बाल काढ़ने में लग गई।

हम दोनों एकान्त में आ गए।

मैंने कहा—''सुखराम! तुमने शादी क्यों कर दी?''

''क्या करता मैं?''

''नरेश तो छोड़ता ही नहीं।''

''मैं करूं क्या बाबू भैया!'' वह लाचार था।

''चंदा की भी चिंता की है?''

''वह तो नटनी नहीं है बाबू भैया। उसमें हकूमत है, तुमने कभी नहीं देखा?''

''नटनी नहीं है!'' मैं चौंका।

''मैंने नहीं बताया था उस दिन!'' उसने कहा—''शायद इसलिए नहीं बताया होगा कि मैं डरता था।''

''तो यह लड़की कजरी की नहीं है?''

''नहीं।'' उसने कहा।

''इसका तुमसे कोई सम्बन्ध नहीं।''

''नहीं।'' उसने निश्चयात्मक स्वर में कहा।

''फिर!'' मैंने पूछा।

''मैं डरता हूं बाबू भैया। यह बात सिवाय मेरे कोई नहीं जानता।''

मुझे झटका लगा। कहा—''पर तुमने तो मुझे बहुत कुछ बताया था।''

''वह सब मेरे बारे में था।'' उसने स्पष्ट कहा।

''और यह?''

''यह चंदा के बारे में है।'' जैसे यह तो एक रहस्य था।

''फिर क्या हुआ?''

''मैं सोचता हूं अगर नरेश जान गया तो?''

''मैं नहीं बताऊंगा उसे।''

उसे विश्वास हुआ। कहा—''सिर्फ नरेश से डरता हूं। ठाकुर ने मुझसे भीख मांगी। जानते हो, यह मिसी बाबा की है।''

''किसकी?''

''मिसी बाबा की!'' मैंने सुना और फिर भी विश्वास नहीं हुआ।

''मिसी बाबा की?'' मैंने दुहराया।

सुखराम के नेत्रों में जैसे कोई सुदूर की स्मृति हो आई हो।

''हां।'' उसने कहा।

उत्सुकता मेरे अन्दर जाग उठी थी। मैंने कहा—''खून से कुछ नहीं होता सुखराम! यह तो तुमने उसे ऐसा सिखाया है। तुमने उसे नटनी की तरह नहीं पाला! वक्त बदल गया है, वरना क्या तुम उसकी हिफाजत कर पाते? मैं सुनना चाहता हूं। सुखराम! मुझे बताओ।''

वह चिन्ता में पड़ गया था। उसने कहा—''बाबू भैया! इसे मैं फिर बता दूंगा।''

''आखिर क्यों?''

''क्योंकि इसमें मेरा दिल कांपता है। मुझे ऐसा लगता है कि यह बात अगर खुल गई तो नरेश जरूर ठाकुर साब से कहेगा। कौन जाने तुम ही कह डालो। तुम सोच सकते हो कि ठाकुर ने मुझसे क्या कहा था? उन्होंने कहा था—सुखराम! मेरे एक बेटा है। उसको छोड़ दो। मैंने कहा—ठाकुर साब मैं तो कुछ नहीं करता। बच्चे नहीं मानते तो मैं क्या करूं? वे कहने लगे—मानता हूं, जमाना बदल रहा है, और आगे चलकर यह सब बदल जाएगा। पर क्या मैं और तू इस सबको आज ही बदल सकते हैं? बाबू भैया! कभी कोई ठाकुर किसी करनट से ऐसे बात कर सकता है? वे बड़े नरम दिल के आदमी हैं। मैं उन्हें दुःख नहीं देना चाहता। मैं गरीब हूं। आज तक ऐसे ही रहा हूं। मेरी अब जिन्दगी ही कितनी बची है! थोड़ी और है। वह भी ऐसे ही निकल जाएगी। लेकिन चंदा! वह कभी सुख पाने के लिए नहीं आई। वह अपने को उस दिन ठकुरानी कहती थी। याद है? अव्वल तो यह अंग्रेज की बेटी! फिर इसमें ठकुरानी की चाह है। यह आगे दबेगी कैसे?''

मैं सुनता रहा। सुखराम कहता रहा—''बाबू भैया! इसे मैंने जितने आराम से पाल सकता था, पाला, मुझे चलते वक्त अपने पास के सात हजार रुपये मिसी बाबा ने दे दिए थे। उन्हीं से मैने भूखा नहीं मरने दिया। पर डर के मारे मैं किसी से भी नहीं कह सका।''

''ठाकुर से तुमने कहा था यह सब!''

''नहीं बाबू भैया!'' सुखराम ने कहा।

''क्यों?''

''क्या होता?''

''कहकर देखने में हर्ज क्या था?''

सुखराम ने कहा—हर्ज कुछ नहीं था, बाबू भैया! पर मैंने ठीक नहीं समझा। चंदा दुनिया की आंख में तो नटनी ही है, वह ठकुरानी नहीं है। मेरे पास इसका सबूत ही क्या है कि वह मिसी बाबा की लड़की है? और वह भी तो बहुत अच्छी बात नहीं है।''

''क्यों?'' मैंने पूछा।

''वह चोरी की औलाद है।''

वह कहकर चुप होकर मेरी ओर देखने लगा। शायद मेरी तरफ देखकर मेरी प्रतिक्रिया देखना चाहता था।

मैंने कहा—''मां-बाप गन्दे और अपवित्र हो सकते हैं सुखराम! बच्चे कभी अपवित्र नहीं होते।''

''तुम ऐसा मानते हो बाबू भैया! कजरी भी यही कहती थी ।''

''कजरी कहां गई सुखराम? तुमने मुझे नहीं बताया।''

उसने एक लम्बी सांस ली, जैसे सारी पुरानी स्मृतियां जाग उठी हों। वह अतीत कितना भारिल था, वेदना से अभिभूत! समय की सेना उस दुनिया को कुचलती हुई आगे बढ़ आई

थी, किन्तु जैसे वह अभी तक उन घायल, बेपनाह सैनिकों की तरह सुन रहा था। उसका वह जीवन था जो बीत गया था, किन्तु जिससे मिलकर ही उसके आज तक को पूर्णता प्राप्त होती थी, जैसे मिट्टी और फूल के बीच की वह एक लम्बी हवा में हिलने वाली लचकदार डाली हो...

परन्तु वह उसे कह नहीं पा रहा है...

यह गेय भाव नहीं है, यह तो अनहद नाद से भी दुरूह और रहस्यमय है, जिसमें चित्र बनते हैं, बिगड़ते हैं और एक झलक-सी रह जाती है।

मिसी बाबा उदास रहती। बड़ा साहब दौरे पर था।

कजरी ने सुखराम से कहा—"तूने सुना?"

"क्या हुआ?"

"मिसी बाबा के पेट रह गया है।"

"सच!"

सुखराम को धक्का लगा।

पूछा—"कब?"

"उसी दिन।"

सुखराम ने कहा—"उसी दिन! कैसे?"

"अरे कौन जानता है! यह तो भाग की बात है।"

"बहुत बुरा हुआ।" सुखराम सोचने लगा।

"क्या सोचता है?" कजरी ने पूछा।

"यही कि अब क्या होगा।"

"बच्चा," कजरी ने कहा—"और क्या?"

"वह बेफिकर है?"

"वह बड़े सोच में पड़ी हुई है, मरी जाती है।"

"यही तो।"

"किसी से कह नहीं सकती।" कजरी ने कहा।

"हूं।" सुखराम ने उत्तर दिया।

"साब से क्यों नहीं कहती?" उसने पूछा।

कजरी ने कहा—"मैंने तो समझाया था, पर वह कह नहीं पाती। जाने क्यों कहते सरमाती है।"

"क्वांरी है वह!"

"फिर?"

"फिर क्या?" सुखराम ने पूछा।

"मैं पूछती हूं, लजाकर फायदा ही क्या? गरभ हुआ है, तो बच्चा तो होगा ही। जो हो गया, सो तो हो ही गया। अब वह तो आ गया है। कहीं छूमंतर तो हो नहीं सकता। फिर क्या उसका कोई इन्तजाम नहीं करना है?"

"मैं क्या बताऊं कजरी। तभी वह तुझे बच्चे के लिए इतनी चीजें देती है।" कजरी समझी नहीं।

"तो आखिर होगा क्या?" सुखराम ने पूछा।

और सुखराम ने सोचा—मां तो मां है। पर पाप का डर उसकी अपनी ममता को फलने-फूलने नहीं देता। उसे वह पूरा करती है कजरी की ममता को बढ़ावा देकर।

"मैं क्या जानती हूं जो मुझसे पूछता है!" कजरी ने कहा।

सुखराम बीड़ी पीने लगा। कजरी ने बीड़ी पीते हुए कहा—"अकेला-अकेला पीता है तू! मुझे पूछता भी नहीं!"

"अरे हां, भूल गया था।"

"अभी तो बीड़ी भूला है, आगे चलकर कहीं मुझे ही भूल गया तो?"

"तो क्या होगा!"

"कुछ नहीं होगा?"

"अरे भूल गया तो भूल ही गया।"

कजरी रूठी।

"क्यों?" सुखराम ने पूछा—"क्या हुआ?"

"कुछ नहीं।"

"तू मानती है कि मैं तुझे भूल जाऊंगा?"

"मानती तो नहीं।"

"उसका जापा कहां होगा?" सुखराम ने बात बदलकर कहा—"गांव में तो हो नहीं सकता। यहां तो साहब की भद्द उड़ जाएगी।"

"सो तो मैं जानती हूं।"

"तो तैने पूछा नहीं?"

"मैंने नहीं पूछा। वह सोच में मरी जा रही है वैसे ही।"

"लेकिन यह तो कोई बात नहीं। वह मर रही है तो तू भी मरी जा रही है! क्यों?"

"मैं क्यों मरी जाती हूं?" कजरी ने पूछा।

"उससे सब पूछ, वह क्या कहती है। साहब से कहना ही होगा। वह इसका इंतजाम करेगा।"

"फिर? वह कहेगा ही क्या?"

"यह मुझे क्या खबर!" सुखराम ने कहा—"बड़ी जातों में बच्चा गिरा देते हैं, यह तू नहीं जानती क्या? हम लोग तो ऐसा नहीं करते कजरी। मानुस का जनम मिलता है जो फिर!"

"फिर! फिर!" कजरी ने मुंह चिढ़ाया—"बड़ा मानुस का जनम लिया। अरे, जनम सब लेते हैं। कोई भला, कोई बुरा।"

"पर जनम लेना भी मामूली बात नहीं है।"

"उसमें क्या मुश्किल है?" कजरी ने पूछा।

"तू समझती ही नहीं। मैं क्या करूं?"

कजरी बोली—"लुगाई का क्या? अपनी बात बताती हूं। मरद को उल्लू बनाती है वह, ताकि अपनी इज्जत करवा सके।" कजरी फिर हल्के से हंसी और कहा—"बच्चा होना मरद को बहुत बड़ी बात लगती है, औरत को तो नहीं लगती।"

सुखराम ने देखा, वह कल्पना में मग्न थी। उसने फिर सुखराम की ओर देखकर कहा : "सबके होते हैं। और जिसके नहीं होते उसका मन धुक-धुक करता है दारी का, दूसरों के देखके छाती फटती है उसकी। दुनिया में उस लुगाई की इज्जत ही क्या जो बांझ हो! बंजर धरती कौन लेता है? मैं तो समझती हूं कि मिसी बाबा के बच्चा हो रहा है सो इसमें कोई बुरी बात नहीं है।"

"लेकिन यह तो ठीक नहीं है न!" सुखराम ने कहा।

"क्यों?" कजरी ने पूछा—"मां होना क्या लुगाई के लिए अच्छा नहीं है? औरत मां न होती तो तू कहां से आ जाता?"

"पर वह क्वांरी है।" सुखराम ने कहा।

"उससे क्या हुआ?" कजरी ने कहा—"ब्याह तो बिरादरी की बात है। बच्चा होना भगवान की कुदरत की बात है। यों हो चाहे त्यों हो, पर बच्चा तो बच्चा ही है, और उसका जनम तो एक ही-सा होता है। पहले पाप हो जाए, फिर पुन्न हो जाए, यह समझ नहीं आता।" और फिर उसने जैसे सोचकर कहा—"तो ब्याह क्यों नहीं कर लेती वह? अगर इतनी ही सांसत है, तो कर-करा ले।"

"अब पेट वाली से कौन करेगा?"

कजरी हंसी। कहा—"मैं अपना कल करके दिखा दूं तुझे।"

"अरी हमारी बात और है, उसकी और है। वे बड़े लोग हैं, हम छोटे आदमी हैं।"

"अच्छा तो बड़े लोग हम लोगों की तरह नहीं जीते-मरते? हम क्या मानुस नहीं हैं?"

"पर उसका बच्चा पाप कहलाएगा।"

"क्यों?"

"दूसरा मरद, दूसरे मरद का बच्चा क्यों पाले?"

"अच्छा!" कजरी ने कहा—"दूसरी औरत दूसरी औरत का बच्चा कैसे पाल लेती है?"

"कहां? सौतेली मां को देखा नहीं तूने?"

"पर सब तो बुरी नहीं होतीं।" कजरी ने कहा—"दुनिया है यह। झट से नाम धर दिया सौतेली मां। बदनाम कर दिया औरतों को। यह भी सोचा है कभी कि इस दुनिया में सौतेले बाप होते तो मरद कितने खून करते!"

"वह सब ठीक है!" सुखराम जवाब नहीं दे सका। उसने कहा—"मतलब की बात कर।"

"इससे भी बड़ी कोई मतलब की बात हो सकती है?" कजरी ने कहा—"दैया री! लुगाई मां बने और वह पाप हो जाए। लुगाई की कोख तो धरती माता है। धरती कहीं पाप करती है? और फिर बच्चे का इसमें क्या दोस है?"

"तू उससे पूछ, मुझसे बहस मत कर।"

"अब जवाब नहीं बनता तो खिस्याता है। अरे तुम मरद हमीं से जनम ले के हमारे ही हाथ-पांव बांधो! तुमने लुगाइयों को बेवकूफ बना रखा है। पतबरता-पतबरता कहके तुमने खूब बनाया है। अब मैं क्या औरों के संग नहीं रही हूं? पर मजबूर थी। अब मुझमें कुछ खोट आ गया है? तू प्यारी के संग था तो खोट आ गया है तुझमें?"

"तो फिर तेरी राय में दुनिया में आदमी बस ऐसे ही जगह-जगह खाते-पीते रहें!"

"वा रे! बड़े खाने की बात करता है। आदमी आजाद होगा, अकल होगी तो कुएं का पिएगा, कि मनमानी नाली का भी पीता रहेगा?"

"पर सब तो ऐसे नहीं होते?"

"सब ही भोले-भाले आते हैं बलमा दुनिया में।" कजरी ने कहा—"लुगाई भगवान जैसे भोले-भाले को जन्म देती है। यह सब तो यहां दुनिया में आके वह सीखता है।"

शाम को कजरी ने सूसन से पूछा।

सूसन ने कहा—"क्यों पूछती है?"

"वह पूछता था!"

"तूने सुखराम से कह दिया क्या?"

"हां मिसी बाबा!"

सूसन का चेहरा लाल पड़ गया।

"नहीं कहना चाहिए था?" कजरी ने पूछा।

सूसन का मुख नीचे हो गया।

"आपको दुःख है मिसी बाबा!" कजरी ने कहा—"मुझे क्या खबर थी!"

"उसने क्या कहा?" मिसी बाबा ने पूछा।

"परेशान हो गया वह।"

सूसन का कौतूहल बढ़ा। पूछा—"उसने कहा क्या, वह नहीं याद है?"

"पता नहीं, फिकर में पड़ गया वो।" कजरी छिपा गई।

सूसन सोचने लगी।

"सरकार, क्या सोच रही हैं?" कजरी ने पूछा।

"कुछ नहीं।"

"क्यों मिसी बाबा, यह तो खुसी की बात है?"

"क्यों?"

"हजूर, आप मां होंगी तो क्या यह अच्छी बात नहीं है? दुनिया ऐसे ही तो बढ़ती है।"

सूसन ने कहा—"नहीं कजरी।"

"क्यों?"

सूसन ने कहने को मुंह खोला, पर होंठ फड़ककर रह गए।

"हां, तुम क्वांरी जो हो।" कजरी ने कहा, जैसे बाद में अचानक याद आ गया हो।

तब मातृत्व का प्रेम उमड़ा। कैसी विवशता थी! पुरुष के अत्याचार का परिणाम गर्भ में नारी का वरदान बन गया था और वह उसे प्यार करने लगी थी। सूसन रोने लगी। कजरी उसके सिर पर हाथ फेरती खड़ी रही। कहा—"मिसी बाबा! मुझे तो बड़ा अच्छा लगता है। आपको भी लगता तो होगा! पर यह भी क्या दुनिया है! इतना सब कुछ है, पर फिर भी आपको आजादी नहीं, आपके लिए तो सब कुछ होकर भी नहीं के बराबर है।"

रात को बूढ़ा साब आया। अब वह अकड़ता नहीं लगता था। वह देर तक कुछ सोचा करता था परन्तु कहता कुछ नहीं था। वह सूसन से भी कम बोलता था। सूसन भी कम बोलती थी। अब वह बात नहीं रही थी। कजरी बका करती, सूसन सुना करती। पहले की तरह सवाल-जवाब नहीं होते थे। सुखराम एक ओर खड़ा था। वृद्ध ने देखा।

सूसन उसके सामने बैठ गई।

कुछ देर सन्नाटा छाया रहा। फिर कजरी ने सुखराम की ओर देखा। कजरी ने कहा—"सरकार! हुकम मिल जाए तो एक बात अरज करूं?"

वृद्ध ने देखा और भौं से ही इशारा किया जैसे कह सकती है, बोल दे। कजरी ने कहा "हजूर..."

पर फिर जीभ तालू से सट गई।

वृद्ध ने सुखराम की ओर देखा और जब सुखराम ने मुंह फेर लिया तो कजरी से कहा—"क्या बोलता है तुम?"

"हजूर, माफ करें, मैं...मैं..."

"बोलो, बोलो!" वृद्ध ने आश्वासन दिया।

"हजूर," उसने धीरे से कहा—"मिसी बाबा मां बनने वाली हैं।"

"मां!!

मिसी बाबा मां!!

मिसी बाबा!!

सूसन पत्थर की मूर्ति की तरह बैठी थी—निष्प्रभ, प्राणहीन। वह इस आघात के लिए तैयार होकर भी तैयार नहीं हो सकी थी। वृद्ध ने देखा।

सूसन!!

मां!!

बुड्ढे ने सिर पीट लिया। उसको देखकर सुखराम चौंक उठा।

वह देर तक चुप बैठा रहा।

सन्नाटा तोड़कर उसने कहा—"सुखराम!"

"हजूर!"

"तुम कभी बाहर गया है?"

"कहां हजूर?"

"गांव के बाहर।"

"सरकार, रियासत में घूमा हूं।"

"और कोई शहर देखा है बड़ा?"

"नहीं सरकार।"

बूढ़ा चुप हो गया। फिर कहा—"सूसन!"

सूसन ने सिर उठाया। आंखें डबडबा आई थीं। वह झटके से खड़ी हो गई। उसने सिर के बाल नोच लिए और दीवार से सिर टकराने लगी। वह चिल्ला रही थी—"मैं मर क्यों नहीं जाती...मैं मर क्यों नहीं जाती..."

कजरी ने उसे पकड़ा। लाकर बिठाया। वृद्ध की आंखें भीग गईं। फिर उसने कहा—"सूसन! तुम बम्बई चली जाओ, और सुखराम! तुम और कजरी सूसन के साथ चले जाओ। वहां जापा कराओ और लौट आओ। सूसन! तुम सीधी इंग्लैंड चली जाओ। हिन्दुस्तान उस अंग्रेज के लिए नहीं है जो हिन्दुतानी औरत को छेड़ता है और हिन्दुस्तान उस अंग्रेज औरत के लिए भी नहीं है जिससे इंग्लैंड का सिर झुक सकता है।"

बूढ़ा रुक गया था। सूसन चुप बैठी रही।

"सुखराम!" वृद्ध ने कहा।

"सरकार!"

"तुम समझा?"

"मालिक, जान रहेगी तब तक खिदमत करूंगा।"

"दगा तो न देगा?"

"अगर भरोसा नहीं हो तो नहीं जाऊं।"

बूढ़ा उठा। घूमने लगा। उसकी मुट्ठी बंध-बंध जाती थी। फिर उसने मुड़कर अपने बाल नोच लिए और वह कराह उठा—"इंग्लैंड।"

सूसन फिर भी चुप बैठी रही।

कजरी डरी। पुकारा—"मिसी बाबा!"

कजरी कह गई पर सूसन ने सुना नहीं।

कजरी ने फिर पुकारा—"मिसी बाबा!"

सूसन चौंकी और वह फूट-फूटकर रो पड़ी।

"रोती है?" बूढ़ा गुस्से से बढ़ा।

"सरकार!" सुखराम ने कहा—"आपकी बेटी है। औरत है। वह क्या करती?"

बूढ़ा हार गया। वह हारकर बैठ गया। फिर वह बड़बड़ाया—"मैं आया था...मैं जीत गया...पर मैं हार गया हूं...क्राइस्ट...माफ कर...हमें माफ कर..."

वह प्रार्थना करने लगा। मन हल्का हो गया। फिर उसने कहा—"कजरी!"

"जी मालिक!"

"वह बच्चा क्या होगा?"

"सरकार, जो कहें।"

"तुम पाल लेगा उसे?"

"पाल लूंगी सरकार!"

"हम तुमको रुपया देगा!"

"तो नहीं पालूंगी सरकार!"

"क्यों?"

"सरकार, बच्चे को मोल नहीं लूंगी। वह तो देवता होता है। आपका नमक खाया है। उसे निभाऊंगी। दुनिया में सबके बच्चे तो नहीं पाल लेती मैं?"

वृद्ध के हाथ कांप उठे। उसने कहा—"इंग्लैंड!!"

जैसे वह घोर यातना में था, फिर उसने सूसन को सीने से लगाकर कहा—"मेरी बेटी!"

सूसन सिसक उठी।

वृद्ध बड़बड़ाया—"मेरी बेटी का बच्चा मेरा नहीं होगा..." लगा जैसे वृद्ध की आत्मा भीतर ही भीतर मरोड़ खा रही थी।

दूसरे दिन ही वे चल पड़े। वृद्ध ने बेटी को स्टेशन पर विदा दी। कजरी सूसन के साथ ही रही। पूरा फर्स्ट क्लास का डिब्बा था। सुखराम 'सर्वेण्ट्स' में था। कजरी ने आंखें फाड़कर देखा और जब सूसन एक सीट पर लेट गई तो नीचे बैठ गई। पर सूसन ने हाथ पकड़कर कहा—"ऊपर बैठ कजरी।"

"अरे नहीं मिसी बाबा। आप मालकिन हैं। मैं मर न जाऊंगी?"

"तू मेरे बच्चे की मां होगी कजरी! मेरे पास बैठ, इस सारी दुनिया में तू ही उसके हंसने-रोने पर हंसेगी-रोएगी। यहां मैं और तू हैं। और कोई नहीं है। मेरे पास बैठ...तुझे मैं बच्चा नहीं, अपना हृदय दे रही हूं...तू उसकी मां होगी।"

कजरी को बैठना पड़ा।

सुखराम जब आया तो आंखें फटी रह गईं।

इशारा किया, नीचे बैठ।

कजरी ने मुंह बिचकाकर मोड़ लिया। सुखराम उल्लू-सा देखता रह गया। पर वह फिर-फिर इशारा कर रहा था। कजरी ने देखा और नीचे बैठने लगी।

"क्या हुआ?" सूसन ने पूछा।

"वह कहता है।" कजरी ने इशारा किया।

सूसन ने हंसकर कहा—"उसको कह दे, चुप रहे।"

कजरी ने इशारा किया, "जा-जा..."
और सीट पर ही बैठी रही।

सुखराम गांव लौट रहा है। उसकी गोद में बच्ची है। एक गोरी-सी छोटी-सी बच्ची। आज वह फिर गांव लौट आया है। पर वह हृदय में रो रहा है। वह संरक्षक बन गया था, और आज फिर संरक्षक बनकर लौट आया है। उसे एक बात याद आ रही है।

बम्बई को देखकर कजरी की आंखें फटी रह गई थीं। उसने कहा—"दैया री! दुनिया कित्ती बड़ी है!"

सूसन ने कहा था—"इससे भी बड़ी है यह दुनिया।"

"तभी!" कजरी ने कहा—"बूढ़ा हरपाल कहा करता था कि आसमान में जो तारे हैं उन पर भी हमारी ही जैसी दुनियाएं बसी हुई हैं।"

पर वह बात रास्ते की थी। बम्बई!! विराट बम्बई! हाहाकार! वैभव!! अनंत उन्माद!! पिसते, मरते, सड़ते हुए आदमी! और वहीं वे लोग एक होटल में टिके थे। कितना विलास था वहां?

सुखराम की इच्छा होती है वह इस सबको भूल जाए। भूल जाए, क्योंकि उसकी याद करके उसका हृदय फटने लगता है।

कजरी ने कहा—"मिसी बाबा!"

"क्या?" सूसन ने पूछा था।

"तुम्हारे मन में मां का प्यार नहीं आता?"

"आता है कजरी।"

"फिर तुम बच्चा छोड़ोगी कैसे?"

सूसन रोने लगी थी।

डॉक्टर आता था। देख जाता था।

और सुखराम आंखें पोंछ लेता है।

वे हवा-पानी के झोंके बम्बई में नहीं थे। कजरी बीमार हो गई थी। सुखराम दुविधा में फंस गया था। दुतरफा काम था। कजरी बीमार थी, सूसन आराम में पली जच्चा थी। सूसन कहती थी—"तुझे अच्छा होना है कजरी, वरना मेरे बच्चे को कौन संभालेगा?" सुखराम अब जात के लिए लड़ता न था। उसके सामने एक नए इंसान का धुंधला-सा सपना आता था। वह सब खो गया था। पर एक वह पल अमर था।

और कुछ याद नहीं आ रहा है। अब भी उसे लगता है, कजरी सो गई है। वह सामने बैठा है। सूसन पास बैठी है।

कजरी, जो हिरनी-सी कुलांच मारती थी, इस वृद्ध जीवन में रुग्ण होकर मृत्यु-शय्या पर पड़ी छटपटा रही है। किन्तु सुखराम भारालस हृदय से, वेदना के उन गहन स्तरों को खोलने में आज समर्थ हो गया है। कजरी छटपटाकर अंत में शान्त हो गई है। डॉक्टर पेट फाड़कर बच्चा निकाल रहा है। किन्तु सुखराम की आंखें रो-रोकर सूज गई हैं। वह कुछ समझ नहीं पा रहा है। उसे लग रहा है, यह सारी सत्ता एक दारुण यंत्रणा है, जिसमें निर्दोष और स्नेही व्यक्ति केवल अत्याचार सहने के लिए हैं।

वह कजरी के पलंग के पास बैठा रो रहा है।

वह पूछता है—"मिसी बाबा! कजरी क्यों मर गई है? क्या मैं अपने बच्चे का मुंह नहीं देख सकूंगा?" सूसन उत्तर नहीं देती। वह बेहोश हो जाती है और उस बेहोशी के परिणामस्वरूप

अठमाही बच्चे का जन्म होता है। सूसन मां बनकर पड़ी है। कितनी भव्य लग रही है वह! जी करता है उसे शत-शत नमस्कार किया जाए। मां ने जन्म दिया है। सुखराम देख रहा है। बच्ची, कितनी कोमल, कितनी गोरी है! वह अपने नन्हे-नन्हे हाथों को मुंह में देकर चूस रही है। ठीक एक गुड़िया-सी उसकी आंखों की ताराएं अभी स्थिर नहीं हैं। वे न जाने किस अज्ञात लोक की ओर अभी तक देख रही है। सुखराम स्तब्ध है। सूसन की आंखें भर आई हैं।

सुखराम पूछता है—"मिसी बाबा! कजरी कहां चली गई है?"

"वह मर गई है सुखराम!" सूसन कहती है—"मेरी बच्ची की मां को भगवान ने छीन लिया है।"

सुखराम कहता है—"नहीं, मिसी बाबा, नहीं। ऐसा खेल अच्छा नहीं है। कजरी! देख, मैं तुझे कब से पुकार रहा हूं!"

सूसन देख नहीं सकती, वह तो रो उठी है। तभी बच्ची का वह असहाय क्वां-क्वां का शब्द गूंज उठा है।

और सुखराम ने उसे अपने हाथों में उठा लिया है। वह उसे कभी सीने से लगाता है, कभी हाथों पर झुलाता है, कभी उसके फूले-फूले गालों को प्यार से चूम उठता है। वह कहता है—"कितनी प्यारी है! कैसा चंदा का-सा मुंह है इसका! मिसी बाबा! इसका नाम चंदा है। इसे मुझे दे दो मिसी बाबा! कजरी इसे देखेगी तो कितनी खुश होगी! मैं पूछूंगा—"कजरी, कैसी है, तो वह..."

पर सूसन फूट-फूटकर रो रही है। भयानक! कितना आर्द्र स्वर है वह! धरती की कठोर पर्तों को फोड़कर जैसे संगीतमय आलोक की अतीन्द्रिय चेतना निकल रही है। वह कोलाहल, वह विस्मय, वह वैभव, वह दैनंदिन जीवन की उथल-पुथल, वह हृदयों को व्याकुल करने वाला आलोड़न-विलोड़न, वह मृत्यु की विकराल छाया की दुर्दमनीय वेदना, वह निराश्रित सूनापन, वह माता का संतान से बिछुड़ने का भीषण दुःख, जैसे धरती अपने ही क्षितिज से अलग कर दी गई हो, और वह पुरुष की अतलान्त घुटन, सब खो गए हैं और नए जीवन का वह स्वर, उस बच्ची का वह कोमलकांत रुदन, वह रुदन जिसमें इतिहास की विभीषिकाएं खो गई हैं; वह बच्ची, जिसके पवित्र नयनों में नया जागरण ऐसे देदीप्मान हो रहा है, जैसे आदि—महान आदि में सृष्टि के प्रारम्भ में जीवन कुलबुलाया था, केवल वही अब रह गया है, जो अब सुखराम के सामने स्थित है।

वह कह रहा है—"बैरिन, तुझे जाना ही था तो चली जाती, पर तूने कहा था तो इस चंदा-सी बच्ची को दूध तो पिला जाती! अभागिन, अभी तक कहीं तेरी चिता में दूध न उफन आया हो, क्योंकि वह तो भगवान भी तुझसे नहीं छीन सकता था!"

सूसन को चक्कर-सा आ गया है। पर सुखराम बच्ची का मुंह चूम रहा है।

"चंदा!" वह कह रहा है—"चंदा! तू मेरी है। मैं तुझे तेरी मां से छीन लूंगा; क्योंकि तेरे सिवाय अब इस दुनिया में मेरा कोई भी नहीं है, कोई नहीं है।"

सुखराम हंस रहा है और सूसन कह रही है—"मेरे साथ चलो सुखराम! यह लड़की तुम अपनी कह देना, पर वह मेरी ही बनी रहेगी। मैं इसको पालूंगी, पालूंगी..."

"परन्तु सुखराम! नहीं...नहीं..."

उस समय उस अर्द्धविक्षिप्तावस्था में न जाने कहां से दिगंत भेदकर एक विराट कोलाहल उसे सुनाई दे रहा है और एक पाषाणी रूप उसके सम्मुख उठा आ रहा है...भयानक...भयानक... वह अधूरा किला है...

कब सुखराम चला, कब सूसन रोई, कब मां के हाथ से लोक-लाज ने उसकी संतान छीन-ली, कब पत्नी की मृत्यु के दुःख में सुखराम ने अपने जीवन का समझौता उस नए जीवन से कर लिया, कब अपने हाथ का सब कुछ सूसन ने सुखराम के मना करते रहने पर भी उसे सौंप दिया, वह सब याद नहीं है। वह तो इतना जानता है कि वह गांव लौट आया है।

आज वह अपने झोंपड़े में पहुंचकर फूट-फूटकर रो रहा है। मंगू और मंगू की बहू पास बैठे हैं।

मंगू की बहू चंदा को गोद में लिए हुए रुई भिगो-भिगोकर दूध पिला रही है। बच्ची हंस रही है। कितनी मुलायम और हृदयहारिणी मुस्कान है वह! और मंगू की बहू कहती है—"अरे रो नहीं। निरदई है भगवान...पर तू क्यों रोता है...देख; इसका मुंह तो देख...कैसा चंदा है...तू क्यों कहता है कजरी चली गई!...तुझे दे तो गई है...अपना लहू, अपनी देही ...अपनी आत्मा...देख...कैसा चंदा-सा मुंह है..."

मैं सोच रहा हूं। जिस वेदना का रूप निश्चित है, वह सचमुच उतनी बड़ी नहीं है, जितनी कि अव्यक्त वेदना। इतना सब कुछ हुआ, इतनी घटनाएं हो गईं, आना-जाना, नया जीवन, बम्बई का प्रभाव, मां का दुःख और न जाने क्या-क्या नहीं हुआ, परन्तु वह सब मिट गया है, केवल इतना ही चित्र याद है कि कजरी चली गई है, सूसन संतान से बिछुड़ रही है, और एक अज्ञात रहस्य बनकर अन्तस्थल की वह गुप्त वासना—यह अधूरे किले की स्वामित्व की भावना की छलना उसे गांव की ओर चंदा के साथ खींच लाई है—उस चंदा के साथ जो उसके जीवन के समस्त सिंधु-मंथन के परिणामस्वरूप एक अमृतबिंदु बनकर आ गई है। सुखराम ने सहर्ष विवशता को स्वीकार कर लिया है, उसने हथेली फैलाकर वह कालकूट पी लिया है, क्योंकि चंदा उसके पास है। वह अमानत है, किसी की लाज ने ममता के सामने जब सिर झुकाया था, तो नए सत्य का विकास हुआ था, और वही सुखराम के जीवन का संबल हो गया है। प्यारी मरी थी तो उसकी जीवन और मृत्यु की रेखा तो खिंच गई है, किन्तु कजरी के लिए वह अभी तक नहीं खिंच सकी है। प्यारी की वेदना स्पष्ट थी, कजरी की वह यातना अपने-आप उसमें इतनी लय हो गई है कि वह उसे स्पष्ट नहीं कर सकता, न कभी कर ही सकेगा। वह तो ऐसा डूब गया है कि वह सुखराम नहीं है, स्वयं कजरी बन गया है।

मैं इस आर्त्त वेदना को क्या समझूंगा, क्योंकि मैंने जीवन में कभी प्रेम की इस महान गरिमा को अनुभव ही नहीं किया। आकाश में पंख फैलाकर उड़ने वाले विहंगम की मुक्ति और प्रसन्नता का, उस विराट के तादात्म्य का अनुभव पृथ्वी पर रेंगने वाला कीड़ा कर भी क्या सकेगा...

35

शुक्रवार था। चारों तरफ एक नीरवता छा रही थी। आज की उदासी बहुत गहरी थी। बहुत गहरी!

सुखराम डेरे में लेटा था। उसके दिमाग में तरह-तरह की बातें घूम रही थीं। वह जीवन में क्या स्वप्न लेकर प्रारम्भ में उठा था! वह एक आकस्मिक-सी घटना थी, जिसने अचानक ही उसके विचारों को ले जाकर किले पर केन्द्रित कर दिया था। और इतने दिन बाद भी

उसका वह स्वप्न झाड़ी पर ही टंगा हुआ था। उसके हाथ में तो कुछ भी नहीं था।

दोपहर की बेला ढलने लगी थी। वह उठकर बैठ गया था। उसके सामने चंदा की समस्या थी। क्या उसने उसे कष्ट नहीं दिया था। उसे क्या हक था कि उसने उस पराई बच्ची को कष्ट दिया था! वह अगर पाप की संतान न होती तो क्या वह आज किसी बड़ी जगह नहीं होती? वहां उसकी भौं के इशारे पर काम चला करते। अच्छा खाती, अच्छा पहनती। उसे किस बात की कमी होती! वह यहां की तरह एक-एक चीज के लिए तरसती रहती!

गांव थका-सा पड़ा था। उसमें जातियां थीं, वर्ग थे, एक उचाट कर देने वाली घनघोर विषमता थी, किन्तु देखने को वह शांत लगता था। उसमें दासता थी, किन्तु अहंकार भी था। भारत की धरती पर असंख्य शासक आकर चले गए थे, पर गांव अब भी थोड़ा ही-सा कुलबुलाया था। उसमें व्यक्ति निर्बल था, किन्तु मनुष्यत्व फिर भी अबाध था।

दगरों में कीचड़ था क्योंकि पानी बरस चुका था। और उनमें गाड़ियों के पहियों के चलने से गहरी लीकें पड़ गई थीं, जिनमें पानी भरकर स्थिर हो गया था! पनहारिनें जब निकलतीं तो घुटनों तक कीचड़ में सन जातीं। किसान निकलते तो जूते-बिगड़ने के डर से नंगे पांव ही निकलने की कोशिश करते।

मेघों ने अंधेरा-सा कर रखा था। ऊने-ऊने, घने-घने, दल के दल छा गए थे। सारा आकाश ढक रहा था। कभी-कभी उनमें गर्जन हो उठता। बादल अलग-अलग दिखाई नहीं देते थे। वहां तो आसमान ही बादल हो गया था, एक छोर से दूसरे छोर तक फैलकर अनंत वारि-राशि से वह अछोर हो गया था, जैसे निराश व्यक्ति के सामने केवल विपत्तियां ही विपत्तियां आकर छा जाती हैं। वह आकाश गंभीर था जैसे कपाल का ऊपरी भाग होता है, सख्त और घटाटोप छाई रहने वाली हड्डी की गोलाई...''

कड़कड़ाती सर्दी पड़ रही थी। जगह-जगह अलाव जल रहे थे। मनुष्य की आदिम अवस्था में अभी अधिक उन्नति नहीं हुई थी। लोग आग को सीने से लगाए बैठे थे। बाहर जाने का धर्म नहीं था, क्योंकि हवा चीरे डालती थी और दांत से दांत बजाती हुई वह अपनी झांझ-सी बजाती, पेड़ों में लात मार-मारकर ठहाके लगाती थी। फिर कभी बरसते मेघों की गिरती जलधारा को पकड़ने जाती तो वे बौछारें तिरछी हो जातीं और धरती पर सीधी चोट न करके आड़ी होकर मारने का प्रयत्न करने लगतीं। झील पर धुआं-सा छा गया था। वह लबालब भर गई थी। यह म्हावट आई थी—चनों को उबारने नहीं, इंसान की हफ्तों की कड़ी मेहनत जो खेतों में फूट निकली थी, उसे जला देने के लिए। किला भीगकर और लाल निकल आया था और हरे पेड़ ठिठुरे हुए से भीग रहे थे, जिनपर कभी-कभी मोर कैंओं-कैंओं, करके चिल्ला उठते और फिर वही दमघोट नीरवता काटने लगती, जैसे पहले से भी गहरी हो गई हो।

चंदा सो रही थी। सुखराम बैठा हुक्का पी रहा था। पीकर उसने चिलम उलट दी। चंदा हठात् पागल-सी उठ बैठी।

''मैं आऊंगी...मैं आऊंगी...''

उसका बकना सुनकर सुखराम ने जोर से कहा—''चंदा!''

चंदा चौंक उठी।

''कौन, दादा!'' उसने आंख खोलकर देखा; मुस्कराई नहीं। मुस्कराहट तो उसी दिन चली गई थी जिस दिन उसने कहा था कि वह कभी भी नरेश से फिर नहीं मिलेगी। सुखराम क्या इस सबको देखता नहीं था! वह जानता था कि उसमें कितना दाह है।

''क्या हुआ तुझे बेटी?'' सुखराम ने पूछा—''तू तो सो रही थी।''

"हां दादा।" चंदा ने कहा। उसका मुख गंभीर था।

"फिर जग क्यों गई?"

"कुछ नहीं दादा, कुछ नहीं।"

"मेरी बेटी! तू समझती है, मैं तेरा दुश्मन हूं! नहीं बेटी। पर मैं क्या करूं? सारी दुनिया पर तो मेरा बस नहीं। जो कुछ मैंने किया है वह तेरी जान बचाने के लिए किया है।"

"मैं तो कुछ नहीं कहती, दादा।"

"पर तू हंसती नहीं, सोचती रहती है। यह सब क्या मैं देखता नहीं हूं? खुश रहा कर बेटी?"

"मैंने सपना देखा है दादा।"

"अच्छा!!" सुखराम ने सोचा, शायद यों बहल जाए। उसे तो किसी तरह बेटी को खुश करना था। बात बदल देना भी तो अच्छा ही होता है। उसे आशा हुई।

"क्या देखा है, तूने चंदा?" उसने पूछा—"रात देखा होगा?"

"नहीं, अभी देखा है।"

"मालूम है अब रात नहीं है। बादलों ने अंधेरा कर रखा है।"

"जानती हूं।"

"अच्छा बता तो।"

"तुम मान लोगे?" उसने पूछा।

"जरूर।" सुखराम ने आश्वासन दिया।

"मुझे विश्वास नहीं होता।"

"अरी सपना सपना है। उसे मैं न भी मानूंगा तो क्या?"

"क्यों? मुझे दुःख न होगा?" चंदा ने आंखें उठाकर पूछा।

"तुझे दुःख होगा, बेटी, तो मैं जरूर मान लूंगा।"

"सच कहते हो!" उसे आश्चर्य हुआ था।

"मैंने तुझसे कभी झूठ कहा है?" सुखराम ने आर्द्र कण्ठ से पूछा। चंदा ने देखा और समझी, परन्तु वह विचलित नहीं दिखाई दी।

"बड़ा अजीब सपना है।" चंदा ने कहा और शून्य की ओर देखा, वहां जहां कुछ भी नहीं था। परन्तु जैसे उसने वहां से शक्ति ग्रहण की, अपने भीतर कुछ संचय-सा करती हुई दिखाई दी।

"कह तो।" सुखराम ने कहा। इन सबने उसकी उत्सुकता को जगा दिया था। वह सोचने लगा था कि चंदा ने अवश्य कोई अजीब सपना देखा है। चंदा ने मुड़कर देखा। वह मुस्कराई। सुखराम निहाल हो गया। आखिर उसकी बच्ची इतने दिन बाद आज मुस्करा दी थी। हे भगवान! तूने आखिर सुन ली!!

"मैं अधूरे किले में गई थी।" चंदा ने कहा। सुखराम हिल उठा।

"तुम्हें विश्वास नहीं होता?" चंदा ने कहा—"मैं जानती थी। तभी तो मैंने वचन ले लिया था, तुम मुझे अधूरे किले में ले चलो दादा, अधूरा किला पुकार रहा है।"

सुखराम के रोंगटे खड़े हो गए।

"नहीं चंदा! वह एक छलावा है और कुछ नहीं।" उसने कहा—"तू वहां जाकर करेगी भी क्या? वह तो एक खंडहर है।"

"मैं जानती हूं दादा।" चंदा ने कहा—"पर तुमने तो वचन दिया है! उसे झुठा जाओगे?"

"दुनिया बहुत बड़ी है बेटी! तूने अभी कुछ देखा नहीं है, तभी तू ठकुरानी बनने का सपना देखती है।"

"मैं ठकुरानी हूं। नरेश के पास मैं तभी जा सकती हूं जब मैं ठकुरानी हो जाऊं।" चंदा ने कहा।

सुखराम ने बात टाली—"अरे बेटा, जिद न कर!"

"पर मैं जाऊंगी!" चंदा कहती रही। वह आज डटी हुई थी। उसके गोरे मुख पर दृढ़ता थी जिसे देखकर सुखराम घबराने लगा था।

"कहां?" सुखराम सोच में पड़ गया।

"अभी तो बताया।" चंदा ने कहा—"फिर बताऊं। वह जो सामने वहां है..." उसने उंगली उठाई।

अधूरे किले में!

वह रह-रहकर कांप उठता था।

चंदा! सुखराम को लगा, वह एक कोमल फूल था और किला! भूतों का अड्डा!

"नहीं चंदा, तू वहां न जा।" सुखराम ने कहा।

"क्यों?"

"वहां सांप-बिच्छू हैं, बघेर हैं, कौन जाने वहां क्या-क्या है! तू क्या करेगी चलकर!"

"तुम भी चलो मेरे साथ।" चंदा ने कहा। वह उल्टे संग ले जा रही थी। सुखराम ने सुना—"दादा, मैं ठकुरानी हूं!"

"ठकुरानी!!"

"नहीं, तू चंदा है।" सुखराम ने कहा—"तू मेरी चंदा है, सिर्फ मेरी प्यारी बेटी चंदा है। यह सब तुझे किसने बहकाया है?"

वह हंस दी। सुखराम हतबुद्धि बैठा रहा।

चंदा ने बाहर देखा। बोली—"अरे, पानी बरसा है!"

"हां बेटा!" सुखराम ने कहा—"बड़ी ठंड है।"

"है तो।" चंदा ने कहा—"पर फिर नहीं रहेगी।"

"फिर कब?"

सुखराम सोचने लगा। चंदा ने कहा—"जब हम-तुम वहां से लौटेंगे।"

"कहां? किले से?"

"हां।"

"क्यों?"

"फिर तो बड़ा धन होगा हमारे पास, दादा! फिर सब लोग हमारी इज्जत करेंगे, सब सिर झुकाएंगे। दादा, इस संसार में धन का बड़ा मान होता है न? अगर मैं किसी बड़े आदमी की बेटी होती, तो सोने से लदी रहती..."

सुखराम ने आंखें पोछीं।

"तुम क्यों रोते हो, दादा?"

"कुछ नहीं, कुछ नहीं, ऐसे ही।"

"तुम समझते हो, मैं तुम्हारी बेटी होने से बुरा समझती हूं? नहीं दादा, तुम बहुत अच्छे हो।"

"अच्छा नहीं हूं चंदा, मैं अच्छा नहीं हूं। तू सचमुच रानियों की रानी है, पर भाग ने तुझे भी यह दिन दिखा दिया है..." वह कह नहीं सका, गला रुंध गया।

"चलोगे न दादा?"

कजरी याद आई। सुखराम के सामने उसका मुस्कराता हुआ चेहरा डोलने लगा।

"नहीं चंदा!" सुखराम ने कजरी का मुख सामने से हटाते हुए कहा—"उसे भूल जा, उसे भूल जा..."

"लेकिन दादा..." चंदा ने कहा—"मैंने वहां एक बिल्ली देखी थी..."

सुखराम फिर थर्रा उठा। उसने हठात् कहा—"वह गूजरी है चंदा, वह गूजरी है..."

चंदा हंसी। कहा—"वह गूजरी है। तुम उसी से डरते हो और मैं ठकुरानी हूं। मैं रानियों की रानी हूं। अधूरा किला मेरा है। मंगू की बहू को मैंने तुम्हारे बक्स की तस्वीरें दिखाकर सब पूछ लिया है। दादा! तुम भी तो ठाकुर हो..."

"नहीं, नहीं...बेटी!" सुखराम ने कहा—"मैं ठाकुर नहीं हूं। मैं करनट हूं, नीच करनट हूं।" उसने डरकर कहा—"भूल जा! भूल जा!"

उस समय उसे लगा जैसे उसकी मां ठठाकर हंस और बोल उठी—"सुखराम! देख, यह आग अब तुझे ही जलाने लगी। देख, तू ही इससे भस्म होने लगा।"

"क्यों?" चंदा ने कहा—"तू छिपाता है दादा!"

"नहीं, छिपाता नहीं।"

"तो फिर तूने मुझे क्यों नहीं बताया कि तू ठकुरानी के वंश से है? और मैं तेरी बेटी होने के नाते उसी वंश से हूं..."

सुखराम ने कहना चाहा, पर कह नहीं सका। वह कैसे कह दे कि चंदा एक पाप की संतान है! वह फिर नरेश के सामने कैसे जाएगी? यही क्या उसके अभावों की प्रामाणिकता नहीं कि वह एक नटनी कहलाती है। नटनी हरजाई। दुनिया तो नहीं मानेगी कि सुखराम ने उसे पवित्रता से रखा है। जिस सबसे वह घृणा करता था, उस सबकी उसने चंदा पर छाया भी नहीं पड़ने दी है।

जब कजरी और प्यारी जवान हुई थीं तब जरायमपेशा करके नटों को जब चाहे गिरफ्तार कर लिया जाता था। अब नए हिन्दुस्तान में वैसा नहीं होता। तभी तो यह पुलिस से उसके कौमार्य की रक्षा कर सका है। और चंदा भी तो नीलू के साथ एक बार भी उसकी स्त्री बनकर नहीं रही। वह अपने को अभी तक भविष्य की किसी आशा में नरेश के लिए सुरक्षित रख रही है। उससे सुखराम कैसे कह दे कि वह हराम की औलाद है!

चंदा ने फिर कहा—"दादा!"

"क्या है?"

"मैंने साफ देखा है।"

"क्या...?"

"ढेरों सोना और हीरे पड़े हैं और एक सांप बैठा है। वह मुझे देखकर चुपचाप सिर झुकाकर चला जाता है।"

और सुखराम के भीतर हलचल होने लगी। दौलत!

कौन जाने लड़की ठीक कहती हो! अगर वह सब मिल जाए! चंदा राज करेगी। वह राजाओं के राजा की नवासी है, रानियों की रानी की बेटी है। वह उनकी बेटी है जो पहले हिन्दुस्तान पर लोहा बरसाकर राज करते थे और वही अंग्रेज एक बार उन ठाकुरों के मालिक थे। उनके सामने यह ठाकुर नाक रगड़ते थे। अगर वह दौलत मिल गई तो चंदा महलों में रहेगी। वह नरेश को खरीद लेगी। और वह सब खंडहर-सी जिन्दगी पुकारने लगी। अधूरे किले की ईंट-ईंट पुकारने लगी—उठ सुखराम! लड़की की जिन्दगी के लिए उठ! अपनी नींद

छोड़! आज फिर उसे याद आया। बघेरों से लड़ते हुए उस बाप की शक्ल याद आई जिसने मां के सामने कहा था कि सुखराम, तू असल में ठाकुर है, तू नट नहीं है। आज ठकुरानी आई है। वह अपनी हवस पूरी करना चाहती है। उसी ने अपना खजाना आज खोल दिया है। और अपने ही लिए आज चंदा के रूप में वह लौट आई है।

उसे नहीं लगा कि वह वही नहीं है जो कुछ देर पहले था। वह सोच रहा था—दौलत! दौलत से दुनिया दबती है। सारा गांव पैरों पर गिर जाएगा। और यही ठाकुर फिर जात छोड़कर आ मिलेगा। दौलत!! वह हीरे और सोने के ढेर!

वह अथाह पिपासा अब चिल्लाने लगी। उठ...उठ...जल्दी कर...जल्दी कर...

सुखराम उठ खड़ा हुआ। उसने कहा—"चंदा! चल। देख आएं आज अगर भाग साथ देता है तो तुझे मैं महलों में घूमते देखूंगा। शायद जो सपना मैं पूरा न कर सका, वह तेरे ही भाग में लिखा हो।"

चंदा पुलक उठी और उठ खड़ी हुई।

चंदा ने मशाल ले ली और टाट ओढ़ लिया। टाट में से मशाल के भीगने का डर नहीं था। सुखराम ने कोट की जेब में दियासलाई रख ली। धोती कस ली। चंदा लहंगा पहने थी। उसने पीछे लांग-सी खोंस ली। वह बढ़ चली। सुखराम भी टाट ओढ़े पीछे चला।

बाहर पानी पड़ रहा था। हवा काटे खाती थी।

"चंदा! संभलकर चल बेटी।"

"जानती हूं दादा।"

तालाब भरा हुआ था। लबालब। सुखराम ने कहा—"इधर से नहीं। पता नहीं, कितनी धरती रपट गई है। उस तरफ हो ले।"

चंदा हरियाली की तरफ बढ़ चली। सब जगह गीली थी।

जाड़े की बारिश से फुलवाड़ी की रविशों में पानी भर कर सब एकमएक हो गया था। पता नहीं चलता था कि वे कब गड्ढे में चले जाएंगे। चंदा लड़खड़ाई। सुखराम ने पकड़ लिया। पर वे राह चलते रहे।

सब तरफ धुआं-सा था। निर्जन सुनसान सफेद महल पानी से भीग-भीगकर चमकने लग गया था। पत्ते धुल-धुलकर हिल रहे थे, जैसे ठंड से कांप रहे हों। उस समय घर-घर में आग जली हुई थी, मगर दोनों कभी टखने, कभी घुटने-घुटने पानी में छपाक-छपाक करते हुए बढ़ते जा रहे थे।

पानी से भीगकर टाट भारी हो गए थे। तनिक सामने हटाते तो पानी की ठंडी बूंदें आकर लगतीं। बाई तरफ का सारा जंगल हरहरा रहा था। उसमें जगह-जगह बरसाती पानी अरररर करता हुआ भागा जा रहा था, जैसे मोटे-मोटे अजगरों में बिजली की-सी गति आ गई हो और वे भागने लगे हों। मिट्टी फटती थी, उससे तालाब में छपक-छपक आवाज होने लगती थी।

जब वे बावड़ी में पहुंचे तो उन्होंने झील का गर्जन सुना। आज उसमें ऊपर से बरसते पानी का धारासार शब्द तो था ही, इधर-उधर से मोटी धारों के प्रवाह जो उसमें अपना लय कर रहे थे, उनका प्रचण्ड निर्घोष गूंजता हुआ सुनाई देता था। कल तक जो किनारे के सिवार कंधे तक ऊंचे-ऊंचे दिखाई देते थे, वे आज घुटने-घुटने तक की ऊंचाई के दिखाई दे रहे थे।

सुखराम तिबारे में घुस गया। उसने कहा—"भीतर आ जा चंदा। इधर ही से चलेंगे।"

"तुम कभी आए हो यहां?" चंदा ने भीतर खड़े होकर कहा।

"हां! जब मैं जवान था, तब कजरी के साथ आया था।"

"कौन? मेरी अम्मां के साथ?"

"हां!" सुखराम ने हिचककर कहा।

उन्होंने टाट उतार कर रख दिए।

"कोई ले गया तो?" सुखराम ने पूछा।

"कौन आता है यहां?" चंदा ने हंसकर कहा—"यहां आने की हिम्मत किसमें है दादा! यह मेरा घर है। मैं आ सकती हूं। धर दो यहीं, कोई नहीं आता।"

उसके स्वर को सुनकर सुखराम का मन सशंक हो गया। इतनी निडर! क्या यह चंदा ही है! यह चंदा नहीं हो सकती। यह जरूर ठकुरानी है।

दिन में ही तिबारे में अंधेरा-सा छा रहा था, और अब जो बाहर घनघोर वर्षा होने लगी थी, उसके कारण वह और भी बढ़ गया था। धरती पर गिरी बूंदों के छितर जाने के कारण, दिखाई नहीं देता था।

"मशाल जला दे न दादा!" चंदा ने उसे उठाकर कहा।

सुखराम ने दियासलाई जलाई। दो-तीन तीलियां सीलन के कारण नहीं जलीं, किन्तु फिर तेल से भीगे कपड़े ने लौ को पकड़ लिया। मशाल फरफरा उठी। उसका आलोक अब तिबारे में कांपने लगा तो ऐसा लगा जैसे सारे पत्थर छोटे-बड़े होने लगे। वह सारा तिबारा हिलने लगा।

चंदा हंस उठी। कहा—"दादा! देखता है? मेरे लिए सब सलामी दे रहे हैं। नरेश ठाकुर है तो मैं भी ठकुरानी हूं दादा। तूने मुझे पहले क्यों नहीं बताया? अब हम जब इसके भीतर की ढेर सारी दौलत के मालिक हो जाएंगे न, तब क्या होगा, जानता है? नरेश मेरा हो जाएगा! नरेश को देखती हूं फिर कौन छीनता है!"

सुखराम डर रहा था।

चंदा ने कहा—"दादा, तू आया था तो इधर ही से गया था?"

सुखराम ने याद किया। कहा—"इधर से गया था, पर कुछ भी नहीं मिला था।"

चंदा आगे बढ़ी। पूछा—"अम्मां तब मेरे बराबर होगी?"

"नहीं, तुझसे बड़ी थी।"

"अम्मा बहुत अच्छी थी क्या?"

सुखराम पीछे था। कहा—"बहुत अच्छी थी।"

"और मेरी बड़ी अम्मा कैसी थी दादा?"

"वह भी बड़ी अच्छी थी।" सुखराम ने कहा।

वे आज दूसरी जगह पर थे। चंदा आगे बड़ी। सुखराम ने कहा—"ला मशाल मुझे दे दे। तू पीछे हो जा।"

"नहीं दादा! तू पीछे-पीछे आ। यहां तू डर जाएगा।" चंदा ने कहा। सुखराम सकपका गया।

यह एक कमरा था। बड़ा-सा था। उसकी दीवारें बड़ी-बड़ी और बड़ी भयावनी दिखाई देती थीं। काली-काली थीं। कहीं-कहीं पत्थर उखड़ गए थे जिनमें से पीपल की जड़ें फूट निकली थीं। सुखराम चंदा के पीछे था। चंदा ने मशाल घुमाकर चारों ओर देखा। आगे बढ़े। एक और कमरा था।

वे घुसे कि फुफकार सुनाई दी।

"चंदा!" सुखराम ने कहा—"कीड़ा लगता है।"

"यही तो मुझे मिला था दादा।" उसने कहा।

सुखराम ने कहा—"तू पीछे आ जा चंदा।"

देखा सांप था। उसने चौड़ा फन खोल दिया। और फिर देखा। चंदा ने कहा—"दादा! यह काटेगा नहीं। मंगू बताता था कि पहले यहां बनजारे आते-जाते थे। कहते हैं, बहुत-सा धन तो उन्हीं का इस धरती में गड़ा हुआ है।"

सांप आगे सरका।

सुखराम पीछे हट गया।

"दादा, डर मत।" चंदा ने कहा—"वह तो चला जाएगा।"

"पीछे आ जा चंदा।" उसने अनुनय की।

पर चंदा नहीं हटी। उसने मशाल सामने तिरछी करके झुका दी। सांप कुछ दूर से देखता रहा। चंदा ने कहा—"दादा, देख! तिलक है न इसके सिर पर? नाग है पूरा।"

मशाल की आग सांप को ताप पहुंचाने लगी थी। उसने पीछे को सरककर देखा। मशाल की आग उल्टी हो जाने से बढ़ गई थी। उजाला हो रहा था। सांप उन्हें देख आग से डरकर दीवार में घुस गया।

चंदा हंसी। कहा—"देखा दादा! मैंने कहा था न? वह अपने-आप चला गया। वह तो पुरखों का देवता है। वह क्या काट सकता था कभी!"

सुखराम हतबुद्धि-सा खड़ा रहा। वह कहे तो क्या कहे! वह कुछ डरने लगा था।

"आ न दादा!" चंदा ने कहा।

"तू कहां जा रही है चंदा?"

"अरे यहां तक तो आ गए। अब क्या और बहुत दूर चलना पड़ेगा?" चंदा ने विश्वास से कहा।

सुखराम घबरा रहा था।

यह सब क्या हो रहा है! चंदा को डर क्यों नहीं लगता? क्या वह लड़की नहीं है? लड़कियां तो इस उम्र पर बहुत डरती हैं।

फिर चंदा तो जैसे पत्थर है। उसे कोई भाव नहीं हिलाता। और सुखराम को याद हो आया। एक दिन वह जब कजरी के साथ आया था तब क्या यही भयानकता थी? नहीं, तब इंसानियत थी। कजरी डरती थी। वह खुद डरती थी। पर आज वह क्यों डर रहा है? क्या वह आज आदमी नहीं रहा? क्या वह कायर है?

उसे अपने ऊपर आश्चर्य हुआ। क्यों? कहां चला गया था उसका आत्मविश्वास! तब वह जवान था। उससे क्या हुआ? तब कजरी थी। वह स्वयं उसे अपना रक्षक समझती थी, और आज? आज वह लड़की जिसे उसने गोदी में खिलाया था, वह उसको राह दिखा रही है, कहती है डर मत, जैसे वही सचमुच उसकी मालकिन हो।

चंदा बगल का जीना उतरने लगी। सुखराम को लाचार जाना पड़ा, पर वह आज लौटना चाहता था। उसे लग रहा था कि कुछ बहुत ही भयानक होने वाला है। यह भूतों का डेरा है। यहां क्या हो सकता है, कौन जानता है? वह मन ही मन कहने लगा—जय हनुमान! भूत-परेत से रच्छा करो। जय भैरों! आज बचा लो।

मशाल की लपट पतले जीने में कांपने लगी। उसके अंदर लगे हुए चमगादड़ चेऊं-चेऊं की पतली आवाज करके पंख फड़फड़ाते हुए उड़ने लगे। और बार-बार भीतर ही चक्कर काटने लगे। ऐसा लगता था जैसे वे अपनी शांति में व्याघात पड़ने से कांप उठे हों।

नीचे उतरे तो एक कमरा मिला। उसके बीचोबीच एक चौकोर कुण्ड था। वे उसके

पास गए। चंदा ठहरकर कुछ देखने लगी। सुखराम ने आंखें फाड़कर देखा। कुण्ड में चार-पांच ठठरियां पड़ी थीं। सबके सिर अलग पड़े थे, और कुछ नहीं। धूल चारों ओर जमी हुई थी। हवा इधर से उधर तेजी से भागकर निकलती थी तो लगता था जैसे हंसती हुई ठुमका मार रही हो, और मशाल की फरफराती लौ को घेरने के लिए दीवारों पर बड़े-बड़े रीछों की तरह उजाले को पकड़ने के लिए, अंधेरा लपकने लगता। सुनसान, खामोश, और जब सुखराम उसको देखकर कांप उठा, तब चंदा हंस रही थी। वह खिलखिलाहट उस समय डरावनी-सी गूंज उठी। लगा जैसे बगल के कमरे में कोई औरत हंसी। दीवारों पर लगे मैले पड़ गए कांच के टुकड़ों पर फिसलती मशाल की रोशनी अब कभी जगमगाती, कभी मंद हो जाती। संभवतः यह स्नानागार रहा होगा और चंदा ने कहा—''दादा!''

''क्या है?''

''तू देखता है, ये कौन लोग हैं?''

''कौन हैं!'' उसका स्वर भर्रा गया।

''ये!'' चंदा ठठाकर हंसी—''ये कोई दुश्मन होंगे।''

उस वक्त सुखराम को लगा, वह सचमुच ठकुरानी के साथ खड़ा था। और उसको कंपन ने ग्रस लिया था। ज्ञात भय नहीं, अज्ञात भय, जिसमें लगता था रगों में लहू जम जाएगा, दम घुट जाएगा और सुखराम उसमें जिंदा मर जाएगा। वह किला क्या है? वह इंसानों की कब्र तो है ही। उसमें कितना अंधकार है! जैसे उसमें से अतृप्त आत्माएं पृथ्वी पर रहने के अभिशाप का मोल मांग रही हों!

''चंदा !'' उसने पुकारा।

उस प्रतिध्वनित हास्य को सुनकर चंदा जो अब विभोर हो गई थी, उस की आवाज सुनकर रुक गई। उसने अपनी बड़ी-बड़ी आंखें पूरी खोल दीं और फिर अपने अधिकार की सत्ता में उसने डांटकर ही कहा—''चंदा नहीं, ठकुरानी कहो।''

''ठकुरानी!'' सुखराम के मुंह से निकला—''ठकुरानी!!''

''ठीक है।'' चंदा ने कहा—''देखते नहीं, मैं कहां हूं? यहां तुम मेरा नाम लेकर पुकारोगे तो देखो ये सब लोग क्या समझेंगे?''

चंदा आगे बढ़ी। उसका हाथ ''ये लोग'' कहते वक्त जैसे अनजाने ही उन ठठरियों की ओर उठ गया। सुखराम को लगा, वे ठठरियां अब खड़ी हो जाएंगी। खड़ी हो जाएंगी।

भीतर एक फैला हुआ दालान था। सुखराम दौड़कर चंदा के पीछे गया। वह दालान भीग गया था, उसमें कहीं से पानी आ रहा था और मशाल की रोशनी में वहां सुखराम ने देखा, एक बहुत बड़ा मेंढ़क बैठा भारी स्वर में टर्र-टर्र कर रहा था। देखते ही देखते वह एक छोटा सांप निगल गया।

चंदा वहां रुकी और देखने लगी और उसने कहा—''सुनता है दादा!''

''क्या हुआ?'' सुखराम ने पूछा।

''देख, अब हम उल्टी दुनिया में आ गए। यहां मेढ़क सांप को खाते हैं।''

घोर घुप्प अंधेरे कोठे थे। मशाल का हल्का प्रकाश उनकी कालिमा को भंग नहीं कर सका। जब वह उजाला लौटता तो लगता कि उनमें से फिर अंधेरे के अनगिनत हाथ निकल रहे हैं। और फिर वे चारों ओर से घेर लेते हैं और मेढ़क का स्वर गूंजता है—टर्र...टर्र।

वे कोठे में से कोठा पार करते गए। सुखराम अब वहशी-सा है। सिर्फ पीछे चला जा रहा है। चंदा मशाल उठाए आगे बढ़ती चला जा रही है। सुखराम सिर्फ देख लेता है,

पर समझता नहीं कि वह कहां जा रहा है। वे इतनी बार इधर-उधर घुसते-निकलते ही चले गए, यहां तक कि फिर रास्ता भूल गए।

फिर एक बड़े कमरे में निकले। वहां पहुंचते ही कोई जानवर एक दर्दनाक-सी आवाज करता हुआ भाग निकला। सुखराम लड़खड़ा गया। उसने कटार हाथ में ले ली।

चिल्लाया—"चंदा!"

कोई उत्तर नहीं मिला।

चारों ओर अंधेरा था और अंधेरा चिल्लाने लगा—"ठकुरानी!" उसे लगा सब कह रहे हैं कि मूरख! ठकुरानी कह। वह मालकिन है।

वह चिल्लाया—"ठकुरानी!"

चंदा ने कहा—"क्या है दादा?"

सुखराम की चेतना स्थिर हुई। उसने आगे बढ़कर चंदा को देखा। चंदा ढूंढ़ रही थी। सुखराम ने कहा—"यहां कुछ नहीं है।"

"क्या नहीं है?"

"खजाना-वजाना कुछ नहीं है।"

परन्तु उसकी बात का कोई असर नहीं हुआ।

चंदा ने कहा—"दादा, यहां है! मुझे मालूम है। उसी पर नाग जाकर बैठ गया है। वह जानता है। वह मुझे बताने आया है। हो सकता है, वह बच्चे की तरह हंसता-रोता हुआ भी लगे। मंगू बताता था कि पुराने जमाने में जब बंजारों के पास इतना धन हो जाता था कि वे ले जा नहीं पाते थे, तो अपने बच्चे को धरती में धन के साथ गाड़कर उस पर आटे का सांप बनाकर रख जाते थे। वह सांप फिर उस धन की रक्षा करता था। वही तो यह सांप है। जिसका भाग होगा, उसे ही यह धन मिल जाएगा।"

सुखराम अभी सोच ही रहा था कि चंदा ने कहा—"बहुत दिन से इसकी देखभाल नहीं हुई। जब से मैं गई तब से सूना पड़ा है।"

सुखराम का खून जम गया। अब धीरे-धीरे उसका हृदय कठोर होने लगा। अब वह आवेश उसमें भर रहा था। एक तरह का जुनून!

दीवारों पर ठंडक थी, धरती ठंडी थी, हवा के ठंडे लेकिन बदबूदार झोंके आ रहे थे और उस बदबू में सुखराम ने देखा, एक ओर एक आग का-सा गोला दूर किसी कोठे में उठता था और पृथ्वी से ऊंचा उठकर चलने को लौटता था, लगता था, फिर गिर जाता था और हवा द-द-द करके टकराती हुई बिखर जाती थी। फिर लगता था, दलदल-सा कहीं चमकता था। झील का पानी रिसता हुआ लगता था। वह आग उस दलदल में से पैदा होती थी।

सुखराम नहीं समझा। पानी में से आग निकल रही थी।

उसने कहा—"चंदा!"

"क्या है दादा?"

"वह क्या है?"

"वह आग।"

"पानी में आग?" सुखराम चिल्लाया।

"हां दादा।" चंदा ने कहा—"पानी में आग लग गई है।"

उसका वह स्थिर वाक्य, स्थिर स्वर, अनागत के भय से सुखराम भर उठा। उसने कहा—"चल चंदा। लौट चलें।"

"अपने घर आई हूं तो आज मैं लौट जाऊंगी?" चंदा ने कहा। उसकी आंखों में गौरव था। उसने कहा—"तू क्या जानता है? तूने ठकुरानी के वंश में होकर नट और नटनियों में जिन्दगी गुजार दी। धिक् है तुझे।"

चंदा ने सीना ठोककर कहा—"मैं ठकुरानी हूं। मैं अपने महल में आई हूं। यहां से जब मैं निकलूंगी तो ठाकुर विक्रमसिंह अगवानी करते दिखाई देंगे। मेरा दूल्हा सिर पर मोर सजाए आएगा। शहनाई बजेगी। ढोल बजेंगे, फुलझड़ियां छूटेंगी, आतिशबाजी होगी, आसमान में उजाला हो जाएगा, और मैं निकलूंगी हीरे और मोतियों से झुकी, जिसपर किसी की आंख नहीं ठहरेगी। लोग मेरे ऊपर सोने के गहने देखकर कहेंगे—अरे पीली आई, पीली आई और मैं दोनों हाथों से ढेर-ढेर अशरफियां उठाकर लुटाऊंगी। कहूंगी—ले जाओ! भूखे मत मरो। ले जाओ! मैं तुम्हारी ठकुरानी हूं।"

"चंदा!" सुखराम भयार्त्त-सा दारुण यातना से भरा हुआ-सा चिल्ला उठा—"तू पागल हो गई है! तू नहीं जानती, तू क्या बक रही है!'

"क्या है?" चंदा ने मुड़कर कहा : "तू नहीं समझेगा। समझेगा भी कैसे? तू करनटी का जाया! तू समझेगा! तू नहीं समझेगा।" वह आगे बढ़ी। सुखराम पीछे-पीछे गया।

बाहर आवाज आ रही थी। ठीक वही आवाज जो बरसों पहले आई थी, जब वह कजरी के साथ आया था। वह उस दिन भी धक-धक-धक-धक करती हुई गूंज रही थी। उस दिन भी सुखराम डर गया था। असल में बाहर झील टकरा रही थी।

"दादा!" चंदा ने कहा—"सुनता है!"

"क्या!! चंदा! क्या!!"

ठकुरानी हंसी। उसने कहा—"देख, मैं आई हूं, मेरे आने पर नगाड़े बजे हैं। आज न दीखने वाले हाथ नगाड़े बजा रहे हैं; क्योंकि मालकिन आई है।" फिर वह हंसी।

उसका वह विकराल हास्य सुनकर सुखराम को लगा, उसका सिर फट जाएगा। वह हंसी पतली-पतली तीखी-तीखी फिर पत्थरों को जैसे ठंडा कर गई।

"चंदा!!" सुखराम चिल्लाया।

"मैं ठकुरानी हूं।" चंदा ने कहा—"यह सब मेरा ही है। मैं इसकी मालकिन हूं...मैं मालकिन हूं...देख, नाच शुरू होने वाला है, तोप छूटने वाली है...मैं रानी हूं...।"

चंदा भाग चली...

"चंदा!!!" सुखराम चिल्लाया—"तू कहां जा रही है..."

"मुझे न रोक!" चंदा ने भागते हुए कहा—"आज देख, मेरे लिए कितना जश्न सजेगा, कैसे मोती की लड़ियां टूट-टूटकर गिरेंगी..."

पर सुखराम ने उसका हाथ पकड़ लिया। वह डर के मारे कांप रहा था, जैसे उसमें ताकत ही नहीं थी।

चंदा ने उसे धकेल दिया...

सुखराम ने संभलकर उसकी ओर हाथ बढ़ाया और चिल्लाया—"चंदा...न जा...ठहर. ..ठहर...चंदा..." पर इधर-उधर भागती हुई चंदा दीवार से टकराई और उसका सिर घूम गया। उसके हाथ की मशाल धरती पर गिर गई...

सुखराम का मुंह भय से खुला का खुला रह गया।

चंदा चीखकर बेहोश हो गई और धड़ाम से गिर गई। मशाल के धरती पर गिरते ही वहां की धूल उसे चारों ओर से चापने के लिए सन्नद्ध हो गई। अब वह ऊपर ही ऊपर

की तरफ चल रही थी और सुखराम ने चंदा को हाथों पर संभाल लिया। तभी उसने देखा, चंदा फिर भी मुस्करा रही थी। बेहोशी में! सुखराम ने उसे कंधे पर उठाया, पर तभी उसकी मशाल पर नजर गई और वह उठाने को झुका कि उसे भय बढ़ गया। लगा, कोई फिर हंसा। भयानक स्वर में हंसा। अब वह हास्य कोठे-कोठे में प्रतिध्वनित होने लगा।

सुखराम को उसकी अपनी ही छाया डराने लगी, जैसे वह दीवार पर नाचने लगी थी। अब पकड़ लेगी, अब पकड़ लेगी, और वह विकराल हास्य गूंजता चला जा रहा था। वह अब जैसे भीड़ का विराट हास्य था। जिसमें पतले स्वर में कभी-कभी हवा चिंघाड़ती थी, और सारा किला उसे लगा, एक विराट् बीभत्स हास्य बनकर गरज रहा था—हा-हा-हा-हा... हा-हा-हा-हा...

सुखराम भागा।

चंदा कंधे पर थी। और वह घुप्प अंधेरे में भाग रहा था। कभी वह दीवार से टकराता, कभी वह पांव में चोट खा जाता, पर वह सब अब उसे डरा नहीं रहा था। उसे एक अज्ञात का भय था। वह ठकुरानी को कंधे पर उठाए हुए है।

सुखराम पसीने से तर-ब-तर हो गया। और किले के इस ओर किसी युद्ध की तैयारी में जैसे धक-धक-धक-धक करके नगाड़े अनवरत स्वर से बज रहे थे। आज ठकुरानी जो आई थी। आज अनदेखे हाथों ने बाजे बजाए थे। और सुखराम चिल्लाने लगा—''छोड़ दे... मुझे छोड़ दे...नहीं...नहीं...मैं चंदा को नहीं दूंगा...वह धरोहर है...अरी ठकुरानी...तू मर...तू मर गई...अब तू फिर क्यों जी उठना चाहती है?...''

वह भागता जाता था, कहां जाए...क्या करे... अन्धकार...

और वह भयानक अट्टहास करता हुआ निकला। चारों ओर नितांत घोर अन्धकार...

सुखराम फिर चिल्लाया—''...ठकुरानी, तू चली जा...जीतों की दुनिया में न आ...चंदा मेरी है...यह दौलत...यह खजाना...नहीं चाहिए...''

मगर सारी इमारत अपनी भयभीत अंधेरी को लेकर प्रतिध्वनि में चिल्लाई...चाहिए... चाहिए...

सुखराम की लगा वह गिर जाएगा...आज, आज वह...नहीं गिरेगा...चंदा है...चंदा को वह कैसे छोड़ दे...

और वह सुखराम उस समय भी मूर्छित नहीं हुआ। वह भागता रहा...

लगता था, भीतर ही भीतर घूमते-घूमते वे दोनों मर जाएंगे...कहां जाए...कोई रास्ता नहीं...

चिल्लाता हुआ अंधेरा, गरजती हुई हवा, पुकारते हुए पत्थर...भूखी-भूखी आत्माओं की प्यासी ललकार...और हंसता हुआ भय दिगन्तों तक टकराता हुआ...जैसे हाथियों के झुण्ड के झुण्ड बढ़े आ रहे हों...

एक तुमुल निनाद...अछोर प्रतिध्वनि...अंधकार...और फिर अंधकार का कठोर व्यंग्य-भरा वह विकराल दुर्दमनीय हास्य...

उसने पुकारा—''परमेश्वरी, छोड़ दे...मेरी बच्ची को...छोड़ दे...मैं चला जाऊंगा...मुझे छोड़ दे...''

पर अंधेरा चिल्लाया... नहीं, नहीं,...नहीं छोडूंगी...

''छोड़ दे...मुझे छोड़ दे...''

सुखराम की चिल्लाहट से इमारत के उस भाग के समस्त जीवित निशाचर जो वहां छिपे हुए थे, चिल्लाने लगे। और उनके स्वर से वह स्थान बार-बार भर गया...

फिर उसे लगा, सारा अंधेरा ठठाकर हंस रहा है।

सुखराम भागते-भागते रुक गया,...जिधर देखता है उधर कुछ दिखाई नहीं देता...अब क्या करे...यह पत्थर तो उसे चबा जाएंगे...पर वह नहीं रहेगा यहां...

वह फिर भागा...

वह भूतों में भूत बनकर नहीं रहेगा...यह सब कितना भयानक है...

उसकी सांस फूल गई थी...आंखें निकली पड़ती थीं...

भागते-भागते वह एक कोठे में पहुंचा जहां कुछ रोशनी थी। वह तनिक भी नहीं रुका। तेजी से जीने पर चढ़ गया। आखिर वह तिबारे में आ गया था...पर भय नहीं छोड़ रहा था...

वह बाहर आया। उसे लगा, वह नरक में से निकल आया था। उसने मुड़कर भी नहीं देखा। टाट पड़े रह गए। ऐसे समय भी घनघोर वर्षा हो रही थी, परन्तु रुकने का समय नहीं था। सुखराम नीचे उतरा। पानी में पांव घुटनों तक डूब गए।

बावड़ी का पानी चढ़ आया था। ऊपर की सीढ़ियां भी डूबने लगी थीं।

सुखराम बड़ी मुश्किल से पत्थर पर पांव जमा-जमाकर चढ़ने लगा। ठंड से उसकी आंखें निकल आई थीं। वह कभी-कभी कांप उठता था। आखिर वह बावड़ी के बाहर निकल आया।

सुखराम चंदा को लिए भाग चला। इस समय उसमें उत्तेजना बढ़ गई थी। लगता था, सारा किला पीछे से पकड़ने के लिए भागा आ रहा था। वह ठकुरानी को लिए जा रहा था। वह फिर भूतों में चली जाना चाहती थी!

जब वह झोंपड़े पर पहुंचा तब उसे होश आया।

तो इस दुनिया में वह लौट आया है! वह सारी फुलवाड़ी, सफेद महल, वे सबके सब उसी दुनिया के पहरेदार थे, जो अदृश्य हाथों से पकड़ने की कोशिश करते थे।

चंदा को उतारकर धरा। और उसने देखकर इधर-उधर से सारी लकड़ियां, जो झोंपड़े में पड़ी थीं, इकट्ठी कीं। सारी घास सामने लाकर पटक दी, एक लक्कड़ पड़ा था, वह भी रख दिया। फिर जलाने के लिए राख में दबी आग को निकाल उसने खूब आग सुलगा दी। शीघ्र ही धुएं के बाद लपट लचकने लगी।

उसने चंदा के कपड़े बदले और आप भी तापने बैठ गया। उसने चंदा को आग के पास लिटाया और उसके हाथ-पांवों को खूब रगड़ा। उसका पेट रगड़ा। माथा रगड़ा वह तो बिलकुल ठंडी-सी पड़ गई थी। बार-बार यों किया, तब शरीर गर्म हुआ। तब चंदा को होश आया।

उसने कहा—"कौन, ठाकुर?"

"नहीं, मैं हूं!" सुखराम ने कहा। वह इन शब्दों को भी डर के मारे दुहराना नहीं चाहता था—"अरी मैं ही हूं। तेरा दादा!"

"दादा!" चंदा ने स्वर पहचानकर पूछा।

"क्या है बेटी?"

"हम किले में कहां हैं?" उसने पूछा।

"हम डेरे पर हैं।"

"तो क्या हम किले में नहीं गए?" उसने पूछा।

सुखराम उस सबको भुला देना चाहता था। वह अभी तक कांप रहा था। कहा—"कैसा किला बेटी?"

"अरे अधूरा किला!"

"क्यों? तू तो सो रही थी न?"

चंदा सोच में पड़ गई। वह बैठ गई। उसने कहा—''दादा! मुझे ऐसा लगता है जैसे मैं और तुम वहां गए थे, वहां बड़ी दौलत थी। हम पास पहुंच गए थे। पर फिर क्या हुआ, मालूम नहीं, दादा। चलो एक बार हो आएं न?''

''नहीं, नहीं,'' सुखराम ने कांपकर कहा—''पागल हुई है! जाने क्या-क्या सपने देखती है। अगर तू ठीक से नहीं रहेगी तो मैं तुझे अपने पास नहीं रखूंगा।''

''तो! नीलू के पास भेज दोगे?''

''नहीं। मैं चला जाऊंगा कहीं।''

''मुझे छोड़कर!''

''अपने-आप। जब तू मेरा कहना ही नहीं मानती, तो मैं रहकर क्या करूंगा!''

''मैंने तुम्हारा क्या कहना नहीं माना?'' चंदा ने कहा—''तुमने कहा था, नरेश से न मिलना। मैं जाती हूं?''

''अच्छी बात है।'' सुखराम ने कहा—''ऐसा ही करना चाहिए।''

''पर दादा,'' उसने कहा—''मुझे लगता है, मैं ठकुरानी हूं।''

''तू पागल है।'' सुखराम ने डांटा। पर वह भीतर ही भीतर हिल उठा था।

ऊंचे झोंपड़े में लपट उठ रही थी। सुखराम ने बीड़ी सुलगाई। और उसे जैसे विचार आया। पूछा—''तू पिएगी?''

''नहीं,'' चंदा ने कहा—''बीड़ी तो, तू कहता था, नटनी पीती हैं।''

''तू नहीं है नटनी?''

''नहीं।''

''तू मेरी बेटी नहीं है?''

''हूं। पर तू भी तो ठाकुर है।'' उसने तड़ाक से उत्तर दिया।

सुखराम का हाथ धरती पर गिर गया। बीड़ी गिर गई।

ठंडी हवा के झोंके आते थे।

''सर्दी तो नहीं लगती तुझे?'' सुखराम ने पूछा।

चंदा ने कहा—''ये मेरे बाल सब भीग कैसे गए, दादा?''

सुखराम ने कहा—''बौछार भीतर आ रही होगी। बाल खोलकर सुखा ले। और उठकर उसने स्वयं उसके बाल खोले, खूब रगड़-रगड़कर पोंछे और आग पर सुखाए, दूर-दूर से ही। चंदा ने कहा—''दादा! मैं गई नहीं, फिर बाल क्यों भीग गए?''

''तू चुप नहीं रह सकती?'' सुखराम ने डांटा।

चंदा ने कुछ नहीं कहा। मुंह ढककर सो गई। उसको सोते देख उसे चैन आया। तो यह भूल गई है! क्या इसका दिमाग खराब हो गया है? फिर सब याद क्यों नहीं रहा? ठीक है, यह वहां बेहोश जो हो गई थी। पर क्या वह तब होश में नहीं थी? फिर कहती क्यों थी कि वह कहीं गई थी? सब कैसे हलचल का तूफान था?

सुखराम का सिर फटने लगा। यह सब क्या है?

चंदा पागल हो गई है? नहीं, नहीं, वह पागल नहीं हो सकती। उसने उसे अपने हाथ से दूध पिला-पिलाकर पाला है। उसने उसे कितने लाड़ से पाला है!

वह बड़बड़ाने लगा—''ठकुरानी! किसने कहा था तुझसे आने को! तू बदला ले रही है मुझसे! अपनी ही वंशज से। क्यों? क्योंकि मैं तेरी हवस पूरी नहीं कर सका! मैं तेरे अधूरे किले पर कब्जा नहीं कर सका!''

पर तूने ही क्या किया, कुलबोरनी? तूने घर में आग लगा दी। तू अपने ही घर को उजाड़ने आई है!

तू इस फूल-सी बच्ची को मारना चाहती है। इसे भी तूने अपना ही जैसा अंधा कर दिया है। तूने उस दिन भी हीरे-मोती पीसे थे।

उसने चंदा को देखा। शांत। सो रही है। कितनी कोमल, कितनी सुन्दर है! बिल्कुल मिसी बाबा-सी। वैसी ही आंखें। वह कैसी थी! दबदबे से चलती थी। हुकम चलाती थी। यह मेम की बेटी है। यह ठकुरानी कहां से हो गई?

पर फिर विचार लौटा। मेम भी तो अपने को एक दिन ठकुरानी कहती थी।

ठीक, ठकुरानी ही है यह! कितनी प्यास है इसमें! लहू चाटना चाहती है। देवता! तू बलि चाहता है?

मैं दूंगा तुझे अपना लहू। चंदा को छोड़ दे। आ, मुझपर टूट। पापी! भूखे! मुझे चबा जा, कच्चा चबा जा!!

उसने बक्से से फोटो और तस्वीर निकाली। एक ठकुरानी। एक मेम।

यह ठकुरानी ही मेम बनी थी।

आज वह मेम की बेटी बनकर आई है!

कब तक आया करेगी यह!

देखा।

ठकुरानी हंसने लगी।

हंसती है कुलबोरनी! तू हंस रही है! आज किसलिए हंस उठी है भवानी!!

वह देखता रहा।

मेम कह रही है—सुखराम! मेरी बेटी महलों में पलेगी। यह संजोग नहीं था कि तूने मेरी बच्ची पाल ली है। यह भी पुरबिले जनम की बात है।

वह देखता रहा। तब जैसे चंदा और ठकुरानी दोनों मुस्कराने लगीं। वह सब एक थीं। वह बार-बार आई थी। वह बार-बार दुख उठाकर चली गई थी। वह कभी सुख से नहीं रहती। कभी धनी होकर गरीब को चाहती है, कभी उसकी इज्जत लुटती है, कभी वह गरीब होकर धनी को चाहती है।

चंदा मेम की बेटी है। वह नट के घर पली है। उस नट के यहां जिसकी खाई पत्तल को मेहतर नहीं उठाते। उस नट के यहां जिसे देखकर नीचों से नीच मुंह बिचकाते हैं। उस नट के यहां जिसके पास खेत-क्यार नहीं है। उस नट के यहां जो कल तक पुलिस वालों के हाथ का खिलौना था, जो आज भी सबसे नीच माना जाता है, क्यों?

चंदा ठकुरानी जो है!

ठकुरानी!!

ठकुरानी!!!

ठकुरानी!!!!

वही ठकुरानी!!!!!

शब्द बढ़ने लगा। कितनी भयानक प्यास है इसकी! आखिर यह बुझेगी कब?

इसने परवाह नहीं की। इसने राज छोड़ दिया, अपने घर को छोड़ दिया, इसने जात की चिन्ता नहीं की। क्योंकि वह दरबान से आशनाई कर उठी थी। क्या तड़प रही होगी उसमें! धूल का ढेर बन गया सब कुछ। पर जब छोड़ आई थी तो लौटी क्यों? इसकी आत्मा क्यों मंडराती रही वहीं?

जब रात के अंधेरे में हवा चली, तो यह झोंकों पर बैठकर खिलखिलाती रही। इसकी आग ने सबको स्वाहा कर दिया। सबको मटियामेट कर दिया। जब तक एक भी दुश्मन रहा, इसने उन्हें नहीं छोड़ा। सबको मार डाला। जन-बच्चा से लेकर बूढ़े तक को तबाह कर दिया। फिर भी इसकी आग क्यों नही बुझी?

अरी चंडी! तू मानुस-देह में रहकर अपनी आत्मा की प्यास मिटाना चाहती है?

तीन-तीन पीढ़ी से तेरे वंशज नटनियों के पेट से जन्म लेते रहे। तू देखती रही। वे तड़पते रहे। वे अपने किले को देख-देखकर तड़पते रहे और तू देखती रही। वे गरीबी और बेज्जती की मार सहते रहे! वे ठाकुर नट हुए तो उन्होंने अपनी आंखों से अपनी इज्जत को गोद-गोदकर छुरियों से कटता हुआ देखा और लहूलुहान दिल से आंखों से आग बरसाते रहे और तूने कुछ नहीं कहा।

अब तू आई है! मेरी बच्ची बनकर आई है! अगर तुझे आना था तो पहले ही क्यों न आ गई?

सुखराम आवेश में था। उसने उन तस्वीरों को उठाकर आग में डाल दिया। वे जल उठीं।

"चली जा!" उसने कहा—"चली जा! अब मत आइयो यहां। आज से मैं ठाकुर नहीं हूं। नट हूं। मेरी मां नटनी थी। मेरी प्यारी नटनी थी। मेरी कजरी नटनी थी! बाबू भैया कहते हैं, यह कुत्तों की जिन्दगी है। तूने मुझे कुत्ता बनाया और फिर लालच दिखाती है! मैं तेरे भूत को सीने से लगाए-लगाए फिरता था। और तू मेरे ही हरे पेड़ पर बिजली बनकर मंडराने लगी पापिन! दूर हो जा! मेरी आंखों से दूर हो जा!"

तस्वीरें जल गईं। सुखराम का सिर दर्द करने लगा था। वह कितना ही भूलने की चेष्टा करता, उतनी ही वह याद आती। ठकुरानी का विकराल रूप उसके सामने नाचने लगा।

"आ!" उसने कहा—"मुझे डराती है भवानी! आ! मैं नहीं डरता। मैं तो तेरे किले में नहीं रहता जहां तू प्यासी चिल्लाती फिरती है। जा! मैं कहता हूं। तुझे कहीं चैन नहीं मिलेगा। तू मेरी बच्ची पर आंख डालती है!"

पर उसे लगा, चंदा नहीं है। कहीं नहीं है। यह जो सामने है यह तो वही ठकुरानी सो रही है...

उसने पुकारा—"चंदा हो!"

चंदा जग गई। पूछा—"क्या हुआ दादा?"

"बेटी! बेटी!" सुखराम ने उसे सीने से चिपकाते हुए कहा—"तू तो मुझे छोड़ नहीं जाएगी?"

"क्यों छोडूंगी दादा!" उसने निर्मल आंखों से देखते हुए पूछा।

सुखराम उससे डरने लगा था, वह डर कम हुआ। उसने कहा—"सो जा बेटी! सो जा!" चंदा फिर सो गई।

सारा गांव उस वक्त सो रहा था। पर कच्चे घरों के लोग अब भी जाग रहे थे। जगह-जगह छप्पर चुचाने लगते थे। ये बिल्कुल भीग गए थे, आरपार हो गए थे। कभी-कभी नेपथ्य में हाहाकार होता था। ऐसा लगता जैसे आकाश तक वही रोर व्याप्त हो गई थी। वह गर्जन फिर कांपता और फिर हवा पर झूल जाता। वह कोई टूटता घर होता जिसकी आवाज यहां भी सुनाई देती। फिर वह निनाद एक दूसरे निनाद की कड़ी पकड़ लेता और लगता कि सारा अन्तराल आज चिल्लाने लगा था।

रात बीत रही थी। सुखराम बैठा था। उसे सोने में डर लगता था। कहीं चंदा को

कोई ले गया तो! वह उसे नहीं संभाल सकेगा। कल ही वह नीलू के साथ उसे भेज देगा। उन दोनों को दूर कहीं भेज देगा। पर ठकुरानी नहीं मानती। वह तो विलायत में जन्म लेकर भी यहीं आ गई थी। फिर क्या होगा!

चंदा नींद में पुकार उठती—"नहीं, नहीं...वहां दौलत है—नरेश ठाकुर है...मैं ठकुरानी हूं—वह मेरा है।"

सुखराम उसे पकड़कर बैठ जाता—आग की लपटें कांपने लगती और फिर नाचतीं। उस समय सुखराम को लगता, जैसे चिता की लपटों में से रूहें निकल रही थीं। वह आंख मीच लेता। उसे बार-बार पसीना निकल आता।

बाहर मूसलाधार पानी गिर रहा था। मोटी-मोटी बूंदें गिरती थीं और घोर नाद कर रही थीं। ऐसा लगता था जैसे आकाश और पृथ्वी सब जलमग्न होने वाले थे। प्रलय नाच रही थी और झोंपड़ा भी हिल उठता था। क्या जाने कब गिर पड़े। पर बाहर भी जाएं तो कहां जाएं!

ठंड बढ़ गई थी। अंधेरे की ताल सुनकर जैसे वायु खम ठोंकने लगती थी। और फिर मल्लयुद्ध होता था और लगता है जैसे दूर-दूर तक कोई पगली भयानक स्वर से चीत्कार करती भागी जा रही हो। वह कौन थी! प्यासी ठकुरानी। आज दिशाओं में चिल्ला रही थी। सुखराम थर्रा उठता था।

उस वक्त नटों के झोंपड़ों में कई बहने लगे थे। उनके निवासी ऊंचाई पर बने झोंपड़ों में भाग-भागकर शरण ले रहे थे। कोलाहल मच रहा था।

रात यों ही बीत गई।

सुबह हो गई। पानी थम गया। सुखराम बाहर निकला।

मंगू ने कहा—"सुनता है, झोंपड़े उड़ गए। अरे तू क्या रात सोया नहीं?"

"सोया तो था।" सुखराम ने कहा।

"चल तो जरा देखें। लोगों का तो कोई सहारा ही नहीं रहा।"

वे चले गए और काम में लग गए।

चंदा जगी तो अकेली थी। दादा नहीं था।

तभी छाता लगाए एक आदमी ने पूछा—"सुखराम करनट यहीं रहता है?"

चंदा बाहर आई। डाकिया था। कहा—"हां।"

चिट्ठी ली। दादा नहीं था तो वह सीधी मेरे पास आई। मैंने बिठाया। पत्र खोला। पढ़कर हिल उठा। "क्या है बाबूजी?" उसने पूछा।

मैंने पढ़कर देखा। मैं अपने को रोक नहीं सका। वह कितना करुण पत्र था! पता लंदन का था।

"पढ़ो बाबूजी।" चंदा ने कहा।

मैंने उसे अनुवाद करके सुनाया –

"सुखराम!

आज चौदह बरस बाद मैं तुम्हें चिट्ठी लिख रहा हूं। तब मैं डाकबंगले में था और तुम मेरे यहां काम करते थे। तुमने ही मेरी बेटी की जान बचाई थी। वह सूसन, जिसकी तुम इतनी खिदमत करते थे, वह पारसाल इस दुनिया को छोड़ गई। मैं बहुत बूढ़ा हो गया हूं। बीमार हूं। कब मर जाऊंगा, यह कोई नहीं जानता। हिन्दुस्तान में रहकर मैंने जो पैसा कमाया था, वह सब मेरे ही काम नहीं आया। आज हिन्दुस्तान आजाद है। मैं नहीं जानता, तुम कहां होंगे। अगर यह चिट्ठी तुम्हें मिले तो मुझे तुरन्त लिखना। मैं यहां बिस्तर पर पड़े-पड़े तुम्हारे खत का इंतजार करूंगा।

तुम पूछ सकते हो कि मैंने इतने दिन बाद तुम्हें यह खत लिखा है। अब तब क्यों नहीं लिखा? मैं तुम्हें इसका जवाब जरूर दूंगा। बात यह है कि मैं जब पैदा हुआ था तब हम दुनिया में हुकूमत करते थे। मैंने हमेशा हुकूमत की थी। मैं हिन्दुस्तानियों को सचमुच जाहिल और बेवकूफ समझता था। पर जब मैंने तुमको और कजरी को देखा तो मेरे सारे विश्वास हिल गए। मैंने देखा, गरीबी, गुलामी में ही आदमी आदमी रहता है। हुकूमत और दौलत उसकी असलियत उससे छीन लेती हैं और वह असलियत है इन्सानियत, जो पहाड़ों और समुन्दरों के पार आती-जाती है, जो इंग्लैंड में भी है, और तुम्हारे गांव में भी है, जहां लंदन की-सी मशीनें नहीं हैं।

आज मैं लॉरेंस के बारे में कुछ नहीं कहूंगा, क्योंकि वह बराबर मेरी बेबी से मिलता रहा। यह बराबर उससे मांफी मांगता रहा और फिर इस लड़ाई में वह मारा गया। वह चला गया। और अब उसके बारे में कुछ कहना शराफत नहीं कहला सकेगी।

और जानते हो, सूसन का क्या हुआ? कजरी मर गई। सूसन ने अपनी थाती तुम्हें सौंप दी। फिर उसने इंग्लैंड आकर भी विवाह नहीं किया। वह सदा कहा करती थी, वह नहीं करेगी, वह नहीं करेगी। वह कहती थी मुझसे कि डैडी! दुनिया में अच्छे आदमी सब जगह हैं। कजरी की याद है? उसके पेट में लात लगी थी, उसके बच्चा था, तब उसने कहा था, बच्चा फिर हो जाएगा। सूसन कहती थी कि उसकी बच्ची उसके पास नहीं रह सकी।

आज यह खत अगर तुम्हें नहीं मिलता, और किसी और को मिल जाता है तो भी मैं डर नहीं रहा हूं। मुझे अब रहना ही कितना है! मैं साफ देख रहा हूं कि इज्जत और कानून के जो दायरे हमारे चारों तरफ थे, वे अपनी असलियत छिपाने के लिए थे ताकि दूसरे लोग हमसे डर सकें। सूसन कहती थी कि एक बार उससे अनपढ़ कजरी ने एक बात कही थी जो उसे याद रह गई थी कि धरती मुल्कों में क्यों बंटी हुई है मिसी बाबा। जहां मनुष्य खड़ा होता है, वही तो उसकी धरती है। सच! वह कितनी सच बात थी! यह सारी धरती इंसान की है। इसे बांटना ही पाप है।

सूसन सदा बच्ची की याद करती थी। पता नहीं, वह बच्ची अब भी जिंदा है या नहीं! उसे मरते दम तक उसकी याद ने नहीं छोड़ा। वह यहां नर्स हो गई थी। उसके लिए अच्छे-अच्छे आदमी घूमते रहे। पर उसने कह दिया कि वह अब शादी नहीं करेगी। सचमुच वह कुमारी ही थी। मैं उसे पापिन नहीं समझता। वह बेकसूर थी। और जिसने गलती की थी, वह जीवन-भर अपनी इस गलती के लिए पश्चात्ताप करता रहा।

मैं अब मर जाऊंगा। मुझे बचने की कोई उम्मीद नहीं है। मैंने दुनिया में हुकूमत, शान, अदब, कायदे और रुआब के नाम पर सैकड़ों आदमियों को कुचला था। पर आज सबसे दूर होकर मैं सोचता हूं तो मुझे लगता है, वह सब मैं नहीं कर रहा था। वह तो ऐसा था जैसे कोई बहुत बड़ी मशीन थी, जिसमें मैं सिर्फ एक पुर्जा था।

मौत भी कितनी बड़ी असलियत है! वह मुझसे कहती है कि मैं कुछ छिपाऊं नहीं। मौत के पास आने पर इंसान सिर्फ इंसान रह जाता है। वह सारी घृणा, द्वेष, अहंकार और अंधकार को छोड़ना चाहता है।

सूसन की बच्ची तुमने पाली है। मैं जानता हूं, वह तुम्हें बड़ी प्यारी होगी। उसका नाम तुमने चंदा रखा था न! सूसन ने बताया था। सूसन नहीं रही। अगर तुम ठीक समझो तो उस बच्ची को बता देना कि वह सूसन की बच्ची है। अब वह हिन्दुस्तानी है, वह अंग्रेजी नहीं जानती होगी। वह गरीब भी तुम्हारे पास होगी। पर अच्छा है। मैं उसे बुलाना नहीं चाहता, क्योंकि अब मैं दो दिन का मेहमान हूं। मेरे कोई संतान नहीं है, इसलिए अगर तुम

उसे बता दोगे कि वह मेरी लड़की की बेटी है तो हिन्दुस्तान की वह लड़की महसूस करेगी कि हम दोनों के मुल्कों में एक ही-से आदमी हैं। हिन्दुस्तान आजाद है, मुझे इस पर गर्व है, क्योंकि मैं देख रहा हूं कि अगर वह गुलाम होता तो मेरी नवासी भी आज गुलाम होती। स्वतंत्रता जीवन की शक्ति है, पर वही जो दूसरों को कुचलती नहीं।

मेरी तरफ से चंदा को प्यार करना। हम ईसाई दूसरा जन्म नहीं मानते। पर तुम हिन्दू हो। तुम जरूर मानते हो। मैं ठीक नहीं जानता कि फिर से जन्म होता है या नहीं, पर अगर यह सच है कि होता है, तो मैं यही सोचता हूं कि एक बार हम-तुम फिर मिलें, कभी—किसी रूप में। चंदा से मेरी तरफ से माफी मांगना, क्योंकि वह बेकसूर बच्ची झूठी लोक-लाज के कारण छोड़ दी गई। पर उसकी मां तो मां थी, मां क्या लोक-लाज मानती है! वह सबसे ऊपर होती है। अगर समाज ने उसे वैसे नहीं रहने दिया तो नहीं सही, पर उसने अपनी जिंदगी को इसीलिए तिल-तिल करके गला दिया। जवाब देना। अगर पत्र न मिले तो भगवान मालिक हैं।

अलविदा—

तुम्हारा—सॉयर

मैंने देखा, चंदा के नेत्र विस्मय और आनन्द से फट गए थे। वह ठठाकर हंसी। उसके हास्य में गर्व था। उसने कहा—''बाबू भैया!''

''क्या है?'' मैंने पूछा।

''जानते हो, मैं कौन हूं?'' उसने कहा—''नरेश मेरा है। मैं अंग्रेज हूं, मैं नटनी नहीं हूं...''

मैं कह नहीं सका। पर वह चिल्ला उठी—''उन सबने उसे मुझसे छीन लिया है क्योंकि मैं नटनी हूं। नहीं...'' और वह फिर हंस उठी। वह संभल नहीं सकी थी।

मैंने कहा—''चंदा!''

''तुम मुझे बहकाते हो!'' चंदा ने कहा—''मैं जानती हूं, सब जानती हूं...मैं नहीं मानूंगी... नहीं मानूंगी...''

और वह भाग गई। मैं देखता रह गया। वह कहां जाएगी? क्या करेगी? सुखराम सुनेगा तो क्या कहेगा? क्या वह मुझसे नहीं कहेगा कि मैंने उसे यह सब बताकर गलती की है...पर मैं सोच नहीं सका।

सांझ हो गई थी। अंधेरा घना हो गया था क्योंकि घटा तो अभी तक सन्नाती हवा में कंधों पर जमी बैठी थी। चारों ओर वही घनघोर नीरवता छा रही थी।

तभी कुछ शोर-सा मच उठा। मैंने देखा, और मैं समझ नहीं सका।

आगे-आगे सुखराम था। चंदा उसकी बांहों में थी। और धीरे-धीरे वह बढ़ा आ रहा था। क्या हुआ चंदा को! किसी ने फिर इसे मारा है! अबके कौन था वह ऐसा! कोलाहल सुनकर भैया, भाभी, नरेश और सब लोग वहीं एकत्र हो गए थे।

पीछे पुलिस थी। और पुलिस के बीच में सुखराम पूर्ण शान्त था। यह कैसी भयानक तन्मयता थी जो उसकी पलकों में आकर आज समा गई थी। गहरी और घोर! जैसे समुद्र की नीची-नीची उतार वाली गहराई, जिसमें इतनी शक्ति होती है कि अपने भीतर सब कुछ समा ले जाए। पीछे इस समय धीमे-धीमे स्वर से बातें करती हुई नट-नटनियों की भीड़ थी।

''यह क्या है सुखराम?'' मैंने चौंककर पूछा। और पूर्ण शान्ति के साथ सुखराम हंसा। उसका वह हास्य सुनकर मैंने चंदा की ओर देखा। देखकर मुझे लगा, आकाश गिर पड़ेगा। सुखराम चंदा की लाश उठाकर लाया था।

मेरे दोस्त घबरा गए थे। उन्होंने बोलने की कोशिश की, परन्तु जैसे लाज ने उन्हें घेर लिया था। वे प्रयत्न करके भी बोल नहीं सके।

''किसने मारा है इसे?'' नरेश ने पूछा।

''मैंने, छोटे सरकार!'' सुखराम ने दृढ़ स्वर में कहा—''मैंने! और किसमें इतनी हिम्मत थी!''

भाभी चकराई हुई थीं।

सुखराम ने पागल की तरह कहा—''जानते हो, वह कौन है?''

नरेश ने उसे शून्य दृष्टि से देखा। जैसे वह समझ नहीं पाया था। मैंने देखा, वह केवल देख रहा था।

''तुमने मारा है इसे?'' मैंने चिल्लाकर पूछा।

''हां बाबू भैया, मैंने!'' सुखराम ने कहा ।

''क्यों?''

''पूछते हो क्यों? छोटे सरकार! तुम रोना नहीं, कहीं छाती न फट जाए तुम्हारी। पर यह चंदा तो नहीं है, यह तो अभागिन है। अरे यह ठकुरानी है। मैंने इसे अधूरे किले में पाया था। छोटे सरकार! वहां यह भीतर तहखानों में खेल रही थी।''

मेरे रोंगटे खड़े हो गए।

सुखराम ने कहा—''हंसती थी, कहती थी, मैं ठकुरानी हूं, मैं अंग्रेज हूं, बाबू भैया...''

वह ठठाकर हंसा। और कहा—''मैं हार गया। कहीं नहीं मिली। इसने सपना देखा था। इसके कहने से मैं इसे किले में ले गया था, पर वहां से मैं डरकर आया, वह फिर चली गई। अरे, मैं तो उसी ठकुरानी के वंश से हूं, पर यह तो खुद ठकुरानी है...तीन-तीन जनम से भटक रही थी...''

मैं थर्रा उठा। सुखराम कहने लगा—''इसके साथ दुनिया ने सदा ही जुलम किया। पहली बार यह कतल की गई, दूसरी बार इसकी छाती का दूध टपकता रहा, पर अपनी बच्ची को न पिला सकी, और यह तीसरी बार थी। पर रोओ नहीं, आज उबार ली भगवान ने। अब यह नहीं आएगी। नहीं आएगी!''

मेरी अधूरी बात ने कितना अनर्थ ढा दिया था! मैं अवाक् देखता रहा। सुखराम ने हंसकर कहा—''बाबू भैया! जानते हो कहां खड़ी थी? किले के भयानक तहखाने में। और चारों तरफ हड्डी के ढेर जमा थे। सामने एक उल्लू बैठा था और यह कह रही थी—बोल! मुझे बता! खजाना कहां है? जानता है, मैं कौन हूं? मैं ठकुरानी हूं। मैंने ही तुझे पहरे पर बिठाया था। उल्लू हंसा तो यह भी हंसी। इसने कहा—''चौकीदार, नरेश मेरा है। वे मुझे उसके पास नहीं जाने देते। वे नहीं जानते कि मैं मेम की बेटी हूं। वे नहीं जानते कि मैं ठकुरानी हूं। मुझे मेरा धन लौटा दे। वह मेरा हो जाएगा, मेरा हो जाएगा...मैंने सुना। मैं नहीं जानता कि मुझे होश था या नहीं, पर मैंने कहा था—ठकुरानी, तू प्यासी है। तू तड़प रही है, आ मैं तेरी भटकती आत्मा को आजाद कर दूं, और मैं कुछ नहीं जानता...छोटे सरकार! तुम्हारी चंदा बड़ी भोली है। लो इसे ले लो। यह कहीं नहीं जाएगी...वह जो चली गई है, वह चंदा नहीं थी...ठकुरानी थी...ठकुरानी थी...मैंने उसे आजाद कर दिया...''

सुखराम फिर चिल्लाया और उसने जैसे आकाश के कठोर महाशून्य से कहा—''अब तो तेरी प्यास बुझ गई भवानी। तूने तीन-तीन पीढ़ियों को आग पर तपाया और कमबख्त आखिर फिर वहीं पहुंची। वह भयानक अंधेरा, ठठरियां हंसने लगी थीं, दीवारें चिल्ला रही थीं...ठकुरानी...ठकुरानी...और तू पुकार रही थी...नरेश मेरा है...मैं ठकुरानी हूं...उसे मुझसे

कोई नहीं छीन सकता...और तू चली गई...सचमुच आजाद हो गई...''

और वह भयानकता से हंसा। उसका वह कठोर हास्य सुनकर सब कांप उठे।

''नरेश! नरेश!'' भाभी चिल्लाई। नरेश उस समय चंदा के मुख को देख रहा था। उसने आवाज सुनकर कहा—''ठीक कहते हो दादा। इन्होंने नहीं माना, पर यह ठकुरानी ही थी। मैं जानता था, यह ठकुरानी ही थी...यह मेरी ही थी...''

पर मैं थक गया था। आज मैं बहुत थक गया था।

पुलिस सुखराम को ले गई। भैया बैठ गए। वे फिर गांधी के चित्र के आगे जाकर बैठ गए थे। और कभी एकटक उसे देखते, और कभी बाहर पानी के परे किला देखते, कभी वे उठ बैठते, कभी घूमने लगते। उस समय वे क्या सोच रहे थे, यह मैं नहीं जान सका था।

नरेश किसी गहन चिंता में मग्न था। वह एकाएक चमत्कृत हो उठा।

बादल गरज रहे थे। नरेश मेरी सूरत देखता रहा। फिर उसने कहा—''काका, जानते हो! तुमने भीतर से देखा है यह किला! मुझे वहीं भेज दो। मेरी चंदा वहीं रहती है।''

नरेश पास आ गया। भाभी को काटो तो लहू नहीं।

मैंने कहा—''बेटा!''

नरेश हंसा। कहा—''नहीं, मुझे हमदर्दी की जरूरत नहीं है। मेरी ठकुरानी चली गई है। ठाकुर को तो लहू की प्यास होती है न काका!''

मैंने आंखें फाड़कर देखा। नरेश ने कहा—''मेरी ठकुरानी को ला दो काका! पुलिस क्यों ले गई है उसे?''

मैं पुलिस से चंदा को ले आया। बड़ा कठिन काम था। सुखराम ने उसका गला घोंटा था। शायद वह चिल्ला रही थी और उसने आवाज बन्द करनी चाही थी। परन्तु भैया प्रभावशाली आदमी थे। आखिर शव मिल गया। घर लाकर अर्थी सजाई। नरेश ने ही सब काम किया। कहता रहा—''अच्छा! देखो काका! डरी हुई तो नहीं है न?''

उसका दाह किया तो नरेश ने कहा—''ठकुरानी! मेरे जीते जी तेरा जौहर हो गया। सच ही, मैं तुझे बचा नहीं सका।'' और नरेश बड़बड़ाया—''अभागिन! तू जब तक ठकुरानी बन सकी, तब तक मैं ठाकुर नहीं रहा था। मैं तो आदमी हो गया था। मैं तो तेरे पास आ रहा था, मुझे किसी का डर नहीं था। पर तू भी तो आखिर ठकुरानी ही थी...रुक नहीं सकी न? अरे हुकूमत होती ही ऐसी भयानक है।''

मैंने जैसे अपनी बेटी का दाह किया था। फिर नरेश का यह प्रलाप सुनकर मेरे रोम-रोम में एक व्यथा व्याप गई। कितना उन्माद था उसमें! जैसे फूटा पड़ रहा हो।

भीगी लकड़ियों से धुआं दे-देकर लपटें निकलती थीं और नरेश देख रहा था।

हम घर आ गए। जब नहा-धो चुके तो भाभी ने खाना लाकर दिया। मैं नहीं खा सका। नरेश ने कहा—''काका, खाते क्यों नहीं?''

वह खाने लग गया था।

मैंने आश्चर्य से देखा।

''मां बहुत अच्छी है,'' नरेश ने कहा—''यह न होती तो चंदा इतनी जल्दी ठकुरानी कैसे बनती! इसलिए मां की आशीष लो। खूब खाओ। वह तो चली गई; वह दुःखी नहीं है।''

भाभी रो रही थीं। एकमात्र पुत्र क्या कह रहा था! शायद वे खुश होतीं अगर उस वक्त नरेश रोता होता, या उनसे लड़ पड़ता। नरेश ने कहा—''मां! ज़रा और दे न हलुआ! अच्छा बना है। अब की बार मैं चंदा के साथ आऊंगा तब फिर ऐसा ही बनाएगी न?''

दूसरे दिन मैं सुखराम से मिलने गया। दरोगा मुझे खुद ले गया। सीखचों के पीछे

वह चुपचाप बैठा था। उसके बाल बिखरे हुए थे और चेहरा उतर गया था। निढाल हो रहा था।

मैं उसे पहचान नहीं सका।

मैंने कहा—''सुखराम!''

उसने मुड़कर देखा।

मैंने फिर पुकारा।

वह पागल-सा देख रहा था। फिर अचानक ही उसने कहा जैसे शून्य से कह रहा हो—''छोटे सरकार, मैंने चंदा को नहीं मारा, वह तो मेरे जिगर का टुकड़ा थी। मैंने तो ठकुरानी की भटकती आत्मा को आजाद कर दिया है...।''

मैं खड़ा नहीं रह सका।

घर आकर देखा। नरेश बैठा था। भाभी कह रही थी—''बेटा! काका आ गए। तू पूछ रहा था न उन्हें!''

वे रो रही थीं। रो-रोकर उनकी आंखें सूज गई थीं। ढोलिन रो रही थी। भैया चुप थे। सब लोग खामोश थे। मुझे देखकर नरेश ने हंसकर कहा—''आ गए काका! मैं तुम्हारी ही बाट जोह रहा था। मैं जानता था, तुम अच्छी-अच्छी किताबें लिखते हो, मिल आए?''

''हां।'' मैंने कहा

''उसने क्या कहा?'' नरेश ने पूछा।

''कुछ नहीं।'' मैंने बात दाबने के लिए कहा।

और नरेश सूना-सा खड़ा हो गया। फिर चौंककर एकदम उसने कहा—''कुछ नहीं बोली?''

''कौन?''

''वही ठकुरानी।''

''नरेश!'' भाभी के कलेजे को मैंने तड़पते हुए सुना।

''बेटा!'' उस समय भैया विचलित हो गए। वे रोते हुए बोले—''मुझे माफ कर दे, मुझे माफ कर दे, मैंने गांधी की लाश में ठोकर मार दी है, मुझे माफ कर...''

परन्तु नरेश ने कहा—''दद्दू! मुझसे भूल हो गई। तभी वह नहीं बोली। मैं समझ गया हूं। तुम्हें घबराने की कोई जरूरत नहीं है। सब ठीक हो जाएगा।'' उसने रुककर कहा—''काका!''

मैंने आंखें उठाईं और दो बूंदें नीचे ढुलककर गिर पड़ीं।

''मेरी ठकुरानी पर दुनिया आज मोती बरसा रही है,'' नरेश ने कहा। और फिर बढ़कर कहा—''अच्छा जानते हो, वह क्यों रूठ गई? आज तुमसे क्यों नहीं बोली?''

भाभी ने सिर पीट लिया। नरेश ने हंसकर कहा—''मैं भी तो भूल गया था काका, तुमने भी याद नहीं दिलाया।''

''नरेश!!'' मैंने चिल्लाकर कहा।

''जानता हूं।'' नरेश ने कहा—''तुम्हें अब याद आता है।''

और जैसे कोई बात याद आ गई। वह बड़ी मस्ती से हंसा, फिर कहा—''सुहागिन चली गई वह! मैंने उसको सेज पर सुलाते वक्त उसकी मांग में मोतियों की लड़ नहीं सजाई, उसके हाथ और पांवों में महावर नहीं रचाई। उसके चंदन और इतर भी नहीं लगाया। इतनी बड़ी ठकुरानी! नाराज भी नहीं होगी...''

भैया उठे थे सो वैसे ही बैठ गए। भाभी ने मुंह खोला था, सो खुला ही रह गया। मेरे हाथ उठे, पर उठे ही रह गए।

बाहर आकाश में वज्र ठनका और उसकी प्रचण्ड प्रतिध्वनि से धरती का कण-कण

सिंहों की तरह दहाड़ने लगा, कण-कण हुंकारकर ठनकने लगा...

उस समय मेरी आंखों ने देखा, सुदूर विलायत में एक वृद्ध मृत्यु-शय्या पर पड़ा अन्तिम बार कह रहा होगा—"आई मेरी चंदा आई..."

निर्द्वन्द्व! कितनी मानवीयता!

कहां है वह मानवीयता की गौरव-गाथा। मैं क्या करूं!

मैं पुकार-पुकारकर कहना चाहता हूं कि सुनो!! सुनो! दिगंतों में यह अधिकार की तृष्णा चिल्ला रही है। पर मैं भी चुप नहीं हूं। ये कमीने, नीच ही आज इन्सान हैं, इनके अतिरिक्त सब में पाप घुस गया है क्योंकि उन सबके स्वार्थ और अहंकारों ने उनकी आत्मा को दास बना लिया है। ये कमीने और गरीब अशिक्षा और अज्ञान में छटपटा रहे हैं। जब तक ये शिक्षित नहीं होते तब तक इन पर अत्याचार होता ही रहेगा और जब तक ये शिक्षित नहीं होते तब तक इनके अज्ञान, फूट और घृणा पर संसार में जघन्यता का केन्द्र बना रहेगा। तब तक इनके पुत्र धरती पर मिट्टी में पैदा होते रहेंगे और कुत्तों की मौत मरते रहेंगे। परन्तु ये ही एक संबल है। शताब्दियों से जो मनुष्य का ज्ञान है, वही मुझसे कह रहा है कि इनके पास दुःख सहने की ताकत है। ऐसी अटूट ताकत है कि ये दुःख को दुःख नहीं समझते। परन्तु जिस दिन जान जाएंगे कि मनुष्यत्व क्या है, उस दिन नया मनुष्य उठ खड़ा होगा।

शोषण की घुटन सदा नहीं रहेगी। वह मिट जाएगी, सदा के लिए मिट जाएगी! सत्य सूर्य है। वह मेघों से सदैव के लिए घिरा नहीं रहेगा। मानवता पर से यह बरसात एक दिन अवश्य दूर होगी और तब नई शरद् में नये फूल खिलेंगे, नया आनन्द व्याप्त हो जाएगा।

उसी समय नरेश चिल्लाया—"चंदा!! तू मुझे छोड़कर चली गई है। नहीं, मैं कायर नहीं हूं। मैंने तेरा अपमान किया था। मुझे क्षमा कर! आज मैं तेरे सामने हाथ खोलकर भीख मांग रहा हूं।" वह हंसा—"अरे! तू तो मेम थी, ठकुरानी बन गई आज! तू वहीं तो जाना चाहती थी!! चली गई!!! पर मुझे तो तू यहीं छोड़ गई!!! क्या मैं नहीं आ सकता वहां??"

और उसने पुकारा—"मुझे बुला ले! तेरे बिना मैं जी नहीं सकूंगा! यह दुनिया बहुत भयावनी है। तू इसे घृणा से छोड़ गई बावरी!" वह फिर हंसा और चिल्ला उठा—"ठकुरानी बनकर तू रूठ गई। चंदा! मैं आ रहा हूं...मैं आ रहा हूं..."

और बेहोश होकर गिर गया। मैंने आंख के आंसू धरती पर गिर जाने के बाद देखा, अधूरा किला अब भी खड़ा था।

❒❒❒